LE CAVALIER DE LA NUIT

L'*indé*FINIE

Robert PENN WARREN

LE CAVALIER DE LA NUIT

•

Traduit de l'anglais (États-Unis)
par Michel Mohrt

Préface d'Hubert Prolongeau

SÉGUIER

Titre original : *Night Rider.*

Première publication : Houghton Mifflin Company, New York, 1939.
Première publication de la traduction française : Paris, Librairie Stock, 1951.

Photo de couverture : © Luis Carlos Jiménez del Río *via* Getty images.
Conception graphique : Mina Perrichon / Moshi Moshi studio, Paris / Justine Dupré.
Mise en page : Nord Compo.

ISBN : 978-2-84049-862-9

ISSN : 2606-5029

92, avenue de France – 75013 Paris
contact@editions-seguier.fr

Catalogue en ligne : www.editions-seguier.fr

S É G U I E R

éditeur de curiosités

PRÉFACE

Le cavalier dans sa nuit

Sans doute est-il difficile d'exister à côté de la sainte Trinité des lettres américaines de l'entre-deux-guerres : William Faulkner, John Steinbeck, Ernest Hemingway… Tout au plus aperçoit-on parfois dans leur ombre F. Scott Fitzgerald ou John Dos Passos. Robert Penn Warren n'a même pas eu cette chance, bien qu'il soit, de tous, celui qui affiche aux États-Unis le palmarès le plus éblouissant : trois prix Pulitzer (performance rarissime), l'un en 1947, catégorie roman, pour son chef-d'œuvre *Les Fous du roi* (*All the King's Men*), les deux autres en 1958 pour *Promises* et en 1979 pour *Now and Then*, catégorie poésie. *Les Fous du roi*, dont la dernière traduction a repris littéralement le titre, le rebaptisant *Tous les hommes du roi*, furent adaptés quatre fois : deux fois au cinéma – très bien par Robert Rossen en 1949 (il obtint l'Oscar du meilleur film), très mal par Steven Zaillian en 2006 –, et deux fois à la télévision, par Sidney Lumet en 1958 et par Julian Jarrold en 1999. On en tira même en 1981 un opéra composé par Carlisle Floyd, *Willie Stark*. Un autre de ses livres connut une glorieuse adaptation, puisque *L'Esclave libre* (*Band of Angels*, en VO) devint en 1957 un film de Raoul Walsh, avec Clark Gable et Yvonne De Carlo. Mais cela n'a pas suffi. On ne lit plus, plus assez en tout cas, Robert Penn Warren.

La réédition de son premier roman, publié en 1939, inversera-t-elle la tendance ? On ne peut que l'espérer. *Le Cavalier de la Nuit* est bien sûr un de ces livres sociaux qui ont fleuri aux États-Unis, vague dont le modèle reste *Les Raisins de la colère* et à laquelle contribuèrent d'autres écrivains bien oubliés : Théodore Dreiser, Frank Norris, Upton Sinclair... Mais il est aussi bien plus que cela : un poème lyrique, et une réflexion sur les ambiguïtés de l'action.

Le cadre en est historique. Dans le Kentucky, État où Penn Warren a vu le jour en 1905, on vit beaucoup de la vente du tabac. Les prix sont fixés par des trusts qui se mettent d'accord entre eux et permettent à peine aux producteurs de gagner leur vie. Face à cette exploitation, ces derniers s'unissent à leur tour. L'échec d'une tentative légale d'union amène à la création de milices. Regroupés, certains cultivateurs luttent comme ils le peuvent en s'attaquant par la violence d'un côté aux stocks des producteurs, de l'autre aux plantations de ceux qui acceptent ces conditions dégradantes. En une situation exemplaire, Warren démonte le principe du capitalisme et de l'hypocrisie libérale derrière laquelle il peut prospérer : la « liberté » mène le jeu, et la loi de l'offre et de la demande, prétendument naturelle, ne favorise que les puissants.

Mais ce serait mal connaître Penn Warren que de croire qu'il va en rester à cette dénonciation. Les « Cavaliers de la Nuit », créés pour défendre les faibles, vont eux aussi légitimer la violence. Les motivations des hommes, d'abord pures, se multiplieront au fil des expéditions : joie de détruire, règlements de comptes sous-jacents, vengeances déguisées sous les oripeaux de la justice dépassent et engloutissent parfois l'idéalisme sincère des débuts.

Le héros, Percy Munn, est un jeune avocat assoiffé de justice qui va être confronté à ses ambiguïtés et essayer de se définir par rapport à la violence, quitte à se laisser dévorer par elle. Au début du livre, on lui donnerait les traits iconiques de Henry Fonda, à la fois Tom Joad et Abraham Lincoln. À la fin, l'image s'est brouillée.

Par le personnage de Munn, Penn Warren aborde déjà l'un de ses thèmes favoris : la démagogie et le poids de la parole. Ce n'est pas un hasard si le livre, et du même coup l'œuvre romanesque de Penn Warren, s'ouvre sur une scène de discours. C'est bien sûr là, dans cette analyse du rôle de la parole, que *Le Cavalier de la Nuit* rejoint *Les Fous du roi*, portrait à peine déguisé du gouverneur démagogue sudiste Huey Long. Les héros de Warren (Jack Burden, narrateur des *Fous du roi*, comme Adam Rosenzweig, personnage principal de *La Grande Forêt* (1961), qui verra son envie de lutter contre l'esclavage se transformer en une longue suite de travaux sordides), ne vont jamais directement vers leur but : ils cheminent, trébuchent, piétinent, et souvent tombent avant la fin.

Munn est incapable de vivre hors de la foule. Il va plonger dans l'action parce qu'il ne sait être ni seul ni en couple. Deux personnages féminins vont jalonner son chemin : sa femme, qui le quittera, et sa maîtresse, du père de laquelle il provoquera la mort avant de la laisser partir. Dans un cas comme dans l'autre, un échec, qu'il noiera en s'abandonnant au tumulte de l'action jusqu'à tenter de tuer, par deux fois. Ce que raconte *Le Cavalier de la Nuit*, c'est la dégradation de l'idéalisme par la violence, la nécessité absolue de ne pas laisser la fin justifier les moyens, le lent pourrissement et la corruption qu'entraîne le fait d'accepter d'avoir les mains sales, fût-ce pour une bonne cause.

Aucune certitude ne reste intacte dans *Le Cavalier de la Nuit*. Si la métaphysique affleure en permanence, elle n'est jamais démonstrative mais toujours portée par des personnages complexes. Je pensais à Elia Kazan en le lisant. Les livres de Penn Warren ont la même ampleur, le même souffle que les grands films du cinéaste. Ils réunissent en une même œuvre ses deux tendances : le drame social significatif de sa première et solide période, et les interrogations sur les ambiguïtés de l'*American Way of Life* de la deuxième, celle qui succède à la dénonciation de ses camarades au Comité des activités anti-américaines. Rongé par la culpabilité, il nous donnera alors aussi bien *Viva Zapata* que *America America*. Comme Kazan, Penn Warren refuse le statut d'icône et se meut dans l'ambiguïté. Mais le romancier s'avance dès sa première œuvre sur le chemin complexe que la trahison seule aura ouvert à Kazan.

Penn Warren transforme le fait divers en épopée, plonge en permanence dans le mythe. *Les Rendez-vous de la clairière* (1971), histoire d'un procès, touche au drame antique, *Un endroit où aller* (1977) est placé sous le signe de Dante, et presque à chaque fois un narrateur joue le rôle du chœur antique. « J'ai voulu démontrer un aspect de notre histoire humaine en général. C'est-à-dire que ce roman aspire à être poésie, et non pas histoire », écrit-il dans son avant-propos. Allen Tate, romancier, poète et critique littéraire, comparait même certaines des pages du *Cavalier* (la descente nocturne vers les entrepôts de

Bardsville par exemple) à Tolstoï. Dès ce premier livre, Penn Warren transcende le roman historique. Jamais son récit ne reste cantonné à la seule recréation d'un drame. Sa plume est spontanément lyrique. *Le Cavalier de la Nuit* est un de ces livres qui vous mettent la fièvre dans le sang.

HUBERT PROLONGEAU

AVANT-PROPOS DE L'AUTEUR

Ce roman a une base historique. Les événements qui l'ont inspiré n'ont pas beaucoup attiré l'attention du monde, et ils sont, aujourd'hui, presque complètement oubliés ; mais, pour ceux qui les ont vécus, ils étaient liés aux vieux problèmes de la justice et de l'injustice, des ventres pleins et des ventres creux, du courage et de la lâcheté, de la haine, de la fidélité et de la trahison.

Dans ce roman, je n'ai pas entrepris de faire le récit complet des événements historiques, ni le portrait précis des personnages qui y ont été mêlés, mais de brosser un tableau du pays et du peuple, de dégager les forces, sociales et individuelles, qui ont poussé les gens à agir et de montrer les conséquences de leur action. Et j'ai voulu démontrer un aspect de notre histoire humaine en général. C'est-à-dire que ce roman aspire à être poésie, et non pas histoire.

Cependant certaines précisions seront peut-être utiles aux lecteurs français.

D'abord le pays. Le Kentucky méridional et occidental ainsi que le nord-ouest du Tennessee forment une contrée arrosée par deux nobles fleuves, le Cumberland et le Tennessee, qui coulent en vastes courbes jusqu'à l'Ohio, et aussi par d'innombrables petites rivières, cours d'eau et ruisseaux, qui se fraient un chemin au fond de gorges profondes ou glissent à travers de calmes pâturages à l'ombre des saules ou des sycomores. Là, le pays est montagneux, la terre est pauvre, la pierre calcaire affleure le sol semé de bouquets de cèdres et de chênes rabougris. Ailleurs, le pays est extrêmement riche et la terre labourable recouvre, sur une grande épaisseur, une couche calcaire. Les grandes forêts de chênes, de tulipiers et de hêtres ont disparu depuis plus d'un siècle, mais des étendues boisées parsèment encore le paysage et bordent les cours d'eau. Une grande partie de cette région est creusée de vastes grottes, où les rivières souterraines ont entraîné la pierre, et ici et là le sol s'est effondré pour former ce qu'on appelle un « puisard », une entrée dans ce monde ténébreux qui s'étend sous la verte campagne.

Dans les dernières années du XVIIIe siècle, et au commencement du XIXe, des émigrants se sont établis dans ce pays. Originaires, pour la plupart, de la Virginie et des Carolines, beaucoup venaient des hautes terres de ces États, et ils apportèrent avec eux l'intransigeance d'une génération qui avait fait la révolution et avait chassé les Anglais de leurs rivages. À cette intransigeance s'ajoutait la nécessité de défendre une nouvelle frontière, où l'homme devait compter sur son bras et sur son fusil pour s'assurer nourriture et sécurité.

Cette époque passa. Dans les riches habitations du pays plat, les planches badigeonnées de blanc et la brique remplacèrent les cabanes de rondins. Mais quelque chose de l'esprit d'autrefois survécut.

Dès les premiers temps, la culture du tabac fut l'unique richesse du pays ; son économie en dépendait. On cultivait le maïs et le blé, on élevait des porcs et des bêtes à cornes, mais presque uniquement en vue de la consommation locale. Le tabac était exporté. Le tabac, c'était de l'argent. Toute l'économie reposait sur le tabac. Dans les premières années de ce siècle, à l'époque où se déroule l'action de ce roman, la valeur du tabac exporté représentait pour la région quelque douze millions de dollars. Des acheteurs venus d'Europe venaient dans les villes, et maintenant encore nous retrouvons de ces noms français, italiens, allemands – qui sonnent étrangement parmi les noms anglais et écossais.

Je dois m'interrompre pour dire un mot de la culture et de la manipulation du plant de tabac, telles qu'elles sont pratiquées dans mon pays. Le travail commence en janvier, quand l'hiver s'adoucit et que le sol dégèle. Du côté ensoleillé de quelque terrain boisé, là où le sol est épais et riche, le cultivateur empile du bois mort, des broussailles et du bois vert, sur un espace d'environ vingt pieds de large sur cinquante à cent de long. Le soir, il met le feu à ce vaste bûcher, parfois dans une sorte de fête rituelle, et toute la famille assiste à la scène, car c'est le commencement d'une nouvelle année de labeur et d'espérance. Le lendemain, la terre que le feu a recouverte est bêchée, réduite en poussière et ratissée de façon à préparer une couche pour la petite graine de tabac, que l'on piétine pour l'enfoncer dans le sol de cendres. Autrefois, le cultivateur disposait des broussailles protectrices par-dessus, mais plus tard, à l'époque où se passe cette histoire, on utilisa une mince étoffe blanche, appelée « canevas », assez lâche pour laisser passer la pluie et le soleil, et que l'on tendait sur un cadre. Sur cette couche, le fragile plant de tabac se développe jusqu'au moment où on le repique en plein champ.

Le moment de repiquer les plants arrive en mai ou en juin. Le fermier a préparé son champ ; il a labouré et hersé le sol de façon à le pulvériser aussi parfaitement que possible, et il l'a divisé en carrés. Quand vient la pluie et que le sol est humide – c'est-à-dire lorsque le fermier a trouvé ce qu'il appelle une « saison » –, les tendres plants sont retirés de leur couche. Femmes et enfants, tous portent jusqu'aux champs les plants dans des paniers et en laissent tomber un au centre de chaque carré. Derrière eux avance un homme, le « piqueur », qui d'une main ramasse le plant et de l'autre enfonce en terre un plantoir en bois pour faire un trou où il déposera le plant. Il tasse tout autour la terre humide et, sans se redresser, il fait un pas de côté, jusqu'au carré et au plant les plus rapprochés. Ce repiquage est un travail exténuant : en mai ou en juin, le soleil du Kentucky est déjà puissant, et il n'est pas possible de s'interrompre, même pour redresser un dos douloureux, car chaque moment est précieux tant que le sol est encore assez humide pour recevoir le plant.

L'épreuve de la coupe est comparable à celle du repiquage. Elle s'étend de la fin du mois d'août jusqu'en octobre, suivant le degré de maturité de la récolte et l'état du temps. Vert ou gelé, le tabac ne vaut rien ; aussi le fermier dont la récolte est en retard observe-t-il anxieusement les signes qu'apporte l'automne et qui font présager la première vraie gelée : le vol des oiseaux, le vent qui tourne au nord. Quand le moment est venu, les coupeurs de plants arpentent les champs, encore une fois pliés en deux, armés du « couteau à tabac » à la large lame, aussi lourde qu'un coutelas, sertie dans un manche de bois. Le coupeur frappe, à la racine, le gros plant élancé, le jette de côté pour le laisser faner et poursuit sa marche, la lame toujours levée.

Quand le plant a eu le temps de faner, le ramasseur le suspend à une longue perche, la tête en bas, et les feuilles pendant de chaque côté. Les perches chargées de plants sont alors disposées en rangs étagés, sur des poutres, dans la partie supérieure des granges à feu. Quand la grange est pleine, et les feuilles des plants suspendus dans l'ombre, telles des grappes serrées de grandes chauves-souris dans une caverne, le fermier allume le bois à feu sur le sol de la grange. Ce moment, comme l'allumage du feu pour la première couche, prend parfois l'aspect d'un rite et d'un pique-nique. La famille se rassemble devant la grange pour regarder l'allumage et, dès que les feux commencent à briller, sous l'ombre des plants de tabac, on fait un repas pour marquer l'espoir dans l'année à venir.

Une étincelle suffit pour détruire ce tabac et bien des espérances. Dès que les plants commencent à sécher, ils deviennent extrêmement inflammables. Aussi un veilleur doit-il se tenir près des feux pour les maintenir au niveau convenable, brûlant sans flammes. Mais si par malchance, ou par négligence, cette étincelle fatale atteint le tabac sec, le veilleur ne peut rien faire d'autre que s'enfuir de la grange et contempler le fruit d'une année de labeur s'envoler en un flamboiement immense.

Si le récoltant est à la merci de la petite étincelle qui peut s'échapper du feu, il est aussi à la merci du marché. Dans le système actuel des transactions, au moins y a-t-il concurrence entre ceux qui sont susceptibles de lui acheter sa récolte, et il peut espérer en tirer un prix avantageux, comme n'importe quel producteur. Mais cela n'était pas vrai il y a cinquante ans, à l'époque où se sont passés les événements racontés dans ce roman.

Car les compagnies indépendantes qui, normalement, dans un marché libre, auraient dû entrer en compétition pour acheter la production des planteurs s'étaient combinées en un trust : celui de l'American Tobacco Company, qui, à son tour, s'était amalgamé avec l'Imperial Tobacco Company, pour former la British-American Tobacco Company, organisation gigantesque au capital de cinq cents millions de dollars.

Contre cette puissance, le planteur isolé était désarmé, particulièrement lorsque les acheteurs pour le compte du trust eurent passé un arrangement secret avec ceux de la « Régie », la compagnie qui fournissait les gouvernements de France, d'Italie, d'Espagne, de Portugal et d'Autriche. Cette combinaison offrait la possibilité de fixer le prix du tabac, et il en fut usé sans merci. Un an ou deux après 1900, le prix était tombé à quatre cents la livre, c'est-à-dire deux cents au-dessous du prix de revient. Le pauvre cultivateur, ainsi que le tenancier, noir ou blanc, était sur le point de mourir littéralement de faim. Le fermier riche, même le grand propriétaire possédant plusieurs milliers d'acres, allait à la faillite. Un appel fut fait au gouvernement fédéral pour demander que fût appliquée à la coalition des compagnies la loi Sherman contre les trusts ; ce fut en vain. Il ne restait plus au fermier qu'à se défendre lui-même. S'il n'y parvenait pas, il cesserait d'être un homme pour devenir, comme on disait alors, un simple « instrument » dans la main du trust.

La première mesure prise par les fermiers pour leur défense fut d'organiser, en 1904, l'Association pour la protection des planteurs, fondée pour protéger l'agriculture contre « toute combinaison illégale pour entraver le marché » ; en d'autres termes, pour soustraire le tabac à la vente jusqu'à ce que les compagnies eussent accepté un prix équitable. Cette organisation, créée au grand jour, était parfaitement légale. Elle procura à ses adhérents un bénéfice certain, même la première année, mais elle se heurta à la plus violente opposition du trust. Les acheteurs du trust acceptèrent de payer le tabac à n'importe quel prix aux planteurs qui ne faisaient pas partie de l'Association, dans l'espoir de briser ainsi son moral et d'inciter individuellement ses adhérents à vendre leur récolte en dehors de cet organisme. L'Association grandit en nombre et en puissance, mais les acheteurs avaient en partie atteint leur but. Quelques membres entreprirent de vendre leur récolte à titre personnel, et les hauts prix obtenus en dehors de l'Association ne lui permirent pas d'atteindre le développement espéré.

En 1906, pour répondre à cette tactique des acheteurs, un groupe terroriste fut secrètement organisé sous le nom officiel de « Brigade silencieuse » ou « Cercle fermé », mais connu sous le nom populaire de « Cavaliers de la Nuit ». Son but était d'obliger tous les planteurs à adhérer à l'Association et tous les acheteurs à ne traiter qu'avec elle, aux prix fixés par elle. Cette organisation était prête à briser toute opposition, à détruire les semis et les granges des planteurs récalcitrants, à incendier et à dynamiter les entrepôts du trust et, s'il était nécessaire, à faire des raids sur les villes et sur les villages. Les Cavaliers de la Nuit constituaient une organisation militaire sous le commandement suprême d'un « général », d'un « commandant en second », avec un « colonel » chargé du commandement dans chaque comté, et un « capitaine » à la tête de chaque loge, ou unité, assisté lui-même d'un « lieutenant ». Les officiers étaient élus, mais, dès qu'ils l'étaient, leur autorité, à chaque échelon, était absolue. Tous les membres prêtaient le « Serment du Sang », à genoux, et s'engageaient à une obéissance absolue. Leur nombre est estimé à une dizaine de mille.

Quels motifs poussaient ces hommes à cette mesure désespérée ? Ces motifs variaient selon les individus. Le goût du désordre, l'ennui, la soif d'aventures amenaient certains à l'action, dans une sorte de puérile rodomontade. Chez d'autres, sans doute, un égoïsme aveugle et un appétit sadique pour la violence furent les mobiles déterminants. Quelques-uns subirent simplement la pression des circonstances, l'influence ou la peur de leurs voisins et de leurs amis. Il est facile de deviner que d'autres trouvèrent là un moyen de satisfaire leur ambition et leur goût pour le commandement. Mais il y eut aussi des hommes qui considéraient le mouvement comme une juste croisade. Au coin des rues, dans les boutiques situées aux carrefours, dans les couloirs des tribunaux, des gens parlaient maintenant de la « Tea Party » de Boston et de la révolution contre les Anglais. Ils se souvenaient aussi de la guerre civile et regardaient le trust du tabac comme un pouvoir étranger, lancé à l'attaque de leur bien-être et de leur existence, un pouvoir situé quelque part dans le Nord.

Les violences commencèrent. Les Cavaliers de la Nuit saccageaient les semis, détruisant les jeunes plants avant qu'ils fussent repiqués en plein champ. Ils arrachaient les gens de chez eux et les fouettaient. Ils incendiaient des granges pleines de la récolte d'une année. Avec une précision militaire, ils faisaient des raids sur les villes, coupaient les fils du téléphone et du télégraphe, occupaient les bureaux de police et, systématiquement, brûlaient ou dynamitaient les entrepôts des compagnies. Leur influence, la terreur qu'ils inspiraient s'étendaient jusqu'aux tribunaux, et la corruption, la méfiance et l'anarchie submergèrent le pays. Les méthodes violentes, adoptées d'abord pour régulariser les cours du tabac, furent mises en pratique dans d'autres buts, pour chasser les Noirs de certains secteurs afin de donner aux métayers et aux ouvriers blancs leur chance de trouver un emploi, pour assouvir des rancunes personnelles, pour maintenir le privilège *de pêcher dans les eaux contrôlées par des compagnies de pêche. Le meurtre fut bientôt monnaie courante.*

La situation était devenue intolérable. Le gouverneur du Commonwealth du Kentucky envoya la milice sur les lieux où les désordres s'étaient produits. La troupe patrouilla sur les routes, protégea les villes et les établissements appartenant aux ennemis de l'Association, traqua et arrêta les meneurs de la Brigade silencieuse. Les tribunaux reprirent leurs fonctions normales. Quelques membres des Cavaliers de la Nuit, soit par crainte, soit par conscience, soit par appât du gain, violèrent leur serment et servirent de témoins au ministère public. Aux environs de 1909, l'ordre était rétabli.

L'Association survécut à la destruction de la « Brigade silencieuse ». Elle n'avait plus avec celle-ci de rapports officiels, et bon nombre de ses officiers et de ses membres avaient condamné tout recours à la violence. Mais l'Association, elle aussi, était condamnée. Elle était condamnée par son propre succès. En pleine période de troubles, en mai 1908, le gouvernement des États-Unis poursuivit devant les tribunaux l'American Tobacco Company et les autres corporations alliées, pour violation de la loi Sherman contre les trusts. En octobre 1910, la Cour suprême, après un appel en révision de la juridiction inférieure, ordonna la dissolution du trust. Par cette tardive dissolution, le but de l'Association pour la protection des planteurs, et, par le même fait, celui des Cavaliers de la Nuit, se trouvait atteint. Il l'avait été à un prix tragique. Mais c'est là, je suppose, presque toujours l'histoire de l'humanité.

R. P. W., 1951.

1

Au premier coup de frein, le train ralentit en grinçant, et la foule, tassée dans le couloir, se pencha en avant d'un mouvement lourd, écrasant, comme celui d'un glissement de terrain à son départ. Percy Munn, sentant venir la poussée de l'homme qui était derrière lui, et comme celui-ci le heurtait dans une embardée, arqua le dos et essaya de se caler pour recevoir le choc.

L'homme, quand il eut tourné la tête à demi et montré sa longue figure rouge, osseuse, parut encore plus grand.

« Excusez-moi de vous marcher ainsi sur les pieds, dit Mr. Munn.

— C'est pas d' vot' faute », répondit l'autre.

Il se tut un instant, ruminant quelque chose, puis :

« C' type-là, il est seulement pas foutu d' faire marcher un train ! »

Il y eut encore un brusque coup de frein et, comme il se calait de nouveau pour recevoir le choc, Mr. Munn éprouva une irritation et un dégoût passagers pour ce poids mort, cette chair tiède qui allait se cogner contre lui et l'écraser, le dégoût de ces cris, de cette odeur de sueur et de whisky, de la chaleur du jour et des corps entassés. « Une foule, pensa-t-il, et qui ne vaut pas mieux que n'importe quelle foule. Je devrais être chez moi. » Il regrettait d'être venu.

Le train venait de s'arrêter.

Ce n'était plus la poussée des corps projetés en avant par le brutal ralentissement du train qu'il sentait derrière lui, mais une pression née de la volonté de tous ces gens qui voulaient sortir du couloir et descendre du train, et aller dans les rues de Bardsville, où d'autres gens, plus nombreux encore – Dieu seul savait combien ! – se trouveraient aujourd'hui. Et, comme le mouvement de la foule le poussait vers la porte, Mr. Munn s'irrita de nouveau de cette pression humaine, puisqu'elle était le fait d'êtres humains, mais inhumaine aussi, puisqu'on ne pouvait s'en prendre à personne en particulier.

La foule le poussa à travers la porte. Quand le soleil matinal frappa ses yeux, l'aveuglant à demi au sortir de l'obscurité du wagon, il prit conscience de la masse compacte de têtes qui remplissaient le quai de la gare et, au-delà, la rue. Le gros type qui se tenait devant lui, sur les marches du wagon, se détourna à demi et, d'une voix forte et solennelle, s'écria :

« Bon Dieu ! Jamais, jamais de toute ma vie je n'ai vu autant de monde ! »

Mr. Munn pensait, lui aussi, qu'il n'avait jamais vu autant de monde. Jamais jusqu'à ce jour, et, jetant les yeux sur toutes ces figures qui semblaient levées vers lui, dans un mouvement de bienvenue et d'attente, il sentit une vague soudaine d'excitation, presque d'exaltation.

« Bon Dieu ! » dit-il, faisant écho à l'homme ; mais l'autre était déjà descendu.

Mr. Munn le suivit, son exaltation tombée.

Au coin de la rue, près de l'hôtel, il entendit quelqu'un crier son nom. Il s'arrêta, laissant la foule se diviser autour de lui. Un gros homme rouge, trapu, vêtu d'un habit noir, se tenait debout dans un buggey et gesticulait dans sa direction.

« Par ici », criait l'homme en lui faisant signe.

Mr. Munn agita la main et entreprit de se frayer un passage en direction du buggey. Une jeune femme était assise à côté du gros homme.

« Montez là-dedans, ordonna celui-ci, toujours debout. Et toi, Sukie, dit-il à la jeune femme, pousse-toi et laisse monter Perse.

— Eh bien ! Vous avez plutôt l'air de ne pas trop savoir où vous allez ! » dit Mr. Munn ; et il ôta son chapeau.

Toujours debout, le gros homme agitait furieusement le bras au-dessus des têtes.

« Diable non ! Pas avec tout ce populo ! – Il hurlait presque. – J'ai mis quarante minutes pour venir du champ de foire jusqu'ici. Mais vous, montez ici, comme je vous l'ai dit. »

Intrigué, Mr. Munn regarda la jeune femme. Il vit qu'elle lui souriait.

« Sukie, annonça le gros homme, voilà Percy Munn. Et ça, c'est ma fille Sukie ! Elle est arrivée de Saint-Louis la semaine dernière.

— Je suis très heureuse de faire votre connaissance, Mr. Munn, dit-elle.

— Je suis très heureux de faire votre connaissance, miss Christian, répondit Mr. Munn.

— Appelez-la Sukie, interrompit l'homme. Et grimpez ! Sukie, pousse-toi un peu, tu prends toute la place.

— Il ne faut pas m'appeler Sukie, dit la jeune fille. Je m'appelle Lucille. »

L'homme s'assit lourdement, pressant le corps de la jeune fille contre Mr. Munn.

« Il faut l'appeler Sukie, comme je l'ai dit, ordonna-t-il.

— Je me souviens très bien que vous vous appelez Lucille, dit Mr. Munn.

— Vraiment ? Je ne me souviens pas de vous, dit-elle doucement.

— Nous n'avons pas avancé de dix pieds », dit Mr. Christian. Il retira son chapeau de feutre noir et tamponna avec un mouchoir sa figure hâlée aux mâchoires lourdes, ses moustaches rousses et son crâne énorme, chauve, qui luisait, sous la lumière, comme une pierre, un bloc d'onyx veiné de minuscules lignes pourpres et taillé en forme de tête.

« Dieu sait si je suis heureux que tous ces gens soient ici. Voilà deux mois que je travaille pour les y amener, mais est-ce qu'ils ne pourraient pas avancer un peu plus vite ? » demanda-t-il en fixant du regard sa fille et Mr. Munn, comme s'ils étaient responsables de cette masse compacte de gens et de véhicules qui les retardait.

« Tout ce que je veux, c'est amener mon bidet à l'écurie et aller à la réunion.

— Mr. Bill, dit Mr. Munn, je peux faire prendre le buggey par un garçon de l'hôtel. Il peut mettre le cheval dans ma stalle. J'ai une stalle, maintenant, et elle est libre. Je suis rentré chez moi à cheval l'autre jour et, ce matin, je suis revenu par le train.

— C'est parfait », dit Mr. Christian.

Mr. Munn mit pied à terre, salua la jeune fille d'un coup de chapeau et entreprit de se frayer un chemin vers l'hôtel.

Il finit par trouver un garçon noir et l'emmena prendre le buggey de Mr. Christian. Il avait réussi à descendre quelque vingt-cinq mètres de plus.

« Mr. Munn, dit la jeune fille, comme il s'approchait, la main tendue, pour l'aider à descendre, depuis votre départ nous avons marché à une allure à nous couper la respiration. La jument est couverte d'écume.

— Oui, je vois, répondit-il.

— À un train d'enfer, s'écria Mr. Christian en se jetant dans la rue de toute sa masse. Perse, ajouta-t-il, ne faites pas attention à elle. »

Il se secouait comme un chien et, de ses grosses mains rouges, poilues, époussetait son veston noir couvert de poussière.

« Elle dit ça pour dire quelque chose. Et puis je ne lui ai pas dit que vous êtes marié. »

Il attrapa la jeune fille par le bras et la secoua pour jouer, comme on secoue un enfant.

« Je me suis payé ta tête, hein, Sukie ? Je t'ai simplement dit que c'était un jeune avocat plein d'avenir, mais je ne t'ai pas dit qu'il était marié. »

Sous ses moustaches rousses, il riait d'un rire cordial aux éclats brefs en tapotant toujours son veston, dont il fit sortir encore un peu plus de poussière.

« Je me suis fichu de toi, hein, Sukie ? »

Comme ils se poussaient à travers la foule, la jeune fille se tourna vers Mr. Munn et, d'un ton où il crut découvrir une affectation moqueuse de politesse, elle lui demanda :

« Et depuis combien de temps êtes-vous marié, Mr. Munn ?

— Un peu plus d'un an.

— Comme c'est gentil », s'écria-t-elle.

Il ne l'aimait pas, décida-t-il soudain, et il ne répondit pas, feignant, pour l'instant, d'être absorbé par la difficulté de se frayer un chemin à travers la foule. Elle s'adressait à lui comme à un enfant à qui l'on demande son âge ou dans quelle classe il est à l'école...

« Et comment s'appelle votre femme, Mr. Munn ? »

Au diable s'il le lui dirait, surtout pas quand elle posait la question sur ce ton-là. Il sentait cependant qu'il devait répondre, par politesse. Mais alors, de sa grosse voix, Mr. Christian le fit à sa place :

« Oh ! Elle s'appelle May. May Cox, avant d'épouser Perse, ici présent ; Dieu sait que ce fut une faute ! Et elle est jolie comme un cœur, même si elle est un peu maigrelette. Dites, Perse, pourquoi ne la faites-vous pas un peu grossir, hein ? »

Mr. Munn ne répondit rien et se borna à leur ouvrir un chemin à travers les flâneurs, jusqu'à la porte de l'hôtel.

« Mr. Bill, dit-il, j'ai une chambre ici, depuis le mois dernier, car, depuis quelque temps, j'ai dû rester assez souvent en ville. Je voudrais que vous l'utilisiez aujourd'hui tous les deux, si vous voulez. J'ai pensé que vous feriez volontiers un peu de toilette avant la réunion, et le reste. Et peut-être vous – il se tourna vers la jeune fille – voudrez-vous attendre ici votre père et...

— C'est parfait », déclara Mr. Christian.

Au bureau, Mr. Munn prit sa clé des mains du vieux bonhomme à l'air maladif, qui lui dit qu'il y avait foule en ville, une grande foule, n'est-ce pas ? Et, ayant quitté le salon, il se dirigea vers l'escalier.

Rideaux tirés, le store baissé, la chambre était presque obscure ; seul un rayon de soleil aussi mince qu'un trait de crayon tombait sur le tapis. L'atmosphère était calme et fraîche. La fenêtre étant fermée, la clameur et l'agitation de la rue grouillante semblaient tout à coup très lointaines ; elles ne filtraient plus qu'imperceptiblement dans la chambre. Mr. Munn posa sa valise par terre et se tourna vers ses hôtes :

« Mr. Bill, je vais vous laisser la clé. Je la prendrai au bureau, ce soir en rentrant.

— Diable non, dit Mr. Christian. Attendez ici pendant que je vais me laver la figure, après toute cette route. »

Et, désignant sa fille :

« Je veux vous parler dès que nous serons débarrassés d'elle.

— Très bien », répondit Mr. Munn, un peu à contrecœur.

Il n'avait pas envie de rester, mais il se rendit compte que lui aussi, comme tout le monde, faisait ce que disait Mr. Christian quand il se tenait devant vous debout sur ses grosses jambes courtes toujours bottées, et qu'il vous interpellait en agitant les bras en l'air, ou qu'il vous empoignait l'épaule de ses grosses mains rouges et velues. Mr. Bill avait raison, ce n'était pas cela qu'il voulait dire, il ne savait pas très bien, il voulait seulement être seul...

« C'est parfait », avait répondu Mr. Christian.

Mr. Munn s'en fut à la fenêtre. Le bruit de la rue les submergea, et Mr. Christian, comme s'il obéissait à un signal, fit trois pas lourds et rapides vers la fenêtre pour contempler d'en haut les têtes de la multitude. Indifférent, Mr. Munn regardait aussi. Le fleuve humain s'écoulait lentement, brassé, divisé sur les trottoirs et dans la rue et, au milieu, la progression retardée des charrettes, des buggeys et des voitures. Sur le visage de Mr. Christian se peignit une expression rêveuse, distante, qui bientôt s'effaça et fit place à l'animation, tandis qu'il se redressait, frappait dans le dos de Mr. Munn et s'écriait :

« Bon Dieu ! Mon garçon, on va réussir ! Ils sont là pour ça, et ils réussiront. Maintenant, on va leur en faire voir, à ces salauds, bon Dieu !

— Je l'espère bien, répondit Mr. Munn.

— Vous l'espérez ? s'exclama Mr. Christian, agitant les bras. Au diable l'espoir ! Il ne s'agit pas d'espoir ! Il s'agit de ce qui se passe ici, bon Dieu ! »

Puis, d'un ton indifférent, il demanda :

« Est-ce que vous avez des serviettes, Perse ? »

Mr. Munn en prit une dans le bureau.

« Le cabinet de toilette est là, tout de suite à votre droite, dit-il.

— Attendez-moi », commanda Mr. Christian.

Et il sortit en claquant la porte derrière lui.

Mr. Munn retourna à la fenêtre. Il avait remarqué que, pendant tout ce temps, la jeune fille était restée debout au milieu de la chambre, sans bouger ; les rubans bleus de son chapeau, sa jupe de toile bleue et son corsage blanc créaient un foyer de lumière qui faisait paraître la chambre exiguë et misérable. Il n'aurait pas cru qu'elle fût de ces gens qui peuvent rester ainsi tranquilles. Tout en regardant par la fenêtre, il se rendit compte qu'elle s'approchait de lui. Quand il n'entendit plus rien, il comprit qu'elle était arrêtée derrière lui. Il continua de regarder dans la rue, prenant plaisir à l'idée qu'il ne s'était pas retourné.

« Mr. Munn, dit-elle.

— Oui, miss Christian, répondit-il.

— Vous voyez comment ça se passe avec papa ? commença-t-elle, et elle le regarda franchement.

— Oui, répondit-il.

— Vous voyez comment c'est avec lui. Il est plongé là-dedans, jusqu'au cou. Ce n'est pas seulement parce qu'il veut tirer plus d'argent de sa récolte, vous pouvez vous en rendre compte. Il y a autre chose, Mr. Munn.

— Je pense qu'il veut simplement défendre ses droits, répondit-il. C'est ce que tout le monde fait.

— Bien sûr, admit-elle, et quelque chose de plus. »

D'un geste large, il montra la rue où les clameurs continuaient :

« Il y a là une foule de gens qui font comme votre père », remarqua-t-il.

Elle fit un pas vers la fenêtre et regarda la masse mouvante. Puis elle hocha légèrement la tête, comme si elle méditait, et dit :

« Non, ils sont différents.

— Peut-être », dit-il, et il haussa imperceptiblement les épaules.

Ses yeux quittèrent ceux de la jeune fille et il reporta toute son attention sur ce qui se passait dans la rue. Il ne voulait pas être grossier, il ne pouvait pas s'en empêcher. Et, parce qu'il était grossier, il était irrité contre lui-même et contre elle. « C'est parce qu'ils ont amené la conversation sur May », pensa-t-il. Et aussi à cause de la façon dont elle lui avait parlé. Grand Dieu ! Ce n'était pas une raison, parce qu'elle avait habité Saint-Louis, pour se conduire de cette manière ! Pendant quatre ans, il avait étudié le droit à Philadelphie, et il n'avait pas oublié pour cela comment on doit se tenir.

« Mr. Munn, dit-elle.

— Oui ?

— Comment cela va-t-il tourner ?

— Je ne peux pas le savoir – et il montra la foule du doigt –, mais, s'ils forment l'association et s'ils arrivent à faire signer la moitié des gens qui vivent dans les comtés des environs, le tabac va monter de trois cents pour cent en deux saisons. C'est ici, dans cette région du Tennessee et du Kentucky, que se trouve le centre du marché mondial. Ils bloqueront le marché. »

Il remarqua l'animation qui commençait à paraître sur le visage de la jeune fille et l'éclat soudain de ses yeux bleu foncé, presque trop grands.

« Mais – et il hocha la tête – vous pouvez être sûre que l'Allemagne, la France, l'Italie et nos grosses compagnies ne prendront pas la chose facilement. Voilà le hic. »

Elle avait perdu son expression animée.

« Non, je ne le crois pas non plus », répondit-elle.

Elle l'avait mérité, se dit-il ; car elle était de ces femmes trop à l'aise dans le monde, qui croyaient que tout doit s'incliner devant elles. Son plaisir venait uniquement du fait que la hausse des prix lui permettrait de dépenser plus d'argent, à Saint-Louis ou ailleurs. Eh bien – et cette idée emplit pour un instant Mr. Munn d'un plaisir sans mélange – ni les acheteurs allemands, français et anglais, ni les grosses compagnies ne s'inclineraient devant elle. Ou, par Dieu tout-puissant, par pour cette raison.

« En tout cas, poursuivit-elle, regardant à présent par la fenêtre, je serai ici pour voir ce qui va arriver. Je vais maintenant rester à la maison et tenir le ménage de mon père.

— Ah ! » dit-il.

Mr. Christian rentra et ferma la porte en la poussant du talon de sa botte.

Tout en assujettissant son faux col autour de son cou massif, il demanda entre deux grognements :

« Qu'est-ce qu'elle était en train de vous raconter ? »

Mr. Munn crut découvrir un avertissement dans le regard de la jeune fille. Il lui sembla même qu'elle lui faisait un petit signe de tête.

« Qu'elle est venue pour tenir votre maison, répondit-il.

— Et c'est la vérité ! s'écria Mr. Christian en tournant le dos à la glace, les deux bouts de son col dressés, sa grosse figure soudain radieuse à cette idée. Hein, Sukie, c'est la vérité ? »

Il endossa son veston, dont les coutures semblaient prêtes à craquer sous la masse qui s'y logeait, et ramassa son chapeau.

« Il vaut mieux que nous partions, maintenant, dit-il. Sukie, je viendrai te prendre quand il sera l'heure de déjeuner. »

Puis, à Mr. Munn :

« Allons, Perse, venez ! »

Mr. Munn se tourna vers la jeune fille :

« Ma femme a laissé ici quelques affaires à elle, dit-il. Vous pourrez peut-être trouver un peigne et une brosse dans le tiroir du haut. »

Puis il déposa sur le bureau la clé de la chambre, prit congé d'une façon cérémonieuse et suivit Mr. Christian dans le couloir. Arrivé dans le hall, au pied de l'escalier, il dit à son compagnon qu'il espérait que tout se passerait bien et qu'il le verrait plus tard. Mais Mr. Christian lui posa sur l'épaule une main lourde et autoritaire, approcha sa figure rubiconde tout près de celle de Mr. Munn et, le fixant de ses yeux bleu faïence :

« Non, mon garçon, dit-il, vous allez venir avec moi.

— Je ferais mieux de ne pas y aller.

— Vous allez venir avec moi. Tout de suite. »

Et la main de Mr. Christian s'appesantit sur l'épaule de Mr. Munn.

« Je veux que vous veniez avec moi.

— Il vaut mieux que je n'y aille pas », répondit Mr. Munn.

Mais, au moment même où les mots passaient ses lèvres, il sut qu'il irait. Il regretta d'être venu en ville et il détesta presque cet homme, un bon ami pourtant. Et, continuellement, il sentait, comme s'il avait été coupable, le poids écrasant de l'énorme main.

« Ce n'est pas mon affaire, Mr. Bill, il n'y a aucune raison pour que j'assiste à cette réunion, avec vous et les autres.

— Ce n'est pas officiel, que diable, ce n'est pas terrible ! » dit Mr. Christian.

À présent, il tenait son compagnon par le bras et lui faisait traverser le salon tout en parlant d'un ton bas, strident et rauque :

« Nous allons simplement causer affaires avec Mr. Peacham, Jim Sills et quelques autres. Et je veux que vous soyez là ; vous êtes un type bien, Perse, et je veux que vous entendiez ce qu'ils vont dire et je veux que vous disiez ce que vous pensez là-dessus. »

Mr. Munn objecta :

« Ce serait indiscret. »

Mais il était déjà dans la rue, la main de Mr. Christian lui serrait le bras, et il avançait dans la foule vers le bâtiment de la banque, où devait se tenir la réunion.

« Et ça ne peut pas vous faire de mal, Perse. Vous êtes un type bien, et un homme comme vous est fait pour entrer dans la politique un jour ou l'autre et... Eh bien ! Cette affaire ne vous fera pas de mal.

— Je ne compte pas faire de politique », répliqua Mr. Munn.

Non, il n'en avait pas l'intention, pas exactement, se dit-il, bien que cette idée lui fût quelquefois venue à l'esprit, comme une possibilité d'avenir.

« Non, poursuivit-il, en secouant la tête, j'ai déjà assez à faire, avec ma ferme et mon métier d'avocat. »

Mais, à mesure qu'il parlait, il avait un peu la sensation désagréable de mentir, car ce qui, dans le passé, ne lui avait jamais semblé autre chose qu'un rêve éveillé, une possibilité lointaine parmi tant d'autres, se présentait maintenant à lui comme une solide certitude qui l'appelait.

Mais, au moment où, par une porte latérale, ils pénétrèrent dans l'immeuble, cette certitude avait déjà disparu devant l'examen logique, critique, que, suivant son penchant naturel, il lui avait opposé, et aussi devant le plaisir qu'il trouvait à sa vie telle qu'elle était maintenant. Les politiciens étaient des esclaves, avait-il souvent pensé, en chassant de son esprit ces vagues rêveries ; et, s'il demandait quelque chose à la vie, c'était d'être libre, d'être lui-même.

Quand, poussé par Mr. Christian, il pénétra dans une grande pièce assez mal tenue, située au-dessus de la banque, il eut immédiatement conscience de la surprise qui se peignit sur la figure de ceux qui s'y trouvaient déjà, installés autour d'une table recouverte d'un tapis vert ; une surprise qui ne disparut pas tout à fait, mais s'atténua seulement un peu lorsque Mr. Christian se montra derrière lui et ferma la porte.

« Je viens de rencontrer Mr. Munn par hasard, dit Mr. Christian, et je vous l'ai amené. Perse est un homme intelligent, messieurs, et, n'est-ce pas, il pourrait bien avoir quelque chose à vous dire à tous. »

Mr. Christian s'avança vers la table, jeta son chapeau sur le tapis vert, et ses yeux se portèrent sur le groupe, mais son regard parut se poser un quart de seconde sur le visage de chaque homme.

« Bon Dieu ! pensa Mr. Munn. Il les intimide tous. Il m'a amené ici simplement pour leur montrer qu'il pouvait le faire sans leur demander la permission, s'il en avait envie. »

Puis il entendit que Mr. Christian disait :

« Je sais que vous serez contents que je l'aie amené.

— C'est parfait, répondit un des assistants, mais, nota Mr. Munn, sans beaucoup d'enthousiasme.

— Perse, venez ici, ordonna Mr. Christian. Je veux vous présenter à quelques-uns de ces gaillards-là. Vous connaissez Mr. Peacham et Mr. Sills ? Et voilà Mr. Burden, qui habite du côté de Princeton. »

Mr. Munn connaissait Mr. Peacham et Mr. Sills ; ils étaient tous deux fermiers dans le comté qu'il habitait. Il les connaissait depuis toujours. Mr. Peacham était grand et maigre, grisonnant, volontiers sermonneur, avec un nez crochu, mince comme une feuille de papier, et Mr. Sills un petit bonhomme à l'air absent, indéfinissable, qui, en vingt ans, avait créé une belle exploitation sur des terres épuisées, achetées pour une bouchée de pain, et qui avait la langue bien pendue et une grande piété. Mr. Munn les salua et leur serra la main. Il serra la main de Mr. Burden, homme entre deux âges, très brun, posé, très lent à s'exprimer. Il n'avait jamais entendu parler de Mr. Burden.

Il connaissait aussi certains autres. Il y avait Mr. Morse, qui dirigeait un journal à Millsboroug ; le capitaine Todd, un vétéran de la guerre civile, aimable et barbu, et Mr. Dicey Short, tous deux planteurs de tabac, et de la bonne espèce ; il les rencontrait dans les rues de Bardsville depuis toujours, autant qu'il puisse remonter dans ses souvenirs. Il leur serra la main, mais crut deviner chez eux de la nervosité et une certaine réticence, et il échangea une poignée de main avec le sénateur Tolliver. Le sénateur Tolliver était affable, toute sa longue figure aquiline souriait, et il déclara qu'il savait bien que Mr. Munn aurait quelque chose d'intéressant à dire.

« J'ai peur que non, répondit Mr. Munn, et je crains d'être indiscret.

— Pas du tout, pas du tout, insista le sénateur ; et, personnellement, je suis très heureux de vous revoir. »

Mr. Munn le remercia, serra encore la main à deux autres messieurs qu'il ne connaissait pas et dont il ne comprit pas le nom, et il prit une chaise au bas bout de la table, vis-à-vis de Mr. Morse, qui semblait faire office de président. C'était une mauvaise place, en face des fenêtres et en pleine lumière, mais c'était la seule libre, car Mr. Christian, avec un grognement de satisfaction animale, s'était laissé tomber de tout son poids à côté du sénateur et, aussitôt assis, s'était mis à souffler entre ses terribles dents jaunes et s'éventait avec son chapeau.

La réunion se déroulait comme il aurait pu le prédire, songea Mr. Munn, s'il avait pris la peine d'y songer plus tôt.

De sa voix sans timbre, et de la façon dont il devait le faire dans les réunions de ses sociétés missionnaires, ou dans celles des marguilliers de son église, Mr. Sills se mit en devoir de lire une longue liste de noms. C'était la liste de ceux sur qui, selon Mr. Sills, on pouvait compter pour soutenir les buts et la doctrine de l'Association pour la protection des planteurs[1].

« Dont le but et la doctrine, s'était écrié Mr. Christian, interrompant Mr. Sills avant qu'il eût commencé sa lecture, sont

---

[1] *The Association of Growers of Dark Fired Tobacco*, littéralement « l'Association des planteurs de tabac traité au feu ». Le tabac, coupé, est soumis à l'action de la fumée d'un bois particulier, qui lui donne son parfum. *(N.d.T.)*

de forcer tous ces fils de putain d'acheteurs à me payer mon tabac le prix qu'il vaut ! »

Les noms se succédaient. Mr. Munn écoutait distraitement. Il y avait beaucoup de noms, et beaucoup d'entre eux se trouvaient déjà inscrits à titre d'adhérents possibles. Il ne pensait pas que l'affaire fût déjà aussi avancée. Après tout, l'Association pouvait, à ce train-là, aboutir à quelque chose. Il entreprit d'étudier la figure de ceux qui étaient assis autour de la table entre lui et la lumière. Des figures quelconques en somme, et des gens quelconques, des hommes qu'il avait toujours connus ou qui ressemblaient à ceux qu'il avait connus. Alors il songea que, derrière tous ces noms qu'il entendait distraitement, il y avait d'autres hommes dans tout le pays, qui habitaient d'autres comtés, des hommes vraiment réels, tous différents les uns des autres dans leurs modes de vie, mais réunis par le seul fait que leurs noms étaient écrits sur le papier que lisait Mr. Sills. De ces feuilles de papier, des fils invisibles s'étendaient jusqu'à ces hommes, dans les comtés de Hunter et de Caldwell, et jusque dans le Tennessee. Ils étaient liés ensemble par ces fils qui faisaient partie de leur être ; chacun était différent des autres, mais tous venaient ici pour se fondre en une chose unique. Une idée – c'était cela – une idée s'emparait de leur individu pour les rassembler, pour les fondre tous ensemble. Et quelque chose naissait, qui n'avait pas existé auparavant.

« Tout cela est très satisfaisant, très satisfaisant, conclut le sénateur, aussitôt après la lecture du dernier nom. Avec ces encouragements à continuer notre œuvre, et la foule que nous avons ici aujourd'hui, nous pouvons aller loin. Ceci peut être la chose la plus grandiose que ce pays ait jamais vue.

— Vous avez la langue bougrement bien pendue, interrompit Mr. Christian, et vous allez leur dire ça aujourd'hui. Vous allez vous lever, là-bas, et le leur dire.

— Je ferai de mon mieux, promit le sénateur.

— Et vous ferez bien », répondit Mr. Christian.

Mr. Morse, qui faisait office de président, l'interrompit et demanda à Mr. Burden – l'homme au teint basané des environs de Princeton – s'il avait quelques nouvelles informations au sujet des entrepôts.

Il y avait, dit Mr. Burden, quelque chose à ajouter aux rapports précédents. Il faudrait probablement construire de nouveaux entrepôts à Millsboroug et à Gills Crossing. Il n'y avait rien d'intéressant à louer à Millsboroug, car les compagnies avaient déjà mis la main sur tous les bâtiments disponibles d'une façon ou d'une autre, il n'avait pas été long à s'en rendre compte. Il fallait construire. C'était très ennuyeux. Mais un entrepôt à Gills Crossing serait une bonne affaire, plus commode, pour les fermiers du secteur de Rose Creek, que tout ce que les acheteurs pourraient offrir. Cela économiserait du charroi aux fermiers et aiderait à la bonne réputation de l'Association, dans un secteur où il n'y avait pas tellement de sympathisants.

« Ces bébés-là, nous les aurons aussi », dit Mr. Christian.

Et il siffla entre ses dents jaunes.

D'un air grave, le capitaine Todd hocha la tête :

« Peut-être que oui, répliqua-t-il, et peut-être que non. Il y a par là pas mal de cabochards. Pendant la guerre, la moitié de ces gens-là ont marché avec les Yankees.

— Et quand ils auraient marché avec les Turcs, je m'en fous pas mal ! déclara Mr. Christian. Une main de tabac, c'est une main de tabac, et j'aime encore mieux le premier sacré Yankee venu que n'importe quel acheteur de tabac. »

La réunion fut bientôt terminée. Les assistants repoussèrent bruyamment leurs chaises et se levèrent. Mr. Christian se rapprocha de Mr. Munn. Le sénateur et le capitaine Todd parlaient près de la fenêtre. Les autres commençaient à quitter la pièce, et les escaliers de bois sonnaient creux sous leurs pas. Quand tous furent partis, à l'exception des deux hommes qui se tenaient près de la fenêtre, Mr. Christian dit :

« Perse, le sénateur, le capitaine Todd et moi, nous allons déjeuner chez Wilson. Nous nous sommes fait réserver un salon par-derrière. Nous voudrions que vous veniez avec nous. »

Mr. Munn, hésitant, dit que c'était très aimable, et Mr. Christian lui posa la main sur l'épaule et insista :

« Vous feriez mieux d'accepter ; avec le populo qu'il y a en ville, c'est la seule chance que vous ayez de vous mettre quelque chose sous la dent. »

Mr. Munn répondit qu'il était très sensible à l'invitation et qu'il les accompagnerait. Sur quoi Mr. Christian cria aux deux hommes qui se tenaient près de la fenêtre que Perse allait déjeuner avec eux et que lui-même les retrouverait chez Wilson, car il devait aller chercher Sukie. Mr. Christian descendit les escaliers dans un fracas de bottes, et Mr. Munn resta seul près de la porte. Le capitaine Todd, sans s'embarrasser de formes, interrompit brusquement sa conversation et vint vers Mr. Munn d'une démarche aisée qui ne laissait pas deviner son âge. Mr. Munn avait toujours été frappé de la façon dont cet homme portait le poids des années, et cela le frappa encore ; et il fut aussi frappé de ce que le capitaine, seul parmi tous les assistants, avait paru être entièrement lui-même, sans nervosité ni contrainte.

« Venez, Perse, appela le capitaine, je crois qu'il vaut mieux partir, à présent. »

Toute conversation fut impossible, tandis qu'à travers la foule ils se frayaient un chemin vers le coin de rue où se trouvait le café-restaurant Wilson. À cet endroit, la foule était plus épaisse. Les gens se pressaient en groupes compacts devant la porte et tout le long de la bâtisse, comme s'ils faisaient la queue pour entrer.

« Je crois que j'ai de la chance que vous m'ayez recueilli, dit Mr. Munn.

— Tout le plaisir est pour nous », répondit le sénateur.

Poursuivant leur chemin jusqu'à une porte latérale, ils pénétrèrent dans un petit vestibule et gagnèrent le salon qui leur était réservé. C'était une pièce assez petite, pas très bien éclairée par l'unique fenêtre qui donnait sur une ruelle. Ils venaient à peine de s'asseoir qu'un grand Noir efflanqué entra, sa veste blanche collée au corps par la sueur.

« Ajoutez donc un couvert, garçon, commanda le capitaine Todd.

— Oui, missié, répondit le garçon en se tamponnant les joues avec sa serviette, d'un geste furtif, pour en essuyer la sueur.

— Et dites donc, garçon, ajouta le sénateur, apportez-nous un bol de glace, et une cruche d'eau, et une pinte de ce que vous pouvez avoir de bon en fait de whisky. Car – et il se tourna vers ses compagnons – j'ai besoin de me rafraîchir, et je pense que vous allez faire comme moi.

— J'ai eu le plaisir de voter pour vous à l'occasion, dit le capitaine Todd, et ce n'est pas pour laisser passer l'honneur de boire avec vous une fois de plus, Edmond. »

Mr. Munn remarqua qu'un léger nuage passait sur la belle figure du sénateur, mais il fut instantanément effacé par un sourire.

« J'ai été reconnaissant envers mes amis, remarqua-t-il, et, quand je n'ai pas retrouvé mon siège aux dernières élections, j'ai eu presque l'impression de les avoir laissés tomber.

— Il y en aura d'autres sous peu, dans moins de quinze mois, fit remarquer le capitaine.

— Très peu pour moi ! »

Et le sénateur, toujours souriant, hocha la tête.

« J'espère qu'ici, avec l'Association, je pourrai faire plus de bien qu'à Washington. C'est ici que se livre le combat. »

Mais le sourire, sans disparaître, ne semblait plus tout à fait, du moins à Mr. Munn qui l'observait attentivement, le véritable signe du naturel et de la bonne humeur. Enfin le sourire s'effaça, tandis que le sénateur, d'un œil froid et distrait maintenant, regardait le mur de briques nues de l'autre côté de l'unique fenêtre. Le capitaine semblait ne rien avoir remarqué, pensa Mr. Munn ; mais on ne pouvait jamais dire ce que le capitaine pouvait bien remarquer, car il était toujours le même, derrière sa barbe soignée, toujours avec le même port de tête et la même aimable gravité. D'ailleurs, en la circonstance, on n'avait rien pu dire, ni sur le capitaine, ni sur le sénateur, ni sur n'importe qui. Il n'y avait rien pour expliquer ce qui avait ainsi effacé son sourire et pourquoi ses yeux se détournaient et fixaient cette muraille nue, ensoleillée, de l'autre côté de la ruelle.

« Il doit y avoir vingt mille personnes en ville, dit le sénateur. Personne ne s'y attendait, on n'a rien prévu.

— Ils sont davantage, déclara le capitaine Todd. On dit qu'il en est arrivé hier toute la journée. Tout l'après-midi, j'ai pu voir des chariots et des buggeys passer devant chez moi. La poussière n'avait pas le temps de tomber que quelqu'un la soulevait de nouveau, toujours dans la direction de la ville. Il en est venu de partout, de tous les comtés environnants. On raconte que des gens ont dormi dans leurs chariots ou sur la terre, ou qu'ils sont restés toute la nuit à bavarder et à chanter. »

Il but une lente gorgée de whisky et hocha la tête.

« Il y a bien quarante ans que je n'avais vu autant de monde à la fois ! Pas depuis la guerre.

— C'est une espèce de guerre », remarqua le sénateur.

De nouveau, le capitaine Todd hocha la tête, souriant un peu :

« Oui, mais une espèce simplement, je l'espère. J'en ai eu quatre ans d'une autre sorte et, à mon avis, cela suffit à un homme pour le restant de sa vie. »

À ce moment, on entendit le bruit des bottes de Mr. Christian sur le plancher du vestibule et sa voix qui appelait le capitaine Todd. Il fit alors son entrée, rouge, suant, suivi de sa fille. Il se tourna et pointa vers elle un doigt accusateur :

« Il a fallu qu'elle se bichonne ; elle a mis dix minutes à se bichonner, et j'ai fait le poireau. À ce train-là, nous devons être en retard.

— Je ne crois pas, dit le sénateur.

— Sukie, viens par ici », commanda Mr. Christian.

Puis, se tournant vers les autres, il annonça :

« Voici ma fille Sukie. Elle est revenue à la maison pour tenir mon ménage, comme je vous l'ai déjà dit.

— Je suis ravi », déclara le sénateur.

Et il prit la main de la jeune fille en s'inclinant.

« Je vous ai connue autrefois, dit le capitaine Todd, quand vous étiez une petite fille. »

Un peu gêné, comme s'il se trouvait seul devant des milliers d'yeux, et ne sachant pas très bien comment il se trouvait là, Mr. Munn était assis sur une chaise, sur la haute estrade abritée d'une tente de toile rouge, blanche et bleue. Mais les yeux, il le savait, n'étaient pas fixés sur lui. Le sénateur discourait, sa voix pleine, riche, et qui pouvait, au besoin, éclater en coup de trompette, dominant le vide brûlant de l'après-midi. La foule – des hommes pour la plupart – se pressait jusqu'au pied de l'estrade, qui était si haute que ceux qui se trouvaient devant, tout près, étaient obligés de tendre le cou pour apercevoir l'orateur. Leur attention ne s'en écartait pas un instant et, la tête en l'air, le regard fixe et immobile, ils donnaient l'impression d'une patience lente, animale.

L'estrade avait été dressée à l'une des extrémités de la surface ovale délimitée par la piste du champ de courses, et l'espace était entièrement rempli par la foule. Ceux qui se trouvaient devant étaient assis sur les bancs installés à cette occasion, ou par terre, dans les vastes allées. Mais il n'y avait pas assez de sièges, loin de là, et, derrière les bancs, des gens restaient debout, tassés rang après rang, et tous regardaient attentivement l'homme sur l'estrade qui, à cette distance, ne devait leur paraître qu'une marionnette minuscule vêtue de noir et gesticulant dans une pantomime, sous l'éclatante décoration bariolée.

Sur sa droite, Mr. Munn pouvait voir les murs blancs des écuries et, sur les toits, la silhouette des gens qui avaient choisi ce poste d'observation. Au-delà des écuries se profilait un bouquet de chênes. L'après-midi était particulièrement calme, sans un souffle d'air. La lumière du soleil tombait, brûlante, sur les têtes, sur les chênes lointains et sur les vastes champs bruns que l'on apercevait à gauche, au-delà du champ de foire. Très haut, et comme suspendu dans le bleu incandescent du ciel, un busard planait, immobile.

Mr. Munn pouvait sentir le poids du soleil qui le frappait à travers la toile de tente. La sueur coulait sur la nuque du sénateur, dans son cou, et ses cheveux gris fer, plaqués par la transpiration, paraissaient plus noirs ; mais il ne semblait pas gêné de ce désagrément, car, très raide au bord de l'estrade, il débitait sa harangue éloquente et nourrie, sans même prendre la peine de lever la main pour essuyer son front ruisselant.

De temps en temps, Mr. Munn s'épongeait la figure avec son mouchoir et s'agitait sur sa chaise. Il souhaita une fois de plus n'être jamais venu à Bardsville. Il aurait pu trouver tout ce qu'il aurait voulu savoir dans les journaux. Mais il était ici, et sur l'estrade ! Le sénateur l'avait pressé de venir, en disant : « Naturellement, si le mouvement n'a pas votre entière sympathie, je n'insisterai pas, mais... » Et Mr. Bill l'avait saisi par le bras et lui avait crié quelque chose. Ils étaient très aimables. Ils lui mettaient le pied à l'étrier, ils l'aidaient dans sa carrière d'avocat en le mettant en évidence devant cette foule. Et cela devait l'aider !

Certes, il pouvait s'en rendre compte, le meeting marchait bien ; mieux, probablement, que les plus enthousiastes auraient osé l'espérer. Depuis le moment où ils étaient montés sur l'estrade et que le silence s'était abattu sur la foule, le visage de Mr. Christian brûlait. Il était assis sur sa chaise, courbé, tendu en avant, ses grosses bottes carrément posées sur les planches, et ses gros yeux bleu faïence erraient constamment sur la foule, comme pour accrocher chaque individu et l'obliger à écouter. Il n'avait pas changé de position depuis que le frère Morgan, le prédicant méthodiste, avait ouvert le meeting par une prière pour que cette circonstance serve à glorifier la bonté de Dieu, aussi bien qu'à accroître la prospérité de ses enfants ici-bas. Mr. Munn s'était quelque peu interrogé sur la présence du frère Morgan et sur son enthousiasme visible à l'égard de l'Association des planteurs de tabac ; mais, bien vite, il s'était rappelé que Mr. Sills était riche et qu'il était une puissance dans la première Église méthodiste de Bardsville.

Les deux courtes allocutions qui avaient précédé le discours du sénateur s'étaient bien passées. Elles traitaient de la méthode d'organisation de l'Association et des rapports financiers entre l'Association et ses adhérents. Mais le discours le plus important fut celui du sénateur.

Le sénateur était un véritable orateur, décida Mr. Munn. Sans déclamer, sans forcer le ton, parfaitement maître de lui, ou bien le geste ardent, au moment voulu, et toujours cette voix pleine, persuasive, emportante, qui coulait sur toutes ces têtes levées. Le temps était venu, avait-il dit, de lutter pour les droits de la population de ce pays. Il était contraire à la justice que la principale production de milliers et de milliers de gens soit fixée, non par la concurrence, mais par la collusion néfaste et préméditée des acheteurs, sans qu'il soit tenu compte de la valeur marchande du produit, ni des capitaux engagés, ni de la sueur qui avait coulé sur le front des travailleurs, ni de l'habileté des mains qui avaient créé cette richesse, ni des besoins du peuple.

Dans un silence absolu, sous l'ardent soleil, la foule avait écouté : et elle écoutait toujours. Maintenant, sur le point de conclure, il affirmait que la situation était de celles qu'aucun homme digne de ce nom ne pouvait supporter plus longtemps. Qu'il avait la conviction ardente que Dieu lui-même ne pourrait supporter davantage d'en être le témoin. Maintenant, c'était le moment de lutter. Les hommes du Kentucky et du Tennessee n'avaient jamais été des poules mouillées. Qu'ils entreprennent la lutte, dès maintenant, et qu'ils se montrent les dignes fils de leurs pères. Qu'ils soutiennent l'Association, et l'Association leur ferait rendre justice.

Sur le mot « justice » qui, pendant un long moment, sembla planer dans l'air brûlant et vibrer avec la force d'une corde tendue, le sénateur leva lentement la main droite dans un geste qui évoquait la solennité d'une bénédiction et invitait à applaudir. Quand la main, lentement, commença à descendre, la première salve d'applaudissements éclata, sporadique, parmi les gens groupés tout près de l'estrade, semblable aux premières gouttes lourdes qui éclatent sur un toit sec avant que l'orage se déchaîne dans toute sa violence. Puis le bruit, s'amplifiant, se déroula à partir de l'estrade et gagna toute la multitude, jusqu'aux derniers rangs, près des barrières et sur le toit des écuries, entraînant même les spectateurs trop éloignés pour avoir entendu : il se propageait comme l'incendie qui bondit à travers les buissons desséchés ou comme les vagues venues de très loin qui plongent vers le rivage.

Le sénateur se tourna avec dignité et s'assit. Même à ce moment, rien ne trahissait la tension de son effort. Il ne levait seulement pas la main à son visage pour essuyer la sueur qui coulait. Il restait parfaitement impassible, mais son regard brillait d'un éclat aigu et étrange.

Quand le sénateur se fut assis, Mr. Munn vit le docteur Milton, qui présidait, jeter sur sa montre un regard furtif. Puis il se leva et attendit tranquillement, debout derrière la petite table, pendant que se calmaient les applaudissements et l'exaltation de la foule transportée. Quand ce fut fini, le docteur Milton, au nom de l'auditoire et en son propre nom, remercia l'orateur et dit que le sénateur s'était, une fois de plus, révélé le défenseur du peuple et de ses droits. Il poursuivit en disant qu'il voulait donner la parole à un autre orateur, un homme bien connu de l'assistance, un citoyen représentatif qui allait leur adresser quelques mots. Mr. Munn, à peine attentif à ce que disait le docteur, se rendit compte tout à coup que son propre nom venait d'être prononcé. En entendant ces syllabes familières et, à ce moment, si étranges, il eut l'impression d'être envahi par une nausée, et il lui sembla que ses entrailles glacées se convulsaient comme si son corps, avant que son intelligence ait pu saisir l'importance de ce qui se disait, l'avait compris le premier et en avait de son mieux traduit le sens pour l'esprit, plus lent à comprendre.

Le docteur Milton gesticulait dans sa direction. Lentement, péniblement, il commença de se lever, comme s'il avait pu, en accomplissant au ralenti cet acte machinal, éviter l'épreuve. Il fallait qu'il se lève : il n'y avait rien d'autre à faire ! Il s'approcha de la petite table, s'abrita derrière ce fragile obstacle, tandis que le docteur Milton s'asseyait. Au pied de l'estrade, quelques assistants applaudirent de confiance. Devant lui, jusqu'aux lointaines barrières et jusqu'au bouquet de chênes, il apercevait une mer de têtes. Il ouvrit la bouche, mais aucun son ne sortait de ses lèvres sèches. Il voulait dire : « Mes amis… » Son regard abandonna la foule, il leva les yeux. Distraitement, il remarqua que le busard avait disparu : il n'y avait plus rien maintenant, que le bleu intense et vide du ciel…

Il réussit à prononcer « Mes amis », en se mouillant les lèvres. Puis il dit qu'il n'avait rien préparé, car on ne l'avait pas averti, dégoûté de lui-même par les phrases éculées et dérisoires qui lui venaient. Tandis qu'il articulait les mots, son regard tomba sur un homme, debout au pied de l'estrade. C'était un homme maigre, voûté, d'environ cinquante ans, vêtu d'une salopette bleue délavée et coiffé d'un chapeau de paille. Ses yeux éteints, bordés de rouge, étaient fixés sur lui. Alors, à cet instant, il comprit profondément que cet homme était quelqu'un, un individu, et qui ne ressemblait à personne d'autre dans le monde. Il comprit le fait, plus profondément qu'il ne l'avait jamais compris devant ses amis, ou même devant sa femme, et il vit cet homme aussi nettement que s'il le voyait assis avec d'autres hommes devant un petit feu de branchages, où quelque chose était en train de cuire, dans la nuit, en pleins champs, exactement comme le capitaine Todd lui avait décrit les campeurs de la nuit précédente.

« Mes amis, dit-il encore une fois en hésitant un peu. Je sais que beaucoup parmi vous sont venus de très loin. Vous avez quitté vos maisons, vos familles, et vous êtes venus ici, certains de très loin, d'autres comtés. Quelques-uns d'entre vous se sont arrêtés dans les champs, la nuit dernière, parce qu'ils n'avaient pas d'argent. Je peux vous y voir par la pensée. Vous êtes venus ici au milieu de la poussière et de la chaleur – et il sentait sa voix prendre de la force et les mots venir – parce que vous avez cru que vous trouveriez quelque chose ici pour vous aider. »

Il quitta sa place derrière la table et s'avança vers le bord de l'estrade, comme attiré malgré lui par le vide terrible de la foule, semblable au vide du ciel quand l'œil en sonde la profondeur.

« Mais il n'y a rien ici pour vous aider. Vous êtes venus chercher l'espoir. Mais il n'y a pas ici d'espoir pour vous. Il n'y a rien pour vous, ici, à Bardsville. Il n'y a pas d'espoir pour vous dans l'Association ! »

Il entendit derrière lui une toux sèche et nerveuse et un frottement de pieds sur les planches.

« Il n'y a rien ici, poursuivit-il, sinon ce que vous y avez apporté de chez vous, d'où que vous veniez. Il n'y a pas d'espoir, sauf celui que vous avez apporté. Il n'y a rien ici, sauf une idée. Et cette idée est morte, à moins que vous lui ayez apporté la vie dans le long voyage qui vous a menés jusqu'ici. Elle n'existe pas, à moins que vous ne lui communiquiez la vie par votre espoir et par votre loyauté. »

Il ne savait plus s'ils l'écoutaient, mais il comprit que cela lui était égal : il était plein de sa propre voix, il était lui-même entièrement.

« Votre propre espérance et votre loyalisme. Ce n'est pas une aide immédiate que vous apportera cette idée ; souffrances et privations : voilà ce qu'elle vous apportera d'abord. Et ni maintenant, ni plus tard, elle ne vous donnera rien en échange de vos souffrances si, vous, vous ne lui donnez un loyalisme absolu. Le loyalisme que vous avez apporté ici avec vous, aujourd'hui, c'est tout, c'est votre seul espoir. »

Enfin, il leur dit ce qu'il sentait que chacun devait aux autres.

Si, plus tard, il ne put se rappeler les mots qu'il avait prononcés, ni même très exactement les idées qu'il avait voulu exprimer, il se souvint toujours avec quelle force son discours avait jailli de lui-même, comme les chênes lui avaient paru tranquilles et nets dans le lointain, et comme le ciel lui avait paru incroyablement éclatant et vide, tandis que sa lumière se répandait sur le paysage et sur les visages innombrables.

Quand il revint s'asseoir, il se sentit comme un somnambule qui, progressivement, reprend conscience ; les cris et les applaudissements le ramenaient à la réalité de l'estrade brûlante, tendue de toile, et de ses amis auprès de lui. Mr. Christian était devant lui, lui broyait les mains, lui tapait dans le dos et criait :

« Par Dieu ! Perse ! Vous avez su leur parler, à ces bougres-là ! »

Le sénateur et les autres se pressaient autour de lui, le sénateur souriant, la main tendue. Plus loin, devant la petite table, le docteur Milton agitait les bras dans la direction de la foule, essayant de dire quelque chose.

Le meeting avait pris fin...

Quand Mr. Munn entra dans sa chambre à l'hôtel, ce soir-là, il était très fatigué. Il alluma la lumière et déballa sa valise, qu'il trouva poussée sous le lit. Dehors, des gens chantaient dans la rue. Il ne dormirait sans doute pas beaucoup, car cela durerait jusqu'à minuit, et plus tard. Il se déshabilla à la hâte, éteignit la lumière et se mit au lit. Au moins pourrait-il se détendre.

Il se tourna sur le côté droit et essaya de trouver le calme. Alors, comme il prenait sa position habituelle, le bras droit étendu et les genoux un peu levés, il comprit que son insomnie n'était pas due à l'excitation de la journée, ni aux bruits de la rue, mais au fait qu'il était seul. La nuit dernière, et presque toutes les nuits depuis un an, il avait eu May à côté de lui. Si elle avait été ici maintenant, ainsi qu'il lui était déjà arrivé, dans ce même lit, elle aurait posé la tête sur le bras étendu de son mari. Il n'avait pas compris cela, que May lui manquait ; il fallut que ses nerfs et ses muscles l'en avertissent, au moment où il prit sa position habituelle.

Maintenant il pensait à May, et il essayait de se la représenter toute seule à la maison, dans le grand lit sombre. Ses cheveux étaient très blonds et ils devaient être étalés sur l'oreiller, où sa tête devait sembler toute petite, comme une tête d'enfant. C'était une femme menue, d'une taille au-dessous de la moyenne ; quand elle dormait, elle semblait plus petite encore, comme si la flamme de sa vie se retirait en elle, profondément, dans quelque réduit secret, et diminuait son corps, mais sans altérer l'harmonie de ses proportions. Une ou deux fois, en faisant cette remarque, il avait pensé, avec une peur anticipée de la perdre, combien elle semblerait petite quand elle serait morte. Maintenant il essayait de l'imaginer endormie, seule, dans le grand lit. Toujours, pour dormir, elle se pelotonnait, les mains négligemment posées sur le menton et les genoux pliés. Cela la faisait paraître encore plus petite. Toujours elle s'endormait la tête posée sur le bras droit de son mari. Toujours, après avoir lui-même dormi un peu, il se réveillait et retirait son bras avec précaution. Elle ne remuait même pas…

Mais, maintenant, il ne pouvait pas dormir. Dans le couloir, près de sa porte, des gens s'agitaient et parlaient avec des voix mal assurées d'ivrognes. L'un d'eux se cogna lourdement à la cloison, qui en fut ébranlée, et les autres se mirent à rire. Et, dans la rue, les chants avaient repris, interrompus par des cris. « Ils sont saouls, eux aussi », pensa-t-il. Du couloir, les gens venaient de passer dans la chambre voisine. Ils continuaient à bavarder et à rire. Son irritation fit place à une sorte de dégoût, et il s'imagina cette chambre à côté de la sienne, éclairée d'une seule ampoule pendue au plafond, et il sentait presque l'odeur des haleines aigres, empuanties de whisky, et les figures rouges, vulgaires, des gens qui s'y trouvaient. Eux aussi, ils chantaient maintenant. Ils devaient avoir posé les bras sur les épaules les uns des autres et rapproché, tout en chantant, leurs faces suantes et échauffées. Ils étaient comme des frères, ce soir ; ils se tapaient dans le dos et mêlaient leurs haleines empestées dans une chanson.

Il se retourna de l'autre côté et essaya d'étouffer le bruit en pressant l'autre oreiller contre son oreille libre. Cela eut quelque effet. Il perçut alors un faible parfum. L'odeur venait, découvrit-il, du second oreiller. La fille de Mr. Christian avait dû s'allonger sur le lit en attendant son père. Il se demanda si, avant de s'étendre, elle avait ôté sa jupe et son corsage. Il se rappela qu'elle portait une jupe de toile bleue et que la toile se froisse facilement. Elle devait l'avoir ôtée, car, au restaurant Wilson, quand elle avait passé la porte derrière son père, ses vêtements ne paraissaient nullement chiffonnés. Voilà ce qui avait retardé Mr. Christian ! Elle s'était bichonnée, disait-il. Elle avait dû s'endormir, et il lui avait fallu s'habiller. Dans la chambre, elle avait baissé le store interceptant la lumière du soleil, elle avait quitté sa jupe et son corsage, et elle s'était couchée sur le lit, et elle avait laissé ce parfum sur l'oreiller.

Il se leva et se dirigea vers la fenêtre. Il pouvait voir, en face, le toit d'une maison à deux étages. La lumière blanche de la lune se répandait sur le toit, lui conférant un aspect singulier, glacé, désert, qui le réconforta un peu. Au-dessous de lui, il apercevait des gens dans la rue, pas une foule exactement, mais ils étaient assez nombreux, étant donné l'heure avancée. Ils se tenaient au bord du trottoir, sous les lampes à arc, ou ils déambulaient de long en large, en plein milieu de la rue. Les chanteurs, une trentaine environ, s'étaient groupés en désordre devant l'hôtel. « Ils sont ivres », pensa-t-il. Ils étaient venus ici pour une affaire grave, pour assurer leur avenir, et ils étaient là à rôder, ivres, dans la rue, à minuit. Il se sentit écœuré, non seulement écœuré à cause d'eux, mais à cause de lui-même, pour ce qu'il avait dit cet après-midi, pour l'assurance et l'exaltation qu'il avait ressenties, tandis que les mots lui venaient à la bouche. Il avait été ivre lui aussi, ivre d'une autre façon, mais ivre. Il se sentit trompé, trahi.

Un long moment, possédé par ce sentiment, il contempla leurs allées et venues dérisoires. Comme ils paraissaient petits et insignifiants, vus de ce troisième étage ! Maintenant, les chanteurs s'éloignaient, et quelques-uns de ceux qui étaient restés commençaient à s'en aller d'un pas plus ferme, comme s'ils avaient un dessein et un but. Il lui vint alors à l'esprit qu'un homme ressemble beaucoup à un autre homme. Il se souvint que, cet après-midi, il avait dit quelque chose à propos de ce que chaque homme doit aux autres. Un homme ressemblait beaucoup à un autre homme. Lui, il était comme eux. L'un d'entre eux. Et, tandis qu'il regardait les toits blancs et glacés par le clair de lune, il sentit revenir cette exaltation chaude et enivrante, plus parfaite que sous le soleil éclatant. Involontairement, il leva le bras comme pour s'adresser à une grande multitude et lui crier ce qu'il savait être la vérité.

2

Vers la fin du mois d'août, Mr. Munn devint l'un des membres du bureau qui avait pour tâche d'organiser et d'administrer l'Association. Lorsqu'un certain Mr. Murphee se fut retiré, pour raison de santé, les membres du bureau désignèrent Mr. Munn pour représenter à sa place le district de Bardsville ; et, quelque quatre mois plus tard, les membres du district l'élurent pour une période de deux ans.

Il était dans son bureau, un après-midi, quand ils lui apportèrent la nouvelle de sa nomination.

« Mon cher ami, annonça le sénateur, la main tendue, nous sommes venus vous dire que vous faites partie du bureau de l'Association. »

L'embarras et la confusion que Mr. Munn avait d'abord éprouvés prirent une forme positive et se cristallisèrent soudain dans le « non » qui s'échappa brusquement de ses lèvres ; et le bruit que fit ce refus spontané éveilla en lui une surprise égale à celle qu'il observa sur la figure de ses amis. D'un air de doute, il hocha la tête :

« Je n'ai rien à faire dans le bureau. J'apprécie beaucoup le fait que vous désirez m'avoir avec vous, et tout cela, je veux que vous le sachiez bien ; mais je ne suis pas l'homme qu'il vous faut. Il vaut mieux que je dise non. »

Le sénateur souriait de nouveau ; la surprise avait disparu de son visage.

Mr. Munn continuait à secouer la tête.

Il finit par accepter…

Ce n'était pas la modestie qui avait d'abord inspiré son refus brutal et presque impoli. Mais il n'avait pas trouvé de mots pour expliquer au sénateur, ainsi qu'à Mr. Christian et à Mr. Sills, ce qui lui faisait d'emblée refuser cette place. Non plus qu'il n'avait été capable, ce jour-là, debout devant eux, dans son bureau, de se l'expliquer à lui-même. S'il avait pu donner un nom à la secrète mais puissante inspiration qui avait amené le « non » sur ses lèvres, il aurait pu lui obéir et défendre sa position contre l'amabilité du sénateur, l'intimidation de Mr. Christian et le silence froidement ironique de Mr. Sills. Son bon sens, sa logique avaient conspiré avec ses amis pour le forcer à accepter. Ce n'était pas tous les jours qu'une telle chance de se pousser était offerte à un jeune homme de trente ans. Il valait mieux la saisir.

Mais ensuite, pendant des mois, même lorsqu'il fut engagé corps et âme dans les affaires de l'Association et qu'il comprit, sans regret, qu'elle exigeait de plus en plus non seulement toute son énergie et toute son attention, mais encore cette substance intime de son être qui était sa personnalité même, il lui arrivait encore de méditer sur le sens de ce qui l'avait décidé cet après-midi-là, dans son bureau. Il savait que la modestie n'avait eu aucune part dans l'affaire et qu'il n'avait pas un instant douté de ses capacités. Ce que ces gens pouvaient faire, il le pouvait aussi. Et même plus tard, quand il se sentit à l'aise dans cette nouvelle situation, il dut reconnaître que ce qui l'avait si profondément remué ce jour-là, c'était quelque chose de plus conforme à sa nature intime : quelque chose d'insaisissable. Il se sentait obligé, en toute sincérité, de reconnaître le fait, quand il se rappelait comment, après avoir accepté et après le départ de ses amis, il s'était senti abattu, honteux, comme si quelque faiblesse insoupçonnée l'avait trahi.

Il ne les avait pas suivis, mais, presque immédiatement après avoir résisté au mouvement qui l'y poussait, il s'était rendu en hâte à l'écurie de louage, derrière l'hôtel, et il avait ordonné au palefrenier de seller sa jument. En attendant, il avait fait les cent pas le long de l'allée poussiéreuse, entre l'écurie et l'hôtel. Le palefrenier n'en finissait pas. Quand, enfin, il fit sortir la jument, Mr. Munn, sans un mot, sauta en selle et s'éloigna rapidement. Au moment où il atteignit la lisière de la ville et qu'il aperçut devant lui la route qui se déroulait vers l'ouest, blanche, poussiéreuse, il brûla d'impatience. L'après-midi était chaud. Le soleil était encore assez haut pour avoir de la force. De chaque côté de la route toute blanche s'étendaient des champs de tabac, encore sur pied, et les rangées de plants partaient de la route en lignes parfaitement droites, qui allaient se perdre dans une masse indistincte d'un vert sombre, magnifique, qui était le cœur du champ. Les grandes feuilles à l'aspect tropical qui se déroulaient sur les plants, en bordure de la route, étaient poudrées de blanc par la poussière soulevée par les roues des voitures ou par les sabots des chevaux qui s'y était incrustée. Mr. Munn allait trop vite, il savait qu'il allait trop vite, et intérieurement il se traitait de fou, même lorsque, légèrement penché en avant, il savourait les foulées puissantes et souples des sabots de sa jument sur la route poussiéreuse. Il voulait rentrer chez lui. Il voulait voir May…

Il la trouva dans le jardin d'agrément. Il ne s'était même pas donné la peine d'entrer dans la maison, car, sans même y avoir réfléchi, il était certain qu'elle serait là. Dans la cour de la grange où il était arrivé à cheval, un vieux domestique noir, voyant en quel état était la jument, s'écria :

« Seigneu' Dieu, missié Pe'se, mais vous l'avez menée à pe'd'e souffle !

— Non », dit Mr. Munn sèchement.

Il sauta à terre et jeta les rênes au domestique.

« Prends soin d'elle », ordonna-t-il.

Il traversa rapidement la cour, se dirigeant vers la grande pelouse noyée d'ombre. Il la traversa en ligne droite et, contournant la maison, se rendit au jardin.

Lorsqu'il passa l'angle de la maison, May ne parut pas l'entendre venir, car depuis longtemps l'herbe avait poussé et feutrait le gravier de l'allée ; de sorte qu'il la surprit dans la pose pleine d'abandon qu'elle devait avoir lorsqu'elle était seule. Pendant quelques secondes, et avant qu'elle fût avertie de sa présence, il pensa qu'il la voyait maintenant telle qu'elle était lorsqu'elle était seule, car c'était devenu chez lui une habitude mentale que d'essayer de se la représenter quand il n'était pas là, ou de saisir d'elle des images rapides, d'un seul coup d'œil, comme s'il pouvait par là trouver le fil qui le conduirait à son moi le plus intime. Car il le sentait, lorsqu'elle était avec lui, elle n'était pas elle-même, pas absolument ; sa présence, ou la présence d'une autre personne, devait, comme une seule goutte de teinture, troubler le cristal limpide de son être secret. « Elle est seule », se dit-il et, rapidement, il avança, sachant qu'à l'instant même où elle allait se retourner et lever les yeux, elle ne serait plus intégralement elle-même, mais qu'il aurait déteint sur elle.

Obscurément, il sentait que, par elle, il pourrait découvrir la raison de cette impulsion secrète qui l'avait tout d'abord poussé à opposer au sénateur un refus brutal. Le sentiment de faiblesse et de honte qu'il avait éprouvé, après le départ de ces hommes, était encore tout frais en lui, et elle pourrait le chasser définitivement ou, tout au moins, lui suggérer une idée qui lui permettrait de découvrir sa propre nature et de s'en rendre maître.

« Le sénateur Tolliver, commença-t-il, est venu me voir cet après-midi, avec Mr. Christian et avec Mr. Sills. Ils sont venus me dire que je fais partie du bureau de l'Association. »

Il remarqua sur son visage une expression de plaisir.

« Eh bien ! s'écria-t-elle. Mais c'est merveilleux, Perse ! »

D'habitude, un geste ou une parole de lui pouvaient faire naître cette expression, et il en éprouvait la plus grande joie. S'il lui apportait un petit cadeau de la ville, ou s'il mettait pour elle un échalas à une vigne – ce qu'elle oubliait en moins d'une demi-heure –, ou s'il se penchait sur elle à l'improviste pour l'embrasser, la même expression se peignait sur le visage de May, ses lèvres s'entrouvraient légèrement, et ses yeux bleus brillaient, un peu plus grands que d'habitude.

Mais l'expression s'effaçait lentement de son visage.

« Eh bien ! Perse, dit-elle, qu'y a-t-il ? Est-il arrivé autre chose ? Quelque chose de fâcheux ?

— Non, il n'y a rien.

— Est-ce que tu n'es pas content ?

— Si », répondit-il.

Il pensait l'être. Il supposait qu'il l'était.

« Mais tu avais un si drôle d'air !

— J'avais un drôle d'air ? »

Il aurait voulu donner à sa question un tour léger et plaisant, mais il découvrit dans son intonation quelque chose d'autre, une sorte de dureté. Corrigeant l'inflexion de sa voix, il répéta :

« J'avais un drôle d'air ?

— Je pensais qu'il y avait peut-être quelque chose qui n'allait pas !

— Il n'y a rien », dit-il.

Et peut-être n'y avait-il rien. Rien, du moins, qu'il eût été capable d'exprimer par des mots. Il venait de voir la joie paraître sur son visage, tandis qu'il cherchait comment lui dire ce qui s'était passé, cet après-midi. Cela lui avait été impossible. Elle avait été contente, contente pour lui, naturellement ; mais, en lui-même, ce fait signifiait seulement qu'elle voyait la chose du même œil que le sénateur et les autres. Qu'elle pensait, comme eux, qu'il serait heureux de faire partie du bureau. Rien d'autre. Il n'avait pas à être déçu si elle ne pouvait l'aider à nommer ce mouvement impulsif, qu'il n'avait pu définir lui-même. Ce n'était pas sa faute. Pourquoi aurait-il été déçu parce que ni sa présence, ni l'expression de son visage ne lui donnaient le fil conducteur qui lui aurait permis de comprendre ? Son sourire l'avait touché, aussi clair, aussi simple et, à vrai dire, aussi indifférent que la lumière du soleil illuminant tout un paysage. Si cela n'était pas suffisant, ce n'était pas sa faute.

Il lui dit qu'il devait retourner à l'écurie pour s'occuper de sa jument.

S'il se sentait obligé de partir, ce n'était pas qu'elle l'eût fâché, ni qu'il eût été déçu. Il n'avait éprouvé aucune irritation, et il était encore auprès d'elle que sa déception s'était déjà dissipée. Il désirait seulement être seul. Il s'assura que sa jument avait été bouchonnée et installée dans son box. Il traîna dans l'écurie, inspectant les stalles, arrangeant ici un harnais qui n'avait pas été correctement mis à sa place, replaçant là un rouleau de corde sur son crochet. Dans son box, la jument s'agitait sans arrêt ; il n'y prêta aucune attention. Il commençait à faire sombre dans l'écurie et, peu de temps avant l'heure de dîner, il retourna à la maison. Quelle que fût la déception que sa femme lui avait fait éprouver, il l'oublia, le soir, en la prenant dans ses bras, et il acquit de nouveau la certitude d'avoir trouvé en elle l'élément de son bonheur.

Et si, dans les mois suivants, il lui arriva parfois de réfléchir aux événements qui s'étaient passés dans son bureau cet après-midi-là, ce qui l'y poussait, ce n'était pas l'inquiétude, mais le souci de s'interroger d'une façon objective sur son propre caractère. Car ses nouvelles occupations l'accaparaient de plus en plus, et il vivait dans un tel état d'agitation qu'il n'avait guère le loisir de se demander s'il était ou n'était pas heureux. Quand vint l'automne, il voyagea beaucoup dans tout le pays.

Les achats se ralentissaient maintenant, et le tabac que les compagnies réussissaient à se procurer chez les fermiers, en dehors de l'Association, était en hausse. Même la plupart de ceux qui n'étaient pas inscrits à l'Association tenaient bon quand ils pouvaient se le permettre, jouant à coup sûr en attendant de voir comment le vent allait tourner. Ils disaient :

« Je pense bien tenir encore un bout de temps, si je peux trouver quelque chose à manger pour les miens. »

Mais, quand il leur répondait que le moment était venu de signer, que l'Association voulait s'assurer de ses adhérents, ils disaient :

« Non, j' signe rien. »

Et leur longue figure grave se durcissait tandis qu'ils secouaient la tête. Amer, il leur disait :

« Vous avez signé des hypothèques, vous avez bel et bien signé l'abandon de vos terres. »

Et eux, hochant la tête, disaient :

« Des hypothèques, j'en ai signé des bon Dieu d' tas, mais j' signe pas ça ! J'ai jamais été un homme à m' laisser dire par n'importe qui c' que j'ai à faire. J' veux pas qu' n'importe qui vienne me dire quand est-ce que j' peux vendre ma récolte. »

Quand un de ces hommes avec lesquels il causait face à face, dans les petites réunions du secteur, venait donner sa signature, Mr. Munn observait avidement la marche de l'affaire et, tout en gardant un calme parfait, ne quittait pas des yeux les gros doigts rouges, noueux, qui guidaient la plume avant que le dernier paraphe eût été achevé. Chaque nom, lui sembla-t-il plus tard, l'engageait d'une façon particulière, représentait quelque chose de lui-même à lui-même ; et presque toujours, en regardant signer, il se sentait empoigné par un plaisir total, sans faille, qui le transportait hors de lui-même et, pour ainsi dire, hors du temps. Alors l'homme qui venait de signer déposait lentement la plume et le regardait.

Il assista ainsi à des réunions de ce genre, par douzaines. Un bel après-midi, les gens se rassemblaient devant une boutique de campagne ou sur le placître d'une petite église blanche, à un carrefour. Sans arrêt, il regardait autour de lui le bleu impassible du ciel, la végétation poudrée de poussière le long des clôtures qui bordaient la route, les arbres couverts de feuilles aux couleurs vives. Alors il montait sur les marches de l'église et regardait ces gens qui s'étaient assemblés pour l'écouter. Et quand enfin ils se tenaient tranquilles, il se penchait vers eux, gravement, et il leur parlait.

Vers la fin de novembre, il assista à une réunion dans le secteur de Rose Creek. Il avait plu depuis trois jours et il avait dû aller, monté sur un cheval d'emprunt, jusqu'à sept milles au nord de Morris Crossing, et, à chaque pas, son cheval enfonçait dans la boue jusqu'aux boulets. La réunion devait se tenir le soir dans une école située au bord de la rivière. Dans l'après-midi, la pluie cessa, mais le ciel restait couvert. Tout en suivant, au pas de son cheval, la route boueuse, sous un ciel qui paraissait prêt à fondre en eau, il mangea les sandwiches qu'il avait mis dans sa poche, et les miettes lui collaient dans la gorge. La route était déserte.

Au moment précis où s'éteignaient les dernières lueurs grises du crépuscule, il découvrit l'école. Une vingtaine d'hommes, tout au plus, se tenaient là, groupés autour du poêle, où l'on venait juste d'allumer du feu. L'unique pièce était éclairée par deux lampes à pétrole ; sous les verres enfumés, les flammes d'un jaune clair semblaient elles-mêmes raides et pâles de froid. Les hommes, en silence, lui firent place auprès du poêle, et il se présenta lui-même. Chacun des assistants, répétant son nom comme une leçon apprise par cœur, lui prit la main et la secoua. Puis, sans rien dire, ils restèrent debout autour du poêle, tandis que le feu prenait et que la vapeur commençait à monter des vêtements qui séchaient. Quand la pièce fut un peu réchauffée, ils se dispersèrent derrière les pupitres, l'air vaguement embarrassé de se voir sur ces bancs incommodes qui leur rappelaient la sujétion de leur enfance.

Mr. Munn s'était à peine installé derrière la table où l'on avait posé les lampes et avait à peine commencé à parler que la pluie se remit à tomber. Elle tambourinait sur le toit, sans arrêt, mêlant à la voix de l'orateur son bruit insistant, et il avait l'impression qu'elle noyait sa pensée, qu'elle abattait, comme elle abat la poussière, les idées qu'il voulait exprimer, qu'il était vaincu par elle, qu'elle le rendait stupide, qu'elle les plongeait tous, lui et les autres, dans une espèce de passivité et de résignation infinies. Les visages de ces hommes semblaient le lui dire, lui parler plus fort que les mots qu'il leur disait. Mais les quatre minces murailles et le toit avaient raison de la pluie. C'était presque un mystère, un mystère dont la profondeur l'attirait, que lui et ces hommes fussent réunis là, dans cette petite salle pleine de chaleur, de bien-être et de lumière, tandis que, au-dehors, la pluie, le vent et les ténèbres régnaient sur la campagne.

Il avait fini de parler ; personne ne se présenta pour signer. Les assistants s'étaient groupés de nouveau autour du poêle, où le feu maintenant se mourait, attendant que la pluie cesse pour rentrer chez eux et se mettre au lit. Mr. Munn cessa de les presser. Il comprenait que c'était inutile. Il luttait intérieurement contre un sentiment de futilité, une tentation du désespoir. Il se dit qu'il se conduisait en enfant, que cela n'était rien, qu'il appréhendait seulement la longue route qu'il devait faire à cheval, sous la pluie, pour retourner à Morris Crossing. Il essaya d'amorcer une conversation banale, mais il forçait les mots qui sonnaient faux à ses oreilles. Les hommes ne parlaient guère entre eux. Chacun semblait absorbé silencieusement par le cours de la vie dissimulé au plus profond de lui-même, sans relation aucune avec quoi que ce soit d'extérieur, pas même, semblait-il, avec ses propres pieds posés d'aplomb sur les planches du parquet, ni avec ses propres mains qui pendaient, inertes, le long de son corps. Parfois l'un d'eux disait « Ça n'a pas l'air de se lever », et un autre approuvait. Ou bien un autre allait à la fenêtre et s'efforçait de regarder dehors, son ombre noire interceptant le reflet des flammes de la lampe et le pâle éclat d'argent de l'eau coulant sur les vitres.

La pluie cessa vers dix heures. Tous sortirent alors et se dirigèrent vers le hangar pour prendre leurs chevaux. La plupart s'en allèrent immédiatement, et les sabots de leurs montures faisaient dans la boue un bruit mat et étouffé. Mais l'un d'eux demanda à Mr. Munn de tenir son cheval pendant qu'il irait éteindre le feu et fermer la porte de l'école. D'autres, qui s'étaient attardés, lui souhaitèrent une bonne nuit et s'éloignèrent. Par la fenêtre, Mr. Munn apercevait l'homme qui s'affairait devant le poêle. Il le vit se pencher sur une lampe et la souffler. Puis il s'approcha de l'autre lampe et s'inclina sur elle, le visage attentif et grave, comme s'il priait. Soudain, la lumière s'éteignit, et la fenêtre parut toute noire, plus noire que la nuit.

L'homme ferma la porte à clé et vint prendre les rênes des mains de Mr. Munn. Il se mit en selle et s'approcha, la main tendue. Mr. Munn la prit ; il ne le reconnaissait pas.

« Je suis content que vous soyez venu, lui dit l'homme. Et par cette pluie encore !

— Merci, dit Mr. Munn. Et bonne nuit ! »

L'homme répéta « Bonne nuit » et tourna bride.

Comme il avançait dans l'ombre, le bruit sourd et régulier de la rivière en crue l'envahissait. Soit que ses yeux se fussent un peu habitués à la nuit, soit que le plafond de nuages fût maintenant moins épais, il pouvait apercevoir devant lui, sur une certaine longueur, la ligne droite de la route bordée de hautes futaies. Puis, pendant quelque temps, il cessa d'entendre l'eau bouillonner. La route devait s'écarter de la rivière. Il pensait aux hommes qui dormaient à cette heure, seuls ou avec leur femme ; les murs et les toits de leurs maisons les abritaient et les protégeaient. Mais la pensée de leur bien-être n'éveillait en lui aucun sentiment d'envie, à se sentir ainsi seul, privé de sommeil. Même l'apparente faillite de l'effort qu'il venait de fournir ce soir ne le troublait plus à présent. La nuit s'était faite en lui, aussi soudaine, aussi brusque que lorsque la flamme s'était éteinte quand l'homme avait soufflé la lampe. Demain peut-être, comme cela lui était déjà arrivé, il se sentirait différent. À quel moment un homme pouvait-il se fier à ses sensations, à ses certitudes ? À quel point fixer le centre immobile et véritable de son être, le foyer de ses devoirs ? Il n'aurait pu le dire. Et qui pouvait le dire ? Mais, en ce moment, la douceur de la nuit et la solitude l'enveloppaient comme un manteau.

Au cours de l'automne, le bureau tint de fréquentes réunions et chaque fois elles furent marquées par un esprit de triomphe et d'allégresse à peine réprimé, alors même que les questions les plus graves avaient été débattues. Seul le capitaine Todd semblait se garder de l'humeur régnante. Tandis que l'excitation montait autour de lui, il restait assis tranquillement, le sourire grave, ses doigts tambourinant en sourdine sur le tapis vert de la table. Le sénateur précipitait ses gestes, et ses yeux brillaient d'une lueur étrange ; et, parfois, Mr. Christian se levait au milieu de la discussion, arpentait à grandes enjambées le plancher qu'il piétinait de ses lourdes bottes et, gesticulant, s'écriait :

« Bon Dieu ! Nous les avons eus ! »

Et tous les autres faisaient preuve, chacun à sa façon, de la même confiance et de la même agitation. Mr. Munn s'en rendait compte dès qu'il se trouvait en leur présence. Une ou deux fois, il eut l'occasion d'admirer la façon dont le capitaine Todd réussissait à se dégager de l'excitation générale, dont l'atmosphère même de cette salle mal tenue où ils se réunissaient, au-dessus de la banque, était chargée. Une fois, Mr. Christian s'était arrêté net au milieu de ses enjambées, sans finir sa phrase, le bras arrêté en l'air, et, se tournant brusquement vers le capitaine, comme s'il venait de découvrir une critique dans le détachement du vieil homme, il avait demandé :

« Bon Dieu ! Capitaine, vous ne vous êtes donc jamais échauffé pour rien ?

— Il me semble que ça s'est su, dit le capitaine. Une fois ou deux.

— Pas par moi », assura Mr. Christian.

Souriant, le capitaine hocha la tête :

« Nous pensions avoir rossé les Yankees en 1862, remarqua-t-il, mais les choses n'ont pas eu l'air de tourner de cette façon. Vous feriez bien de vous calmer, Bill.

— Le cas est différent, affirma Mr. Christian. Nous les tenons par les oreilles.

— Bill, dit le capitaine froidement, s'ils paient le quintal tout juste trois dollars de plus que l'année dernière, cela ne veut rien dire.

— L'année dernière, c'est tout juste s'ils m'ont payé quatre dollars et demi le cent pour la feuille de première qualité, les salauds ! »

Et Mr. Christian fit deux furieuses enjambées.

« S'ils paient maintenant plus cher, c'est simplement pour nous donner du fil à retordre. Ils pensent que ça leur fait faire encore des économies, Bill. »

Le capitaine sortit sa pipe, la bourra et l'alluma avec un soin excessif.

« Chaque fois qu'ils paient le prix fort, en dehors de l'Association, ils s'imaginent qu'ils feront des mécontents parmi nos adhérents, qui pourraient bien se demander si, par hasard, il ne vaudrait pas mieux être hors de l'Association et en profiter pour faire sa pelote. »

Mr. Christian se tenait debout au milieu de la pièce, immobile comme une souche, ses gros bras repliés et les mains prêtes à se joindre devant sa poitrine, et les doigts crispés comme pour saisir un objet invisible.

« Que je mette seulement la main sur un de ces salauds à double face qui s'avisera de vendre une seule feuille de tabac après avoir signé, dit-il posément et distinctement, en retroussant les lèvres sur ses grosses dents jaunes, et je le… »

Il écarta les mains en esquissant un brusque mouvement de torsion.

« Allons, Bill, calmez-vous, dit le capitaine. Il est dans la nature humaine que certains essaient de se dérober et de vendre quand ils jugeront le moment venu. Nous devons nous y attendre. C'est dans les cartes. C'est toujours dans les cartes, Bill. Le Seigneur Jésus en avait choisi douze qu'il croyait hommes de bien, n'est-ce pas ? Et l'un d'eux l'a vendu.

— Que je… marmonna encore Mr. Christian.

— Eh bien ! Bill, le Seigneur Jésus savait rudement bien choisir. Sur toute la douzaine, il n'y en a eu qu'un seul à le trahir. La seule chose étonnante, c'est que personne n'ait essayé de battre Judas en rabattant sur le prix. »

Mr. Christian se rassit. Ses gros doigts, aux ongles épais et plats, se mirent à tortiller le bord de son chapeau de feutre noir posé devant lui sur la table. Tout le reste de l'après-midi, il resta morne et silencieux.

Au cours de presque toutes les réunions, un moment arrivait où Mr. Munn se sentait lui-même gagné par la confiance et l'excitation générales. Tout paraissait alors si facile, toute difficulté si superficielle, l'avenir si clair ! Cela ressemblait à la chaleur de l'alcool dans l'estomac, qui vous stimule et vous transforme. Rien, ni l'exemple du capitaine Todd, qu'il admirait, ni l'habitude qu'il avait de retourner et d'examiner une idée quand elle se présentait à son esprit, ne pouvait tempérer ce sentiment, quand il s'emparait de lui. Il observait le visage du capitaine Todd, tantôt impassible et tantôt souriant dans sa barbe grise bien taillée, et il admirait son calme, qui semblait naître de sa profonde confiance en lui-même, sa circonspection, son détachement et sa tolérance à l'égard du monde. Il vieillissait peut-être. Il devait approcher de soixante-dix ans. Mais, dans son attitude, il y avait autre chose que la fatigue et le scepticisme de l'âge. À vivre d'une conviction solide et d'une confiance absolue, pendant une période de l'existence, peut-être devait-on fatalement arriver à lui ressembler ? À condition, toutefois, d'être assez ferme pour se retrouver soi-même après l'avoir vécue. Mr. Munn se souvenait d'avoir un jour entendu dire comment, dans un coin perdu du Tennessee, le capitaine Todd, à la tête d'une petite troupe d'à peine quarante ou cinquante hommes, avait, toute une nuit et toute une matinée, défendu le passage d'une rivière gelée contre plusieurs compagnies de cavalerie yankees. Cela devait s'être passé pendant le dernier hiver de la guerre, alors que Hood s'efforçait d'évacuer le Tennessee avec les débris de son armée. Au moment où tout le monde devait comprendre que tout croulait, que tout s'effondrait, le capitaine Todd et ses hommes avaient tenu là, toute la nuit, couchés dans les buissons et les rochers, attendant la prochaine ruée vers le gué, et toute la matinée suivante, alors qu'il faisait assez clair pour voir combien ils étaient, en face, et combien il en venait encore. Une fois ou deux, Mr. Munn s'était demandé ce qu'ils étaient devenus, les autres, ceux qui étaient avec le capitaine, ceux qui n'avaient pas été tués à la défense du gué ou plus tard, et qui avaient survécu. Étaient-ils, eux aussi, devenus, en vieillissant, comme le capitaine Todd ? Ou bien cette nuit-là, devant le gué, avaient-ils été soutenus non pas, en réalité, par leur conviction et leur confiance, mais uniquement par la magnifique et inébranlable réserve de courage qu'un autre leur avait fait partager ? Par le capitaine Todd ?

Mais, maintenant, le capitaine prenait place parmi d'autres hommes, conscient, semblait-il, d'une mûre et secrète certitude sur laquelle il pouvait s'appuyer, hors du remous et de l'excitation générale, soutenu par une confiance qu'il ne plaçait ni dans les événements, ni dans les circonstances nées du hasard, ni dans les faiblesses et les caprices de la foule. Le capitaine Todd avait confiance, parce qu'il ne plaçait sa confiance ni dans les choses, ni dans les événements ; il savait que les choses et les événements sont aveugles. Aveugles comme les taupes.

Mr. Munn devinait que cette connaissance qu'il avait du vieillard ne l'avançait en rien. En dépit de l'exemple du capitaine, il se laissait gagner par ce même courant, qui l'entraînait, comme il entraînait les autres. Et, en même temps, il savait qu'il y avait, pour lui-même tout au moins, quelque chose d'irréel dans ces réunions qu'ils tenaient dans la grande salle poussiéreuse au-dessus de la banque, comme dans la voix sèche de Mr. Sills quand il sortait ses chiffres et ses rapports, comme dans les exclamations et les trépignements bottés de Mr. Christian. Pour Mr. Sills, ses chiffres étaient exacts et définitifs ; il plaçait sa confiance en eux. Mr. Christian mettait sa confiance dans cette énergie prodigue qui se soulevait en lui comme une houle. Mais ce qui se passait dans cette salle ne donnait pas à Mr. Munn une véritable impression de réalité. S'il lui arrivait de la découvrir, cette réalité, c'était plutôt au cours de réunions tenues devant une boutique de campagne, à un carrefour, sur le placître d'une église blanche ; ou lorsqu'un homme disait, en prenant la plume : « Eh bien ! Je crois que je vais le faire » ; ou encore au cours de cette soirée, à Rose Creek, quand la pluie martelait le toit de l'école et qu'il scrutait les visages de tous ces hommes ; ou après, quand il était parti, seul à cheval dans la nuit, les oreilles pleines du bruit de la rivière en crue. Voilà où était pour lui la réalité ; et, bien qu'au cours de ces expériences il n'eût entendu que des voix indistinctes, intraduisibles et parfois contradictoires, il lui était arrivé de croire qu'il découvrirait un jour la vérité qu'elles proclamaient.

Ainsi, tandis que l'automne s'avançait et que venait l'hiver, il vécut, lui sembla-t-il quelquefois, comme en équilibre au bord d'une révélation. Il ignorait ce qui allait arriver, ce qu'allait être la révélation imminente dont l'attente le tenait en éveil. Parfois, lorsqu'il se réveillait, elle aiguisait son intérêt de cultivateur pour le temps qu'il allait faire, et il se précipitait à la fenêtre, encore en chemise de nuit, pour scruter le ciel. Et, quand il avait découvert ce que le ciel pouvait annoncer de fâcheux ou de favorable, il se demandait ce qui avait pu lui causer une telle anxiété ; car le temps qu'il pouvait faire ce jour-là – ou tout autre jour – n'avait aucun rapport avec cette espérance qui l'avait poussé à bondir hors du lit.

L'espérance, cependant, n'était plus aussi tangible maintenant qu'aux jours de son enfance, quand il se rappelait soudain en s'éveillant que c'était dimanche, ou Noël, et qu'il en était rempli, même pendant les occupations absorbantes de la journée, d'une force qui lui faisait exécuter sa tâche comme si chaque petite obligation remplie dût le rapprocher davantage de l'objet inconnu de son exaltation. Et la force semblait infinie. Chez lui, le soir, assis auprès de May, s'il se renversait dans sa chaise et restait silencieux, ce n'était pas à cause de la fatigue. Il n'était jamais fatigué, maintenant. Ses nerfs étaient en éveil et, s'il se taisait, c'était parce que son esprit était alors comme un œil aveugle qui s'efforce de percer les ténèbres.

« Tu as l'air fatigué, Perse ! lui disait sa femme.

— Je ne suis pas fatigué.

— Perse, je voudrais que tu ne travailles pas tant. Tu es en train de te tuer de travail. »

Elle venait alors s'asseoir sur ses genoux et posait la tête sur son épaule. Il lui entourait la taille de son bras, les doigts allongés sur sa petite hanche ronde, et, du pouce, il sentait sous la chair le bord de l'os, l'os fragile comme une porcelaine de prix que l'on a enveloppée de peur qu'elle ne se brise.

« Je ne te vois presque plus, disait-elle. Tu es si souvent absent, tu es tellement occupé, Perse.

— Chérie, j'ai besoin de m'absenter », répondait-il.

Plusieurs fois, il essaya de lui expliquer ce qu'il éprouvait exactement. Il choisissait avec soin tel incident qui lui avait paru significatif.

« Là-bas, disait-il, à la réunion de l'église de New Sharon, il y avait un vieux bonhomme. Je n'avais d'abord pas fait beaucoup attention à lui, parce que c'était le genre de type à se tenir derrière la foule. Ce n'était pas une très grande foule, tout juste quarante ou cinquante personnes, en comptant les femmes. Il n'avait pas l'air très différent des autres, j'imagine ; mais je me suis mis à l'observer… »

Elle l'interrompait.

« Et alors ? demandait-elle.

— C'était une sorte de vieillard, tout cassé. Soixante ans, peut-être. Je l'observais, au cours de la réunion. Il avait une loupe – je crois que ça s'appelle une loupe – ou quelque chose comme cela sur la tempe gauche. Lie de vin, et grosse comme une pièce de vingt-cinq sous. Il ressemblait au vieux Mr. Murdock. Tu sais, le vieux Murdock, le beau-père de Bill Cassady ? Celui qui travaillait chez Tyler ?

— Je ne crois pas me le rappeler. »

Et, comme pour forcer ses souvenirs, elle fixait le feu avec attention.

« Bon. En tout cas, ce n'est pas la question. À part la loupe, il ressemblait au vieux Mr. Murdock. Il portait une salopette et une vieille veste noire et un chapeau de paille. Je ne cessais de le regarder derrière la foule. Quand j'eus fini de parler, je demandai qui voulait s'inscrire à l'Association. Personne ne se présenta. Je leur dis alors que j'étais disposé à répondre à toutes les questions qu'ils voudraient me poser au sujet de l'Association et de son fonctionnement, et que ça les déciderait peut-être à signer. Personne ne disait mot, et personne ne bougeait. Alors ce vieux bonhomme se mit à passer devant les autres… »

Racontant cet incident, ou un autre du même genre, il comprenait soudain que l'histoire, entre ses mains, s'en allait en lambeaux. Il s'était imaginé que, s'il pouvait raconter à sa femme l'histoire, exactement telle qu'elle s'était passée, le sens en serait devenu clair, ainsi que ce qu'il avait ressenti.

Il terminait gauchement, comme s'il s'excusait :

« Alors il a signé. Et, après lui, deux ou trois autres en ont fait autant.

— Ça en fait quatre qui ont signé, ce jour-là, avait alors dit May, d'un air pensif et aimable.

— La moindre chose peut servir », répondait-il, soudain agacé de se sentir maladroit.

Il n'essayait même pas de finir l'histoire telle qu'elle s'était passée, quoique la scène se présentât très nette dans son esprit. Le vieillard avait traversé la foule, paraissant ignorer la présence des autres, comme il aurait marché en plein champ, et il avait dit :

« Mon gars, si vous voulez bien me donner ce porte-plume, je vais signer mon nom. »

Mais, avant de signer, il avait regardé Mr. Munn et il avait ajouté :

« Mon p'tit lopin d' terre, y a près d' trente ans que j' l'ai. Pendant tout c' temps-là, y a eu personne à m' dire ni oui ni non, ni va ni viens. Je vais mettre mon nom là-dessus, mon gars ; et si maintenant vous dites oui, c'est oui, et non, c'est non. C' que j' peux avoir comme récolte, c'est pas grand-chose. Ma récolte, c'est une goutte d'eau dans la mer. Mais j' vais signer. »

Après avoir signé, il avait levé les yeux, tenant toujours le porte-plume, et il avait dit :

« C' n'est point très bien écrit. »

Au moment où elle s'était passée, cette scène qui, maintenant, n'était plus rien, qui maintenant lui collait à la gorge quand il cherchait ses mots pour la raconter, avait eu une importance extraordinaire. Ce moment-là, lui avait-il semblé, constituait un point d'observation d'où il pourrait examiner les autres moments, dans leur vraie perspective et à leur valeur véritable, les moments du passé et, peut-être, les moments à venir. Peut-être était-ce encore vrai, mais, assis devant le feu, avec sur les genoux le fardeau léger et charmant de May, et la main posée sur sa hanche dans un geste protecteur, il secoua la tête, dans un brusque mouvement de confusion.

Il venait encore une fois d'échouer dans sa tentative de s'expliquer à May et à lui-même. L'explication, ce qui le tirait brusquement du sommeil, le matin, comme l'appel d'une voix, l'imminence d'une révélation – ces choses certainement étaient réelles pour lui, mais insaisissables. Il avait conscience de leur existence, comme de quelque chose aperçu du coin de l'œil ; quand il voulait les regarder en face, tout avait disparu. Mais cette attente, bien qu'elle défiât ses définitions, déteignait sur tout, même sur son amour pour May. Pendant plus d'un an, cet amour avait été une chose en soi, différente des autres choses par sa plénitude, et sa perfection, et son équilibre. On ne pouvait plus le dire en toute vérité, car son amour ne semblait plus être maintenant une fin et une récompense, mais un commencement ; un devoir charmant et joyeux, mais un devoir ; non un tout, mais la partie d'un tout, qui lui échappait ; non un équilibre stable, mais un mouvement, aveugle quoique doux, qui le menait vers quelque imprévisible but. Son amour, comme il avait pu le croire un moment, n'était pas la réponse, mais la question. Quand il tenait May sur ses genoux, comme le jour où il lui avait raconté l'histoire du vieillard, il se penchait en fermant les yeux pour l'embrasser dans le cou, le visage plongé dans le pli de chair où le cou rejoignait l'épaule. Ou bien il la prenait dans ses bras et la serrait contre lui si fort qu'il sentait les côtes céder sous la pression comme si, par cette légère cruauté, il pouvait arracher la satisfaction et l'assurance suprême de n'être pas seulement possédé par l'amour.

« Non, Perse, disait-elle, le souffle coupé. Non ! Pas ainsi. »

Il ne desserrait pas son étreinte ; un petit germe de cruauté naissait dans son esprit, comme si les mots qu'elle disait s'adressaient à un autre, comme s'ils n'étaient pas dits pour lui, comme si ce n'était pas lui qui les entendait. Alors, quand, la respiration coupée, elle répétait « Non, Perse », il desserrait son étreinte, éprouvant en même temps une sorte de déception, masquée par le plaisir qu'il trouvait en elle. « Je t'aime tant », disait-il.

Mais ce même espoir d'une découverte et d'un accomplissement, qui lui venait au réveil, ou qui le poussait à raconter à May un incident quelconque, ou à la saisir aux épaules, le forçait parfois à s'arrêter un bref instant, pour scruter le visage de ceux avec qui il lui arrivait de causer. Ce qu'ils lui disaient maintenant, ils le lui avaient déjà dit, ou d'autres avant eux, dans ce même bureau. Ils avaient des ennuis. Ils étaient en discussion avec d'autres pour une affaire d'argent, une terre, du bétail. Les maris ne pouvaient plus vivre avec leurs femmes, ou les femmes avec leurs maris. Ils sentaient venir la mort, et ils voulaient faire leur testament. Il les écoutait et notait leurs paroles avec soin, car c'était son métier, il observait leurs visages et prenait alors conscience que quelque chose existait derrière les mots et les visages, quelque chose que leurs paroles n'arrivaient pas à exprimer.

Lorsque, vers la fin de l'été, il avait, pour la première fois, reçu la visite de la femme de Bunk Trevelyan, il ne l'avait pas vue comme une personne vivante, et il n'aurait pu dire si son visage était plus triste qu'un autre. Assise dans son bureau, ses courtes mains couleur de terre sèche croisées tranquillement sur les genoux, dans sa robe de crêpe de Chine bleu fané, passé au soleil, elle lui avait paru identique à toutes ces autres femmes qui s'étaient assises à la même place, vêtues pour la circonstance de leur plus belle robe, et qui, de la même voix monotone, lui avaient exposé leurs difficultés. Elle s'était assise là, du même air et de la même façon que toutes ces femmes de métayers et de fermiers pauvres, insignifiante, sauf dans la mesure où cette insignifiance la faisait ressembler à ces autres femmes, dont l'insignifiance même était le seul intérêt. Elle était, lui avait-elle dit de cette voix neutre, impersonnelle, la femme de

Harris Trevelyan ; peut-être connaissait-il Harris Trevelyan ? Il avait une petite maison sur la route de Murray Hill.

« Non, avait-il répondu, je ne crois pas le connaître.

— Il est plutôt connu sous le nom de Bunk, avait-elle poursuivi. Mais ce n'est pas son vrai nom, le nom qu'on lui a donné. Les gens l'appellent comme ça, on ne sait pourquoi. Mais moi, je l'appelle Harris. C'est son vrai nom.

— Je ne crois pas le connaître sous ce nom-là.

— Il est très grand, plus grand que presque tous les autres, avait-elle dit avec une nuance de fierté dans la voix. Il a des cheveux roux.

— Je crois le connaître. »

Et il avait hoché la tête comme s'il se souvenait soudain, alors qu'autant qu'il pouvait se rappeler, il n'avait jamais jeté les yeux sur le nommé Harris (ou Bunk) Trevelyan.

« Je pensais bien que vous deviez le connaître », avait-elle répliqué.

Puis, de la même voix monotone, et comme si l'affaire qui l'avait amenée était déjà réglée (la réflexion lui en était venue après coup), elle lui avait expliqué :

« On l'a mis en prison.

— En prison », avait répété Mr. Munn, non parce qu'il était surpris, mais parce que son esprit était absent.

Il souhaitait que cette femme s'en aille pour rentrer chez lui, pour fuir la chaleur et s'asseoir auprès de May, sous la galerie.

« Ils sont venus l'arrêter ce matin.

— Et pourquoi l'a-t-on arrêté ?

— Ce n'est pas lui qui a fait ça, avait-elle dit.

— Fait quoi ?

— Tué le vieux. »

Elle devait avoir lu la question dans le regard de Mr. Munn, car elle avait ajouté, pour s'expliquer ou s'excuser :

« Le vieux Tad Duffy. Ils l'ont trouvé couché sur la grand-route, mort. C'était un sale type, mais ce n'est pas Harris qui l'a tué.

— J'ai lu quelque chose à ce sujet dans le journal, avait dit Mr. Munn.

— Ce n'est pas lui qui l'a fait. »

Elle insistait, tandis que ses doigts courts, couleur de terre, remuaient machinalement sur sa robe de crêpe de Chine fanée.

« Racontez-moi tout, avait-il commandé. Depuis le commencement. »

Ceci se passait au début du mois d'août. Dans le bureau, la chaleur était excessive et, dehors, le soleil emplissait la rue d'une blancheur incandescente. Au-dessus de la fenêtre, l'auvent de grosse toile avait, sous la lumière, l'air d'un morceau de papier sale. Il avait compris qu'il ne pourrait pas sortir de sitôt pour retrouver la fraîcheur de la maison. Il allait rester là à écouter cette femme, assise très droite sur le bord de la chaise, qui lui parlait de cette voix sèche et distante, un chapeau de paille minable, garni de rubans, planté de travers sur sa tête, le bord de la robe souillé de poussière rouge.

Bunk Trevelyan, dit sa femme, s'était disputé avec l'homme nommé Tad Duffy au sujet d'une source. L'eau baissait dans leur puits et ils utilisaient la source pour y puiser de l'eau potable. Le ruisseau qui coulait sur leurs champs était tari, et il leur fallait aussi prendre de l'eau à la source pour le bétail, car on ne pouvait pas laisser les bêtes y piétiner si on voulait que les gens puissent en boire l'eau. Bunk Trevelyan avait surpris Duffy en train de puiser de l'eau dans la source, alors que la source était du côté de chez Trevelyan. Il avait dit à Duffy de ne pas s'approcher de la source, mais, deux jours plus tard, il l'avait encore attrapé en train de remplir une barrique installée sur une charrette. La charrette était du côté de chez Duffy, et un Noir l'aidait à porter l'eau à la barrique. Quand Trevelyan l'avait vu remplir sa barrique, il avait été saisi d'une telle rage, devait-il dire plus tard à sa femme, qu'il n'avait pas dit un seul mot, mais qu'il avait couru chez lui prendre son fusil. Quand elle l'avait vu prendre son fusil et courir vers la source, elle l'avait suivi, disait-elle, pour l'arrêter, dans le cas où ils en viendraient aux mains. Quand Trevelyan était arrivé à la source, Duffy s'en allait avec sa charrette ; Trevelyan l'avait alors couché en joue, c'était vrai – elle dit qu'elle ne pouvait pas le nier –, et le Noir avait dit la vérité quand il l'avait raconté au shérif, et elle l'avait alors saisi par le bras, le forçant à abaisser l'arme, mais il avait dit qu'il allait faire dans cette barrique tant de trous qu'on pourrait voir le jour au travers, qu'il allait lui fiche la frousse, à Duffy. En réalité, il n'avait pas tiré. Et il n'avait jamais eu l'idée de tirer sur Duffy.

« Qu'a-t-il dit, exactement, quand il a pris son fusil ? demanda Mr. Munn.

— Il a dit qu'il allait faire des trous dans cette barrique, tant qu'on verrait le jour à travers, et qu'il allait flanquer la frousse à Duffy.

— Vous rappelez-vous exactement les mots qu'il a employés ? Ce qu'il a dit exactement à propos de Duffy ? »

Elle le regarda d'un œil morne, en mouillant ses lèvres grises du bout de la langue.

« Vous ne vous rappelez pas ? demanda-t-il un peu sèchement.

— Il a dit... commença-t-elle très bas – et elle se mouilla les lèvres de nouveau –, il a dit qu'il allait lui flanquer une telle frousse, à cet enfant de putain, qu'il le ferait... »

Elle laissait traîner les mots.

« Eh bien ? »

Elle le fixait, semblant s'excuser, et le sang colorait sa figure jaunâtre. Elle secoua la tête :

« Je ne peux pas le dire, dit-elle.

— Est-ce parce qu'il a employé des mots grossiers ?

— Oui, plutôt grossiers. Très grossiers, on peut le dire.

— C'est pour cette raison que vous ne voulez pas me les répéter ? demanda-t-il. Non parce qu'il a dit quelque chose que vous ne voulez pas que je sache, quelque chose qui puisse lui nuire ?

— Oui, c'est pour cette raison-là, admit-elle, et elle mouilla ses lèvres. C'étaient des gros mots. Je ne peux pas les dire. Devant personne.

— Eh bien ! Dites-moi le reste », ordonna-t-il.

À ce moment, il avait commencé à pressentir, pour une raison ou une autre, que Bunk Trevelyan était innocent.

Elle lui raconta alors comment son mari s'était rendu en ville, avec sa charrette, le jour où Duffy avait été assassiné.

À son retour, elle était dans les champs, en train de butter des courges. Arrivé à la maison, il avait pris sa houe et l'avait rejointe. Le lendemain, quelqu'un avait dit qu'on avait tué le vieux Tad Duffy. Il avait reçu un coup de couteau, et on l'avait laissé dans un buisson d'épines, sur le bord de la route. C'était tout ce qu'ils avaient appris jusqu'au moment où le shérif était arrivé, avec deux hommes, pour arrêter Trevelyan. Il était dans la cour, en train de traire ses vaches, et ils l'avaient emmené en prison.

« Je vais aller lui parler à la prison, dit Mr. Munn. Vous n'avez qu'à attendre jusqu'à mon retour. Je ne serai pas longtemps absent. »

Il descendit dans la rue, sachant bien que, lorsqu'il reviendrait, elle serait encore là, assise sur le bord de sa chaise, très droite et les mains jointes sur les genoux dans une immobilité douloureuse. Mais, à ce moment-là, elle n'avait pas pour lui, au sens propre du terme, une existence réelle. Ce ne fut qu'après l'avoir vue chez elle, le jour où il s'y rendit pour la questionner de nouveau au sujet de la dispute, qu'il comprit qu'elle était réellement un être vivant, le centre d'un univers aussi réel et aussi important que l'univers qu'il connaissait, celui dont il était lui-même le centre. Il se tenait là, dans cette cabane composée de deux pièces, au milieu des objets qui étaient les témoins de la vie de cette femme – les chaises défoncées, la table de bois blanc frottée avec soin, le dressoir, avec son miroir fêlé, le poêle, le lit de bois – et tous ces objets, comme s'ils lui parlaient tout bas, lui révélaient en elle quelqu'un qu'il ne connaissait pas. À cause de la table de bois blanc si bien frottée, l'immobilité des mains courtes et sèches, pleines de gerçures, devenait éloquente et lui permettait de la mieux comprendre, d'une façon plus approfondie. Et le lit boiteux, couvert d'un édredon fané, fait de pièces et de morceaux délavés, lui disait la probité cachée et la pureté de sa passion. Il devait en avoir été ainsi, en tout cas, au moins une fois, lorsque, par exemple, Trevelyan l'avait amenée ici pour la première fois. Il se rappelait de quel ton fier elle lui avait dit, dans le bureau, que son mari était plus grand que les autres. Elle le mettait au-dessus des autres. Il devina soudain, avec une certaine mauvaise humeur, la mauvaise humeur de quelqu'un qui ne veut pas être troublé, comment, la nuit, son corps maigre enveloppé d'une chemise de nuit en coton devait s'agiter, dans son sommeil de chien las, en allongeant en vain le bras à travers le matelas, vers la place où Trevelyan, maintenant, n'était plus.

« Madame Trevelyan, dit-il, l'interrompant comme elle lui racontait comment, le même jour, et après le retour de son mari, un couteau neuf ainsi que d'autres objets avaient été volés dans la cuisine alors qu'il était sorti pour aller aux champs. Madame Trevelyan, avez-vous des enfants ?

— Non, monsieur », répondit-elle.

Et elle lui jeta un regard surpris, essayant d'établir un rapport entre cette nouvelle question et ce qu'elle venait de dire.

« Non, monsieur. Mais j'en ai eu deux. Ils sont morts.

— Quand les avez-vous perdus ?

— Il y a eu un an l'été dernier. De la diarrhée rouge.

— Je vous demande bien pardon », dit Mr. Munn.

Il rentra tard ce jour-là, et, le soir, en faisant avec May une petite promenade le long d'un champ où le tabac venait d'être coupé, il pensa de nouveau à la femme de Bunk Trevelyan. Il se demandait à quoi ressemblait cet univers dans lequel elle vivait, à quoi elle ressemblait elle-même. Un univers certainement aussi complet, aussi vaste et aussi personnel que le sien, ou que celui de May. Il se demandait, poussé par une curiosité irrésistible, à quoi ressemblait cet univers, à quoi ressemblait cette femme. Mais, songeait-il, comment le savoir, alors que lui-même l'ignorait et qu'il pouvait seulement le deviner quand il s'agissait de May ? May était une femme menue, avec une masse de cheveux blonds qui semblaient trop lourds pour elle et qu'elle paraissait porter avec peine, courageusement. Elle avait une gentille façon de parler et, quand elle était heureuse, son regard s'illuminait d'un éclair brusque. Au printemps, elle semblait toujours s'intéresser au jardinage ; elle mettait des graines en terre et s'exclamait aux premières pousses tendres ; mais, quand il commençait à faire trop chaud, elle oubliait le jardin, et les mauvaises herbes pouvaient alors l'envahir sans qu'elle y prête attention ; en automne, elle restait pendant des heures, seule, dans le jardin desséché, ou bien elle s'y promenait, plongée dans une douce et grave méditation. Elle aimait son mari et, la nuit, elle s'endormait en posant la tête sur son bras. Et il l'aimait…

Ces choses-là, et peut-être un millier d'autres du même genre, voilà tout ce qu'il savait de May. Mais elles n'étaient pas May. Et, s'il ne pouvait pénétrer dans son univers, mais seulement le deviner, que pouvait-il connaître de la femme de Trevelyan, qu'il n'avait vue que deux ou trois fois et qu'il n'avait même jamais touchée du doigt ?

Il allongea le bras pour prendre la main de May. Elle glissa un bras au creux du sien et se serra contre lui tout en marchant.

Le tabac avait été coupé depuis peu. Les champs rougeâtres, nettement délimités dans le lointain par les tronçons de tiges qui marquaient l'endroit où les plants avaient poussé, semblaient étrangement nus, étrangement paisibles, sous les derniers rayons obliques de la lumière. Sur un monticule, au bout du champ, à l'endroit où s'élevait la grange, une charrette avait été abandonnée. Elle semblait faire partie du champ, participer à cette impression de repos et de plénitude.

« C'est une bonne récolte, dit-il, tandis qu'ils gravissaient la pente qui montait vers la grange. Nous pourrions même en obtenir un prix convenable, continua-t-il, pour changer. Quand je pense que l'année dernière j'ai pu tout au mieux en tirer quatre dollars et demi le cent, et pour des feuilles de premier choix, je deviens enragé et je me demande comment nous avons pu supporter cela aussi longtemps. Je me rappelle ce maudit acheteur de la compagnie Alta arrivant chez moi, à la porte de ma grange, celle-ci, là, en face, dans le champ – et du doigt il indiquait la grange où des filets de fumée bleue s'échappaient du toit et montaient en s'amincissant – et me disant : "Mr. Munn, nous pouvons vous donner quatre dollars soixante-quinze pour vos feuilles premier choix, et trois pour le second choix." Et quand je lui eus dit "Non" : "Mr. Munn, votre propriété est située dans mon rayon d'achat, et vous ne recevrez d'offres de personne d'autre que moi. C'est dans votre intérêt que je vous dis cela ; vous pouvez donc accepter mes prix, cela vous évitera des désagréments, car les prix ne seront probablement plus aussi avantageux quand je reviendrai : les cours viennent brusquement de baisser, ces derniers jours.” Je lui ai répondu… »

May lui donna sur le bras une petite tape et dit :

« Je sais, Perse. Ne reviens pas là-dessus, c’était l’année dernière. »

Doucement, il se dégagea et s’approcha de la porte de la grange.

« Je vais juste donner un coup d’œil, dit-il. Veux-tu venir aussi ?

— Je veux bien », dit-elle.

La grange était plongée dans l’ombre. On n’apercevait que le rougeoiement immobile des souches qui se consumaient lentement, sur la terre battue. Il regarda en haut, où, dans l’obscurité, les plants de tabac pendaient en rangs serrés. À peine visibles à travers le voile de fumée qui se déroulait mollement jusqu’aux dernières rangées, les plants suspendus par le pied et les feuilles pendantes ressemblaient à de grandes chauves-souris endormies et serrées en grappes.

« Il n’est pas encore assez fumé pour être tout à fait à point », dit-il.

Il regardait toujours là-haut les feuilles pendantes. May s’approcha de lui et lui posa la main sur le bras.

« La question n’est pas simplement d’arriver à vendre un peu plus cher, dit-il. Même si en cinq ans nous n’avons pu obtenir un prix honnête. Il y a quelque chose de plus – il hésita un instant –, du moins, cela pourrait être. »

Un gros paquet de cendre venait de crouler d'une bûche, libérant une bouffée de fumée et découvrant le cœur du bois, qui se consumait, rouge et brillant.

« Il fait chaud, dit May. Je me sens un peu fatiguée.

— Allons-nous-en », répondit-il.

Avant d'arriver à la maison, il se souvint d'avoir dit à la femme de Trevelyan qu'il lui enverrait quelques-uns de ses ouvriers pour couper son tabac et installer les feux. Cela n'avait déjà que trop tardé.

3

Mr. Munn finit par se convaincre que Bunk Trevelyan disait la vérité.

« Sûr que je l'ai visé avec mon fusil », disait Trevelyan, assis sur le bord de la paillasse, dans la cellule, le dos courbé, et ses grosses mains rouges pendantes sur les genoux.

Sur la peau hâlée des mains, les gros poils roux paraissaient pâles.

« Mais ça n' veut pas dire que j' lui ai donné un coup de couteau, à ce salaud-là. J'ai même jamais voulu lui tirer dessus. J' voulais fout' des trous dans c'te barrique, tant qu'on aurait vu l' jour au travers. Et j' voulais lui fout' la frousse, à c' salaud-là, qu'il en chie dans sa culotte. Et p't-être aussi que j' l'aurais fait si ma femme ne m'avait pas comme ça attrapé le bras. Tout l' monde l'aurait fait en trouvant c' bougre-là en train d' prendre de l'eau chez vous, en pleine sécheresse, et vot' source quasi tarie. Quand j' l'ai vu qui prenait d' l'eau dans ma source avec sa barrique, j'y ai rien dit. J'ai pas ouvert la bouche. J'ai seulement été à la maison pour prend' mon fusil, et j' me suis grouillé vers la source. Quand j' suis arrivé au tournant d' la route où qu'est c' grand gommier, et que j' l'ai vu qui fouettait sa sale mule et mon eau qui giclait d' sa barrique, j'ai seulement épaulé pour fout' un pruneau d'dans. Tout l' monde aurait fait ça. Mais j'ai pas appuyé sur la gâchette, tout d' même. Ma femme m'avait empoigné l' bras. C' que j'ai fait, c'est pas un crime. Et si c' sacré nègre, avec sa grande gueule, n'avait pas raconté à un aut' négro c' qu'il avait vu, et si c't' autre négro l'avait pas dit à un autre, avec sa grande gueule, j' s'rais pas ici, à c't' heure. Que j' l'attrape seulement, c' négro-là, et j' te le rosserai ! Mais, Duffy, sûr que j' l'ai visé avec mon fusil, et sûr que j' suis content qu'il soit mort, le salaud, et j' m'en fous bien qu'on l' sache, mais ça n' veut pas dire que j' l'ai tué. Tout d' même, c'est pas vrai, ça ?

— Non, admit Mr. Munn. Ça ne prouve rien. Rien devant la loi.

— Non, sûr que ça n' prouve rien. »

Il était sûr que Trevelyan était innocent. S'il avait eu l'intention de tuer Tad Duffy, il aurait fait son plan autrement. Pas sur la route, en plein après-midi, et à découvert. Il l'aurait surpris dans le chemin, à travers bois, un soir quelconque, ou près de la rivière, dans un fourré. Mr. Munn regardait cet homme de haute taille qui se balançait sur sa paillasse, d'un air somnolent, et, à cet instant, il le voyait presque, appuyé contre un arbre dans les bois, à la tombée de la nuit, un couteau qui semblait tout petit et peu dangereux dans sa grosse main ; ou bien accroupi dans les roseaux, au bord du chemin, et se dressant soudain pour saisir au poignet l'homme qui passait et le forcer à se retourner tandis que le couteau s'abattait.

Il secoua la tête, brusquement. Non, ce n'est pas ainsi que Trevelyan aurait agi. Il n'aurait pas calculé et prémédité de cette façon, mais il aurait frappé tout d'un coup, dans un accès de rage, mais pas de guet-apens dans les bois ou dans les roseaux. Il étudiait le visage de l'homme, bien en chair, mais la grosse charpente osseuse apparente sous la peau hâlée, où le sang paraissait tout de suite. En opposition avec la peau rougie et collée sur la chair dure, les cheveux roux et décolorés par le soleil semblaient pâles, comme les poils qui couvraient ses mains. Non, Bunk Trevelyan aurait fait cela instantanément, dans un bond soudain, ou bien il aurait pressé la gâchette dans un accès de rage aveugle : s'il avait dû le faire, c'est auprès de la source qu'il l'aurait fait.

Sa conviction était si ferme qu'il fut à peine troublé lorsque, au début de l'après-midi, le second jour du procès, Mr. Little fut appelé à la barre des témoins pour déposer au sujet du couteau. Il témoigna que, le 2 août 1904, assez tôt dans l'après-midi, il avait vendu à l'accusé, dans son magasin de quincaillerie, un couteau de boucher. Il s'en souvenait parfaitement, et sans le moindre doute, car le couteau était le premier d'une nouvelle commande livrée justement la veille. Il savait exactement que c'était ce jour-là, parce qu'il avait chez lui la référence du jour où la caisse était arrivée, et il avait également vérifié le fait chez le camionneur, avant d'en parler à qui que ce soit, parce que, dit-il, il n'était pas homme à ouvrir la bouche à propos de quelque chose qu'il ne pourrait pas prouver. C'était une grosse de couteaux achetée chez Dewey Jobbing et Cie, de Nashville, et le numéro de série des couteaux était M.120073. C'était pourquoi il se rappelait si bien. L'accusé avait demandé à voir des couteaux de boucher, mais il avait dit qu'aucun de ceux qu'il voyait ne lui plaisait, et il avait demandé si Mr. Little en avait d'un autre genre. Il avait dit qu'il ne voulait d'aucun de ces couteaux de fer-blanc, ce qui, ajouta Mr. Little, était seulement une façon de parler, car tous ses couteaux étaient de bonne qualité et toujours en acier de tout premier choix : de la bonne marchandise. L'accusé avait dit que ce qu'il désirait, c'était un bon couteau, solide, avec une lame ni trop longue, ni trop recourbée, quelque chose dont sa femme pourrait se servir à la cuisine et qu'il pourrait utiliser lorsque le moment serait venu de tuer le cochon.

Quand Mr. Little dit « lorsque le moment serait venu de tuer le cochon », quelqu'un ricana dans la salle d'audience, et le juge frappa un coup de marteau.

« Lorsque le moment serait venu de tuer le cochon », répéta Mr. Little avec un air de froide dignité.

Puis il continua sa déposition. Les couteaux qu'il venait de recevoir, avait-il dit à l'accusé, feraient justement son affaire. Il était alors allé dans l'arrière-boutique, il avait ouvert la caisse et en avait sorti un. L'accusé avait dit que cela lui convenait parfaitement, il l'avait pris et payé, et il était parti en disant : « Bien obligé. »

« Pouvez-vous reconnaître le modèle du couteau que vous avez vendu à l'accusé ? » demanda le procureur à Mr. Little.

Mr. Little dit qu'il en était capable.

« La lame était plus courte que d'ordinaire, dit-il, le dos un peu plus épais et les rivets de cuivre, sur la poignée, n'étaient pas ronds ; ils étaient carrés et pas en ligne droite. Et la marque de fabrique se trouvait sur la lame, tout près du manche. On pouvait lire : "Tout acier". »

Le procureur défit alors un paquet enveloppé dans un journal et lui tendit un couteau.

« Était-ce un couteau comme celui-ci ? » demanda-t-il.

Mr. Little examina le couteau et dit que c'était le même modèle.

Pendant tout le temps que dura la déposition de Mr. Little, Mr. Munn observait Bunk Trevelyan à la dérobée. Trevelyan était renversé sur sa chaise, qu'il emplissait de sa masse. Il sembla quelque temps attentif à ce que disait le témoin, d'un air de politesse indifférente et forcée, puis son regard se porta vers une des hautes fenêtres, derrière laquelle on pouvait apercevoir, se détachant sur le bleu glacé et indifférent du ciel, l'extrémité de quelques branches noires et dénudées où restaient attachés des lambeaux de feuillage mort. Il ne paraissait ni troublé ni surpris de la déposition du témoin ; il semblait à peine s'y intéresser. Sans même avoir besoin de regarder les jurés, Mr. Munn devinait qu'ils étaient en pleine tension d'esprit. Pour eux, ce moment amenait le procès à son point crucial. Il y avait presque toujours un tel moment, quand les jurés, dans leur box, se penchaient un peu en avant : on pouvait alors savoir presque certainement si le procès était gagné ou perdu.

Ce moment était arrivé, il en était presque sûr, désespérément ; et il en fut encore plus sûr dès que, Mr. Little ayant été s'asseoir, le coroner, le docteur Abel, fut rappelé à la barre, et, tenant à la main le couteau net et luisant, déclara, en le tournant et le retournant doucement, que les quatre blessures relevées dans le dos de la victime pouvaient avoir été causées par un couteau semblable. Elles étaient, disait-il, assez larges et assez profondes, car la première avait frappé dans le dos, juste sous la douzième côte, et avait pénétré dans la moitié antérieure du rein droit, en sectionnant l'artère rénale.

« C'est celle-là, dit-il d'un ton d'autorité, qui a dû être faite la première. »

Il porta alors la main à son dos, d'un geste maladroit, car il était corpulent, pour indiquer le point où la lame était entrée.

« Exactement comme je viens de le dire », ajouta-t-il.

Puis il continua :

« Et cette deuxième blessure, entre la onzième et la douzième côte, celle-là a été portée en plein dans le foie, pénétrant dans la veine porte. Oui, monsieur. Et celle qui a frappé dans le sommet du poumon, celle-là a dû être faite en dernier, comme je viens de le dire, au moment où la victime s'affaissait, en haut, entre la troisième et la quatrième côte, à peu près au milieu entre la quatrième vertèbre dorsale et… »

La voix allait toujours, mais Mr. Munn n'écoutait plus…

Le coroner fut le dernier témoin à charge. Pendant qu'il parlait, Bunk Trevelyan regardait le ciel clair par la fenêtre. Quand, à la demande de Mr. Munn, le juge eut accordé de remettre l'audience au lendemain matin, il sortit de la salle sans dire un mot à son client, descendit les escaliers jusqu'au hall délabré du palais de justice et sortit au soleil. Il s'appuya contre un arbre, du côté de la cour, alluma sa pipe et regarda à ses pieds l'herbe fanée depuis la saison dernière. Il savoura le plaisir des premières bouffées après la privation dont il avait souffert l'après-midi, puis il n'y prit plus garde. Des gens qui avaient assisté au procès commençaient à traverser la cour en groupes épars.

Un homme s'arrêta devant lui :

« Eh bien ! Perse, cette fois-ci ils pourraient bien avoir votre homme, il me semble ? »

Mr. Munn le regarda et, avant de répondre, souffla négligemment la fumée entre ses lèvres.

« Peut-être pas », dit-il en hochant la tête.

Il resta devant la porte de la prison jusqu'au retour des policiers.

« *Hello!* leur dit-il en faisant un signe de tête.

— Vous voulez voir votre bonhomme, Mr. Munn ? demanda l'un d'eux.

— Y a-t-il quelqu'un par là pour me faire entrer ?

— Il y a le vieux Dickey », répondit le premier policier.

Puis il lança un jet de jus de tabac dans la poussière du trottoir, en secouant la tête d'un air doucement étonné.

« Votre client, hein ! Il n'a pas bougé d'un poil. Il n'a pas l'air de s'en faire une miette. On dirait que rien ne l'épate.

— Je pense qu'un bout de corde l'épatera », dit son camarade en ricanant.

Mr. Munn le regarda en face, comme s'il voyait pour la première fois la figure de cet homme, qu'il rencontrait en ville depuis des années : les yeux petits et injectés de sang, enfoncés dans la chair bleuâtre et ridée, le nez lourd, grêlé, les lèvres qui grimaçaient dans une malicieuse et insinuante familiarité et découvraient des dents jaunes entre lesquelles sifflait une haleine empestée. Il continuait de le regarder et il se disait : « Non, cette figure-là, je ne l'avais encore jamais vue avant. »

Sous le regard pénétrant de Mr. Munn, le ricanement de l'homme faiblit. Il s'arrêta. Mr. Munn se tourna lentement vers l'autre policier.

« Je n'ai rien voulu dire », déclara l'autre. Mr. Munn l'ignora et dit à son camarade : « À bientôt ! » Rapidement, il pénétra dans le parloir frais et sombre de la prison. Il resta un moment debout avant de pousser la petite porte qui ouvrait sur le corridor et appela Mr. Dickey.

Comme la première fois, Bunk Trevelyan se balançait sur son lit de camp d'un air détaché, mais, en dépit de sa pose indolente, il semblait léger et parfaitement tranquille. Debout dans l'étroit espace, près du lit de camp, Mr. Munn le regardait.

« Trevelyan, lui dit-il, vous m'avez menti.

— Y a jamais eu personne à m' dire ça », déclara Trevelyan, d'un ton impersonnel.

Puis il ajouta, comme pour préciser :

« J'ai jamais permis ça à personne.

— Moi, je vous le dis, rétorqua Mr. Munn.

— C' que j' vous ai dit, c'est la vérité.

— Vous ne m'avez jamais parlé de ce couteau.

— Non, en y pensant bien, j' crois bien qu' non, dit Trevelyan d'un ton pensif, mais c' que j' vous ai dit, c'était vrai. Bien vrai. »

Mr. Munn fit un pas vers la couchette et se campa au-dessus de l'homme étalé de tout son long.

« Trevelyan, j'ai accepté de vous défendre parce que je ne croyais pas que vous aviez tué Duffy. C'est pour cette seule raison que j'ai accepté. Maintenant, asseyez-vous là et dites-moi la vérité au sujet de ce couteau. Jusqu'au sacré dernier mot ! »

Comme sous l'effet d'une lumière trop vive, Trevelyan cligna des yeux pour regarder le visage de l'homme qui se penchait sur lui. Puis il se tourna sur le côté et se redressa, de façon à s'appuyer contre le mur de pierre, derrière sa couchette.

« Maintenant, racontez-moi tout, ordonna Mr. Munn.

— Pour sûr, dit Trevelyan, pour sûr que j' l'ai acheté, c' couteau. Tout comme l'autre l'a dit. Mais ça n' prouve pas qu' j'ai tué ce salaud de Duffy.

— Qu'est-ce qu'il est devenu ?

— J' l'ai emporté chez moi et j' l'ai mis sur la table de la cuisine.

— Et, maintenant, est-ce qu'il est chez vous ?

— Non. J' peux pas dire qu'il y est. On l'a volé.

— Volé ?

— C'est exact ! répliqua Trevelyan. On m' l'a volé de d'ssus ma table de cuisine. C't' après-midi-là, quand j' suis v'nu chez moi.

— Bon Dieu ! Mon gaillard – et Mr. Munn s'écarta de la couchette –, vous voulez dire qu'il faut que j'aille raconter au jury que quelqu'un vous a volé ce couteau, ce jour-là ?

— C'est la vérité du bon Dieu, affirma Trevelyan en haussant les épaules. J' peux pas la changer.

— C'est bon, continuez, dit Mr. Munn.

— J' reviens chez moi d' la ville et j' mets c' couteau sur la table de la cuisine, avec un bout d' fromage que j'avais acheté en ville. Comme j' vous l' dis. Alors j' vois qu' ma femme elle était pas à la maison ; j' savais qu'elle était aux champs, en train d' butter des courges. Alors, j' prends ma bêche, et j' m'en vais aussi. Et, quand j' reviens à la maison, l' fromage et l' couteau étaient plus là.

— Est-ce bien tout ? » demanda Mr. Munn.

La tête un peu inclinée et louchant vers lui, Trevelyan répondit :

« Non, c'est pas tout. Mais c'est presque tout – et, l'œil en coin, il étudiait la figure de Mr. Munn. J' me rappelle que j'ai vu une espèce de nègre qui rôdait par là, du côté d' la route. Un d' ces nègres qui habitent auprès de chez Mr. May, ou par là. J' l'ai vu qui tournicotait, mais j' sais pas bien comment qu'y s'appelle. J'ai vu que l' fromage et l' couteau étaient partis, et j'étais tellement enragé qu' j'ai pensé à aller m' payer sur de la viande de nègre. Mais, ma femme, elle me dit :

» “Non, Harris, non, ça n'est rien.

» — Dieu tout-puissant que j' lui dis, c'est rien ? Avec l'argent, rare comme il est ?”

» Mais j'y suis pas allé. J'aurais dû », dit-il d'un ton pensif.

Il cracha un mince jet de salive qui claqua sec sur la pierre.

« J'aurais dû y tord' son cou noir.

— Bien, dit Mr. Munn. Mais pourquoi ne m'avez-vous pas dit cela tout de suite ? »

Trevelyan allongea sur ses genoux ses grosses mains rouges et sembla les étudier ; puis il leva les yeux sur Mr. Munn et répondit :

« J'aime pas qu'on m'embête ni qu'on m' cramponne avant qu' j'y vienne moi-même.

— Vous auriez dû me le dire d'abord, dit Mr. Munn en pensant à la femme. Vous auriez dû avoir confiance en moi.

— P't-être bien », répondit Trevelyan.

Quand Mr. Munn lui demanda à quelle heure il était revenu chez lui ce jour-là, Trevelyan répondit qu'il ne savait pas exactement, mais que c'était au milieu de l'après-midi. On avait trouvé le corps de Duffy juste avant la nuit, allongé dans un buisson d'épines. Il était mort depuis un moment, mais, conclut Mr. Munn, quelqu'un avait eu largement le temps de prendre le couteau sur la table, de rejoindre Duffy sur la route, de le tuer et de le dépouiller.

« Vous auriez dû me dire cela plus tôt, dit Mr. Munn, et j'aurais pu alors avoir une chance de faire quelque chose, de trouver le couteau, que sais-je ? Maintenant je n'ai plus que jusqu'à demain neuf heures ! »

Il s'arrêta comme s'il réfléchissait.

« Vous êtes sûr que vous ne savez pas le nom de ce nègre ? Celui que vous avez vu ?

— Non, mais c'est un de ceux qui habitent sur la propriété de Mr. May. Ou à côté. De c' côté-là, les nègres sont tout mélangés. Tous parents, et tout. »

Mr. Munn se tourna vers la porte et appela Mr. Dickey pour qu'il le fasse sortir. Pendant que Dickey tripotait ses clés, il s'avança droit sur Trevelyan et dit :

« Je ferai ce que je pourrai. »

Il lui tendit la main, et Trevelyan la prit, d'un air légèrement désorienté.

« À bientôt », ajouta Mr. Munn.

Puis il sortit.

Il se dirigea directement vers le palais de justice en traversant la place maintenant presque déserte et, par la petite porte, entra dans le bureau du shérif. Celui-ci, un homme entre deux âges, très maigre, était appuyé contre le bureau :

« *Hello!* Perse, dit-il en indiquant une chaise d'un geste de la main, qu'est-ce que je peux faire pour vous ?

— Mr. Sam, j'ai une faveur à vous demander.

— Dites-moi de quoi il s'agit, répondit le shérif. Vous allez vous user avant l'âge, mon garçon, si vous passez votre vie à rester debout. »

Il se renversa sur sa chaise et caressa sa moustache grisonnante. Ses lunettes à monture d'argent, posées de travers sur son grand nez, lui donnaient un air bienveillant.

« Je voudrais vous emprunter deux de vos agents, monsieur Sam.

— Ils ne valent pas le diable, déclara le shérif, mais vous n'avez qu'à les prendre. Vous n'avez même pas besoin de les ramener.

— Il ne m'en faut que deux. Pour m'aider à régler une petite affaire.

— Quelle petite affaire, Perse ?

— Pour être tout à fait franc avec vous, monsieur Sam, je voudrais les emmener pour m'aider à violer la loi. Je sais, je suis avocat. Je voudrais qu'ils viennent m'aider à chambarder une vingtaine de cases de nègres. Je chasse quelque chose.

— Vous pouvez prendre Monroe et Carson, dit le shérif.

— Je ne veux pas de Carson.

— Qu'est-ce que Carson vous a fait ?

— Carson ne m'a rien fait, mais je l'ai rencontré il y a quelques minutes, quand je sortais de la prison. Il me donne simplement envie de vomir. »

Le shérif posa son long doigt jaune sur la monture d'argent de ses lunettes et, d'une poussée, les remit en place.

« Carson est très bien, protesta-t-il. Il fait de son mieux, selon ses lumières.

— C'est un enfant de putain, déclara Mr. Munn avec simplicité.

— Bon, Perse, ça va bien. Je vais appeler Burke, si je peux mettre la main dessus. Ce soir, il fera clair de lune, et on pourrait vous voir dehors avec Carson. Moi-même, je ne sors jamais avec lui quand il y a de la lune : quelqu'un pourrait me voir. »

Il se renversa sur sa chaise, tourna la manivelle du téléphone, mit l'écouteur à son oreille et appela un numéro. En attendant la réponse, il regarda Mr. Munn et lui dit sur le ton de la conversation :

« Burke, c'est aussi un enfant de putain.

— En tout cas, il n'est pas Carson », répondit Mr. Munn.

Sous la lumière changeante de la lune, les trois cavaliers avançaient à un trot rapide et, sur la route, les sabots de leurs chevaux faisaient un bruit mou, assourdi. Tout de suite après avoir passé un petit pont de bois, et arrivés à un tournant où l'ombre d'un bouquet de cèdres faisait une tache sombre, un des cavaliers tira sur les rênes et montra du doigt les broussailles qui bordaient la route :

« C'est ici qu'on l'a trouvé, dit-il.

— Je sais, répondit Mr. Munn.

— Il était couché dans ce buisson d'épines. Je passais par ici quand on l'a trouvé.

— Est-ce que vous connaissez le secteur, par là ? demanda Mr. Munn.

— Assez bien, répondit l'autre. Je l'ai parcouru en long et en large, quand je chassais les oiseaux. Il y a une bande de nègres qui habitent par ici, le long d'une petite route qui aboutit à celle-ci, à un mille environ. Mr. Sutter, il doit avoir quelque chose comme six cases sur sa propriété, n'est-ce pas, et Mr. May…

— Nous commencerons les opérations au bout de la route », dit Mr. Munn, en levant les rênes.

Il allait un peu en tête des autres, regardant droit dans la direction de la route. Il garda le silence jusqu'au moment où ils atteignirent l'endroit où le petit chemin rejoignait la grand-route.

« Est-ce que c'est celle-là ? demanda-t-il en indiquant le chemin à peine plus large qu'un sentier, et dont la vue se perdait tout de suite dans les bois.

— C'est bien celle-là, dit l'un des policiers. Il y a une cabane de l'autre côté de ce bois-ci. C'est un vieux mulâtre borgne qui l'habite. Autrefois, il habitait sur les terres de Burnett. »

Il se tourna vers son compagnon :

« Burke, est-ce que tu te rappelles le nom de ce vieux mulâtre, le borgne ?

— Ça n'a pas d'importance, dit Mr. Munn.

— Non, acquiesça le premier policier, peu importe comment il s'appelle ; ce n'est pas exactement une visite de cérémonie. »

L'ombre des branches d'arbres à demi dépouillées faisait sur la route un dessin en toile d'araignée. Au-dessus d'eux, les derniers rameaux paraissaient teintés d'un pâle et délicat reflet d'argent. Dans le clair de lune, les gros troncs d'arbres étaient d'un noir d'encre, irréel.

« Je suis venu ici une fois, la nuit, pour chasser le raton, dit le policier, celui qui répondait au nom de Burke. Je n'étais qu'un gamin alors, je crois bien ; je suis venu avec des camarades… »

Les autres regardaient la route sans paraître écouter ce qu'il disait.

« Je me rappelle que c'étaient Ike Summer et George Hicks ; les autres, j'ai oublié leurs noms. Beaucoup, je crois, ne sont plus par ici, maintenant. »

Au loin, vers la droite, un hibou hulula dans les bois. Mr. Munn regarda dans cette direction, puis il reporta son attention sur la route.

« Il y a longtemps de ça », ajouta Burke ; puis il se tut.

Son camarade se mit à rire :

« Tu dis que tu chassais le raton ?

— Oui, dit Burke. Nous étions venus à la chasse au raton. Je me rappelle que nous en avions attrapé deux. »

L'autre se reprit à rire :

« Eh bien ! Tu pourras dire que, cette nuit, tu as encore chassé le raton ! »

Pendant un moment, Burke, comme s'il était vexé ou en colère, ne répondit rien. Puis il s'écria :

« Ha ! Ha ! La chasse au raton ! Elle est bonne, hein ? »

Et il se mit à rire. Quand il eut fini, il ajouta :

« Il y a diablement longtemps que je fais cette chasse au raton un peu partout. »

Mr. Munn étendit le bras vers une clairière qui bordait la route, à une soixantaine de mètres devant eux :

« Est-ce que c'est l'endroit ? » demanda-t-il.

Le premier policier dit que c'était l'endroit.

« Mr. Monroe, dit Mr. Munn, il faudrait attacher votre cheval et passer par-derrière, à travers bois, au cas où quelqu'un sortirait par là. Nous passerons par-devant. »

Le policier qui s'appelait Monroe mit pied à terre et attacha son cheval à un sapin, au bord de la route. Les autres restèrent en selle, sans bouger. Monroe avançait à travers bois sur un tapis de feuilles mortes, arpentant le terrain d'un pas long et circonspect, qui soulevait à peine un bruissement léger.

« Nous ferions mieux d'y aller », dit Mr. Munn.

Et de parler lui donna l'impression de rompre un charme qui le forçait à suivre du regard cet homme qui, dans le bois, foulait si légèrement les feuilles mortes, tantôt dans l'ombre, tantôt dans le clair de lune.

Avec le nommé Burke, il s'arrêta au coin de la clairière, et ils attachèrent leurs chevaux. Ils s'approchaient de la cabane.

Sous la lumière brillante qui inondait la petite clairière, les troncs d'arbres disjoints dont la cabane était bâtie, les petites saillies raboteuses elles-mêmes semblaient, en quelque sorte, plus claires, plus saillantes qu'en plein jour. Sous cet éclairage, la cheminée de calcaire était du blanc mat d'un ossement.

Le policier frappa à la porte.

On entendit d'abord quelqu'un remuer dans la cabane, puis, assourdie par la cloison et engourdie de sommeil, la question :

« Qui est là ?

— Ouvrez », dit le policier.

Il n'y eut pas de réponse. Il y eut un peu plus d'agitation, et on entendit parler à voix basse.

« Nous voulons simplement vous demander quelque chose », cria Mr. Munn.

À l'intérieur, la voix dit : « J'a'ive, pat'on. »

Puis, avec hésitation, la porte s'ouvrit en grinçant sur ses gonds. Un homme passa la tête dehors. Mr. Munn, en voyant cette face si pâle à la lumière de la lune, se rappela alors avec surprise que c'était un Noir.

Le policier pesa sur la porte d'une main ferme et, se courbant, poussa avec son épaule, mais d'une façon presque naturelle.

« Ouvre, commanda-t-il. Tu ferais peut-être aussi bien, tonton. »

Mr. Munn franchit la porte derrière le policier et pénétra dans la cabane, où la nuit lui sembla soudain hostile, suffocante et mystérieuse, comme un gouffre.

L'allumette flamba dans la main de l'homme, qui en toucha la mèche de la lampe. Une flamme fumeuse s'éleva. L'homme tourna les yeux vers Mr. Munn. Il avait une figure jaunâtre, et Mr. Munn remarqua que ses pupilles, trop grandes, étaient de la même couleur jaune.

« Qu'est-ce que vous voulez, pat'on ? demanda-t-il à Mr. Munn.

— Eh bien… »

Mr. Munn hésita et regarda le visage impassible du policier. Il se sentit lâche comme un mouchard quand le reste de la phrase ne voulut pas sortir, et il regarda vers le policier ; il était sûr que cet homme avait remarqué son hésitation, surpris son regard inquiet et qu'il le prenait, lui aussi, pour un lâche ou un imbécile.

« Eh bien ! Tonton, dit le policier d'un ton positif, où fais-tu ta cuisine ? Tu as une cuisine ? »

Au moment où le policier posait la question, Mr. Munn remarqua une femme qui se cachait sous l'édredon, dans le lit situé hors de la lumière de la lampe. Il la remarqua, parce que ses yeux qui luisaient dans l'obscurité étaient fixes, sombres et presque inhumains : les yeux d'un oiseau dans son nid qui, dans l'ombre d'un creux d'arbre, regarde fixement l'intrus ; les yeux d'un lapin dans son terrier.

« Nous faisons la cuisine dans la pièce à côté », dit le Noir.

Et le policier se dirigea vers la porte fermée et la poussa d'un geste désinvolte.

« Apporte la lumière », commanda-t-il.

Mr. Munn suivit le Noir qui portait la lampe dans l'autre pièce ; il sentait ces yeux sans cesse fixés sur lui.

« Où mets-tu tes couteaux, et tes fourchettes, et tout le reste ? demanda le policier.

— Là, dans le ti'oir du ga'de-manger », dit le Noir en montrant du doigt le buffet noir posé de guingois sur des briques.

Le policier ouvrit les tiroirs et, du bout des doigts, il fourgonna dans les couverts. Il regarda l'homme et lui demanda :

« C'est tout ce que tu as ? »

Celui-ci fit un signe de tête et répondit :

« Oui, missié. »

Le policier se tourna vers Mr. Munn et dit, avec une sorte de résignation dans la voix :

« Je crois que nous ferions mieux de tout foutre en l'air. »

Mr. Munn acquiesça d'un signe de tête.

« Alors, il vaut mieux faire venir Monroe », dit le policier.

Mr. Munn se dirigea vers la porte de derrière, l'ouvrit et, d'une voix forte, appela l'homme par son nom. Il aperçut la haute silhouette qui sortait d'un cercle d'ombre, sous les arbres, et la vit s'approcher à travers le terrain découvert. Devant l'homme, une ombre noire dansait dans la lumière blanche.

Lorsque Monroe entra, Burke leva les yeux d'une boîte pleine de clous, de fils de fer, de ficelles et de bouts de ferraille, qu'il était en train d'examiner, et dit :

« Commence par où tu voudras. »

Monroe se dirigea vers une malle posée dans un coin, auprès du fourneau de cuisine, et en souleva le couvercle. Munn put voir qu'elle ne contenait rien d'autre que quelques vêtements empilés dans le fond. Il les prit à deux mains et les secoua. Il n'y avait pas autre chose dans la malle.

« À ce train-là, la nuit sera longue, dit Burke, comme ils regagnaient la route.

— Nous aurons peut-être plus de chance la prochaine fois », hasarda Mr. Munn.

Mais il n'en fut rien. Comme la première fois, Monroe se plaça derrière la cabane, et les deux autres s'approchèrent de la porte, par-devant. Un chien se précipita sur eux en aboyant et tourna en rond, hors de leur atteinte. Méthodiquement, ils fouillèrent la cabane, tandis que le Noir, debout au milieu de la pièce et la lampe à la main, les regardait, ahuri, avec l'air de quelqu'un qui s'efforce de comprendre tout en luttant contre le sommeil, et que la femme et les enfants les observaient d'un œil fixe et sans expression. Et, à chaque cabane, la même scène se reproduisait : une allumette frottée, puis la lumière vacillante d'une lampe qui éclairait à peine les objets de la pièce, les policiers penchés sur des caisses dans lesquelles ils fourrageaient, ou bien ouvrant des tiroirs qui grinçaient dans la nuit tranquille avec une soudaine netteté et, toujours, à la limite du cercle lumineux projeté par la lampe, ces yeux fixes et attentifs qui observaient d'un lit en désordre, ou d'un grabat. Dans deux cabanes, dès qu'on eut allumé la lampe, des bébés se mirent à pleurer, et leurs cris se changèrent soudain en sanglots haletants et spasmodiques, que rien ne semblait devoir arrêter. Dans la deuxième, lorsque l'enfant commença à pleurer, Mr. Munn se tourna vers la femme et s'écria : « Bon Dieu ! Vous ne pouvez pas le faire taire ? » Sans cesser de le regarder, la femme prit l'enfant contre elle, d'un geste aveugle, et lui fourra dans la bouche le bout d'un sein.

Dans la onzième case, ils trouvèrent ce qu'ils cherchaient. Burke, qui venait de fouiller dans une caisse, se releva soudain et dit : « Par Jésus ! » Il répéta, très doucement : « Par Jésus ! » Il se retourna et posa le couteau sur la table, en pleine lumière. Monroe jeta à l'homme noir qui se tenait près de la table un coup d'œil pénétrant et fit quelques pas vers la porte, pour la bloquer. Le Noir, très calme, regarda l'objet sans manifester autre chose qu'une parfaite indifférence.

Mr. Munn ramassa le couteau et, penché vers la lampe, le retourna entre ses mains.

« Ça doit être cela », dit-il.

Burke se rapprocha insensiblement du Noir.

« Mr. Monroe, dit Mr. Munn, je vous serais obligé d'aller chercher l'autre couteau. Il est dans la sacoche de ma selle. »

Monroe glissa vers la porte.

Mr. Munn tournait toujours le couteau dans ses mains. Il le tenait délicatement, comme s'il l'admirait.

« C'est à toi ? demanda-t-il au Noir, sans le regarder, les yeux toujours fixés sur le couteau.

— Je l'ai depuis quelque temps, répondit l'homme.

— Depuis quelque temps ? dit Mr. Munn comme en écho.

— Oui, missié.

— Depuis longtemps ? »

Mr. Munn ne regardait toujours pas l'homme : il examinait le couteau et le tournait dans tous les sens.

« Je pense qu'on peut dire ça », répondit le Noir.

Monroe rentra dans la pièce, tenant dans la main un couteau brillant et flambant neuf sous la lumière. Mr. Munn mit les deux couteaux l'un à côté de l'autre et les compara.

« Ils ont les mêmes petits rivets de cuivre à tête carrée. Je crois bien que nous avons mis le doigt dessus !

— Il porte la marque de fabrique : vous pouvez la voir », dit-il en la montrant du doigt.

Burke allongea le bras, ramassa le couteau qu'il avait trouvé et l'examina.

« Oui, dit-il, c'est exact. »

Il le jeta sur la table.

Mr. Munn leva les yeux et regarda le Noir en face :

« Où as-tu pris ce couteau ? »

Le Noir regardait alternativement le couteau à l'endroit où Burke l'avait jeté, puis l'homme qui l'interrogeait :

« Pat'on, commença-t-il à dire, en tirant la langue, comme pour se mouiller les lèvres – une langue rose, innocente, qu'il passait sur sa peau noire et sur ses lèvres grises, qui semblaient toutes desséchées –, pat'on, c'est une g'osse vieille g'enouille qui m'a trouvé ce couteau-là. Ç'a été…

— Doux Jésus ! »

Burke soupira doucement.

« … Ç'a été comme ça. Je m'en allais pou' donner la pâtée à mes cochons, l'été de'nier, au coucher du soleil. Je vois une espèce de g'osse g'enouille qui sautait du côté du 'uisseau, là où mes go'ets ils ba'botaient, et je me figu'ais que j'allais l'att'aper et je pose mon seau pa' terre et je m'app'oche d'elle, mais elle continue à sauter tout le temps, et je lui jette mon chapeau pou' essayer de l'att'aper, mais elle sautait toujou'. Avant que j'aie pu savoi' comment, la voilà qui saute juste dessous ce coffre à g'ain, tout d'oit dessous, là où que la bûche pose sur la pie'e, et, moi, je fouille dessous, et je l'att'ape pa' la patte et je la ti'e. Eh bien ! Devant le bon Dieu tout-puissant, la voilà qui ti'e ce couteau-là, et, moi, je dis alors, non ! J'ai jamais vu ça ! Mais je vois que c'était un beau couteau ; alo's je lui coupe les pattes et je les mets dans ma poche ; et cette vieille g'nouille, je la jette dans la boue, alors je m' dis : non. Je vais la donner à mes go'ets, aussi je la 'amasse et je la mets dans la ma'e. Elle se met à gigoter dans la ma'e, mais elle pouvait pas nager, ou p'esque pas : je la jette aux go'ets. C'est cette vieille t'uie rouge qui l'att'ape, j' l'ai vue quand elle l'a att'apé. La voilà qui l'att'ape… »

Le Noir hésitait, regardant le visage de Mr. Munn. Mr. Munn faisait à Burke un petit signe de tête.

« Devant Dieu, déclara le Noir en élevant la voix, devant Dieu je l'ai t'ouvé comme je l' dis. Demandez à ma femme qui est là. »

Et du doigt il indiqua le lit.

« C'est bien comme il a dit, approuva la femme d'un signe de tête. Il est venu à la maison et m'a dit : "'egarde cette espèce de g'osse g'enouille…"

— Oui, missié, interrompit l'homme, cette espèce de vieille g'enouille ! Sûr, pat'on, j'ai jamais su que ce couteau, il était à vous. Si j'avais su qu'il était à vous, ce couteau-là, je… »

Burke lui mit la main sur le bras, mais l'autre ne parut pas s'en apercevoir.

« … Sûr que je l'au'ais rappo'té. J'au'ais t'ouvé où c'est que vous habitez et je l'au'ais rappo'té, je vous l'au'ais donné.

J'ai jamais rien voulu avoi' que j'ai pas le d'oit, et qu'est pas v'aiment à moi. Devant Dieu je l'au'ais rappo'té. Si j'avais seulement su…

— Pour l'amour de Dieu ! »

Mr. Munn l'interrompit, emporté par la colère.

L'aube pointait quand ils quittèrent la cabane. Au loin, au-dessus des bois, à l'est, le ciel était d'une pâleur glacée. Ils firent monter le Noir en croupe derrière Mr. Burke, les menottes aux mains. Ils avançaient sans parler, la figure tirée et lourde de sommeil. Le Noir cessa ses jérémiades et ne dit plus un mot après qu'il eut été hissé sur le cheval, mais, de temps en temps, on l'entendait marmotter tout seul.

Le lendemain, à midi, l'accusation qui pesait sur Trevelyan fut abandonnée. Le couteau trouvé dans la cabane de l'homme noir fut identifié par Mr. Little comme faisant partie de la commande à laquelle appartenait aussi le couteau acheté par Trevelyan. Il fut, en outre, établi que ce modèle de couteau n'avait été vendu que par la maison qui fournissait Little en objets de petite quincaillerie, et un télégramme des négociants de Nashville confirma que ce modèle n'avait été fabriqué que depuis le début de l'été. À onze heures trente, le shérif était revenu de la cabane de l'homme noir, où l'on était en train de faire de plus amples investigations. Avec ses hommes, il avait auparavant emmené le Noir chez lui et lui avait fait indiquer l'endroit précis où, selon son histoire, la grenouille avait découvert le couteau. Un des agents de police avait ensuite ramené le Noir à la ville, attaché par des menottes sur le siège du buggey. Le shérif avec ses hommes avait fouillé la cabane, puis l'appentis et la crèche. Au nord de la crèche, en diagonale par rapport à l'endroit indiqué par le Noir, ils avaient trouvé, au bout d'une lanière tressée, une grosse montre en argent, enfoncée entre deux pierres sur lesquelles la crèche était posée. La montre fut identifiée comme appartenant à Duffy, par le fils même de celui-ci. Après que l'accusé eut raconté l'histoire du couteau volé sur sa table de cuisine, et que le couteau et la montre eurent été produits et identifiés, Mr. Munn déposa des conclusions tendant à ce que l'action contre Trevelyan fût abandonnée, ce qui fut immédiatement accordé par la cour.

Mr. Munn se dirigea vers Trevelyan, assis sur sa chaise. Il se forçait à sourire quand il lui tendit la main et dit :

« Eh bien ! Ça y est ! J'espère que ça va être la fin de vos ennuis ! »

Trevelyan se leva lentement de sa chaise et, un instant, regarda cette main tendue, comme s'il ne comprenait pas le geste. Il avança alors la sienne :

« J' peux t'y m'en aller, maintenant ? » demanda-t-il.

Mr. Munn lui fit signe qu'il le pouvait et se dirigea vers l'allée centrale. La femme de Trevelyan était là, debout, une main posée sur la balustrade, regardant son mari. Mais, quand Mr. Munn s'approcha d'elle, elle se tourna vers lui comme pour lui parler. Il remarqua qu'elle portait la même robe de crêpe de Chine bleu et un vieux manteau marron qui lui tombait des épaules en plis lâches.

« Je vous suis bien reconnaissante, dit-elle d'une voix blanche.

— Ça va bien », répondit Mr. Munn, se sentant soudain gêné et quelque peu indigne.

Elle répéta :

« Je vous suis bien reconnaissante.

— Ça va bien. Nous avons simplement eu de la chance », lui dit Mr. Munn.

Il s'aperçut alors qu'elle ne le regardait plus, mais Trevelyan, qui s'approchait d'eux. Quand il fut assez près, elle tendit le bras et, d'un geste furtif, posa la main sur le bras de son mari, puis la retira. Mr. Munn observa que la manche de son vieux manteau marron lui tombait presque jusqu'au bout des doigts.

« Allons-nous-en », dit Trevelyan.

Mr. Munn longea la travée et les suivit. Il se fraya un chemin jusqu'à la porte en traversant la foule, enfila le corridor et sortit dans la cour. Puis il se tourna de leur côté et cria :

« Alors, au revoir !

— Au revoir », répondit Trevelyan.

Sa femme, le regard fixé sur lui, restait muette.

Il n'avait pas fait cinq pas qu'il s'entendit appeler :

« Pouvez-vous attendre une minute, s'il vous plaît ? »

Trevelyan s'approchait de lui. En observant cette face charnue et ces petits yeux bleus que la lumière faisait loucher, Mr. Munn se sentit soudain irrité contre cet homme. Il n'avait plus envie de le voir, il était fatigué, n'ayant pas dormi plus de deux heures.

« Eh bien ? » demanda-t-il.

Trevelyan resta un moment à le regarder, puis dit :

« Vous avez manigancé de me prendre ma récolte. »

Ce n'était pas une interrogation, mais une constatation, qu'il exprimait impartialement, d'une voix égale, presque indifférente.

Mr. Munn scruta cette figure, ces yeux qui louchaient légèrement, sans pouvoir y lire le moindre signe. Puis il répliqua :

« Non, je n'ai jamais eu l'idée de prendre votre récolte.

— Vous avez envoyé vos nègres pour la couper et pour la sécher au feu. V'là ce qu'a dit ma femme.

— Votre femme ne pouvait pas faire cela elle-même.

— Vous n'avez pas eu l'idée de la prendre ?

— Non, je ne veux pas vous la prendre, dit Mr. Munn. J'ai envoyé mes nègres parce que je ne voulais pas voir ce tabac se perdre. Je n'ai rien voulu tirer de cette affaire, et je n'en ai rien attendu. Je l'ai prise parce que j'ai cru que vous n'aviez pas tué Duffy.

— Vous n'avez pas l'idée de la prendre ? »

La figure de Trevelyan n'avait pas changé d'expression, et il parlait du même ton monotone, le ton que l'on prend pour exposer une affaire.

« Non. Je viens de vous dire que non. »

Trevelyan fit mine de se retourner, puis il dit :

« Bien obligé.

— Il y a autre chose », ajouta Mr. Munn.

Il hésitait, mettant de l'ordre dans ses idées, car il venait seulement d'y penser.

« … Si vous pouvez y voir votre avantage, je voudrais que vous mettiez votre récolte dans l'Association. Si vous y voyez votre avantage. »

Trevelyan semblait réfléchir, les yeux levés vers les branches dépouillées des érables de la cour.

« C'est pas pour des gens comme moi, j' pense. J'ai rien qu'une petite récolte de rien du tout : c'est pas la peine d'en parler.

— Ce n'est pas la question. »

Mr. Munn fit un pas vers lui.

« Ce n'est pas l'importance d'une récolte qui compte. C'est l'homme que nous voulons avoir. L'Association est ouverte à tout le monde : à tous ceux qui plantent du tabac, peu importe la quantité. Et l'Association s'occupera de vous tout l'hiver, jusqu'à ce qu'un juste prix soit établi et que nous puissions vendre. Ce n'est pas la quantité de tabac... »

Brusquement, il s'interrompit.

Trevelyan abaissa son regard jusqu'à ce qu'il eût rencontré celui de Mr. Munn.

« D'puis que j' suis d'venu trop grand pour que mon papa me batte, y a jamais eu personne à m' dire c' que j' dois faire et c' que j' dois pas faire. Mais j' pense que j' vais m' joindre à vous autres.

— Vous ne le regretterez pas, dit Mr. Munn.

— P't-être bien, répondit Trevelyan.

— J'espère que vous userez de votre influence en faveur de l'Association. Parlez-en à votre entourage. Faites savoir que vous en êtes.

— C'est pas un s'cret, remarqua Trevelyan.

— Au revoir, dit Mr. Munn. Quelqu'un ira vous faire signer.

— Au revoir », répondit l'homme.

Mr. Munn le vit rejoindre sa femme, qui l'attendait, debout, les mains croisées sur la poitrine.

Mr. Munn s'approcha d'un groupe d'hommes attroupés au pied de l'escalier du palais de justice et leur fit un petit signe de tête. Deux d'entre eux se détachèrent du groupe et lui emboîtèrent le pas.

« Venez boire un verre, Perse, dit l'un d'eux. Nous allons juste nous en jeter un avant d'aller travailler.

— Non, merci, répondit Mr. Munn.

— Il faut arroser ça, dit l'autre. D'avoir tiré votre type d'affaire, et tout.

— C'est l'autre type qui devrait arroser ça, interrompit le premier. Il a quelque chose à célébrer, et c'est de ne pas aller à Eddyville[1], d'où on ne revient jamais. Je parierais qu'à cette heure il est fin saoul, étendu raide dans une ruelle, quelque part en ville.

— Non, dit Mr. Munn, il est retourné chez lui avec sa femme. »

Et il s'aperçut qu'il prenait plaisir à le dire.

« Alors, c'est vous qui devez arroser ça, répliqua le premier de ses compagnons. Rien qu'un verre, et en vitesse. Il faut que quelqu'un arrose ça !

— Je pensais rentrer chez moi. Je suis fatigué, dit Mr. Munn.

— Un verre, en vitesse. Ça ne nous prendra pas beaucoup de temps. Et, après, vous pourrez rentrer chez vous, Perse. Ça ne prendra pas un quart d'heure. Nous allons en vider un et retourner au travail tout de suite après, vous savez ce que c'est. »

Mr. Munn se vit en train de traverser la rue en leur compagnie. Après tout, il était fatigué. Ça le remonterait de boire quelque

[1] Prison de l'État du Kentucky. *(N.d.T.)*

chose. Et il prendrait peut-être un sandwich. Ils entrèrent au bar, et on commanda les consommations.

Deux autres hommes se penchaient sur le comptoir et causaient avec le patron. L'un d'eux était inconnu de Mr. Munn, bien qu'il se rappelât l'avoir rencontré de temps en temps dans la rue, ou dans le hall de l'hôtel. L'autre, Joe Means, lui était bien connu. C'était un garçon au verbe haut, qui se disait agent d'assurances et marchand de biens, et qui, toute la journée, traînait les rues en interpellant les passants – « Hé là, Tom ! » ou bien « Hé là, Baldy ! » – et tapait sur l'épaule des gens, tandis que ses grosses lèvres molles s'ouvraient pour dire :

« Vrai Dieu ! J'en ai une bonne à vous raconter, hein ! Sans blague ! »

« *Hello!* » s'écria Means en quittant le comptoir d'un air nonchalant pour se joindre à eux.

Les deux compagnons de Mr. Munn dirent également :

« *Hello!* »

Mais lui se contenta de faire un petit signe de tête. Celui dont il ignorait le nom s'approcha en se frayant un chemin à travers leur groupe, le bras accroché à l'épaule de Joe Means.

« *Hello Alec!* » dit-il à l'un de ceux qui accompagnaient Mr. Munn.

Puis à l'autre :

« *Hello Morris!* »

Celui qu'on appelait Alec se tourna d'abord vers Mr. Munn, puis vers le nouveau venu.

« Est-ce que vous vous connaissez ? demanda-t-il. Voici Mr. Holt. »

Holt posa son verre sur le comptoir et tendit la main en disant :

« Bien sûr que je connais Mr. Munn. Je l'ai rencontré en ville ; ce matin, je l'ai vu du côté du palais de justice. Joe et moi, on était là ; pas vrai, Joe ? »

Il tenait toujours la main de Mr. Munn et la secouait comme s'il avait manœuvré une pompe, de haut en bas, l'air absent.

« Très heureux de faire votre connaissance », dit Mr. Munn en dégageant sa main avec un léger effort.

Il regrettait d'être venu.

« Et remettez ça ici », commanda Alec en montrant le verre vide devant Mr. Munn.

Celui-ci se défendit :

« Non, plus rien pour moi ! »

Mais le whisky était déjà dans son verre.

« Ça vous fera du bien ! dit Alec.

— Moi, déclara Holt, j'ai toujours dit qu'il n'y a rien de meilleur qu'un bon coup de whisky pour mettre un homme sur pied. Sauf deux bons coups de whisky… Hein, Joe, c'est pas ça que je dis toujours ? C'est ce que…

— Et puis, affirma Alec, vous devez arroser ça, d'avoir tiré votre homme d'affaire et tout…

— Et vous l'avez bien tiré d'affaire, hein ? Nous étions là, Joe et moi. Pas vrai, Joe ?

— Nous avons vu, dit Joe Means, comment vous avez mis ça sur le dos du nègre, et de la bonne manière, hein ?

— Vrai ! On peut dire que vous lui avez joliment mis ça sur le dos, hein ?

— Il paraissait bien qu'il était coupable, répondit Mr. Munn.

— Oui, maintenant, ça en a tout l'air, dit Joe Means, et il se mit à rire. Ça fait toujours un nègre de moins, voilà ce que j'ai toujours dit. Ce que je dis, c'est qu'on n'a qu'à trouver un bon avocat, et il vous dénichera un bon nègre pour lui mettre ça sur le dos. Voilà ce que je dis ! »

Et, d'un mouvement brusque, fraternel, Holt allongea le bras vers Mr. Munn et lui donnait des coups dans les côtes, pour l'inviter à rire aussi.

Mr. Munn ne riait pas. Il regardait cette figure ronde, commune, cette bouche garnie de dents en or, d'où sortait un ronflement hilare, et il se disait :

« Il ressemble exactement à Joe Means. Il pourrait être le frère de Joe Means. Bon Dieu ! La ville est pleine de ces gens-là ! »

Il eut l'impression que lui-même s'efforçait de prendre un air d'aimable gaieté. Il jeta un rapide coup d'œil à la glace, derrière le bar, et y aperçut sa figure longue, basanée, ses yeux noirs et ses lèvres qui découvraient de grandes dents, dans un rictus.

Il détourna les yeux de la glace pour regarder ses interlocuteurs et dit froidement :

« On a trouvé le couteau chez le nègre. Et la montre...

— Vous parlez ! s'écria Joe Means. Vous lui avez joliment refilé l'affaire.

— Et vous n'aviez même pas besoin de ça, dit Holt, mais j'ai toujours dit que ça ne fait de mal à personne de se donner de la peine. »

Il donna encore quelques coups dans les côtes de Mr. Munn.

« Vous n'aviez même pas besoin de ça pour tirer votre homme de là, avec tous ces gens de l'Association dans le jury.

Bon Dieu ! Ils auraient plutôt gardé un jury sur pied pendant huit jours pour le tirer d'affaire. C'est ce que j'étais en train de dire : ce gaillard-là était un type foutu, mais pas avec les gens de l'Association dans le jury... »

Mr. Munn posa son verre vide sur le comptoir, jeta un coup d'œil dans la glace qui lui renvoya son image, avec son rictus, et, à toute volée, il frappa l'homme en pleine figure. L'homme perdit l'équilibre, oscilla et tomba assis sur le sol.

À l'instant même où il porta le coup, Mr. Munn fut rempli de surprise. Il n'avait pas prémédité son geste. En fait, la pensée en avait à peine effleuré son esprit qu'elle s'était traduite en acte. Il voyait devant lui sa main encore levée, et il avait l'impression qu'elle était détachée de lui-même, responsable et, comme l'homme tombait, il fit un pas en avant, ayant sur la bouche le mot : « Je regrette, je... » Puis il vit la figure de Holt, et il se tut.

La bouche ouverte et la mâchoire pendante, elle n'exprimait rien d'autre qu'une surprise hébétée. Un peu de sang coulait au coin de la bouche. Mr. Munn ne finit pas sa phrase en voyant cet air de surprise, et la colère commença à monter en lui quand il comprit que la surprise n'était pas une réaction physique causée par l'agression, mais une surprise profonde, fondamentale : qu'un coup ait pu être porté uniquement à cause d'une simple provocation.

L'homme qui était tombé par terre se releva avec peine et, remis sur pied, se dirigea lentement vers Mr. Munn, mais Alec l'empoigna et le fit reculer.

« Bon Dieu ! cria Joe Means d'un ton plein de reproche, hargneux. Qu'est-ce qui vous prend de faire une chose pareille ? »

Holt se débattait toujours, sans beaucoup d'ardeur, dans les bras d'Alec et de son compagnon. Le sang lui coulait du menton, et quelques taches maculaient le plastron de sa chemise.

« Il prétend que j'ai inventé cette accusation contre le nègre et suborné les jurés, et il demande pourquoi je l'ai frappé ! » dit Mr. Munn, l'esprit absent, sans paraître répondre à la question de Joe Means.

Puis, sans conviction, il ajouta :

« Bon Dieu ! »

Alec venait de lâcher Holt et avait fait un pas de côté, mais l'autre s'accrochait toujours à lui en répétant :

« Personne ne s'en tirera comme ça, de me faire une chose pareille, non, personne...

— Lâchez-le ! » ordonna Alec.

L'autre s'écarta.

« Non, personne... répétait Holt.

— Vous pouvez me faire arrêter et me faire condamner à une amende, si cela vous fait plaisir... dit Mr. Munn. Ou bien vous », dit-il en se tournant vers le patron et en posant un demi-dollar sur le comptoir.

Le patron du bar ramassa la pièce, d'un air détaché :

« Pour mon compte, vous pouvez lui faire pisser le sang tous les jours de la semaine prochaine. Mais j'aimerais autant que vous fassiez ça dehors. »

Mr. Munn sortit et se trouva dans la rue. Il sentait monter en lui une légère nausée.

« Je n'aurais jamais dû entrer là », pensa-t-il.

4

Deux jours après Noël, le sénateur Tolliver donna chez lui une réception en l'honneur des membres du bureau de l'Association. Les invités avaient été priés d'arriver de bonne heure, le matin, de façon qu'une séance pût avoir lieu avant le déjeuner. « Il faudra discuter ces affaires-là avant d'avoir la tête dérangée par les fumées du whisky », avait dit le sénateur. Mr. Munn devait amener sa femme et rester passer la nuit. Le sénateur avait insisté :

« Il faudra venir avec votre femme, qui, m'a-t-on dit, est charmante. Il y aura d'autres dames ; ainsi elle ne sera pas tout à fait privée de compagnie pendant que nous, les hommes, nous compromettrons notre digestion avec nos importantes affaires. Je compte sur vous pour la décider. »

Ils devaient venir par le chemin de fer et arriver à neuf heures du matin par le train omnibus qui s'arrête au passage à niveau, près de Monclair, la résidence du sénateur.

Le train s'ébranla au milieu de la campagne brune. La vapeur qui traînait au-dessus de la locomotive se détachait sur le ciel, mélancolique, incroyablement blanche et délicate. Ils restèrent un moment debout sur l'argile durcie par le piétinement, le long de la voie, et regardèrent le train qui s'éloignait. Mr. Munn se retourna et aperçut alors un homme noir qui s'approchait d'eux, venant d'un petit hangar jaune et délabré qui portait l'inscription : « Monclair ». Ôtant son chapeau, l'homme dit :

« Je suis venu pou' vous che'cher.

— C'est parfait », répondit Mr. Munn.

L'homme s'empara de la valise et conduisit les voyageurs à la voiture, qui attendait derrière le hangar jaune.

« Y va tomber d' la neige, dit-il. Oui, missié, vrai comme le bon Dieu ! »

Loin vers l'est, le train sifflait avant d'aborder le tunnel. Mr. Munn se tourna vers ce bruit à peine perceptible, mais le train était maintenant hors de vue, et la voie, qui s'incurvait au loin pour se frayer une brèche entre les collines basses, faisait paraître ces grands champs vides plus vides encore.

« J'aurais voulu qu'il neige pour Noël, dit May, tandis que la voiture commençait à rouler sur la route. Un Noël sans neige, ce n'est pas un vrai Noël, et il me semble qu'il ne neige plus pour Noël. »

Mr. Munn jeta un coup d'œil vers l'homme noir assis sur le siège, le dos voûté. Puis il se pencha, la bouche tout près de l'oreille de sa femme.

« Je t'aime », murmura-t-il.

Elle fit un signe de tête. Puis, comme si elle revenait à la réalité :

« Tu ne faisais aucune attention à ce que je disais. Tu te moques de moi.

— Non », dit-il, se défendant.

Ils restèrent un instant silencieux, tandis que la voiture roulait dans les ornières de la route durcie. De chaque côté, des arbres dénudés s'alignaient, séparés par des buissons qui comblaient l'espace entre les troncs et s'élevaient presque jusqu'aux branches. Quand, au sortir du petit bois, la route tourna brusquement en pleine campagne, ils aperçurent la maison, qui s'élevait au bout d'une longue côte : un vaste bâtiment de briques, avec des ailes symétriques et des colonnes blanches, flanqué de massifs de grands cyprès noirs. Des barrières blanches bordaient le chemin qui conduisait à la maison. Les arbres sombres et dénudés qui s'élevaient le long de la pente, et dont les troncs surgissaient, tout noirs, du sol brun, avaient quelque chose d'artificiel, de convenu. À cette distance, dominant la route montante, les champs et les vastes pâturages, la maison, qui se détachait sur l'arrière-plan des collines fermant l'horizon, paraissait solitaire, sombre, austère.

« C'est ici ? dit Mr. Munn.

— Oui, missié, c'est ici », dit à son tour le domestique.

La maison n'était pas ancienne. Le sénateur l'avait fait construire quinze ans auparavant, sur l'emplacement de la vieille maison, détruite par un incendie. Il affirmait toujours qu'il l'avait bâtie aussi semblable que possible à l'ancienne, et il avait l'habitude d'ajouter : « Un peu plus grande, naturellement. » Elle était beaucoup plus grande. La partie centrale, bien que plus vaste, ressemblait à la vieille maison : un bâtiment de ferme, en briques, avec un haut portique blanc, comprenant une dizaine de pièces. Mais rares étaient à présent ceux qui gardaient un souvenir de la vieille demeure ; et ils oubliaient de dire, dans leurs commentaires sur la nouvelle construction, que le sénateur Tolliver l'avait bâtie avec l'argent de sa femme, et qu'elle en avait beaucoup, mais que cela ne durerait pas éternellement.

Le sénateur avait fait construire la maison avec l'argent de sa femme, parce que lui-même n'en avait guère. Il appartenait à une bonne famille, d'aisance moyenne, mais ruinée à l'époque de la guerre civile par le dévouement fanatique du père à la cause sudiste. Le vieux Mr. Tolliver avait équipé à ses frais une demi-compagnie de cavalerie et dédié toutes ses ressources à acheter de l'emprunt de la Confédération. Après la bataille de Franklin, il fut porté disparu. Un an après la fin de la guerre, le domaine des Tolliver fut vendu pour payer les dettes et, quatre mois plus tard, Mrs. Tolliver mourait d'une phtisie galopante. Pendant quatre mois, elle resta couchée dans un grand lit à baldaquin installé dans une cabane qui l'abritait à peine des intempéries et, délicatement, cracha le sang dans des mouchoirs taillés dans de vieux draps ou dans de la toile à sacs. Vers la fin de sa maladie, elle s'éveillait de sa torpeur et, d'une voix monotone, maudissait son mari, dont le fol égoïsme et l'orgueil avaient amené la ruine de ceux qui lui étaient le plus proches et le plus chers. Il était mort quelque part dans le Tennessee, où il pourrissait maintenant, et, disait-elle, elle s'en réjouissait, espérant bien que son âme était en enfer pour l'éternité. Elle donnait des détails précis et circonstanciés : la putréfaction du cadavre qu'elle prétendait voir, disait-elle ; comment la chair des joues était tombée, découvrant l'endroit où manquaient trois dents, et qu'il essayait, dans sa vanité de mécréant, de dissimuler quand il souriait ; comment il gisait dans le fond d'un fossé, à peine recouvert de feuilles mortes et d'un peu de boue, et rongé des vers ; comment un boulet de canon avait décoiffé sa tête sans cervelle. Dès que le soir tombait, elle se dressait dans son lit et se mettait à décrire le tableau, ajoutant, nuit après nuit, de la même voix monotone, de nouveaux détails aux horreurs habituelles. Elle était émouvante et obscène, et la contrainte et la monotonie même de sa voix donnaient à tout ce qu'elle disait un accent de vérité magique, somnambulique. Ses deux enfants, Edmond, alors âgé de seize ans, et Mathilde, son aînée de quatre ans, se tenaient près du lit, rigides, le regard pétrifié, et ils l'écoutaient jusqu'au moment où, épuisée, elle se voyait réduite au silence.

Quand elle avait fini de parler, Edmond la regardait, puis il regardait sa sœur, dont le visage bouleversé ressemblait à un masque osseux. Alors il se précipitait hors de la grange et, sans but, se mettait à courir sur la route et à travers champs. Certaines nuits, alors que la lune brillait sur le sol gelé, aussi dur que le fer, ou bien lorsque battaient les interminables pluies d'hiver, il courait comme un loup affamé, dans la boue et dans les flaques d'eau. La respiration coupée, haletant, il aurait voulu pleurer. Tout en courant, il rêvait à la douce, à la divine délivrance des larmes. Mais il ne pouvait pas pleurer. Parfois, malade et recru de fatigue, il se glissait dans la grange, avant l'aube, et il se jetait sur son grabat. Quand il rentra, un soir, il trouva allumée la lampe faite d'une mèche trempant dans la graisse et vit sa sœur debout au milieu de la pièce. L'ombre de son corps amaigri se découpait sur le lit à baldaquin.

« Elle est morte, dit-elle d'un ton calme.

— Morte, répéta-t-il et, au même instant, il se sentit envahi d'un soulagement, d'une béatitude infinis.

— Oui, et tu n'étais pas là. »

Puis elle ajouta, tranquillement, comme si elle exprimait une arrière-pensée :

« Et je ne te pardonnerai jamais. »

Le jour de l'enterrement de sa mère, Edmond Tolliver se mit en route pour franchir à pied les cent quarante milles qui le séparaient de Louisville. Il savait que c'était la principale ville de l'État. Il n'avait pas un sou. En route, il travailla pour vivre, dans les fermes et dans les villages, faisant tous les métiers. Il mit un mois pour atteindre Louisville. Il fut d'abord employé dans un abattoir, et l'odeur fade du sang, la vue des essaims de mouches sur le sol détrempé lui levaient le cœur. Le soir, il passait des heures à se brosser les mains, mais une légère teinte rosâtre persistait à la racine des ongles, sous les ongles, et dans la chair même de ses paumes. La nuit, une fois qu'il était couché, les horribles monologues de sa mère le hantaient. Il commença à comprendre la vraie nature et la profondeur de sa haine.

Vers l'époque où Edmond Tolliver atteignit ses dix-neuf ans, il apprenait la procédure dans l'étude d'un certain Mr. Watson, excellent praticien, qui était alors l'avoué de la Compagnie des chemins de fer Louisville-Nashville.

« Mon fils, lui disait parfois Mr. Watson, il n'y a plus maintenant que deux choses à faire pour un avoué : entrer au service des chemins de fer ou bien se mettre dans la politique. »

À vingt-quatre ans, Edmond Tolliver commença à travailler sans maître. À vingt-six, il épousa Joan Palmer, la fille unique d'un certain Morton Palmer, qui avait fait fortune pendant la guerre, en vendant du bœuf et du cuir au gouvernement fédéral et en spéculant sur les grains. Mais, à cette époque, il était banquier. Tolliver le détestait à cause de sa réussite, de la même façon qu'il détestait la mémoire de son père à cause de son échec. Mais il cachait cette haine et il flattait le vieillard, prenait les affaires qu'il voulait bien lui confier et attendait sa mort. Palmer mourut subitement d'une attaque d'apoplexie, plusieurs années avant que Tolliver eût osé espérer cet événement.

Joan Palmer était une jeune femme frêle et maladive et de quelques années plus âgée que son mari. Elle n'était pas jolie, car une mauvaise santé chronique avait marqué ses traits, et son teint blême nuisait à la ciselure délicate de son visage ; mais, à ses moments de bonheur et d'animation, elle offrait une beauté fragile et transparente, qui flottait, irréelle, et semblait soudain s'évanouir, comme profanée, sous un regard trop appuyé. C'est ainsi qu'elle fut transfigurée le jour où Tolliver lui demanda sa main ; et à ce moment, devant cette beauté inattendue, il oublia les calculs qui avaient inspiré sa demande, et il fut si profondément ému, comme par une révélation, que ses yeux s'emplirent de larmes. Devant ce don qu'une heureuse destinée lui avait accordé, il fut accablé d'humilité et d'une joie purificatrice. De bonne foi, il promit à Joan Palmer – et il se promit à lui-même – qu'il ferait tout au monde pour rendre Joan heureuse et qu'aucun dévouement ne serait trop grand, aucun soin ne serait trop tendre pour y parvenir. Sans répondre, elle prit sa tête et l'appuya sur sa poitrine, ses doigts menus cachés dans les cheveux épais et crépus, tandis qu'elle regardait, sans les voir, dans le salon de son père, la profusion de brocarts, de marbre blanc, de velours et de dorures, sur lesquels un lustre de cristal répandait sa lumière.

Les promesses que Tolliver lui fit ce soir-là et qu'il se fit à lui-même étaient sincères. Mais Joan ne possédait pas sa vigueur de tempérament. Elle ne fut jamais bien portante. Elle restait parfois des jours entiers dans une chambre sombre sans bouger, le regard fixé au plafond, ou se passant les doigts sur le front et sur les yeux. Et, par la suite, ce geste lui devint familier, même lorsqu'elle ne souffrait pas, geste menu de désespoir devant toutes les puissances inconnues de chagrin et de destruction qui l'entouraient silencieusement, comme des loups. Quand elle se trouvait seule, ou lorsque les gens parlaient autour d'elle, sans la regarder, elle pressait ses doigts contre ses yeux, désespérément, et il lui semblait alors voir en elle-même un puits sombre, velouté, sans fond, sur le bord duquel elle se tenait en équilibre.

Elle n'avait ni la force ni l'avidité d'Edmond Tolliver, et sa beauté était immatérielle. Pendant plusieurs années, de plus en plus rarement à mesure que les années passaient, chaque fois qu'il était frappé de cette beauté fugitive, il éprouvait de nouveau ce sentiment de gratitude et de dévouement, et parfois il lui arrivait de poser la tête sur son sein. Mais, plus tard, cela le frappait comme un poignard. De remords, d'abord, et de pitié pour elle, puis de pitié pour lui-même, et il connaissait un indéfinissable sentiment de trahison et de défaite. Il s'enfuyait sans un mot. Le souvenir lancinant de cette soirée où il lui avait demandé de l'épouser, et où elle lui avait fait baisser la tête, le parfum même du tissu de sa robe et de sa chair s'emparaient de lui. Sous l'étoffe de la robe, la poitrine de Joan était si menue, si peu féminine, si évocatrice de fragilité et d'innocence qu'il lui avait semblé découvrir une vérité parfaite et définitive, et que la vie s'était arrêtée en lui. Quand il faisait halte devant la porte de sa chambre, il se rappelait ces choses, il se martelait la paume de son poing fermé et recommençait ce geste avec la régularité mécanique et lente d'un pendule. Son angoisse était comparable à celle d'un damné à qui il aurait été accordé de jouir un instant de la fraîche et lumineuse vision du paradis, ou bien à celle d'un homme en train de se noyer, et qui voit la lumière du soleil caresser amoureusement tous les objets aimés, sur le rivage où il s'est promené autrefois.

Après la mort du vieux Morton Palmer, Edmond Tolliver vendit la maison, plutôt modeste, qu'il possédait, et quitta Louisville pour s'installer dans le sud de l'État. Il ne retourna pas aux lieux mêmes où avait vécu son père. Les pénibles souvenirs de sa jeunesse le lui défendaient. Il ne voulait pas entendre à tout moment les noms familiers d'autrefois, ou revoir les mêmes carrefours et les mêmes maisons. Il décida donc d'acheter une ferme dans un comté voisin, six cents arpents de bonne terre aux ondulations paisibles, et bien irrigués, avec le brouillard bleu des collines dans le lointain. La santé de sa femme empirait de jour en jour, et il fit alors venir chez lui, pour prendre la direction de la maison, sa sœur aînée, Mathilde, qui ne s'était pas mariée et était institutrice dans une petite école de la région.

Tolliver fit poser des barrières blanches autour des pâturages du domaine et construisit des granges neuves, ainsi que des écuries : les granges hautes et rouges, les écuries basses et peintes en blanc, comme les clôtures. Il éleva du bétail sélectionné, eut des chevaux de race et planta du tabac. Il demandait leur avis aux anciens du pays et les écoutait toujours avec attention. Il parcourait fréquemment la campagne, à cheval, causait avec les fermiers, les accompagnait à la pêche et à la chasse. Puis il s'occupa de politique et fut élu sénateur de l'État. Quand sa maison eut brûlé, il en construisit une nouvelle, et bientôt des étrangers de Louisville, de Frankfort, de Lexington et de Nashville se mirent à fréquenter la maison neuve, à boire du whisky dans les salles haut-plafonnées et à aller faire un tour aux écuries pour voir les chevaux. Quand Tolliver fut, pour la première fois, envoyé au Congrès, des gens de Washington et de Baltimore commencèrent à venir, de temps en temps ; des gens importants, qui avaient leur nom dans les journaux. C'est alors que Tolliver fut élu sénateur. Mais il continuait à courir le pays à cheval, à pêcher et à chasser avec les fermiers, et il assistait parfois aux offices de l'église méthodiste de Hope Springs, une petite église en bois, peinte en blanc. Il n'affectait pas d'airs supérieurs et souvent se plaisait à dire :

« J'ai connu, je l'avoue, l'aiguillon de la pauvreté et la morsure de la faim, et je sais ce que c'est que de se lever en pleine nuit dans le froid, et de marcher pieds nus sur le sol gelé. »

Petit à petit, on oublia que la maison neuve avait été construite avec l'argent de sa femme. En on l'oublia elle-même. Elle était morte peu de temps après la fin des travaux.

Comme la voiture gravissait la pente qui menait à la maison, quelques flocons de neige tombèrent du ciel gris en tourbillonnant. On pouvait les voir se coller aux touffes d'herbe fanée, au bord du chemin.

« Oh ! s'écria May. Il va vraiment neiger ! »

Maintenant, ils pouvaient voir, aux fenêtres, les guirlandes de houx nouées de rubans rouges, et le gros bouquet attaché au-dessus de la porte blanche. De la fumée s'échappait des hautes cheminées. La maison, qui, de loin, leur avait paru morne et sévère, semblait promettre, et promettre abondamment, en contraste avec la neige qui tombait doucement et les champs déserts et le ciel gris, tout ce qui peut procurer le bonheur et la paix : les mets chauds et délicats au parfum suave, l'éclat des lumières sur les couverts d'argent, la douceur des tapis moelleux, la musique cristalline des verres.

« Comme c'est gentil à vous d'être venue », dit le sénateur Tolliver en prenant la main de May et en s'inclinant légèrement comme pour la baiser, s'il l'avait osé.

« Mr. Christian a amené sa fille ; ils resteront aussi cette nuit et nous allons essayer, ce soir, d'animer un peu cette vieille maison si triste, avec de la jeunesse et de la beauté. Et je dois dire que cette maison est parfois assez triste. Mais il faut que je vous présente à ma sœur. »

Et, montrant la grande femme vêtue de noir qui sortait derrière lui de la pièce, il poursuivit :

« Mathilde, voici May. La femme de mon bon ami Percy Munn, dont je vous ai si souvent parlé. »

Il allongea le bras et posa la main sur l'épaule de Mr. Munn :

« Un garçon d'avenir, affirma-t-il en lui tapotant l'épaule ; bientôt, nous l'enverrons au Congrès.

— Je n'en sais rien », dit Mr. Munn, un peu embarrassé, mais flatté d'entendre les paroles du sénateur et de sentir cette main sur son épaule.

Dans ce hall aux boiseries blanches, il était heureux de trouver, après le ciel lugubre et la campagne déserte, de la chaleur, de la cordialité, l'éclat des miroirs et le feu qui crépitait dans la pièce voisine. Il lui sembla même, lorsqu'il prit la main de Mathilde, qu'elle avait un visage moins distant et moins rigide qu'il ne l'avait d'abord trouvé.

May monta le vaste escalier à côté de cette femme plus âgée qu'elle, et elle apparut plus menue que jamais. Au tournant de l'étage, elle regarda son mari furtivement et esquissa un sourire rapide, presque timide, que Mr. Munn interpréta comme un adieu. Il traversa le hall en compagnie du sénateur et parcourut une longue pièce au bout de laquelle flambait un feu de bûches, mais où il ne vit personne.

« J'ai pensé qu'il fallait tenir la réunion dans la bibliothèque, dit le sénateur. Tout le monde est là, maintenant, excepté le capitaine Todd. Il va arriver en voiture dans quelques minutes. Il doit amener son fils. Vous le connaissez, il sort de son collège, en Virginie... Je crois que c'est en Virginie. »

Quand ils entrèrent dans la bibliothèque, ceux qui s'y trouvaient déjà se tenaient autour de la cheminée, où un tronc d'arbre brûlait en sifflant. Mr. Munn leur serra la main à tous. Puis il sortit sa pipe et se mit à la bourrer.

Personne n'avait remarqué la voiture du capitaine Todd qui gravissait la route, et personne n'avait entendu la cloche. Un domestique noir ouvrit la porte de la bibliothèque, et le capitaine s'avança avec une légère inclination de tête, gardant toujours son sourire grave.

« Je suis désolé d'être en retard, dit-il, mais je n'ai jamais pu être à l'heure depuis le jour où le général Buell nous a devancés à Louisville, le général Bragg et moi, gardant ainsi à Mr. Lincoln notre glorieuse république du Kentucky. »

Le sénateur s'avança vivement vers lui, la main tendue, en disant :

« Mais c'est très bien comme cela, nous avons tout notre temps. Venez vous chauffer auprès du feu.

— Merci », dit le capitaine Todd, qui fit alors le tour de l'assistance, échangeant des poignées de main.

Il prit place ensuite devant le foyer et tendit à la flamme ses longues mains brunes.

« Ça pique rudement dehors, ajouta-t-il.

— Où est votre fils ? demanda le sénateur.

— Je l'ai installé dans la pièce à côté. Il a trouvé un livre, et il est en train de lire. »

Le capitaine se tut un instant en souriant.

« Enfin je suppose qu'il lit. Il prétend savoir lire maintenant.

— Je vais aller lui dire un mot », dit le sénateur.

Il alla vers la porte.

« Je reviens dans une minute. Alors nous pourrons commencer. »

Mr. Munn regarda le capitaine Todd, qui, penché devant la cheminée, se chauffait et tendait au feu ses belles et fortes mains. Il remarqua que quelques taches marquaient la peau brune et que les veines étaient un peu trop grosses, sur le dos. Il se demandait si le fils ressemblait au père. Il faisait honneur au capitaine, se rappelait-il, ou, plutôt, il lui avait fait honneur, trois ou quatre ans auparavant. Il y avait un certain temps que Mr. Munn n'avait pas vu le jeune homme, pas depuis que celui-ci avait quitté la maison pour aller au collège. En Virginie, avait dit le sénateur. C'était cela, en Virginie ; il se rappelait maintenant : à Washington et Lee. Avant son départ, le jeune homme faisait déjà honneur à son père : plutôt grand, solidement bâti, des yeux bleu-vert, comme ceux du capitaine, et un nez bien dessiné. C'était aimable, de la part du sénateur, de prendre la peine de quitter la pièce pour aller lui parler. Un homme charmant, le sénateur, mais le capitaine était encore meilleur. Le meilleur de la bande ! Mais, tout de même, le sénateur était bien sympathique.

Tous ceux qui n'avaient pas été invités à passer la nuit étaient partis avant quatre heures. Ils avaient descendu la route, en pente douce, sous la neige qui tombait dru et dont les flocons s'attachaient aux épaules, collaient sur les couvertures et le dos des chevaux. La neige avait déjà effacé la trace des roues et l'empreinte des sabots, et, dans le ciel, la lumière grise commençait à diminuer. En se séparant dans le hall, tous étaient pleins de bonne humeur et de rires, tous, excepté Mr. Sills, qui prenait rarement plus d'un verre – s'il en prenait jamais ! Le froid, la neige et le crépuscule déjà avancé, tout cela leur paraissait inexistant.

Flânant à loisir dans la bibliothèque où le feu crépitait et montait dans la profonde gueule noire de la cheminée, et les bouteilles bien d'aplomb sur un grand plateau d'argent posé sur la table, ils avaient bu, copieusement, un verre suivant l'autre. Les jambes allongées, le verre en main, ils avaient confortablement digéré la dinde, et le jambon, et le pudding. La conversation, d'abord grave et lente, était devenue, l'alcool aidant, plus animée et ponctuée d'éclats de rire. Mais, derrière le plaisir de l'heure, ils avaient pu goûter une satisfaction plus substantielle. Le secrétaire avait indiqué dans son rapport que la compagnie Alta était prête à ouvrir des négociations au taux de neuf dollars cinquante pour la feuille premier choix, et qu'un acheteur privé en offrait dix pour l'australien, qualité A, et sept pour le tabac à priser, qualité fine. Le bureau avait voté contre la prise en considération de ces offres.

« Bon Dieu ! s'était écrié Mr. Christian en frappant sur la table de tout le poids de sa main rouge. On leur en fera voir, à ces salauds ! On leur fera dire papa, si on veut ; on leur fera souhaiter de n'avoir jamais entendu parler de tabac ! On leur fera regretter de ne pas s'être faits marchands de rubans ! Ils se sont fourrés dans un sacré courant, et sans avirons encore ! Bon Dieu !... »

Et il s'était arrêté pour reprendre haleine, respirant à fond comme un homme altéré qui vient de boire à longs traits.

« Ils disent neuf cinquante ? Quand nous avons fait connaître nos prix de série : australien, qualité A, seize dollars ; italien, qualité A, quinze cents ; vingt-cinq, le spinner ; le fin, douze ! »

Il fit une nouvelle pause et sa respiration sifflait entre ses dents :

« Il n'y a pas un seul détail de notre tarif dont je ne me souvienne. Même en dormant. Je le lis tous les soirs, comme les vieilles filles lisent la Bible pour se tenir les pieds chauds. C'est bien neuf cinquante qu'ils disent ? Seigneur ! Ils ne savent pas lire ! Mais nous les tenons, et nous allons les envoyer au diable et vous, monsieur le secrétaire, vous allez leur écrire, à ces bougres-là, que c'est moi qui l'ai dit !

— Nous ne visons pas à démolir les compagnies », avait alors dit le sénateur.

Puis il s'était empressé d'ajouter :

« Non pas, messieurs, que j'essaie, en parlant ainsi, de vous conseiller d'accepter ces offres. Mais nous ne cherchons pas à les ruiner. Ce que nous voulons, c'est un prix équitable. Juste un prix équitable. Et, quand ils nous l'offriront, je suis d'avis de traiter avec eux. Nous voulons simplement être justes, nous ne voulons pas leur arracher les yeux...

— Je veux être pendu si ce n'est pas ça que je veux, moi ! s'écria Mr. Christian. Quelqu'un dit le contraire ? Je voudrais les leur arracher, leurs sacrés yeux, et les leur donner à manger en guise d'huîtres ! Voilà ce que je voudrais, bon Dieu ! Et je donnerais de l'argent pour le faire ! Je voudrais leur arracher les boyaux et les leur nouer autour du cou, à ces salauds-là, et les pendre avec à l'arbre de Noël des orphelins, nom de Dieu ! Et si quelqu'un ici a encore le moindre foutu doute dans la tête sur la façon dont je vais voter sur cette motion, ajouta-t-il en frappant encore une fois sur la table, je ne serai pas long à lui donner le renseignement ! Je vote NON !

— Je suppose, avait dit Mr. Sills, qu'il n'est pas nécessaire d'inscrire ces remarques en détail dans le procès-verbal.

— Pour mon compte, avait répondu Mr. Christian, vous pouvez les faire encadrer et les accrocher à la tête de votre lit ! Vous pouvez les faire apprendre aux mères nourrices et aux petits enfants ! »

Ni la nouvelle que quelque huit cent mille livres de tabac avaient été vendues pendant les dix derniers jours, en dehors de l'Association, ni la coupure du journal que Mr. Sills avait apportée ne diminuèrent en rien la confiance et le plaisir de la journée. En passant par le village, près de Monclair Crossing, Mr. Sills avait acheté un journal. Après avoir soigneusement extrait du grand portefeuille de cuir, toujours fermé par trois grosses bandes de caoutchouc, l'article qu'il avait découpé dans le journal, il en avait donné lecture au comité. Il y était dit comment Mr. Ben Sullins, respectable planteur de la région d'Allen Settlement, et fermement opposé à l'Association, avait trouvé dans sa boîte aux lettres, le lendemain de Noël, un paquet de verges accompagné d'une lettre anonyme. Le journal contait l'aventure en ces termes :

> Attaché à un paquet de verges de bouleau se trouvait un billet dû à la plume d'un enfant ou d'un illettré, où l'on pouvait lire ce qui suit : « Sa c'esque le Pair Noël aporte au méchan petit garson "qui save pas se gardé des souri et qui garde leur taba mais qui vienne pas dans l'Assoc". » Mr. Sullins nous a déclaré

qu'il n'attache aucune importance à ce message et qu'il n'est pas homme à se laisser intimider, et *L'Edgerton Messenger* se fait un devoir d'approuver énergiquement l'attitude de Mr. Sullins, de l'en féliciter et de flétrir la lâcheté des auteurs de lettres anonymes. Cependant, Mr. Sullins nous a également déclaré qu'il croit que cet incident n'est qu'une puérile espièglerie, commise par des gamins qui ont entendu leurs parents commenter son attitude à l'égard de l'Association des planteurs de tabac. *L'Edgerton Messenger* espère que cette supposition est l'expression de la vérité.

« Oui, une espièglerie puérile, avait dit Mr. Burden d'un ton pensif, en levant sa tête noire et mal peignée.

— Eh bien ! avait fait observer Mr. Christian. Il me semble que les gens d'Allen Settlement ont des enfants singulièrement précoces et qui ont l'air d'avoir bien profité. Je parie qu'ils sont venus au monde les pieds devant et en grinçant des dents.

— Non, avait dit Mr. Burden de sa voix lente, non, ce ne sont pas des enfants qui ont fait cela. C'est un pauvre fermier, qui a passé un mauvais Noël. L'Association vient en aide aux gens du mieux qu'elle peut, mais, la plupart du temps, le mieux ne signifie pas grand-chose. Pas grand-chose pour un pauvre type qui a entreposé chez nous quelques milliers de livres de tabac. Quelle avance peut-il obtenir ? Pas même de quoi payer ses dépenses de Noël.

— Il doit penser à l'avenir, avait répondu Mr. Sills.

— Alors il a passé un mauvais Noël, et il n'y a pas eu grand-chose pour les gosses, et il surprend sa femme dans la cuisine en train d'essuyer une larme, et un des gosses lui a dit ce que le père

Noël a apporté aux petits Sullins – comment le petit Sullins s'est promené sur la route avec une carabine neuve, par exemple – et il s'imagine que Sullins a vendu un peu de tabac pour se procurer de l'argent, et au prix qu'on lui en a offert, puisque l'Association tient toujours bon. Alors il s'en va à la grange en réfléchissant au sujet de Sullins. Il est de plus en plus furieux et, comme c'est un sacré idiot, il retourne à la maison, prend un bout de papier dans le cahier d'un de ses enfants, un bout de crayon, et bricole sa lettre. En sortant, il emporte un morceau de ficelle, s'en va à la rivière et coupe quelques branches de bouleau, et, à la nuit tombante, il se glisse sur la route, s'en va du côté de chez Sullins et fourre le tout dans la boîte aux lettres. Alors – Mr. Burden ne savait plus comment finir – alors, il retourne à la maison ! »

Pendant le court silence qui suivit, les assistants avaient semblé tourner et retourner dans leur tête les paroles de Mr. Burden. Puis le capitaine Todd avait pris la parole :

« Monsieur le président, avait-il dit calmement, il importe peu, ce me semble, de savoir qui a réellement envoyé cette lettre, ni pourquoi. J'estime que nous, les membres du bureau, nous devons interpréter cela comme un acte de malveillance et agir en conséquence. Monsieur le président – il avait alors hésité un peu devant tous ces regards fixés sur lui –, monsieur le président, je propose que le bureau de l'Association déclare qu'il condamne l'auteur du message anonyme reçu par Mr. Sullins et que cette déclaration soit envoyée à tous les journaux de la région, avec prière d'insérer.

— J'appuie la proposition », avait dit Mr. Munn.

La proposition avait été adoptée à l'unanimité.

« Et, à mon avis, messieurs, avait conclu le sénateur, pendant que le secrétaire rédigeait la note pour la presse, c'est là une excellente mesure. Ce que l'Association désire, c'est la justice, mais nous devons l'obtenir dans l'ordre. Nous ne voulons pas soulever les passions.

— Justement, j'ai horreur de penser comme il est facile de soulever mes passions », avait dit Mr. Christian en parlant à la cantonade et en grimaçant un sourire, qui découvrait ses grandes dents jaunes.

Un quart d'heure après, tout le monde paraissait avoir oublié l'affaire et, quand Mr. Sills eut donné lecture de la déclaration du bureau, personne n'y fit plus allusion.

Mr. Munn n'y avait plus pensé et il ne s'en souvint qu'assez tard, au cours de la soirée, après que les dames se furent retirées dans leurs chambres, quand Mr. Christian se mit à raconter ce qu'il savait au sujet de Ben Sullins. Car après le départ de Mr. Sills, de Mr. Burden et des autres, il n'avait plus été question d'affaires. La sœur du sénateur, ainsi que Lucille Christian et May, les avaient rejoints, et tous s'étaient installés auprès du feu dans la grande pièce qui donnait dans la bibliothèque. Le sénateur raconta quelques histoires drôles, qui firent rire tout le monde, bien qu'il parût les dire tout naturellement, sans se forcer ni essayer d'en imposer. Mais Mr. Munn remarqua que sa sœur ne riait jamais. Elle ne souriait même pas.

Elle s'était assise, très droite, dans une petite bergère un peu à l'écart de la cheminée. Pendant que le jour mourait derrière les fenêtres et que la conversation allait son train, son regard errait au milieu des flammes. Elle tenait les mains à plat sur ses genoux maigres, dont on devinait la forme sous les plis de sa robe de soie noire. Ni son manque d'attention ni son air distant ne la faisaient paraître froide ou impolie. Elle avait plutôt l'air, se disait Mr. Munn, d'une grande personne assise au milieu d'enfants qui s'amusent. À un certain moment, alors que May, qui était assise auprès d'elle, venait de lui parler, elle se pencha un peu comme si elle avait mal compris, en disant : « Oui, mon enfant. » May paraissait s'entendre très bien avec elle.

Mais le soir, à table, la lumière, qui frappait plus directement son visage, en fit apparaître d'une façon plus sensible toute la dureté et toute l'amertume. Ses sourcils étaient épais, ses pommettes saillantes et sa bouche crispée par une expression volontaire. Tous ses traits, ses yeux creusés, d'un gris ardoise, son menton dur et proéminent, son nez vaguement aquilin, ressemblaient à une sculpture ébauchée dans une pierre grisâtre. Quand elle prenait un couvert d'argent ou quand elle levait son verre, Mr. Munn était frappé par la couleur terreuse de ses mains sèches, et il se rappelait la sensation qu'il avait éprouvée, le matin, en tenant cette main dans la sienne.

Le repas terminé, ils retournèrent s'asseoir dans la grande salle. Un domestique vint remettre du bois dans le feu. Les hommes, le verre en main, buvaient leur whisky à petits coups appliqués.

Lucille Christian, qui buvait un verre de porto, secoua gentiment la tête comme son père venait de dire qu'il ne comprenait pas pourquoi elle s'offensait d'être appelée Sukie.

« Si vous vouliez bien me réserver ce nom-là pour moi seule, cela me serait égal, lui dit-elle.

— Hein ! Sénateur, vous voyez, c'est une vraie égoïste que cette fille », déclara Mr. Christian en se tournant vers Tolliver.

La jeune fille prit une gorgée de vin et s'expliqua :

« Pas du tout ! Mais, ce *nom*-là, vous le donnez à la moitié des animaux qui vivent chez vous, et moi, vous m'appelez aussi Sukie ! Comme tous les chiens courants, les juments, les bestiaux ! Je suis votre fille, tout de même, vous savez ! »

Assis sur un sofa auprès de Mr. Munn, le fils du capitaine Todd, les coudes aux genoux, se penchait pour regarder Lucille qu'il voyait de profil, ou bien il se tournait vers son voisin comme s'il voulait lui dire quelque chose. Un charmant garçon, se dit Mr. Munn. Autrefois, il ressemblait au capitaine. Il lui ressemblait toujours. Avec le temps, il lui ressemblait sans doute davantage. Cependant rien ne rappelait chez lui l'autorité et l'assurance du capitaine. Mais n'était-ce pas naturel chez un garçon de son âge ?

« Vous finissez vos études cette année, n'est-ce pas ? » demanda-t-il au jeune homme.

Celui-ci se redressa brusquement et se tourna vers Mr. Munn avec, sur la figure, une expression à la fois joyeuse et inquiète.

« Oui, monsieur ; en juin prochain… sauf accidents. »

Il paraissait sur le point d'en dire davantage, mais il s'arrêta, rougissant un peu.

« Vous avez l'intention d'exercer dans la région ?

— Eh bien ! N'est-ce pas, jusqu'à ces derniers temps, je n'y avais pas encore pensé. »

Il hésitait un peu.

« Enfin, j'avais pensé à travailler dans une étude, à Cincinnati. Chez Mr. Lightfoot. Il connaît mon père depuis longtemps. Il a beaucoup d'affaires à traiter pour le chemin de fer, et certaines grosses compagnies de l'Ohio lui confient leurs intérêts. À lui et à ses associés.

— Lightfoot, dit Mr. Munn, songeur. Lightfoot ?

— Oui, monsieur. Lightfoot. La raison sociale est Hayden Hughes et Lightfoot. Mon père l'a connu dans le Tennessee.

— Dans le Tennessee ?

— Oui, monsieur. Je crois que c'était pendant la guerre. Après la guerre, il est parti dans le Nord. Il est venu voir mon père une fois, il y a bien longtemps, quand j'étais gamin : c'est à peine si je m'en souviens. Ils s'écrivent toujours de temps en temps. Puis je l'ai retrouvé. Son fils était avec moi à Washington et Lee. Mais il n'a pas fait son droit : il est rédacteur dans un journal de Baltimore. J'ai revu son père, une fois qu'il était venu le voir au collège. Mose n'avait pas envie d'être avocat.

— Si vous débutez dans une étude comme celle-là, qui a une grosse clientèle et beaucoup d'affaires, ce sera excellent pour apprendre la procédure. C'est le meilleur moyen à notre époque. Mais, comme j'étais resté longtemps absent de la maison, au collège et ailleurs, et que ma mère était morte, me laissant la propriété, je crois bien que j'ai eu le mal du pays ; alors j'ai accroché mon panonceau à Bardsville. J'ai peut-être fait une bêtise.

— Non, non ! Ce n'est pas ce que je veux dire », protesta le jeune homme avec vivacité.

Puis, hésitant et visiblement embarrassé :

« Ce n'est pas ce que je voulais dire. Je crois que je suis en train de changer d'avis : je ne pense pas aller à Cincinnati comme je l'avais projeté. Maintenant que je suis revenu à la maison pour Noël… »

La phrase resta en l'air, inachevée.

« Vous pourriez très bien réussir par là ? dit Mr. Munn en tirant sur sa pipe.

— Là-bas, de l'autre côté du fleuve. C'est là que se trouve l'argent, m'a-t-on dit, car Dieu sait que, par ici, il n'y en a guère.

— Ce n'est pas la question. Exactement…

— C'est une question joliment importante. Tout à fait à l'ordre du jour ! »

Le jeune homme regardait à l'autre bout du salon. Mr. Munn suivit son regard. Mr. Christian, les mains sur ses genoux écartés, les bras arqués comme les pattes d'un bouledogue, se penchait pour raconter une histoire. Il avait posé son verre par terre, à côté de lui. Lucille Christian regardait son père d'un air amusé et affectueux, et, pour la première fois, Mr. Munn sentit qu'il avait pour elle une réelle sympathie. Il remarqua que le jeune homme aussi la regardait. Puis il se tourna vers Mr. Munn :

« Lucille – je veux dire miss Christian – m'a dit ce qui s'est passé le jour du premier grand rassemblement, quand on a créé l'Association. J'aurais voulu être là, l'été dernier, et entendre votre discours. C'est elle qui m'en a parlé. Elle m'a dit qu'il était prodigieux. Tout le monde, m'a-t-elle dit, l'a trouvé prodigieux : son père, le sénateur Tolliver, tout le monde.

— C'est arrivé par hasard », dit Mr. Munn.

Il le pensait.

Et l'instant précis où il s'était trouvé debout sur l'estrade, et muet devant cette foule, s'imposa subitement et avec force à sa mémoire : le vide immense du ciel qui vibrait, incandescent ; le vide, attirant comme un abîme, de tous ces visages levés vers la lumière qui les frappait, la sécheresse de sa gorge. Et le vieil homme dont il avait aperçu la figure au pied de l'estrade. Oui, un hasard. « Et un hasard que je sois ici, maintenant », se dit-il. Et, regardant cette grande salle si plaisante avec ses tapis moelleux, ses meubles de prix et la lumière dansante du foyer sur des visages amis, il comprit toute la force du hasard qui faisait qu'il se trouvait là, nourri et chauffé et entouré de ces gens, se tournant aimablement vers lui au moindre de ses mots, alors que, dehors, il faisait froid, que la neige tombant sur la campagne effaçait tous les contours du paysage familier et que, sans les hasards qui formaient l'histoire de sa vie, il aurait pu se trouver dehors, ici ou ailleurs, misérable, perdu, sans amis, comme le premier venu. À cette idée, le salon et tout ce qui s'y trouvait lui parurent soudain quelque chose d'irréel, l'effet d'un songe. La réalité pouvait disparaître : peut-être disparaissait-elle au moment où il la regardait ? Il hocha la tête, comme pour chasser une pensée importune, et, se tournant vers le jeune homme, il répéta :

« C'est arrivé par hasard.

— Ce n'est pas ce que disent les gens. Ils vous ont entendu faire des discours, depuis… »

Mr. Munn lança au jeune homme un regard pénétrant :

« Il y avait là un vieil homme, commença-t-il. Juste au bord de l'estrade. En me levant, je l'ai vu. Je l'ai vu là, tout près. Un vieux bonhomme tout à fait quelconque, en salopette et chapeau de paille, tout à fait quelconque. »

Et Mr. Munn eut le sentiment qu'il ne se souvenait plus des paroles qu'il avait réellement prononcées au meeting ce jour-là. Il se rappelait seulement la figure de ce vieil homme. C'était cela qui, à présent, paraissait important, mais il lui était difficile de trouver des mots pour souligner cette importance. Il s'aperçut que le jeune homme ne l'écoutait plus que distraitement et poursuivait sa propre pensée, et alors, un peu embarrassé, il déclara :

« Eh bien ! N'est-ce pas, tout cela n'a été qu'une espèce de hasard.

— Oui, monsieur, je comprends, répondit le jeune homme qui suivait sa propre idée, mais, n'est-ce pas, je doute un peu de l'utilité d'aller à Cincinnati dans l'étude de Mr. Lightfoot. Si j'y vais, ce sera pour faire un simple travail de bureau, classer des dossiers, etc. Je n'aurai aucune chance de faire ce que vous faites. Des choses comme le meeting. Comme ce que vous faites maintenant.

— Si nous réussissons, cela en vaudra la peine, dit Mr. Munn. Ce sera quelque chose. Si nous échouons, ce sera autre chose.

— Vous réussirez, haut la main », répliqua le jeune homme, les coudes aux genoux et les mains jointes devant lui.

Des mains longues, nerveuses, tannées, qui se détachaient vigoureusement des poignets bruns.

« Vous réussirez, c'est forcé. Et vous réussirez pour le plus grand bien de tout le monde, par ici. Tous les gens comprendront.

— Peut-être », répondit Mr. Munn.

C'était si simple pour le jeune homme ! Les gens voyaient exactement où était leur intérêt, et ils agissaient en conséquence. Et il s'emballait à l'idée de faire des discours. Pour dire aux gens ce qu'ils devaient faire. Mr. Munn vit le jeune homme regarder encore Lucille Christian et, à part lui, il ajouta : le voilà qui bavarde une heure ou deux avec cette petite Christian et il décide de se fixer ici. Ce n'est qu'un gosse. Tout est en surface, pour lui. Tout. Vieillir, c'est pénétrer l'enveloppe des choses. Une couche après l'autre. Les dépouiller, pour trouver ce qu'elles recouvrent. Ce qu'il y a dedans. Quelques-uns, un tout petit nombre, savaient le faire, et ils n'en parlaient jamais. Le capitaine Todd semblait le savoir. Puis, comme si un jet de lumière le lui faisait découvrir, Mr. Munn se rappela le visage de Mathilde Tolliver, et il décida qu'elle aussi savait. Mais il n'y avait pas beaucoup de capitaines Todd ni de Mathilde, et il y avait beaucoup plus de chances pour qu'on ne sût jamais, et pour que l'on continuât à ôter les pelures l'une après l'autre, comme on pèle un oignon. « Et si l'on s'arrête, se dit Mr. Munn, c'est la mort, ou plutôt on est déjà mort. Nous pouvons ne pas réussir, se dit-il rêveusement en tirant sur sa pipe, mais, gagnants ou perdants, nous sommes maintenant dans l'affaire jusqu'au cou. »

Le jeune homme ne l'écoutait plus. Il regardait de l'autre côté de la pièce. Lucille se leva alors que les autres étaient déjà debout. Il se leva à son tour et, traversant le salon, se dirigea vers elle. Il resta près d'elle tandis qu'elle disait bonsoir à tout le monde. Quand elle sortit, avec May et Mathilde, il l'accompagna jusqu'au pied de l'escalier. Le sénateur, qui les avait escortées jusque-là, revint tout de suite dans la salle, en se frottant les mains, et dit :

« Eh bien ! Messieurs, je vais maintenant vous faire goûter un autre échantillon du produit le plus glorieux de notre glorieux État ! »

Il versa la liqueur d'une main plus généreuse, cette fois, et se tourna vers ses hôtes.

« Sec, pour moi, s'il vous plaît, dit le capitaine Todd. Vous savez ce que l'on dit, ajouta-t-il en levant son verre : celui qui met de l'eau dans son whisky devient un buveur incorrigible. Quand on prend son whisky sec, on sait ce qu'on fait. Mais le whisky avec de l'eau, c'est *tout* ce qu'il y a de plus traître. Je ne me permets jamais de le prendre avec de l'eau, et, quand j'en prends un sec, ça m'éclaircit l'esprit. C'est à cette habitude, messieurs, que j'attribue d'avoir réussi, dans un monde si riche en tentations, à ne pas devenir un ivrogne invétéré. »

Mr. Christian se planta carrément devant la cheminée, jambes écartées, les pieds bien enfoncés dans le tapis épais, et il but une rasade.

« Eh bien ! Moi, déclara-t-il, je dis qu'on peut aussi bien monter à cru qu'avec une selle. Que ce soit un cheval, ou le whisky, ou un chien, ou une femme, ça n'a pas d'importance, et c'est l'homme qui doit porter culotte. Ils sont tous les mêmes. S'ils peuvent se dérober, ils n'y manqueront pas. Chante où tu perches, voilà ce que je dis. C'est l'homme qui commande. C'est moi qui monte le whisky, ce n'est pas le whisky qui me monte. »

Et, renversant la tête, il avala une nouvelle rasade, sa pomme d'Adam montant et descendant comme un gros bouchon rouge.

« Le whisky, dit-il, noble institution démocratique : tout de suite après la Déclaration des droits et après Bunker Hill[1]. Que je sois pendu si ce n'est pas la première. En somme, d'un pauvre, le whisky fait un riche, comme on dit, et d'un riche, un pauvre. »

Mr. Munn regardait le jeune Todd, lorsqu'il entendit Christian prononcer le nom de Sullins ; il se tourna de son côté.

« Et les Sullins, je les connais depuis toujours, disait Mr. Christian debout devant la cheminée, les pieds enfoncés dans le tapis. J'en ai connu une flopée, de Sullins. Et, ce Ben Sullins, il est comme les autres. Tout pour l'argent, et le beurre ne leur fondrait pas dans la bouche ! Le vieux Sullins, hein – le père de Ben, celui qui est mort maintenant et qui est en enfer, aussi sûr que le bon Dieu a fourré des plumes à la queue des geais, pour cacher leur cul pelé –, pour vingt sous, il aurait vendu sa mère pour qu'on en tire du savon à lessive en la faisant bouillir. Et ce n'est pas moi qui l'en aurais blâmé, car, dans la famille Sullins, toutes les femmes, avant de claquer, en arrivent à ressembler bougrement à des garces

---

[1] Première victoire des Américains insurgés sur les Anglais (17 juin 1775). *(N.d.T.)*

de coupeuses-de-sous-en-quatre. Ça, je l'ai vu arriver, et trop souvent encore. Voyez la femme de Ben Sullins. Ça sort d'une honnête famille de braves gens, ça ressemblait à une créature humaine. Mais vous n'avez qu'à accoupler une femme avec un Sullins, et, au bout de cinq ans, vous ne pouvez plus faire la différence. La femme attrape cet air pointu, cette allure louche de rate qui a du lard à ses moustaches. C'est à cela qu'on reconnaît un Sullins, mâle ou femelle. Avec un peu de flair, vous n'avez pas besoin de regarder...

— Allons ! Allons ! Bill, pas à ce point-là, dit le capitaine Todd.

— Vous ne pouvez pas savoir. Vous n'avez pas, comme moi, étudié les Sullins. Voilà des années qu'il m'arrive quelquefois de me dresser dans mon lit, la nuit, en train de réfléchir aux Sullins. Un jour, quelqu'un me nomme un Sullins dont je n'avais jamais entendu parler. Il habitait le comté de Chatam, dans le Tennessee, et je m'offre une petite excursion pour aller faire sa connaissance. Je voulais simplement m'assurer qu'il était comme les autres. Et il l'était ! Je ne l'ai pas vu, mais, dans la circonstance, ce n'était pas nécessaire. J'ai vu sa femme ! J'arrive chez eux et je dis, aussi poliment que je peux : "Madame, je vous serais bien reconnaissant de me donner un peu d'eau à boire." – J'avais loué une carriole, rien que pour venir chez eux. – "Je suis en voyage, je ne fais que passer par ici et la journée est bien chaude." Elle m'apporte de l'eau. Très bien. Pas fraîche ; pourtant un puits en pleine vue dans la cour à côté ! Alors, quand je me sers une deuxième bolée, elle prend son air Sullins pour me dire : "Vous savez qu'on annonce de la sécheresse dans la région, et notre puits ne donne jamais très bien quand il fait sec.” Je reverse dans le seau ce qui restait dans le bol, et je lui dis : “Madame, je crois que vous vous appelez Sullins ?” Elle reconnaît la chose et me demande comment j'avais pu le savoir, si je l'avais lu sur la boîte aux lettres. Je lui réponds que non, que cela n'avait pas été nécessaire et que, naturellement, cela ne me regardait pas ; mais est-ce que son mari et elle faisaient profession d'être chrétiens ? Oui, dit-elle, de bons chrétiens, et baptistes, même. Alors je lui déclare que j'étais bien content de l'entendre dire. Est-ce qu'elle connaissait l'Évangile selon saint Matthieu, chapitre 10, verset 42 ? “Non, me dit-elle, pas comme cela, au pied levé.” Et moi, je lui dis simplement : “*Quiconque donnera un verre d'eau fraîche à l'un de ces petits, parce qu'il est mon disciple, en vérité, je vous le dis, il ne perdra pas sa récompense.*” Là-dessus, elle prend un drôle d'air, et je lui dis : “Madame, je sais bien que je ne suis pas si petit que ça, mais votre eau n'est pas non plus tellement fraîche. Mes compliments à Mr. Sullins, s'il vous plaît.” Elle était comme toutes les autres femelles de la famille. Elles épousent un Sullins, et c'est comme une maladie. Ça s'attrape. Si une femme se marie avec un Sullins, elle est perdue pour la vie. C'est une maladie, comme la vérole. Et, par Dieu ! C'est aussi héréditaire, et tous les enfants l'attrapent, parce que ce sont tous des Sullins. Et, maintenant, je vous dirai… »

Mr. Munn s'aperçut que son esprit ne suivait pas, que la pièce manquait d'air et qu'il étouffait. Trop d'alcool, se dit-il, en se demandant combien de verres il avait bus dans la soirée. Trop, ou pas assez ? Il vida son verre et sentit que le whisky le remontait. Le sénateur, souriant, lui en versa un autre et il le porta à ses lèvres. C'était maintenant le capitaine Todd qui avait la parole. Il le regardait causer avec Mr. Christian, assis sur sa chaise, et très droit. Mr. Christian était toujours debout sur le tapis, devant le feu. Le vaste dôme de son crâne chauve et sa figure étaient de la même teinte cramoisie.

Beaucoup plus tard, tous montèrent dans leur chambre. Le sénateur conduisit Mr. Munn jusqu'à la sienne et, après lui avoir souhaité de bien se reposer, il disparut dans le corridor. Quand Mr. Munn fut entré dans la chambre et qu'il eut fermé derrière lui la porte, aussi doucement que possible, il se sentit brusquement assailli par les ténèbres, qui l'étreignaient comme une chose vivante. Dans le noir absolu, il n'avait d'autre impression que celle d'un roulement de tambour dans sa tête : un mouvement semblable à la montée et à la descente de l'horizon, quand on est en mer, dans une barque ; mais, le ciel et la mer, tout n'était que ténèbres. « C'est mon sang qui bat dans ma tête », pensa-t-il. Pour ne pas déranger May, il commença à se déshabiller dans l'obscurité, laissant tomber ses vêtements sur le plancher, à ses pieds. Dans la chambre, il faisait froid, et il savait qu'il faisait froid, mais, pour ainsi dire, objectivement, sans que cette connaissance lui fût révélée d'une façon sensible, et il pensait à la neige, qui devait tomber dehors comme sur une chair nue, impassiblement, et avec une douceur amoureuse. Il lui vint alors à la pensée qu'il ne connaissait plus autre chose que les ténèbres, dans lesquelles il regardait intensément, et ce mouvement de roulis et le battement de son sang. Mais était-ce lui qui regardait dans les ténèbres, des ténèbres extérieures à lui-même, dans lesquelles il baignait, ou bien n'était-il pas lui-même les ténèbres ? Sa propre tête devenue d'une circonférence effroyable, renfermant, délimitant les ténèbres ; et l'effort qu'il faisait pour percer la nuit de son regard, n'était-ce pas l'effort qu'il faisait en lui-même, dans sa tête enfermant les ténèbres qui enfermaient tout, jusqu'à la neige qui tombait doucement dans la nuit ?

Quand il se baissa pour dénouer les lacets de ses souliers, le battement se fit dans son crâne, plus violent et de plus en plus rapide, et tous ces coups espacés se fondirent en un grondement envahissant et saccadé. Il se rendait compte que ses mains accomplissaient leur tâche, mais comme on a conscience d'une idée, non d'un fait réel. Quand il eut terminé, il se redressa, et le grondement cessa. Soudain, ce fut le contraste du silence. Puis il reconnut le battement du sang à ses tempes, plus lent à présent, et comme apaisé. Alors il entendit un autre bruit à peine perceptible, un rythme différent. C'était la respiration de May. Il pensa qu'il devait être tout près du lit et fit un effort pour se rappeler sa position dans la chambre. Oui, c'était bien là, près de la porte.

Dans le noir, il tenta de concentrer son attention sur ce bruit qui, semblait-il, devenait plus fort. Il essaya d'imaginer May couchée, de retrouver l'expression de son visage, distant et ravi, mais il n'y parvint pas. L'image n'arrivait pas à se fixer dans sa tête. Cependant, cette respiration presque imperceptible, c'était quelque chose de sûr, de réel ; cela était tout. Anonyme, indéfinissable dans la nuit, c'était le centre de la nuit. Rien d'autre n'existait.

Il y eut un mouvement qui venait du lit.

« Perse », dit la voix de May, lourde de sommeil.

Pendant un moment, il ne répondit pas. Il se sentait dupé, furieux, désespéré, comme celui à qui la foi a été arrachée. Il réussit à dire « oui ». Son désir l'avait quitté.

Au lever du jour, la neige recouvrait la campagne. La matinée était d'un froid inaccoutumé et extraordinairement lumineuse. L'air même semblait fait d'une clarté pure et glacée et, sous le soleil, la campagne entière réfléchissait cette lumière. Enveloppés dans cette clarté, le sénateur, le capitaine Todd, Mr. Christian, Mr. Munn et May marchaient lentement à travers les pâturages. À quelque vingt mètres, Lucille Christian et le fils du capitaine Todd les précédaient, dans la pure lumière qui précisait leurs silhouettes et dessinait sur la neige leurs ombres nettes. Le sénateur fit un mouvement de tête dans leur direction et dit :

« On dirait qu'ils s'entendent tout à fait bien. C'est bien naturel, n'est-ce pas, Bill ?

— Oui, elle a l'air de bien s'arranger avec lui, admit Mr. Christian.

— On ne peut pas en faire un reproche à ce jeune homme, dit May. Votre fille est ravissante, Mr. Christian.

— Vous ne trouvez pas que c'est un miracle, quand on me regarde ? » repartit Mr. Christian.

On voyait qu'il était heureux. Il frappa l'une contre l'autre ses mains gantées, comme pour activer la circulation, puis les enfonça dans les poches de son pardessus.

« C'est vraiment une belle journée ! s'écria-t-il.

— Magnifique, dit May. Si magnifique ! Mais pourquoi n'a-t-il pas neigé pour Noël ? Il ne neige plus jamais pour Noël. »

Son regard se portait vers l'horizon lumineux, et elle aspira profondément, comme pour prendre possession de tout le paysage.

Mr. Munn se rappela qu'elle avait dit les mêmes mots le matin même, en regardant par la fenêtre le soleil brillant et la neige qui recouvrait tout. Et qu'en voyant le plaisir qu'elle éprouvait il s'était souvenu d'être resté la nuit, dans le noir, écoutant sa respiration, et il en avait été envahi de remords et de honte, comme au souvenir d'une infidélité. Maintenant qu'il la voyait là, dans la lumière pure, parcourant du regard les champs inondés de clarté, l'incident de la nuit et la honte même qu'il en avait éprouvée au matin ne lui paraissaient plus croyables. Il fit un effort de volonté pour en chasser l'idée. Elle marchait devant avec le capitaine Todd et Mr. Christian, et il continua de la regarder d'un œil assombri.

Le sénateur se mit à parler de la réunion de la veille. Il s'exprimait facilement, d'un ton confidentiel, la tête un peu penchée, les mains jointes derrière le dos. Il était content que Mr. Munn eût appuyé la proposition du capitaine Todd de publier une déclaration condamnant la lettre anonyme adressée à Mr. Sullins. Content aussi de voir qu'il comprenait si nettement le danger qu'il y avait à soulever des passions aveugles et des rancunes irréfléchies dans un mouvement de combat tel que l'Association.

« Nous devons être raisonnables, assura-t-il, et nous devons nous efforcer de maîtriser les sentiments excessifs qui peuvent se manifester dans l'Association.

— Je n'ai rien remarqué de spécialement excessif, répondit Mr. Munn, presque avec défiance. Cette lettre, n'est-ce pas, je me demande ce que ça peut bien réellement signifier. C'est une espèce d'accident, rien d'autre. Cela ne représente pas un sentiment.

— Oh ! Même pas cette sorte d'extrémisme. Ce n'est pas ce que je veux dire. Bien que dans tout mouvement populaire se cache une tendance à l'extrémisme. Une tendance qui ne demande qu'un meneur. On dit qu'un vaisseau peut brûler sans grand dommage, pendant des jours, jusqu'au moment où quelqu'un ouvre une écoutille et que l'air s'engouffre. Un meneur, c'est celui qui ouvre l'écoutille. Nous devons nous garder contre le développement de cette sorte de sentiments. Nous devons tenir fermées les écoutilles, pour ainsi dire. Prenez Bill, par exemple. Je n'ai jamais rencontré un plus brave homme que Bill Christian. Tout franchise et beaucoup de caractère. Mais il se laisse parfois aller à des propos violents, à une espèce de noble rage, pourrait-on dire. Mais, maintenant, ce n'est plus en son nom personnel qu'il parle ; il représente quelque chose de plus grand que n'importe quel individu, quelque chose de plus grand que lui ou que vous, ou que moi. Et on ne peut imaginer ce qu'un sentiment exagéré, lancé au hasard, pourrait déclencher, quel enchaînement d'idées pourrait à la fin se traduire en actes que tout le monde regretterait. Et lui, peut-être plus que quiconque. »

Le sénateur leva les yeux et regarda le petit groupe, au bas de la pente. Mr. Christian, maintenant, était avec les autres, près de la maison.

« Naturellement, poursuivit le sénateur, ce que je vous dis là est confidentiel, et je parle en toute franchise. Je vous dis cela, mon cher ami, uniquement parce que vous êtes un de ceux qui peuvent le mieux aider au succès grandissant de l'Association, dans des limites saines et raisonnables. Nous ne devons pas perdre de vue notre objectif principal – qui n'est peut-être pas de faire fortune cette année avec le tabac, mais d'être plus forts l'année prochaine et les suivantes. L'histoire nous enseigne que ce n'est pas en gagnant des batailles que l'on gagne les guerres, mais en gagnant la bataille décisive. C'est une chose que l'on doit apprendre dans les vicissitudes de la politique. Quels compromis on doit accepter, car la vie n'est faite que de compromis avec l'idéal. Mais, en même temps, il faut toujours tendre vers l'idéal, ne le jamais perdre de vue, ne jamais en laisser s'effacer l'empreinte sur notre esprit. Dieu sait que j'ai commis des erreurs, que j'ai parfois fait les concessions qu'il ne fallait pas faire, mais je n'ai jamais quitté les rangs et j'ai suivi mes compagnons jusqu'au bout, en m'efforçant de ne jamais perdre de vue l'objectif final. »

Il leva alors la tête et regarda la campagne étincelante de lumière.

« Être un peu utile à mes compatriotes. Et vous, dit-il, se tournant brusquement comme si, perdu dans ses réflexions, il avait oublié la présence de Mr. Munn et venait de se réveiller, vous avez devant vous un avenir magnifique. Votre prestige augmente tous les jours. Si l'Association grandit et se développe, personne ne peut dire jusqu'où vous irez. Vous avez pour vous la jeunesse. L'énergie. L'intelligence. Une solide pratique du droit. Personne, mon cher, ne peut dire jusqu'où vous irez. »

Il étendit la main et la posa paternellement sur l'épaule de Mr. Munn. Puis, comme s'il était gêné de manifester ses sentiments, il la retira.

5

En jetant un regard en arrière, il semble bien qu'au cours de ces fêtes de Noël, passées chez le sénateur, s'étaient trouvés réunis tous les éléments qui devaient, plus tard, produire la plus infernale combinaison. Il n'en manquait pas, mais leur réunion paraissait alors si naturelle, si paisible, si innocente, si stable que seule la lente usure du temps semblait menacer leur alliance. Si Mr. Munn, quand il se rappela les circonstances de son discours, lors du premier meeting, dans ce salon chaud et accueillant, avait été frappé par la puissance du hasard, par l'instabilité des choses et par la solitude de la nuit, dehors, sous la neige, cela n'avait duré que l'espace d'un instant. Plus tard, il devait maudire son aveuglement, sa stupidité, sa vanité. Les présages de l'avenir étaient là ; il aurait pu, à ce moment, les reconnaître, mais la clé lui avait manqué, le chiffre du code, et il n'en avait vu que l'apparence aveugle. Ou bien ces événements futurs lui étaient-ils alors apparus comme ces icebergs que l'on voit flotter sur l'horizon calme et bleu, lambeaux de nuages blancs pas plus grands qu'une main d'homme, dont la masse énorme aux trois quarts immergée, et aussi dure que l'acier, s'avance comme un bélier vers une imprévisible et fatale rencontre. Et, plus d'une fois, dans un moment d'autoaccusation, ou pris par un fatalisme indifférent, pareil à celui du joueur malheureux quand les cartes de la dernière main commencent à tomber sous la lumière crue de l'abat-jour vert, il devait se demander : « Si je ne pouvais pas alors me connaître moi-même, comment aurais-je pu connaître les autres ? Ou quoi que ce soit ? » Il finissait par reconnaître qu'il ne s'était certainement pas connu lui-même, par se demander si l'homme qu'il avait été pouvait avoir quelque rapport avec celui qui, maintenant, remontait dans le passé, réfléchissait et retournait la question dans tous les sens. Le « moi » dont il se souvenait, et dont il ne se souvenait peut-être qu'imparfaitement, et le « moi » qui lui avait succédé n'étaient que des clichés surimposés sur la même plaque sensible ; il comprenait alors que toutes ses actions avaient été aussi vaines, aussi dénuées de sens que les coups d'un aveugle qui frappe en se guidant d'après les bruits confus qui pénètrent ses ténèbres intérieures.

Il dut bien convenir qu'il n'avait certainement pas connu le sénateur Tolliver. Pas un instant il n'avait deviné ce qui se cachait de désespoir sous ses gestes pleins de déférence et son urbanité, sa bienveillance, derrière le regard assuré et autoritaire de ses yeux gris. À son insu, Mr. Munn avait été la dupe du jeu que le sénateur, avec l'astuce de sa longue expérience des hommes et de leurs faiblesses, avait alors joué désespérément, sous l'empire de la nécessité. Quand le jeu avait-il commencé ? Mr. Munn ne put jamais le deviner. Peut-être, au début, le sénateur avait-il été sincère ? Ou bien avait-il entamé ce jeu pour se trouver ensuite lancé dans un autre ? N'avait-il été que la main qui exécute, et non la volonté qui décide ? Pas même la main, l'instrument ? Le problème des intentions était sans importance, devait se dire Mr. Munn, aigrement, car le sénateur était de ces hommes dont la conduite au jour le jour, le geste le plus banal, la parole la plus insignifiante ressemblent aux manœuvres d'un général habile qui lui permettent de frapper, en cas de besoin, dans telle direction ou dans telle autre. Mais lui, en tout cas, il avait été sa dupe, son valet. Il avait été roulé. Quand le sénateur lui avait dit « Saute ! » il avait sauté. Et il n'avait pas été le seul.

Au début du printemps, la compagnie Alta, la compagnie Dismukes Frères, deux autres compagnies moins importantes, la Morton et la Regal, et un groupe d'acheteurs indépendants firent des offres dans l'espace d'une semaine. Les offres comportaient quelques différences, une fraction de cent de plus chez l'un que chez l'autre, pour la feuille premier choix, une fraction de moins pour le second choix, mais plus ces offres furent étudiées de près, particulièrement en prenant pour base l'échelle de prix et l'échelle de poids sur lesquelles elles étaient établies, plus les différences apparurent superficielles. Mr. Sills, en présentant ces offres au bureau, déclara qu'il se sentait enclin à penser que ces propositions décelaient une collusion entre les compagnies et les particuliers en question.

« Je crois, dit-il, qu'ils se sont entendus pour établir et arrêter les chiffres, de telle façon que les prix jouent à peu près uniformément. Ceci, naturellement, ne veut pas dire en soi que les offres ne doivent pas être acceptées. C'est simplement ce qui m'est venu à l'idée.

— Cela m'est venu à l'idée longtemps avant que vous ayez donné lecture de ces offres », murmura Mr. Christian comme s'il monologuait.

Renversé sur sa chaise, il allongeait toutes droites, sous la table, ses jambes bottées, son chapeau de feutre noir posé devant lui sur le drap vert de la table. Il était venu à cheval. De la boue d'argile rouge collait à ses bottes, et son chapeau dessinait un rond noir, humide, sur la couleur déteinte du drap. Il pleuvait toujours ; l'eau coulait, onctueuse, sur les carreaux gris des fenêtres, qui s'ouvraient sur une impasse derrière la banque.

« Dix dollars le cent, remarqua Mr. Peacham, d'un ton rêveur. Dieu sait que j'ai connu le temps où j'aurais bien voulu vendre mon tabac à ce prix-là ! L'année dernière, exactement.

— Moi aussi, dit Mr. Christian, mais cette année n'est pas l'année dernière.

— Avant d'entamer la discussion… commença Mr. Sills.

— Quoi ? s'écria Mr. Christian, sarcastique. Vous voulez dire qu'on va discuter sur ces chiffres-là ?

— … Avant d'entamer la discussion, je pourrais rappeler à ces messieurs, ici présents, que ce qui aurait autrefois constitué un prix avantageux pour un planteur isolé n'est pas nécessairement un prix avantageux dans les circonstances présentes. À cette heure, nous avons des investissements considérables dans les entrepôts. Il faut tenir compte de l'intérêt de ces investissements. Et des intérêts des sommes figurant à titre d'avances consenties à des planteurs dont la situation exigeait une aide financière. Et des frais de manutention du tabac. Si nous calculons le bénéfice qui serait équitable pour un planteur isolé, nous devons, en outre, tenir compte des demandes de l'Association qui doit faire face à ces dépenses nécessaires. Je peux vous en donner le chiffre exact... »

Il se mit à fouiller dans la pile de paperasses étalée devant lui ; ses yeux déteints regardaient derrière ses lunettes.

« ... le chiffre exact qui devrait être exigé par millier de livres. Et, comme vous le savez, messieurs, à ce total vous devez ajouter le pourcentage à prélever sur le prix de gros pour le fonds d'amortissement de l'Association. »

Il continua de fouiller dans ses papiers, d'un air décidé, remuant les lèvres comme s'il lisait tout bas et clignant doucement des yeux derrière ses lunettes.

« Je sais parfaitement que nous avons établi ces chiffres au plus juste, dit Mr. Peacham, mais je voudrais que nous trouvions le moyen de rabattre un peu nos prix. Nos adversaires sont toujours en train de dire que le système n'est pas strictement économique. Prenez, par exemple, l'éditorial du *Messenger* de la semaine dernière. On prétend que nous faisons monter le prix du tabac en y incorporant une masse de frais divers et que, de cet argent-là, le fermier ne voit jamais la couleur ; que nous nuisons aux affaires et que nous lésons le public.

— Je crois qu'il a été répondu à tous ces arguments d'une façon satisfaisante... »

C'était le sénateur Tolliver qui venait de prendre la parole. Il tenait à la main un cigare non allumé, qu'il roulait délicatement entre les doigts.

« ... dans la presse et dans nos déclarations. Nous savons que c'est une méthode économique qui peut se justifier ; et tout homme raisonnable que l'intérêt n'a pas aveuglé...

— Un veau de cette espèce n'est pas encore né ! dit Mr. Christian.

— ... comprend cela. Les compagnies elles-mêmes arriveront probablement à accepter la situation de bonne grâce. Elles économiseront pas mal d'argent en trouvant la possibilité de traiter directement avec une organisation responsable, telle que l'Association. Elles n'auront plus besoin de courir d'un planteur à l'autre. Finalement, le bénéfice qu'elles y trouveront dépassera les frais de l'Association. Elles finiront par comprendre leur intérêt, j'en suis certain. »

Il continuait à tourner délicatement son cigare entre le pouce et l'index.

Mr. Sills s'était remis à toussoter, un peu, cette fois, pour se donner une contenance.

« J'ai établi le chiffre des frais généraux de l'Association, calculés au quintal. Naturellement, l'année prochaine, nous réduirons ces frais, automatiquement, si nous augmentons le tonnage entreposé par les soins de l'Association. Mais, même maintenant, ils ne sont pas exorbitants. Je viens de penser qu'il me faut revoir ces chiffres avant que nous discutions les nouvelles offres. »

Et, comme pour s'excuser, il toussota encore une fois. De sa voix sèche et monotone, Mr. Sills lisait la liste des chiffres.

Même après avoir pris note des offres et lorsque le président eut proposé que chacun donnât son avis, Mr. Munn ne songea pas que cette réunion était, au fond, différente des précédentes. Ni même quand le sénateur, après que Mr. Christian eut frappé sur la table en criant « Non, bon Dieu ! » alors que les autres assistants, indécis, se taisaient, eut commencé à parler d'une voix calme, dont les chutes cadencées exprimaient la tolérance et l'impartialité. Il avait, disait-il, prévu ce moment où ils s'apercevraient que le bureau était divisé au sujet de la conduite à tenir, et il s'était efforcé de s'y préparer. Mais, il en était sûr, cela ne nuirait pas à l'harmonie de leurs vues. Il dit que le moment de vendre était arrivé et aussi le moment d'oublier le passé et de songer à l'avenir. Ils avaient remporté une grande victoire, personne ne pourrait le nier. Et, l'année prochaine, ils en remporteraient une plus grande. Si l'on pouvait arriver à un accord avec les compagnies, cela ferait beaucoup pour soulager la tension qui avait provoqué des actes de violence commis dans le comté de Hunter par des individus irresponsables, actes qui avaient tellement gêné l'Association. En tant que citoyen et que membre du bureau, il estimait de son devoir de voter l'acceptation immédiate des différentes propositions.

« Il y a autre chose, dit Mr. Peacham, interrompant le sénateur, avant qu'il eût fini de parler. De toute façon, nous serons bientôt obligés de vendre. S'il reste dans nos entrepôts un stock tant soit peu important de la dernière récolte, nous sommes ruinés ; cela ne fait aucun doute. Nous savons maintenant que nous sommes au bord du gouffre. Nous ne pouvons plus guère emprunter pour tenir le coup, et il faut que nous trouvions de l'argent pour les nôtres ; ce qui veut dire : vendre ! J'ai bien réfléchi...

— Attendez ! »

Mr. Christian venait de repousser sa chaise qui racla le plancher.

« Attendez ! Je mets personnellement cinq mille dollars dans un fonds de garantie, jusqu'à ce que nous ayons obtenu le dernier sacré bon Dieu de penny du tarif que nous avons établi. Je peux faire cette somme. Je la verserai entre les mains du trésorier sous forme de billet à ordre, et pas un billet à quatre-vingt-dix jours, hein ! Mais jusqu'à ce que le tabac soit vendu. D'autres, je pense, peuvent en faire autant. Qui se trouvent ici, dans cette salle, et aussi d'autres membres de l'Association. Quant à ces propositions ridicules – et, le cou rouge et gonflé par le mouvement qu'il fit pour baisser la tête, il balaya la table du regard –, je vote : non ! »

Une clameur générale éclata soudain, tandis que Mr. Morse, le président, criait :

« Messieurs ! Messieurs ! »

Finalement, on vota le rejet des offres. Mr. Munn vota pour l'acceptation, ainsi que le sénateur, Mr. Peacham et Mr. Dicey Short. En se déclarant pour le rejet, le président fit pencher la balance. Sous la lumière grise qui tombait des fenêtres ruisselantes de pluie, le visage du sénateur paraissait gris, lui aussi, et quand Mr. Morse émit son vote décisif, il sembla soudain s'affaisser, comme si la structure intérieure ne pouvait plus maintenir les lèvres serrées et soutenir la courbe ferme des joues. Il cessa de rouler entre ses doigts le long cigare blond et, dans un geste délibéré, il le posa devant lui sur le drap vert. La feuille qui enveloppait le cigare était fendue et écaillée, maintenant. Il ne valait plus rien…

Quand la réunion prit fin, alors que quelques assistants se dirigeaient déjà vers la porte, Mr. Christian dit :

« Hé là ! Attendez une minute. Je veux seulement dire que si vous lancez un emprunt pour renflouer l'Association, à n'importe quel moment, ces cinq mille dollars tiennent toujours. À condition, ajouta-t-il, en faisant une grimace et en pointant le doigt vers le parquet, que ces jean-foutre de la banque, là-dessous, veuillent bien m'accorder une autre hypothèque sur mon domaine. »

Personne ne lui répondit...

Mr. Munn, qui se tenait près de la porte, vit le sénateur se détacher du groupe de ceux qui restaient et s'apprêter à partir. Tolliver, maintenant, ressemblait davantage à lui-même, mais il gardait cette expression tendue, ce teint grisâtre de quelqu'un qui a perdu le sommeil. Mr. Christian lui barra la route. Du dos de la main, il lui donna une solide tape sur le ventre.

« Eh bien ! Ed, on ne s'en veut pas, hein ?

— Non, Bill », répondit le sénateur.

D'un œil perçant, Mr. Christian le regarda bien en face.

« Parfait », dit-il, et il s'écarta.

Le sénateur marcha lentement vers la porte. Arrivé près de Mr. Munn, il hésita un instant, puis, étendant la main, le toucha à l'épaule.

« Eh bien ! Mon cher, lui dit-il à voix basse, nous avons fait de notre mieux. »

Sans attendre la réponse, il passa rapidement la porte et s'engagea dans l'escalier plein d'ombre.

À la réunion suivante, le sénateur ne parut pas. Ceux qui arrivèrent les derniers dans la grande pièce sombre regardaient curieusement sa place, vide maintenant, puis la figure de ceux qui étaient déjà installés.

« Je crois qu'il est en retard, ce matin », fit observer Mr. Dicey Short.

Mr. Sills regardait fixement le long rai de lumière qui tombait de biais sur le plancher, à côté de la table. Les poussières qui brillaient dans ce rayon lumineux semblaient retenir toute son attention ; mais, sur la remarque de Mr. Dicey Short, il se tourna lentement vers les assistants, rajusta ses lunettes derrière lesquelles ses yeux décolorés regardaient dans le vague.

« Non, dit-il, il n'est pas en retard. Je crois qu'il ne viendra pas.

— Il ne viendra pas ? demanda le capitaine Todd avec une rudesse inaccoutumée.

— Ni aujourd'hui, ni plus tard », répondit Mr. Sills.

Et, fouillant dans la poche de son veston, il tira une longue enveloppe.

« Si cette lettre est bien ce que je pense. »

Il la tournait délicatement entre ses mains, pendant que tous, à l'exception du capitaine Todd, se penchaient pour voir, et il la contemplait fixement.

« Je l'ai reçue ce matin, dit Mr. Sills. Pas au courrier. Un nègre était en bas, à la porte de la banque, qui me l'a remise quand je suis entré. Sur l'enveloppe, je lis qu'elle doit être ouverte à la réunion de ce matin. »

On entendit alors le bruit sec du papier déchiré. Mr. Sills toussa légèrement, tandis qu'il jetait un coup d'œil sur la feuille de papier qu'il venait de sortir de l'enveloppe.

« Oui, dit-il, c'est bien cela. »

Et de sa voix blanche, monotone, il commença sa lecture, s'arrêtant une ou deux fois pour s'éclaircir la gorge ou pour remettre en place, d'une poussée, ses lunettes sur l'arête de son nez mince, couleur de mastic.

« "Messieurs les membres du bureau de l'Association des planteurs de tabac." »

Il toussota :

> Messieurs, j'ai acquis la conviction que mes vues sur la politique de l'Association ne sont plus en harmonie avec celles de la majorité des membres du bureau, bien que je sois fermement convaincu que la politique que j'ai soutenue est une politique de raison et de paix, et qu'elle serait approuvée par l'écrasante majorité des membres de l'Association. C'est pourquoi j'estime qu'il est de mon pénible devoir, dans ces circonstances, de me retirer du bureau de l'Association des planteurs de tabac, bien que ce soit avec le plus profond regret que je rompe mes relations avec les hommes distingués avec qui j'ai eu l'honneur et le privilège de servir.
>
> Très respectueusement.
>
> EDMOND TOLLIVER.

Après sa lecture Mr. Sills replia soigneusement la feuille de papier, la posa devant lui sur la table et, comme pour décliner toute responsabilité, tourna la tête et se remit à contempler les poussières tourbillonnantes dans le rayon de lumière. Pendant un quart de minute le silence absolu régna dans la salle. Mr. Christian, à demi levé sur sa chaise, tendit la main dans la direction de Mr. Sills et, d'un ton de commandement, dit :

« Faites-moi voir cette lettre. »

Mr. Sills, le visage impassible, lui tendit la lettre. Mr. Christian la déplia brutalement, en faisant crisser le papier. Il la regardait avec application, en remuant les lèvres, lentement, comme s'il avait de la peine à lire. Les autres l'observaient attentivement. Alors il la jeta sur la table et, d'un ton détaché, il proféra :

« Eh bien ! Nom de Dieu ! »

Un tumulte de voix s'éleva autour de la table.

« Ce que je ne comprends pas… »

Et Mr. Christian venait de pivoter sur les talons et les regardait tous d'un air farouche.

« … c'est pourquoi il est parti. À moins qu'il veuille jouer le tout pour le tout. Mais qu'on ne vienne pas me dire… »

Et il agitait sauvagement son gros poing rouge au-dessus de la table.

« … Qu'on ne vienne pas me dire qu'on a froissé ses sentiments délicats. "Pas en harmonie" ! Seigneur ! Qu'on ne me dise pas que là-bas, au Sénat, on lui nettoyait les oreilles, qu'on mouchait son nez mignon et qu'on lui donnait sa sucette tous les matins. "Pas en harmonie", bon Dieu ! Il n'a jamais démissionné du Sénat, avant, ni de rien du tout… Pas lui ! »

Le capitaine Todd s'approcha et dit :

« Voyons, mon ami, soyez juste pour le sénateur. Vous ne pouvez pas être certain…

— Certain ? Certain ? Bon Dieu !

— Chacun a le droit d'agir à son idée, Bill. Vous le savez. Laissez Tolliver. Ses lumières ne sont pas les vôtres, ni les miennes, mais laissez-le agir conformément à ses lumières. »

Mr. Christian se tenait devant le capitaine, debout et la tête toujours tendue, le cou toujours gonflé de sang, le regard fixé sur le visage de Todd. Il hocha la tête lentement et dit :

« Très bien. Très bien. À son idée. »

Il retourna s'asseoir à sa place. Tandis que les autres bavardaient, il relut la lettre, avec le même air d'attention soutenue.

« Mais ça, arrivant en ce moment, c'est mauvais, il n'y a pas de doute, déclara le capitaine. Son prestige va nous manquer. Pas de doute là-dessus, cela va nous faire du tort. Et il faudra trouver quelqu'un pour prendre sa suite. Mauvaise affaire. Mais nous tiendrons le coup. »

Levant les yeux qu'il tenait baissés sur la lettre, Mr. Christian dit d'un ton un peu gêné :

« Écoutez-moi ce qu'il dit : “Bien que je sois fermement convaincu que la politique que j'ai soutenue est une politique de raison et de paix et qu'elle serait approuvée par l'écrasante majorité des membres de l'Association”. »

Il promena son regard autour de la table, fixant les assistants les uns après les autres et, finalement, le ramena sur le capitaine Todd.

« Croyez-vous qu'il a raison ? demanda-t-il.

— Si je le croyais, je l'aurais soutenu, répondit tranquillement le capitaine.

— Pensez-vous qu'il trouve cela juste ?

— Je ne sais pas, dit le capitaine. Il l'a écrit.

— Qu'est-ce qui lui a fait écrire cela ? »

Et, de son gros doigt, Mr. Christian tapait sur la phrase.

« Chacun a le droit d'agir à son idée », répondit le capitaine.

Tandis que Mr. Christian la lisait à voix haute, la phrase venait de frapper l'esprit de Mr. Munn plus vivement que la première fois, et avec une vigueur qui le fit réfléchir. Mr. Christian avait raison : cette phrase était la clé de la lettre. Elle ne ressemblait pas au reste de la lettre. En réalité, elle n'en faisait pas partie, tout au moins pas dans la forme où elle était rédigée. En particulier ce qui avait trait à une « majorité écrasante ». Elle ne faisait pas partie de la lettre. Elle n'avait pas été écrite pour eux. Puis cette idée le quitta, pour lui revenir vaguement le soir même, avant de s'endormir, et de nouveau le lendemain matin, mais, cette fois, avec une force accrue, lorsque, s'étant assis pour déjeuner au restaurant, il retrouva cette même phrase dans son journal. Car le sénateur avait communiqué sa lettre à la presse. Et Mr. Munn se disait, avec confusion et amertume, que cette lettre valait pour les compagnies un million de livres de tabac.

Il se leva en hâte et se rendit dans le hall pour y chercher le journal local, ainsi que *L'Edgerton Messenger*. La lettre y figurait intégralement. *Le Bardsville Ledger* contenait, en outre, un éditorial intitulé « L'Association trahit-elle l'intérêt des fermiers ? ».

« Ça va bien, se dit Mr. Munn, il se découvre, le sale type. »

Il froissa le journal et avala le reste de son café refroidi et retourna dans le hall pour téléphoner à Mr. Sills.

Il s'écoula plus d'un mois avant que Mr. Munn pût seulement connaître les premiers éléments de l'affaire. Plus d'une fois, au cours de cette période, il eut la tentation d'aller à Monclair pour voir le sénateur et lui demander ses raisons. Comment pouvait-on agir ainsi ? Mais il dut se rendre compte que rien ne l'y autorisait. En somme, il connaissait à peine le sénateur Tolliver. Cette illusion d'ancienne intimité, de confiance, c'était quelque chose que le sénateur avait créé de sa voix modulée, en lui posant la main sur l'épaule. Il n'y avait aucune raison de croire – et il ne le crut jamais – que le sénateur l'avait trahi personnellement. Mais, en dépit de ses raisonnements, cette impression de trahison personnelle fut la première qu'il ressentit lorsque, vers la fin de l'après-midi, Mr. Sills lui eut téléphoné pour l'avertir que le sénateur Tolliver et la compagnie Dismukes Frères assignaient conjointement l'Association pour entrer en possession de la récolte que le sénateur lui avait confiée. Ce même soir, les journaux de Nashville annonçaient que le procès était inscrit au rôle, et le sénateur publiait le lendemain, dans *Le Bardsville Ledger*, une déclaration dans laquelle il disait que « sa conscience ne lui permettait pas de s'associer plus longtemps, même passivement, aux menées d'une organisation devenue l'ennemie de la loi, de l'ordre et de la liberté individuelle ».

« Il n'y a pas eu de désordres tous ces temps derniers, aucun désordre, assura Mr. Munn quand Mr. Christian lui eut mis sous les yeux le journal qui publiait la déclaration. Pas depuis plus d'un mois ; pas depuis qu'on a mis le feu à la récolte de

Sullins. Et il est probable qu'on mettra la main sur le coupable, quel qu'il soit.

— Non, dit laconiquement Mr. Christian, il n'y a pas eu grand désordre, mais aussi sûr qu'il y a un Dieu, Edmond Tolliver s'apprête à en causer pas mal.

— De désordre ? répéta Mr. Munn. Que voulez-vous dire ?

— Je veux dire qu'il y a une foule de gens qui ne prennent pas les choses aussi tranquillement. Qui les blâmerait ? Le feu appelle le feu. »

L'après-midi, tandis qu'il revenait chez lui à cheval, il tourna et retourna la question dans sa tête. Est-ce que le sénateur voulait le pouvoir ? Cela pouvait être son but. Le pouvoir ! Mais, si Tolliver, qui avait contribué à créer l'Association, était resté dans le comité, et si l'Association avait réussi, alors il aurait été en mesure de saisir le pouvoir. Les gens de l'Association auraient été derrière lui et, dans cette région, un bon vote solide des ruraux avait une grande portée dans une élection... N'importe quel poste ! Et maintenant, par son départ, il détruisait ce qu'il avait édifié. Détruire ce que l'on a créé – c'était cela, le pouvoir, sa pleine manifestation. Peut-être était-ce cela, pensa Mr. Munn. C'était peut-être la suprême vanité.

May se trouvait au jardin d'agrément comme le jour où, quelques mois auparavant, il avait poussé sa jument jusqu'à la baigner d'écume pour revenir chez lui dire à May qu'il allait faire partie du bureau. Mais la saison, maintenant, avait changé. On était alors presque en automne, les zinnias étaient desséchés et rouillés, les feuilles d'érable fanées et tachetées pendaient aux branches, immobiles, ou gisaient, éparses, sur le gravier de l'allée envahie par l'herbe. May était là, comme elle en avait l'habitude pendant l'automne, dans le jardin en ruine qu'elle avait négligé tout l'été. Il s'était approché d'elle, d'un pas rapide, assourdi par l'herbe qui couvrait le gazon, et il avait essayé de saisir et de comprendre l'essence même de la solitude de sa femme, alors qu'elle était là, ignorant son approche.

Maintenant, comme alors, il s'approchait d'elle, vivement. Le bruit de ses pas étouffé et l'attention en éveil, pour surprendre le moment où elle allait se retourner et le découvrir. Elle était à genoux, au bord de l'allée. Elle ne portait pas de chapeau, et ses cheveux défaits s'échappaient de ses épais bandeaux. La pâle lumière qui perçait à travers les arbres en bourgeons rehaussait l'or de sa chevelure.

Il fut presque sur elle avant qu'elle eût levé la tête.

« *Hello!* » dit-il en lui tendant la main pour l'aider à se relever.

Elle laissa tomber la truelle dont elle se servait pour fouiller le parterre de fleurs et se leva pour l'embrasser.

« Oh ! Perse, lui dit-elle. Je veux planter des nasturtiums. Ici, le long de l'allée. Tu ne crois pas que cela serait ravissant ?

— Si », répondit-il.

Le regard de May revint au petit carré de terre noire qu'elle venait de retourner et de débarrasser des feuilles de l'année passée.

« Tu sais, dit-il, Tolliver fait un procès à l'Association. Pour avoir son tabac.

— Oh ! Perse, est-ce qu'il en a le droit ?

— Il le fait », répondit-il.

Il remarqua qu'elle contemplait toujours le petit carré de terre.

« S'il gagne, tout est fini pour nous. C'est tout. »

Elle le regarda, et l'inquiétude se peignit sur sa figure.

« Mais il ne gagnera pas, s'écria-t-elle. C'est vous qui gagnerez, n'est-ce pas, Perse ?

— Peut-être pas. On ne sait jamais. Les gens de chez Dismukes sont partie au procès. Tu comprends, il essaie de leur vendre sa récolte. Il est probable que nous ne gagnerons pas. »

Jusqu'alors, il n'avait jamais pensé que l'Association pourrait perdre un pareil procès. Sur ce point, il ne s'était fait aucun souci. Les ennuis, de vrais ennuis viendraient par une autre voie. Et même maintenant il n'avait pas encore pensé à ce qui pourrait arriver. Mais il le disait, il disait que l'Association allait probablement perdre. Et il disait cela parce que – il s'en apercevait à ce moment avec un sentiment de froide satisfaction – il voulait amener sur le visage de May cette expression d'inquiétude, l'effrayer, lui montrer le mal et l'instabilité du monde, la faire souffrir. Alors cette découverte l'amena à goûter davantage l'effet de ses paroles quand il conclut :

« Oui, nous perdrons, très probablement. À ce moment-là tu verras ! »

Il jouissait de cet instant ; il ne voulait pas penser à cet incident, remettait à plus tard de prononcer le jugement sévère qu'il devrait, alors, porter contre lui-même.

« Cela me fait de la peine, dit-elle en lui posant la main sur le bras. Mais ne t'inquiète pas, Perse, ne t'inquiète pas tant ! »

Pendant un instant, il fixa son visage, comme s'il trouvait un aliment dans la détresse qui s'y peignait si ostensiblement.

« Et pourquoi ne faut-il pas s'inquiéter ? Dis-le-moi !

— Oh ! Ne sois pas ainsi, Perse », supplia-t-elle, s'accrochant à son bras qu'elle pressait contre elle.

Il tourna la tête et regarda l'herbe nouvelle sur le gravier de l'allée, sans répondre.

« Je n'ai jamais aimé cet homme, dit-elle au bout d'un instant, d'un ton songeur. J'ai essayé, mais je n'ai jamais pu.

— Tu ne m'en as jamais rien dit, fit-il remarquer.

— Non. – Elle hésitait. – Je n'en ai rien dit. Je ne savais rien. Et tu l'aimais tant, tu pensais tant de bien de lui et tu avais une telle façon de le regarder ! Je ne voulais rien te dire. Mais je ne l'ai jamais aimé. Je ne sais pas pourquoi.

— C'est facile à dire, maintenant », dit-il d'un ton amer.

Il ne la regardait toujours pas.

« Non, il y a longtemps. Peut-être y a-t-il eu quelque chose le jour où nous sommes allés chez lui. La façon dont sa sœur se comportait quand il était là, la façon qu'elle avait de ne jamais le quitter des yeux, et qui vous glaçait.

— Tu as rêvé tout cela », dit-il.

Cette histoire l'agaçait. Il ne voulait pas l'entendre.

« Non. Ce soir-là, quand elle m'a accompagnée, j'ai regardé par hasard un petit tableau, en haut des escaliers. Tu l'as vu, peut-être ? Un portrait de femme. Elle s'est arrêtée, elle a approché la lumière, tout près, et elle m'a dit : “C'était sa femme.” Puis elle s'est retournée pour regarder son frère. Il était en bas, dans le hall, et il s'apprêtait à retourner au salon.

Et, tout en le regardant, elle m'a dit : "C'était un ange." Cela pourrait faire croire à cette vieille histoire que l'on raconte sur eux, sur elle.

— Qu'il l'a poussée à se droguer ? demanda-t-il. À se tuer de morphine ? Ce sont des ragots d'amateurs de scandale. Elle était riche et, après sa mort, il a eu son argent. Voilà d'où viennent les racontars.

— Je ne l'ai jamais aimé. Du jour où je l'ai vu pour la première fois », déclara-t-elle.

Il dégagea son bras, qu'elle étreignait.

« Il nous mènera à la ruine, tous. »

Et, la regardant bien en face, il ajouta :

« Toi. Moi aussi. Il sera notre perte.

— Ne t'inquiète pas ainsi, Perse, supplia-t-elle, en lui reprenant le bras. Tout ira bien. C'est obligé de…

— Rien n'est obligé, dit-il.

— Il ne faut pas que tu t'inquiètes. Maintenant, tu n'as qu'à essayer d'oublier. »

Et, le tirant par le bras, elle l'entraîna en essayant de lui faire faire quelques pas dans l'allée. Il la suivit, de mauvais gré.

« Je vais faire une autre plate-bande ici, dit-elle, des nasturtiums. Et par là des cosmos. »

Du geste, elle montrait l'espace vide au bout duquel s'élevait la maison aux murs de briques rouges, que le temps avait décolorées.

« Et là, des reines-marguerites. Elles feront bien, devant la maison. Et autour de ce vieux tronc d'arbre – du doigt elle montrait un vieux tronc noir et pourri qui se dressait au milieu d'un carré d'herbe nouvelle, plus claire – il y a un endroit excellent pour les pensées. La terre doit y être bonne. »

Elle fit un pas vers le vieux tronc d'arbre et, s'agenouillant, elle enfonça les doigts dans la terre meuble. Puis, le visage radieux, elle leva les yeux sur lui, par-dessus l'épaule.

Elle se leva et revint à lui, souriant toujours, en lui tendant ses mains souillées de terre. Ils se mirent à marcher vers la maison.

« Mais, dit-elle, il me faudra quelqu'un pour m'aider, un homme pour bêcher et pour faire tout ce qu'il faut faire. Tu m'enverras un homme, n'est-ce pas, Perse ? Bientôt. Demain ou après-demain, avant… »

Il s'arrêta encore au milieu de la promenade et la regarda bien en face :

« Non », dit-il.

Et il entendit tomber les mots qu'il prononçait avec une décision calme et mesurée :

« Tu sais que tout le personnel du domaine est occupé, en ce moment. Je ne peux disposer de personne. Pas un seul homme. Tu as vécu toute ta vie à la campagne, tu devrais bien le savoir ! »

Il vit que le visage de May passait du plaisir à la surprise, puis du chagrin à l'étonnement. Il continua :

« Et puis tu ne désires pas véritablement avoir un jardin. Au bout de quelques semaines, tu ne le regardes même plus ; je l'ai remarqué depuis longtemps, depuis que je te connais. Tu te contentes de commencer et, ensuite, tu ne prends même pas la peine de charger quelqu'un de l'entretenir pendant l'été.

Pourquoi veux-tu commencer à faire un jardin ? Tu sais que, dans les circonstances actuelles, c'est tout à fait déraisonnable, pour tout. »

Elle s'était écartée d'un pas, mais le visage tourné vers lui. Brusquement, elle fit volte-face et se mit à marcher le long de l'allée. Indifférent, il regardait la lumière pâle qui tombait sur elle et, à ses épaules qui bougeaient et se soulevaient légèrement, il comprit qu'elle s'efforçait d'étouffer un sanglot.

Son premier mouvement fut de la rejoindre. Mais il ne bougea pas. Il resta au milieu de l'allée, et il la regardait. Il jeta les yeux sur l'endroit où elle était en train de gratter la terre, avant qu'il arrive. La vieille truelle rouillée qu'elle avait tenue dans sa petite main maladroite était restée là. Il n'y avait pas quatre pieds de terre retournés : à peine si May avait écorché le sol avec cet outil dérisoire. Et, tandis qu'il contemplait tout cela, il se sentit envahi par une tristesse qui était plus que de la tristesse : un désespoir qui semblait sourdre de quelque vérité profonde, jamais suspectée auparavant et qui, même maintenant, se dérobait encore.

Quelques semaines plus tard, un après-midi qu'il s'était rendu à Bardsville en compagnie du capitaine Todd pour inspecter des agrandissements presque terminés à l'entrepôt de l'Association, Mr. Christian vint lui dire toute la vérité, au sujet du sénateur Tolliver.

« Il y a des chances pour que ces hangars ne soient jamais pleins, avait gravement commenté le capitaine, comme ils quittaient le bâtiment pour revenir à l'entrepôt principal, plein d'ombre et saturé d'une odeur âcre. Même si nous avions pu rompre le contrat pour le bâtiment neuf, nous aurions, en quelque sorte, reconnu que nous étions déjà à moitié battus.

— Il est bien difficile, avait répondu Mr. Munn debout au milieu du hangar, sous l'abri obscur des poutres et des chevrons du toit, il est bien difficile de savoir ce qu'il faut faire. Où il faut frapper.

— Gagner le procès. D'abord.

— Ce n'est qu'un côté de la question. Si l'on pouvait grouper toutes les difficultés, voilà comment on pourrait lutter, et en finir. »

Et levant le poing droit :

« Voilà comme on pourrait s'y prendre. »

D'un seul coup, brutalement, il avait abattu son poing dans la paume de l'autre main :

« Comme ceci ! »

Dans la pénombre, le capitaine l'avait regardé.

« Non, Perse, il n'existe pas au monde un tel moyen. Jamais, dans la vie d'un homme, il n'arrive que tout se présente d'une telle façon qu'on n'ait qu'à lever la main et à tout régler en jouant à pile ou face. Le cas se présente peut-être une fois dans une vie d'homme, mais même alors vous ne pouvez rien résoudre de cette façon. C'est trop demander ! »

Mr. Munn avait alors pensé au capitaine Todd tapi, avec ses hommes, la nuit, au bord du gué, attendant la prochaine attaque ; et, regardant le visage paisible du capitaine, il s'était demandé l'importance de ce qui avait dû se produire cette nuit-là et s'établir, se régler d'un seul coup, une fois pour toutes.

« Peut-être pas », avait lentement répondu Mr. Munn.

Mr. Christian les trouva dans le hangar. Comme il approchait, et malgré l'obscurité, ils n'eurent pas de peine à deviner, aux foulées de ses jambes raides et à la grosse bosse que faisaient ses épaules, toute la rage qu'il s'efforçait de maîtriser. Il arriva droit sur eux et s'arrêta pile. Ses mâchoires étaient serrées à bloc, comme s'il faisait un effort de volonté pour ne pas parler. Quand il se décida, sa voix était contenue et rauque.

« Eh bien ! dit-il. Ils ont eu Tolliver.

— Ils l'ont eu, sûrement, répondit Mr. Munn. Les Dismukes ?

— Non, mais non ! »

Mr. Christian parlait comme s'il était furieux d'entendre une sottise.

« C'est plus vieux que cela. Ils l'ont eu parce qu'il est à la côte. Il est criblé de dettes, il est ruiné ! »

Doucement, le capitaine Todd siffla entre ses dents, et il levait la main pour caresser sa barbe.

« Oui, à la côte ! La banque de Morgansville détient une hypothèque de quinze mille et quelques dollars, et Dieu sait ce qu'il doit à la Mercantile National de Louisville. L'hypothèque de Morgansville venait à échéance, et ils se sont mis à lui serrer les pouces. Les marchands de tabac s'entendent comme larrons en foire avec la Mercantile, et les gros bonnets de la Mercantile n'ont eu qu'à passer la consigne à ceux de Morgansville. »

Il soufflait bruyamment à chaque mot, comme s'il crachait les paroles par ses lèvres entrouvertes sur ses grandes dents jaunes ; mais il parlait d'un ton contenu et avec une lenteur forcée.

« Et il fallait qu'il obtienne de l'Association qu'elle accepte de vendre, qu'elle consente à toutes les propositions. Ça, c'était le premier point. Allez-vous-en voir ce qu'ils avaient encore dans leur sac ? Mais, comme nous n'avons pas voulu vendre, ils ont décidé de jouer un autre jeu. Celui qu'ils sont en train de jouer.

— Comment le savez-vous ? demanda le capitaine. Le tenez-vous de source certaine ?

— De source certaine ? Par Dieu ! De source certaine ? Il y a un homme, à Morgansville, un nommé Pottle, qui est employé à la banque. Il a épousé une cousine de Sills, et il doit de l'argent à Sills, qui lui a aussi rendu service. Il a tapé dans la caisse. Alors Sills s'est mis à lui serrer les pouces, et il meurt de frayeur à l'idée de perdre sa place ; et il la perdra s'il ne veut pas marcher, le sacré bougre. »

Mr. Christian, ayant dit, cracha par terre, mit sa botte dessus et frotta du talon.

« Peut-on croire cet individu ? demanda le capitaine.

— Diable ! Je ne me fierai pas à ce bougre-là ; tant que je ne pourrai pas foutre un taureau par terre en le tirant par la queue ! Pas si on le laisse faire ; mais, par Dieu ! Il a une telle frousse qu'on le ferait chier de peur, rien qu'en lui disant deux mots un peu durs. Et nous l'avons travaillé hier soir, Sills et moi. »

Il clignait de l'œil avec une intense satisfaction.

« Et, par Dieu ! Je peux dire que nous l'avons secoué. Quand il est monté en voiture pour revenir en ville, vers une heure du matin, il était aussi pâle qu'un homme qui vient d'avoir la fièvre d'été pendant trois semaines. Vidé, nom de Dieu !

— On ne peut jamais savoir ce qu'un homme a dans la tête, dit le capitaine lentement. Jamais.

— Non, par Dieu ! Et cet individu qui vient chez moi tout l'hiver, qui s'assied là, pour causer avec moi, qui me regarde dans les yeux, avec ses belles paroles ! "Eh bien, Bill ?" "Hein, Bill ?" Et qui, pendant ce temps-là, savait parfaitement ce qu'il ruminait, qui savait ce qu'il avait dans le ventre, qui savait qu'il allait nous vendre, d'une façon ou de l'autre. Qui le savait parfaitement, et qui sentait ça lui pousser dans le ventre ! Assis là et sentant ça grossir, comme une tumeur ou je ne sais quoi ! Et qui vous regardait son homme, là, droit dans les yeux ! Nom de Dieu !… »

Il s'arrêta, à bout de souffle ; il retrouvait sa violence habituelle, et sa figure s'empourprait, tandis qu'il agitait les bras. Puis, se tournant vers Mr. Munn :

« Et vous, Perse, vous avez mordu à l'hameçon ! Vous avez tout avalé, la ligne et le flotteur avec, nom de Dieu ! Et il vous a foutu dedans, en vous faisant voter d'accord avec lui !

— Je sais, dit Mr. Munn d'un ton lugubre.

— Il voulait nous fourrer dedans, tous, continua Mr. Christian, en nous recevant chez lui, dans sa grande baraque construite avec l'argent d'une morphinomane ; il nous tapait dans le dos, et il nous versait à boire. Par Dieu ! C'est à faire vomir. Pour qui me prend-il ? Est-ce qu'on est des cochons pour venir à son coup de sifflet boire sa saloperie ? Hein ! Je vous le demande ? Est-ce que je suis une putain qui se déboutonne devant un billet de cinq dollars ? Non, nom de Dieu ! Dans un lit de plumes ou derrière la grange, c'est tout un. Qu'il soit riche ou pauvre, je m'en fous ! J'ai dans mon saloir des jambons meilleurs que ce salaud-là n'en peut mettre sur sa table, et j'ai de la farine dans ma huche, et du whisky dans mon buffet, et ce n'est pas moi qui ai rendu folle ma femme en la droguant, pour bâtir ma maison avec son argent. Non, bon Dieu ! Ce sont les miens qui l'ont bâtie, et il n'y manque pas encore une solive et il n'y a pas encore un chevron de cassé !

— Au revoir, dit le capitaine en tendant la main. Je pense que je vais rentrer chez moi. »

Ils lui serrèrent la main. Bien qu'il fît très sombre, Mr. Munn put voir qu'il avait la figure pâle et tirée. Comme il se dirigeait vers le carré lumineux de la porte, sa silhouette semblait moins droite, et son pas moins ferme. Mr. Munn fit vers lui un signe de tête en disant :

« Cela va lui donner un coup. Il avait une haute opinion de Tolliver.

— Ouais ! » grogna Mr. Christian.

Il scrutait le visage de Mr. Munn. Puis il demanda :

« Qu'est-ce que vous allez faire, maintenant ?

— Je ne sais pas, dit Mr. Munn. Je ne sais plus ce que je dois faire.

— Je sais, moi, ce qu'il faut faire.

— Quoi ? demanda Mr. Munn.

— Non, pas aujourd'hui. »

Mr. Christian s'était planté devant lui et, lui agrippant l'épaule, il le regarda fixement, bien en face :

« Venez chez moi, demain soir, je vous le dirai. Vous resterez coucher. »

Mr. Munn acquiesça d'un signe de tête distrait.

6

Lucille Christian fit entrer Mr. Munn dans le hall quand il arriva chez les Christian, un peu après la tombée de la nuit.

« Je suis désolé de n'avoir pu venir pour souper », lui dit-il.

Elle semblait ne faire aucune attention aux paroles et aux gestes, comme s'il n'avait pas été là, comme si elle avait pu se replier à volonté au centre de son être.

« C'est nous qui sommes désolés », répondit-elle en fermant d'une poussée la porte qui, malgré son poids, tourna sans bruit sur ses gonds.

Lucille resta immobile, la main sur le bouton de la porte. La lumière qui tombait d'une lampe posée sur une table de marbre donnait à ses yeux bleu foncé, trop grands, une apparence veloutée, et à la chair de son visage une légère teinte dorée, comme si une quantité infinitésimale de lumière avait été absorbée par la chair elle-même et en irradiait. Le regard de Mr. Munn s'attachait à ce bras voilé par la dentelle de la manche, et il essayait de deviner si ce bras était également imprégné de cette teinte dorée.

Elle s'arrêta, hésitant un court instant, sur le geste qu'elle venait de faire pour fermer la porte. Assez longtemps, cependant, pour qu'il retrouvât cette impression de calme absolu, de repos qu'il avait eu la surprise de découvrir le jour du meeting, quand il l'avait vue debout, au milieu de la chambre d'hôtel, noyée d'ombre.

« Les autres sont déjà arrivés, dit-elle. Ils sont au salon. »

« Les autres ? » pensa-t-il, surpris.

Elle traversa le hall d'un pas rapide et posa la main sur le bouton d'une porte fermée.

Mr. Christian se leva pour l'accueillir, puis deux autres hommes.

« Eh bien ! Vous voilà arrivé, dit Mr. Christian. J'aurais voulu que vous partagiez notre dîner. Je peux dire que nous avons eu de bonnes choses. Sukie s'y entend pour la table, hein ! Elle sait faire marcher les nègres, à la cuisine. »

Et, tendant sa grosse main à Mr. Munn :

« Tout à fait désolé que vous n'ayez pas pu venir.

— Je sais que j'ai manqué quelque chose qui en valait la peine, dit Mr. Munn.

— Peut-être bien que oui. Qu'est-ce que vous en pensez, Mac ? »

Mr. Christian venait de faire un signe de tête à l'un des deux personnages inconnus, un homme efflanqué à la tignasse rousse.

« Certainement, dit l'homme aux cheveux roux, d'une voix douce et traînante. Et je suis bon juge. »

Mr. Christian entraîna Mr. Munn à l'autre bout de la pièce devant le second personnage, très grand, lui aussi, et si maigre que sa longue redingote noire, à carrure très droite, pendait de ses épaules en plis qui semblaient vides.

« Eh bien ! Professeur, dit Mr. Christian, voici Percy Munn. »

Et, se tournant vers Mr. Munn :

« Et voici le professeur Ball. Mais je parie que vous le connaissez. Tout le monde connaît le professeur.

— Je connais Mr. Munn, répondit l'homme squelettique, et il tendit la main. Mais il y a longtemps que je ne l'ai vu ; en fait, depuis des années. Ce soir, c'est un honneur pour moi.

— Merci, monsieur. »

Et Mr. Munn s'apprêtait à saisir la main qu'on lui tendait, quand il s'aperçut qu'elle était complètement emmaillotée de pansements. Involontairement, il s'arrêta, le regard fixé sur les linges soigneusement enroulés. Chaque doigt était enveloppé séparément, ce qui donnait à la main l'apparence d'un gros gant déformé, pareil à une massue. Alors il se rappela.

« Cela ne me fera pas de mal, assura le professeur – et il saisit la main de Mr. Munn. Un petit bobo que le temps et les soins de mon savant de gendre, que vous voyez là-bas – d'un signe de tête, il désigna l'homme aux cheveux roux –, ne seront pas longs à guérir. Et...

— Un cas d'impétigo, précisa le rouquin. Et particulièrement rebelle.

— Vulgairement connu sous le nom de lèpre du pays, continua le professeur. Pas la lèpre dont parle la Bible, je suis heureux de pouvoir le déclarer. Mais, comme j'étais sur le point de le dire, c'est pour moi un privilège que de vous serrer la main, si je puis dire. Un jeune homme qui fait honneur à la communauté. C'est un avantage pour un vieillard prêt à quitter la scène active de saluer le nouveau Roscius.

— Merci, monsieur, tout l'honneur est pour moi », répondit Mr. Munn.

Le professeur ne lui paraissait pas très âgé. Soixante ans, tout au plus. Il ne grisonnait pas, et quelques fils blancs parsemaient à peine les touffes de barbe d'un brun rouge qui garnissaient son menton osseux et ses joues, comme une végétation qui trouve difficilement où accrocher ses racines sur la pente rocailleuse et aride d'une colline.

Mr. Christian présenta ensuite Mr. Munn à l'autre personnage, l'homme aux cheveux rouges. C'était le docteur Mac Donald, le gendre du professeur, originaire de la Louisiane et, ajouta-t-il, bientôt kentuckien par adoption.

— Oui, monsieur, kentuckien par adoption, répéta le professeur. Une bonne épouse peut faire beaucoup pour son mari. Certains ont été sauvés par elles de la malédiction de la bouteille. D'autres, conduits à la lumière dans la voie du salut. Et ma fille Cordelia – je peux l'affirmer avec une fierté paternelle bien excusable – a déjà presque fait du docteur Mac Donald un vrai Kentuckien.

— Eh bien ! C'est la vérité », acquiesça le docteur en riant.

Il riait facilement et doucement. Facilement, comme un homme qui trouve le monde bien agencé, et qui est à l'aise, doucement comme celui qui prend toujours une partie de son plaisir dans le secret de lui-même.

« Oui, la vérité », répéta-t-il en repliant sa maigre carcasse dans le grand rocking-chair et en posant sur ses genoux ses longues mains nerveuses.

« Je me demande ce qu'ils font ici ! » s'interrogea Mr. Munn.

Évidemment, ils n'étaient pas là par hasard ; les paroles de Lucille Christian – « Les autres sont déjà arrivés » – signifiaient qu'ils étaient attendus et, sans doute, qu'ils l'attendaient. S'il ne connaissait guère le professeur Ball que de vue, il le connaissait tout de même assez bien. Mais il ne l'avait pas vu depuis des années. Le professeur possédait une ferme quelque part dans le comté de Hunter et envoyait des lettres aux journaux au sujet des mesures à prendre pour préserver la fertilité des terres, etc. Lettres bourrées de citations tirées de Thomas Jefferson ou du vieux John Taylor, et de latin – de Virgile surtout, s'il se souvenait bien. Et il tenait une institution pour garçons. Mais Mr. Munn n'avait jamais entendu parler du docteur Mac Donald.

« J'ai bien connu votre oncle autrefois, dit le professeur Ball, du côté de chez nous.

— L'oncle Mord ? demanda Mr. Munn.

— Oui, Mordecai Munn. Un digne gentleman et un bon chrétien, je peux le dire. Le type même du guerrier heureux, qui, comme dit le poète :

Forcé d'aller de compagnie
Avec la douleur, la terreur et la mort
Misérable cortège !
Change en gloire son esclavage.

» Voilà Mordecai Munn, son portrait tout craché !

— Je suis heureux de vous l'entendre dire, répondit Mr. Munn.

— On peut dire que nous avons gardé nos troupeaux ensemble, comme dit le poète, car nous avons été tous les deux élevés dans la vieille institution du professeur Bowie. Oui, monsieur, sur le même banc, et je l'ai bien connu ! Un garçon fin comme l'ambre, et d'un esprit des plus vifs, mais, je le dis à regret, pas très doué pour les lettres. Que de fois il m'a dit : "Dis donc, Perche – on m'avait surnommé Perche-à-Houblon, car j'étais alors, comme je le suis maintenant, fabriqué dans le sens de la longueur –, dis donc Perche, tu vas me faire mon Cicéron, et la prochaine fois que tu iras chasser l'écureuil, je te prêterai mon lance-pierre." Et moi, je lui faisais son devoir, mais jamais, pour ainsi dire, je ne lui ai emprunté son lance-pierre, car je n'ai jamais été un fervent de la chasse, et déjà, à cette époque, j'avais l'amour des lettres et de l'éloquence. Lui, Mordecai, vous pouvez dire qu'il s'abreuvait à tout petits coups à la fontaine d'Hippocrène, si l'on peut ainsi parler. On aurait dit qu'il ne pouvait tenir en place. Je lui faisais parfois des remontrances, et il me disait : "Perche, tu sais bien que, si je reste un instant tranquille, je m'endors !" Et il s'endormait, c'est un fait, il dormait comme une souche, comme l'homme aux joyaux sans prix et à la conscience tranquille. Oui, monsieur. »

Soudain, le professeur Ball se pencha sur sa chaise, étira son long cou et, d'un mouvement rapide, vipérin, cracha avec adresse sur la cendre grise du foyer éteint.

« Bon Dieu ! se disait Mr. Munn. Est-ce qu'il va parler toute la nuit ? »

Il observait Mr. Christian, l'œil fixé sur la cheminée vide et la tête un peu inclinée, ce qui faisait briller sur son crâne chauve la lumière de la lampe, tandis que le docteur Mac Donald, confortablement installé dans son rocking-chair et les jambes allongées, une pipe éteinte entre les dents, avait un mystérieux sourire.

« Oui, monsieur, comme une souche, poursuivait le professeur Ball, et ce n'est pas un subjonctif qui l'aurait empêché de dormir ! Mais voilà la guerre qui éclate, et il dit : "Perche, mon vieux, j'y vais !" Et il le fit, bien qu'il n'eût pas dix-neuf ans. Tout le monde assurait que sa vie était protégée par un charme. Et, la guerre finie, il revint, après avoir accompli des exploits surhumains et des actes d'endurance et de vaillance héroïques. C'est alors – et le professeur, du même mouvement rapide et vipérin de son long cou, soudain lancé en avant, cracha encore une fois – que cet homme qu'on aurait pu dire préservé par un miracle, à travers des tempêtes de boulets et de balles, s'arrête tranquillement pour allumer sa pipe, un matin qu'il inspectait l'état du temps, chancelle tout à coup, tombe du haut des marches et se casse le cou ! Dans la fleur de l'âge, et le perron n'était pas bien haut ! En vérité, l'homme ignore l'heure où il doit quitter ce monde. »

D'un geste d'orateur, le professeur Ball leva lentement une grosse main maladroite, emmaillotée de pansements, et la laissa retomber.

« Il y a bien longtemps qu'il est mort, dit Mr. Munn. C'est à peine si je me souviens de lui, quand il venait nous voir. »

Mr. Christian se dressa lourdement et s'approcha de la table où la lampe était posée. Le professeur Ball dit alors, après lui avoir jeté un coup d'œil :

« Mais il faut me pardonner tous ces vagabondages dans le passé. C'est le vice qui vous prend aux approches de la vieillesse, mon cher ami ! »

Il se tut un moment, puis reprit :

« Je sais que nous sommes réunis ici pour une affaire sérieuse. »

Il leva sur Mr. Christian un œil interrogateur.

« Vous avez la langue bougrement bien pendue, professeur, répliqua Mr. Christian. Revenez au fait et dites-lui la chose. Je crois que ce garçon-là est mûr pour entendre la bonne parole.

— C'est une simple proposition, dit le professeur Ball. Très simple. »

Il leva les mains et joignit ses doigts emmaillotés, les tapotant d'un air méditatif, tandis que sa voix prenait un ton neutre. « Il se croit dans sa classe », se dit Mr. Munn.

« Très simple. Ceci découle de quelques conversations familiales entre mon gendre, le docteur Mac Donald, ici présent, et moi-même. Deux éléments déterminent exactement le prix d'une marchandise. La production et la consommation. »

Il tapota gentiment ses doigts bandés.

« Oui, monsieur. Eh bien ! Pour le tabac, on peut dire que la consommation est constante d'une année à l'autre. *Ergo*, c'est la quantité récoltée qui détermine le prix. C'est sur ce principe qu'est fondée l'Association.

— C'est exact, répondit Mr. Munn.

— Mais l'Association est attaquée par toutes sortes de moyens, loyaux et déloyaux. Dans la presse, devant les tribunaux, par les puissances d'argent qui cheminent dans l'ombre, frappent l'homme non prévenu et le dépouillent du fruit de son travail. Ce qu'il faut à l'Association, c'est le moyen d'avoir la haute main sur la production du tabac.

— Ce n'est pas possible, à moins de faire entrer tout le monde dans l'Association, fit remarquer Mr. Munn. Et Dieu sait tous les efforts que nous avons faits pour cela ! »

Le professeur leva une main autoritaire, comme s'il commandait le silence dans sa classe, et sourit :

« Supposons qu'il existe une autre Association, dont l'unique objet serait de diriger la production ? Mais, monsieur, permettez-moi une digression. Quand, je vous le demande, le plant de tabac est-il le plus vulnérable ? Quand il est jeune et tendre. Quand il est sur couche, avant d'être repiqué dans les champs. À ce moment-là, quelques coups de bêche, et c'est mille livres de feuilles qui disparaissent. C'est très simple.

— Vous voulez dire… »

Mr. Munn hésita. Il regardait cette blême figure de prédicant, ce front haut, étroit, cette barbe inculte.

« Vous voulez dire : ratisser à un fermier ses plants sur couche ?

— On pourrait avancer que c'est par sa propre faute, dit le professeur Ball. Il aurait le choix libre : ou bien entrer dans l'Association et se soumettre à ses lois et règlements, ou bien – il détourna les yeux, qu'il tenait fixés sur Mr. Munn, et promena son regard sur un point imaginaire situé à l'autre bout de la pièce, dans l'ombre – ou bien c'est lui qui en porterait la responsabilité. »

Mr. Munn se leva lentement et secoua la tête.

« Je ne pense pas que ceci entre exactement dans mes vues », dit-il.

Mr. Christian s'approcha vivement de lui, lui posa la main sur l'épaule, comme pour le forcer à se rasseoir, et dit :

« Allons, Perse, ne vous emballez pas ! »

Quant au docteur Mac Donald, il n'avait pas changé de position, et il observait avec son mystérieux sourire, sa pipe éteinte entre les dents.

« Vous seriez parfois surpris de découvrir ce qui est en vous, dit tranquillement le professeur Ball. Moi, par exemple – Mr. Munn se rassit lentement –, je suis un homme pacifique. Quand j'étais jeune, ma faible constitution m'a empêché de suivre la voie de la vaillance patriotique, comme votre oncle Mordecai. J'ai souvent songé à m'engager dans le saint ministère et à prêcher l'Évangile de Jésus Christ. Plus d'une fois, la nuit, j'ai lutté avec l'ange, priant et baigné de sueur, pour savoir si j'avais une vocation claire, certaine. Oui, monsieur, je suis un homme de paix. Mais on est parfois étonné de ce qu'on peut découvrir en soi-même. »

Pensif, Mr. Munn secoua la tête.

« Non », dit-il.

Mais le professeur ne paraissait pas faire attention à lui. Il ne le regardait même pas.

« Eh bien ! Ce qui est juste aujourd'hui ne l'est plus demain. C'est dans la Bible, en propres termes. Et dans le Stagirite. Si je le comprends bien. Oui, monsieur, il y a un temps pour telle chose. Pour une chose et pour une autre. Et, quand le moment arrive, l'homme ne sait jamais ce qu'il découvrira en lui-même. »

Il s'avança soudain vers Mr. Munn, du même élan vipérin qu'il avait eu pour cracher, mais, cette fois, tout son corps émacié participait au mouvement ; et, pointant vers lui son index déformé par les pansements :

« Et le moment est arrivé. Maintenant ! Avant que ce procès vienne jamais devant un jury. »

Son doigt emmailloté cessa finalement de s'agiter et s'arrêta, braqué comme un pistolet sur la poitrine de Mr. Munn.

« À cette minute même, il y a un trouble dans l'air et dans le cœur des hommes. Ce n'est pas vous qui ferez naître le désordre. Il y en a déjà eu dans le comté de Hunter, et il y aura pire. Ce n'est pas vous qui le ferez naître, mais vous lui donnerez un sens. Vous ne pouvez pas l'arrêter. Il est en marche. Mais, si vous ne pouvez pas arrêter le torrent qui tombe de la montagne, vous pouvez lui faire arroser la plaine fertile et l'empêcher de se perdre inutilement.

— Diable ! Non, ce n'est pas vous qui avez créé le désordre. »

Mr. Christian bondit.

« C'est ce bougre de Tolliver et tous ces salauds qui le suivent. J'ignore leurs noms, mais, par Dieu ! Je voudrais les connaître pour les maudire tous les soirs ! Tolliver et la clique de Tolliver ! Et n'allez pas me dire que vous allez rester là sans bouger, rester collé à lui, comme vous l'avez fait, bon Dieu ! »

Ce soir-là, avant de gagner sa chambre, Mr. Munn avait accepté de faire partie de l'Union fraternelle des fermiers libres pour la protection et le contrôle. Avant de prononcer le définitif « Oui, je crois que je suis avec vous », il savait qu'il allait le faire. Il avait résisté à leurs arguments, il avait résisté à cette impulsion qui grandissait en lui, s'accrochant au présent avec cet instinct aveugle qui repousse tout changement, fût-il attendu et désiré ; cet instinct qui vous fait hésiter, au moment où l'on va s'évader d'une scène pénible ; ou, au contraire, qui vous force à vous y accrocher au moment de faire le plongeon final dans l'irrémédiable, afin que le retard qu'on apporte en rende plus aisée l'acceptation et plus grand le soulagement.

Il dit « Oui, je crois, je suis avec vous », et il vit le docteur Mac Donald, qui, pendant tout ce temps, n'avait pas dit un mot, le regarder, souriant, avec une expression qui semblait signifier : « Je le savais d'avance. »

« L'Union fraternelle des fermiers libres pour la protection et le contrôle, commenta Mr. Christian, vous ne trouvez pas que c'est magnifique ? Protection et contrôle, professeur, vous êtes un type épatant. Hein ! N'est-ce pas, Perse ?

— Oui, monsieur, répondit Mr. Munn.

— J'ai toujours dit que c'est une belle chose que l'instruction. Ça n'a jamais fait de mal à personne ! »

Et se tournant vers la haute et maigre silhouette du professeur Ball :

« Regardez, voilà ce qu'elle fait d'un homme.

— Merci, monsieur, dit le professeur – et il se tourna pour cracher dans la cheminée. J'ai trouvé une petite devise qui m'est venue à l'esprit, pour l'Union fraternelle. En français, ajouta-t-il, en s'éclaircissant un peu la gorge : *Le bras pour le droit*[1].

— Ça, c'est épatant, déclara Mr. Christian. Ça sonne d'une façon épatante !

---

[1] En français dans le texte. *(N.d.T.)*

— Merci, monsieur, répondit le professeur.

— Et qu'est-ce que ça veut dire ?

— Cela veut dire – et le professeur Ball joignit le bout de ses doigts emmaillotés et dit en anglais – "Le bras pour le droit".

— Bon Dieu ! s'écria Mr. Christian. "Le bras pour le droit". Professeur, vous êtes un type épatant, aussi vrai que les chiens ont des puces. Hein ! Perse ? »

Il se tourna vers Mr. Munn et le secoua d'une tape sur l'épaule.

« Oui, monsieur, dit celui-ci. C'est bien vrai.

— Et le doc, là, aussi, dit Mr. Christian. C'est un type épatant ! Mac, racontez-lui donc ce que vous avez mis en train dans votre secteur ! »

Le docteur décrocha sa pipe de ses dents.

« Eh bien ! dit-il de sa voix douce, un peu traînante. Ça ne vaut pas beaucoup la peine qu'on en parle. Nous avons seulement réussi à grouper et à organiser trois petites bandes de fermiers libres. Nous appelons cela des "bandes" : dix hommes par bande, commandés par un capitaine. Nous avons calculé que dix hommes constituent un nombre convenable. Dix bandes formeraient une compagnie, avec un commandant à sa tête. Le professeur Ball, ici présent – du tuyau de sa pipe, il désigna son beau-père –, voulait, lui, que le chef d'une compagnie s'appelle un "centurion", mais nous avons pensé…

— Les Romains de la grande époque, interrompit le professeur, étaient une nation de rudes paysans. L'histoire nous l'enseigne. Rappelez-vous Cincinnatus labourant ses quatre arpents de terre : un simple paysan. Que dit Cicéron en pareille rencontre ?

— Je veux être damné si j'en sais quelque chose ! dit Mr. Christian.

— Il dit… »

Et il fixa sur Mr. Christian, puis sur chacun des assistants, à tour de rôle, un regard sévère.

« "*A villa in senatum arcessebatur et Curius et celeri senes, ex quo qui eos arcessebant viatores nominati sunt.*"

— C'est bien vrai, ça ? demanda Mr. Christian.

— Parfaitement, affirma le professeur. Et pour revenir au mot "centurion"…

— Oui, interrompit le docteur Mac Donald, nous avons pensé que "centurion" pourrait déconcerter pas mal de gens, par là, dans le comté de Hunter, à cause de sa consonance étrangère, étant donné que nous avons par ici beaucoup d'étrangers parmi les acheteurs de tabac.

— C'est dans la Bible, dit le professeur. "Et Jésus dit au centurion : 'Va, et parce que tu as cru, que ta prière soit exaucée.'" C'est dans la Bible.

— Certainement, certainement, acquiesça le docteur d'un ton aimable. Mais, n'est-ce pas, professeur, tout le monde n'est pas aussi versé que vous dans la Bible, dans le comté de Hunter, et cela pourrait choquer beaucoup de gens. C'est pourquoi "commandant" semble mieux faire l'affaire.

— C'est possible, grogna le professeur Ball.

— Et, à la tête de toutes les compagnies, il y aurait un chef. Dans chaque bande, les hommes éliraient leur capitaine, les capitaines éliraient leur commandant et le chef, assisté de son conseil, dirigerait les opérations. Voilà quel serait le fonctionnement. Et il faut que cela fonctionne rapidement, si cela doit donner de bons résultats.

— Mais attention ! avertit le professeur Ball. Rien que des gens de bonne réputation. Pas de voyous ni de racaille ; rien que des gens dignes et respectables, honorablement connus de leur entourage. Ce sont des hommes de ce genre que nous avons recrutés dans le comté de Hunter.

— C'est exact, dit le docteur. Rien que des gens de bonne réputation. Et ce que nous voudrions, Mr. Munn, ce serait que vous nous donniez des noms. Et que vous en parliez vous-même à certaines personnes, pour les sonder, en quelque sorte. En causant avec elles, vous pourriez en décider quelques-unes à venir avec nous et à prêter serment par la même occasion.

— Prêter serment ? demanda Mr. Munn. Vous faites prêter serment ? »

Le professeur Ball hocha la tête d'un air grave :

« Cela ne peut pas écorcher la gorge d'un homme d'honneur. »

Et il ajouta :

« Un serment sacré.

— Nous voudrions simplement que vous nous donniez un peu de votre influence, dit le docteur Mac Donald, et aussi une liste à étudier.

— Je vous donnerai une liste, promit Mr. Munn, mais je ne parlerai à personne avant de m'être moi-même joint à vous.

Pas avant. Je ne sais pas pourquoi, mais c'est exactement mon sentiment là-dessus.

— C'est ce qu'on peut appeler un noble scrupule, dit le professeur Ball, en approuvant de la tête. Quels que soient les scrupules qu'un homme puisse invoquer, je les respecte toujours, quand il leur est fidèle.

— Mais je peux vous indiquer quelques noms. Si vous voulez bien me donner ce qu'il faut pour écrire, Mr. Bill ? »

Il écrivit deux noms : Joseph Foster, de Murray-Hill, Bardsville, et Kimball G. Snider, de Strawberry Creek Ford, Bardsville.

« Je pense qu'ils se joindront à nous », dit-il.

Puis, après réflexion, il écrivit un autre nom : Aaron Smythe, et resta la plume en l'air, songeur.

« Et votre type, voyons, comment s'appelle-t-il ? demanda Mr. Christian. Vous savez bien, celui que vous avez sauvé quand il avait déjà la corde au cou ?

— Trevelyan. Bunk Trevelyan.

— C'est un type qui me paraît possible. S'il a un peu de reconnaissance et si, un jour, vous lui disiez un mot, je parie qu'il viendrait. »

La plume arrêtée au-dessus de la feuille de papier, Mr. Munn hocha la tête.

« Non, je crois que je ne lui dirai rien. Ni maintenant, ni plus tard. Il pourrait se croire obligé de venir avec nous, parce que je l'ai tiré d'affaire et que j'ai barre sur lui, en quelque sorte. On n'a pas le droit de forcer un homme à faire une pareille chose par simple reconnaissance ou parce qu'on a barre sur lui. »

Il écrivit le nom de Harris Trevelyan et jeta sur les autres un regard circulaire :

« Mais, vous, vous pouvez lui parler, et il se peut qu'il s'inscrive à l'Association. Seulement ne prononcez pas mon nom.

— Nous respecterons votre désir, dit le professeur Ball.

— Je n'en vois pas d'autres pour le moment. Demain ou après-demain, je tâcherai d'y réfléchir. Des gens que je pourrai absolument recommander.

— Dès maintenant nous avons un bon nombre d'inscrits, dit le docteur Mac Donald. Des gens à qui nous avons parlé se sont occupés de faire de la propagande. Nous avons déjà assez de noms pour former plus de vingt bandes, rien que dans ce secteur. Et nous en avons discuté avec plusieurs.

— Rien que par ici ? demanda Mr. Munn.

— Oui, monsieur. Et nous avons recueilli des noms dans sept comtés différents. Et beaucoup d'autres en vue !

— Vous semblez prévoir quelque chose d'une certaine importance », dit Mr. Munn.

Le docteur balança son corps efflanqué sur sa chaise et, se penchant vers Mr. Munn, braqua sur lui le tuyau de sa pipe.

« Mon cher, dit-il, avec ce mystérieux demi-sourire qui lui découvrait les dents, vous ne vous faites pas une idée de ce que cela pourrait devenir ! »

Lentement, le bras retomba le long du corps et la longue main soignée, nerveuse, aux jointures noueuses, pendait hors de la manche trop courte.

Ce soir-là, avant de s'endormir, Mr. Munn pensa que, décidément, il avait de la sympathie pour le docteur Mac Donald.

Il aimait son bon naturel et cette rudesse cachée dans laquelle on devinait, au second coup d'œil, toute une réserve de vigueur et de rapidité, dissimulée dans les mouvements nonchalants de la carcasse efflanquée. Mr. Munn n'était pas énervé par les événements de la soirée. Mais il n'avait pas envie de dormir. Étendu sur le dos, dans ce lit étranger, calme et détaché, il regardait au-dessus de sa tête le plafond plein d'ombre et laissait tourbillonner dans sa mémoire le souvenir des propos et des visages. Il se sentait en paix avec lui-même. La décision qu'il avait prise lui semblait inévitable, comme un fait accompli depuis très longtemps, dont on se souvient, et qui fait partie du vieux mobilier familier de la mémoire et de la vie. Il lui vint alors à l'esprit l'idée que, si quelqu'un était réellement responsable de sa décision, ce n'était ni Christian, ni Mac Donald, ni le professeur Ball, mais le sénateur Tolliver. Si le sénateur ne lui avait jamais posé la main sur l'épaule, s'il ne s'était jamais penché vers lui d'un air confidentiel, s'il ne l'avait pas trahi après s'être servi de lui, il n'aurait peut-être jamais pris cette décision. Mais ceci paraissait faire partie d'un plan préconçu. Et la figure du sénateur, souriante et pleine de dignité, qui flottait dans sa mémoire, fit place à une autre et à une autre encore : figures de gens qu'il connaissait, figures qu'il n'avait aperçues qu'un moment et qui l'avaient intrigué – celle du vieil homme avec la loupe violacée sur la tempe, le vieil homme dont il avait essayé de parler à May, presque à cette même époque de l'année, le vieil homme qui avait été le seul à signer à l'une des réunions où il avait pris la parole et qui s'était avancé, sans plus se soucier des autres que s'il avait été dans les champs, et qui avait dit : « Mon garçon, si vous voulez bien me donner ce porte-plume, je vais signer mon nom. » Et puis : « Voilà bientôt trente ans que je possède une petite pièce de terre. endant tout ce temps, personne n'est jamais venu me dire ni oui ni non, ni va là-bas ni viens ici. Mon gars, je vais mettre mon nom là-dessus, et quand vous direz oui, ce sera oui, et quand vous direz non, ce sera non. Ma récolte, ça ne représente rien du tout. Ma récolte, ce n'est même pas un verre d'eau dans la mer. Mais je vais signer. »

Le crépuscule printanier faiblissait doucement. Au pas de son cheval, il suivait l'étroit chemin pierreux qui conduisait de la grand-route au fond de la vallée. Il essayait de se souvenir s'il avait déjà parcouru cette route. Quand il était écolier peut-être ? À cette époque, il avait couru le pays en long et en large. Il avait lancé sa ligne dans presque tous les cours d'eau de la région – la Strawberry, le Cold Spring, l'Elk Horn, le Dorris. Et dans presque tous les tournants de la Black Water, pendant des milles. Le soir, il avait gravi les collines couvertes de buissons qui lui égratignaient la figure, déchirant ses vêtements, dans sa hâte d'atteindre l'endroit où les chiens venaient de passer. Il avait entendu cet aboiement rauque, qui vous remue le sang, des chiens sur une piste, ce bruit qui, dans les bois gelés, se répercutait comme dans une caverne, et l'appel d'un camarade, quelque part dans les bois. Il avait lui-même couru comme un chien, indifférent aux broussailles qui le cinglaient, tout droit dans la direction de cette piste où des yeux allaient luire dans l'ombre des branches. Il avait campé au bord de ces rivières, même au bord de la Strawberry ; il s'en souvenait bien. Avec d'autres garçons, comme le petit Bill Christian, mort maintenant depuis longtemps, le petit Bill tué avec son propre fusil. Peut-être même avait-il une fois campé au moulin Murray avec les autres ? Il devait, en tout cas, ressembler à tous les autres vieux moulins : une digue de pierre tapissée de mousse en travers du lit de la rivière ; la bâtisse en ruine ; et plus loin, dans un bois de cèdres, la maison du meunier, avec ses deux étages. Ou seulement des cheminées s'élevant à l'emplacement d'une maison incendiée. Et dans la nuit, immobile au-dessus de la digue, l'eau ressemblait à du métal noir d'un beau poli.

En tout cas, il savait à quoi ressemblait le paysage, car maintes fois il avait parcouru la route du moulin Murray. La bonne terre finissait là. Du fond de la vallée, les collines y dressaient leur pente abrupte, où l'argile rouge collait à des massifs calcaires, et des cèdres y accrochaient leurs racines maigres aux fissures du roc.

Maintenant, il pouvait entendre le murmure de l'eau courante, et il se souvint de ce soir d'automne, quand il s'était rendu à la réunion de l'école, auprès de Rose Creek, et qu'ils avaient attendu en silence que la pluie cessât. Il se souvint comment il était revenu chez lui, à cheval, seul à travers la campagne détrempée, et le roulement précipité de la rivière qui frappait ses oreilles. Ces deux endroits se ressemblaient étrangement. L'ombre avait envahi la vallée, mais, en regardant au-dessus de la cime imprécise des collines, il pouvait encore apercevoir un reste de lumière, attardée dans les hauteurs du ciel.

Sur le côté de la route, un cavalier sortit de l'ombre dense des cèdres et s'avança lentement vers Mr. Munn. Mr. Munn tira sur les rênes et le laissa approcher. Le gravier écrasé sous les sabots du cheval crissait doucement. La monture de Mr. Munn restait parfaitement immobile, et il l'entendait respirer. L'obscurité était si épaisse qu'il ne put rien discerner de l'aspect du cavalier, sinon qu'il paraissait se tenir en selle avec une aisance naturelle.

« Beau temps, dit l'homme d'un ton banal.

— Plus beau demain, répondit Mr. Munn.

— Passez », dit l'homme.

Il recula dans l'ombre des cèdres.

Deux cents mètres plus loin, la route faisait un coude. Là se trouvait le moulin, masse vague et irrégulière, de l'autre côté de l'espace découvert qui était un peu moins sombre que la route. À l'endroit où la route débouchait sur cet espace découvert, Mr. Munn s'arrêta. Il pouvait distinguer les clôtures écroulées qui bordaient ce qui paraissait être une prairie couverte de hautes herbes, ainsi qu'un embranchement de la route qui menait à un gué, au-dessous de la digue. L'autre branche se perdait vite dans l'ombre noire qui enveloppait le moulin. Le tableau était bien tel qu'il l'avait prévu : ici, la masse sombre du moulin ; là-bas, derrière la digue, l'eau noire, immobile, et, sur toute la scène, cette impression de calme que répand la nuit sur les lieux longtemps abandonnés, impression qu'il avait connue autrefois, lorsqu'il allait camper dans des endroits semblables.

Il eut alors l'envie presque irrésistible de rester là où il était dans l'ombre, de ne pas traverser l'espace découvert. Car il y avait quelque chose de différent de ce à quoi il s'était attendu. Dans la mesure où il avait pu s'en faire une image précise, il avait pensé trouver là des hommes, flânant, la pipe à la bouche, sans doute causant à voix basse, comme à la campagne, au cours d'une réunion telle que l'office du soir dans une église de carrefour. Mais, ici, il n'y avait rien de tel. À part le bruit de l'eau coulant sur les pierres, c'était le silence absolu, et, dans l'espace plus clair où la clôture de bois s'était écroulée, l'immobilité totale. À ce moment, il entendit le hennissement bref d'un cheval. « Allons », se dit-il en rendant les rênes à sa monture. Celle-ci s'avança lentement sur la route qui traversait l'espace découvert, le long de la vieille clôture, puis sur l'embranchement qui conduisait au moulin. Ce ne fut qu'arrivé presque à le toucher qu'il aperçut, debout près du terre-plein, un groupe d'hommes. Il parvint seulement à voir les taches pâles de leurs visages.

« Bonsoir, messieurs », dit-il.

Personne ne répondit.

Il dépassa le groupe, mit pied à terre et attacha son cheval à un sapin. « Ils me regardaient venir pendant que je traversais ce terrain découvert », se dit-il. Il s'approcha et prit place au milieu d'eux, s'accotant au terre-plein. Il remarqua qu'ils étaient dispersés, ils ne parlaient pas, coupés en réalité les uns des autres, concentrés chacun sur soi-même et cependant si rapprochés qu'en étendant les bras chacun aurait pu toucher son voisin.

« Bonsoir, dit à voix basse celui qui se trouvait le plus près de Mr. Munn.

— Bonsoir », répondit Mr. Munn.

Pas une parole de plus ne fut prononcée jusqu'au moment où quelqu'un, sortant du moulin, apparut sur la plate-forme et à voix basse prononça le nom : « Jim Talbot. » Puis, à haute voix, cette fois, il demanda :

« Est-ce que Jim Talbot est ici ? »

Un homme sauta gauchement sur la plate-forme en disant :

« C'est moi, Jim Talbot.

— Entrez par ici », ordonna l'homme, qui disparut par la porte du moulin.

Aucune lumière ne venait de l'intérieur. L'homme qui avait répondu au nom de Talbot s'arrêta un instant, fit mine de remonter sa ceinture et dit, sans paraître s'adresser à personne en particulier :

« Voilà, il arrive. »

Et, à tâtons, il franchit la porte à son tour.

Peu après, le même personnage sortit de nouveau sur le terre-plein et appela : « Fugua G. Morris. »

Mr. Munn avait reconnu la voix. Le nommé Morris sauta à son tour sur le terre-plein et entra dans le moulin.

Ceux qui étaient restés sur la plate-forme gardaient le silence. De temps en temps, l'un d'eux remuait les pieds et les frottait sur les pierres. À un certain moment, un homme demanda une chique à son voisin, qui la lui tendit, sans dire un mot ; une autre fois, quelqu'un frotta une allumette pour allumer sa pipe. Les deux plus proches voisins eurent alors un mouvement pour s'écarter du petit cercle de lumière. L'homme, abritant la flamme dans ses mains arrondies en coupe, en toucha sa pipe. Seul le haut du visage se trouvait éclairé par cette lumière tremblante qui ne laissait apercevoir que la courbe d'un gros nez bronzé et des yeux brillants d'un faible éclat sous le bord rabattu d'un chapeau. L'homme jeta alors sur le gravier l'allumette enflammée et l'écrasa du talon. De temps en temps, quelqu'un répondait à l'appel de son nom et pénétrait dans le moulin.

À un certain moment, un cavalier émergea de l'ombre du bois et se dirigea vers le moulin en traversant le terrain nu. Mr. Munn savait que, là où il était, l'étranger ne pouvait pas les voir, alors que les yeux de tous étaient fixés sur cette silhouette qui avançait à découvert. Le cavalier les dépassa sans se presser, attacha son cheval et s'en vint flâner contre le terre-plein.

« Bonsoir, dit-il, exactement comme l'avait fait Mr. Munn.

— Bonsoir », répondit une voix.

Mais tous les autres gardèrent le silence.

Quand Mr. Munn entendit prononcer son nom derrière lui, sur le terre-plein, ce fut avec la même surprise que s'il s'était cru absolument seul. Et pourtant, les premières fois que l'homme avait paru à la porte du moulin, Mr. Munn avait eu la certitude que c'était lui qu'on allait appeler. Puis que l'appel ne serait pas pour lui. De même que le jour du meeting, lorsqu'il avait entendu, sans bien comprendre, qu'on le présentait à la foule, son corps, aujourd'hui, se raidissait à l'appel de son nom avant que son esprit eût compris ce qui se passait. « Voilà », répondit-il. Et, s'élançant sur le terre-plein, il suivit l'homme.

Une fois entré, il fit quelques pas dans le noir, en s'attachant à suivre son guide de près. Il sentait craquer sous ses pieds les vieilles planches raboteuses. Il devina qu'ils devaient être arrivés à un tournant, car il pouvait voir, sur sa gauche, un mince trait de lumière qui semblait encadrer une porte.

« Vous n'avez qu'à entrer par cette porte, ici, commanda le guide, et vous tenir au milieu de la pièce.

— C'est bon », dit Mr. Munn.

S'avançant vers la porte, il chercha à tâtons le loquet de bois et entra.

Il s'arrêta au centre d'un rayon de lumière braqué sur lui. Il venait d'une lanterne munie d'un réflecteur et qui allait en s'élargissant, plongeant dans l'ombre l'autre moitié de la vaste pièce, aussi noire que l'intérieur d'un four. « Ils sont par là », se dit-il en clignant des yeux devant la lumière, et, ayant passé la porte, il s'arrêta.

« Approchez », ordonna une voix.

Mr. Munn tenta inutilement d'identifier la voix, puis il avança lentement de trois pas en levant la tête, pour éviter que la lumière le frappe en plein dans les yeux. Très haut, au-dessus du secteur éclairé, il pouvait apercevoir les solives du plafond. Cette pièce devait autrefois servir de grenier.

« Approchez-vous de la table », dit la voix.

Mr. Munn s'approcha de la table, située à trois mètres environ de la lanterne et juste en face d'elle. Il mit les doigts sur le bord de la table et attendit. Sur la table reposait un livre : une bible d'un modèle tout à fait commun, couverte d'une reliure usée en imitation de cuir. De pareilles bibles, il en avait souvent vu, dans des fermes, sur la table de la pièce familiale, ou sur le manteau de la cheminée, posées à côté d'une pendule en bois sculpté ou d'un vase de verre, plein d'allumettes en papier, ou peut-être d'un étui à lunettes.

« Percy Munn, dit la voix, vous êtes sur le point de prendre une très importante décision. Il n'est pas nécessaire de vous en rappeler la gravité. Vous allez prêter un serment sacré. Si vous devez reculer, il est encore temps de le faire. »

Dans l'ombre, quelqu'un toussa à deux reprises. Mr. Munn tourna légèrement la tête dans cette direction.

« Vous pouvez encore tourner le dos, sortir d'ici, monter à cheval et partir sans jamais dire un mot de votre présence ici, ce soir, et personne n'en estimera moins votre caractère d'homme. C'est maintenant le moment. Regardez dans votre cœur et dans votre esprit, et réfléchissez bien. »

Mr. Munn attendait, les yeux levés plus haut que la lumière dont les rayons le frappaient en face. Pendant trente ou quarante secondes, ce fut le silence.

« Percy Munn, dit alors la voix, voyez-vous clair en vous-même et êtes-vous décidé ?

— Oui, dit Mr. Munn.

— Vous allez prêter le serment de membre de l'Union fraternelle des fermiers libres pour la protection et le contrôle. L'unique but de cette organisation est de veiller à ce que le tabac soit payé un prix équitable et, pour atteindre ce but, elle emploiera tous les moyens qui paraîtront nécessaires. Percy Munn, êtes-vous disposé à prêter ce serment ?

— Je le suis, dit Mr. Munn.

— Posez la main gauche sur ce livre. »

Mr. Munn obéit.

« Ce livre, Percy Munn, est la sainte Bible. Un serment prononcé dessus, au nom de Dieu, est sacré pour le temps et pour l'éternité. Voulez-vous jurer sur la Bible ?

— Oui, dit Mr. Munn.

— Levez la main droite, et répétez ces mots, poursuivit la voix.

» "Moi, Percy Munn, reconnaissant l'injustice sous laquelle gémit notre peuple..." »

La voix s'arrêta pour permettre à Mr. Munn de répéter les paroles :

« "Moi, Percy Munn, reconnaissant l'injustice sous laquelle gémit notre peuple", dit Mr. Munn lentement et distinctement.

— "... et ne voulant pas la supporter plus longtemps..." »

Mr. Munn répéta :

« "... et ne voulant pas la supporter plus longtemps..." »

La voix reprit :

« "Je jure, sur ce livre saint, et au nom de Dieu notre Créateur... de soutenir de toutes mes forces les fins de l'Union fraternelle des fermiers libres pour la protection et le contrôle... ainsi que toute mesure, quelle qu'elle soit, jugée convenable pour la réalisation de ces fins ; d'obéir loyalement aux ordres des chefs régulièrement élus, mes supérieurs dans cette organisation... Je jure de ne jamais, en aucune circonstance, prononcer un seul mot au sujet de cette organisation et de ses affaires, à aucun homme ni à aucune femme qui ne lui appartiendrait pas... sans excepter la compagne de ma vie... Cela, je le jure solennellement."

— "... Cela, je le jure solennellement." »

Ayant terminé, Mr. Munn retira sa main du livre.

« Avancez ! » dit la voix.

Il franchit les quelques mètres qui le séparaient de la lanterne et de la voix. Pendant quelques instants, avant que ses yeux aient pu s'habituer à l'obscurité, il se trouva complètement aveugle. Il finit par apercevoir l'homme qui était assis derrière la table où l'on avait posé la lanterne et, plus loin, d'autres gens assis sur des bancs et sur des caisses. L'homme lui serra la main et dit :

« Eh bien ! Monsieur, nous sommes heureux de vous souhaiter la bienvenue.

— Merci », dit Mr. Munn.

Il le regarda, se disant qu'il avait déjà vu cette figure quelque part, mais, sous cet éclairage, il lui était impossible d'en être sûr.

« Si vous voulez bien vous asseoir, dit l'homme, nous allons pouvoir continuer. »

Un des hommes qui avaient pris place sur un banc, derrière la table, se poussa un peu et Mr. Munn s'assit à côté de lui.

Il regarda les autres venir à tour de rôle, s'arrêter d'abord dans l'embrasure de la porte et rester immobiles jusqu'à ce que la voix leur eût donné l'ordre d'avancer, puis traverser lentement la pièce en clignant des yeux devant la lumière. Certains fixaient un point très rapproché de la lanterne, s'efforçaient de percer la profondeur de l'ombre où se tenaient les assistants ; d'autres, ainsi qu'il l'avait fait lui-même, levaient les yeux au plafond. Les premiers semblaient nerveux et se passaient la langue sur les lèvres avant de répéter la formule du serment. Mr. Munn essaya de se rappeler s'il s'était, lui aussi, mouillé les lèvres de cette façon. Il décida qu'il ne s'était pas montré nerveux. En réalité, lorsqu'il s'était trouvé debout, en pleine lumière, au milieu de cette pièce, il n'avait rien éprouvé, absolument rien. Il en était surpris. On devait éprouver quelque chose en prêtant serment. Il se mit alors à réfléchir et se demanda dans quelle mesure le fait d'avoir prêté serment pouvait modifier les relations mutuelles de tous ces hommes qui se trouvaient à ses côtés, dans l'ombre. Le serment disait : « Dieu, notre Créateur. » Combien, parmi eux, croyaient en Dieu ? Et lui-même, y croyait-il ? Il se rappela qu'il n'y avait pas pensé depuis très longtemps. L'homme qui, en ce moment, prêtait serment, venait de finir. Obéissant à l'ordre, il avança pour se joindre au groupe qui se tenait dans l'obscurité.

Une minute plus tard, la porte s'ouvrit, et un homme entra, un homme de haute taille, et il se tint là, en plein dans le rayon de lumière. L'homme était Bunk Trevelyan.

7

« C'est difficile à croire », pensait-il, assis devant sa table, dans son bureau situé au-dessus d'un drugstore, ses papiers éparpillés devant lui et le tac-tac-tac irrégulier et réconfortant de la machine à écrire de la secrétaire, qui tapait dans la pièce à côté. Souvent, au cours de ce printemps, au milieu de l'après-midi, alors que les fenêtres ouvertes laissaient entrer l'air attiédi, que les trottoirs, après l'ondée, luisaient sous un bref rayon de soleil, que les gens sortaient de leur abri pour aller et venir, flâner et bavarder, il avait peine à croire que cette journée n'était pas une journée du printemps dernier ou du printemps qui l'avait précédé.

Deux ou trois fois, May lui avait demandé :

« Qu'y a-t-il, Perse ?

— Ce qu'il y a ? Il n'y a rien », avait-il répondu.

La première fois, il avait fait effort pour répondre sur un ton plaisant et affectueux. Il avait posé sa pipe sur la cheminée devant laquelle il était debout, après dîner, une allumette qu'il n'avait pas encore allumée au bout des doigts ; d'une main, il avait attiré sa femme contre lui, et il caressait la masse de cheveux qui couronnait son fin visage.

« Rien, dit-il. Tu es simplement follette, comme un petit chat-huant. Tu sais ce que c'est, un petit chat-huant ? »

Et juste au moment où les mots lui sortaient de la bouche, il s'était rendu compte que sa voix avait exactement le même ton que lorsqu'il la taquinait.

« Zut ! se dit-il. J'ai l'air d'un imbécile. »

« Mais tu as changé, Perse, et tu le sais. Tu n'es plus le même. Ni avec moi, ni autrement. Qu'y a-t-il, Perse ? »

À ce moment, il l'avait lâchée et s'était écarté de quelques pas. Elle avait tendu la main vers lui, doucement, non pour l'obliger à se rapprocher d'elle, mais d'un mouvement qui, tout de suite, se révéla inutile.

Il vit le geste. Il en éprouva un secret mais profond mécontentement.

« Il n'y a rien », dit-il.

Et, se tournant brusquement, il traversa la pièce, gagna le hall et s'en fut sous la galerie, en laissant la porte claquer derrière lui avec un bruit sec. Il traversa la cour, longea l'allée qui menait à la grand-route. Peu après, il revint dans la cour et, sa pipe éteinte entre les dents, il se posta sous les érables, dont les feuilles commençaient à pousser. De là, il pouvait voir May assise sur le sofa du salon, la tête tournée et les cheveux sous la lumière de la lampe. Une fois, il y avait longtemps, une nuit comme celle-ci, chez les Burnham où May habitait avec sa tante miss Lucy Burnham, il s'était arrêté sous un cèdre mutilé et il s'était retourné pour regarder la maison. Comme cette nuit, May était assise derrière la fenêtre, et la lumière de la lampe tombait sur ses cheveux. Il avait toujours admiré avec quelle élégance sa tête menue portait ces épais bandeaux trop lourds pour elle, presque trop abondants pour la pâleur du visage qu'ils couronnaient. Elle tenait d'habitude la tête haute et semblait ne supporter le poids de ces lumineux et lourds bandeaux que par un effort de volonté. Mais, chez les Burnham, elle baissait la tête, comme ce soir, sous le poids trop lourd.

Que lui avait-elle promis ? se demandait-il, tandis que, dans l'ombre, il regardait l'intérieur de la pièce pleine de lumière où elle se tenait assise. Le bonheur, c'était cela. Il avait trouvé en elle la promesse du bonheur, du bonheur comme une chose en soi, une entité distincte des activités de sa vie passée. Ou plutôt il avait pensé à ce bonheur dans la mesure où il en avait imaginé le rapport avec d'autres choses, comme à une chose précieusement cachée au centre de la vie, comme le fruit est caché dans l'écorce, la chair de la noix dans la rude coquille dont elle est enveloppée. « Qu'est-ce qui est le centre de sa vie ? » se demanda-t-il. Il n'aurait pu le dire.

Maintenant, tandis qu'il la regardait, assise dans le salon, encadrée dans le rectangle lumineux de la fenêtre, il retrouvait la même impression que celle qu'il avait éprouvée dans son enfance, lorsqu'il retirait une photographie d'un stéréoscope pour la voir à nu, sans regarder à travers les lentilles. Parfois, certains après-midi d'hiver, quand il était enfant, il s'allongeait par terre avec une pile de photographies, dont chacune présentait une image double. À travers les lentilles, la photographie révélait un petit monde à trois dimensions, peuplé de personnages qui semblaient se tenir debout, bien campés, animés d'une vie propre, prêts à remuer et à se livrer à leurs mystérieuses occupations. Un monde en miniature, où la lumière tombait sur les choses, projetait des ombres comme dans le monde réel, avec des distances et des profondeurs comme dans le monde réel, et des coins d'ombre plus secrets et plus fascinants. Parfois il pressait le front contre le cadre de bois, jusqu'à se faire mal, et il lui semblait que, s'il pouvait seulement le dépasser pour pénétrer dans ce monde minuscule où tout était immobile, mais prêt à bouger, où tout semblait vivant, mais en même temps pétrifié dans une menue perfection, il connaîtrait la plus indicible félicité. Alors, lentement, il écartait les yeux du cadre, et il enlevait la photographie. Il la contemplait. Il contemplait l'image double, plate, morne, effacée, et les bords jaunes, éraillés du carton. Ce carton qu'il tenait dans sa main faisait à ce moment partie du monde ordinaire dans lequel il vivait. Il regardait autour de lui, dans la pièce, les meubles familiers ; le feu qui mourait dans la grille ; le dessin du tapis sur lequel il était allongé. Et c'était le bruit lent, triste, somnolent, de l'eau qui coule à grand bruit dans les gouttières, ou celui du vent qui se heurte à l'angle de la maison ou aux arêtes du toit. Bientôt, on viendrait le chercher pour le faire dîner, même s'il n'avait pas faim, et puis on le mettrait au lit. Les photos du stéréoscope resteraient là, bien rangées, sur la table du salon abandonné. C'était ainsi que cela s'était passé. Il avait ôté la carte de la boîte vitrée, et il ne lui était plus resté dans la main qu'un carton plat. Il regarda la fenêtre éclairée où May se trouvait, et il rêvait à tout cela, à ce qu'il avait éprouvé quand il était enfant.

Mais elle n'avait pas changé. Elle était toujours la même. Le changement, s'il y en avait un – et il y en avait un, elle avait raison de le lui reprocher –, était en lui. Il le savait. Il l'avait compris pour la première fois ce jour où il avait refusé de lui envoyer un de ses domestiques noirs pour préparer les plates-bandes. Il se souvint de la manière dont elle s'était éloignée, le long de l'allée, comment ses minces épaules s'étaient rapprochées, secouées par un sanglot silencieux, et comment il avait regardé la vieille truelle rouillée auprès du carré de glaise mal retourné. Il l'avait regardée, cette truelle, et il avait eu l'impression de découvrir soudain, en lui-même, un abîme obscur et tourmenté. Ce soir, il vivait un moment semblable. Un matin, il s'était décidé à envoyer un domestique pour bêcher les plates-bandes : la veille du jour où il devait prêter serment. Ce geste était une sorte de compensation qu'il offrait à May en échange de la décision qu'il allait prendre, une tentative pour se rapprocher d'elle, pour diminuer la distance qui les séparait de plus en plus. Elle ne lui avait plus jamais parlé de l'incident du jardin, pas même pour le remercier.

Ce soir-là, où il l'avait guettée dans l'ombre des érables, elle était montée dans sa chambre de très bonne heure, mais il avait attendu que la lumière s'éteigne pour aller la rejoindre.

Quelques jours plus tard, elle lui demanda de nouveau :

« Qu'y a-t-il, Perse ? »

Sentant ses nerfs se raidir et la nourriture qu'il venait d'avaler se figer dans son estomac, il posa soigneusement sa fourchette sur la table et, d'une voix qui, malgré ses efforts pour rester calme, trahissait son trouble intérieur, il répondit :

« Rien ! »

Tout en faisant semblant de manger, elle ne le quittait pas des yeux, essayant de lire sur son visage, pendant que la cuisinière noire allait et venait dans la pièce. Elle ne parla plus pendant tout le repas. Le lendemain matin, après lui avoir dit au revoir et fait quelques pas sous la galerie, il se retourna soudain et la pressa contre lui. Elle s'accrocha à lui, tandis qu'il la serrait plus fort et qu'il se penchait pour lui poser les lèvres sur les cheveux.

« Oh ! Perse, Perse ! » soupira-t-elle.

Quand il l'eut lâchée et qu'il se fut éloigné, il vit ses yeux pleins de larmes.

« Perse, m'aimes-tu ? demanda-t-elle.

— Bien sûr, dit-il, bien sûr que je t'aime.

— Il faut m'aimer, Perse. Il faut m'aimer toujours, dit-elle d'un ton suppliant.

— Toujours », promit-il.

Et il s'en alla le long du mur de briques tapissé de mousse au pied duquel des jonquilles sauvages étaient en pleine floraison. Sa jument, prête et sellée, était attachée à la barrière, et les rayons du soleil inondaient les prés verts et la riche terre des champs labourés.

Mais, la nuit précédente, ainsi que cela lui était déjà arrivé plusieurs fois et devait lui arriver encore, il s'était réveillé au milieu de la nuit et, appuyé sur un coude, avait contemplé le visage endormi. « Comme il est difficile de comprendre quelqu'un, de le bien connaître », s'était-il dit. Maintenant, dans la fraîcheur du matin, suivant la route au pas de son cheval, il se rappelait cet incident.

Alors, tandis qu'il s'en allait vers la ville, il se retrouva, cinq jours auparavant, sur cette même route, quand il faisait le guet, l'oreille tendue, à la lisière d'un petit bois, attentif au coup de sifflet d'alarme que les guetteurs, placés en sentinelles, s'apprêtaient à lancer, pendant que trois hommes retournaient devant lui un carré de plants de tabac sur couche. Cela ne l'avait pas troublé...

L'idée qu'il ne pouvait pas en parler à May n'éveillait en lui aucun sentiment de culpabilité. Même si aucun serment ne l'avait tenu au secret, il ne lui en aurait rien dit. Il le savait. Il n'avait aucune raison de lui en parler. Il vivait dans un monde différent ; lorsqu'il devait rejoindre les hommes de sa bande, la bande 17, il lui racontait qu'il devait rester tard en ville pour travailler et qu'il coucherait à l'hôtel, pour ne pas la déranger. Mais son intention n'était pas de se rendre à l'hôtel à une pareille heure. Le vieux bonhomme qui gardait le bureau pendant la nuit et qui dormait, du sommeil léger des vieillards, sur une couchette installée dans une soupente, derrière la caisse, aurait pu se réveiller et le reconnaître ; lui, ou un client quelconque, un de ceux qui restaient là pendant des heures sur une chaise, dans le hall, à fumer et à cracher dans les crachoirs de cuivre, les yeux fixés au mur. Plusieurs fois il avait passé la nuit chez Mr. Wyngard, un vieux garçon qui avait une propriété à proximité de la ville et qui faisait partie de la bande 17. En d'autres occasions, et bien que Mr. Christian n'appartînt pas à la même bande, il avait passé la nuit chez lui. Une fois, à son intention, on avait laissé la lampe allumée dans le hall ; il avait retiré ses chaussures devant le porche et, la lampe d'une main, ses souliers de l'autre, il s'était glissé dans l'escalier pour gagner la chambre qu'il avait déjà occupée, le soir de sa rencontre avec Mr. Ball. Mais Mr. Christian l'avait entendu, dans l'escalier, et il était sorti, en chemise de nuit, pour lui demander des nouvelles de l'expédition de la nuit. Il avait forcé Mr. Munn, recru de fatigue, à rester debout la lampe à la main, se balançant d'un pied sur l'autre, et à s'étendre longuement sur chaque détail, point par point.

Chaque fois qu'il hésitait, Mr. Christian le poussait, en chuchotant d'une voix éraillée des « Oui ? Oui ? » interrogateurs. Et, tandis qu'il continuait son rapport, le gros homme hochait la tête et, d'un geste méditatif, grattait doucement sa poitrine couverte de poils roux. De temps en temps, il tirait sur ses cheveux et les roulait entre ses gros doigts.

« Ça en fait cinq, dont vous vous êtes occupés cette nuit, hein ?

— Oui, dit Mr. Munn, tellement lourd et embrumé de sommeil qu'il avait peine à tenir les yeux ouverts et que la lampe tremblait dans sa main.

— Bonne nuit ! dit Mr. Christian.

— Bonne nuit ! » répondit Mr. Munn.

Et il gagna sa chambre, abandonnant Mr. Christian, nu-pieds et en chemise de nuit dans le hall obscur.

Il passa bien d'autres nuits chez les Christian. Deux fois à l'occasion d'une réunion des capitaines de bande, et deux autres fois la nuit où la bande de Mr. Christian opérait. Chaque fois, en rentrant après avoir mis leurs chevaux à l'écurie, ils trouvèrent Lucille Christian qui avait veillé pour les attendre. La première fois, elle s'était levée de son fauteuil à bascule installé dans la cour et, sans bruit, elle était venue à leur rencontre dans l'herbe humide de rosée, son vêtement blanc ondulant dans la nuit. Il faisait très chaud dans la maison, avait-elle dit, et elle était sortie simplement pour s'asseoir au grand air. La seconde fois, elle était sortie du salon plongé dans l'obscurité, le regard tranquille et lourd de sommeil, comme si elle venait de se réveiller. Elle les avait accueillis dans le hall, où la lampe était baissée.

Ces deux fois, elle les avait menés jusqu'au bout du hall, devant un lit de camp où une vieille domestique noire dormait la tête renversée, un ronflement léger s'échappant de ses lèvres sous la lumière douteuse de la lampe.

« C'est la vieille tante Cassie, avait expliqué Mr. Christian la première fois. Elle est là pour défendre Sukie contre les vagabonds, quand je ne suis pas là.

— Simplement pour me tenir compagnie, dit tranquillement Lucille. Je peux me défendre toute seule contre les vagabonds. »

Elle passa dans la cuisine, tenant haut la lampe dans sa main droite.

« Par Dieu ! s'écria Mr. Christian. Par Dieu ! Je crois bien que c'est vrai. Je crois que Sukie en serait capable. Elle n'a peur de rien. De rien ! Hein, Sukie, tu n'as peur de rien ?

— Pas des vagabonds, en tout cas », répondit-elle.

Et elle jeta une allumette enflammée sur le papier et les copeaux préparés dans le fourneau, et secoua la cafetière.

« Non, Sukie n'a peur de rien. Je voudrais que vous la voyiez manœuvrer Général Smuts. Il n'y a pas dix hommes dans le comté qui se risqueraient à le monter, et voilà ma Sukie qui sort un beau matin et qui saute dessus. Tout simplement. Et elle y reste. Quand elle monte, elle monte bien, je vous assure.

Vous n'avez jamais vu quelqu'un se tenir à cheval comme elle. Dis, Sukie, est-ce vrai ?

— Je l'ai monté, dit-elle.

— C'est la vérité », dit-il.

Et il lui donna une petite tape sur les fesses.

Quand elle se retourna, Mr. Munn s'attendait à la voir rougir, à lire sur son visage un peu de confusion, à l'entendre dire un mot de reproche. Mais il n'en fut rien.

« Je l'ai monté, répéta-t-elle, je l'ai monté, n'est-ce pas ?

— C'est la vérité », reconnut Mr. Christian.

Puis, comme elle passait derrière lui pour se rendre au garde-manger, elle lui administra du plat de la main une solide claque sur le derrière. Il grogna de surprise et fit un mouvement vers elle. Elle était hors d'atteinte et prenait dans le garde-manger un plat couvert d'une assiette.

« Vous avez vu ça, Perse ? dit Mr. Christian en la désignant d'un signe de tête. Je vous assure qu'elle pourra se défendre. Elle mettrait un vagabond en poussière. »

Elle posa le plat sur la table, disposa deux assiettes, des fourchettes, et retourna auprès du fourneau pour préparer le café.

« Rien pour moi, je vous remercie, dit Mr. Munn.

— Va toujours et verse-lui son café, ordonna Mr. Christian. Je le boirai. »

Elle remplit deux tasses de café et découvrit le plat qui contenait la moitié d'une tarte aux pommes. Mr. Christian en fit deux parts égales, en glissa un morceau sur une assiette, qu'il posa devant Mr. Munn.

« Il me semble que ce café-là va vous empêcher de dormir, fit observer Mr. Munn.

— Pas moi, dit Mr. Christian. J'ai les nerfs solides et la conscience tranquille. Je peux dormir à volonté. Et ce qu'il y a de drôle – il s'arrêta pour se fourrer dans la bouche un morceau de croûte et pour le mastiquer –, c'est que la moindre petite chose, je veux dire quelque chose qui n'est pas normal, me réveille net. Vous n'avez qu'à introduire dans ma chambre une souris ou un rat, ils pourront faire les cent coups, cela ne me dérangera pas le moins du monde. Pas même un coup de tonnerre ; hein ! Ça non plus, ça ne me dérangera pas, à moins peut-être que je sache qu'il faut fermer une fenêtre. Mais que quelqu'un bouge seulement en bas, même sur la pointe des pieds, ou qu'on tourne un bouton de porte, bon Dieu ! Je me réveille d'un coup. Et il me semble que je sais exactement ce qui m'a réveillé. Comme si une voix me l'avait dit…

— Papa est comme un chat, interrompit Lucille. Comme un gros vieux matou rouge… Un gros matou avec une oreille déchirée.

— Tenez, l'autre nuit, quand vous avez couché ici, je suis sorti dans le hall pour vous parler. Je savais que vous arriviez avant même qu'un chien vous ait senti ; je l'aurais parié. Je le savais quand je me suis réveillé, exactement comme si une voix m'avait dit : il y a quelqu'un à cheval sur le petit pont de planches qui traverse la route. Et je me suis dit : “Voilà Perse qui arrive.” Puis, tout de suite après, voilà la vieille Miss Bell Cunningham, et elle a le nez aussi fin que tous les chiens que j'ai achetés après…

— C’est une habitude touchante, interrompit Lucille, qu’a papa de donner aux chiens le nom des jeunes filles qu’il courtisait quand il était jeune. Il fait refleurir leur mémoire.

— Sukie, va me chercher du café », dit Mr. Christian en tendant sa tasse.

Elle se leva pour lui obéir.

« Et, poursuivit-il, voilà Miss Bell Cunningham qui se met à aboyer, et les autres se mettent aussi de la partie. Mais il y avait longtemps que je savais. Exactement comme si une voix m’avait parlé dans l’ombre quand votre jument a posé son sabot sur le pont. »

Lucille Christian posa la tasse devant son père.

« Moi aussi, j’étais réveillée avant que les anciennes amours de papa aient commencé à donner de la voix, dit-elle en se penchant pour lui sucrer le café. Mais je n’ai pas entendu le pont, ou bien je n’y ai pas fait attention. Mais j’ai entendu grincer la porte de sa chambre quand il est sorti dans le hall, et j’ai aperçu de la lumière sous ma porte. »

Mr. Munn se demanda dans quelle chambre couchait Lucille. Était-ce celle devant laquelle il se trouvait justement cette nuit-là ?

« Vous avez dû trouver des tas de sujets de conversation, ce soir-là », remarqua-t-elle.

Elle retourna s’asseoir.

« Sûrement », convint Mr. Christian, et il leva sa tasse.

Quand Mr. Munn fut couché, il pensa que, si Lucille Christian veillait et les attendait, ce n’était pas uniquement pour préparer le café de son père. Ce n’était pas pour cette raison qu’elle veillait pendant des heures, il pourrait très bien faire son café lui-même. Elle veillait parce qu'elle savait tout. Elle avait raconté que si elle était restée dehors, dans la cour, sur le fauteuil à bascule, c'était à cause de la chaleur. Mais la nuit n'était pas chaude, certainement pas plus chaude que d'habitude. Elle avait veillé parce qu'elle savait, et qu'elle voulait voir rentrer son père. Il ne s'agissait pas précisément d'inquiétude. Ce n'était pas le mot juste, car il se rappelait combien elle avait un visage calme cette nuit-là. Il était probable qu'elle ne s'inquiéterait pas comme beaucoup d'autres femmes. Mais elle avait veillé, il en était certain, pour voir son père revenir à la maison.

Deux fois, au début de juin, alors que Mr. Munn avait accompagné Mr. Christian, Lucille n'était pas seule à les attendre. Benton, le fils du capitaine Todd, était avec elle dans la cour, assis sur le fauteuil à bascule. Il était revenu de Virginie, heureux, disait-il, d'être à la maison. À chacune de ces rencontres, il avait échangé avec Mr. Munn une solide poignée de main et, peu après, ayant pris congé à la ronde, il avait sauté sur sa monture et s'était éloigné. Une fois, il vint à l'idée de Mr. Munn que ce jeune homme restait jusqu'à des heures bien tardives avec une jeune fille. Mais Mr. Christian ne paraissait pas y trouver à redire ; s'il y avait trouvé à redire, il se serait probablement exprimé de telle façon que personne n'aurait pu s'y tromper. Et Lucille Christian était à même de mener ses propres affaires.

Vers la mi-juin, tout le monde savait que Benton Todd faisait à Lucille Christian une cour assidue. Ceci peu de temps après que le capitaine Todd eut donné sa démission du bureau de l'Association des planteurs de tabac.

Vers le milieu du printemps, tout le tabac entreposé par l'Association avait été vendu, à l'exception d'une petite quantité de second choix ou de feuilles ordinaires de tabac à priser. Quelques marchés conclus pendant l'hiver en dehors de l'Association avaient rapporté davantage que certaines ventes faites par celle-ci. Dix jours après les dernières ventes, les premiers raids contre les semis sur couche avaient commencé.

À ce moment-là, les jeunes plants se présentaient bien. Des plants petits, vert clair, aux feuilles minces, poussant dru sur les couches que l'on recouvrait de toiles pendant que les graines minuscules germaient et prenaient racine. Les couches se trouvaient sur des terrains en pente, exposés au midi, ou bien en des endroits abrités par les bois. La terre était nouvelle, brûlée à la surface, et noire. Entourées de vieilles planches et de troncs d'arbres, les couches contenaient toute la récolte de la saison future. D'un bon coup de houe on pouvait anéantir un millier de livres.

En une seule nuit, dans trois comtés, quarante-sept couches de semis furent l'objet d'un raid. Celles qui appartenaient à six opposants particulièrement actifs à l'Association furent complètement saccagées. La moitié de quarante et une autres seulement fut raclée. Il n'avait été envoyé aucun avertissement, et on ne laissa aucune notice explicative. Cela n'était pas nécessaire : l'explication était assez claire. En l'espace de deux mois, sur les quarante et un propriétaires, dix-huit rallièrent l'Association. Ils le firent sans éclat, bien que certains se fussent d'abord publiquement vantés qu'ils ne se soumettraient pas.

Un shérif se rendait sur les lieux avec ses hommes. La même scène se reproduisait chaque fois : la terre bouleversée dans son cadre de planches disjointes, où des lambeaux de toile restaient accrochés, le champ piétiné, montrant l'empreinte des talons de bottes, et quelque part, dans les environs, l'endroit où l'on avait parqué les chevaux, piétiné par les sabots. Une fois, non loin d'une couche de semis, ils trouvèrent un chien crevé, gisant dans un fourré. Il avait été abattu d'un coup qui lui avait broyé le crâne, probablement quand il avait attaqué un homme qui faisait partie du raid. Le gourdin avec lequel on l'avait assommé était également dans le fourré. Quelques poils jaunes arrachés de la tête du chien y étaient collés par le sang coagulé.

« Il a fallu un type costaud pour faire ça, dit un des policiers en regardant le chien. Et d'un seul coup. »

Ce fut tout ce qu'ils purent trouver.

Une bande recevait l'ordre de se rendre, à une certaine heure, à un endroit déterminé, un carrefour, une église, une boutique abandonnée, et, là, elle rencontrait un guide, probablement inconnu des hommes de la troupe. Il leur donnait le mot de passe, et le capitaine répondait ; sur quoi le guide disait « Eh bien ! Allons-y », et il leur montrait la route. Personne n'était appelé à ratisser les semis de ses plus proches voisins. Il pouvait même se faire qu'ils ne connussent pas le nom du propriétaire. Seuls le guide et le capitaine le connaissaient avec certitude. C'était une idée du docteur Mac Donald. Il était leur chef, élu à l'unanimité par les trente-quatre capitaines et les quatre commandants, au cours de leur première réunion générale.

Personne ne savait grand-chose à son sujet, mais il fut élu. Il s'était alors levé et, de sa voix aimable et assurée, il avait dit :

« Eh bien ! Messieurs, j'apprécie cet honneur et je m'efforcerai de ne pas vous entraîner à plus de troubles qu'il ne sera nécessaire. »

Ce jour-là, il n'en dit pas davantage, pour leur signifier qu'il acceptait.

C'est au cours de cette réunion, en organisant les premiers raids, qu'il avait soumis cette idée qu'une bande ne soit pas appelée à opérer dans son voisinage immédiat. Il l'avait expliquée à Mr. Munn avant la réunion, pendant que les assistants se rassemblaient.

« Est-ce que vous ne trouvez pas que c'est une bonne idée ? lui avait-il demandé.

— Si, avait dit Mr. Munn.

— Pour commencer, en tout cas, avait dit le docteur.

— Pour commencer ? » avait fait écho Mr. Munn, en regardant l'autre en face.

Le docteur avait arboré son demi-sourire, serrant sa pipe entre les dents, comme d'habitude.

« Histoire de les entraîner, Mr. Munn, si vous voulez », avait-il observé.

Il lui avait alors tourné le dos pour franchir la porte de l'école où se tenait la réunion. Mais, à ce moment, il s'était arrêté et, ôtant la pipe de sa bouche, avait ajouté :

« On ne sait jamais. Il peut se faire que l'hiver soit long. »

Mr. Munn n'avait pas bougé, se demandant quelle serait son impression s'il prenait la route pour aller ratisser les semis du vieux Mr. Goodwood, qui habitait tout près de chez lui. Mais le vieux Mr. Goodwood était fermement attaché à l'Association. Dans la suite, il lui arriva encore, de temps en temps, de penser à ce qu'il éprouverait s'il avait à le faire. Il avait connu Mr. Goodwood toute sa vie. Il décida qu'il le ferait s'il le fallait, mais que cela lui serait odieux. Il le ferait, parce que l'idée de l'Association importait davantage que les sentiments qu'il pouvait avoir à l'égard de Mr. Goodwood. L'idée liait une foule de gens, et elle ferait rendre justice à tous. Et même à ceux qui ne faisaient pas partie de l'Association ; même, à la fin du compte, à des gens dont on ratissait maintenant les semis. Sa décision était prise : il s'agissait de gagner ou de perdre, il n'y avait pas à reculer. C'est ce que lui dit Mr. Christian, le soir où le conseil décida d'enlever de chez eux certains fermiers et de les forcer à ratisser eux-mêmes leurs semis, pour l'exemple.

« Par Dieu, Perse ! s'exclama Mr. Christian. Nous tirons maintenant notre dernière bordée. Si nous ne gagnons pas maintenant, nous ne gagnerons jamais !

— Je sais, je sais, répondit Mr. Munn. J'ai voté contre cette mesure qui consiste à enlever quelqu'un de chez lui, et tout le reste, mais je ferai ce qui a été voté. Seulement, cela ne me semble pas être la meilleure méthode, c'est tout. À mon avis, en tout cas.

— Ça marchera, ne vous en faites pas. Et il faut se grouiller. Si nous ne l'emportons pas, l'année prochaine, à pareille époque, tout planteur de tabac devra bouffer de l'herbe et de la viande de chien en guise de tripes aux petits pois. Et, foutre ! C'est-à-dire à peu près tout le monde, dans dix comtés. Si les acheteurs gagnent la partie, bon Dieu ! Il ne nous restera plus rien. J'aimerais mieux me battre contre les Indiens comme l'ont fait les miens quand ils sont venus ici après avoir passé les montagnes. Dieu me damne si ça n'est pas vrai !

— Voilà où est la difficulté, dit Mr. Munn. Ces gens-là ne sont pas des Indiens.

— Perse, écoutez-moi bien. Je joue franc jeu, et je ne prends pas les devants ; mais, si quelqu'un me dit "Tue", moi, je lui réponds "Assomme". Eh bien ! C'est le cas, à présent. Personne n'a jamais pensé que ceci serait un pique-nique dominical de l'Église baptiste, avec des gâteaux secs et trempette dans la rivière. Que diable ! Perse, vous n'êtes plus un enfant ! »

Et il lui donna sur le dos une telle claque que, sur le coup, Mr. Munn sentit la peau lui piquer.

« Allons, quoi ! Ayez un peu de nerf », lui dit-il.

À ce moment, le docteur Mac Donald, qui venait de sortir, s'approcha d'eux sous le chêne, auprès de la grille où l'on avait attaché les chevaux.

« Eh bien ! Doc, commença Mr. Christian sur le ton de la conversation, j'étais justement en train d'expliquer à Perse, ici présent, que nos gaillards ont l'air d'avoir bien pris la chose. »

Le docteur approuva d'un signe de tête.

« Oui, monsieur, dit-il. Et, dans un sens, cela va aguerrir les hommes. Petit à petit. »

Il se tourna vers Mr. Munn et, le regardant bien en face, il ajouta :

« Vous ne trouvez pas, Mr. Munn ?

— Je crois que si », répondit celui-ci.

En réalité, il ne prêtait aucune attention aux propos du docteur.

Cette même nuit, une quinzaine d'hommes devaient être enlevés à leur domicile, mais dans des localités éloignées les unes des autres, et on devait les forcer à ratisser eux-mêmes leurs semis. Dans ce but, les bandes opéraient par groupes de deux. « Et, quand ils en parleront, ils multiplieront plusieurs fois ces vingt hommes-là, avait dit Mr. Christian. S'ils en parlent ! » La bande 17 devait se joindre à la bande 18. Tous devaient se retrouver sur un ancien terrain où se tenaient des réunions en plein air, à quelque distance de chez Mr. Thomas Sorrel, le capitaine de la bande 18, puis se diriger sur la route de Murray Hill, qui courait nord-est, jusqu'au pont de bois couvert qui enjambait un cours d'eau. Le guide les y attendait.

Il plut un peu au début de la soirée, une pluie douce de printemps, qui cessa bientôt dès que la nuit fut venue. Les nuages se dissipèrent et découvrirent un ciel plein d'étoiles, net et comme lavé, sauf à l'horizon, où s'accrochait un brouillard bas, à ras de terre. Par endroits, les feuilles mouillées luisaient d'un éclat mat le long de la route et reflétaient des lambeaux de cette lumière lointaine.

« La saison s'annonce bien, dit quelqu'un.

— Oui, répondit un autre. D'ici peu, il sera temps de repiquer. Vienne une bonne pluie et, dans une dizaine de jours, je repique mes plants.

— Il y en a qui ne repiqueront pas, j'imagine », rétorqua le premier.

Cependant on parla peu, tandis que la troupe se dirigeait vers le pont couvert. Ils n'avançaient pas en groupe, mais par petits paquets de deux ou trois hommes, échelonnés sur près d'un mille. Mr. Sorrel marchait avec le premier groupe et Mr. Munn avec le dernier. Ils ne rencontrèrent personne sur la route.

Quand il lisait, dans les journaux, le récit des opérations auxquelles il avait participé, Mr. Munn avait presque toujours l'impression qu'il lisait une histoire à laquelle il n'avait pris aucune part, l'histoire de quelque chose qui serait arrivé depuis très longtemps.

> Vers deux heures du matin, peut-être deux heures et demie, je m'éveille en entendant du bruit. Alors ma femme me dit qu'il y a quelqu'un à la porte. Je m'habille sommairement. Je vais à la porte et je demande qui est là. Ils me disent qu'ils veulent téléphoner, que c'est important. J'ouvre la porte. Deux hommes se tiennent sous le porche, et l'un d'eux me dit : « Monsieur, inutile de résister », ou quelque chose comme cela. À ce moment, j'en aperçois d'autres qui sortent de l'ombre et qui s'avancent dans l'espace découvert. Ils avaient des masques blancs, autant que je peux dire.

La réalité était différente, car Mr. Munn se rappelait le visage blême, tendu, de l'homme debout dans l'encadrement de la porte et, de l'intérieur, l'appel ensommeillé d'une voix de femme demandant qui était là ; le mari répondant que tout allait bien, puis la voix perçante qui criait :

« Tom, Tom, ne va pas avec ces gens-là, n'y va pas ! »

Elle avait dû regarder par la fenêtre, et elle avait aperçu des hommes dans la cour.

Même lorsque quelqu'un racontait ce qui lui était arrivé, il semblait parler de quelque chose qui n'avait plus d'importance.

« Oui, oui, racontait l'homme, ils m'ont forcé à sortir en me disant qu'ils avaient à me parler. Moi, en les voyant si nombreux, je leur réponds le plus poliment que je peux combien que c'était un plaisir, pour sûr. Eux aussi, ils étaient bien polis, et ils me disent que j'avais la réputation d'être un costaud, que je pouvais faire dans une journée autant de travail que n'importe qui, que j'étais solide et adroit de mes mains. Alors, moi, je leur dis : “Eh bien ! Messieurs...”

— Eh bien ! Je me demande qui leur a jamais raconté ça, dit un autre personnage qui se trouvait dans la boutique du coiffeur, en jetant aux assistants un coup d'œil circulaire. J'appellerais cela une rumeur grossièrement exagérée, comme on dit. »

Comme s'il n'avait rien entendu, l'autre poursuivit :

« “Eh bien ! Messieurs, je suis tout à fait flatté d'avoir une pareille réputation dans le voisinage, et je suis fier qu'on s'intéresse à moi de cette façon, bien ce que soit un peu tard dans la nuit, pour ainsi dire.”

» ... Oui, qu'ils me disent, ils avaient beaucoup entendu parler de moi, et que j'étais particulièrement expert dans le maniement de la houe. Je dis que j'étais bien reconnaissant à celui qui l'avait dit. Alors ils me demandent si j'avais une houe, et moi, je dis que oui.

» “Eh bien ! qu’ils me disent. Comme nous avons entendu ça et tout le reste, nous avons justement pensé nous amener par ici pour voir si tous ces compliments que les gens font de vous correspondent aux faits.” C’est comme ça qu’il a dit, ce type-là : “correspondent aux faits”. Et puis il me dit : “Si vous voulez bien prendre une houe, Mr. McCarthy, et venir faire un tour du côté de vos semis, nous allons bien voir. Et ce n’est pas une petite houe de jardin que nous voulons dire. – Oui, monsieur”, que je dis simplement, et je m’en vais dans le hangar aux outils et j’empoigne une houe, la plus grande qu’on ait jamais vue, une vieille houe de labour large, pleine de terre. Alors nous allons tous ensemble aux semis, près de la rivière, et quelqu’un me dit : “Je pense bien que vous savez ce que vous avez à faire.” Et je lui dis que je croyais bien le savoir. Et je l’ai fait !

— Dieu me damne si je laissais jamais quelqu’un m’obliger à ratisser mes semis, dit un autre. Qu’ils les raclent eux-mêmes, d’accord, mais Dieu me damne s’ils me forçaient à le faire !

— Sûr que vous pouvez parler fort, vous, Suggs, puisque vous n’avez pas de semis, dit un troisième.

— Et pas d’endroit pour en faire, dit McCarthy.

— Eh bien ! Si j’avais un endroit…

— Non, non, insista celui qu’on appelait McCarthy. Vous feriez comme moi. Ils étaient extrêmement polis, et tout, mais on pouvait bien imaginer qu’ils pensaient ce qu’ils disaient. C’était pas pour rien qu’ils étaient debout si tard, à vadrouiller dans la campagne en perdant leur sommeil. Alors j’ai gratté. Oui, et, par Dieu, je peux dire que j’allais vite. Je regrettais seulement de ne pas avoir une houe dans chaque main. Et quand ç'a été fini, ils m'ont dit qu'ils étaient contents de voir que j'étais aussi costaud, un type-qui-y-va-de-bon-cœur, et qu'ils voulaient me féliciter. Et là-dessus ils me disent tous "Bonsoir, Mr. McCarthy", et ils me laissent en plan à côté de mes semis. Alors je suis retourné à la maison. »

C'était un gaillard tout en angles, au parler lent. Il portait une salopette fraîchement lavée, une chemise bleue et un vieux veston noir. Chaque fois qu'il terminait une phrase, il s'arrêtait et se penchait pour cracher entre ses dents, en faisant entendre un petit sifflement. Mr. Munn ne l'avait encore jamais vu. Il s'efforçait de se représenter les événements que cet homme racontait, mais ils lui paraissaient irréels, lointains, fantastiques. « J'aurais aussi bien pu être un de ces gens-là, pensait-il, moi qui suis ici en train de l'écouter. » À la dérobée, il regarda ceux qui se trouvaient là, assis sur des chaises ou sur des bancs, et il pensa qu'il y avait peut-être parmi eux des Cavaliers de la Nuit, qu'ils pouvaient même faire partie de la bande qui avait rendu visite à Mr. McCarthy. Sait-on jamais ?

Un des garçons coiffeurs l'appela :

« C'est votre tour, Mr. Munn. »

Il se leva et prit place sur le fauteuil. Assis, les yeux fermés, et des serviettes bouillantes sur la figure, il se disait, au milieu du bruit étouffé des voix qu'il entendait confusément, qu'il est bien difficile de parler de quelqu'un en connaissance de cause, même si on le voit tous les jours. Le coiffeur avait dit « C'est votre tour, Mr. Munn », l'appelant par son nom. Il connaissait son nom, et il l'avait prononcé ; mais que savait-il de lui ? Et les autres ? Un homme pouvait n'être pour un autre qu'un son de voix étouffé et incohérent, comme les voix qu'il entendait à présent. Renversé dans son fauteuil, il se rappela le malaise subit, la nausée qu'il avait presque éprouvée la première nuit qu'ils avaient enlevé quelqu'un. « Qu'est-ce que vous me voulez ? » avait demandé l'homme. Il était très calme. Et, ce même malaise, il l'avait encore ressenti plus tard, quand un autre – il s'appelait Trice – avait refusé de prendre une houe et que, sans avertissement, Bunk Trevelyan l'avait frappé en plein visage et que le sang avait soudain jailli, clair et brillant, sous la pâle lumière des étoiles. À ce moment, Trevelyan lui avait tordu le bras derrière le dos et lui avait dit : « Tu vas la prendre, hein, salaud ! »

« Bas les pattes ! » avait ordonné Mr. Munn.

Trevelyan avait hésité, continuant à lui tordre le bras.

« Lâchez cet homme ou je vous abats sur place ! » avait dit Mr. Munn avec beaucoup de calme.

Il avait senti son cœur se glacer.

Trevelyan avait lâché l'homme, grommelant quelque chose sous le lambeau d'étoffe qui lui couvrait la figure.

Mr. Munn s'était alors tourné vers l'homme et avait dit : « Maintenant, Mr. Trice, prenez votre houe et finissons-en avec cette affaire. »

L'homme avait obéi.

Cela était arrivé, et cela se passait de nouveau, dans sa mémoire, pendant qu'il était là, installé dans un fauteuil, les yeux fermés et les serviettes sur la figure et, sur les lèvres, le goût douceâtre de la vapeur. Cela vivait dans le tréfonds de sa pensée, faisait partie de lui-même, de lui-même qui se trouvait là, verrouillé dans ses propres ténèbres, les yeux fermés. Il se voyait lui-même auprès de la barrière, entouré d'hommes masqués de blanc et là, debout, Mr. Trice. Il pouvait se voir lui-même aussi nettement que s'il avait été un autre : un spectateur, un étranger. En l'espace d'une semaine, la fuite du temps avait fait de lui un autre homme. Lui-même, lui, Percy Munn, il était là, assis chez le coiffeur, et c'était un autre qui prononçait ces mots, qui accomplissait ces actes-là, auprès de la barrière, qui en faisait la répétition. Un homme dans sa tête. Puis il pensa que la nuit doit être, véritablement, le miroir du jour qui renvoie à un homme le reflet de son moi déformé et brouillé, presque méconnaissable, semblable à un reflet dans une glace fêlée, piquée, sale, ou dans l'un de ces miroirs déformants que l'on voit dans les foires, ou bien encore dans une eau que l'on vient de troubler.

À la dernière réunion du bureau, au mois de mai, le capitaine Todd donna sa démission. Il attendit qu'on en eût fini avec les affaires courantes, puis il se leva lentement :

« Monsieur le président, commença-t-il en s'adressant à Mr. Morse, qui le regardait d'un air un peu surpris, avec votre bienveillante permission, je voudrais dire quelque chose au bureau.

— Certainement », répondit Mr. Morse en jetant sur l'assistance un regard rapide qu'il ramena aussitôt sur l'orateur.

Tous les autres avaient aussi les yeux fixés sur le capitaine, qui se tenait debout. On n'avait pas l'habitude de se lever pour prendre la parole. Le capitaine regardait ces hommes groupés autour de lui, et son expression ne laissait rien deviner. Intrigué, Mr. Munn se pencha légèrement, sûr de ce qui allait arriver comme si l'instant à venir lui était parfaitement clair. « Il s'en va », se dit-il avant même que le capitaine eût commencé à parler. Et, se renversant sur sa chaise, il attendit.

« J'ai décidé de donner ma démission du bureau, annonça le capitaine, d'un ton égal, presque indifférent. Je désire que ma démission prenne effet dès maintenant.

— Bonté divine ! s'écria quelqu'un.

— Allons, allons, capitaine ! dit Mr. Morse d'un ton de reproche. Allons, capitaine…

— Dès maintenant, répéta le capitaine Todd en levant un peu la main, d'un geste qui réclamait le silence. Je me retire du bureau. Je quitte le bureau parce que ce n'est plus le bureau qui dirige l'Association. Ce sont les Cavaliers de la Nuit qui dirigent le bureau. »

Mr. Sills se pencha, donnant l'impression qu'il allait se lever, puis, comme le capitaine se tournait de son côté, il s'arrêta net.

« Pardon ! Pardon, capitaine ! dit Mr. Morse.

— C'est un fait, insista le capitaine. C'est un fait, et vous le savez tous. Nous nous réunissons ici pour bavarder, uniquement, mais ce sont les Cavaliers de la Nuit qui mènent tout. C'est une position fausse. »

Son regard fit le tour de la table, s'arrêtant sur chaque visage l'éclair d'un instant.

« Je ne dis pas que ce soit mal. Je ne prétends pas savoir ce que les autres ont à faire. Je dis simplement que je sais ce que j'ai à faire.

— Capitaine, dit Mr. Sills de sa petite toux sèche.

— Eh bien ? répondit le capitaine Todd.

— Capitaine, tout le monde sait, je crois, que vous avez fait partie du Klan. Là-bas, dans le Tennessee ?

— Oui.

— Et vous avez fait la guerre ?

— Quatre ans, répondit le capitaine en acquiesçant d'un signe de tête.

— Et, capitaine – Mr. Sills toussota de nouveau –, j'ai entendu dire que, tout de suite après la guerre, avant que le Klan ait commencé à fonctionner, vous et quelques autres, vous avez réglé leur compte à une bande de coureurs des bois et de guérilleros dans le Tennessee oriental. Est-ce vrai ?

— Nous les avons pendus, je le reconnais, dit le capitaine. Personne ne voulait le faire, alors nous l'avons fait. Des bandits et des salopards.

— Bien ! dit Mr. Sills en se renversant dans sa chaise.

— Je vous demande pardon, monsieur le président », dit le capitaine.

Puis à Mr. Sills :

« Vous voulez dire que je n'ai plus le cran que j'avais autrefois ? C'est bien cela ?

— Eh bien…

— J'ai fait la guerre ; et j'ai fait partie du Klan. Parfaitement. Et j'ai aidé à pendre ces gens-là. J'ai agi selon mes lumières, Mr. Sills. Et maintenant j'agis de même. Je pensais alors connaître les miens. Je le pense encore. Je n'ai jamais cru qu'un homme ait beaucoup le choix quand il s'agit de prendre parti et tout le reste, Mr. Sills. Et maintenant je ne peux plus dire avec certitude où sont les miens. Ou les vôtres. Et je le dis sans intention blessante, mais je ne crois pas, messieurs, qu'aucun de vous le sache.

— Tout cela est en dehors de la question, dit avec aigreur Mr. Morse.

— Il se peut que je me fasse vieux. Je ne critique pas ce que font les autres quand ils voient ce qu'ils ont à faire. Mais je donne ma démission. »

Brusquement, Mr. Peacham se leva et s'approcha de lui.

« Vous ne pouvez pas faire cela », déclara-t-il.

Puis Mr. Dicey Short intervint :

« Souvenez-vous de Tolliver. Il n'a fait qu'empirer les choses. »

À son tour, il se leva et s'approcha du capitaine.

Il se fit un rapide remuement de chaises, mêlé au bruit de cinq ou six voix parlant en même temps. Mr. Munn se leva lui aussi et se joignit au groupe.

« Souvenez-vous de Tolliver », dit alors une autre voix, un ton plus haut.

Au milieu du groupe, le capitaine Todd gardait la main haute, comme s'il voulait parler, ou peut-être comme pour parer un coup. Le groupe se resserra autour de lui. Alors, du coin de l'œil, Mr. Munn observa avec surprise que Mr. Christian était resté assis devant la table, seul. Il ne semblait pas prendre garde à ce qu'il entendait ni à tout ce mouvement autour de lui. Au même instant, comme si le regard de Mr. Munn avait été un signal, il se leva. Mr. Christian repoussa bruyamment sa chaise d'un coup de pied et fit quelques pas vers le groupe.

« Bon Dieu ! s'écria-t-il. Bon Dieu ! »

Puis, comme tous se retournaient, muets, pour le regarder :

« Bon Dieu ! Est-ce que vous n'êtes pas capables de voir quand un homme s'est fourré quelque chose dans la tête ? »

Quelques instants, il les regarda tous, puis, enfonçant sur son crâne son chapeau de feutre noir, il en rabattit le bord, franchit la porte et disparut dans l'ombre du corridor. Les talons de ses bottes frappèrent lourdement les marches quand il descendit.

Le capitaine Todd était toujours au milieu du groupe, la main à demi levée, comme pour demander le silence, mais les autres restaient muets, les yeux tournés vers la porte par laquelle Mr. Christian venait de disparaître. Mr. Munn devait plus tard se rappeler la scène – le capitaine debout, la main à demi levée –, il devait se la rappeler aussi nette, aussi distincte que si elle se déroulait réellement devant lui, lorsque, environ six semaines plus tard, il vit s'avancer Benton Todd, clignant des yeux sous la lumière d'une lanterne dont les rayons le frappaient brutalement en face, et lever la main pour prêter serment. La main ainsi levée, il ressemblait plus que jamais au vieillard.

8

Il faisait très chaud dans la petite arrière-salle du restaurant Wilson. La sueur collait les cheveux de Mr. Munn et, de temps en temps, une goutte tombait sur son front ou sur sa joue. Il la sentait glisser et le chatouiller, mais il ne levait pas la main pour s'essuyer la figure. En fait, bien qu'il en fût agacé, il ne détestait pas cette légère sensation d'inconfort, car elle détournait son attention de son entourage immédiat. Il sentait aussi la transpiration qui se formait sous ses aisselles. Les poils s'en imprégnaient, et quelque chose remuait sur la peau, le long du bras gauche : une goutte venait de se détacher et commençait à glisser. Il frissonna sous une soudaine vague de froid intérieur qui lui sortait du corps, sans relation avec l'air brûlant et immobile de la salle, ni avec la lumière aveuglante qui tombait de la fenêtre de la ruelle. Il leva son verre et but longuement, sans goûter, laissant le liquide glacé couler dans la gorge, d'un seul coup. Puis il attendit le frisson.

« Ainsi il a essayé d'avoir Tom Sorrel, dit Mr. Sills. De lui extorquer cinq cents dollars ?

— Mr. Sorrel a déclaré qu'il ne savait pas, tout d'abord, où cet individu voulait en venir », interrompit le professeur Ball.

Mr. Munn regarda le professeur Ball. Le professeur ne semblait pas s'apercevoir de la chaleur, malgré sa redingote noire boutonnée de haut en bas, et malgré les épais pansements blancs qui lui couvraient les mains. Sur sa figure, la peau était absolument sèche. Elle avait une couleur jaunâtre et délicatement plissée, comme du cuir bien travaillé. Par la fenêtre, il regardait, de l'autre côté de la ruelle, le mur de briques uni et, tout en l'observant, Mr. Munn se rappela comment, dans cette même pièce, le jour du meeting – il y avait un an de cela, tout près d'un an, mais il lui semblait que ce fût depuis bien plus longtemps –, le sénateur Tolliver avait, lui aussi, regardé ce mur comme on regarde quelque chose de lointain. De même, à présent, le professeur Ball fixait le mur, le regard perdu.

« Mr. Sorrel ne savait pas où l'autre voulait en venir, répéta le professeur. Et, je vous l'accorde, cela est bien compréhensible. Un honnête homme – et Mr. Sorrel est un digne et honnête homme – ne saisit pas tout de suite une telle canaillerie.

— Bon Dieu ! dit Mr. Munn. Ce salaud-là, j'aurais dû le laisser pendre ! »

Il vida son verre, regarda dedans comme pour s'assurer qu'il était bien vide et frappa deux coups secs sur la table. Un domestique noir entra par le couloir et, du doigt, Mr. Munn lui montra son verre.

« Est-ce que vous ne voulez pas en prendre un cette fois-ci, professeur ? demanda-t-il à Mr. Ball.

— Je n'ai jamais éprouvé le besoin d'une telle faiblesse, répondit le professeur. Néanmoins, je vous remercie. »

D'un coup d'œil, Mr. Munn interrogea Mr. Sills.

« Pas un de plus par cette chaleur, dit celui-ci en hochant la tête. Je me demande comment vous faites. Il fait tellement chaud !

— Il y a pire que la chaleur, je pense, répliqua Mr. Munn.

— Et Trevelyan ? dit le professeur. Messieurs, si nous revenions à l'affaire Trevelyan ?

— J'aurais dû le laisser pendre », dit encore une fois Mr. Munn, rêveur.

Le domestique apparut avec la consommation.

« Cela aurait bien arrangé les choses, dit Mr. Sills.

— Non, répondit le professeur Ball. Cela aurait arrangé les choses si l'on considère comment elles ont tourné, mais cela n'aurait pas été juste. Mr. Munn a servi la cause de la justice. Et gratuitement. Pour l'amour de la justice. Il n'y a pas de plus noble sentiment dans le cœur humain.

— J'ai été une poire, dit Mr. Munn, avec une pointe d'amertume. Et voilà ce qui nous arrive.

— Non, répliqua le professeur Ball. La justice est la justice. Vous n'avez rien à regretter.

— Tout bien considéré... »

Mr. Sills s'excusa de sa petite toux sèche, tandis que les deux autres le regardaient.

« Eh bien ? demanda Mr. Munn.

— ... Tout bien considéré, j'ai réfléchi, avant que ceci arrive, à propos de cet individu, Trevelyan. C'était peut-être lui le coupable.

— Nous avons trouvé le couteau, dit Mr. Munn, d'un ton agressif. Et la montre. Qu'est-ce qu'il vous faut comme preuve ?

— Eh bien...

— Eh bien ? répéta Mr. Munn. Dieu sait qu'on n'aurait jamais pu attendre d'un jury qu'il avale cette histoire de couteau trouvé par une grenouille. Est-ce que vous pourriez la croire, dites ?

— Je n'ai pas dit cela. Tout ce que j'ai dit, c'est qu'il était peut-être coupable. Un individu capable de faire ce qu'il vient de faire pourrait bien...

— Si cela ne vous fait rien, Mr. Sills, je préférerais ne pas discuter cette affaire.

— Comme vous voudrez, répondit Mr. Sills. Le nègre au couteau est mort, et on ne peut pas le dépendre. Tout ce que je disais, c'est que...

— Si vous voulez bien m'excuser, Mr. Sills. Je n'ai pas envie de discuter là-dessus.

— Comme vous voudrez », répéta Mr. Sills, en haussant légèrement les épaules.

Un instant, Mr. Munn crut découvrir dans les yeux de son interlocuteur une lueur triomphante ou amusée, et la colère le saisit. Puis, en scrutant le visage de Mr. Sills, il en douta, tellement il lui parut dénué d'expression. Il but rapidement et à longs traits.

« Mais ceci, messieurs, ceci, c'est de l'actualité, dit le professeur Ball. Le reste, c'est du passé. Ceci, maintenant, c'est sérieux.

— Tout à fait sérieux », convint Mr. Sills.

Et il ajouta :

« Mais que faire ? Voilà la question.

— Rappelez-vous qu'il a prêté serment », dit le professeur.

Mr. Sills se tourna vers Mr. Munn, disant :

« Sorrel a déclaré que, s'il pouvait croire que cela arrangerait tout, il aimerait autant payer les cinq cents dollars, dût-il même en être sérieusement gêné. Mais il dit que tout cela recommencera un jour ou l'autre.

— Il a prêté serment, dit le professeur Ball. Un serment solennel, devant Dieu. Et nous l'avons tous prêté. »

Mr. Sills reprit :

« Mr. Sorrel dit qu'à son avis il faut le chasser du pays. Même si cela ne sert pas à grand-chose, cela lui donnerait toute satisfaction.

— Il a prêté serment », répéta pour la troisième fois le professeur Ball.

Mr. Sills se tourna vers le vieillard.

« Alors ? demanda-t-il d'un ton où perçait l'agacement.

— Eh bien… »

Par la fenêtre, le professeur regardait maintenant le mur de briques, nu et éclatant de lumière.

« Nous ne pouvons rien décider, dit Mr. Munn. C'est le conseil qui doit le faire.

— Et le plus tôt possible, ajouta le professeur.

— Le plus tôt possible, répéta Mr. Sills en hochant la tête.

— C'est une affaire du tonnerre de Dieu ! » déclara Mr. Munn.

Nerveusement, il parcourut la salle avec le regard d'un homme qui croit avoir oublié quelque chose. Brusquement, il se tourna vers Mr. Sills :

« Je suis désolé, mais il faut que je parte. »

Et, tirant sa montre :

« Je suis déjà en retard. J'ai un rendez-vous. »

Il prit congé et sortit en hâte dans la ruelle et prit une rue adjacente pour se rendre à l'hôtel.

Il attendit sa jument, faisant les cent pas dans le passage qui donnait accès à l'écurie, foulant du talon une substance souple, molle, qui, sous ses pas, lui donnait une impression de maturité, humant l'odeur d'ammoniaque du fumier et le doux parfum du foin, pendant que le palefrenier noir sellait la bête.

L'homme sortit la jument.

« Vous allez de bonne heure à la maison, n'est-ce pas, missié Perse ?

— Fichtre non ! » dit-il.

À ses oreilles, sa voix sonnait comme une voix étrangère, rageuse et tranchante ; il en éprouva une honte qui, sournoisement, excita sa colère et le fit grincer des dents, tandis qu'il donnait du talon dans les flancs de sa jument. Elle bondit comme si une mouche l'avait piquée, et il se trouva tout de suite hors de l'ombre de l'écurie, dans l'intense lumière, la lumière brutale et vibrante de l'après-midi.

Il se dirigea droit hors de la ville, dans la direction de Murray Pike.

Il franchit le pont de bois qui traversait un petit ruisseau où l'eau stagnait, bordée d'une écume couleur vert-de-gris, et, arrivé à la hauteur d'un bois de cèdres, il tira sur les rênes. Là poussaient des buissons de ronces, quelques sureaux et des sumacs. La poussière blanche de la route poudrait le feuillage. C'était, en cette même saison, une saison qui avait été aussi sèche que celle-ci, alors que la poussière s'amassait tranquillement sur la végétation qui bordait la route, que Duffy avait été assassiné. Quand le corps était tombé, la poussière blanche l'avait sans doute reçu comme un coussin, amortissant la chute ;

elle avait dû se soulever sous le choc en un petit nuage blanc. Instantanément, la poussière avait dû boire tout le sang qui coulait des blessures. On avait ensuite traîné le corps depuis la route jusqu'aux buissons. L'assassin avait dû remuer du pied la poussière à l'endroit où le sang avait coulé.

Il avait dû regarder la route, d'abord d'un côté, puis de l'autre, et, rapidement, presque machinalement, il avait frotté du pied à cet endroit. Oui, c'est ainsi qu'il avait dû faire.

Debout à côté de sa jument, sur le bord de la route, Mr. Munn observait le sol avec attention, comme si quelque trace pouvait encore y apparaître. Il n'y avait rien, rien que de la poussière blanche. Il remonta à cheval et poursuivit son chemin.

La baraque de Trevelyan était bien telle qu'il se la rappelait, construite en forme de boîte, avec des planches verticales, dont le chaulage s'était depuis longtemps écaillé, posée à plat sur le sol nu et piétiné. Un grand gommier s'élevait près de la maison, et la terre paraissait fuir d'entre ses racines. Sous le gommier, une poule se roulait dans la poussière.

Quand Mr. Munn arriva devant la barrière, elle se leva et alla se cacher sous la maison.

De la porte, la femme de Trevelyan l'observait tandis qu'il s'approchait, après avoir mis pied à terre.

Il laissa tomber la bride sur un des poteaux branlants de la clôture et, foulant le sol à grandes enjambées, il s'avança. Elle avait croisé les mains à la hauteur de la ceinture. Elle était nu-pieds, et il remarqua que ses pieds, souillés de poussière, paraissaient tout petits, minces, semblables, bien qu'elle fût plutôt grande, à des pieds d'enfant.

« Bonjour », dit-il.

Et, comme elle allait répondre, il surprit sur son visage une sorte de gêne où se devinait l'effort qu'elle faisait pour parler.

« Comment allez-vous ? répondit-elle.

— Est-ce que votre mari est là ?

— Il est là, dit-elle en baissant la tête.

— Est-ce que je peux le voir ?

— Si vous voulez bien entrer vous asseoir, j' vais aller l' chercher. Il est en train d' fendre du bois pour le fourneau. Si vous vouliez bien…

— Non, merci, dit-il en secouant la tête. Je vais simplement retourner sur mes pas et lui parler, si vous voulez bien me dire où il est.

— Il est derrière, en train d' fendre du bois, dit-elle. Mais si vous voulez entrer… »

Elle fit un geste timide.

« Non, merci », dit-il.

Il se hâta de partir. Il ne voulait pas rester plus longtemps avec cette femme.

Il contourna la maison et passa sous les branches du gommier. Il entendait le bruit que fait une hache en s'abattant sur le bois, un bruit ténu, mais net et rassurant dans le vide après-midi. Alors il aperçut Trevelyan. L'homme était à une cinquantaine de mètres derrière la baraque. Mr. Munn le vit brandir sa hache et aperçut l'éclat du soleil sur le métal.

Arrivé à quelques mètres, il appela d'un ton tranchant :

« Trevelyan ! »

Et il s'approcha de l'homme, qui l'attendait, à demi appuyé sur sa hache.

« Comment qu' ça va ? demanda Trevelyan.

— Trevelyan, commença Mr. Munn – et il fit quelques pas de façon à se trouver bien en face de l'homme –, j'ai cru comprendre que vous avez essayé de faire chanter Mr. Tom Sorrel ? Pour cinq cents dollars ? »

La figure impassible de Trevelyan n'accusa d'autre changement qu'une légère contraction des paupières, comme si la lumière, pour l'instant, avait été trop vive. Il ne dit mot.

« Je veux le savoir. Tout de suite.

— J' fourre pas mon nez dans vos affaires, dit Trevelyan, scandant ses paroles sans regarder Mr. Munn, mais en louchant, les yeux fixés sur l'horizon. Et j'entends pas qu' n'importe qui fourre son nez dans les miennes.

— Je veux savoir. Et pas de mensonges !

— Des mensonges ! Y a pas un homme... »

La main de Trevelyan se crispa sur la hache, si fort que, sur les grosses jointures osseuses, la peau rouge, trop tendue, devenait blanche.

« Espèce d'imbécile ! dit Mr. Munn d'un ton calme. Vous avez un peu de bien, ici, et maintenant, par Dieu...

— Quinze arpents, répondit l'autre, et il cracha dans la poussière. Et autant d' pieds carrés que l' bon Dieu en a fait, autant qu'y en a d'hypothéqués.

— Et, bon Dieu ! Vous avez maintenant si bien arrangé vos affaires qu'il va falloir quitter le pays. Faire cela, vous, à ces gens, les seuls amis que vous ayez...

— Non ! Non, interrompit Trevelyan, et il tourna son regard louche vers Mr. Munn. Non ! Y sont pas d' mes amis. Ils ont rien fait pour moi. J' leur dois rien. J' dois rien à personne.

— Eh bien ! Ils pourraient maintenant faire quelque chose pour vous, quelque chose que vous n'aimerez pas, Trevelyan. Je ne dis pas quoi, mais je vous dis ceci : vous feriez bien de déguerpir. Et maintenant. Tout de suite. Pas demain : aujourd'hui. Tenez. »

Mr. Munn tira de sa poche un portefeuille, y prit deux billets, un de cinq dollars et un autre de dix :

« Tenez. Prenez ça, et foutez-moi le camp. Tout de suite. »

Trevelyan jeta un coup d'œil sur les billets, sans changer de figure.

« Vous allez foutre le camp ! Aussi loin que cet argent vous le permettra. Vous m'écrirez pour me dire où vous êtes. Je vous ferai savoir quand vous pourrez revenir. »

Mr. Munn baissa le ton, sa voix se fit pressante, tandis que les billets touchaient presque la chemise bleue imprégnée de sueur :

« Je verrai à faire couper votre récolte et à la faire sécher au feu. Comme je l'ai déjà fait. Je...

— Elle vaut pas un clou, ma récolte.

— Je veillerai à ce qu'on s'en occupe. »

Il lui tendait les billets.

Trevelyan secouait lentement la tête.

« Non, elle vaut pas un clou. Y a qu'à la laisser pourrir dans les champs. J' m'en fous. Mais j' m'en irai pas. Y a pas un homme capable de m' chasser d' nulle part.

— Espèce d'imbécile ! »

Mr. Munn froissait les billets. Il éleva la voix :

« Espèce d'imbécile, foutez-moi le camp ! Tout de suite. Vous ne savez pas… »

Sans hâte, Trevelyan cracha par terre et regarda ailleurs.

« J'avais c't' idée d' m'en aller, dit-il. J'avais l'idée d'avoir son argent, à c' bougre-là, et d' m'en aller. En Oklahoma. Et de m' débrouiller. On dit qu'on peut s' débrouiller. »

Il se tut, comme s'il retrouvait un souvenir.

Mr. Munn insista :

« Tout de suite !

— Non. Pas maintenant. Y a pas un homme à v'nir me dire de m'en aller. Personne. Pas même vous. Ni personne au monde.

— Si je vous dis de partir, ce n'est pas pour me faire plaisir, dit Mr. Munn d'un ton amer. Je devrais laisser arriver ce qui va arriver. Je n'ai aucun droit sur vous. C'est vous qui avez des droits sur moi. Parce qu'un jour j'ai été assez bête pour vous sauver de la corde.

— J' vous ai jamais rien d'mandé, rétorqua Trevelyan.

— Votre femme l'a fait.

— Je vous ai jamais rien demandé, et j'ai jamais su quand est-ce qu'elle l'a fait. C' que vous avez fait, c'est parce que vous l' vouliez bien. J'ai jamais rien demandé à personne. Pas d'puis que j' suis né. Vous avez fait ça parce que vous l' vouliez bien.

— Je voudrais bougrement bien ne pas l'avoir fait, déclara Mr. Munn.

— J'ai eu un non-lieu, dit Trevelyan.

— On vous aurait pendu, Trevelyan. Vous le savez parfaitement. On vous aurait pendu ! On vous aurait passé la corde au cou, Trevelyan !… »

Du pouce et de l'index de ses deux mains, Mr. Munn figura un rond en forme de nœud coulant, qu'il lui balança sous les yeux, en faisant aller les mains d'avant en arrière. Les deux billets s'étaient envolés et étaient tombés par terre entre les deux hommes.

« J'ai eu un non-lieu, répéta Trevelyan.

— Mais, maintenant, cela n'a plus d'importance. Plus maintenant », poursuivit Mr. Munn, écartant les mains.

De l'index de sa main droite pointé sur la poitrine de l'homme, il poignarda la chemise bleue trempée de sueur :

« Maintenant, ce qui importe, pour vous, c'est de partir. Je vous le dis, parce que je vous ai tiré d'affaire l'autre fois. C'est pour cela que je vous le dis, et je sais ce que je dis. »

Il se pencha vers Trevelyan et s'approcha de lui à le toucher :

« Partez, tout de suite, ordonna-t-il.

— Non ! » répondit Trevelyan.

Comme s'il avait été frappé en pleine figure, Mr. Munn recula vivement d'un grand pas.

« C'est bon, dit-il, la voix soudain calmée, c'est bon. Sacré pauvre imbécile !

— Y a jamais eu un homme à m' faire peur », dit Trevelyan.

Pendant un moment, Mr. Munn le regarda. Puis il frappa ses paumes l'une contre l'autre. Le choc fit un bruit sec et mat. Quelque part, dans les buissons, un insecte fit entendre deux fois une note stridente.

Mr. Munn se retourna, écrasant du talon le sol calciné. Sans regarder derrière lui, il allongea le pas et se dirigea vers la maison.

« Hé ! » cria Trevelyan.

Mr. Munn se retourna.

« Vous oubliez votre argent, dit Trevelyan, impassible, en contemplant les billets qui étaient tombés à ses pieds.

— Vous en aurez besoin », dit Mr. Munn.

Et il lui tourna le dos.

« Y peuvent bien rester pourrir là », répondit Trevelyan.

Mr. Munn suivit, jusqu'à la grand-route, le court sentier bordé de broussailles. À main droite s'étendait un champ de tabac. Le tabac de Trevelyan. Les tiges, en forme de fuseau, retombaient et les feuilles pendaient, toutes desséchées. Elles ne retombaient pas vigoureusement à partir de la base, mais elles s'affaissaient, comme si leurs fibres avaient depuis longtemps perdu leur souplesse. Entre les buttes de terre, et même sur les buttes, le sol grisâtre était sec, tassé, craquelé.

« Mauvais terrain, dit tout haut Mr. Munn. De la craie. »

Devant ce champ, ces plants misérables, dévorés par la sécheresse, cette terre mal cultivée sous le soleil flamboyant, il éprouva pour Trevelyan une poussée de haine, ou de quelque chose qui était bien près de ressembler à de la haine. Jamais encore il n'avait éprouvé un tel sentiment.

Il poursuivit son chemin et rejoignit la grand-route. Il passa par l'endroit où se trouvaient le petit bois de cèdres et le buisson d'épines. Il savait, alors même qu'il en repoussait l'évidence et le souvenir, qu'il était venu chez Trevelyan avec l'intention de lui demander si c'était lui qui avait tué Duffy. Il avait été sur le point de lui dire : « Trevelyan, vous avez tué cet homme. Répondez-moi. » Il ne l'avait pas dit. Il avait dit autre chose. Il avait eu peur. Mais pas de Trevelyan.

N'eût été la différence de température – et même, ce soir-là, la nuit était fraîche, en ce mois d'août avancé –, cette nuit aurait pu être celle où il avait suivi cette route à cheval, en compagnie des deux agents de police, il y avait maintenant presque un an. « C'est la même route, se disait-il, et je suis le même homme, je fais la même chose, mais l'époque est différente, et la chose est différente. Ou bien est-ce la chose qui diffère ou seulement l'époque ? Car je passais alors par ici pour retrouver le couteau et, aujourd'hui, ma course en ce même lieu est une part du même acte, qui le complète, avec la même pensée, les mêmes gestes et par un acte identique de ma volonté. »

Derrière lui, les hommes avançaient à la file indienne. À part le bruit étouffé des sabots dans la poussière ou, de temps en temps, le son métallique d'un fer sur un caillou, pas un bruit ne s'était fait entendre sur une longue distance. Les hommes n'avaient pas dit un mot.

« Ou bien, se disait-il, est-ce une chose différente ? Une partie des raisons que j'avais alors me poussant à accomplir un seul acte de volonté ? » Mais il comprit que sa volonté n'y était pour rien. Pas entièrement sa volonté. « En ceci, actuellement, ma volonté n'est pour rien, ni celle de qui que ce soit, car il n'y a pas de volonté dans l'acte dont on se souvient, car il se suffit à lui-même ; il est hors du temps bien qu'il s'insère dans un moment déterminé. » Ainsi, au long de la route, il réfléchissait, et, se souvenant de cette autre nuit, il avait l'impression d'être, à présent, aussi loin de l'aventure qu'il vivait que si elle se déroulait dans sa mémoire.

Il avait eu cette même impression lorsque, ayant plongé la main dans le chapeau, pour y prendre un des glands qu'on y avait mis, il l'avait retirée, et, l'ayant ouverte, il avait vu le gland jaune. Mr. Burden avait dit : « Eh bien ! Si nous devons faire la chose, nous pourrions régler ça tout de suite », et il était sorti de l'école et, en s'éclairant avec des allumettes, il avait fouillé çà et là sous le chêne, dans la cour. Revenu au milieu du groupe silencieux, il avait étendu la main :

« Il y en a un jaune là-dedans. Aussi bien, que ce soit lui qui décide.

— Que tout le monde regarde bien, avait dit Mr. Sills. Nous ne voulons pas de discussion plus tard.

— Très peu », avait agréé le docteur Mac Donald en souriant.

Mr. Munn avait trouvé le gland jaune dans sa main.

« Eh bien ! avait-il remarqué quand il l'avait vu. C'est lui. »

Levant alors les yeux, il avait trouvé tous les regards fixés sur lui, le mettant à part des autres.

Le docteur Mac Donald s'était approché de lui :

« Je vais aller avec vous, avait-il dit.

— Cela ne sera pas nécessaire », avait dit Mr. Munn.

Mr. Munn avait laissé tomber le gland dans sa poche.

Le gland y était encore. Il portait, ce soir, le même vieux veston qu'il avait porté, le soir précédent, dans l'école de

Grayson Crossing. Il mit la main à la poche et sentit, entre les doigts, la petite forme ovale et lisse.

Quand ils eurent quitté la route pour s'engager dans le sentier, quelqu'un demanda :

« Est-ce que nous ne devrions pas laisser les chevaux ici ?

— Non », dit Mr. Munn d'un ton indifférent.

Au bout du sentier, un chien aboya. Puis il se rapprocha, aboyant toujours, et bondit sur le terrain découvert. Dans la nuit, on l'apercevait vaguement.

« Le salaud ! » s'écria un des cavaliers.

Trois hommes se laissèrent glisser à terre, donnant leurs guides à tenir à ceux qui étaient restés à cheval. Ils se mirent à chercher par terre, à tâtons, le long du sentier. Le chien aboyait toujours. L'un d'eux fit craquer une allumette.

« Éteignez ça ! » commanda Mr. Munn.

La flamme s'éteignit.

Un homme se redressa et, lentement, s'avança vers le chien. Son compagnon l'observait. Il tenait un bâton court, en forme de massue, qu'il venait de ramasser. Le chien aboya par deux fois, tournant autour de l'homme, puis s'approcha tout près et fit un écart. L'homme ne bronchait pas. Négligemment, il laissait pendre la massue à son côté. De nouveau, le chien se précipita. L'homme fit vers lui une longue enjambée, fit tournoyer sa massue et, pendant un instant, l'instant qui précéda le choc mou du bois sur la chair vivante, leurs formes semblèrent noyées dans les ténèbres. L'homme recula, et le chien, dans une espèce de contorsion des quatre pattes, tenta de s'écarter. Il essayait de se tenir debout, mais ne le pouvait pas. Il n'avait pas jappé, pas même au moment où le coup l'avait atteint. À présent, le gémissement qu'il poussait ressemblait à celui d'un être humain.

Brandissant sa massue, l'homme frappa encore une fois. Le bois craqua, brisé en deux.

« Merde ! s'écria l'homme. Nom de Dieu ! »

Il jeta le tronçon brisé de sa massue dans le buisson plein d'ombre qui bordait le sentier.

Le chien gémissait toujours et essayait toujours de s'écarter en se traînant sur le sol.

« Est-ce que l'un de vous ne peut pas trouver quelque chose ? » demanda l'homme, irrité.

Les deux autres hommes s'affairèrent de côté et d'autre en tâtant le sol du pied.

« Une grosse pierre. N'importe quoi ! dit l'homme.

— Nom de Dieu. Il fait trop noir ! » s'écria un autre.

Le chien gémissait encore. Les chevaux, énervés, s'agitaient.

« Nous n'allons pas rester là toute la nuit, grogna quelqu'un.

— Ah, et puis merde ! » dit un de ceux qui avaient mis pied à terre.

Il marcha vers le chien et tira la main de sa poche. On entendit un faible déclic. L'homme venait d'ouvrir un couteau. Il se pencha vers le chien, lui poussa la tête d'un coup de pied, enfonça la lame et la retourna. Il se redressa, regardant la masse qui gisait par terre devant lui. Il venait d'égorger le chien.

Un autre avait pris le chien par les pattes de derrière et l'avait traîné dans un fourré. À la file indienne, les hommes s'engagèrent dans le sentier. Devant eux, ils pouvaient voir la poussière blanche. Ils avançaient sur le bas-côté, s'écartant du champ de tabac où il n'y avait ni arbres, ni taillis. Du côté qu'ils suivaient, une rangée d'arbres rabougris projetait une ombre plus dense. Mr. Munn regarda vers le champ. La nuit était trop sombre pour qu'on pût y apercevoir quoi que ce soit, mais il se rappela ce qu'il avait éprouvé devant les plants grêles misérables. À présent, il n'éprouvait plus rien.

Comme ils approchaient du bout du sentier, un cavalier demanda à voix basse :

« Je me demande s'il a un autre chien.

— Non », dit Mr. Munn.

Un autre s'inquiéta :

« Je me demande si on l'a entendu aboyer.

— C'est un bon endroit par ici, dit quelqu'un à voix basse.

— Il vaut mieux y laisser les chevaux, ordonna Mr. Munn. Mr. Sass, voulez-vous vous en charger, vous et Mr. Mock ?

— Nous ferions peut-être bien d'attendre pour voir si quelqu'un a entendu le chien, murmura un des cavaliers.

— Non. N'attendons pas », répondit Mr. Munn.

Les hommes ajustèrent sur leurs figures les masques d'étoffe. Sans dire mot, deux d'entre eux se séparèrent du groupe et, longeant les broussailles qui bordaient la palissade, se dirigèrent derrière la maison. Bientôt ils se trouvèrent hors de vue.

« Tout va bien », dit Mr. Munn.

Toujours en groupe serré, les autres avancèrent vers la barrière. Mr. Munn la poussa avec précaution. Elle s'ouvrit. En silence, ils traversèrent la cour et s'approchèrent de la maison. Ils s'aplatirent contre le mur, de chaque côté de la porte. L'un d'eux, qui ne s'était pas masqué, mais avait rabattu le bord de son chapeau, se posta droit en face de la porte. D'abord, on n'entendit aucun bruit à l'intérieur. Puis il sembla que quelque chose bougeait dans la maison, du côté de la fenêtre. Les hommes se collèrent plus étroitement contre le mur. De la fenêtre, on devait voir l'homme qui se tenait en face de la porte, tout seul. Un mouvement brusque se fit entendre de l'intérieur.

« Attendez une minute », dit une voix.

Lentement, la porte tourna, s'ouvrit en dedans, et une forme vague apparut : celle d'un homme debout qui bloquait l'entrée.

« *Hello!* » dit l'homme qui n'avait pas de masque.

À ce mot, celui qui s'était tapi tout près de la porte glissa son pied dans l'ouverture, brandit à bout de bras un pistolet, à toucher le corps de Trevelyan, et ordonna :

« Allez, ouste ! Dehors ! »

Un autre, le pistolet au poing, se jeta contre la porte et l'arracha violemment à l'étreinte de Trevelyan.

Trevelyan s'avança lentement, les mains levées au-dessus de la tête, d'un mouvement incertain.

Une voix aiguë de femme appela de l'intérieur :

« Harris ! Harris !

— Qu'est-ce que c'est qu' vous m' voulez ? demanda Trevelyan.

— Allez ! Dehors ! » commanda quelqu'un.

La voix de femme se fit plus perçante :

« Harris !

— Ferme ça ! » cria Trevelyan par-dessus l'épaule.

Puis, tournant lentement la tête vers le groupe :

« Qu'est-ce que c'est qu' vous voulez m' faire ? »

Personne ne lui répondit. Il se tenait là, debout, nu sous une salopette retenue à une épaule par la bretelle, et il les regardait curieusement.

« Qu'est-ce que c'est qu' vous voulez m' faire ? répéta-t-il.

— Avancez ! dit Mr. Munn.

— Est-ce que j' peux aller prendre mes souliers ? dit Trevelyan.

— Avancez ! » ordonna Mr. Munn.

Ils se dirigèrent rapidement vers la barrière, Trevelyan devant, avec deux hommes qui lui appuyaient dans le dos le canon de leur pistolet. Ils avaient atteint la barrière quand la femme se remit à appeler, de la porte, cette fois. Dans l'ombre de la porte, on n'apercevait qu'une masse plus claire, confuse et estompée.

« Harris ! s'écria-t-elle. Harris, où vas-tu ?

— Rentre », lui dit-il sans tourner la tête.

Elle avança dans la cour, hésita environ à mi-chemin de la barrière et cria :

« Harris ! Harris ! »

Les deux hommes qui s'étaient postés derrière la maison rejoignirent le groupe en courant à travers la cour. Ils passèrent à quelques mètres de la femme.

« Attachez-le », dit Mr. Munn.

Ils lui lièrent les mains derrière le dos et le hissèrent sur une selle. L'homme à qui appartenait le cheval sur lequel Trevelyan était assis monta en croupe derrière un de ses compagnons.

Le dernier n'était pas encore en selle que la femme avait traversé la cour, se dirigeant en courant non pas vers la barrière, mais vers le coin le plus rapproché du groupe, à cinq ou six mètres.

« Harris ! hurlait-elle. Harris, tu m'entends ?... Harris ! Ne t'en va pas, Harris ! »

Elle s'appuyait sur les pieux de la palissade, qu'elle serrait de ses mains crispées.

Trevelyan se tourna de son côté :

« J' pense que j' peux r' cevoir le fouet aussi bien qu'un autre », dit-il.

Le dernier cavalier se mit en selle en menant par la bride le cheval de Trevelyan.

« Harris ! s'écria la femme.

— Ferme ça ! » dit Trevelyan.

Au trot, le groupe s'engagea sur le sentier. La femme retourna en courant du côté de la barrière, comme si elle voulait sortir de l'enclos et se mettre à leur poursuite. Mais, arrivée à la barrière, elle s'arrêta. Ils l'entendirent crier une fois encore.

Après avoir parcouru près d'un demi-mille sur la route, les cavaliers s'engagèrent sur un chemin de traverse. À ce moment, Trevelyan demanda :

« Ous'que vous allez ? »

Personne ne lui répondit.

« Qu'est-ce que c'est qu' vous voulez m' faire ? dit-il. Me fouetter ? »

Il regardait tantôt d'un côté, tantôt de l'autre les masques de ceux qui chevauchaient botte à botte avec lui. Ils avançaient droit devant eux, comme s'il n'avait rien dit.

« Vous pouvez m' fouetter, dit-il, mais y a pas un homme qui m' fasse peur. »

Le chemin se transformait insensiblement en piste abandonnée, où l'herbe avait poussé en recouvrant d'anciennes ornières. Les chevaux, maintenant, allaient au pas. De chaque côté de la piste, les arbres poussaient haut et dru, si bien que l'obscurité commençait là, tout près, entre les arbres, comme les ténèbres à l'intérieur d'un hall ou d'un corridor. Cependant, le ciel était plus clair, car les nuages qui avaient, jusque-là, caché les étoiles se dissipaient et chassaient à l'horizon, vers le nord. Mais, le long du sentier, il n'y avait pas un souffle de vent et les feuilles pendaient sans bruit, immobiles.

Le sentier finissait brusquement sur un terrain découvert, large d'une quarantaine de mètres. Par contraste avec l'obscurité toute proche qui régnait dans le sentier, cet espace semblait clair, et le ciel, là où il n'y avait pas de nuages, paraissait immense, d'une profondeur incommensurable. À gauche du terrain et droit devant eux, les bois étaient noirs et touffus. À droite, le sol s'affaissait dans une carrière abandonnée. Sur le côté le moins profond, la piste s'enfonçait en pente rapide et se perdait dans l'eau qui, à une quinzaine de mètres en contrebas, remplissait la grande cavité. Les cavaliers abandonnèrent la piste et s'avancèrent vers le bord de la carrière en traversant le terrain couvert de végétation.

Ils mirent pied à terre et attachèrent les chevaux à un arbre abattu. Debout, au milieu du groupe, Trevelyan les examinait les uns après les autres. Personne ne le regardait. Ils ne se regardaient pas non plus entre eux, mais leurs yeux se portaient vers les bois, vers le chemin sombre par lequel ils étaient venus, ou de l'autre côté de la carrière. Un instant, ils restèrent là, apathiques, ainsi que des étrangers qui ont longtemps attendu dans une gare, la nuit, ou dans l'antichambre d'un hôpital.

« Coupez la corde », ordonna Mr. Munn.

L'homme qui avait tué le chien tira son couteau de sa poche et l'ouvrit. La longue lame accrocha une petite lueur, qui brilla faiblement. Tandis qu'il tripotait la corde, Trevelyan ne broncha pas. Bien qu'il n'eût sur lui qu'une salopette et que ses pieds nus fussent enfoncés dans l'herbe humide de rosée, il ne semblait pas avoir froid. Cependant, quand l'homme, en essayant de glisser sa lame dans le nœud, tordit la corde sur ses poignets, il eut un tressaillement et secoua la tête. L'homme fit alors, avec son couteau, un mouvement brusque et saccadé, le même mouvement qu'il avait fait quand il avait tué le chien, et la corde tomba.

Trevelyan allongea lentement ses mains ankylosées. Il les regarda, remua les doigts, plia les poignets. Puis il laissa retomber ses bras le long du corps.

« Trevelyan, dit Mr. Munn, allez par là. »

Du doigt, Mr. Munn lui montra la carrière.

Trevelyan hésitait.

Plusieurs hommes tenaient leur pistolet à la main. Mais ils le tenaient négligemment pointé vers le sol.

Trevelyan se dirigea vers le bord de la carrière. Ils s'approchèrent de lui, tous les dix, formant un demi-cercle irrégulier. À quatre ou cinq mètres de distance, ils hésitèrent. Le regard de Trevelyan allait de l'un à l'autre. Il tira la langue et la passa sur ses lèvres.

« Eh bien ! dit-il. Si c'est qu' vous voulez m' fouetter, pourquoi qu' vous l' faites pas ?

— Trevelyan, dit Mr. Munn, en parlant à travers son masque, il ne s'agit pas de vous donner le fouet. »

Il se rapprocha et répéta :

« Il ne s'agit pas de vous donner le fouet. Vous avez essayé de faire du chantage avec Sorrel. Deux fois. Le niez-vous ?

— J' dis pas que j' l'ai fait, et j' dis pas que j' l'ai pas fait », répondit Trevelyan, lentement, comme s'il réfléchissait.

Mr. Munn se rapprocha encore. Il avançait un peu la tête et regardait attentivement l'homme placé au centre du demi-cercle qui se resserrait.

« Si ! Vous l'avez fait ! dit Mr. Munn. Vous avez prononcé un serment, et vous l'avez violé. Vous vous disposiez à nous vendre, Trevelyan. Est-ce faux, Trevelyan ? »

L'homme ne répondit rien. Il semblait, pour le moment, regarder au-delà de la clairière, dans la direction des bois noirs. Mr. Munn avança encore d'un pas. Il tenait son pistolet au poing. Dans sa main, il le sentait froid, étranger.

« Si, Trevelyan, vous avez fait cela. Hier après-midi, vous êtes retourné chez Sorrel. Vous l'avez menacé. Il vous a ordonné de sortir de chez lui et vous l'avez frappé et jeté à terre. Vous avez ensuite téléphoné à un policier, vous êtes allé le voir et vous avez essayé de passer un marché avec lui pour livrer Sorrel sans être obligé de témoigner… »

Mr. Munn fit un pas de plus.

« Est-ce vrai, Trevelyan ?

— Vous m' faites pas peur, répondit Trevelyan. Pas un seul de vous. Ni personne.

— Est-ce vrai, Trevelyan ?

— Allez-y. Fouettez-moi, dit Trevelyan.

— Est-ce vrai, Trevelyan ? »

Mr. Munn se disait : « Je lui parle et, aussi longtemps que je parlerai, nous ne ferons pas la chose, je ne la ferai pas, moi. Voilà pourquoi je lui parle. Pourquoi ne pas se décider ? Pourquoi ne pas faire la chose ? »

Il jeta sur les autres un regard circulaire. Tous avaient le pistolet à la main, mais les visages étaient masqués. Il lui sembla que seules les mains qui se crispaient sur les pistolets étaient réellement vivantes et que ces faces, invisibles sous le masque blanc, ne l'étaient pas. À ce moment, il se sentit suffoquer sous son masque. Cet anonymat qui l'isolait de tout et de tous, du monde entier, lui faisait horreur. Il leva la main gauche, lentement, puis, comme s'il étouffait, il arracha le masque de son visage. Il fit alors une longue enjambée vers Trevelyan et, la tête jetée en avant, il cria :

« Trevelyan ! »

La bouche de l'homme remua sans proférer un son, puis il dit :

« J' savais bien qu' c'était vous.

— Trevelyan ! »

Mr. Munn imaginait à quel point ces hommes pouvaient être malades, épouvantés, suffoqués sous leurs masques. Il prit une longue aspiration, profonde, exquise, celle d'un homme qui émerge après une longue plongée et qui, les poumons en feu et le cœur prêt à éclater, surgit à l'air, le buste haut.

« Et vous, Trevelyan – et il fit une autre enjambée –, vous avez tué cet homme ? Vous l'avez tué ? Répondez-moi ! »

Il le touchait presque. Trevelyan fit un mouvement, leva le bras. Pressé dans la main de Mr. Munn, le pistolet partit. Il s'écarta vivement de Trevelyan et put voir, dans la lumière incertaine, les petits yeux de l'homme soudain se dilater.

Comme un écho tardif, une autre détonation éclata. Qui avait tiré ? Mr. Munn ne le sut jamais. Trevelyan chancela, et, d'un geste humble, triste, presque féminin, il croisa les mains sur sa poitrine.

Alors la salve éclata.

Trevelyan s'écroula et tomba à la renverse par-dessus le bord de la carrière.

Le silence était absolu. Là, devant eux, dans cet étroit espace, il n'y avait plus rien. L'herbe même ne paraissait pas avoir été foulée. On aurait dit que rien, jamais, ne s'était passé en ce lieu.

L'odeur de la poudre, nette et prenante comme l'odeur d'un antiseptique, flottait dans l'air.

Les hommes laissèrent retomber le long du corps leurs bras tendus.

« Il est tombé de l'autre côté », dit quelqu'un.

Il parlait d'une voix contenue, comme s'il venait simplement d'être témoin d'un accident.

Personne ne bougea.

« Quelqu'un devrait aller voir », hasarda un homme.

Mr. Munn essaya de dire :

« Je vais y aller. »

Mais il ne le put pas.

Presque furtivement, un homme s'approcha du bord de la carrière et regarda dans le fond.

« Il est dans l'eau, dit-il en revenant vers le groupe.

— C'est profond par là », remarqua quelqu'un.

« Mon coup de pistolet, se demandait Mr. Munn, est-ce que mon coup de pistolet l'a touché ? »

Un homme se débarrassa de son masque et le fourra dans sa poche, comme il y aurait glissé son mouchoir. Mr. Munn regarda le visage découvert. À leur tour, les autres se démasquèrent ; il les regarda. Ces faces sombres lui paraissaient étrangères. Étrangères comme celles que l'on retrouve en revenant aux lieux de son enfance, toujours les mêmes et encore reconnaissables, mais uniquement à cause de leur différence, qui surprend comme un remords.

Le long de la piste couverte de hautes herbes, les cavaliers avançaient à la file indienne, Mr. Munn en tête. Il lui semblait que tous les regards étaient braqués sur lui, dans son dos, pressants, pénétrants comme une force physique. Il fut tenté de donner du talon dans les flancs de sa jument et de filer au galop le long du corridor sombre qui courait entre les deux rangées d'arbres, de les laisser derrière lui, tous, stupéfaits ; mais il se maîtrisa. Puis, comme s'il venait de découvrir une ruse pleine d'astuce, il s'efforça de ne plus écouter le bruit confus que faisait leur chevauchée. Son regard se fixa droit devant lui, très loin, là où les deux rangées d'arbres rejoignaient dans le ciel leurs masses sombres, s'efforçant d'oublier la présence de ces hommes, de leurrer ses sens dans un vide absolu, dans la solitude à laquelle il aspirait.

« Mon coup de pistolet l'a-t-il touché ? » pensa-t-il. Mais cette pensée ne faisait qu'effleurer sa conscience, comme une chose que l'on saisit du coin de l'œil, et il la chassa, ravi de découvrir combien cela lui était facile, avec quelle surprenante facilité il pouvait y réussir, et il concentra toutes ses facultés sur ce point où convergeaient les arbres noirs. La pensée était sans importance. Elle n'existait pas. Il éprouvait un sentiment de soulagement, de plaisir, en découvrant qu'elle était sans importance. La seule chose qui importait, à présent, c'était de fixer les yeux sur ce point éloigné, là-bas, au bout de la piste, et de les y maintenir. Voilà ce qui importait.

Arrivé à une courte distance de la route, quand le sentier herbeux se fut changé en chemin, Mr. Munn poussa sa jument sur le bas-côté et laissa les autres arriver à sa hauteur.

« Bonne nuit », dit-il d'une voix qui, à ses oreilles, rendait un son dépouillé, mat, artificiel.

« J'ai pensé que vous pourriez passer la nuit chez moi, lui suggéra Mr. Wyngard.

— Non, répondit-il, brièvement. En coupant par ici, je peux rejoindre ma route. »

Les cavaliers le dépassèrent. Il les regarda s'éloigner ; leurs silhouettes bien nettes se fondaient dans l'ombre incertaine ; et, bien que la solitude lui eût semblé, une minute avant, si attrayante et si désirable, il se sentit envahi par un désespoir soudain, brutal, à présent qu'ils le laissaient seul.

Il partit au trot, s'abandonnant aussi complètement que possible au bruit rythmé, au mouvement berceur et reposant des sabots de sa jument et du cuir de sa selle, à la solitude anonyme et familière du paysage plein d'ombre. Ces détails appartenaient entièrement au moment présent, à ce moment sans relations avec le passé ni avec l'avenir. Il s'efforçait de sombrer dans cet instant, d'échapper au temps en s'y abandonnant. Il éprouvait l'impression d'un homme qui, avec l'aisance que donne le rêve, marche dans l'espace sur un fil de fer, étonné de trouver si facile ce qui, à l'état de veille, aurait semblé si difficile, mais en même temps conscient qu'un seul faux pas, une seule faute d'équilibre suffirait pour le précipiter à droite ou à gauche. L'aveugle présent était pour lui comme ce fil de fer.

Mais, tandis qu'il poursuivait sa route, satisfait et surpris que ce fût, après tout, si facile de vivre grâce à cette limitation de la vie, il sentit monter en lui ce qui lui parut n'être qu'un malaise purement physique. Il se sentit comme un homme qui, se croyant guéri, se livre à ses occupations habituelles et découvre inopinément que le mal est toujours là, dans ses os et dans ses membres. « Ce n'est pas à cause de *cela*, pensa-t-il, à cause de ce qui vient d'arriver. » Machinalement sa pensée refusait l'évidence de ce qui était arrivé. Le fait, en lui-même, était nié, repoussé dans le néant. Cependant son malaise grandissait. L'évidence que son esprit repoussait s'affirmait dans ses entrailles. « Je suis indisposé, se dit-il, simplement un peu indisposé. » La nausée monta comme la lie remonte dans un vase remué.

À la fin, il se laissa glisser de sa selle et vomit sur l'herbe, au bord de la route.

Il se cramponnait à l'étrivière, en attendant que ses forces reviennent. Arrivé au ruisseau, que la route traversait sur un petit pont de bois, il mit de nouveau pied à terre. Au bord de l'eau, les arbres poussaient dru, mais, à l'endroit où il s'agenouilla, l'herbe était douce. Il trempa les mains et les bras dans l'eau fraîche, en mouillant ses manches. Dans ses mains jointes comme une coupe, il aspira l'eau, se rinça la bouche et but avidement. Puis, penché au-dessus du ruisseau, la tête tout près de l'eau, il se baigna la figure et appuya ses mains froides sur ses yeux. Au contact de l'eau sur son visage, il pensa soudain à la figure de Trevelyan noyé. À Trevelyan, dans l'eau de la carrière. L'homme avait dit : « Il est dans l'eau. » Brusquement, avec une hâte maladroite, il se releva, regardant l'eau. Il faisait noir sous les arbres. Un homme était allongé dans l'eau, et l'eau le recouvrait, le pénétrait, et il faisait corps avec l'eau. L'eau qu'il venait de boire si avidement le glaçait. De nouveau, il eut envie de vomir, mais il réussit à se maîtriser.

Brutalement, il heurta sa paume de son poing fermé.

« L'idiot, s'écria-t-il, le sacré idiot ! Le sacré pauvre idiot ! »

Il se sentit mieux et continua sa route. Toute l'affaire lui apparut, en ce moment même, comme une chose connue de lui depuis longtemps. De nouveau, il s'efforça de fixer les yeux sur un point éloigné, avec une telle énergie qu'il se sentait comme arraché à lui-même. Il réussit ainsi à s'abstraire avec une force telle qu'en suivant l'avenue qui conduisait chez lui aucune question ne lui traversa l'esprit, lorsqu'il aperçut une petite lumière briller à une fenêtre du rez-de-chaussée. Il voyait la lumière et il l'acceptait : c'était tout.

Il alla à l'écurie et dessella sa jument. Alors, comme il avait la clé de la porte de devant et non pas celle de la porte de côté, il traversa la cour, sous les érables. Quelques feuilles tombées prématurément crissèrent sous ses pieds.

Ce fut seulement après avoir poussé la porte, quand il se trouva debout sur le seuil, la clé à la main, qu'il comprit réellement ce que signifiait la lumière qu'il voyait maintenant se répandre dans le hall, par la porte à demi ouverte de la pièce qui se trouvait à sa gauche. Il avait prévenu May qu'il ne reviendrait que très tard, ou qu'il ne reviendrait peut-être pas du tout, et qu'elle devait faire coucher Rosie à la maison. Doucement, il tira derrière lui la porte et la referma.

« Perse ! »

Il entendit une voix prononcer son nom. C'était la voix de May.

Il s'arrêta, immobile, la main sur la poignée de la porte. May venait d'entrer dans le hall. La faible lumière qui brillait derrière elle dans la pièce qu'elle venait de quitter dessinait ses formes menues.

« Perse ! » répéta-t-elle.

Il voulut lui parler, mais il avait la gorge tellement sèche, si serrée, que les mots ne sortaient pas.

« Perse, qu'y a-t-il ? » demanda-t-elle en élevant la voix, les yeux fixés sur lui, immobiles.

Il réussit à dire « Il n'y a rien », et fit un pas vers elle.

« Mais, Perse… »

Il la regardait et ne trouvait rien à dire.

« Mais, Perse, il y a quelque chose ! »

Elle recula devant lui, les yeux toujours fixés sur son visage. Elle ouvrit la porte toute grande et, sans jeter un regard en arrière, elle passa le seuil. Il la suivit ; elle fit alors un autre pas en arrière en murmurant son nom, la main à demi levée, dans un geste vague.

La lampe posée sur une table, au milieu de la pièce, était tellement baissée que la flamme vacillait faiblement sur la mèche et que les ombres mobiles dansaient sur le plancher, envahissaient les encoignures. Les cheveux blonds de la jeune femme tombaient sur ses épaules et absorbaient le peu de lumière répandue dans la pièce. Elle portait un kimono bleu. Il semblait trop grand pour elle. Quand elle leva le bras, sa manche flottante se releva et souligna la fragilité et l'impuissance de son geste.

« Oh ! Perse, s'écria-t-elle, je ne peux plus supporter cela. Qu'y a-t-il, Perse ?

— Il n'y a rien », répondit-il.

Elle ne le quittait pas des yeux.

« Tu ne me dis jamais rien, reprit-elle d'une voix faible et plaintive, en répétant le geste du bras qui se lève et retombe. Jamais rien. »

Il allongea le bras comme pour arracher le vêtement flottant, mais elle était trop éloignée de lui.

« Il est si tard ! Tu es resté dehors si tard ! »

Puis :

« Tu as bu, Perse ? Tu as pris du whisky ?

— Non, dit-il.

— Mais qu'y a-t-il ? Perse !

— Bon Dieu ! » dit-il.

Et, s'approchant vivement d'elle, il la saisit par les épaules.

« Tu me fais mal !

— Ça va bien », dit-il.

Il l'attira à lui et resserra son étreinte. Puis il lui couvrit le visage de baisers.

« Non, Perse ! Non. Non ! Il faut que je te parle… »

Il la tenait toujours serrée contre lui. Puis il commença à la faire reculer de force derrière la table.

« Non, non, s'écria-t-elle d'un ton désespéré.

— Si, dit-il.

— Non, non, pas maintenant ! »

Il ne l'écoutait plus.

« Non. Plus tard, peut-être, plus tard… »

Elle essaya de le repousser et, dans le ton angoissé de sa voix, se mêlait une note de ruse câline et désespérée.

Quand il l'eut poussée derrière la table et jusqu'au divan, elle lutta avec une force qu'il n'avait jamais soupçonnée. Puis, soudain, elle devint aussi passive qu'un cadavre, bien qu'elle gardât les mains crispées contre sa poitrine, dans un geste de résistance et de répulsion.

9

La récolte était commencée. Dans les champs dénudés, les travailleurs allaient et venaient, lentement. Courbés entre les plants de tabac, ils levaient la lourde lame affilée de leur couteau et sabraient les tiges à la base, de façon à laisser le pied émerger de la butte de terre. Dans les endroits nus, là où le tabac avait été coupé, les chariots attendaient, et les mules baissaient leurs longues têtes patientes, osseuses et aplaties.

L'automne se faisait sentir de bonne heure. Les premiers feux étaient déjà allumés dans les granges, et la fumée bleue commençait à s'étaler dans la campagne, comme un brouillard dans la lumière du soir. Partout se répandait cette odeur de brûlé, légère et pénétrante, qui, mêlée aux autres odeurs, plus naturelles, de la saison – l'odeur de cuir, sèche et âpre, de la terre et de l'herbe fanée –, évoquait quelque chose qui s'achemine lentement vers sa fin. L'après-midi, de grands vols de grives réunissaient parfois leurs troupes automnales et tournoyaient au-dessus des champs. Lorsqu'elles volaient assez bas, leur plumage brillait à la lumière comme un vernis noir, et l'air était plein du bruit vigoureux de leurs coups d'aile. Si elles s'abattaient sur un arbre, au bord d'un sentier ou dans un boqueteau proche d'une maison, leurs cris ne s'arrêtaient plus.

Depuis son enfance, Mr. Munn avait observé les grands vols de grives qui traversaient le ciel bleu d'un horizon à l'autre, certains jours lumineux de l'automne, ou bien, si quelque chose les avait dérangées, s'élevaient en jet d'eau au-dessus d'un arbre, d'un bosquet, ou encore, se déployant en désordre au-dessus des labours, pareilles à des grains noirs jetés par la main généreuse d'un semeur ; et, s'il n'était pas trop absorbé par sa tâche, il aimait suivre des yeux leur essor. Il s'arrêtait pour contempler dans le ciel le passage de la troupe, les circonvolutions capricieuses mais sûres de cette masse largement déployée, semblable à la ruée de la houle qui trouve sa force dans son ample déroulement, ou encore aux ondulations d'un champ de blé sous le vent. Ce spectacle évoquait toujours chez lui une idée de fatalité, de certitude, d'achèvement, hors d'atteinte, d'incompréhensible. Cette perfection, cette victorieuse indifférence l'accablaient d'un sentiment de solitude qui s'associait insidieusement à la petite contraction de ses muscles, au battement renouvelé de son sang, comme un commencement d'espoir, provoqué par cette vision.

Pendant les années qu'il avait passées à Philadelphie, étudiant en droit, cette sensation ne provoquait en lui qu'une fugitive poussée de nostalgie. Certain après-midi lumineux, alors qu'il suivait une rue tranquille, entre les rangées de maisons de briques, les grives étaient venues voler au-dessus des toits, assez bas, et s'étaient posées sur les arbres d'un petit parc tout proche.

Il s'était arrêté net, la main posée sur la grille de fer d'une entrée. Puis, lentement, il avait repris sa marche vers le petit parc où les grives venaient de se poser. À ce moment, sous l'empire de la solitude, sa vie tout entière ne lui parut être que vanité. Son passé lui semblait aussi instable, d'aussi peu de valeur qu'une bouffée de fumée, et son avenir dépourvu de sens, à moins – et cette idée lui vint en un éclair – qu'il puisse, par une action singulière, héroïque, en découvrir la raison et accomplir son destin.

Maintenant, il était bien seul, et par libre choix. Il savait que le travail l'attendait au bureau, que, l'une après l'autre, les tâches s'accumulaient, glissaient après la date qu'il s'était fixée pour les remplir, et cependant il ne pouvait se décider à se rendre à la ville, pour y rencontrer les gens qu'il avait coutume de voir avec plaisir, de tenir les mêmes propos qu'autrefois, de s'asseoir à son bureau, comme autrefois. Il ne s'y rendait que lorsque la presse des affaires était si urgente qu'il ne pouvait plus faire semblant de les ignorer, ou quand la jeune fille qui lui servait de secrétaire lui téléphonait pour lui rappeler un rendez-vous d'une importance particulière.

Ce qu'il y avait d'étrange – et ce sentiment grandissait en lui de jour en jour –, c'était qu'il était presque content de l'absence de May. Il avait été presque content, ce matin qui avait suivi la mort de Trevelyan, lorsque, s'étant réveillé au grand jour, il avait trouvé la maison vide, à l'exception de la cuisinière noire qui, silencieusement, avait posé son repas devant lui, le regardant avec une furtive et insolente curiosité. Il s'était réveillé sur le canapé du salon. Les yeux grands ouverts, fixés au plafond, tandis que le sentiment d'inquiétude, de ruine et d'isolement qui l'accablait reconstituait lentement dans sa mémoire les détails irrévocables du fait accompli, comme un liquide laisse déposer les cristaux qu'il tient en suspens.

Il était courbatu et rompu d'être resté allongé sur le canapé, et sa bouche était sèche comme s'il avait bu. Il se leva lentement, traversa la pièce d'un pas mal assuré et se dirigea vers la fenêtre. Il ouvrit les rideaux, et la lumière du jour envahit la pièce. Cette lumière qui tombait de la fenêtre et qui s'étalait à ses pieds, sur le tapis dont elle accusait les traces d'usure produites par un long et constant usage, semblait donner un démenti à ses souvenirs. Le tapis était à fond bleu, d'un bleu éteint, avec un grand motif de fleurs, bleues également, mais tellement usé, tellement fané que, par larges places, le dessin en était effacé. Il pouvait voir, à ses pieds, le grossier assemblage de cordes qui en formait la trame, car la laine avait presque entièrement disparu, à cet endroit, à force d'être piétinée. Matin et soir, des gens étaient venus là pour tirer les rideaux, ou bien, s'ils étaient seuls, pour regarder, un instant, au-delà de l'enclos, les prairies derrière les érables. Il eut alors pour eux une pensée fugitive, pour sa mère, pour son père, des parents, des domestiques dont il avait oublié les noms ; pour d'autres, morts avant qu'il fût né, et il pensa : « Je ne ressemble à aucun d'entre eux. » Il se détourna brusquement de la fenêtre. Sur la table de marbre, il aperçut la lampe. Le réservoir était vide, la mèche carbonisée et le verre noirci par la fumée. Il s'était endormi sans l'éteindre ; elle avait brûlé toute la nuit ou, peut-être même, après le lever de l'aurore.

Il apprit que May était partie très tôt. Elle avait envoyé la cuisinière dire au vieux Mac d'atteler le buggey et de l'amener devant la porte. Puis elle était partie, avec le vieux Noir qui conduisait. Vers dix heures et demie, alors qu'il allait et venait dans la cour, devant la maison, il avait vu le buggey revenir lentement dans l'allée. Il s'était rendu à la barrière pour l'attendre, mais le vieux Mac, penché sur les rênes, n'avait pas semblé le voir, et il avait poursuivi son chemin. Mr. Munn était retourné à l'écurie. À son approche, le vieux domestique avait fait semblant d'être absorbé dans la manipulation d'un harnais difficile à arranger.

« Où as-tu été ? » avait-il demandé.

Le domestique avait continué à tripoter sa courroie.

« Eh bien ! avait-il insisté. Réponds !

— Je vais vous répond'e, missié Perse, avait dit le vieux bonhomme, tout de suite, quand j'aurai fini avec ça. On di'ait que mes jointu'es elles deviennent si 'aides que je peux plus 'ien fai'e. On peut di'e comme ça que ça va mieux quand il fait chaud que quand il fait f'oid. Eh bien ! Non. Voilà qu'il fait chaud…

— Où as-tu été ? »

Sans quitter la bride des yeux, le domestique avait répondu :

« Là-bas. Où qu'est sa famille.

— Chez sa tante ? Chez miss Burnham ? »

Sans cesser de tripoter la bride, le vieux Mac avait fait « oui » de la tête, et Mr. Munn, ayant tourné les talons, était rentré dans la maison.

Deux jours plus tard, un homme était venu, de chez les Burnham, pour chercher les vêtements et les affaires de May. Mr. Munn était là. Il était resté dans la grande chambre du premier étage pendant que la cuisinière empilait les vêtements dans des malles et dans des valises. Il se disait que c'était le moment de descendre, d'enfourcher sa jument et de se rendre chez les Burnham pour voir May et lui parler. Debout au milieu de la chambre, il regardait les vêtements que l'on chiffonnait et que l'on emballait dans les malles, et il avait la certitude que s'il allait là-bas, et s'il pouvait parler à sa femme, elle reviendrait. Il n'avait pas pensé aux paroles qu'il lui dirait, ni même aux idées et aux sentiments qu'il pourrait exprimer par des mots. Il s'était dit, simplement : « Si j'y vais, et si je lui parle… » Mais il n'était pas parti. Il était resté dans la chambre, comme s'il y avait pris racine, puis, le domestique, comme pour s'excuser, lui avait fait une révérence pleine d'humilité et s'était mis à descendre les valises et les malles.

Mr. Munn s'était approché de la fenêtre et il avait guetté l'homme qui s'éloignait avec la charrette où étaient empilés les bagages de May. Puis il avait regardé autour de lui, errant çà et là dans la chambre comme s'il cherchait un objet égaré.

Le soir, cependant, il se sentit plus calme. Ce calme était pour lui un mystère, comme la nuit où Trevelyan était mort. Un calme profond, lourd et menaçant, qui pesait sur son esprit comme une masse de rocher en équilibre sur le bord d'un gouffre, mais dans un équilibre si précaire qu'un souffle de vent, le grignotement inconscient d'une bestiole, suffirait pour le précipiter.

Un soir qu'il allait et venait sous les érables de l'enclos, trois ou quatre hommes noirs se rendant en visite à l'une des cases passèrent près de lui. Ils riaient et causaient gaiement entre eux. Appuyé sur la plus haute barre de la clôture, il les écouta jusqu'à ce qu'il ne puisse plus les entendre. Un peu plus tard, le bruit des chansons parvint jusqu'à lui. Ils devaient être chez le vieux Mac, et maintenant ils chantaient. Il ne pouvait pas saisir les paroles. Soudain, il les vit en pensée, chez le vieux Mac, devant un maigre feu qui couvait dans la case, bien que la nuit fût assez chaude pour que la porte restât ouverte, assis autour d'une lampe fumeuse, ou bien debout, se tenant dans l'ombre, avec nonchalance, et chantant tous en chœur, la tête renversée et les yeux clos.

« Nom de Dieu de nom de Dieu ! » répéta-t-il tout haut en scandant ses mots dans la nuit.

Il avait empoigné le bois sec et rugueux de la clôture, et le chaulage lui poudrait les mains de poussière blanche. Il pivota sur les talons et s'éloigna à travers la cour.

Durant cette période, il s'abstint de toute activité dans le domaine. Parfois, alors qu'il se livrait distraitement à quelque besogne coutumière, le pansage de sa jument, ou l'inspection du bois coupé pour être brûlé sous la récolte de tabac, un simple mouvement, la vue d'un objet familier ébranlait soudain et sournoisement son calme épais. Averti, alors, comme un convalescent, par l'élancement d'une ancienne douleur, il se retenait, et il se ménageait afin que rien ne vienne brutalement le frapper au-delà de ses forces. Ainsi, et chaque fois qu'il le pouvait, il se laissait sombrer dans la distraction pure, amenée par une feuille tombée à ses pieds, par la tache blanche d'un nuage immobile dans le ciel bleu de l'automne, la peinture effacée d'une assiette ou le bourdonnement de la lampe.

De même qu'il éprouvait la nécessité de se garder du contact agaçant des étrangers, il sentait de plus en plus le besoin de se défendre de lui-même en refusant à sa mémoire le contact du « moi » qu'il avait été, et, comme un coquillage, son esprit se refermait contre toute idée du futur.

Une fois cependant, alors que la journée était déjà avancée, il décrocha son fusil et, après avoir traversé l'enclos de la grange, se dirigea derrière la maison, vers l'orée d'un bois en bordure du cours d'eau qui arrosait le domaine. Arrivé au bord de l'eau, caché dans le taillis à tous les regards, il se sentit tranquille et en sûreté. Il poussa à travers les broussailles, les sumacs qui tournaient au rouge et les ronces et les sureaux, et déboucha en terrain découvert sous les noyers à l'écorce rugueuse. Leurs troncs étaient aussi droits que des colonnes, dépourvus de branches jusqu'à une grande hauteur. La lumière filtrait, dorée, à travers leur feuillage immobile. Des feuilles jaunissantes, tombées des branches de noyers, couvraient le sol. Il s'arrêta un instant et regarda au-dessus de lui, puis tout autour, le mur de feuillage qui l'isolait si parfaitement du monde entier. Puis, lentement, en terrain découvert, il s'avança vers le ruisseau.

Le sol s'abaissait en pente rapide, jusqu'à la berge. Quelques sycomores aux troncs blancs et à l'écorce fendue s'y élevaient et, plus loin, des saules. Le lit du ruisseau, diminué de largeur, découvrait une bande de sable qui descendait en pente au-dessous de l'eau, et les racines de saules s'enfonçaient sous la berge. Agrippé à une branche qui lui servait d'appui, Mr. Munn descendit sur l'étroite bande de plage. Ayant armé son fusil, il suivit le cours d'eau. Il savait que là-bas il trouverait un endroit plus large ; là, l'étendue de ciel visible serait plus grande, et l'eau coulerait sans qu'on aperçoive le courant, aussi unie que l'eau d'un étang, réfléchissant le ciel et les arbres qui la surplombaient. Bientôt les palombes allaient passer en quête d'eau. C'est là, ainsi qu'elles faisaient tous les ans, qu'elles devaient se diriger. Elles arriveraient portées par le rapide battement de leurs ailes nerveuses, leurs têtes minuscules pointées tout droit. Leurs formes rapides se détacheraient en noir sur le ciel pâle couleur de pêche. Elles pousseraient leur doux cri étouffé et plaintif.

Il atteignit l'endroit et se posta entre les saules, attentif, les yeux au ciel. Un peu en amont, l'eau faisait, en glissant sur les pierres, un murmure doux et soyeux : c'était le seul bruit que l'on entendait.

Très haut, venant de l'ouest, la première palombe apparut, piqua vers le sol et remonta en battant des ailes. Elle piqua de nouveau, en aval, jusqu'à la surface de l'eau. Mr. Munn avait manqué deux occasions de lâcher son coup de fusil : la première fois quand elle s'était élevée, et la seconde quand elle avait commencé à piquer. Il avait levé son fusil, le doigt sur la détente, mais il n'avait pas tiré. Maintenant, il guettait l'oiseau qui, trop loin de lui pour qu'il puisse tirer à coup sûr, était en train de se lisser les plumes au bord de l'eau. Puis la palombe s'éleva et prit son vol en descendant la rivière. Il était un peu vexé et irrité d'avoir manqué son coup, mais, sans qu'il en comprît la raison, il n'avait pu se résoudre à presser la gâchette.

Quand une autre palombe passa au-dessus de lui, il tira. Elle volait en ligne droite au-dessus des arbres, plutôt bas, et si vite qu'il eut à peine le temps de tirer, au jugé. À l'instant même où l'explosion retentissait à ses oreilles, il vit l'oiseau virer brusquement, trois brins de plume volant encore à l'endroit où il venait de passer ; il le vit pencher de côté, en l'air, puis, en deux ou trois coups d'aile désespérés, plonger droit au sol. Repris par l'excitation d'autrefois, il regarda vivement en l'air pour voir si une autre palombe arrivait, puis il courut à l'endroit où elle venait de tomber.

Elle était raide morte. Elle gisait sur les cailloux, une aile dans l'eau transparente, une petite perle de sang sur la tête et une autre au cou. Son bec était un peu entrouvert, comme fait l'oiseau après avoir pris une gorgée d'eau. Au moment où il se baissait pour la ramasser, Mr. Munn fut saisi par un brusque dégoût. Il se raidit, prêt à vomir. Il détourna les yeux de l'oiseau mort et, appuyé sur son fusil, comme s'il allait défaillir, il regarda le ciel.

Qu'il était profond et vide, calme et lumineux ! Mr. Munn laissa l'oiseau où il était tombé, une aile baignant dans l'eau. Quelque bête de proie le découvrirait et le mangerait. Il grimpa sur la berge, plus escarpée à cet endroit, et traversa à la hâte le rideau d'arbres pour gagner les champs. Cette chambre bien close et abritée que lui offraient les bois lui était maintenant hostile, terriblement étouffante. Il se fraya un chemin à travers les broussailles et les taillis et, lorsqu'il se vit en terrain découvert, il se sentit soulagé. Il gravit rapidement la pente douce qui menait à la maison, cachée dans son bouquet d'arbres. « Il y a quelque chose qui ne va pas », se dit-il en pressant le pas. Puis : « J'ai quelque chose, il faut que j'y mette ordre. »

Deux jours plus tard, il se rendit chez les Burnham pour voir May.

Miss Lucy Burnham, l'aînée des deux filles du général Sam Burnham, s'était consacrée à son père tant qu'il avait vécu et quand il fut mort, au culte de son souvenir. Sa mère était morte peu de temps après que le général fut revenu de la guerre, laissant à ses deux filles, comme dernières volontés, le soin de s'occuper de leur père. À l'enterrement, on put le voir entre ses deux filles, s'appuyant des deux mains sur leurs épaules, et les larmes coulaient de ses yeux bleus dans sa grosse moustache dorée. Lucy, l'aînée, resta son soutien et son esclave, comme l'avait été la mère.

Sam Burnham, promu général à la fin de la guerre, était un homme léger, vain, aimable, insouciant et beau. Grâce à la politique, il avait commencé la guerre avec le grade de major, ignorant jusqu'aux plus élémentaires principes de son nouvel emploi, mais d'une belle prestance et l'allure martiale dans son uniforme. Bien qu'il n'eût jamais eu l'occasion de se distinguer, il n'était ni un poltron ni tout à fait un imbécile, et sa bonne humeur lui valut, auprès de ses camarades, une certaine popularité quelque peu dédaigneuse qui facilita son avancement. Vers la fin des hostilités, il se trouvait assez peu d'hommes capables de commander seulement une compagnie, et c'est ainsi qu'après Atlanta il fut nommé général de brigade. Mais, après la guerre, il se sentit perdu. Il n'avait jamais rien décidé de lui-même ; son père, sa femme, ses chefs ou un aide de camp intelligent avaient toujours pris soin d'organiser sa vie. Maintenant son père était un vieillard ruiné, la guerre était finie, et sa femme était morte.

Quand la vie de l'État eut commencé à se réorganiser et lorsqu'il se fut remis de son propre désarroi, il se poussa dans la politique. Il en avait un peu tâté avant la guerre, et, maintenant, elle lui apparaissait comme la seule occupation où son goût du bavardage, son amabilité, sa belle prestance et ses états de service pussent trouver leur emploi. Il réussit, dans certaines limites. Mais il ne cessait de s'appauvrir et devenait de plus en plus, pour ses collègues, un objet de dédain. Il y avait de l'argent à gagner dans la politique, même dans les postes les moins en vue, mais il était honnête. Alors que les autres exigeaient de l'argent, ou des renseignements que l'on pouvait monnayer, lui ne demandait que des flatteries. Par ce moyen, on pouvait obtenir son vote ou son influence, et les gens le savaient.

Autrefois, sa femme avait dirigé ses affaires avec compétence et autorité. Ce fut alors sa fille Lucy qui en assuma la charge. Elle se révéla médiocre administrateur, tour à tour entêtée et prompte à céder, méfiante et crédule. Pendant les nombreuses absences de son père, elle essaya de diriger l'exploitation du domaine, mais, quand il était à la maison, toute son activité se dépensait à lui plaire. Lorsque sa sœur Ruth, qu'elle considérait comme une enfant, eut déserté la maison pour suivre un jeune homme de l'Arkansas, inconnu et sans le sou, la rigueur de son dévouement pour son père s'accrut encore. Et quand, peu après le mariage de sa sœur, le général Burnham, battu à sa réélection, vit sa santé s'affaiblir lentement, son abnégation devint absolue. Elle le quittait rarement. Elle lui faisait très souvent la lecture, des romans pour la plupart, mais elle s'efforçait d'écarter les journaux, de peur qu'il en fût troublé. Elle lui apportait des fleurs, cueillies dans le jardin négligé qui entourait la maison, et, de la voix caressante que l'on prend pour parler à un enfant, elle lui disait : « Regardez, papa, est-ce qu'elles ne sont pas belles, cette année ? » Ou bien elle peignait et brossait ses cheveux longs et épais, caressait son beau front presque sans rides et ses moustaches encore blondes. Alors, quelquefois, il lui prenait les mains et, tandis qu'elle s'agenouillait devant lui, il les gardait doucement dans les siennes et disait d'une voix frémissante et mélancolique :

« J'ai beaucoup connu le monde, ma chérie. Je suis un vieillard et j'ai vu beaucoup de choses, le luxe, les grands emplois, la richesse, l'honneur et des actions d'éclat, mais – et ce que je dis, je le tiens pour vrai – ce qu'il y a de plus grand au monde, c'est un cœur aimant et tendre. Et tu as un cœur aimant, ma Lucy. »

En de tels moments, sa joie était si grande qu'elle se sentait payée de tout.

Sa jeunesse passa. Des jeunes gens du voisinage l'avaient courtisée, mais elle les avait éconduits les uns après les autres. Leurs attentions, tout d'abord, lui avaient été agréables, et elle en avait été flattée, mais elle se disait à elle-même et elle leur disait : « Il faut que je prenne soin de papa. Tout le monde n'a pas un père comme le mien. » Et de plus en plus se développait en elle ce sentiment – et plus fermement encore après le mariage inconsidéré de sa sœur – que tous les jeunes gens lui étaient inférieurs. Ou, plus exactement, qu'aucun n'était digne d'être présenté à « papa » en qualité de futur gendre. Après la mort de sa sœur, quelque part, au loin, dans le Mississippi, et quand des dames patronnesses de là-bas lui eurent écrit pour lui demander si elles devaient lui envoyer la petite fille, elle renvoya le dernier des soupirants. L'enfant – la petite May – participa à l'existence que Lucy avait organisée entre le fauteuil et le tabouret de son père. L'enfant apprit à s'approcher du général sur la pointe des pieds, à lui faire la révérence et à lui dire, de sa petite voix : « J'espère que vous vous sentez mieux, grand-père », et : « Grand-père, voici une rose que j'ai cueillie pour vous. »

Le général Burnham trouva la mort dans les rues de Bardsville, au cours d'une bagarre électorale. Bien que le monde eût depuis longtemps cessé de lui accorder la moindre attention, les circonstances tragiques de sa mort réveillèrent un instant son importance évanouie. Ses funérailles furent un événement public. Les porteurs de cordon du poêle étaient, comme le défunt, des vétérans de la guerre, et le drapeau confédéré recouvrait son cercueil. Une salve fut tirée devant sa tombe. Alors que l'écho en vibrait encore dans l'air glacé, Lucy Burnham, folle de douleur, s'arracha des bras des amis qui l'aidaient à se soutenir et ce fut avec peine qu'on réussit à l'empêcher de se jeter dans la fosse. Percy Munn, à peine adolescent à cette époque, entendit son cri sauvage, jailli du cœur, et il la vit s'avancer en chancelant vers la tombe béante. Il devait se rappeler ce moment et, beaucoup plus tard, quand il fut assez grand pour comprendre, il devait, avec curiosité, chercher quelle relation pouvait exister entre cette douleur et la femme froide, insignifiante et sotte qu'il fut amené à connaître. Ce fut aussi ce jour-là qu'il aperçut, debout, frêle et immobile auprès de la tombe, une fillette de six ou sept ans, dont le visage semblait pétri d'une cire à peine colorée, et qui ne semblait porter aucune attention à ce qui se passait autour d'elle. Il venait de voir May pour la première fois.

Dès que miss Burnham se fut remise de l'effet stupéfiant de son deuil, elle se dévoua, d'abord à contrecœur et presque avec rancune, à sa petite nièce. Mais l'enfant était si gentille, si docile et si affectueuse que miss Burnham se donna à elle de plus en plus et sans réserve. Un matin, au début du printemps un peu lumineux qui, par la douceur de l'air et par sa pénétrante clarté, semblait annoncer presque prématurément la saison nouvelle, elle était assise auprès de la fenêtre ouverte, en train de brosser les cheveux blonds de l'enfant. Bien qu'un petit feu couvât dans la grille de la cheminée, la fenêtre était ouverte, pour la première fois de l'année, et l'odeur fraîche de la terre pénétrait dans la chambre. Émue, miss Burnham regardait le jardin bouleversé où, parmi les buissons de roses, s'élançaient les grandes tiges noires des plantes sauvages, où les wisterias noueux et effeuillés étreignaient et tiraient au sol les treillages pourris, et, plus loin, les champs bruns ; puis elle reportait son attention sur la tête de l'enfant où jouait la lumière du soleil. Sous cette lumière, les longs cheveux de l'enfant paraissaient d'un or clair, radieux. Soudain miss Burnham laissa tomber sa brosse et, plongeant les mains dans cette chevelure, comme dans l'eau rafraîchissante d'un ruisseau, elle s'écria, les joues couvertes de larmes : « Ô chérie, ô ma chérie ! Comme je serai bonne pour toi ! Fais en sorte que je sois toujours bonne pour toi ! » Pressant alors l'enfant sur sa poitrine, et la tenant d'une main, elle caressa les cheveux d'or en murmurant : « Tes cheveux ! Ils sont exactement de la même couleur que les siens, toi, sa petite-fille ! Ils sont dorés comme les siens ! »

L'enfant devint sa seule raison d'être. Insensiblement, elle s'intéressa de moins en moins aux travaux du domaine. Le personnel noir et les métayers venaient à la maison pour demander des ordres ou pour lui poser une question ; mais elle les faisait attendre parfois une heure ou deux, pendant qu'elle baignait la fillette, qu'elle repassait pour elle des rubans ou les attachait dans ses cheveux. Les hommes flânaient sous le porche, derrière la maison, regardant dans la cour ou causant à voix basse : « Miss Lucy, sûr qu'elle regarde pas à brûler la lumière du Seigneur, sûr que non ! » disaient-ils en riant. Après un moment, elle venait vers eux, d'un air faussement empressé et affairé, et sa mauvaise humeur était prête à éclater à la plus légère contrariété, en un flot de récriminations qu'ils n'arrivaient pas à comprendre.

Elle perdit plus de la moitié du domaine. La maison – une bâtisse en bois, d'un seul étage, comprenant six pièces, construites autour d'une cabane qui, à l'origine, n'avait été qu'un pavillon de chasse – tomba dans un complet abandon. Des planches se détachèrent, découvrant les vieux rondins et les crevasses. Devant la maison, des planches de l'escalier avaient pourri et, dans les pièces en façade, aux endroits où le toit faisait eau, le plâtre du plafond tombait par plaques ; les dernières traces de peinture avaient disparu. Mais miss Burnham, bien que chaque année qui passait la laissât plus râpée dans ses robes noires roussies, trouvait toujours le moyen de se procurer assez d'argent pour acheter à l'enfant des vêtements neufs et des rubans. Et comme sa maison tombait en ruine et que ses nippes montraient de plus en plus la corde, elle devint, avec ses voisins, de plus en plus fière et arrogante. Elle se mit à inventer au crédit de son père des honneurs et des actions d'éclat, d'abord avec tant de précautions et de précision dans les détails, avec un tel art d'éluder adroitement les questions embarrassantes, que tout le monde les acceptait, sauf peut-être les sceptiques. Enhardie alors par le succès, elle étendit le champ de ses inventions et se mit à construire, dans un passé fantastique, une histoire de plus en plus merveilleuse.

Elle détestait les jeunes gens dont le regard perçant semblait, pendant même qu'elle leur parlait, toujours fixé sur un carreau fêlé ou sur un bout de tapis usé jusqu'à la corde, ou même sur ses mains rouges couvertes de gerçures. Elle les détestait et elle les méprisait, mais, plus que tout autre, elle détestait Percy Munn. Avec elle, il se montrait toujours plus poli et plus attentionné que les autres, mais en même temps plus silencieux et plus circonspect ; et aussi, comme elle le devina tout de suite, il était le plus à craindre, car c'était lui qui devait lui enlever May.

Il épousa May, après l'avoir courtisée pendant deux ans. Il aurait pu se marier plus tôt, mais il voulait établir sa clientèle et avoir un peu d'argent devant lui. Sitôt revenu de Louisville, où ils avaient fait leur voyage de noces, Percy Munn avait envoyé des ouvriers pour repeindre la maison de miss Burnham et y mettre un toit neuf. Il leur avait simplement commandé d'aller commencer les travaux et de répondre, si on les interrogeait, que l'affaire était arrangée d'avance. Mais miss Burnham parut ignorer leur présence et jamais elle ne fit à Mr. Munn la moindre allusion à ce sujet, ni, autant qu'il put savoir, à May. Elle se conduisait comme si le toit neuf et la peinture provenaient d'un phénomène naturel, comme une pluie d'orage ou un changement de saison.

« C'est bien gentil de ta part de faire tout cela pour tante Lucy, disait May.

— Je déteste voir une propriété s'en aller en ruine, répondait-il, et, de toute façon, je pense que la maison sera un jour à toi.

— Elle sera si heureuse de la voir remise en état », déclara-t-elle.

Il ne lui avait pas dit qu'il avait hypothéqué une partie de ses terres pour racheter la dette inscrite sur la propriété de sa tante. Il ne discuta pas non plus l'affaire avec miss Burnham. Il la voyait rarement. May allait souvent lui faire visite, mais n'arrivait pas à la décider à venir chez Mr. Munn. Il savait qu'elle le détestait et qu'elle ne lui pardonnerait jamais de lui avoir enlevé May, ni d'avoir fait repeindre la maison, ni de lui avoir évité d'en être expulsée. Aussi, ce matin de septembre, tout en roulant dans son buggey sur la route qui menait là-bas, pour aller voir May, lui parler et, si possible, la persuader de revenir avec lui, il savait que, quelle que fût l'issue de sa démarche, miss Burnham y trouverait l'occasion d'une haine nouvelle ou l'assouvissement d'une haine ancienne.

Il attacha sa jument à un pieu de la clôture dont il éprouva la solidité et, s'étant aperçu qu'il tombait en pourriture, poussa un juron et jeta son dévolu sur un autre, plus solide. Puis il se dirigea vers la maison. La domestique qui avait répondu au coup frappé à la porte le laissa debout sous le porche jusqu'à ce qu'elle revînt annoncer :

« Miss Lucy, elle dit que vous pouvez entrer au salon. »

Il la suivit dans le hall ; elle poussa une porte à gauche et s'effaça :

« C'est à miss May que je veux parler, dit-il.

— Miss Lucy, elle dit qu'elle est là », répondit la domestique en se retirant dans le hall.

Le salon était plongé dans une obscurité presque complète. L'air y était froid, immobile, et il y régnait une odeur de poussière. Instinctivement, il se dirigea vers la fenêtre la plus proche et étendit la main pour écarter les rideaux ; puis il décida que ce ne serait pas convenable. Il revint au milieu de la pièce, dans l'endroit libre. Le salon n'était pas très grand. Les deux bibliothèques massives, aux portes vitrées, qui montaient jusqu'au plafond, les chaises, les causeuses, les guéridons et les stores de guipure, les grands vases fêlés, tous ces objets se pressaient autour de lui dans l'ombre, pesaient sur lui et l'étouffaient, et, toujours debout au milieu de la pièce, il respirait l'odeur de crin et de poussière et sentait son cœur battre à coups précipités.

Miss Burnham fut longue à venir. Elle arriva enfin et s'avança dans le bruissement de ses jupes de soie noire, la tête en avant, dans un mouvement de colère et de défi à peine dissimulé. Il attendit, le chapeau à la main ; sans faire mine de le voir, elle avança sur lui, puis s'arrêta comme si elle était effrayée par un obstacle.

« Bonjour, Mr. Munn, dit-elle en secouant toujours la tête d'arrière en avant, comme un métronome bat la mesure, dans un mouvement automatique qui ne semblait avoir aucun rapport avec ce qui se passait.

— Bonjour », répondit Mr. Munn.

Elle ne lui offrit pas de s'asseoir et ne fit même aucun geste pour lui indiquer un siège. Elle restait debout, droite, en face de lui.

« Je suis désolé de vous avoir dérangée, dit-il pour s'excuser, après un moment d'attente. Je crois que la domestique ne m'a pas compris. J'ai demandé si je pourrais voir May.

— Elle vous a très bien compris, dit miss Burnham.

— Eh bien ! commença Mr. Munn d'un ton hésitant. Je ne veux pas vous déranger. Je veux seulement parler à May. »

Sous l'insistance de son regard et du petit mouvement régulier de sa tête, il poursuivit :

« Vous savez que nous avons eu un… un malentendu, et je voulais lui parler. Ce n'est pas grave. C'est-à-dire cela ne devrait pas… »

Ce regard absent, ce mouvement de tête persistaient toujours. Il traînait sur les mots.

« Vous ne pouvez pas voir ma nièce, affirma-t-elle.

— Est-ce qu'elle n'est pas ici ? Je pensais…

— Elle est ici, dit miss Burnham.

— Elle est ici ?

— Mais vous ne la verrez pas. C'est impossible.

— C'est important, dit Mr. Munn en haussant les épaules. Il faut que je la voie.

— Non, répondit-elle.

— Je vous demande pardon ! »

Il fit un pas vers elle, et elle recula :

« J'ai le droit de la voir. J'ai tous les droits.

— Vous êtes déchu de vos droits.

— J'ai tous les droits. Je veux la voir.

— J'aurais pensé que la honte vous l'interdirait », rétorqua-t-elle en baissant un peu le ton de sa voix criarde.

Elle ramena les mains devant elle et les joignit.

« C'est honteux… commença-t-il.

— Elle est couchée, ses beaux cheveux d'or sur l'oreiller, et les larmes lui coulent sur les joues. J'aurais cru que la honte allait vous faire disparaître sous terre, Mr. Percy Munn. Ou bien que vous alliez vous loger une balle dans la tête. Si j'étais un homme, je vous rendrais ce service. Comme mon père, le général.

— Je veux la voir, dit-il d'un ton quelque peu égaré.

— Non », répliqua-t-elle.

Il fit un pas vers la porte, mais elle se posta devant lui ; leurs corps se touchaient presque.

« Non », dit-elle encore une fois.

Et le ton de sa voix trahissait une joie longtemps différée.

Il insista :

« Je veux la voir ! »

Mais, les bras écartés, elle lui barra la porte.

Il lui saisit les poignets, et il les sentit glacés. Elle tremblait de tout son corps.

« Rappelez-vous, s'écria-t-elle, rappelez-vous que vous êtes un gentleman… si vous l'êtes. »

Il ne la lâcha pas.

« Ôtez vos sales mains de là », dit-elle.

Il ne la lâchait toujours pas. Il continuait de la regarder avec une sorte de curiosité. Il plongeait son regard dans le sien, dans ces yeux bordés de rouge, il la voyait secouer la tête de ce geste lent, effrayant, et, l'instant d'un éclair, il pensa avec quelle facilité il pourrait casser cette vieille tête vermoulue d'un coup de poing. D'un seul coup, comme un melon trop mûr. Il resserra son étreinte sur les poignets.

« C'est bon, dit-il, et il la lâcha.

— Je le dirai à May, s'écria-t-elle, haletante et triomphante. Je lui dirai tout !

— C'est bon ! »

Elle répéta : « Tout ! Et jamais plus vous ne jetterez les yeux sur elle. »

Il se tenait comme une souche et la regardait :

« C'est bon ! » dit-il.

Elle quitta le hall et, tremblante, lui montra la porte du doigt. Elle hurlait presque :

« Maintenant, sortez ! »

Revenu chez lui, il se changea, mangea dans la cuisine un morceau de viande froide et se rendit au hangar où l'on rangeait les outils. Il se munit d'un couteau d'abattis et se hâta vers les champs. On était en train de faire la récolte dans le dernier champ de tabac ; sa récolte à lui ; ce champ-là lui appartenait, il n'était pas affermé à mi-part. Il s'approcha des travailleurs, les salua d'un bref « *Hello!* » et se mit à l'ouvrage en longeant une rangée de plants. Les ouvriers – Mr. Grimes assisté de deux hommes noirs – l'accueillirent d'un regard tranquille et reprirent leur besogne.

Mr. Munn sentait le couteau s'enfoncer comme de lui-même dans la tige qu'il fendait presque au ras du sol. Il retournait alors le couteau et, d'un revers de lame, il élaguait le pied de tabac, un peu plus bas. La lame, très nette, brillait au soleil. De temps en temps, il s'arrêtait, ramassait un plant, le regardait de près et le soupesait à deux mains. La récolte promettait d'être belle : belle, étant donné la saison, en tout cas. Il reposait alors le plant sur le sol, où il fanerait avant d'être étendu sur le séchoir.

« Ça doit peser un bon poids, remarqua Mr. Grimes en le voyant examiner un plant.

— Ça en a l'air, répondit Mr. Munn d'un ton bourru.

— Je m' fais vieux », dit Grimes en se redressant.

Il était d'aspect malingre, et sa chemise d'un bleu passé lui pendait sur les épaules. Ses yeux étaient de la même couleur que sa chemise, et ses grosses moustaches rousses s'agitaient d'une façon grotesque lorsqu'il parlait.

Il répéta :

« Je m' fais vieux. Soixante ans bientôt, et j'en ai vu, du tabac ! J' crois bien que j' connais pas aut' chose. Et d' mon temps, j'ai vu du tabac qui valait pas celui-là.

— Oui ? dit Mr. Munn.

— Ce champ-là – et d'un lent regard il parcourait le sol en pente douce où l'on n'apercevait plus maintenant que les souches mutilées –, ce champ-là, moi, j' dis toujours, s'il pousse qu'une main d' tabac, c'est là qu'elle poussera. J'ai vu toutes sortes d'endroits, d' mon temps, et j'ai mis l' soc d'une charrue dans pas mal de pièces de terre. Mais, c' que j' dis, c'est qu'on n'a qu'à gratter seulement un peu la terre dans c' coin-là, et avec du beau temps, si l' bon Dieu l' permet, y vous donn'ra un p'tit quelque chose pour vot' sueur.

— Oui, acquiesça Mr. Munn, c'est de la bonne terre. »

Il la regardait, à ses pieds, comme s'il la découvrait. Il y posa le plant qu'il avait ramassé, à côté de ceux qui étaient en train de faner. Un ouvrier noir passa près de lui, le long de la rangée, portant une brassée de tiges. Il les laissa tomber avec bruit, entre les sillons, et se mit à élaguer les plants déjà coupés. Mr. Munn se pencha sur son ouvrage. Même à travers la chemise, il sentait dans son dos et dans son cou la chaleur du soleil. Il se disait que la saison allait bientôt changer, et ce reste de chaleur sur sa peau lui plaisait.

« Ouais, poursuivit Mr. Grimes. Y a quelque chose comme trente-six ans qu' j'ai planté du tabac dans c' même champ-là. Pour vot' papa. Et ça a donné une bonne récolte. Alors j' suis parti. Mais deux fois que j' suis r'venu ici, avant c' jour. On dirait qu'un jeune gars, ça peut pas rester tranquille et qu' ça a tout l' temps envie d' bouger. Ça lui fait rien, l' genre de terre où qu'il doit travailler. On dirait qu' c'est comme ça. »

Penché, le couteau à la main, Mr. Munn l'écoutait distraitement.

« Je le crois aussi, répondit-il.

— Une bonne terre, dit Grimes. Elle paie un homme de sa sueur. »

Mr. Munn abattit son couteau et ramassa le plant.

« ... De sa sueur, répéta Grimes. Si quelqu'un peut avoir un peu d'argent pour son travail. »

Lentement Mr. Munn se releva, le plant à la main. Il le soupesa :

« Par Dieu, déclara-t-il, par Dieu, nous en tirerons quelque chose !

— J'ai déjà entendu dire ça », répondit Grimes.

Ils achevèrent la récolte, à l'exception de quelques plants, à l'extrême limite. Un ouvrier noir y coupait encore et disposait les plants sur le sol, où ils resteraient faner. Ils s'arrêtèrent un instant – Mr. Munn, Grimes et l'autre Noir – et contemplèrent la terre dénudée, rougeâtre, d'où les souches sortaient en rangées parallèles. Ils élaguèrent les derniers plants, et le Noir grimpa sur le chariot. Lentement, roulant à travers champs, le chariot avançait vers la grange, une grande bâtisse construite au sommet d'une levée de terre, grise et nue, comme une boîte, qui se détachait sur les lointaines clartés de l'horizon. Mr. Munn et Grimes suivaient à pied.

« Maintenant, il est presque tout rentré, remarqua Grimes en regardant le champ vide.

— Oui, répondit laconiquement Mr. Munn.

— C'est un beau coup d'œil, tout c' tabac qu'est v'nu sur ce lopin d' terre, poursuivit Grimes. Dans c' lopin-là, j'ai mis du tabac avant qu' vous soyez né. De fois à autre, il a poussé là avant qu' vous soyez là et moi aussi. »

Mr. Munn ne répondit rien. Tous deux marchèrent ensemble en lisière du champ, jusqu'à un sentier qui bifurquait à travers la prairie. Arrivé là, Mr. Grimes hésita un peu :

« Et il en poussera là quand nous serons morts, vous et moi. Quand nous serons partis dans un monde meilleur.

— Au revoir, dit Mr. Munn.

— Au revoir », répondit Grimes.

Et il s'engagea sur le sentier qui traversait la prairie ; il marchait comme un bossu, une épaule plus haute que l'autre, la tête basse. Arrivé au bord du terrain où s'élevait la grange, Mr. Munn tourna la tête. Il ne voyait plus Grimes. Il devait être arrivé à la cabane qu'il occupait, de l'autre côté de la prairie, auprès d'un arbre isolé, et il était rentré chez lui.

Mr. Munn se retourna et se mit en devoir de traverser le champ. Un homme noir approchait ; il reconnut le vieux Mac, qui lui annonça :

« Y a du monde pou' vous à la maison, missié.

— Qui est-ce ?

— Missié Bill Christian, dit le vieux Mac, avec un aut' missié. »

Mr. Munn pressa le pas.

« Tu ne sais pas qui ?

— C'est un missié qui a les cheveux 'ouges, dit le vieux Mac. Sa tête, elle ti'e sur le rouge, si on peut di'. »

Mr. Munn se dirigea vers la maison. Il courait presque. Il fit claquer la porte, traversa la cuisine, le hall, et appela.

Mr. Christian et le docteur Mac Donald attendaient dans l'enclos, sous les érables. Mr. Munn accourut vers eux, la main tendue. En les voyant avancer, souriants, il éprouva soudain un plaisir inattendu, un soulagement, comme une délivrance.

« Par Dieu ! s'écria Mr. Christian. Où étiez-vous fourré ? »

Mr. Munn hésita, gêné.

« Un peu partout, répondit-il.

— Par Dieu ! dit Mr. Christian. Je me suis mis tout bonnement dans la tête de passer par ici pour voir ce que vous fabriquez. Le fils Todd est là-bas en train de faire une telle cour à Sukie que je n'en pouvais plus de regarder ça. C'est un bon garçon, mais, Dieu tout-puissant ! Il vous fait de ces yeux de veau ! Il y a de quoi vomir. Alors je me suis dit, tout bonnement : "Bougre, je vais m'en aller voir Perse !"

— C'est parfait, déclara Mr. Munn. C'est parfait. »

Mr. Christian gesticulait dans la direction du docteur.

« Et voilà justement que là-bas, en ville, je tombe sur le doc. Hein, doc ? C'est pas vrai ? Alors j'ai pensé l'amener avec moi, tout simplement.

— C'est parfait », répondit encore Mr. Munn.

Il se disait : « Il ment, ils ont comploté cette visite. » Mais il était content.

« Certainement, dit alors le docteur Mac Donald.

— Vous allez rester dîner », dit Mr. Munn.

Il insista :

« Je vous assure qu'il faut rester. Je vais dire de mettre vos assiettes. May… »

Il s'arrêta, puis se reprit et continua très vite :

« May n'est pas là, pour le moment, mais vous allez rester. »

Les deux hommes se regardèrent, puis regardèrent Mr. Munn.

« Parfait », dit Mr. Christian.

Le docteur fit une grimace et acquiesça d'un signe de tête.

« Vous avez fini de couper votre tabac ? demanda Mr. Christian, tandis qu'ils prenaient le chemin de la maison.

— Oui, dit Mr. Munn, presque fini.

— Moi, j'ai fini, et j'ai commencé à allumer les feux, dit Mr. Christian. La récolte paraît assez belle, pour la plus grande partie. Maintenant, bon Dieu ! Je vais me donner du bon temps. C'est réglé. Je vais me payer quelques jours de chasse, cet automne, si je n'ai rien de mieux à faire. Cela m'a bougrement manqué l'automne dernier. Mais, cette année, je ne vais pas m'en priver. J'ai vu des masses d'oiseaux passer au-dessus de chez moi. Des masses ! Vous, Perse, il faudra venir en tirer quelques-uns avec moi. Ça fait pas mal de temps que nous n'avons pas chassé. Et je me suis offert quelques chiens, tout ce qu'il y a de meilleur pour le lapin. Vous n'avez qu'à venir là-bas, arrangez-vous pour rester quelque temps…

— C'est entendu ! » dit Mr. Munn.

Et Mr. Christian lui posa sa lourde main sur l'épaule.

Ils prirent place autour de la table, devant les mets fumants, dans la sombre salle à manger. On leur servit du jambon frit, du poulet avec de la purée de pommes de terre, des aubergines en beignets, puis une tarte avec le café. Mr. Christian mangeait le nez dans son assiette, et sa tête chauve luisait doucement sous la lumière de la lampe. Ses puissantes mâchoires fonctionnaient lentement et avec vigueur tandis qu'il déclarait :

« Aussi vrai que le bon Dieu, Perse, je suis un type qui aime bien les bonnes choses ! »

Le repas fini, ils restèrent à table à fumer et à bavarder. Après une petite pause dans la conversation, le docteur, très maître de lui, dit d'un ton dégagé :

« À propos, j'ai lu ce matin dans le journal qu'on a retrouvé cet individu, ce Trevelyan. »

Mr. Munn fit une brusque aspiration :

« Oui ? dit-il.

— Oui », répondit le docteur Mac Donald.

Il s'arrêta pour examiner le tabac dont il venait de bourrer sa pipe. Puis soudain, levant les yeux, il regarda Mr. Munn bien en face :

« Oui, répéta-t-il, on l'a trouvé. Des gosses qui passaient par là avec leurs pétoires. Ils ont regardé dans la carrière. Ils l'ont vu pris dans les roseaux. »

Mr. Munn s'agrippait des mains au bord de la table.

« Ils ont couru d'une traite jusqu'à la ville », poursuivit le docteur.

Pendant une minute, personne ne dit mot. Le docteur, par-dessus le petit espace blanc de la nappe éclairée par la lampe, regardait toujours Mr. Munn.

Mr. Christian recula un peu sa chaise :

« Perse, demanda-t-il, avez-vous encore du café ? »

Mr. Munn alla à la porte de l'office et demanda une autre tasse. Il retourna à la table et s'assit. La cuisinière noire apporta le café et, sur un signe de Mr. Munn, le posa devant Mr. Christian, qui le vida à moitié, puis le reposa avec bruit sur la table.

« Perse, dit-il enfin, quand est-ce que vous viendrez tirer des oiseaux avec moi, hein ? Bientôt, n'est-ce pas ? Pour l'ouverture ?

— Oui, répondit Mr. Munn.

— Il vaut mieux venir de bonne heure, n'est-ce pas. Ouais, venez, et nous allons en descendre, des oiseaux, hein ?

— Oui.

— Et cette Miss Sukie Perkins que j'ai achetée, je suis sûr que c'est un chien comme vous n'en avez jamais vu. »

10

Il était étendu dans le grand lit, entouré par l'obscurité, et il écoutait les bruits confus de la nuit ou le hurlement lointain d'un chien, ou le gémissement d'une vieille planche sous la pression d'un pied, et il attendait sa venue.

Le loquet de la porte se soulevait lentement, le fer faisait entendre son petit cliquetis sec quand le loquet, à bout de course, était dégagé de son tasseau, et la porte, blanche dans la chambre pleine d'ombre, se mettait à tourner furtivement vers l'intérieur. Aujourd'hui, la porte tournait doucement et sans bruit, mais, la première fois qu'elle était entrée dans la chambre, le grincement des gonds l'avait éveillé dans son demi-sommeil. Il s'était dressé sur son lit, prêt à crier de surprise, avant d'avoir aperçu sa main levée.

Plus tard, elle avait huilé les gonds.

« La porte n'a pas grincé, ce soir, n'est-ce pas ? avait-elle demandé, la tête posée sur son épaule, en lui soufflant les mots dans l'oreille.

— Non, elle n'a pas grincé », avait-il dit.

Et il se rappelait qu'elle n'avait pas fait de bruit. Sur le moment, il n'y avait pas fait attention, tant il était impatient de la voir apparaître.

« Je l'ai arrangée, lui avait-elle dit.

— Ne me souffle pas dans l'oreille, ça me chatouille.

— J'ai huilé les gonds, avait-elle murmuré. J'y ai mis de l'huile d'armes, que j'ai prise à papa, pendant que vous étiez tous dehors, cet après-midi, en train de chasser. Je suis adroite, hein ? Tu ne trouves pas ?

— Oui.

— Eh bien ! Pourquoi ne me remercies-tu pas ? Je t'ai peut-être sauvé la vie. Peut-être que maintenant papa n'entendra pas cette porte et ne te tirera pas un coup de fusil.

— C'est très probablement ce qu'il ferait, avait-il dit.

— Tu ne me dis pas merci pour l'avoir arrangée ?

— C'est moi qui vais t'arranger si tu ne cesses pas de me chatouiller l'oreille. »

Alors elle lui avait mordu le lobe de l'oreille.

« Au diable, Sukie », avait-il dit.

Et, tenant d'une main ses cheveux enroulés pour l'empêcher de lever la tête de l'oreiller, il l'avait embrassée sur la bouche.

Maintenant, les gonds tournaient en silence. Ce n'était plus comme la première fois. Doucement, discrètement, la porte s'ouvrait, et elle se glissait dans la chambre, et elle se tenait un doigt sur les lèvres, feignant de l'avertir, tandis qu'elle repoussait la porte et abaissait le loquet. Parfois, s'il ne faisait pas clair de lune, l'obscurité était si complète qu'il pouvait à peine distinguer la silhouette qui se détachait sur la tache blanche de la porte, mais il savait qu'elle était là, debout, et qu'elle lui souriait comme si elle pouvait voir son visage. La porte verrouillée, elle traversait vivement la chambre pour le rejoindre, et ses mouvements faisaient voler son kimono. Comme il y avait rarement du feu, elle frissonnait, ou elle faisait semblant, et, debout près du lit, elle ôtait son kimono, en disant :

« Pousse-toi, je veux la place chaude, je suis morte de froid. »

Et elle tirait sur elle les couvertures et frissonnait, en faisant mine de claquer des dents, et elle posait sur les siens ses pieds glacés.

« Enlève-les, murmurait-il.

— Non, je ne les enlèverai pas... »

Et elle claquait des dents.

« Je suis morte de froid d'avoir parcouru ce corridor en avançant pouce à pouce... J'ai dû attraper une fluxion de poitrine... tout cela à cause de tes vils instincts... et tu ne veux même pas me réchauffer les pieds... animal !

— Vils instincts toi-même.

— Non, non... »

Elle jacassait :

« Non... pas tout de suite... »

Maintenant, elle fermait vite la porte et, kimono au vent, elle courait se mettre au lit ; mais la première fois, quand elle avait levé la main pour l'empêcher de crier, dans son demi-sommeil, et avait poussé la porte qui avait grincé sur ses gonds, elle s'était approchée de lui, d'un air circonspect, et, s'étant penchée, elle lui avait pris la tête entre ses mains, et elle l'avait embrassé. Ç'avait été leur premier baiser. Puis, debout auprès du lit dans l'air glacé, elle avait attiré sa tête contre elle et, au creux des côtes, il avait entendu son cœur battre à grands coups réguliers.

La première fois, elle l'avait surpris. À présent, quand il l'apercevait debout dans l'embrasure de la porte, la main levée pour l'avertir, il n'était plus surpris. Jamais, cependant, ils n'osaient parler d'eux-mêmes, ni de leurs sentiments. Ils ne s'étaient pas souvent trouvés ensemble. Parfois, le soir, ils s'étaient assis auprès du feu, au salon, en compagnie de Mr. Christian et de Benton Todd, causant tranquillement de choses et d'autres, dans une conversation à bâtons rompus, jusqu'au moment où le jeune homme regardait sa montre et faisait cette remarque :

« Il se fait tard, il vaut mieux que je parte. »

Mr. Christian se levait, étirait ses gros bras et disait :

« Eh bien ! Mon garçon, je crois que je vais aller me coucher. Et vous autres aussi, je pense ? »

Une fois, elle les avait accompagnés à la chasse aux cailles. Elle portait un sweater rouge et un vieux veston qui avait appartenu à son père, et elle avançait lentement dans l'herbe dorée par le soleil, derrière les setters attentifs et impatients. Ils n'avaient presque jamais été seuls ensemble.

Mais, un certain jour, elle l'avait ramené de la ville dans son buggey. Il était au coin d'une rue, attendant Mr. Christian qui devait revenir de la ville le lendemain matin et qui, de cette façon, pourrait le ramener, et il avait été surpris de voir que c'était Lucille Christian qui conduisait.

« Papa a des affaires à régler, lui avait-elle expliqué, et il a été obligé de rester à la maison. Alors je suis venue faire les commissions. »

Puis elle avait ajouté :

« Et pour vous prendre.

— C'est très gentil », avait-il dit, en grimpant dans le buggey.

Pendant que la voiture roulait dans Bardsville, ils avaient causé de choses insignifiantes. Aux rues du centre de la ville – où se trouvaient les magasins et où les gens pressaient le pas, car la journée était froide – avaient succédé d'autres rues, bordées, celles-là, de maisons de bois peintes en blanc, en retrait sur des pelouses, brunes à cette époque, et abritées derrière les troncs noirs des érables dépouillés. Des rues désertes, où seuls des enfants en bonnets tricotés, emmitouflés dans leurs manteaux, couraient sur les pelouses, traînaient les pieds dans les feuilles mortes en poussant des cris sans signification. La vie semblait s'être retirée profondément dans le secret des maisons. Les vitres brillaient d'un éclat mat, comme la glace à la surface d'un étang. Ils passèrent les dernières habitations et se trouvèrent en pleine campagne.

Mr. Munn leva la tête et scruta le ciel.

« C'est curieux, n'est-ce pas, dit-il, mais, en ville, on ne remarque pas beaucoup le temps qu'il fait.

— Il y a en ville une foule de choses auxquelles on ne fait pas attention », répondit-elle.

Il regardait toujours le ciel sans soleil et l'horizon couleur de plomb.

« Quoi ? demanda-t-il.

— Oh ! répondit-elle. Vous-même, par exemple.

— Vous-même ? »

Il tourna la tête de son côté, mais leurs regards ne se rencontrèrent pas.

« Oui, vous-même. »

Par-dessus la tête du cheval, elle regarda la route. Puis elle poursuivit :

« Oui, tout le temps que j'ai passé à Saint-Louis, je n'ai jamais su, en réalité, à quoi je pouvais ressembler. Je ne faisais pas attention à moi. Ce que je faisais, je le faisais sans savoir pourquoi.

— Là ou ailleurs, il est rare qu'on soit vraiment sûr de savoir pourquoi on fait telle ou telle chose, dit Mr. Munn. C'est rare, mais, mon Dieu ! Cela peut arriver.

— Je ne l'étais jamais, avant.

— Et maintenant, l'êtes-vous ?

— Un peu plus maintenant », répondit-elle.

Pendant quelques minutes, ils restèrent silencieux, regardant les champs et les bois, dans le lointain. Puis elle demanda :

« L'êtes-vous ? L'êtes-vous ?

— Suis-je quoi ? »

Il savait ce qu'elle voulait dire, mais il éludait la question comme pour gagner du temps.

« Sûr, dit-elle.

— Pas toujours.

— Je croyais que vous l'étiez, toujours.

— Pourquoi ? » demanda-t-il.

Elle se tut un instant, puis reprit :

« Parce que vous en avez l'air. Votre façon de bouger. Votre façon de dire les choses. Vous les dites comme si vous étiez sûr de vous. Et ce que vous avez fait…

— Qu'est-ce que j'ai fait ? »

Elle regardait toujours la route.

« Oh rien ! C'est-à-dire rien en particulier, répliqua-t-elle. Rien en particulier. Juste l'ensemble, si vous voulez.

— Je ne comprends pas, dit-il.

— Oh ! L'ensemble, simplement. Et je ne suis pas la seule à avoir cette impression. D'autres l'ont aussi. Ils ont la même impression.

— Je crois bien que, la plupart du temps, personne n'est sûr », répondit-il.

Maintenant, autour d'eux, le paysage était désert ; et le ciel était vide. De chaque côté de la route s'étendaient des champs dénudés, des tiges de maïs, des souches de tabac, des pâturages bruns. Les arbres, le long des barrières de bois, avaient perdu leurs feuilles et, à l'horizon, les bois étaient bleus ou couleur de fumée. Les sabots du cheval claquaient sur la chaussée avec un bruit sec. Une ou deux fois, ils entendirent un corbeau croasser derrière les clôtures. Ils ne rencontrèrent personne.

Après un long silence, elle dit :

« Si vous avez froid, vous trouverez une couverture derrière vous.

— Et vous ? Avez-vous froid ?

— Non. Pas réellement, répondit-elle.

— Moi non plus, assura-t-il. Oh ! Pas beaucoup. »

Cependant, il se retourna pour atteindre la couverture. Elle leva les guides, et il l'étendit sur ses genoux, la remontant jusqu'à la ceinture. À ce moment, elle tourna la tête et le regarda droit dans les yeux.

« Merci », dit-elle.

Cette nuit-là, pour la première fois, elle était venue dans sa chambre.

Il y avait, lui semblait-il, deux personnes en elle. Celle qui venait dans sa chambre, un doigt sur les lèvres, et qui, dans l'ombre, repoussait doucement derrière elle la porte blanche. Et celle qu'il voyait aller et venir dans la maison pendant la journée, causant familièrement de choses et d'autres avec lui, avec son père ou avec Benton Todd, ou fredonnant un air à mi-voix. Deux personnes qui lui paraissaient tout à fait distinctes. À la première, il associait tous les petits bruits nocturnes, mélancoliques, excitants et insidieux qui agissaient sur son être conscient lorsque, couché, il l'attendait parfois en vain, les yeux fixés sur la porte, ou bien quand elle était couchée près de lui – le grignotement sec et ininterrompu d'une souris dans le mur, une chouette qui hululait dans les bois, les aboiements d'un chien, au loin, les indéfinissables craquements d'une vieille poutre ou d'une vieille solive. Avec cette personne-là, il ne conversait qu'à voix basse, car, s'il élevait la voix, elle allongeait le bras et lui posait un doigt sur les lèvres en faisant « Chut ! ». Un jour, il lui avait dit :

« Tu sais que, pour moi, tu es deux personnes différentes ?

— Oui.

— Celle qui est là, en ce moment même, et l'autre que je vois aller et venir tranquillement, mais à qui, en réalité, je ne parle jamais.

— Il est difficile de n'être qu'une seule et unique personne », avait-elle répondu.

Ils étaient restés un instant silencieux, puis, comme s'il n'y avait pas eu ce silence entre eux, elle avait dit :

« J'aime mon père, et je suis sûre que, s'il savait tout, cela pourrait le tuer. Et je t'aime. Tu vois comme les choses sont compliquées. »

Benton Todd était amoureux d'elle, cela sautait aux yeux, et Mr. Munn ne pouvait pas manquer de s'en apercevoir. Le jour où Mr. Christian était venu chez lui en compagnie du docteur Mac Donald, il avait dit qu'il lui était insupportable de rester là à contempler « les yeux de veau » que faisait le jeune homme. Qu'il en avait envie de vomir. Quand il venait chez les Christian, Benton Todd suivait Lucille dans toute la maison alors qu'elle s'affairait, ou qu'elle faisait semblant. Elle sortait pour s'assurer que le lait du soir avait bien été ramassé ou qu'un panier d'œufs était prêt à être porté en ville le lendemain matin ; ou bien elle aidait à préparer le dîner. « Vous pouvez venir avec moi si cela vous fait plaisir », lui disait-elle, et il la suivait. Elle lui donnait à tenir des ustensiles, des casseroles, des paniers ou des torchons, les lui jetait brusquement et lui disait avec bonne humeur : « Là, Benton, tenez-moi cela une petite minute, vous voulez bien ? » Alors, sans plus s'occuper de lui, elle l'abandonnait avec un panier d'œufs, un torchon mouillé, ou bien il la suivait fidèlement, l'objet à la main.

S'il ne pouvait pas être avec elle, il se mettait à la recherche de Mr. Munn et lui posait des tas de questions. Il voulait savoir ce qu'il pensait de tel cas qu'il se rappelait de son cours de droit, de tel détail relatif à la conduite de l'Association, d'une affaire politique, ou des chances de succès du sénateur Tolliver aux élections.

« S'il est élu, avait dit un jour Mr. Christian en levant la tête de son journal, quand il l'avait entendu poser la question à Mr. Munn, s'il est élu, par Dieu, je lui fais sauter sa sacrée tête de sur les épaules. »

Et l'on avait entendu le bruit de papier froissé du journal qu'il venait de mettre en morceaux. Puis il avait ajouté :

« De mes propres mains. »

La vue seule de Benton Todd irritait tous les jours davantage Mr. Munn. Il en convenait, c'était un gentil garçon, assez distingué, mais il lui reprochait sa jeunesse, son innocence et cette conviction affichée qu'il suffisait de se montrer pour tout remettre en ordre, parce que l'on avait raison. Ses perpétuelles questions et l'air de respect qu'il prenait pour les poser agissaient sur les sentiments de Mr. Munn comme un reproche, comme une accusation injuste portée par un ami dont on était sûr. Mais, quand il le voyait suivre Lucille partout dans la maison, essayant de lui parler tandis qu'elle s'affairait d'une pièce à l'autre – sans nécessité, il en était sûr – ou quand il le voyait plein de confiance et un peu ridicule, debout, abandonné au milieu d'une pièce et balançant un panier ou une casserole dans sa large main, il avait la tentation de s'en aller, de protester, de demander pourquoi elle le traitait ainsi, pourquoi, si elle ne l'aimait pas, elle ne l'envoyait pas à ses affaires.

« Pourquoi le laisses-tu tourner autour de toi ? » lui demanda-t-il une nuit qu'elle était allongée auprès de lui dans l'obscurité.

Longtemps, ils étaient restés silencieux, le regard au plafond.

« Chut, dit-elle en lui posant un doigt sur les lèvres, ne crie pas. Tu vas réveiller papa ! Et alors, qu'est-ce que tu deviendras !

— Pourquoi le laisses-tu tourner autour de toi ? chuchota-t-il.

— Qui ? demanda-t-elle sans ôter le doigt et en s'amusant à suivre le contour de ses lèvres.

— Tu sais qui, Benton Todd. »

Elle chuchota :

« Je lui ai dit de s'en aller.

— Eh bien ! Il n'est pas parti.

— Tu es jaloux, murmura-t-elle en lui caressant les lèvres.

— Dieu non ! Je ne suis pas jaloux.

— Si, jaloux ! Tu es jaloux, et ce n'est qu'un gosse. Et c'est aussi ton plus fervent admirateur. On n'a qu'à prononcer ton nom et il est prêt à se mettre à genoux ; il croit que tu as décroché la lune.

— Je ne suis pas jaloux, dit posément Mr. Munn, mais ce n'est pas loyal à son égard. Je n'aime pas le voir traîner partout un ustensile à la main, avec l'air de ne plus savoir comment il est venu là. »

Benton Todd était très convenable, certainement ; et Mr. Munn l'aimait bien. Ce n'était que lorsqu'il séjournait chez les Christian que cette irritation prenait le pas sur ses sentiments habituels pour le jeune homme. À son amitié pour lui venait s'ajouter un certain sentiment de culpabilité. Benton Todd n'avait aucune raison de se mêler des affaires de l'Union des fermiers libres, et il se sentait obscurément responsable de l'affiliation du jeune homme. « Toujours ce sacré penchant pour le culte des héros dans un esprit faible », se disait-il, et il se sentait gêné d'être l'objet d'une admiration. Maintenant, et parce qu'il s'imaginait sauver la patrie, le jeune homme courait la campagne pendant la nuit au risque d'être mis en prison ou de recevoir un coup de fusil.

Mais Mr. Munn estimait que Lucille assumait aussi sa part de responsabilité : il l'avait compris depuis longtemps, avant même de savoir exactement ce que signifiait ce jeu. Il avait d'abord pensé que Benton Todd avait rejoint les Cavaliers de la Nuit parce qu'il devinait que les sympathies de la jeune fille étaient tournées de ce côté, ou parce qu'il voulait se donner, à ses yeux, le rôle avantageux de celui qui méprise de sombres avertissements. Puis il avait fini par conclure que, d'une façon ou d'une autre, elle avait laissé échapper le renseignement que lui et Mr. Christian étaient dans l'affaire. Ou peut-être même l'avait-elle carrément découvert, soit qu'elle en fût tourmentée, soit qu'elle voulût y faire entrer le jeune homme. Mais Mr. Munn ne savait pas positivement jusqu'à quel point elle savait.

Un soir qu'il dînait chez les Christian, il découvrit qu'elle savait tout, et depuis longtemps.

Ce soir-là, au cours du repas, Mr. Christian avait levé sa tête penchée sur son assiette et avait suggéré :

« Dis-moi, Sukie, tu devrais faire coucher tante Cassie ici, demain soir. Je vais aller chasser l'opossum du côté de Rose Creek, et je rentrerai tard. Peut-être pas avant le jour. »

Elle se mit à rire :

« Vous n'allez pas plus chasser l'opossum que vous n'allez voler dans la Lune ! »

Mr. Christian tenait en l'air sa fourchette où s'empalait une tranche de jambon. Il regarda sa fille, sidéré. Elle lui sourit.

« Vous n'êtes tous les deux que de sales gueux, des gratteurs de plates-bandes, des Cavaliers de la Nuit, des brûleurs de granges. Et vous me racontez des mensonges. Voilà... – Elle but une gorgée de café et, avec la mine d'un juge, elle reposa sa tasse... – Voilà ce qui aggrave votre cas.

— Voyons, Sukie, écoute-moi...

— Oui, papa ! dit-elle en souriant comme si rien ne s'était passé.

— Voyons, n'est-ce pas, tu ne sais rien du tout. Rien du tout. Tu...

— Je serais idiote si je ne savais rien. Tout le monde le sait. Je parie que la moitié des habitants du comté pourrait citer, tout de go, les noms de vingt-cinq membres de votre affaire, quelle que soit la manière ronflante dont vous l'appelez. Et que la moitié de ceux-là citerait vos noms à tous les deux, le tien, papa, et le vôtre, Perse.

— Ouais ! Ouais ! répliqua Mr. Christian. Et si tout cela est vrai, comment se fait-il que le shérif ne soit pas encore venu m'arrêter ? Et vous aussi, hein, Perse ?

— Il a peur, dit-elle en buvant une autre gorgée de café. Il a peur, tout simplement. »

Elle reposa sa tasse et leur fit à chacun un sourire radieux.

« Il sait bien qu'il ne vous aurait pas plus tôt mis sous les verrous qu'une bande de vos petits copains viendrait mettre en pièces sa charmante petite prison. Et lui avec, probablement.

— Tu ne sais rien du tout, dit avec aigreur Mr. Christian.

— Je sais que, cet automne, ils n'ont pas réussi à faire condamner ces gens, là-bas, dans le comté de Hunter, après les avoir arrêtés. Tout le monde disait que le jury était rempli de Cavaliers de la Nuit. »

Alors Mr. Christian déclara qu'il devait rester tard sur pied la nuit suivante, et qu'il ferait mieux d'aller se coucher. Il commença à gravir les escaliers avec lenteur. Mr. Munn et sa fille l'avaient suivi dans le hall, où il s'était muni d'une lampe, et, tandis qu'il montait, il avait pris l'apparence d'un homme qui commence à vieillir ; « À moins, s'était dit Mr. Munn, que ce ne fût l'effet de l'éclairage. » Il le regarda monter jusqu'à ce qu'il l'eût perdu de vue. L'ombre portée par la lampe qu'il tenait à la main se mouvait sur le mur, énorme, balancée, dansant avec une souplesse silencieuse et libre comme si elle faisait effort pour tirer l'homme derrière elle, ainsi qu'un poids mort.

Quand Mr. Christian eut disparu dans la cage de l'escalier, Mr. Munn se tourna vers la jeune fille :

« Est-ce toi qui as fait enrôler Benton Todd dans les Cavaliers de la Nuit ? demanda-t-il.

— Non, dit-elle d'un ton réfléchi, en essayant de lire sur son visage.

— Tu ne lui as pas dit que ton père en était ? Ou moi ?

— Il n'est pas idiot. Tout le monde sait tout, et depuis longtemps. Pourquoi pas lui ? Il a assez tourné par ici. Et il était là quand vous partiez tous à cheval.

— Est-ce qu'il t'a questionnée à ce sujet ?

— Oui, mais je lui ai débité des mensonges. Je lui ai dit que je ne savais rien.

— Tu ne l'as pas fait enrôler dans les Cavaliers de la Nuit ? Tu ne l'y as pas encouragé ? demanda-t-il, en se penchant sur elle.

— Non, j'ai essayé de l'en dissuader.

— Pourquoi ?

— Son père. À cause de son père. C'est un excellent vieil homme, et papa l'aime tant, n'est-ce pas ? Et il a donné sa démission du bureau, et tout. S'il découvrait jamais que Benton fait partie des Cavaliers de la Nuit, tu sais ce qui arriverait.

— Est-ce tout ? »

Elle hésita :

« Ce n'est qu'un gosse. »

Un peu plus tard, comme elle quittait le lit pour aller vers la porte et regagner sa chambre, elle avait hésité, le visage tourné vers la fenêtre.

« Regarde », avait-elle murmuré, le doigt tendu.

Il s'était glissé hors du lit et approché de la fenêtre. La nuit était plus sombre que d'habitude, le sol à peine plus noir que le ciel. Mais un reflet d'incendie éclairait l'horizon, un point unique, magnifique, rouge cerise, d'où les flammes montaient et s'irradiaient dans le vide immense des ténèbres. Un chien avait aboyé faiblement, très loin.

Lucille s'était approchée de lui :

« Qu'est-ce que c'est ? » avait-elle demandé.

Il lui avait dit qu'il ne savait pas et l'avait attirée à lui. Elle s'était serrée contre lui, s'était mise à trembler en regardant le point lumineux, au milieu de la nuit.

Il avait dit qu'il ne savait pas ce que c'était, ce reflet de flammes sur l'horizon, mais il le savait. Il savait qu'une grange était en train de brûler. La grange d'un fermier qui, après avoir reçu une mise en demeure, n'avait pas inscrit sa récolte sur les listes de l'Association. Il savait qu'une troupe venue d'ailleurs, la bande n° 6, il s'en souvenait, la bande de Mr. Burden, du comté de Hunter, avait trouvé un guide à cheval, qui les attendait dans l'ombre, au bord de la route, à un point fixé, et qu'il les avait menés jusqu'à cet endroit, où les flammes maintenant formaient ce petit point de lumière rose sur le ciel noir. Et il savait qu'au cours d'autres nuits, lui-même surveillerait, debout, des gens en train de poser une allumette, puis qu'il monterait à cheval et repartirait avec eux. Les sabots des montures feraient, sur le sol gelé, leur roulement de tambour, et les flammes s'élanceraient vers le ciel, derrière eux. Il le savait, parce que cela s'était déjà passé ainsi.

Cela dura tout l'automne. Dès que le tabac, dans les granges, commença à sécher, les incendies commencèrent. D'abord quelques-uns, puis des lettres furent envoyées. Puis les incendies se multiplièrent. Parmi ceux qui recevaient ces lettres, certains inscrivaient immédiatement leur récolte sur les listes de l'Association. D'autres, nuit après nuit, veillèrent seuls ou avec leurs fils, leurs tâcherons ou leurs métayers, fusils chargés. Ils restaient en alerte, couchés derrière les broussailles, à l'abri d'une clôture ou d'un muretin de pierres, les doigts raidis de froid sur le fer d'une carabine ou d'un fusil de chasse, et les yeux brouillés de sommeil, cependant que, là-haut, immobiles dans le ciel noir et métallique, les étoiles semblaient fuir dans l'immensité. Tôt ou tard, pour ceux qui montaient la garde auprès de leurs granges, venait la nuit où, soit lassitude, soit confiance, ils relâchaient leur vigilance et restaient au lit. Et, une fois sur deux, les Cavaliers de la Nuit arrivaient, juste au crépuscule, pendant qu'ils étaient en train de dîner et ne soupçonnaient aucun danger.

Quelques gros planteurs vendirent leur récolte aux compagnies, à moitié traitée et encore suspendue dans les granges, et les compagnies assurèrent la garde des granges. Quelques gardes stipendiés furent surpris à leur poste à moitié ivres et furent fouettés, traînés dans la rivière et abandonnés, garrottés et bâillonnés sur le bord de la route. Les granges qu'ils étaient chargés de garder furent incendiées. Les Cavaliers de la Nuit échangèrent des coups de feu avec une autre troupe, et deux hommes, sous le couvert de la fusillade qui maintenait à distance les gardes abrités derrière une rangée de cèdres, galopèrent jusqu'à la grange et jetèrent contre les murs deux cartouches de dynamite. Tout en galopant, ils en avaient allumé les fusées aux cigares qu'ils tenaient entre les dents. Les cartouches firent écrouler un pan de mur, et le feu, allumé dans la grange pour sécher la récolte, enflamma le tabac.

Le bruit courut qu'un certain Mr. Sanderson, du village de New Bethany, avait été brûlé vif dans sa grange, ou qu'il avait été tué à coups de fusil et jeté dans les flammes. Aux dires de sa femme, il avait quitté la maison pour aller garder sa grange, en emportant son fusil, comme il en avait l'habitude depuis quelque temps. Mais, après l'incendie, il n'avait pas reparu. Sa femme était accourue sur les lieux où les flammes montaient encore, elle l'avait appelé, puis, n'ayant pas reçu de réponse, elle avait couru comme une folle dans la campagne, trébuchant à chaque pas, jusqu'à la première maison où elle pût téléphoner. Des hommes étaient revenus avec elle, mais étaient restés impuissants devant la masse incandescente qui avait été une grange, et ils avaient parcouru la campagne en appelant le disparu. Le lendemain, quand les cendres furent suffisamment refroidies, ils entreprirent de les passer au crible pour retrouver ce qui pouvait rester du corps, sans rien trouver d'autre qu'un morceau de métal tordu qui avait dû être un canon de fusil. On supposa que le corps avait été complètement détruit.

Cependant Mr. Sanderson n'était pas mort. Deux semaines plus tard, il fut retrouvé à soixante-quinze milles de là, dans la partie centrale de l'État. Des jeunes gens qui chassaient l'opossum le découvrirent, blotti dans un fourré, les vêtements en lambeaux et presque pieds nus. Sa barbe était maculée de boue et de débris de feuilles mortes. Il était à demi mort de faim. Il ne se souvenait plus de rien. Quand les garçons le questionnèrent, il mit son index replié dans sa bouche, comme un enfant effrayé et confus, et les regarda, l'un après l'autre. Ils allumèrent un feu et essayèrent de le réchauffer, mais il se montra tellement épouvanté qu'ils furent obligés de le retenir. Il finit par se tenir tranquille, mais il ne cessait pas de secouer la tête, comme un malade incapable de protester autrement contre une injustice, et des larmes silencieuses et résignées coulaient lentement de ses yeux rougis.

Peu après, il fut identifié et ramené chez lui. Sa santé se rétablit petit à petit et, le printemps venu, il put vaquer à ses occupations habituelles ; mais il ne put jamais se rappeler ce qui lui était arrivé la nuit où sa grange avait brûlé, ni pendant les deux semaines où il avait erré dans la campagne, caché dans les bois et dans les fourrés.

Vers la fin de la période du séchage, le nombre des incendies augmenta dans la région. Peu avant les élections, des gens paisibles et respectables se livrèrent à de violentes et fréquentes bagarres. En chaire, on récita des prières pour le rétablissement de l'ordre, et parfois pour que fût corrigée l'injustice qui avait causé les désordres et poussé le frère à lever la main sur son frère.

« C'est une malédiction qu'est j'tée sur le pays, dit Grimes à Mr. Munn.

— Ça en a l'air. »

Mr. Munn se tenait devant la porte de l'écurie, occupé à resserrer la sangle de sa jument. Grimes venait de franchir la barrière de la cour en escaladant, raide et maladroit, les planches blanchies à la chaux, et il s'était approché de Mr. Munn.

« Comment ça va ? » l'avait-il salué.

Et, après la réponse de Mr. Munn, il était resté là à contempler la lumière qui, à l'horizon, du côté du couchant, colorait faiblement le bord des nuages couleur d'ardoise. Il finit par dire :

« J' vas vous quitter. »

Il ne détourna pas les yeux du ciel.

« En janvier prochain, ajouta-t-il. J'ai pensé que j' devais vous le dire.

— J'en suis bien fâché », répondit Mr. Munn.

Il abandonna sa tâche et leva la tête.

« Moi, j' suis fâché d' vous l' dire », dit l'homme.

Dans la lumière mourante, Mr. Munn essaya de lire sur son visage, qui ne laissait rien paraître.

« J' voulais vous l' dire tout de suite, continua l'homme, comme ça, vous pourrez chercher par là et embaucher quelqu'un. »

Il hésita, puis reprit, comme pour s'excuser :

« C'est pas qu' vous s'rez en peine, avec une bonne place comme ça, et puis qu' vous donnez d' bons gages et tout. Pour ça, vous avez une bonne réputation.

— Vous avez fait une bonne récolte, cette saison, dit Mr. Munn. Malgré la sécheresse et tout. Vous allez en tirer un peu d'argent.

— C'est une belle récolte.

— Vous n'êtes pas satisfait, ici ? Vous avez déjà travaillé ici, autrefois. Vous êtes revenu.

— J' suis satisfait, admit Grimes, mais c'est pas l' tout.

— Qu'est-ce qu'il y a ? »

Grimes regardait toujours vers l'occident. Maintenant, les couleurs s'effaçaient au bord des nuages bas dont la teinte ardoisée se faisait plus sombre, et ils paraissaient augmenter de poids et de volume.

« Tout ça, qui s' passe dans l' pays, dit-il. Des gens qui rôdent partout et qui vadrouillent la nuit. Des incendies et des machines comme ça. J' dis pas qui c'est qui a tort ou qui c'est qu'a raison. C'est pas à moi d' le dire. Le Livre dit : “Ne jugez pas." C'est au Tout-Puissant d' le dire. Mais j'ai pas l'esprit tranquille. Et j' m'en vas.

— Vous voulez dire que vous quittez le pays ? demanda Mr. Munn.

— Je m' fais vieux, répondit Mr. Grimes, et j' réfléchis que j' connais rien que l' tabac, pour dire franchement. Mais je l' dis toujours : on peut s' faire la main à tout, quand il le faut. J' m'en vas. »

Rétive, la jument se mit à bouger, et Mr. Munn lui caressa l'encolure en lui parlant à voix basse. Puis il dit :

« Si vous ne voulez pas inscrire votre récolte à l'Association, l'année prochaine, vous pourrez la garder. Si c'est pour cela. Je préférerais que vous l'y mettiez, mais je ne voudrais pas vous voir partir à cause de cela. Il y a beaucoup de gens qui gardent leur récolte.

— J'ai pas l'esprit tranquille, déclara-t-il. Y en a qui veulent seul'ment pas toucher au tabac, tabac à priser, ou à fumer, ou à chiquer, pas y mettre la main quand ce s'rait pour sauver leur vie. Y disent que c'est une malédiction du bon Dieu.

— Quand on habite par ici, on n'a pas beaucoup le choix, observa Mr. Munn.

— J'ai l'idée qu' c'est une malédiction, dit Mr. Grimes, comme on dit, et une malédiction toutes ces années passées, et moi, j' suis trop aveugle pour y voir quelque chose. »

Mr. Munn se pencha pour resserrer la sangle de sa jument.

« Je ne trouve pas que cela aille mal à ce point, répliqua-t-il.

— C'est une malédiction qu'est jetée sur le pays, insista Grimes. Ça en a l'air. »

Mr. Munn sauta à cheval. Du haut de la selle, il regarda la tête de Mr. Grimes, puis les champs où l'ombre gagnait. Elle semblait monter du sol, s'épaissir pour noyer le peu de jour qui restait encore dans les couches supérieures de l'air.

« Eh bien ! conclut-il. Je suis fâché de vous voir partir.

— C'est pas d' vot' faute. »

11

Quand Mr. Munn et son cheval eurent quitté le sentier plein d'obscurité pour se diriger vers la barrière de bois badigeonnée de blanc, à peine visible dans la nuit, une ombre se leva à côté d'un des piliers de l'entrée et l'attendit. Plus près, il vit que c'était un Noir. Il vit alors que l'on avait attaché des chevaux aux pieux de la clôture, le râtelier d'attache ayant été insuffisant.

« Comment ça va, pat'on ? dit l'homme en saisissant la bride. Est-ce que j' peux met' vot' cheval à l'attache ? »

Mr. Munn se laissa glisser de sa selle et tendit les rênes.

« Merci ! répliqua-t-il.

— C'est vous un des missiés qui vont passer la nuit ? demanda le domestique.

— Oui », dit Mr. Munn.

Fouillant dans les fontes, il en tira un petit paquet enveloppé dans un journal.

« J' voulais seulement savoi' si j' dois l' met' à l'écu'ie, pat'on. Tous les chevaux des missiés qui passent la nuit, j' les mets à l'écu'ie. »

Puis, comme Mr. Munn semblait hésiter, le domestique ajouta :

« Missié Ball, il dit qu'il n'y a qu'à ent'er, juste ent'er dans la maison de l'Académie, là-bas ; qu'il y a qu'à pousser, qu'il dit, y a qu'à pousser la g'ande po'te, et voilà.

— Merci », dit Mr. Munn.

Il franchit le portail blanc, qui céda sous sa poussée et fit entendre, en tournant, le tintamarre des socs de charrue suspendus à un fil de fer en guise de contrepoids.

Tout près, un chien grogna, d'un grognement rauque, violent, et un autre aboya, un peu plus loin.

« Faut pas fai' attention, assura le domestique. Y sont tous à l'attache, ce soir. Si y sont pas attachés, y bouffent un homme, poil et peau, t'ipes et boyaux. Oui, missié, y sont boug'ement méchants. Oui, missié… »

Tout en s'éloignant, il entendait le domestique qui parlait toujours, répétant ses « Oui, missié ».

Les chiens continuaient d'aboyer cependant que Mr. Munn, foulant aux pieds les feuilles crissantes, se dirigeait vers la masse sombre et informe de la bâtisse. Des rais de lumière filtraient à l'emplacement des fenêtres. Au sommet de la colline, il apercevait la masse d'un autre bâtiment, ainsi qu'une faible lumière. « Ceci, pensa-t-il, doit être la maison d'habitation. » Arrivé à l'Académie, il tâtonna pour trouver la porte. Il posa la main sur une planche mal rabotée et sentit une fente dans le bois. Il trouva le loquet, le souleva, entra.

En pénétrant dans la grande salle, tandis que ses yeux s'accoutumaient à la lumière soudaine, il sentit une tension, un silence. Tous les assistants avaient le dos tourné. Tranquillement, il ferma la porte, ôta ses gants et son manteau et se dirigea vers la plus rapprochée des deux grandes cheminées qui chauffaient la pièce.

À l'autre bout de la salle, quelqu'un disait :

« Voilà où en est l'affaire. »

Puis ce fut de nouveau le silence, interrompu seulement par un bruit de bottes traînant sur le plancher. Les assistants étaient répartis çà et là dans la pièce, par petits groupes, assis sur les pupitres ou appuyés aux murs. Le docteur Mac Donald se tenait devant l'autre cheminée, debout, le visage penché sur une feuille de papier. Il leva la tête, se dressa de toute sa taille, parcourut lentement l'assemblée du regard et dit :

« Pour l'édification de Mr. Munn, qui vient seulement d'arriver, je vais relire ce document.

— Je suis désolé d'avoir troublé la réunion, s'excusa Mr. Munn, je crois que j'ai mal calculé les distances.

— Voici une lettre que Mr. Murdock, ici présent, a reçue. »

La longue tête du docteur Mac Donald se pencha vers un homme noir, aux traits épais, appuyé au mur près d'une applique. Puis il ajouta : « Anonyme. » En prononçant le mot, il sourit à tous de l'air entendu de quelqu'un qui ne croit pas nécessaire de souligner le côté comique de la situation.

Il commença sa lecture.

Cher Mr. Murdock,

Si vous connaissait où sont vos intérêts, vous vous débarasserez de ces négros qui sont chai vous et vous prendrez des métayers blancs, comme un blanc doit le faire. En janvier prochain vous ferait bien de trouver un bon blanc qui travaille dur et de vous arranger avec lui et de vous débarassai de ces salauds de noirs.

Il replia le papier.

« Je n'ai pas besoin de vous dire quelles ont été les réactions de Mr. Murdock, dit-il.

— Ce n'est pas un secret », fit remarquer Mr. Murdock, d'un air renfrogné.

Il vint à la cheminée devant laquelle se tenait le docteur Mac Donald, cracha sur les bûches flambantes et s'adressa à l'assistance :

« Y a personne à m' dire qui c'est qui sera métayer chez moi. C'est-à-dire, tant que la banque l'aura pas pris. Tant qu' la banque aura pas mis la main d'sus. »

Il cracha encore une fois et alla reprendre sa place le long du mur. Il ajouta :

« C' qui s'ra pas long, j' peux bien l' dire, à moins qu'il arrive quelque chose.

— Y a des tas d' gens qui ont dit que personne viendrait leur commander quand ils pourraient vendre leur tabac, dit Mr. Burden. Et ils sont dans leurs petits souliers. »

Le docteur Mac Donald fit la grimace.

« C'est une façon de présenter les choses, admit-il, mais il y a une différence ; n'est-ce pas…

— Au diable ! » dit Mr. Christian.

Mr. Munn ne l'avait pas encore aperçu. Il était assis sur un pupitre, le dos rond, dissimulé derrière un groupe.

« Au diable ! Vous dites : “Ils sont dans leurs petits souliers !” Soit ! Eh bien ! Moi, je dis : “Par Dieu, j’ai décidé que ce ne serait pas les miens, ça sera ceux d’un autre, et pour un sacré bout de temps.”

— Je ne veux pas dire que je flanche, expliqua Mr. Burden en secouant la masse noire de ses cheveux mal peignés, dont une mèche lui tombait sur le front. Ce n’est pas un secret que, ces derniers temps, j’ai fait des choses où j’aurais jamais cru que j’ pouvais met’ la main, mais je pense qu’il y en a plus d’un qui pourrait dire ça avant de tourner de l’œil. Mais je flanche pas. J’ai simplement fait une remarque. Tout c’ que j’ai dit qu’ c’était, c’étaient ceux qu’ leurs souliers les blessent.

— Tout de même, vous admettez qu’il y a une différence », dit le docteur Mac Donald.

Il souriait et agitait sa pipe dans la direction de Mr. Burden.

« Le gaillard qui a écrit ce billet à Mr. Murdock n’est qu’un sale voyou, un sans-aveu, une vermine qui met sa déveine sur le compte des nègres. N’importe quel honnête Blanc, s’il a autant de bon sens qu’une linotte, et s’il veut être métayer, peut trouver de l’emploi par ici. Les nègres ne sont pas si nombreux. C’est peut-être un peu différent là-bas, en Louisiane, d’où je viens. Mais pas ici. Maintenant, Mr. Burden, vous m’accorderez – il s’adressait à lui avec patience et bonne humeur, comme s’il expliquait quelque chose, l’évolution d’une maladie ou la signification d’un symptôme, en s’efforçant de les décrire simplement, sans termes techniques –, vous m’accorderez qu’il y a une différence entre ce genre de choses – il tapa avec le tuyau de sa pipe sur le papier qu'il tenait à la main – et le sens de nos... – il fit une petite pause, et une nouvelle grimace – de notre action. Il y a... »

Le professeur Ball, qui s'était tenu un peu à l'écart, le dos au mur, inclina son corps émacié et tendit un index enveloppé de pansements.

« Une différence ! dit-il en croassant. La différence qu'il y a entre la justice et l'injustice, entre les ténèbres et la lumière divine.

— Ça, c'est parler, professeur, s'écria Mr. Christian. Je l'avais sur le bout de la langue. »

Le docteur Mac Donald attendait qu'ils eussent fini. Il se tenait très droit, mais avec aisance, car son attitude un peu raide donnait toujours une certaine impression de repos et d'assurance en même temps. Ses longs bras pendaient mollement, les manches trop courtes découvraient les poignets. Il regarda le professeur Ball, puis Mr. Christian, d'un air courtois et patient, et attendit d'être sûr qu'ils aient fini de parler. Mr. Christian reprit sa place, plié en deux, sans paraître prendre garde à ce qui se passait autour de lui. Le docteur Mac Donald dit alors, très posément :

« Vous savez tous que, lorsque vous m'avez élu, j'ai déclaré que je ferais tout mon possible pour ne pas vous entraîner dans des difficultés plus grandes qu'il ne serait nécessaire. Eh bien ! Depuis plus de six mois, nous avons été dans pas mal d'affaires délicates. Nous y avons été tous ensemble, et nous ne savons pas quel bien cela a pu faire. »

Il parlait tranquillement, sur le ton de la conversation, mais on pouvait l'entendre à l'autre bout de la pièce. Il fit une pause, puis il continua d'une voix plus aiguë :

« Mais cela n'a pas fait assez de bien. Je le sais. Vous le savez. Cette saison, les compagnies ont réussi à acheter du tabac. Elles l'ont payé cher, mais elles se sont arrangées pour en avoir. Assez pour se tenir à flot. Ce tabac, il est dans leurs entrepôts. À Bardsville, à Millville, à Alltown, à Morganstown. »

Il fit une nouvelle pause. Son regard quitta ceux qui étaient devant lui comme si, pour le moment, il les avait oubliés et si toute son attention s'était concentrée sur les solives du plafond. Puis il fixa l'assistance et se pencha, d'un air confidentiel, en avançant sa longue figure osseuse. Il répéta :

« Il est dans leurs entrepôts. Des milliers de livres. Il est là, entassé dans ces entrepôts : à Bardsville, à Millville, à Alltown, à Morganstown. Oui ! Eh bien… »

Il esquissa une grimace, l'air amusé, confidentiel, comme s'il s'excusait, ses lèvres retroussées découvrant ses grandes dents de loup, et se pencha plus près :

« Eh bien ! Les gars, je propose un peu de grabuge. »

Pendant un moment, le silence régna dans la salle, troublé seulement par le sifflement, intime, rassurant, des bûches qui brûlaient derrière le docteur dans la grande cheminée. Alors, d'une voix neutre, insignifiante, quelqu'un dit :

« Ah alors ! Nom de Dieu !

— Eh bien ? » demanda le docteur Mac Donald, toujours penché.

Personne ne dit mot.

« Eh bien ? » demanda-t-il encore, d'un ton un peu moqueur.

D'un seul coup, une douzaine de cris éclatèrent. Dans l'agitation générale, les talons des bottes raclaient le plancher. Le docteur Mac Donald souriait, montrait les dents ; il leva les mains pour obtenir le silence et les garda levées tant que dura le tumulte.

« C'est notre dernière carte, dit-il.

— La dernière carte ! » dit très haut Mr. Munn.

Quelques assistants se retournèrent pour le regarder, puis d'autres. Il répéta :

« La dernière carte. C'est à prendre ou à laisser. Et moi, je dis : jouez-la. »

Quelqu'un cria :

« Jouez-la.

— Il faut la jouer, dit encore Mr. Munn. Car c'est notre dernière chance. Mais il y a une autre raison. Mr. Burden, ici présent – du doigt il montrait l'homme qui, sous ses mèches de cheveux noirs en broussaille, regardait stupidement en secouant la tête –, Mr. Burden a dit ce soir qu'il a fait cette année des choses auxquelles il n'aurait jamais pensé mettre la main. Vous de même. Moi de même. Et par Dieu, je le dis ! Et vous aussi ! Il n'est pas nécessaire de dire quoi. Vous le savez. Tout le monde…

— Il le fallait, dit Mr. Murdock.

— Par Dieu ! » s'écria Mr. Christian, bondissant de son siège et jetant autour de lui des regards furibonds.

Mais il se laissa retomber sans finir sa phrase.

« Nous avons commis une erreur, dit Mr. Munn, mais ce qui est fait est fait. Ce fut une erreur, parce que, lorsque nous avons entrepris de lutter contre les compagnies, nous avons eu aussi à lutter contre certains des nôtres. Des gens qui ne pouvaient ni voir ni comprendre, mais des nôtres. Mais ceci, c'est différent. Ceci, c'est clair. Clair comme le jour. Nous ou eux. Quand nous nous mettrons en marche…

— En marche ! cria une voix.

— … En marche, dit lentement Mr. Munn. Quand nous nous mettrons en marche, ça sera clair. Pas une douzaine d'hommes avec une poignée d'allumettes et un bidon de pétrole. Non. Mille hommes. Deux mille. Autant qu'il en faudra. Nous tous. Et en colonne. Alors – il se sentait plein de foi, rempli d'une conviction profonde, sûre, nette, qui l'inondait, et c'est à peine s'il entendait ses propres paroles – ce sera tout à fait différent. Ce sera clair comme le jour. »

Il reprit sa place. Il était assis sur un banc, le long du mur, appuyé à la surface raboteuse des rondins. Les cris continuaient, et il les entendait. Les hommes marcheraient. Ils étaient en train de voter, et ils voteraient : « Il faut marcher. » Il sentit ses muscles se raidir, et un picotement de la peau le long du dos et sur les épaules. À travers l'étoffe épaisse de son manteau, il sentait les troncs d'arbres rudes et durs contre lesquels il s'appuyait. Petit à petit, il s'abandonna, écoutant la rumeur des voix.

Les hommes marcheraient. Ils avaient décidé que ce serait d'abord sur Bardsville. C'était bien. Là se trouvaient les plus grands entrepôts. C'était juste. Les plus grands d'abord. Il fallait que ce fût avant le jour de l'an, avait dit quelqu'un.

« Ou bien plus tôt, avait ajouté un autre.

— Plus tôt ! Il nous faut du temps, avait observé le docteur Mac Donald. Rien de trop pressé. Dans le passé, nous nous sommes peut-être un peu pressés. Mais pas maintenant. Maintenant, nous allons à coup sûr.

— Du temps ? Combien de temps ? avait demandé quelqu'un.

— Vers le jour de l'an. Il faudrait que nous soyons prêts aux environs du jour de l'an, avait répondu le docteur Mac Donald. Mais nous devons entraîner nos hommes. Cela prend du temps. Nous ne pourrons pas les avoir tous prêts pour cette date. Mais nous n'avons pas besoin de tout le monde. Disons environ un millier d'hommes. »

Quelqu'un dit :

« Prenez-en plus de mille. Beaucoup devront venir de loin. Il faudra une demi-journée pour venir, et davantage pour certains.

— Il ne nous en faudra pas plus de mille, dit le docteur Mac Donald. Je crois que ça fera une belle parade. »

Et, sans lever les yeux, Mr. Munn avait deviné comment, au moment où il s'adressait à ceux qui l'entouraient, il avait dû grimacer, de son air tranquille et assuré, secouant sans doute sa pipe éteinte. Et il avait entendu la voix qui poursuivait :

« … Plus tard, il nous en faudra peut-être davantage.

— Ouais ! Ouais ! »

Mr. Munn ne put reconnaître la voix.

« Il y a les autres villes, il y a les autres entrepôts. Et des gros. »

Et le docteur Mac Donald avait dit qu'il ne fallait pas s'en faire, qu'ils n'attendraient pas longtemps. Pas assez longtemps pour que les compagnies puissent prendre leurs précautions. Il ne faudrait pas trop favoriser Bardsville.

Mr. Munn fit alors quelques pas pour se joindre au groupe. On discutait des moyens de préparer les gens, de les entraîner, de combien se rendraient à pied à Bardsville, et de s'il fallait incendier ou dynamiter les entrepôts. Puis quelqu'un demanda s'ils pensaient qu'il y aurait des bagarres.

« En tout cas, c'est nous qui donnerons le coup d'envoi, dit un homme.

— Peut-être y en aura-t-il, tôt ou tard, concéda le docteur Mac Donald, mais nous essaierons de garder l'initiative. »

Et il ajouta :

« Y a-t-il ici quelqu'un qui ait jamais entendu siffler une balle à ses oreilles ?

— Je n'en ai pas envie, dit Mr. Murdock.

— Moi, je crois que j'en ai entendu », affirma un autre.

C'était un petit homme trapu, avec une grosse tête noire, ronde, aux traits presque informes. Mr. Munn pensait à une petite noisette dure dans son enveloppe brune. Le petit homme trapu dit qu'il avait été à Cuba.

« Pendant toute la guerre, dit-il, et je crois bien en avoir entendu passer quelques-unes. »

Il glissa un bras hors de la manche de sa veste et se mit à tripoter les boutons de sa chemise.

« Mais il y en a une que je n'ai pas entendue. »

Écartant sa chemise et son gros tricot de laine, il montrait son épaule à la clarté de la lampe.

« Ouais, y en a une qu'est pas passée à côté. »

Il exhiba son épaule nue. Dans la chair ferme aux muscles durs, il y avait, en creux, une étoile assez grande pour qu'on pût y loger l'extrémité du pouce, ridée et blanche par contraste avec la peau tannée tout autour. Inquiet, avec une sorte de fierté ingénue et dérisoire, il regardait les uns après les autres les assistants qui se penchaient, curieux.

« Ça, alors, ça m'épate ! » dit un des hommes d'une voix lente.

Et il allongea un doigt et l'enfonça dans la vieille cicatrice.

« Une balle de Mauser, dit le petit homme noueux. C'est un Mauser qui m'a fait ça. C'est une espèce de carabine dont les salopards se servaient là-bas. »

Il baissa la tête et regarda la cicatrice, comme s'il voulait s'assurer qu'elle était toujours à la même place.

« Ce qu'il y a de rigolo, c'est que ça ne fait pas mal, pour ainsi dire. Pas tout de suite. Rien. Mais, vrai comme le bon Dieu, elle m'a foutu par terre quand elle a touché. »

Il se tut un instant et ajouta :

« C'était du côté de Santiago.

— Je vois que ça a un peu cassé la clavicule », dit le docteur Mac Donald.

Le petit homme le regarda d'un air grave.

« J' sais pas comment ça s'appelle, répondit-il, mais ça a joliment craqué. »

Et sa petite figure d'enfant, laide et noire, esquissait une grimace.

« Eh bien ! dit le docteur Mac Donald. Si vous n'avez jamais entendu une balle siffler à vos oreilles, vous pouvez être sûrs d'une chose : c'est que, quand ça arrive, ça fait encore plus de bruit qu'on n'aurait cru.

— Ça, alors, c'est causer ! acquiesça le petit homme.

— Moi, ça ne me dit rien de les entendre siffler », dit encore Mr. Murdock.

Le petit homme regardait le docteur comme s'il voulait lui demander quelque chose :

« Est-ce que vous avez été par là ? À Cuba ?

— Non », répondit le docteur.

Abandonnant le petit homme, les assistants commençaient à s'écarter du feu et à se disperser ; quelques-uns enfilaient déjà leurs pardessus ou leurs mackintoshes. L'autre restait seul maintenant, la chemise ouverte, et sa vieille blessure à l'air. Il contempla la cicatrice, puis, comme pour se rendre compte si elle lui faisait toujours mal, il y appuya le doigt. Il regardait ses voisins d'un air mystérieux, mais ils échangeaient déjà des poignées de main en se souhaitant une bonne nuit. Il rajusta ses vêtements, enfila un vieux mackintosh, se coiffa d'un bonnet de fourrure noir à oreillettes et se dirigea vers le groupe le plus nombreux.

Les gens commencèrent à s'en aller par deux ou trois. Le professeur Ball, très droit, se tenait près de la porte et prenait congé de chacun. À la fin, il ne resta plus que Mr. Munn, Mr. Christian, et deux ou trois autres qui étaient venus d'au-delà de Bardsville. Ils restaient debout, devant la cheminée, avec le docteur Mac Donald. Le professeur Ball s'approcha d'eux et dit :

« Eh bien ! Messieurs, j'ai l'impression que la réunion a été tout à fait réussie.

— Ça vaut mieux comme ça », observa quelqu'un.

C'était un type au nez mince et à la peau ridée, avec des moustaches tombantes couleur de sable. Son nom était Peebles. Il venait de loin, du côté de Monclair. Il parla, puis, d'un air résolu, cracha sur les bûches croulantes.

« Comment pensez-vous que les vôtres vont prendre la chose ? demanda le docteur Mac Donald.

— Y vont pas s' plaindre, dit l'homme. Pas beaucoup, en tout cas. Y a si longtemps qu'y s' privent de tout qu'y sont prêts à faire n'importe quoi pour tout ce que vous voudrez. Tenez, moi, par exemple, dit-il en se frappant la poitrine, j' suis un homme comme les autres, mais, après ce que j'ai enduré, avec huit enfants qui s'enveloppent les pieds dans de la serpillière pour sortir dans le mauvais temps... Bon Dieu ! J' suis prêt à n'importe quoi. J' suis un homme comme les autres.

— En tout cas, remarqua le docteur Mac Donald, votre honorable voisin n'entrera pas au Sénat. C'est déjà quelque chose. Même s'il gagnait son procès contre nous, et s'il obtenait qu'on lui rende son sacré tabac. Ce que Dismukes lui a payé devrait lui tenir les pieds au sec pour un bout de temps.

— Il a été bien payé, je n'en doute pas, dit Peebles, mais il a dépensé énormément d'argent pour essayer de se faire élire.

— Élu ou non, interrompit Mr. Christian, un peu comme s'il parlait tout seul, il n'y aurait jamais été, au Sénat, quand j'aurais dû lui tordre le cou de mes propres mains, à ce salaud. »

L'homme nommé Peebles regarda Mr. Christian et hocha la tête d'un air bourru.

« Vous n'êtes pas le seul à penser comme ça », dit-il.

Le soir du 30 décembre, vers onze heures, la plupart des habitants de Bardsville étaient chez eux, et au lit. Quelques-uns traînaient encore dans les cafés, appuyés au comptoir en se regardant dans la glace, un verre dans une main et l'autre en l'air pour appuyer un argument. Déjà les barmans commençaient à jeter un coup d'œil sur la pendule et s'acquittaient de leur tâche avec négligence, sans se presser. De petits groupes étaient encore installés dans les salons des deux hôtels de la ville, mais la conversation languissait. Des bandes de gamins ou de jeunes gens rôdaient dans les rues du quartier des affaires, en lançant des pétards qui éclataient avec un vacarme dont l'écho retentissait entre les maisons, et, brusquement, ils se mettaient à rire, d'un rire qui n'en finissait plus. Ou bien ils restaient plantés au coin des rues, sous les lampes à arc, les mains enfoncées dans les poches, en serrant les épaules sous le vent glacé. Mais, au-delà du quartier des affaires, les rues étaient désertes ; seuls quelques isolés pressaient le pas sous les érables dépouillés, en faisant claquer leurs talons sur les trottoirs de brique, avec un petit bruit aussi régulier et aussi sec que le tic-tac d'une horloge. Ils longeaient des maisons obscures, où un rare lumignon brillait çà et là au-dessus d'une porte, derrière une vitre, ou filtrait sous le rideau d'une chambre à un premier étage.

À onze heures quinze, une locomotive siffla pour le passage à niveau, au sud de la ville, puis, quelques instants après, roula lourdement devant la gare déserte. Le veilleur de nuit sortit et, accueillant le mécanicien d'un air fatigué et ennuyé, il lui tendit un papier. Le chauffeur escalada le tender et secoua bruyamment le tuyau du poste d'eau. L'eau jaillit, noire, striée d'argent par les lumières de la gare, et coula dans le réservoir de la machine. Les rares voyageurs qui étaient descendus sur le quai disparurent dans la rue. L'employé regagna son bureau ; il allait maintenant tisonner le feu dans le gros poêle de fonte, remonter son réveil et roupiller jusqu'à quatre heures, sur une paillasse effondrée. Une voix cria, sans conviction : « En voiture ! » Dans les wagons illuminés, quelques têtes se pressaient pour jeter un coup d'œil sur le quai désert. La vapeur s'échappa des pistons, en panaches blancs, et le train s'ébranla. Arrivé au nord de la ville, il siffla encore et le bruit du coup de sifflet courut en gémissant dans les bois et dans la campagne. Ceux qui, dans le quartier, ne dormaient pas encore purent l'entendre de leur chambre.

Debout à l'orée d'un bosquet de sureaux qui bordait la route, un peu avant le passage à niveau, le docteur Mac Donald entendit venir le coup de sifflet. Le long faisceau lumineux de la lanterne de tête coupa la nuit comme un couteau, éclairant d'une lumière irréelle les feuilles qui pendaient encore aux buissons, et l'herbe, sur la voie. Puis la locomotive, dans le tonnerre multiplié de ses roues, franchit le passage à niveau, et on put apercevoir un instant la silhouette du chauffeur qui enfournait une pelletée de charbon dans le foyer. Enfin, le dernier wagon passa, rapide, le long de la voie, les feuilles sèches volèrent sous la rafale, et le train s'enfuit dans le tunnel de lumière qui courait devant lui.

« Il était à l'heure », dit le docteur Mac Donald en soufflant l'allumette qu'il avait allumée pour consulter sa montre, et, en refermant le boîtier qui claqua d'un coup sec, il répéta : « Il était à l'heure.

— Je me demande si le mécanicien a pu voir tous les types qui sont par là, dit quelqu'un en indiquant d'un signe de tête les bois au-delà de la route.

— Non, dit une autre voix qui venait du petit bois sombre. Le mécanicien se tient de l'autre côté ; il n'a rien pu voir par ici. »

Le train était maintenant hors de vue. Personne ne dit mot pendant une ou deux minutes. On n'entendait d'autre bruit qu'un léger froissement sec, dans l'ombre du bois, au-delà de la route, un bruit semblable à celui de la brise dans les feuilles mortes avant qu'elles tombent. Mais il n'y avait pas de vent. À mi-voix, presque sans articuler, le docteur Mac Donald se mit à chanter :

« *La vieille jument grise, elle arrive, elle trotte dans le désert, elle trotte dans le désert. La vieille jument grise...*

— Il fait froid, dit une voix étouffée.

— C'est de rester là, sans bouger, répondit une autre voix.

— Eh bien ! dit la première. J'espère que nous n'aurons pas trop chaud avant qu'il fasse jour, hein ? »

Le docteur Mac Donald chantonnait toujours :

« *Nous arrivons à la rivière. Mais nous n'avons pas pu la passer, pas pu la passer, pas pu la passer...*

— Croyez-vous que ce qu'on dit est vrai : que le secret a été découvert ? »

Le docteur chantait doucement :

« *Mais nous n'avons pas pu la passer...*

— On l'a entendu dire par un type qui conduisait une voiture de l'Alta », répondit l'autre.

Le docteur cessa de chanter.

« S'il y a une milice, ou quelque chose dans ce genre, d'après ce qu'a dit ce type, déclara-t-il, ce sera une bande d'employés des entrepôts, des gratte-papier ou de jeunes blancs-becs qui n'ont rien de mieux à faire. À moins qu'ils n'aient fait venir du monde par le train. Et, cela, nous le saurons dans une minute. Dès qu'il sera arrivé. »

Il se remit à chanter, mais si doucement, qu'on ne distinguait pas les paroles. Les autres ne disaient rien.

« Je l'entends maintenant », dit Mr. Munn.

Le docteur cessa de fredonner.

Dans le sentier qui menait à la route, on perçut le galop d'un cheval. Sur le sol mou, le bruit croissant des sabots faisait comme un roulement de tambour sur une peau mouillée et détendue. Soudain, cheval et cavalier surgirent de l'ombre en une masse confuse, à toucher le groupe, et le cavalier glissa de sa selle.

« Eh bien ? demanda le docteur.

— Rien ne bouge, dit le cavalier. Rien. Nous avons patrouillé dans tous les sens du côté des entrepôts, et nous avons guetté l'arrivée du train : tout est tranquille.

— Ah ! » dit le docteur en poussant un léger soupir.

Il tira sa montre, frotta une allumette sur son pantalon. Abritant la flamme dans le creux de sa main, il regarda l'heure et, pour un bref instant, sa longue figure osseuse fut éclairée.

« Minuit moins huit », dit-il tranquillement.

Et il souffla l'allumette. Puis :

« Mr. Murphy, Mr. Sykes, nous sommes prêts. »

Aussitôt deux hommes qui étaient près de lui, au bord de la route, retournèrent dans le taillis sombre et en ramenèrent les chevaux dans un piétinement qui faisait craquer les feuilles mortes et les branches de sureau sec.

« Dites à Mr. Sills de se mettre en route, commanda le docteur Mac Donald. Dites-lui d'être au bas de Jefferson Street avant minuit trente, autant que possible. Il sait ce qu'il a à faire après. »

Et, se tournant vers l'autre, qui était déjà en selle :

« Mr. Sykes, vous direz à Mr. Murdock de gagner le pont de Cherry Creek, à la même heure. Il sait ce qu'il faut faire. Mais dites-leur de ne toucher aux fils télégraphiques que cinq minutes avant de se mettre en route. C'est tout. »

Les deux cavaliers tournèrent bride, enlevèrent leurs chevaux au galop, et presque immédiatement, longtemps avant que s'efface le bruit de leurs sabots, ils disparurent dans la nuit. Le docteur Mac Donald les suivit un instant des yeux, puis donna ses ordres :

« Parfait. Mr. Mosley, dites à Mr. Hamer de se mettre en marche. Et qu'il veille à ce que tout le monde garde bien les rangs pendant la route. Tout va bien. »

La silhouette d'un homme sortit du petit bois de sureaux, traversa la route et s'enfonça dans le bosquet opposé. Tout doucement, presque sans voix, le docteur Mac Donald reprit sa chanson :

« *Rocher centenaire, qui s'ouvre pour moi, laisse-moi me cacher en toi. Que l'eau...* »

Mr. Munn faisait de vains efforts pour voir sa figure. Il n'apercevait, dans l'ombre, qu'une tache un peu plus claire. Puis il regarda le ciel où brillaient seulement quelques étoiles. Il se dit : « Nous avons encore six heures avant qu'il fasse jour. »

« Bon Dieu de bon Dieu ! Il fait rudement froid », dit une voix.

Personne ne dit mot.

Mr. Munn essayait de remuer ses orteils, raides de froid et engourdis au fond de ses bottes. Il n'avait pas encore senti le froid. Ses jambes étaient raides comme des piquets, et mortes jusqu'au genou.

Le docteur Mac Donald chantait si bas qu'on ne saisissait plus les paroles ; il essaya de se les remémorer.

Une voix appela, étouffée, et qu'on entendait à peine, depuis les bois qui s'étendaient de l'autre côté de la route. Le bruit régulier, sec, frémissant, s'éleva comme la brise, entre les arbres, puis, soudain, il y eut des craquements, une agitation confuse. Une silhouette isolée se dessina sur la route.

« Les voilà ! » dit le docteur.

Alors les autres parurent. Ils sortaient du bois, en piétinant les feuilles mortes, hésitant, en désordre, au milieu de la route. Ils finirent par se mettre en rangs de quatre pour prendre la direction du chemin de fer. Ils portaient le fusil sur l'épaule et avaient la figure masquée par des lambeaux d'étoffe blanche. D'autres, également masqués, un brassard blanc au bras gauche, se tenaient sur la route et répétaient sans arrêt d'une voix contenue :

« Avancez, par là. Mettez-vous par quatre. Serrez les rangs. »

La tête de colonne défila sur la route et obliqua vers la voie de chemin de fer en direction de la ville. Mais la colonne se renouvelait incessamment. Les hommes se glissaient à travers bois, hésitaient, puis formaient les rangs et suivaient les autres. Sortant des bois, les derniers apparurent.

Quand ils eurent tous défilé, la route redevint déserte. Le bruit des pas écrasant le sol s'éteignit lentement. Le silence retomba, troublé seulement par le piétinement d'un cheval, derrière le bosquet de sureaux.

Le docteur Mac Donald regarda sa montre.

« Mr. Burrus, dit-il, il est temps que vous partiez pour le bureau du téléphone. Si vous partez tout de suite, vous arriverez à temps.

— Certainement », répondit une voix traînante.

L'homme se détacha et prit la route. Pendant une minute, on entendit craquer les broussailles, puis un bruit de sabots.

Mr. Munn se demandait vaguement pourquoi le docteur ne partait pas, et quelle heure il pouvait être. Cela ne pourrait plus être bien long, maintenant. Dans quelques minutes, ils allaient monter à cheval et se mettre en route. Le froid avait gagné plus haut que ses genoux, mais, à part cela, il ne se sentait pas mal à l'aise et n'éprouvait pas le besoin de battre la semelle ou de secouer les bras, comme les autres. Il se sentait maintenant très calme, très détaché.

Le docteur Mac Donald donnait des ordres.

« Vous couperez les fils du télégraphe à minuit vingt-cinq exactement, dit-il. Mr. Murray, vous et vos hommes, vous sectionnerez les fils sur la route, à la même heure. Après, vous reviendrez vers la Cinquième Rue, en passant par la rue Jefferson. Vous ramasserez tous ceux qui traîneront sur votre route. »

Les deux hommes s'éloignèrent.

« Nous sommes prêts », annonça le docteur Mac Donald.

Et il pénétra dans le bosquet de sureaux. Mr. Munn le suivit avec les trois autres qui étaient restés là. Ils amenèrent leurs chevaux sur la route et sautèrent en selle. À vingt mètres environ de la grand-route, ils firent halte, et deux d'entre eux s'engagèrent dans le bois, moins épais à cet endroit.

« Eh bien ! Nous pourrions peut-être nous mettre en tenue de fantaisie », dit le docteur en tirant de sa poche un bout d'étoffe blanche, sous lequel il dissimula sa figure.

Il épingla un brassard blanc sur son bras gauche. Mr. Munn et son compagnon ajustèrent leurs masques.

Des cavaliers commençaient à défiler, en sortant du petit bois, et se dirigeaient vers la grand-route. Le docteur Mac Donald, avec Mr. Munn et l'autre cavalier, trotta jusqu'à la tête de la colonne en désordre. Ils s'arrêtèrent au croisement du chemin et de la route, puis s'engagèrent sur la grand-route.

« Qu'ils se forment ici », ordonna le docteur.

Et Mr. Munn et son compagnon remontèrent le long de la colonne en passant la consigne.

La longue colonne prit le trot par rangs de quatre. Devant eux, la route s'étendait toute droite, blanche dans la nuit. Au bas de la pente, on apercevait les rares lumières de la ville. « Il y a des lumières dans les rues, se disait Mr. Munn, et dans les maisons aussi. Et, dans d'autres maisons, celles qui ne sont pas éclairées, les gens dorment. » Derrière lui, les fers des chevaux claquaient, métalliques, et résonnaient sur le gravier dans un bruit continu.

La tête de colonne atteignit le haut de la côte. Là se trouvaient les premières maisons, un fouillis de masures au fond de cours sans arbres, vaguement aperçues dans la nuit. C'était le quartier noir. Dans une cabane, une lampe était allumée. Mr. Munn l'aperçut au passage et, dans un éclair, il vit la table de bois blanc où était posée cette lampe, l'intérieur de la pièce nue, et il se rappela d'autres cabanes, éclairées par des lampes à la flamme vacillante, la nuit où il avait cherché le couteau.

« Minuit trente, dit le docteur Mac Donald. En ce moment, Burrus doit être au bureau du téléphone.

— Oui, répondit Mr. Munn.

— Et les fils par terre », ajouta le docteur.

La colonne déboucha dans une vraie rue, cette fois. Derrière les arbres dépouillés, les maisons étaient sans lumières. Dans la rue, les réverbères étaient éteints. Ils dépassèrent un carrefour où la rue était coupée par une autre, à angle droit, et Mr. Munn, en se retournant sur sa selle, put voir, confusément, que la dernière section de la colonne s'engageait dans l'autre rue. Il savait qu'elle devait couvrir cet accès de la ville.

Très loin, presque perdu dans le piétinement des sabots, on entendit un coup de feu. Puis, tout de suite après, une salve, suivie de quelques explosions isolées ; tout cela innocent et peu impressionnant à cette distance. Pendant un instant, Mr. Munn se rendit à peine compte de ce que ce bruit signifiait, puis il se rappela que c'étaient les hommes de Mr. Murdock. Ils avaient atteint et dépassé le pont de Cherry Creek.

« À l'ouest, dit l'homme qui se trouvait à côté du docteur Mac Donald. C'est à l'ouest. C'est Murdock.

— Voilà que ça commence », annonça le docteur Mac Donald sur le ton de la conversation, comme s'il n'avait pas entendu la réflexion.

Mr. Munn vit que son compagnon avait un revolver à la main droite.

Lentement, il leva le canon en l'air, et Mr. Munn, retenant son souffle, attendit l'explosion. Elle éclata, soudaine, tout près de son oreille. Un long moment d'attente et, derrière lui, la salve gronda. Sous l'effet du recul, le revolver bondit dans sa main, mais l'explosion isolée se perdit dans le vacarme.

Au long de la rue, des lumières apparurent à quelques fenêtres. Très loin, quelque part au bout de la rue, une femme poussa un cri, douloureux et prolongé, puis deux autres cris brefs et haletants, qui finirent sur une note plaintive. Dans les maisons, on commençait à éteindre les lumières. Lorsque la tête de la colonne fut passée, la femme se remit à crier.

« On devrait lui donner des claques et lui faire prendre un bain froid, prononça le docteur Mac Donald d'un ton indifférent. Ça les calme. »

Au trot, la colonne gravit la pente et atteignit le croisement de la rue Jefferson et de la grand-rue. Ils avaient maintenant gagné le quartier des affaires et s'avançaient entre des magasins. Les glaces des vitrines, sombres et froides, regardaient la rue. Au moment où ils arrivaient au carrefour, le docteur commanda :

« Perse, vous allez rester ici avec vos hommes. De ce coin, vous pouvez voir dans quatre directions. Ils vont monter par là, et ils prendront la rue Jefferson quand ils s'en iront.

— Entendu », dit Mr. Munn.

Il amena sa jument au bord du trottoir. La colonne le dépassa : il regardait les files en désordre, les masques blancs, anonymes, sous les chapeaux à large bord. Bien que l'éclairage fût mauvais, il se rendait compte que les montures étaient surmenées et fourbues pour la plupart. Les chevaux étiraient leurs longs cous, et leurs têtes maigres, en forme de marteau, branlaient mécaniquement en suivant le mouvement de leurs corps. Certains venaient de très loin, leurs cavaliers sur le dos, et ils devaient les porter encore plus loin, avant le jour.

Sa troupe et celle qui devait opérer avec elle se trouvaient en queue de la colonne. Au moment où les hommes arrivaient à sa hauteur, il leva la main, et ils s'arrêtèrent en désordre.

« Mr. Allen, Mr. Todd, dit-il, vous allez tous les deux longer la grand-rue, vers l'ouest, jusqu'au premier croisement, de façon à avoir l'œil dans les deux directions de la rue transversale. Si quelque chose bouge, rappliquez ici.

— Bien », répondit le nommé Allen.

Très raide sur son cheval, Benton Todd ne disait rien. Les deux hommes se détachèrent du gros de la troupe, tournèrent au coin de la rue et, dévalant la pente, partirent au trot en direction de l'ouest.

« Ceux qui restent, formez-vous par quatre, ordonna Mr. Munn. Là, au croisement. – D'un geste, il indiqua l'emplacement. – Et attendez que tout soit fini. De toute façon, ajouta-t-il, nous serons les derniers à rester de ce côté-ci de la ville. »

Les cavaliers firent tourner leurs montures et prirent position au carrefour, en ordre dispersé.

« Dieu tout-puissant, il va faire froid ici, dit un homme. Avec ce vent du nord qui se lève maintenant et qui souffle dans la rue Jefferson ! Et nous sommes là, sans pouvoir nous abriter.

— Cela ne sera pas long, dit Mr. Munn. D'ailleurs, on nous a dit de rester ici.

— Je ne me plains pas », répliqua l'homme.

Le reste de la colonne montée était déjà loin, à l'est, au bout de la grand-rue. Là-bas, le long de la voie ferrée, alignés dans Front Street, se trouvaient tous les entrepôts. Mr. Munn se demandait si on avait déjà commencé à les dynamiter.

Les hommes à pied avaient déjà dû dépasser le bas de la côte. Il ôta son gant droit et tendit la main au vent. Autant qu'on pouvait s'en rendre compte, à cause des maisons, il soufflait du nord et commençait à fraîchir. Mr. Munn espérait qu'il n'allait pas forcir. Qu'un vent violent s'élève, et la ville courrait le risque de brûler, quand le feu serait aux entrepôts. Mais le plus dangereux serait un vent d'est. Un vent d'est pousserait le feu par ici, dans la partie haute de la ville, en passant par le centre.

Dans la rue, à quelques portes de distance, le salon d'un hôtel était éclairé. Mais les lumières qui avaient d'abord paru dans les chambres, aux étages, étaient éteintes à présent, sauf une seule, sous les combles. Sous le store baissé filtrait un rayon lumineux jaune. Au bout de la rue Jefferson, dans le sud de la ville, il y eut un coup de feu isolé, et Mr. Munn partit dans cette direction.

Deux pâtés de maisons plus loin, un gros de cavaliers tournaient de la rue Jefferson dans une rue transversale. En passant, ils tirèrent une salve en l'air. « C'est Mr. Sills, se dit Mr. Munn, Mr. Sills, avec ses hommes. » Il essayait d'imaginer Mr. Sills, avec son mince visage gris, digne et sans expression sous le masque blanc, chevauchant dans les rues obscures, toussotant pour s'éclaircir la voix avant de donner ses ordres, brandissant un revolver et faisant feu, brusquement, dans la nuit. C'était absurde. Mais Mr. Sills était bien là, avec une centaine d'hommes ; ils allaient remonter la prochaine rue, jusqu'à la lisière de la ville, tourner bride, tirer une salve, revenir dans la rue Jefferson et tirer encore une fois. Et les hommes resteraient enfermés chez eux, allongés sur leur lit, appuyés sur un coude, l'oreille tendue et le cœur battant, et leurs femmes les saisiraient par le bras, les ongles griffant la peau, ou bien les plus audacieux, en secret, derrière les fenêtres, toutes lumières éteintes, regarderaient passer les cavaliers de Mr. Sills. Ce soir, tout le monde avait peur de Mr. Sills.

« Regardez, dit un de ses hommes, et Mr. Munn suivit la direction de sa main tendue. Regardez, voilà un type qui sort de l'hôtel. »

La démarche hésitante, un homme passa la porte de l'hôtel et resta un instant immobile sur le trottoir.

« Je crois... » commença l'un des cavaliers.

Alors un autre s'écria :

« Attention, il a un fusil... »

Mais, avant même que les mots eussent passé les lèvres, l'homme avait tiré.

« Le salaud ! » s'écria le premier qui avait parlé, et il tira son revolver.

Sur le trottoir, l'homme tira un second coup, mais le bruit se confondit presque avec le grondement du gros revolver du cavalier. Derrière l'homme, la glace de la grande baie de l'hôtel s'écroula avec fracas sur le trottoir. L'homme chancela et tomba la face contre terre.

« Bon Dieu ! dit quelqu'un. Vous l'avez eu.

— L'idiot, s'écria Mr. Munn, le satané crétin ! Qu'on s'occupe de lui. »

Il poussa son cheval à l'endroit où l'homme était tombé. Deux cavaliers, celui qui avait tiré et un de ses compagnons, se laissèrent glisser de leur selle et s'empressèrent autour de l'homme à terre.

Du haut de sa selle, Mr. Munn les regardait retourner le corps et s'affairer après les boutons du manteau.

« Il vit, dit l'un d'eux, d'une voix émue. Je sens battre le cœur.

— Où est-il touché ? demanda Mr. Munn.

— Touché ? »

Celui qui avait tiré se releva.

« Touché ? Il est saoul, le salaud ! »

Et, le regardant d'un air dégoûté :

« Il a tout dégueulé sur lui.

— Vous auriez pu le tuer, dit le premier.

— Il aurait pu me tuer.

— Écoutez-moi bien, dit Mr. Munn. Vous ne devez tirer que si je vous en donne l'ordre. Compris ?

— J' veux pas qu'un salopard me tire dessus », rétorqua l'homme.

Mr. Munn le regarda pendant un instant.

« Tirez, répéta-t-il, quand on vous l'ordonnera. Compris ?

— Ça va, dit l'homme de mauvaise grâce.

— Maintenant, allez me déposer cet individu dans le salon de l'hôtel, commanda Mr. Munn, et reprenez votre place dans le rang. »

Il les regarda traîner l'homme vers la porte, tout en poussant du pied les débris de verre, éparpillés sur le trottoir ; puis il reprit sa place à l'intersection des deux rues. Tous les hommes présents guettaient le bas de la grand-rue, à l'est. Là-bas, au pied de la rampe, sous la lampe à arc, il voyait passer la colonne à pied se dirigeant vers les entrepôts. Il tira sa montre.

« Ça ne sera plus bien long maintenant, dit-il.

— Je me demande pourquoi ils ont mis si longtemps, demanda un des hommes.

— Je n'en sais rien, répondit Mr. Munn. À moins, simplement, que nous n'ayons mal calculé. J'ai entendu dire qu'une troupe nombreuse marche beaucoup moins vite qu'un homme isolé. Je ne sais pas si c'est vrai, mais c'est ce que j'ai entendu dire. »

Les derniers piétons passaient au bout de la rampe. Il n'y avait plus que la rue déserte, sur laquelle s'ouvraient les devantures des boutiques, et le mince filet de lumière des lampes à arc qui éclairaient un pâté de maisons, depuis Front Street jusqu'à l'endroit où ils se tenaient. Il entendit crépiter une salve, quelque part, vers le sud – il pensa que ce devait encore être Mr. Sills –, et, beaucoup plus près, à l'ouest, une autre salve répondit à la première. Ça devait être Mr. Murdock qui ralliait.

« J' parie qu' ce soir, il y a un tas d' types qui vont faire quèque chose qu'ils ont pas fait d'puis longtemps, dit un homme goguenard.

— Qu'est-ce que c'est ? demanda un autre.

— Pisser au lit ! »

Les rires éclatèrent.

Puis une autre voix dit :

« Ces p'tits vieux six-coups, c'est rien du tout. Attendez seulement, quand ils entendront sauter les entrepôts. Alors… »

Les rires se firent plus bruyants.

Et tout à coup, ce fut le silence. Le silence d'une ville endormie. Un cheval frappa du pied sur le pavé, puis s'arrêta. Au-dessus des têtes, la lampe à arc bourdonnait avec son petit bruit sourd. Tout autour, sur la chaussée, l'ombre des chevaux et des cavaliers se profilait en noir. Les hommes se taisaient, l'oreille tendue.

Venant du nord, un groupe de cavaliers, un buggey et plusieurs piétons descendaient la rue Jefferson et s'approchaient du carrefour où se tenait Mr. Munn. C'était la bande de Mr. Murray, celle qui avait été chargée de couper les fils. Ils ramenaient les gens cueillis en route. Quand Mr. Munn questionna ceux-ci, tous, à l'exception du vieux bonhomme juché dans le buggey, paraissaient terrifiés et protestaient que, s'ils s'étaient trouvés dehors aussi tard, c'est qu'ils y avaient été obligés et que cela n'avait rien à faire avec ce qui se passait. Ils déclinèrent leurs noms d'une voix mal assurée. Mais, avec le vieux bonhomme, il n'en fut pas de même. Il était furibond et intrépide. Il hurla qu'il était le docteur Potter, qu'il avait passé la moitié de la nuit auprès d'un malade et qu'il voulait être damné si une bande de quelconques voyous prétendait l'empêcher de se mettre au lit.

Mr. Munn commanda à deux hommes de l'accompagner chez lui.

« Je n'en veux pas, s'écria-t-il. Je n'ai pas besoin d'être protégé. Pas par une bande de lâches fripouilles. Vous irez tous au bagne. Vous devriez déjà y être. Vous n'avez pas le droit, tas de voyous !

— Docteur Potter, dit Mr. Munn, ce n'est pas à vous de dire des choses pareilles. »

Et, d'un geste, il ordonna aux deux hommes de marcher.

En se retournant, le docteur Potter hurla encore quelque chose d'incompréhensible et fit avancer son buggey, lentement, dans la rue Jefferson.

Les trois autres personnages qui avaient été ramassés reçurent l'ordre de se retirer au fond d'une entrée de magasin, au coin de la rue. Deux hommes de la troupe de Mr. Murray mirent pied à terre et se postèrent en face de l'entrée.

« On ne vous fera pas de mal si vous restez là, bien tranquilles, en attendant que ce soit fini », leur dit Mr. Munn.

L'un d'eux se mit à renifler. Sa femme, disait-il, était malade, elle allait s'inquiéter ; il fallait qu'il aille la retrouver à la maison.

« Vous mentez, dit Mr. Munn. Vous venez d'imaginer cela. Allez, retournez là-bas et fermez ça. »

C'est à peine s'il avait écouté ce que l'homme lui avait dit ; il attendait, l'oreille dressée. On entendit encore deux salves ; puis ce fut de nouveau le silence.

La lampe à arc bourdonnait au-dessus de sa tête. Il jeta un coup d'œil à l'ouest, du côté de la grand-rue. Un chat sortait d'une entrée, à une trentaine de mètres, et commença à traverser la rue, choisissant sa route d'un air dégoûté. Il s'arrêta, flaira quelque chose dans le ruisseau et se remit à marcher. Poussé par le vent, un morceau de journal glissa sur le pavé avec un bruit de soie froissée.

Le chat était arrivé au milieu de la rue...

Le bruit, quand il se produisit, ressembla, dans le tout premier instant, davantage à un choc concret indéfini, à une pression sur la tête, qu'à un bruit. Le bruit emplissait l'air ; cela n'en finissait plus. Le bruit remplissait l'espace à le faire éclater. Il restait suspendu en l'air, comme une énorme grappe, gonflée, compacte, et il allait en se répercutant dans toutes les directions. Puis, soudain, il s'évanouit. Le chat était toujours là, pétrifié, au milieu de la rue déserte. Le bruit avait cessé. Dans le silence vide, douloureux, qui suivit, Mr. Munn entendit un fracas de verre brisé tombant sur le pavé. Un morceau de vitre, qui était resté attaché à la fenêtre démolie du salon de l'hôtel, venait d'en être arraché.

Sous le mors, sa jument releva la tête.

En contrebas, on entendit crépiter une salve, puis des éclats de voix. La deuxième explosion éclata, moins puissante que la première. Avant que les répercussions en fussent apaisées, la troisième se fit entendre, beaucoup plus loin. « Il y en aura encore une, se dit Mr. Munn. L'entrepôt de l'Alta, le dernier. »

Il serra les genoux, les mains crispées sur les rênes. Une langue de flamme unique, courbée sous le vent glacé comme la lanière d'un fouet, s'éleva au-dessus des toits, au bas de la rue en pente.

La dernière explosion eut lieu, et les échos qu'elle avait provoqués s'en allèrent en mourant.

« Un million de dollars, fit remarquer quelqu'un tout haut, comme s'il récitait une prière, un million de dollars qui viennent de s'envoler, comme ça… »

Des flammes, maintenant, rougissaient le ciel.

« Envolés, reprit tranquillement un autre. Comme une volée de moineaux. »

Au bas de la rue Jefferson, les hommes de Mr. Sills contournèrent le coin. De nouveau, il y eut une salve. Puis le silence se fit, et alors, à trois reprises, et sans savoir d'où il venait, on entendit un bruit qui ressemblait au son d'un cor, une note très basse, pénétrante, envahissante.

« Les voilà qui claironnent, maintenant, dit quelqu'un.

— Ils vont rappliquer en soufflant dans leur tromblon.

— Ils vont bientôt arriver, dit Mr. Munn. Droit devant nous, par ce coin-là.

— Les voilà qui viennent, cria un homme, en voilà déjà. »

Un groupe débouchait dans la grand-rue, deux pâtés de maisons plus bas. Arrivés au carrefour, les hommes firent halte et se massèrent sur la chaussée. Mr. Munn regardait dans leur direction, sans bien comprendre ce qu'ils étaient en train de faire. Plus personne ne paraissait au coin de la rue. Le groupe se tenait là, compact, tournoyant. Puis deux formes s'en détachèrent. L'une, arrivée au milieu de la rue, parut chanceler et tomba à terre. L'autre disparut au tournant.

Dans le groupe, quelques-uns paraissaient se disposer à entrer dans une maison. Personne ne prêtait attention à la forme étalée au milieu de la chaussée.

« Mr. Simmons, dit Mr. Munn en montrant du doigt le bas de la grand-rue, allez donc voir ce qui se passe par là.

— Oui, monsieur », répondit celui-ci.

Mais, avant qu'il eût fait sentir l'éperon à son cheval, des gens débouchèrent au coin de la grand-rue. Ils coururent droit au premier groupe, l'atteignirent et s'y mélangèrent. D'autres, en grand nombre, arrivaient encore. Ils ramassèrent le corps étendu sur la chaussée. Plus loin, au milieu de la rue, un cavalier gesticulait vers la foule. À ce moment, le nommé Simmons s'approcha de lui.

D'autres encore affluèrent en colonne compacte dans la grand-rue et remontèrent la pente jusqu'au croisement de la rue Jefferson. Le nommé Simmons, qui revenait au galop, les dépassa. Plus loin, derrière la colonne qui approchait, par-dessus les toits, les flammes se dessinaient sur le ciel.

Simmons s'arrêta auprès de Mr. Munn.

« C'est le bar Cassidy, dit-il, tout essoufflé. Ils ont voulu y entrer de force. Leur capitaine et un autre type ont essayé de les arrêter, et ils ont rossé le capitaine. C'est lui qui était étalé dans la rue. Alors, les autres sont arrivés et les ont empêchés d'entrer. Bon Dieu ! Le docteur est là-bas, il fait un raffut de tous les diables, il..

— Le docteur Mac Donald ? demanda Mr. Munn.

— Oui, le docteur Mac Donald. C'est lui qui est là-bas, à cheval et, bon Dieu ! Qu'est-ce qu'il leur raconte ! Il leur en donne, des noms ! Des noms que je n'avais jamais entendus ! »

Mr. Munn regarda au bas de la rue. La tête de la colonne en marche était maintenant tout près. Les hommes, en rangs par quatre, se dandinaient en riant et en criant. Au même instant, on tira au hasard quelques coups de feu.

« Est-ce que le docteur Mac Donald a donné des ordres ? demanda-t-il.

— Oui, oui, dit l'autre, le regard fixé sur la colonne qui approchait. Il a dit que, si vous en preniez à vouloir entrer de force dans un café, ou n'importe où, vous n'aviez qu'à les ramasser, qu'ils soient des nôtres ou pas, peu importe. Il a dit de cogner dessus, si c'est nécessaire, tant que vous pourrez. De leur tirer dans les pattes.

— Il a dit cela ? demanda Mr. Munn.

— C'est ce qu'il a dit, répondit l'autre. Et il a fait passer la consigne à Mr. Sills et aussi à Mr. Murdock.

— Je vous remercie », dit Mr. Munn.

Puis :

« Rentrez dans le rang maintenant, s'il vous plaît, Mr. Simmons.

— Excusez-moi », répondit Mr. Simmons en faisant tourner son cheval pour reprendre sa place dans la troupe.

La colonne tournait le coin de la rue. Les plus rapprochés étaient à longueur de bras du cheval de Mr. Munn, ou guère plus loin. Les hommes criaient et riaient. Quelqu'un déchargea en l'air les deux canons de son fusil de chasse ; les deux coups étaient si rapprochés qu'ils se confondirent presque.

Mr. Munn contemplait les flammes au-dessus des toits.

« On les a eus, bon Dieu ! On les a eus ! » cria une voix.

Tout près, un autre coup de feu claqua. La glace d'une devanture s'effondra bruyamment. Encore un cri :

« On les a eus ! »

Les hommes défilaient toujours en désordre, avec des cris et des éclats de rire. Les masques avaient maintenant glissé sur les figures, ou bien on les avait ôtés. Mr. Munn regarda sa montre et se dit : « Encore une demi-heure. Non, trois quarts d'heure. »

Trois cavaliers approchaient en longeant la colonne. Avant qu'ils eussent atteint le carrefour, Mr. Munn vit que le docteur Mac Donald était l'un d'entre eux. Il ne portait plus son masque. Souriant, les lèvres retroussées, il venait, la pipe entre les dents.

« *Hello!* » dit-il presque comme à l'ordinaire.

Il n'avait pas ôté sa pipe.

Quand il fut arrêté, Mr. Munn dit à voix basse :

« J'ai entendu dire que vous avez eu des histoires par là ?

— Oui, répondit le docteur, mais il y a aussi des gens qui ont eu des histoires avec moi. »

Puis il regarda Mr. Munn bien en face :

« Écoutez, lui dit-il, ne vous mettez pas martel en tête. Quand un homme se bat, il ne regarde pas si son fusil a une crosse en ivoire et un monogramme.

— C'est tout de même un peu fort, dit froidement Mr. Munn.

— Mon garçon, on n'a jamais vu le bon Dieu réunir quelque chose comme un millier d'hommes, pour quelque besogne que ce soit, sans y fourrer un bel assortiment d'enfants de putain. »

Il grimaça en jetant à Mr. Munn un regard en coin.

« Pas même pour mettre le feu à des entrepôts de tabac, ce qui est une chose propre à réjouir les chœurs célestes, mais – il hésita, suivant d'un œil expert la troupe en marche –, mais le premier bougre qui s'avise de me jouer un tour pareil et d'entrer de force dans un bar, c'est à moi qu'il aura affaire. Quand nous irons à Morganstown, mercredi prochain, ça marchera autrement, ou je saurai pourquoi.

— Bon, répliqua Mr. Munn. À part ça, je crois que nous avons eu de la chance. Jusqu'à présent.

— Mon cher, une chance formidable. Toutes les consignes exécutées. Pas un accroc. »

Mr. Munn regardait les flammes qui, maintenant, s'élevaient toutes droites.

« Nous avons de la chance que le vent soit tombé, dit-il. Sans cela, nous mettions le feu à la ville.

— Là-bas, au poste de pompiers, nous avons été un moment sur le point de détacher les gars. Juste comme nous venions de les attacher gentiment, bien tranquilles et résignés à leur sort. »

Il regarda sa montre. La dernière colonne approchait. Alors d'une voix changée, il lança ses ordres.

« Donnez-leur au moins une demi-heure. Mes gaillards vont se mettre en route dans un quart d'heure. Nous allons sortir, et nous arriverons à Jefferson, en bordure de la ville. En même temps que vous partirez par la rue Jefferson, au nord, Sills sortira par le sud.

— Je ne m'attends pas à avoir d'embêtements, dit Mr. Munn.

— Non, n'est-ce pas ? Cette histoire de milice, ça m'a l'air d'une blague. »

Le docteur rendit les rênes :

« À bientôt », dit-il.

Et, faisant signe aux deux hommes masqués qui l'accompagnaient, il donna du talon dans les flancs de son cheval. Tous trois s'éloignèrent rapidement en suivant la rue Jefferson, en direction du sud. Mr. Munn se dit que le docteur devait se disposer à aller donner ses dernières instructions à Mr. Sills.

La tête de la colonne qui se dirigeait vers le nord, en suivant la rue Jefferson, se trouvait maintenant à bonne distance. Les hommes chantaient. Ils chantaient *La Vieille Jument grise*, en ponctuant leurs cris de coups de fusil. En queue, des traînards tiraient dans les vitrines.

« Les sacrés idiots ! s'écria Mr. Munn.

— Qui ça ? demanda son voisin.

— Ces abrutis-là, dit Mr. Munn d'une voix sombre. Ça va nous faire du tort de tirer comme ça dans les glaces. Énormément de tort. »

Au bout de la rue, on entendait chanter :

... qui trottait dans le désert
trottait, trottait dans le désert...

« Ouais, répliqua l'autre. Mais est-ce que vous avez jamais donné à manger à un chien enchaîné, et affamé, sans l'entendre grogner quand il met ses crocs dans la viande ? »

Mr. Munn ne répondit rien.

« C'est la même chose. Ils n'y mettent pas de malice, poursuivit l'autre. Ils font voir tout simplement qu'ils y ont mis les crocs. »

Les flammes avaient maintenant baissé, à l'est, mais elles étaient encore fortes. On n'entendait plus de coups de fusil. Les derniers, isolés, avaient cessé au nord et au sud. La lampe à arc bourdonnait doucement. Au bout de la rue, un petit groupe sortit d'une entrée. Mr. Munn fut surpris d'y voir trois femmes. Des hommes les tenaient par le bras, sans qu'il pût se rendre compte si c'était pour les aider à marcher ou pour les empêcher de se sauver.

« C'est Burrus, dit quelqu'un. Il ramène les dames au bureau du téléphone. »

Elles venaient d'entrer dans une maison située au bout de la rue. « C'est le bureau du téléphone, se dit Mr. Munn. Cela veut dire qu'il sera bientôt l'heure de nous mettre en route. » Les hommes qui avaient servi d'escorte aux trois femmes disparurent dans une ruelle. Mr. Munn regarda sa montre et jugea qu'il en avait encore à peu près pour cinq minutes.

Burrus et ses hommes, remontés à cheval, sortirent de la ruelle et se dirigèrent vers le carrefour. En passant, Burrus salua, la main levée.

« Nous partons ! dit-il.

— Bonne nuit », dit Mr. Munn.

La troupe de cavaliers remonta la rue au petit trot. Le bruit des sabots mourut et on les perdit de vue.

Mr. Munn se retourna sur sa selle. Ses hommes l'observaient, masqués de blanc, dans l'ombre des chapeaux à large bord.

« Tout va bien », dit-il.

Il leva son revolver et tira un coup en l'air.

Le nommé Allen et Benton Todd approchaient du coin de la rue.

Mr. Munn fit un signe aux deux hommes qui gardaient les prisonniers, devant l'entrée. Ils s'écartèrent et se mirent en selle. Les trois prisonniers demeuraient dans l'ombre, à moitié cachés. Mr. Munn poussa son cheval et les regarda. Celui qui avait pleurniché, en prétendant que sa femme était malade, s'effaçait derrière les deux autres.

« Allons, sortez ! ordonna Mr. Munn. Maintenant, vous pouvez vous en aller. »

Ils sortirent ; le dernier marqua une légère hésitation.

« Vous pouvez aller retrouver votre femme malade, vous, là, qui n'avez pas de femme. »

Sous la lumière douteuse, l'homme leva une figure dénuée d'expression et se passa la langue sur les lèvres. À cette vue, Mr. Munn se sentit brusquement saisi de colère. Il éprouvait la tentation aveugle de montrer sa haine à cet homme, de lui faire du mal, de le torturer. Penché sur sa selle, il lui cria :

« Foutez-moi le camp d'ici ! Allez, ouste ! »

L'homme recula de quelques pas, sa figure hébétée toujours levée, fit demi-tour et prit la fuite. Les deux autres étaient déjà loin.

Mr. Munn leva le bras.

« Allons », dit-il à voix haute.

Et il enleva sa jument au galop.

Les hommes, ayant tourné bride, galopèrent à sa suite.

Quand ils quittèrent la ville, toutes les maisons étaient sans lumières. Mais il savait que des gens étaient là, couchés, les yeux écarquillés dans l'ombre, l'oreille aux aguets. Ou bien ils regardaient, tapis, derrière les fenêtres noires.

Au sommet de la rampe, hors de la ville, il regarda derrière lui. Le reflet des incendies traînait encore. Mais les flammes étaient tombées.

Ce fut environ un quart d'heure plus tard, après avoir dépassé d'une centaine de mètres l'endroit où quatre de ses hommes avaient pris un chemin de traverse pour rentrer chez eux, qu'il crut percevoir derrière lui un bruit de galopade. Sur le moment, il ne s'arrêta pas à cette impression. Un instant plus tard, il en fut certain, ou presque. C'était bien ce bruit de tambour qu'il entendait rouler sur un pont de bois qu'ils venaient de passer un moment plus tôt.

« Est-ce que vous entendez quelque chose ? demanda-t-il.

— Je ne crois pas, répondit Mr. Simmons, rien de particulier. »

Tout en galopant, Mr. Munn dressait l'oreille. Il essayait de reconnaître les sons qu'il distinguait. Il y avait d'abord celui des chevaux de sa troupe et aussi cet autre bruit, s'il existait. Il était sûr de l'entendre, puis ne l'était plus. Il se disait que cela n'avait pas de sens. Il savait qu'il était le dernier à quitter la ville. Alors, d'une voix forte, il cria :

« Halte ! »

Les cavaliers se serrèrent en groupe compact au milieu de la route.

« Pouvez-vous entendre quelque chose ? demanda-t-il. Quelque chose qui vient par ici ? »

Pendant un moment, personne ne répondit, puis un homme dit :

« Peut-être, je n'en suis pas sûr. »

Il se laissa glisser à bas de sa selle et, se couchant sur le bord de la route, colla l'oreille au sol. Les autres l'observaient avec attention. Il se releva rapidement et dit :

« Oui, oui, il y a quelque chose qui vient par ici.

— Quoi ? demanda Mr. Munn.

— Des chevaux, déclara l'homme. Une masse de chevaux. »

Mr. Munn scruta le ciel. Il faisait un peu moins sombre maintenant. Ce n'était pas encore l'aube, mais les nuages étaient plus clairs.

« Ce sont des nôtres qui rentrent chez eux, suggéra quelqu'un.

— Non, dit Mr. Munn, nous sommes les derniers. Par ici, en tout cas.

— Nous pourrions leur tendre une embuscade, proposa un autre, nous poster derrière cette clôture et les canarder.

— Non, décida Mr. Munn, nous n'avons rien à gagner à engager le combat. En avant ! »

Il se pencha sur sa jument, qui obéit à la pression de ses genoux. À côté de lui et derrière lui les sabots des chevaux frappaient le sol durci. Le vent soulevait les bords de son chapeau. De chaque côté, les bois et les champs étaient noirs, mais, entre les cavaliers, droit devant eux, la route s'allongeait plus claire. S'ils pouvaient atteindre le carrefour de New Bethany avec une avance suffisante, Mr. Munn était certain de réussir à semer les poursuivants. À cet endroit, ils auraient une chance, une bonne chance de se tirer d'affaire dans le lacis de petits chemins et dans les bois. S'ils avaient une avance suffisante. Mais, cette avance, il fallait la gagner, car, ici, la route était toute droite jusqu'au carrefour, le terrain était découvert, et, par moments, quand il levait la tête contre le vent et scrutait le ciel d'un coup d'œil rapide, il lui semblait que la lumière pâle qui perçait les nuages était plus claire. Mais ce n'était pas encore l'aube. L'aube ne viendrait pas avant deux heures.

Du coin de l'œil, il remarqua que Mr. Simmons, qui trottait à côté de lui, regardait en arrière. Il tourna la tête. Ses hommes n'étaient plus groupés. Ils s'étiraient derrière lui, et l'allure des chevaux faiblissait.

« Nom de Dieu ! dit Mr. Munn tout haut. La moitié de ces rosses-là ne tiendra pas jusqu'à Bethany. Des chevaux de ferme ! ajouta-t-il, rageur.

— Ça continue ! lui cria Mr. Simmons. Ils vont nous attraper du monde ! »

Mr. Munn secoua la tête :

« Non, dit-il. Pas ça.

— Il vaut mieux leur tendre une embuscade pendant que nous avons encore une chance, cria l'autre. Ici, nous sommes toujours à couvert. »

Mr. Munn regarda sur un des côtés de la route. À cet endroit, elle décrivait une courbe. Entre des buissons et des fourrés de cèdres noirs, cette tache claire, qui tranchait sur le noir, devait être un mur de pierres. Du tuffeau. C'était un abri. Un bon abri, s'ils avaient à s'embusquer. Il secoua la tête :

« Non », dit-il sans regarder Mr. Simmons, mais l'œil fixé sur le prochain coude de la route, comme si, par son seul effort, il pouvait entraîner, forcer l'allure de ceux qui le suivaient, pour les mener et se mettre lui-même à l'abri de ce tournant, puis du suivant.

Passé le tournant, il regarda encore une fois derrière lui. Ses hommes s'égaillaient. « C'est pire qu'avant », pensa-t-il. Et il maudissait les imbéciles qui le poursuivaient, des imbéciles qui n'avaient aucune part, aucun intérêt personnel dans une affaire qui ne les concernait pas, des fainéants, des snobs, ou des individus pourvus de quelque misérable emploi par les compagnies, de ces gens désœuvrés qu'on pouvait rencontrer à la gare ou dans les hôtels, de ces prétentieux idiots qui traînent au coin des rues et se croient importants.

« Les salauds ! Les salauds ! » disait-il tout bas.

Il les maudissait, se sentait trahi, pris au piège. Et ils gagnaient du terrain. Il savait qu'ils gagnaient du terrain. Ils devaient avoir de meilleurs chevaux. Des chevaux frais.

« La dernière chance, cria Mr. Simmons contre le vent, si nous devons nous embusquer. »

Mr. Munn secoua la tête. Il ne regarda pas derrière lui, il n'osait pas, pensant à ceux qui étaient en queue, aux derniers, penchés sur leurs selles, les yeux collés aux vagues silhouettes qui fuyaient devant ; il les imaginait cravachant leurs chevaux, désespérément, l'ennemi dans le dos.

Il prit le dernier tournant. La route s'étendait toute droite jusqu'à l'église de New Bethany. Après l'église, elle bifurquait, les chemins menaient au fond de la vallée et dans les bois. S'ils pouvaient y arriver, ils battraient en retraite dans les bois en suivant ces chemins où, sur la terre meuble, les sabots d'un cheval ne faisaient pas de bruit ; là, ils se sépareraient et, dans l'obscurité, les poursuivants hésiteraient, ne sachant quel parti prendre, car personne, parmi eux, ne voudrait se séparer des autres. Mais, avant cela, il y avait la ligne droite. Elle lui paraissait encore plus longue et plus découverte qu'il n'avait pensé. Et une lumière semblait monter du sol, et éclairer distinctement toutes choses : la route, les champs nus, les clôtures de bois. Les clôtures de bois ! Dans un éclair, il se rappela la barrière écroulée de Murray Hill, pareille à celles-ci, au cours de cette nuit où, au moment de traverser ce terrain découvert, il l'avait trouvé si innocemment, si dangereusement vide et si lumineux.

Il n'entendit pas le premier coup de fusil. Mr. Simmons lui cria :

« Voilà qu'ils tirent maintenant.

— Je n'ai rien entendu.

— Moi non plus, nom de Dieu ! répondit Mr. Simmons. Mais j'ai entendu la balle passer à côté de moi. »

Puis Mr. Munn entendit un coup de feu. Un de ses hommes venait de répondre en tirant à son tour.

« Ces sacrés petits six-coups, ça ne vaut rien, cria Mr. Simmons. Eux, ils ont des carabines. »

Mr. Munn crut entendre une balle passer près de sa tête, mais sans en être bien sûr ; des revolvers claquaient.

« Nous devrions nous mettre à l'affût pour les attendre », hurlait Mr. Simmons.

Comme l'église paraissait loin ! C'est à peine si on pouvait l'apercevoir. Et tout était si net, la route, et les champs, et les clôtures, dans cette lumière qui semblait monter du sol.

Mr. Simmons hurlait :

« Munn, ces salauds-là vont me tuer. Devant Dieu, mon âme reviendra pour vous tourmenter ! »

Toute blanche sur les arbres noirs, l'église s'avançait en rampant à leur rencontre. Elle rampait, péniblement. Derrière, les revolvers claquaient au hasard. Les sabots martelaient la route durcie. Puis, comme une surprise, il s'aperçut qu'ils étaient arrivés à la hauteur de l'église. Là étaient les chemins de traverse, les sentiers qui bifurquaient vers le gué, les bois et l'ombre dense.

Ils avaient dépassé l'église. Il se jeta à l'aveuglette dans le sentier le plus proche, avec l'espoir que sa jument saurait bien où poser le pied. Ils se précipitèrent dans le gué, peu profond à cet endroit et, près de lui, un cheval l'éclaboussa en le trempant jusqu'aux cuisses.

Mais il ne sentit rien. Dix mètres au-delà du gué, il se poussa sous le couvert des arbres.

« Dépêchez-vous ! cria-t-il violemment. Dépêchez-vous. »

Et il n'était pas sûr que c'était bien sa voix qui se faisait entendre, tant elle lui paraissait calme, si différente de ce qu'elle aurait dû être à un pareil moment.

« Avancez ! Vous, Simmons, Allen, Snyder, faites un peu reculer les chevaux. S'ils passent le gué, tapez dessus ! »

Il regarda fixement le gué. L'eau luisait doucement. Il sentait la respiration haletante de sa jument entre ses genoux.

« Mais ils n'oseront pas, dit-il, ils ont peur ; ils ne vont pas descendre par ici pour traverser. »

Il se laissa glisser de sa selle, et, quand ses pieds touchèrent le sol, il chancela presque.

Ils n'approchèrent pas du gué. Il ne quittait pas l'endroit des yeux. De la route, on tira deux salves désordonnées. Il entendait passer les balles, très haut, fouettant les branches des cèdres.

« Ne tirez pas, dit-il à ses hommes, ne tirez que s'ils essaient de passer le gué. »

Alors, après un moment, après s'être assuré du départ des gens qui étaient sur la route, il entendit une voix dire, tranquillement :

« Je suis touché !

— Quoi ? demanda Mr. Munn. Où êtes-vous ? »

Il n'avait pas reconnu la voix, une voix lente, terne, qui venait de dire : « Je suis touché. »

« Ici, dit la voix. Je suis ici. »

Mr. Munn s'avança à tâtons dans l'ombre des cèdres.

« Que quelqu'un frotte une allumette », dit une autre voix.

Une allumette flamba, puis une seconde. Un homme tenant une allumette était agenouillé auprès d'une forme étendue à terre. La flamme vacilla, puis s'éteignit. Mr. Munn se hâta vers l'endroit.

D'autres, penchés vers la forme étendue par terre, frottèrent encore des allumettes. Puis ils improvisèrent une torche. Mr. Munn vit alors que l'homme, couché sur le sol, était Benton Todd.

« Où est-il touché ? demanda-t-il.

— À la jambe, dit quelqu'un. Juste dans le haut de la jambe. »

Il tenait un couteau ouvert et s'efforçait de fendre le pantalon du blessé pour dégager la jambe. Le pantalon était trempé de sang. Un autre s'escrimait après la botte et grognait de colère :

« Nom de Dieu, nom de Dieu, vous ne pouvez pas approcher la lumière ? »

Mais celui qui tenait la torche ne semblait rien entendre, car il était penché, le regard fixé sur le visage de Benton Todd.

« Je n'ai pas senti grand-chose, dit celui-ci d'une voix calme, que Mr. Munn ne reconnaissait pas. Mais je ne croyais pas que ça saignerait autant.

— Ne t'en fais pas, mon gars, ne t'en fais pas, dit l'homme qui coupait le pantalon, on va t'arranger ça, on va te tirer de là en un rien de temps. Ça ne va pas être long. »

Benton Todd ne paraissait plus faire attention aux hommes qui l'entouraient. Il regardait au loin, au-delà de la torche et des visages pressés dans le cercle de lumière mourante, dont la torche était le centre, plus haut, plus loin que les branches des cèdres. À la lumière de la torche, un reflet de plomb s'allumait dans ses yeux.

« Donnez-moi un couteau, je ne peux pas l'ôter, dit d'un ton bourru l'homme qui tenait la botte. Tout ça, c'est collé, je n'y arrive pas. »

Un autre le poussa de côté et se mit à tailler dans le cuir. Le premier se releva et, à la lumière de la torche, il examina ses mains couvertes de sang et de boue, d'un air inquiet et méfiant, comme s'il était blessé lui aussi.

« Je crois, dit Benton Todd d'un ton lassé, sans regarder les hommes, que vous feriez mieux d'arrêter ça. »

Ils entouraient d'une ceinture la cuisse blessée, qui était maintenant à nu. Par le trou minuscule le sang giclait et coulait, noir et luisant, sur la peau blanche. Ils tordirent le garrot aussi serré que possible et, au-dessus, à l'endroit où la balle avait pénétré, ils empilaient des mouchoirs. Deux hommes avaient ôté leurs chemises qu'ils déchiraient pour en faire des bandes. Les mouchoirs, trempés, étanchaient le sang.

« Bent, Bent, dit Mr. Munn penché sur le blessé, Bent, écoutez-moi. »

Péniblement, Benton Todd tourna les yeux vers Mr. Munn et, avec peine, il remua les lèvres.

« Ce sang, dit-il. J'ai perdu tout mon sang. »

Mr. Munn ne se souvenait plus de ce qu'il voulait dire. Le regard lointain, indifférent, spectral, du jeune homme le quitta pour se fixer de nouveau dans l'ombre des cèdres, là-haut.

Tandis que, penchés sur lui, ils le veillaient, Benton Todd se mourait, vidé de son sang. Ils ne pouvaient pas arrêter le sang qui coulait, intarissable, de ce trou minuscule. Un des hommes posa la main sur la poitrine de Benton. Il se releva et dit :

« Il s'en va. »

Il regarda Mr. Munn.

« C'est bon, c'est bon, répondit Mr. Munn avec colère.

— Ça va être une rude nouvelle pour le capitaine », remarqua un des hommes.

Ils se pressaient autour du corps et se penchaient sur lui, sans pouvoir en détacher les yeux. La torche s'éteignait. Pendant un long moment, personne ne dit mot.

« Une rude nouvelle, dit un autre. On ne peut pas dire le contraire. »

Mr. Munn se secoua comme s'il sortait d'un rêve.

« Écoutez, ordonna-t-il. Qu'on aille chercher un buggey. Prenez le premier que vous pourrez trouver. Ne vous inquiétez pas de savoir à qui il appartient. Et partez. Allez chez le capitaine ; la route que vous voyez là, à gauche de l'église, vous mènera à l'embranchement de celle qui conduit chez lui. Nous tâcherons de vous rattraper.

— Nous rattraper ? demanda quelqu'un en faisant écho.

— Que tous ceux qui veulent bien venir avec moi me suivent, dit Mr. Munn. Comprenez-moi bien : je ne commande personne. Je veux que ceux qui vont m'accompagner le fassent de leur plein gré.

— Vous avez l'intention de leur donner la chasse ?

— De les couper, dit Mr. Munn brièvement. Nous pouvons leur couper la route avant qu'ils arrivent à la ville. Ce chemin-ci rejoint la grand-route ; en le prenant, nous gagnerons la route avant qu'ils arrivent à la ville. »

Pendant un moment, personne ne dit mot. Puis quelqu'un s'écria :

« Nom de Dieu ! Vous n'avez pas voulu qu'on les tire à l'affût là-bas, sur la route, quand ça aurait servi à quelque chose ! Maintenant que ça ne sert à rien, vous voulez aller vous battre !

— Je ne veux que des volontaires, répondit Mr. Munn.

— Je veux qu'on me pende si je ne vais pas avec vous, dit celui qui venait de parler.

— Partons tout de suite, dit Mr. Munn.

— Ça va, dit l'autre d'un ton résigné. Ça va. Je vous suis. »

Aux premières lueurs de l'aube, embusqués au bord de la route, derrière un petit mur de pierres croulantes, Mr. Munn et les sept hommes qui l'avaient accompagné canardaient posément un gros de cavaliers qui passait à moins d'un mille de la ville. Ceux-ci avaient marché lentement et s'abandonnaient sur leurs selles en flâneurs, riant et plaisantant. Ils pouvaient être une trentaine. À la première décharge, ils se débandèrent et prirent la fuite vers la ville. Plus tard, revenus de leur panique, ils revinrent sur leurs pas pour ramasser les corps de deux des leurs qui avaient été tués. Trois autres avaient été blessés, mais assez légèrement et avaient pu rester à cheval.

Mr. Munn, seul, car ceux qui s'étaient embusqués avec lui derrière le mur étaient maintenant rentrés chez eux, rejoignit le groupe qui escortait le buggey où l'on avait chargé le cadavre de Benton Todd. Ils avaient eu beaucoup de mal à trouver un buggey ; ils lui demandèrent ce qui s'était passé.

« Nous nous sommes un peu frottés à eux, dit-il.

— Est-ce que vous en avez touché ? demanda Mr. Allen.

— Oui », dit Mr. Munn, absorbé dans ses pensées.

Il marchait à côté du buggey et regardait les pieds nus qui dépassaient d'un paquet calé contre le siège et enveloppé dans des couvertures. Les mouvements de la voiture le faisaient cahoter, maladroitement.

Arrivé devant la clôture, Mr. Munn leur dit qu'il allait passer devant. Les autres se regardèrent, soulagés, mais ne répondirent rien. Il empoigna la corde qui faisait manœuvrer la barrière. Elle s'ouvrit. Il poussa sa jument jusqu'au sommet de la petite pente conduisant à la maison. Derrière la maison, au-dessus des bois, une lumière safranée colorait les nuages les plus bas.

Mr. Munn s'appuya au chambranle de la porte et frappa. Dans la cour, sa jument, fourbue, se tenait tête basse, les jambes écartées. Il la regardait, attendant qu'un bruit de pas se fasse entendre à l'intérieur. Ses vêtements pesaient sur ses épaules comme du plomb.

Le capitaine Todd, vêtu d'un pantalon et d'une veste, qu'il serrait d'une main sous son menton, parut dans l'embrasure de la porte et le regarda.

« Benton », réussit à dire Mr. Munn.

Puis :

« Benton, il...

— Il n'est pas ici, dit le capitaine Todd. Je ne l'ai pas vu depuis plusieurs semaines. Je ne peux pas vous dire où le trouver. »

Son regard se porta derrière Mr. Munn, puis, lentement, revint se fixer sur lui et, tandis qu'il le regardait, sa tête se balançait d'un mouvement presque imperceptible d'un côté et de l'autre. Dans un effort de volonté, Mr. Munn se retourna et vit venir le buggey et les cavaliers qui l'escortaient.

Il les vit très nettement dans la lumière nouvelle qui se diffusait rapidement dans les pâturages et les champs, et rendait leur aspect familier à tous les détails du paysage.

12

Le train spécial qui amenait les troupes arriva en gare de Bardsville assez tard dans l'après-midi. Deux heures avant, une foule qui augmentait progressivement congestionnait les salles d'attente ou flânait sur les quais.

Enfin, crachant la vapeur, retentissant et grinçant sur l'acier poli des rails, ébranlant les planches du quai par les vibrations de sa masse, dispersant les pigeons dans un vol fou, la locomotive passa. À sa suite, venaient au ralenti les wagons remplis de figures qui regardaient curieusement, collées aux glaces, sous les chapeaux bruns aux larges bords. Le train s'arrêta. Avec une certaine circonspection, et l'œil fixé sur la foule, le conducteur descendit. Puis, rassuré, il se planta solidement sur le gravier, les jambes écartées, et se mit à regarder la tête des gens. Mais personne ne faisait attention à lui. L'attention des gens se portait sur un gros homme rubicond, en uniforme, qui semblait délibérément oublier leur présence, tandis qu'il descendait les marches, avec un soin infini, comme si cette opération exigeait la plus énergique attention. Il réussit à débarquer sa grosse bedaine bouclée et sanglée dans le drap brun, prêt à craquer. À l'instant où son pied se posait par terre, et comme il regardait la foule en clignotant des yeux, une petite fanfare, tout au bout du quai, attaqua les premières mesures de *La Bannière étoilée*.

Le gros homme salua, clignotant toujours, tandis qu'un autre, plus jeune, descendait derrière lui et saluait également.

Pendant que la fanfare éructait ses dernières notes, un homme se détacha de la foule et se précipita vers l'officier, la main tendue, en un geste de bienvenue, découvrant dans un large sourire tout l'or de sa lourde mâchoire.

« Major Pottle ? demanda-t-il à voix haute.

— Oui, monsieur, dit le gros homme en faisant un signe de tête.

— Je suis le maire, expliqua l'autre. Le maire Alton, pour être précis, et je vous souhaite la bienvenue, à vous et à vos hommes. »

Ils se serrèrent la main, et le maire, penché vers la figure rubiconde du major, se mit à lui parler à l'oreille d'un air sérieux et confidentiel, mais si bas que leurs voisins les plus proches ne purent, en dépit de leurs efforts, saisir un seul mot. Le major regardait droit devant lui, comme s'il ne voyait rien, comme s'il n'entendait rien, absorbé par le cours secret de ses pensées, clignotant toujours de ses gros yeux bleu faïence.

Les hommes dégringolèrent des wagons et se formèrent en colonne sur l'étendue ouverte au bout sud du quai. Il y avait deux compagnies d'infanterie ; les fourgons des chevaux de cavalerie furent aiguillés sur une voie de garage, et les cavaliers commencèrent le débarquement. Pendant ce temps, la fanfare jouait toujours. Le train s'ébranla ; les soldats qui n'avaient pas débarqué se penchaient aux portières en agitant la main. Ils se rendaient à Morganstown. Le lendemain, une des compagnies d'infanterie et un escadron de cavalerie, qui étaient restés à

Bardsville, devaient se porter par la route à onze mille de là, à French Springs, où il n'y avait pas de chemin de fer.

Tenant par le bras le major Pottle, le maire Alton le mena vers un chariot à bagages au bout du quai. La masse corpulente de l'officier avançait lentement. Sans protestation, comme s'il avait été somnambule, il paraissait obéir à une puissance supérieure. Le maire grimpa sur le chariot et, avec un empressement affecté, tendit la main au major Pottle pour l'aider à monter. Sans avoir l'air de voir son geste, celui-ci posa le pied sur le marchepied. Son gros cou rouge étranglé par le col de sa tunique et les yeux désorbités, il se hissa sur le chariot et se campa, en soufflant, à côté du maire. Au même moment, celui-ci tendit le bras pour arrêter la musique et se mit à parler :

« Mes amis et chers concitoyens, ce m'est aujourd'hui une grande joie de pouvoir dire que la paix est revenue dans notre ville bouleversée. Si – et c'est à la fois avec tristesse et avec fierté que je le dis – si ma demande d'assistance militaire avait été accordée, la triste et fatale matinée où nous nous sommes réveillés pour trouver en ruine les propriétés et les installations de ces importantes affaires commerciales qui, plus que tout autre facteur, contribuent au bien-être et à la prospérité de notre laborieuse population, si mon avis avait été pris en considération, alors…

— Ferme ta gueule ! Tu vas tomber d'dans, cria une voix dans la foule.

— … Si ma demande avait été accordée, poursuivit le maire, alors nos villes sœurs, qui ont pareillement souffert de la torche des maudits vandales… »

Mr. Christian posa la main sur l'épaule de Mr. Munn et, se penchant à son oreille, chuchota :

« Je crois, en vérité, que ce bougre-là, avec sa mâchoire de travers, est en train de parler de moi… »

Mr. Alton gesticulait en faisant signe à quelqu'un perdu dans la foule. Les gens s'écartèrent, et le sénateur Tolliver fut hissé sur le chariot. Il serra la main du major Pottle et celle de Mr. Alton. Celui-ci dit qu'il allait maintenant demander quelques réflexions de circonstance au citoyen distingué qui, dans les douloureux événements qui venaient de se produire, avait toujours assumé la plus ferme attitude en faveur de la loi et du droit.

« Le chameau ! » dit Mr. Christian, sans se donner la peine de baisser la voix.

Mr. Alton gesticulait toujours vers le sénateur.

« Qui ça ? demanda Mr. Munn.

— Celui que vous voudrez », répondit Mr. Christian d'un ton bourru.

Le sénateur Tolliver était en train de parler, mais Mr. Munn faisait à peine attention à ce qu'il disait. Au lieu d'écouter, il comparait l'homme qui se tenait maintenant sur la plate-forme, voûté, blême, grisonnant, avec celui qu'il avait vu sur l'estrade, sous la tente bariolée, au grand soleil du premier meeting. Dès que le sénateur fut monté sur le chariot, Mr. Munn avait éprouvé, en le voyant, toute la force de sa haine. Il l'avait sentie avec délices ; elle était toujours là, solide et vigoureuse, intime ; quelque chose sur quoi il pourrait compter, à quoi il pourrait s'accrocher, quelque chose de réel, la chose même qu'il avait retournée dans sa tête, qu'il avait caressée, en s'éveillant la nuit, comme on effleure du doigt un souvenir ou un cadeau sans valeur, mais qui atteste la réalité du passé, la vérité de ses sentiments, la certitude de sa propre identité. La haine était là maintenant en lui, parfaite et sûre, quelque chose à quoi se rattacher.

Pendant un moment, la voix du sénateur Tolliver s'éleva, pleine et sonore, autoritaire, comme en cet après-midi d'août ; puis elle devint hésitante. Il avait peur ! Mr. Munn en était sûr, il avait peur. Il ne pouvait plus dominer cette foule dont il regardait les têtes serrées ; il s'avilissait devant elle, il mendiait un répit temporaire ; il montrait qu'il serait reconnaissant de ce répit. Ou bien, un instant après, il paraissait se méfier d'elle, sombre, anxieux d'en avoir fini et de s'en aller. Ou bien il essayait de bluffer. Ou pis encore – et Mr. Munn en était presque gêné –, il essayait de se justifier ; il disait que son seul guide avait toujours été les grands intérêts du pays, que, s'il avait commis des erreurs, ces erreurs étaient nées de son zèle et de sa loyauté, qu'il voulait être compris de tous, rester irréprochable aux yeux de tous, irréprochable dans l'exercice de son mandat.

« T'en as pas, de mandat ! » cria quelqu'un.

La foule s'agitait ; on entendait les pieds qui raclaient le gravier et les planches du quai. « Bon Dieu ! se dit Mr. Munn. Ce n'est plus le même homme, c'en est un autre. Et moi, pensa-t-il soudain, dans une clarté aveuglante, sans écouter cette voix et sans faire attention à la foule qui commençait à bouger, inquiète, moi non plus je ne suis plus le même homme ! »

Il se tenait devant cette pensée comme en équilibre sur le bord d'un abîme. Elle semblait l'attirer comme une certitude nouvelle qui l'enivrait. Mais, par un effort de volonté, il s'arracha à cet envoûtement. Il se forçait à regarder, autour de lui, la nuque de son voisin Mr. Christian, sa figure enluminée, sa puissante mâchoire, à écouter cet homme qui pérorait, ses platitudes, son bluff, ses mensonges, son désespoir, sa peur. Il y avait tout cela dans cette voix, dans cette face blafarde, ces épaules voûtées, ces gestes désordonnés.

La foule était houleuse, et le sénateur parlait toujours. Elle était houleuse, et, pour cet homme qui se penchait sur elle, qui lui parlait d'un ton précipité, inquiet, cela devait ressembler au glissement sournois du sol qui se dérobe, dans une descente escarpée, sous les pas du voyageur épouvanté ; au sol qui bouge comme la peau d'une bête engourdie prête à se réveiller et à bondir. Mr. Munn sentait que tout cela existait dans cette foule.

Le sénateur parlait toujours.

« Et à vous, mes amis, je dis ceci – car vous êtes mes amis, et je ne conçois pas de plus noble privilège que celui de dire au peuple assemblé aujourd'hui devant moi : vous êtes mes amis –, à vous, mes amis, je dis ceci… »

« Il n'a pas d'amis, se disait Mr. Munn. Pas même ceux qui l'ont acheté corps et âme, fonds et tréfonds. Il n'y a plus personne maintenant dans sa grande baraque, personne de tous ces gens de Louisville ou de Washington. Tout au plus quelques lèche-pieds visqueux qui rampent et tournent autour de lui en disant "Oui, sénateur", "Oui, monsieur le sénateur", pour un verre de whisky ou pour un cigare. »

« … Il n'y a rien de plus beau que l'amitié, l'amitié et la fidélité, la fidélité envers ses amis, la loyauté envers son idéal. Quand je serai mort – mais j'ai la ferme espérance que le Seigneur tout-puissant m'accordera encore quelques années pour servir le peuple et mon pays –, ouvrez mon cœur et vous y trouverez gravées ces paroles du poète… »

« Quel salaud ! » pensait Mr. Munn. Puis : « Le pauvre bougre ! »

Cette nuit-là – celle qui suivit l'arrivée des troupes –, les deux entrepôts de French Springs furent dynamités et incendiés, ainsi que le vieux pont de bois qui traversait la rivière à cet endroit.

Cette même nuit, Monclair, la résidence du sénateur Tolliver, brûla aussi jusqu'aux fondations. Personne ne connaissait les incendiaires. Quand le docteur apprit cette nouvelle au téléphone, sa surprise fut complète. Il raccrocha tranquillement le récepteur, mais, quand il eut tourné le dos à l'appareil, il avait la figure bouleversée et blanche de rage, et ses poings se crispaient au bout de ses poignets noueux.

Monclair fut la première maison incendiée. La seconde fut celle de Mr. Munn. En dépit des lettres de menaces qu'il avait reçues, comme Mr. Murdock et Mr. Sills, il n'y avait pas cru. Il se doutait bien que d'autres en avaient reçu de pareilles et qu'ils n'avaient rien dit. Lui-même n'avait jamais parlé de celles qui lui étaient parvenues. Moins d'une semaine avant la soirée qu'il avait passée à l'Académie du professeur Ball, le soir où le docteur Mac Donald avait lu la lettre adressée à Mr. Murdock, il en avait reçu une semblable. Elle lui enjoignait de ne pas engager de Noirs comme fermiers pour l'année à venir. Assis à son bureau, il avait lu les mots griffonnés sur un morceau de papier sale, du papier d'emballage apparemment. L'écriture en était barbouillée, comme si on avait fourré le papier à même la poche. Le tampon de la poste indiquait que la lettre venait de Morganstown. Il avait essayé un instant de se représenter son auteur : un individu penché sur une table de cuisine sous une lampe en fer-blanc, les doigts crispés sur un bout de crayon d'un sou, la figure tordue par l'effort. Mais il n'avait pas été capable de se représenter ce visage, un visage certainement pareil à ceux qu'il croisait dans les rues, le samedi après-midi : long, osseux, ou rouge brique, ou blême, pareil à ceux qui le regardaient dans les réunions de l'Association. Ce visage, il l'imaginait pareil à tous les autres, mais sans réussir à l'évoquer avec netteté, car il ne devait ressembler à aucun autre ; il était différent de tous les autres, personnel, unique, plein de sa propre vie, de sa propre astuce, de son espérance, de son amertume, de son besoin et de sa haine. Lentement, il avait déchiré la feuille de papier en petits morceaux, qu'il avait jetés dans la corbeille à côté de sa table.

Il trouva le troisième et dernier billet dans la boîte aux lettres de sa ferme. Il était conçu en ces termes :

> On vous a déjà dit deux fois de renvoyer vos nègres et de mettre un Blanc à leur place. On vous a dit ça, et vous ne l'avez pas fait. Au lieu de faire ce qu'on vous a dit, vous avez renvoyé un Blanc, nommé Grimes, et vous avez mis un nègre à sa place. Vous avez trois jours pour renvoyer ces cochons de nègres.

Mr. Munn déchiffra la lettre à la nuit tombante et regarda la longue avenue qui, à travers les pâturages, menait au bois où était la maison. Le bois, excepté la masse sombre de cèdres, était maintenant dépouillé de ses feuilles, et on pouvait voir le toit de la maison.

Pendant cinq nuits, il dormit avec un fusil chargé, appuyé à la tête de son lit. Il avait d'abord pensé à faire venir un métayer pour lui tenir compagnie, un de ceux qui étaient là depuis longtemps, et sur qui il pouvait compter, mais il abandonna ce projet. Ce n'était pas leur affaire, décida-t-il, et, après tout, personne ne viendrait certainement l'inquiéter ! Ces lettres n'étaient qu'une menace en l'air. Il prit cependant la précaution d'enfermer tous les soirs un chien dans la maison, en lui donnant la liberté d'aller et venir dans le hall, dans le vestibule et dans la cuisine, car si on voulait mettre le feu, il faudrait commencer par la galerie, qui était la seule partie exposée de la maison. Le chien, de l'intérieur, ne manquerait pas de donner l'alarme dans le cas où quelque rôdeur s'en approcherait de trop près, si l'on s'était débarrassé du chien qui montait la garde dehors, avant qu'il ait pu donner l'alarme.

Pendant ces cinq nuits, Mr. Munn ne dormit pas, s'imaginant à chaque instant entendre du bruit. Il prenait alors son fusil, s'approchait de la fenêtre, y passait la tête et regardait dans la cour, où les arbres se découpaient en taches noires, ou bien il surveillait le terrain nu des pâturages. Il ne découvrait rien. Il entendait seulement ces bruits qui font tellement partie de la nuit qu'ils n'existent pas. Alors il rentrait et se recouchait dans le grand lit et essayait de dormir. Il y parvenait difficilement, quelle qu'ait été sa fatigue. Des images se présentaient à son esprit, des visages, des réflexions au sujet d'événements passés, qui se pressaient en foule dans sa tête avec une force tumultueuse, contre laquelle sa volonté était impuissante, qui se bousculaient, follement, sans but, comme une populace qui force une maison. Tout cela lui semblait courir dans tous les sens, vivant d'une réalité propre, s'accouplant en combinaisons toujours nouvelles, en perpétuelles variantes. Toutes ces choses devaient cheminer pendant son sommeil, comme l'eau de la mer avance, recule, se rejoint, se déplace sans arrêt ; ou bien pendant la journée, alors que son attention était distraite par ses occupations. Il pensait à May. Cela lui arrivait rarement quand il était ailleurs que dans cette chambre. Mais, ici, il y pensait très souvent. Elle faisait partie de cette chambre, bien plus que lui-même ; car il s'en était détaché ; il s'y sentait comme un étranger, sauf en ces moments fugitifs où le passé envahissait le présent et l'effaçait. Un jour, en se réveillant et assis sur son lit, il lui avait semblé la voir là, en train de dormir. Était-ce l'effet d'un jeu de lumière ou de son imagination ? Il la voyait dormir, toute petite, la vie retirée au plus profond d'elle-même, pelotonnée, presque comme un enfant, et ses cheveux d'or pâle répandus sur l'oreiller.

Les sixième et septième nuits, après avoir reçu la dernière lettre de menace, il coucha en ville à l'hôtel, car la cour siégeait, et il avait une affaire qui devait être jugée le lendemain. Les deux matins, sitôt levé, il téléphona chez lui : il n'était rien arrivé. Il commençait à croire que, s'ils avaient dû mettre leurs menaces à exécution, ils l'auraient déjà fait. Il passa la huitième nuit chez les Christian. Ce fut cette nuit-là que sa maison brûla.

Il venait de s'endormir, quand il fut réveillé par la sonnerie du téléphone. Comme il essayait de déchiffrer le nombre et la séquence des appels, Lucille posa brusquement la main sur son épaule et dit :

« Deux longues, trois brèves. C'est pour nous. »

Elle se dressa sur le lit.

« Je me demande ce que c'est, dit-il.

— Reste tranquille, ordonna-t-elle. Papa se lève. »

Immobiles, ils écoutaient les bruits de la chambre voisine, une chaise brusquement traînée sur le plancher, puis un bruit de pas et le grincement d'une porte.

« Il vaut mieux que j'essaie de regagner ma chambre », chuchota-t-elle.

Elle lui serrait l'épaule, et ses doigts s'incrustaient dans la chair.

« Attends qu'il soit descendu, dit-il.

— Le téléphone est juste au bas de l'escalier, répondit-elle. S'il regarde par ici, il va me voir. »

Elle se glissa hors du lit, mit son kimono, dont elle noua la ceinture à la hâte. Penchée vers la porte, elle lui dit :

« Il parle, maintenant, je l'entends. »

Mr. Munn se leva.

Il y eut alors le pas lourd de Mr. Christian, qui montait rapidement l'escalier en criant :

« Perse ! Perse ! »

Toute droite au milieu de la chambre, la jeune fille fit un mouvement vers la porte :

« Va à la porte, ordonna-t-elle. Arrête-le. Je ne peux pas sortir. »

Et elle se précipita dans le coin entre la porte et la fenêtre, là où l'obscurité était plus épaisse, et elle s'aplatit contre le mur.

Mr. Munn, se dirigeant vers la porte, eut la vision rapide de quelque chose de blanc, là, dans le coin : le visage de Lucille, dont l'expression lui échappait.

Mr. Christian tambourinait sur la porte en criant :

« Perse ! Perse ! »

Mr. Munn ouvrit la porte.

« Le téléphone ! s'exclama Mr. Christian. On vous demande au téléphone. On dit que votre maison… »

Mr. Munn saisit Mr. Christian par le bras et l'entraîna dans le hall.

« C'est bon ! » dit-il en se précipitant dans l'escalier et en se hâtant vers le téléphone.

Mr. Christian le regardait du haut de l'escalier. Mr. Munn saisit l'écouteur qui pendait au bout du fil et, le regard fixé sur le visage de Mr. Christian au-dessus de lui, il parla dans l'appareil :

« Allô ! Allô ! » fit-il.

C'était un de ses domestiques, essoufflé, haletant, comme s'il venait de courir. Il parlait d'une façon agitée, incohérente, et réussit finalement à dire que la maison était en train de brûler ; maintenant, c'était presque fini. Il avait couru aussi vite qu'il avait pu chez Mr. Goodwood pour téléphoner. Mais la maison était presque complètement détruite.

Mr. Munn se précipita dans sa chambre, ramassa en hâte ses vêtements et ses bottes et revint à la porte pour bloquer Mr. Christian, juste sur le seuil. D'un coup d'œil, il venait d'apercevoir Lucille, toujours collée au mur, dans son coin. Il s'habilla devant la porte, pour la bloquer, pendant que Mr. Christian attendait dans le couloir.

« Ma maison est en train de brûler, dit-il.

— Comment cela est-il arrivé ? demanda Mr. Christian.

— On a voulu m'obliger à renvoyer mes métayers nègres ; je ne l'ai pas fait, alors on a mis le feu chez moi.

— Voulez-vous que j'aille avec vous ?

— Non ! Vous n'y pourriez rien. Ni moi non plus, je pense. Mais – et, tout en laçant ses bottes, il leva un instant la tête – que je découvre seulement celui qui a fait ça et... »

Ses paroles se perdirent pendant qu'il nouait les lacets.

Mr. Christian le suivit jusqu'au milieu de l'escalier. Très fort, Mr. Munn cria :

« Vous allez venir fermer derrière moi, n'est-ce pas ? »

« Ceci, pensa-t-il, donnerait une chance à Lucille. »

« Non, c'est inutile », répondit Mr. Christian.

Une fois parti, Mr. Munn regretta sa stupidité. Il se maudissait de ne pas avoir laissé Mr. Christian venir avec lui. Cela aurait facilité les choses pour Lucille. Ou peut-être que non ? Il aurait pu se faire que Mr. Christian eût l'idée d'aller dans sa chambre pour lui dire qu'il s'absentait. Puis il se dit qu'il aurait dû lui demander de seller sa jument ; cela aurait pu réussir. Mais maintenant Mr. Christian allait se recoucher. Cela arrangerait tout.

Il arriva chez lui un peu avant le lever du soleil. Les flammes étaient tombées depuis longtemps, mais la masse de la charpente qui se consumait sous la cendre jetait encore un pâle éclat dans la lumière de l'aube naissante. Un des cèdres les plus proches avait brûlé, et le feu en avait fait un moignon noirci d'où un mince filet de fumée montait tout droit. Un groupe de domestiques noirs musait en regardant les ruines. En face, deux hommes tenaient par la bride des chevaux sellés ; d'autres s'étaient approchés des ruines. C'étaient des cavaliers. Le lieutenant qui les commandait se présenta. Il s'appelait Prentiss, dit-il, et désirait savoir si Mr. Munn avait une idée quelconque sur les circonstances de l'incendie, s'il avait reçu des menaces, s'il avait des soupçons. Mr. Munn dit que non, qu'il n'avait pas reçu de menaces, que toute cette affaire devait être un accident. Le lieutenant lui dit que cela n'était guère probable et que c'était bel et bien un exploit des Cavaliers de la Nuit, car un domestique avait vu trois ou quatre hommes traverser la prairie avec une drôle d'allure.

« Je n'en sais rien », dit Mr. Munn en levant les épaules.

Peu après, les domestiques se disposèrent à partir. Après tout ce remue-ménage, les enfants étaient devenus grognons ou s'étaient endormis. L'un d'eux se mit à pleurer. Mr. Munn regardait ce que les domestiques avaient réussi à sauver du mobilier. Quelques meubles du rez-de-chaussée, le sofa, deux ou trois chaises, un tableau qu'on avait décroché du mur. Ils lui dirent que, lorsque le premier s'était réveillé en entendant un chien aboyer, le feu sortait déjà par les fenêtres du premier étage.

Une partie importante des murs étaient encore debout et presque intacts dans le coin où avait été sa chambre. En les regardant, il pensait vaguement à lui-même, à d'autres, à ceux qui avant lui avaient dormi dans cette chambre, à l'abri de ces murs, protégés par ces murs contre les intempéries, contre les ténèbres extérieures, contre le monde. Ces murs avaient enfermé un petit monde. Et, maintenant, ce monde n'était plus. Il avait disparu, libéré, absorbé par l'air extérieur, dissipé dans la fumée et dans les flammes. Cette disparition ne l'affligeait pas. Maintenant que c'était fait, maintenant que la chose était accomplie, il lui semblait qu'elle était accomplie depuis longtemps, qu'il s'y était déjà habitué. Avant de se trouver là, en train de regarder les flocons de cendre grise s'envoler des décombres fumants et les dernières flammes s'élancer et mourir, il n'avait pas encore compris combien s'étaient amenuisés les fils qui le rattachaient à la vie, et à la vie de ceux qui avaient habité là.

Le jeune lieutenant s'approcha de lui.

« C'est une sale guigne, remarqua-t-il, de perdre votre maison comme ça. »

Il regardait les ruines d'un air pensif.

« Et ça a l'air d'avoir été une belle maison. »

Puis, après une pause, il demanda :

« Vous avez été élevé ici ?

— Oui, dit Mr. Munn.

— Il faut que ce soient de rudes salauds, s'exclama le lieutenant, pour mettre le feu chez quelqu'un.

— C'est bien ce que je pense.

— Je regrette que nous ne soyons pas arrivés à temps pour faire quelque chose.

— Je vous remercie, dit Mr. Munn.

— Nous allons partir, dit le lieutenant. Au revoir », dit-il, en lui tendant la main.

Mr. Munn lui serra la main. Il n'avait pas encore remarqué la figure du jeune homme. Elle lui semblait vaguement familière.

« Au revoir ! répondit-il.

— Je comprends ce que vous pouvez éprouver, dit le lieutenant. Ça doit être très dur pour vous. »

Les cavaliers se mirent en selle et s'éloignèrent à travers la prairie. Mr. Munn les regardait s'en aller. Non, le lieutenant se trompait. Il ne trouvait pas cela dur. Ce n'était pas cela. C'était autre chose, et il ne trouvait pas de mots pour l'exprimer exactement.

Il s'en fut à la cabane du vieux Mac et s'assit sur la pierre du seuil, pendant que la femme de Mac lui préparait à déjeuner. Au bout d'un moment, elle l'appela et lui servit trois œufs sur le plat avec du lard, un peu de massepain et du café. Il mangea de bon appétit. Tout en mangeant, il se souvint que le jeune lieutenant lui avait rappelé quelqu'un. Il retournait la question dans sa tête ; puis il eut la réponse : le jeune homme lui rappelait un peu les façons de Benton Todd. C'était cela.

Quand il eut fini de manger, il revint en ville. Il n'avait rien d'autre à faire ici, et il avait, en outre, une audience au tribunal. Lorsqu'il arriva à son bureau, sa secrétaire lui dit qu'il fallait immédiatement téléphoner chez Mr. Christian, qu'on l'avait appelé à l'appareil toute la matinée. Il pensa que Mr. Christian voulait avoir des nouvelles de l'incendie. Il eut du mal à obtenir la communication et, quand il l'eut obtenue, il lui fallut encore attendre longtemps avant que la cuisinière noire eût appelé quelqu'un. Lucille vint enfin. Elle lui dit que son père avait eu une attaque, qu'elle avait peur qu'il fût mourant. La voix qui lui parlait dans le cornet noir, pressé contre son oreille, lui parut étrangère.

Mais Mr. Christian ne mourut pas. Pas tout de suite. Il était étendu sous le haut baldaquin sculpté du lit, inerte comme une souche, et sans un bruit autre que le râpement sec de son souffle faible et rauque. Il avait le regard fixe, et une grimace douloureuse, inquiète, se figeait sur son visage livide. Mais Mr. Munn ne le vit pas. Il ne devait jamais le revoir depuis la nuit où il l'avait quitté au milieu de l'escalier, pieds nus et sa chemise de nuit fourrée en hâte dans son pantalon.

Quand il arriva chez les Christian, le matin suivant, Lucille l'attendait dans le hall. Son visage était d'un blanc de craie, et ses yeux bleus paraissaient noirs tant ils étaient creusés.

« Comment va-t-il ? » demanda Mr. Munn.

Elle le regardait, les cheveux défaits lui tombant sur la figure, incapable de parler.

« Comment va-t-il ? répéta-t-il.

— Cela a été terrible », dit-elle d'une voix étranglée.

Elle parlait tout bas, et cette voix lui paraissait aussi étrangère, aussi impersonnelle que la voix qu'il avait entendue au téléphone.

« Puis-je le voir ? » demanda-t-il.

Et il fit un pas vers l'escalier.

Elle ne le quittait pas des yeux. Comme si elle était mue par une volonté étrangère, elle allongea le bras. Les doigts se crispaient sur la manche dont elle tordait l'étoffe.

« Non ! dit-elle. Non !

— Non ? »

Elle serra plus fort.

« Cela a été terrible ! » murmura-t-elle de la même voix.

Son père l'avait trouvée. Il était entré dans la chambre où elle était restée. Pourquoi était-il entré ? Elle n'en savait rien. Probablement pour regarder par la fenêtre et voir partir Mr. Munn, et il l'avait aperçue. Elle était incapable de se rappeler ce qu'il avait dit. Si peu de temps s'était écoulé avant que cela arrive. Mais elle se rappelait l'expression de son visage. Elle avait poussé un cri et, tout à coup, les yeux avaient paru sortir de la tête de son père, et il avait ouvert la bouche, comme s'il voulait appeler, mais il n'avait pas pu articuler une parole. Elle lui avait crié :

« Non, je ne suis pas à vous ! Je ne vous appartiens pas ! Je n'appartiens à personne ! »

Les larmes montaient dans ses yeux égarés tandis qu'à voix basse elle répétait les mots. Puis, lentement, en lui serrant le bras de ses doigts crispés, elle dit :

« Voilà ce que je lui ai dit. Moi, j'ai dit cela. Oh ! Perse, tu vois ce que je suis ! Tu vois ce qu'il y a en moi ! »

Il fit un geste de la main pour la toucher, mais elle s'écarta vivement de lui.

Le soir même, dans sa chambre d'hôtel, assis à son bureau, sous l'unique ampoule sans abat-jour qui pendait au bout de son fil, et qui éclairait de sa lumière indifférente le tapis râpé, la commode au miroir terni et le lit, Mr. Munn écrivit une lettre à May. Il ne doutait pas, écrivit-il, que, dans les circonstances présentes, elle serait d'accord avec lui pour reconnaître que le divorce serait pour tous les deux la meilleure solution.

13

Mr. Munn gardait les yeux fixés sur les grosses planches du parquet, touché d'un pâle rayon de soleil. La voix du professeur Ball poursuivait :

« Nous chanterons des hymnes au Seigneur, car Il a fait éclater sa grandeur et sa gloire. Il a précipité dans la mer le cheval et son cavalier. Le Seigneur est ma force et l'objet de ma louange, parce qu'Il est devenu mon salut. Il est mon Dieu, et je Lui préparerai une demeure ; Il est le Dieu de mes pères et je L'exalterai. Le Seigneur est un guerrier. Son nom est le Tout-Puissant. Les chars de Pharaon et son armée… »

Pendant qu'il lisait, ses cinq filles, assises devant lui sur de vieilles chaises dont le vernis s'écaillait, ne le quittaient pas des yeux. Toutes se tenaient dans la même attitude, le buste haut et les mains jointes modestement sur les genoux. Les quatre jeunes garçons – des élèves de l'Académie – avaient les talons accrochés aux barreaux de leur chaise et inclinaient déjà la tête, comme s'ils se préparaient pour la prière qui allait suivre. De temps en temps, tandis que la voix du professeur allait toujours, ils jetaient un coup d'œil à la fenêtre, d'où l'on apercevait le ciel bleu, ou vers la porte ouverte de la salle à manger, où la table était déjà servie. Le docteur Mac Donald s'était installé derrière eux, en compagnie de Mr. Munn et d'un autre homme. Appuyé négligemment au dossier de sa chaise, ses mains tannées sur les genoux et le visage impassible, il regardait sa femme.

Le professeur se leva et demeura debout, immobile, les mains appuyées au dossier d'une chaise. Son regard quitta les assistants et se porta à la fenêtre derrière laquelle la faible lumière du matin se répandait entre les branches dépouillées.

Les autres se retirèrent. Les femmes, une seule exceptée, se dirigèrent vers la salle à manger. Les jeunes garçons causaient à voix basse.

« Le petit déjeuner ne sera pas prêt avant cinq minutes, dit Portia, celle qui était restée derrière les autres. Je vous appellerai. »

Puis elle suivit ses sœurs dans la salle à manger et ferma la porte.

« Sortons un peu pour prendre l'air, avant de manger », dit le docteur à Mr. Munn.

Mr. Munn acquiesça d'un signe de tête et le suivit dans le hall et sous la galerie. Il sortit sa pipe et l'alluma après l'avoir bourrée. Tout en se balançant sur la pointe des pieds, au bord de la galerie, il regardait le terrain en pente qui montait dans la direction de l'Académie. Des deux hautes cheminées, les premières fumées s'échappaient en spirales bleuâtres qui pâlissaient dans le ciel.

« On dit pas mal de prières par ici », fit remarquer le docteur en tirant sa pipe de sa bouche.

Mr. Munn inclina la tête.

« Oui, poursuivit le docteur, c'est évident. Depuis que j'ai épousé Cordelia, je calcule que j'ai usé un fameux bout de tapis avec mes rotules. Et, à dire vrai, je ne suis pas dévot. Pour tout dire – il tira une bouffée de sa pipe et en souffla voluptueusement la fumée –, si je ne suis pas tout à fait un païen, et si je ne me damne pas par pure et totale mauvaise volonté, vous pouvez croire que je suis aussi sujet que n'importe qui aux faiblesses de la chair. Il n'y a pas de quoi se vanter, mais, vous savez ce que c'est, nous avons à portée de la main beaucoup plus d'occasions – bonnes ou mauvaises – de faire autre chose que de lire la Bible. Chacun suit sa voie. Et j'ai vu faire des choses, vu de mes propres yeux, notez-le bien, qui ne ressemblaient pas beaucoup à l'œuvre de la divine grâce.

— Je crois que c'est ce qui arrive à tout le monde, fit observer Mr. Munn. Pourvu qu'on vive assez longtemps.

— Oui, oui ! dit le docteur d'un ton pensif, avec une nuance d'impatience dans la voix. Mais j'en ai vu faire, des choses ! Et de mes propres yeux. Et je crois bien qu'ici aussi j'en ai vu ma part. On dirait que faire ces choses-là et se mettre à genoux, ça n'appartient pas au même monde. Tenez, le vieux professeur : voilà pas mal de temps qu'il me fait mettre à genoux, hein ? Ça va faire bientôt deux ans. »

Il fit une grimace et regarda Mr. Munn bien en face :

« Ce n'est pas que je me plaigne ; j'ai eu le temps de me faire à cette position. Et puis, maintenant, c'est votre homme et je respecte ses habitudes.

— J'imagine qu'il y trouve son réconfort, répliqua Mr. Munn. Ça doit sérieusement le frapper, de voir les choses aller comme elles vont. »

Il se tut, puis il ajouta gravement :

« Je crois que l'homme a besoin d'un peu de réconfort pour agir.

— Eh bien ! Tous ces derniers temps, le vieux bonhomme a demandé au Seigneur un réconfort d'un genre particulier. Mon genre à moi, plutôt que le sien, dirait-on. D'habitude, c'étaient les chapitres de charité et de miséricorde, qu'on lisait aux prières du matin et du soir. Mais, depuis quelque temps, il demande au Seigneur d'intervenir d'un peu plus près dans ses affaires et de terrasser les Ammonites. Ce sont les textes sanguinaires qu'il nous sort à déjeuner et à dîner. Comme ce matin, à propos du cheval et du cavalier. »

Mr. Munn cracha par-dessus la balustrade de la galerie et resta en contemplation devant l'endroit où le jet de salive noircissait une feuille morte.

« Cela m'irait assez, dit-il. En ce moment, il y a pas mal de sacrés chevaux et de sacrés cavaliers. À Bardsville, à Morganstown, et partout. Je consens à user un tapis avec mes genoux, si cela peut servir à quelque chose.

— Eh bien ! dit le docteur. Je constate que, depuis quelque temps, ce sont les chapitres plaies et bosses que le professeur nous sert régulièrement. Rien que la Genèse, hein ? Le commencement du Livre. »

Au bruit que fit la porte en s'ouvrant, Mr. Munn se retourna. Cordelia Mac Donald venait de sortir de la maison.

« Cela va être prêt dans une minute, dit-elle, si vous n'êtes pas déjà morts de faim.

— Morts de faim ? »

Le docteur répétait les mots comme un écho et riait de plaisir, la regardant.

« Morts de faim, c'est le mot qui convient. »

Elle s'approcha de son mari et lui posa délicatement la main sur le bras.

Mr. Munn remarqua le visage de la jeune femme, tandis qu'elle regardait le docteur, qui avait passé un bras sur son épaule et riait de plaisir. Ce regard, surpris sur ce visage de femme – une femme qu'il connaissait à peine et à qui, jusqu'à présent, il avait à peine fait attention –, le frappa comme un coup de poignard et le força à se retourner vivement.

Quand il la rencontrait, dans les rues de Bardsville, il l'avait toujours trouvée commune ; en tout cas, d'une catégorie assez commune. Dans la rue, seule ou avec une de ses sœurs, elle ne lui avait jamais semblé être le genre de femme à qui les gens prêtent la moindre attention. Elle et ses sœurs – elles se ressemblaient dans leurs robes grises ou noires, fermées jusqu'au menton d'une seule et austère rangée de petits boutons – allaient modestement dans les rues, les yeux baissés sur les pavés, à trois pas devant elles, ou bien perdus au loin, et les gens disaient : « Voilà les demoiselles Ball, les filles du vieux professeur Ball. » Et ils se disaient l'un l'autre : « C'est un savant, toujours fourré dans les livres, dans les Saintes Écritures, qu'il lit dans le texte original, et dans Shakespeare ; on n'a qu'à lui en parler : il le sait par cœur. Est-ce qu'il n'a pas donné à toutes ses filles des noms tirés des pièces de Shakespeare ? »

« Oui, monsieur, dit le professer Ball à Mr. Munn un jour, après déjeuner, la première fois qu'il avait été reçu chez lui, oui, je leur ai donné à toutes des noms pris dans Shakespeare, à toutes, jusqu'à la dernière : Portia, Viola, Cordelia, Perdita, Isabelle. Voilà de nobles noms, du premier au dernier, des noms qui font honneur à une femme. C'est ce que j'ai dit à mon épouse quand la première est née : il n'y a pas pour une femme de nom plus noble que Portia. Elle aurait voulu l'appeler Mary Lee, comme sa mère. Mais je lui fis comprendre quels avantages donnerait à une jeune fille un nom comme Portia. Quelque chose qui vous soutient dans la vie. Qui aide à former une âme chrétienne. "Mais, me dit-elle, ma mère est une âme chrétienne" ; et je lui répondis : "Je ne dis pas le contraire, c'est une âme chrétienne, ce qui, de notre temps, s'est fait de mieux par ici, en fait d'âme chrétienne, mais on ne peut pas demander que ce que la nature imparfaite a réussi, dans un simple petit comté, rivalise jamais avec les chefs-d'œuvre du barde immortel." Elle me dit alors qu'elle n'y avait pas pensé de cette façon-là. Et voilà comment nous avons appelé l'enfant Portia. Ce que nous n'avons jamais regretté. Et de même pour toutes les autres, au fur et à mesure qu'elles venaient. De nobles noms, du premier au dernier.

» Isabelle, la plus jeune, nous avons été sur le point de l'appeler Desdémone ; mais, au dernier moment, nous en avons décidé autrement. Pourtant, Desdémone, c'est un beau nom, et beaucoup de gens ont donné à leur fille un nom qui ne le valait pas. Mais nous décidâmes le contraire, et ce fut ma femme qui me décida. Elle était alitée ; en réalité, elle ne s'est jamais bien remise après la naissance de la dernière, et elle a langui jusqu'au jour où le Seigneur a jugé bon de la rappeler à Lui. Elle était couchée, et je lus ce que Shakespeare avait écrit au sujet de Desdémone, en essayant d'y voir clair. C'est alors qu'elle me fit observer quelque chose qui m'obligea à m'incliner devant sa perspicacité. "Est-ce que le livre ne dit pas que l'homme avec qui elle s'était enfuie et qu'elle avait ensuite épousé était un homme de couleur ? me demanda-t-elle. – D'une certaine façon, lui répondis-je, on peut dire que c'est la vérité, mais c'était un gentleman, d'un noble caractère, bien qu'il fût d'un tempérament un peu trop vif. Et il fut la victime des péchés des autres bien plus qu'il ne fut lui-même un pécheur. – Mais alors, me dit-elle, penses-tu qu'il soit sage de donner à notre bébé le nom d'une femme qui a eu des relations avec un homme de couleur, même si ce n'était pas précisément un nègre ?" Je fus de son avis. Je lui dis que nous devions respecter les susceptibilités les plus délicates. Voilà comment le bébé s'est appelé Isabelle. »

En voyant les sœurs Ball circuler dans les rues, les gens prétendaient qu'on ne pouvait pas les reconnaître, à moins d'y regarder de près. Mais Mr. Munn les trouvait différentes, très différentes, en dépit de la ressemblance trompeuse de leurs vêtements et de leur allure. Portia, l'aînée, était déjà veuve. À la quiétude et à la gravité dont le visage de ses sœurs était empreint, elle joignait une certaine tristesse, mais une tristesse disciplinée par la volonté qui avait marqué les plis sévères de sa bouche ; et, quand elle ne se savait pas regardée, cette tristesse se teintait d'une sorte de lumineuse espérance. C'était la plus pieuse des sœurs Ball. Le docteur avait raconté à Mr. Munn qu'elle avait dit un jour qu'à la fin de son voyage tout serait consumé dans la lumière. Cependant, elle dirigeait la maison et guidait ses sœurs dans leurs tâches. Elle portait, pendu à la ceinture, un trousseau de grosses clés : les clés des armoires, du garde-manger et du fumoir. Elle restait souvent seule avec son père. Viola, qui n'avait pas d'enfants, lisait beaucoup et entretenait un courrier volumineux. Son mari aidait à la ferme et elle faisait la classe aux plus jeunes élèves de l'Académie. Toutes étaient différentes, Perdita, Isabelle, Cordelia. Mais, aux yeux de Mr. Munn, surtout Cordelia.

Il se demandait parfois comment un homme tel que le docteur Mac Donald avait pu épouser une telle femme. Tout en eux semblait si différent. On aurait pu s'attendre à trouver dans l'épouse du docteur une très jeune et jolie femme pleine d'allant, très brune ou très blonde, sûre d'elle-même en tout cas, et peut-être un peu portée à la plaisanterie. La façon dont le docteur s'y prenait pour allumer un cigare, pour glisser entre ses dents le tuyau de sa pipe, sa manière de monter à cheval, le plaisir qu'il prenait aux choses, son impétuosité, ses ricanements, tout cela concourait à ce qu'on s'attendît à trouver dans sa femme quelqu'un de différent de Cordelia. Elle n'était plus très jeune, trente ans peut-être. Quand le docteur l'avait épousée, elle était sur le point de devenir vieille fille, confinée dans les tâches domestiques, surveillant les jeunes gens qui venaient voir ses sœurs, Perdita et Isabelle, assistant aux offices avec son père et Portia, mais pas avec Viola et son mari, ni avec Isabelle et Perdita, qui prenaient place à côté de leurs soupirants. Et elle était calme et grave, comme toutes ses sœurs. À première vue, elle était certainement laide, avec ses robes noires soigneusement fermées jusqu'au cou par une austère rangée de boutons, avec ses yeux baissés et ses mains jointes sur son giron. Mais, à la fin, Mr. Munn comprit très bien pourquoi le docteur, qui la couvait des yeux quand elle était loin de lui, l'avait épousée. C'était précisément parce qu'elle était pour lui la seule chose qui, au cours de ces mystérieuses années d'autrefois – ces années dont il ne parlait jamais, si ce n'est pour raconter quelque rare anecdote, du temps qu'il avait passé en Louisiane, au Mississippi et au Mexique –, lui avait manqué, une chose qu'il possédait maintenant tous les jours, facile et complaisante. Ses qualités, sa gravité, son sérieux, sa modestie, ses yeux baissés, voilà qui était fait pour l'émouvoir et finalement pour le conquérir. On aurait pu la comparer à ces petites pommes dures, sans couleurs, dont on ne fait pas de cas lorsque la récolte est abondante, mais qui, passé l'hiver, alors que les beaux fruits vermeils ont perdu toute saveur, restent appétissantes comme si, dans l'ombre du cellier, elles avaient gardé et même réussi à accroître la richesse mûre, pleine et fruitée des derniers rayons de l'été.

Le docteur Mac Donald l'avait épousée, et ce mariage, que Mr. Munn avait d'abord jugé absurde, commençait à lui sembler naturel et sans défaut. Quand le docteur parlait, son regard se fixait sur Cordelia, ou bien il regardait la porte qu'elle venait de franchir pour guetter la pièce. Et parfois – quoique rarement – sa gravité froide, sa retenue fondaient quand elle posait ses yeux sur son mari : comme ce matin, sous la galerie avant le déjeuner, elle trahissait dans un unique regard sa flamme secrète, l'ardeur de son amour. Quand il percevait un de ces regards, Mr. Munn en ressentait un choc, et il détournait la tête. Ce choc, ce coup de poignard, ce n'était pas une douleur née du souvenir d'une chose perdue. Non, c'était la douleur que provoquait chez lui l'absence d'une chose qu'il n'avait jamais possédée. Il se sentait frustré, impuissant, plein d'envie pour l'homme sur qui ce regard s'était si doucement posé.

Mais, bien qu'il tournât la tête lorsqu'il le surprenait sur le visage de Cordelia, Mr. Munn apprit bientôt à épier la jeune femme, à guetter, à attendre ce regard. Il était rare et fugitif, mais il savait qu'il apparaîtrait tôt ou tard. Dès qu'il en avait le temps, il venait faire une visite aux Ball.

Les occupations qui exigeaient sa présence à la ferme étaient maintenant réduites à peu de chose et, depuis l'incendie, il n'avait plus pour dormir d'autre abri que le hangar aux harnais, où il avait installé une couchette et une vieille table de toilette. Ce n'était pas l'inconfort du hangar sans plafond et plein de courants d'air, ni cette couchette dure, ni la vue des ruines noircies et des murs écroulés qui le remplissaient de détresse. Les champs même, les ouvriers qui venaient lui parler des semis, du bétail ou des clôtures, leurs silences pleins de reproches, tout lui devenait étranger. Quand il était là, il avait l'impression que sa vie n'avait plus de sens et que ses efforts ne rimaient à rien. Il envisageait la possibilité de vendre la propriété dès que la terre reprendrait quelque valeur ; mais, en tout cas, pas avant que les choses qu'il méditait fussent accomplies.

Il venait maintenant chez les Ball, comme autrefois chez les Christian. Mais ce n'était pas la même chose. Chez les Christian, il avait été pris dans une ambiance particulière ;

les menus bruits nocturnes, les chiens qui aboyaient au loin et le craquement des boiseries, la porte blanche qui s'ouvrait dans l'ombre, et Lucille debout, le doigt sur les lèvres, et leur conversation chuchotée. Une vie pleine de secrets, troublée, fiévreuse et libre, mais une vie réelle, sa vie. Chez les Ball, il ne vivait pas sa vie ; il était le témoin de celle des autres, qui se déroulait, calme et sympathique, autour de lui et hors de lui.

Car sa vie, chez les Christian, était à jamais finie. Il le savait. Depuis le moment où il avait entendu la voix de Lucille au téléphone, le matin, après l'incendie, il avait su, quoiqu'il n'ait pas voulu le reconnaître, que c'était fini.

Quelques jours après l'attaque qui avait terrassé Mr. Christian, il était retourné voir Lucille. Ils étaient restés dans la salle à manger, séparés par la grande table, sous la lumière douteuse de l'unique lampe, leurs ombres noires jouant derrière eux sur le mur, et ils avaient dîné en silence. Une ou deux fois, leurs regards s'étaient croisés, par hasard, rapidement, mais sans établir entre eux de communication. Toujours muets, ils étaient restés assis après que la cuisinière eut emporté les plats et que le bruit qu'elle faisait en s'affairant dans la cuisine et à l'office eut cessé à son tour. Enfin, levant les yeux qu'il tenait baissés sur la nappe et regardant derrière elle le mur plein d'ombre, il lui avait demandé de l'épouser. Quand il serait libre.

« Ô Perse, Perse, s'était-elle écriée, pourquoi faut-il que tu me parles de cela ? Quelle importance cela a-t-il maintenant ? »

Il avait fini par rencontrer son regard, et il avait répondu :

« Une grande importance.

— Non.

— On a besoin de faire des projets, avait-il dit en regardant très loin, les yeux fixés au-delà du lac lumineux de la nappe sur ce visage presque inconnu. Il faut avoir un but, une espérance. »

Elle secouait la tête, en répétant :

« Non. Nous ne savons rien. Maintenant, nous ne pouvons rien faire. Rien faire. »

Puis, devant le silence de Mr. Munn, car, les yeux toujours fixés sur ce visage, au-dessus du lac de lumière, il n'avait rien dit, elle avait ajouté d'une voix lointaine et très douce :

« Maintenant, je ne sens plus rien. Rien. »

Cette nuit-là, il avait dormi chez les Christian. Il avait espéré qu'elle viendrait le rejoindre. Il avait épié la porte, dans l'attente de voir le loquet se soulever furtivement. Mais le loquet n'avait pas bougé. Il était resté là, collé à la porte, penché, le front appuyé sur le bois froid et lisse, rempli de ressentiment et d'un désir désespéré.

Puis, soudain, il avait entendu un bruit continu, presque imperceptible, un susurrement rauque, sec, régulier, douloureux, qui semblait venir de derrière le mur, à sa droite ; alors il avait reconnu ce bruit : c'était Mr. Christian qui râlait.

Vers la fin de la semaine suivante, Mr. Munn retourna chez les Christian. Cette nuit-là, Lucille vint dans sa chambre. Il l'aperçut debout devant la porte, dans la même attitude qu'autrefois, le doigt levé. Et même à cet instant, toute l'ironie de ce geste, inutile maintenant, lui fit comprendre plus clairement que des paroles n'auraient pu faire combien tout était vide en elle et avec quel automatisme inconscient elle agissait. Pourtant, dans le démenti qu'il opposa à cette révélation, il eut un instant l'illusion qu'elle était encore telle qu'elle avait été. Mais cela ne dura qu'un instant. Elle se blottit dans ses bras, comme si elle tremblait de froid. Il lui sembla que le frisson à demi enjoué d'autrefois, quand elle lui disait en plaisantant « Réchauffe-moi les pieds, je vais attraper une fluxion de poitrine, et tout cela pour toi », n'avait alors été qu'une sorte de sinistre et bouffonne parodie de ce qui était maintenant la vérité.

Il s'efforça de la réconforter ; il lui dit qu'il l'aimait, qu'il l'aimerait toujours. Elle finit par s'abandonner.

Puis elle lui dit :

« J'ai essayé, j'ai essayé, Perse. Mais c'est impossible.

— Bien », répondit-il.

Brutalement, il connut le dégoût de lui-même, la vanité de l'acte qu'il venait de commettre, de cette honteuse et écœurante pantomime, sans lien avec toute sa vie antérieure, avec toute autre vie, coupée du temps, vide de sens, même du sens aveugle et convulsif du plaisir. Il était contaminé par le vide qu'il découvrait en elle. Ou bien c'était ce vide qui lui avait fait découvrir le sien. Elle le lui avait présenté comme un miroir, et dans ce vide il avait vu le sien.

« C'est bien », dit-il.

Le lendemain matin, elle ne descendit pas pour le petit déjeuner. Il mangea à peine, se hâta d'aller à l'écurie seller sa jument, et il partit.

Trois jours plus tard, il reçut une réponse à la lettre qu'il avait écrite à May. Mais la réponse n'était pas de May. Elle était de miss Burnham et conçue en ces termes :

Percy Munn,

Reçu votre lettre du 4 courant. Ma nièce ne songe pas au divorce. Je ne crois pas au divorce, elle non plus, et elle n'y consentira jamais. Et je peux vous informer que vous-même vous ne pourrez pas l'obtenir, car vous n'avez aucun motif pour divorcer ; Dieu sait qu'il n'y a jamais eu de jeune fille plus douce et plus attachée à ses devoirs, et que vous n'avez aucun grief, et que vous l'avez chassée de chez vous comme un chien. Je peux aussi vous dire que ma nièce va avoir un enfant. Tous les soirs, je m'agenouille et je prie notre Père céleste pour que cet enfant qui va naître ne sache jamais quelle sorte de créature il a pour père. Je consacrerai ma vie à l'éducation de cet enfant, exactement comme j'ai consacré ma vie à élever ma nièce, et je remercie notre Père céleste qu'un peu du sang du général Sam Burnham coule dans ses veines, car, comme dit le proverbe, « d'un goujat on ne peut faire un gentilhomme ». Et je peux vous dire, Percy Munn, qu'aussi longtemps que j'aurai un souffle de vie, jamais vous ne parlerez à cet enfant ; ainsi que Dieu me soit en aide.

Respectueusement vôtre.

L. Burnham

Sa chambre d'hôtel lui devenait de plus en plus intolérable. Il se mettait au lit, fermait les yeux, mais le sommeil ne venait pas. Les murs, le plafond au-dessus de sa tête, le plancher sous ses pieds semblaient l'enfermer en lui-même, ne rien laisser de réel que lui-même comme seules sont réelles les ténèbres quand on ferme les yeux. La pensée d'autres chambres pareilles à celle-ci, au long du couloir, des gens qui y couchaient, qui y dormaient, ou qui veillaient les yeux ouverts, ne faisait que lui confirmer son isolement et l'isolement des autres. Le tapis de sa chambre, usé par d'autres pieds que les siens, la cuvette sale où d'autres mains s'étaient lavées, le lit qui s'était affaissé et qui avait gémi sous le poids d'autres corps, le miroir froid et indifférent, tous ces détails et dix autres l'isolaient. Parfois, il quittait son lit et allait à la fenêtre pour regarder dans la rue, comme le soir du premier meeting, et, du regard, il suivait sous la lumière des réverbères la marche de quelque passant attardé. Une fois ou deux, il fut tenté de s'habiller et de se précipiter derrière cet inconnu, de lui emboîter le pas, de le suivre où il allait ; car cet inconnu, lui, se rendait bien quelque part.

Bien que sa chambre d'hôtel lui fût devenue presque intolérable, sa profession l'obligeait à se rendre souvent en ville, et il n'y avait pas d'autre endroit où il pût s'installer. Il prit alors l'habitude de se munir d'une bouteille de whisky, dans l'espoir que cela l'aiderait à trouver le sommeil.

Mais, chez les Ball, il en était autrement. Bien que la vie qu'on y menait ne fût pas la sienne, elle l'aidait à trouver le calme. Si cette expression attendue et rare qu'il épiait dans les yeux de Cordelia, lorsqu'elle regardait son mari, le frappait d'un coup de poignard, ou si la sérénité du visage de Portia, quand elle se levait après que son père eut dit la prière, le troublait par le secret détachement qu'elle exprimait, toutes ces choses néanmoins le soutenaient. Et il y avait aussi le professeur Ball qui avait lu : « *Le Seigneur est ma force et l'objet de ma louange.* » Et il y avait le docteur Mac Donald.

À Bardsville, les soldats campaient dans le petit parc, au-delà de la gare. Il allait les voir tous les jours. Et il les avait vus le soir sur les routes, aux confins de la ville, silencieux sur leurs chevaux. Ils protégeaient la ville, et les gens leur en étaient reconnaissants. On allait les voir à la parade ou flâner dans l'herbe, dans leurs moments de liberté. Ils traînaient autour des drugstores, hantaient les cafés et les salles de billard, et plaisantaient, un peu crâneurs. Et les désœuvrés plaisantaient avec eux pour les flatter. Certains, peu nombreux, il est vrai, les regardaient avec insolence, sans rien dire. Le soir venu, les soldats parcouraient les rues, lentement, des filles au bras. Les officiers dînaient dans les belles maisons de briques, habitées par les directeurs des entrepôts et par les plus riches négociants, comme Mr. Gay, le propriétaire de la Banque du commerce, le maire Alton et le juge Howe. Ou bien les officiers dirigeaient les exercices des hommes qui formaient la milice. La ville avait adopté les soldats ; ils participaient à sa vie, dont l'aspect était à peine modifié. Ils gardaient la ville. Ils la sauvaient. La nuit, leurs sentinelles déambulaient dans les espaces noircis où naguère s'élevaient les entrepôts. Pendant la journée, des ouvriers y travaillaient, déblayaient les décombres et creusaient des fondations. Il y aurait de nouveaux entrepôts.

L'après-midi, quand le temps était beau, les curieux stationnaient sur les trottoirs, appuyés aux palissades devant ces terrains calcinés. Des hommes en salopette, aux visages amaigris, rouges, osseux, tannés, avec de grosses moustaches, ou bien un cavalier solitaire, botté, en veste noire, qui s'arrêtait pour contempler les gravats et les briques empilés, les ouvriers courbés sur leur tâche, et les soldats. Mais les autres, seuls ou en groupes, restaient accoudés sur les palissades, en curieux. Parfois l'un d'eux criait à une sentinelle : « Hé ! Soldat, qu'est-ce que tu fous là ? » ou bien : « Soldat, mon p'tit gars, tu f'rais mieux d' t'en aller chez ta maman, ou bien elle n'aura plus de p'tit gars soldat ! »

Quand les curieux dépassaient les barrières, les sentinelles disaient : « Circulez ! Il ne faut pas stationner là. Allons, circulez ! » et ils s'éloignaient en grommelant.

Mr. Munn allait voir les soldats dans leur camp. Quand il avait l'occasion d'aller à la gare, il s'arrêtait et les regardait s'affairer dans le petit parc. Un jour, cela lui rappela le temps où il campait avec d'autres garçons de son âge, quand il avait dix ou douze ans. C'était bien loin ! Il se souvint que le petit Bill Christian avait fait partie de la bande, et il pensa à cette petite fille, presque un bébé, qui avait à moitié disparu de sa mémoire, et qui était maintenant Lucille Christian, Lucille, qui posait un doigt sur ses lèvres et qui dans l'ombre faisait : « Chut ! Chut ! » Lucille, maintenant là-bas dans cette grande maison, avec ce souffle rauque dans l'autre chambre... Le petit Bill Christian avait une tente sous laquelle les garçons avaient campé. Et, dans le parc, au milieu des petites tentes, les soldats riaient et bavardaient.

Ou bien, quand il les croisait dans la rue, il les dévisageait, d'un regard rapide, avide, comme s'il voulait leur arracher un secret ; comme il avait regardé les visages de tous ces gens qui venaient à son bureau avec leurs soucis, comme il avait regardé le visage de la femme de Bunk Trevelyan, le jour où il l'avait vue pour la première fois. Il regardait les visages des soldats, mais les visages ne lui révélaient rien. Un jour, il rencontra dans la rue le petit lieutenant qui commandait le détachement de cavalerie, la nuit où sa maison avait brûlé. Le lieutenant l'avait reconnu et lui avait fait un signe de tête amical. Une autre fois, Mr. Munn eut l'occasion de parcourir Front Street, où naguère s'élevaient les entrepôts. Il vit les ruines calcinées, les ouvriers au travail, les sentinelles, les curieux accoudés aux barrières. La nuit du raid, quand l'air saturé de bruit avait tremblé au moment de la première explosion, il avait éprouvé un soulagement, une certitude. Ces choses appartenaient à un autre temps. Maintenant, dans la pleine lumière du jour, il regardait les ouvriers lever et abattre leurs pioches, et les sentinelles impassibles.

« Les entrepôts, dit un jour le docteur Mac Donald, ça ne signifie rien. Il nous faut des entrepôts, n'est-ce pas ? Il faut bien que quelqu'un achète notre tabac. »

Il ricana :

« C'est ça qui entre en ligne de compte. »

Puis, après une pause :

« Ça et l'argent qu'on paie pour ce qu'on y met. Je ne vois pas pourquoi les entrepôts démoralisent les gens. Ou, plutôt, je le vois bien : ils sont aveugles comme des taupes.

— Je ne suis pas démoralisé, dit Mr. Munn. Mais les gens le sont. Cela se voit.

— Tout ce qu'il faut, c'est maintenir les gens dans l'Association. Et dans l'autre. Les réunir, les grouper, leur donner quelque chose à faire, les faire penser à quelque chose, les garder en haleine. C'est tout. Il faut tenir le coup.

— Et l'argent ? dit Mr. Munn, d'un ton lugubre. Il n'y a plus d'argent d'avance, et nous n'avons pas encore fait nos prix. La présence des soldats et le besoin d'argent, voilà ce qui rend les compagnies tellement arrogantes. Les gens ont besoin d'argent.

— L'argent ? répliqua le docteur Mac Donald. Bien sûr, mais tout juste ce qu'il faut pour manger. En temps de détresse, et nous sommes en temps de détresse, un homme n'a pas besoin de grand-chose. Par Dieu ! Je vais vous étonner. Il m'est arrivé, une fois, de vivre pendant dix semaines d'une poignée de maïs sec, avec un lapin ou un coq de prairie, quand je pouvais mettre la main dessus, et je n'arrêtais pas de marcher. Et je marchais vite, ajouta-t-il comme entre parenthèses, avec une grimace complice. C'était là-bas, au Mexique.

— Il faut autre chose que du maïs sec, déclara Mr. Munn. Et les gens sont déjà endettés !

— Ouais ! Ouais ! Attendez seulement que quelqu'un s'avise de réaliser ses hypothèques et fasse expulser les gens. Dieu tout-puissant, quand le professeur me fait mettre sur mes rotules, tout ce que je demande au Seigneur, c'est d'inspirer à ces salauds-là l'idée de faire vendre leurs gages. »

Du tuyau de sa pipe, il poignardait l'air, et ses yeux se faisaient tout petits.

« Dieu tout-puissant, mais qu'ils les réalisent, leurs hypothèques ! C'est tout ce que nous demandons. Cela mettra les gens en ébullition.

— Ils ont liquidé Tolliver, observa Mr. Munn. Il a encore quelque influence, j'imagine, et, s'ils l'ont fait expulser, ils feront expulser tout le monde.

— Ils se sont servis de lui, et maintenant c'est fini. Je vous dis que ce n'est plus qu'un sac vide, maintenant. Et tout le monde s'en fout. Pas vous ?

— Si je m'en fous ? » demanda Mr. Munn.

Et il ajouta :

« Absolument !

— Vous qui étiez si bien avec lui, vous vous en foutez, maintenant. Alors, est-ce que vous connaissez quelqu'un qui n'en fasse pas autant ?

— Je m'en fous », répondit brièvement Mr. Munn.

Il se rappelait le sénateur grimpé sur son chariot à la gare, effrayé par la foule dont il se méfiait et devant laquelle il rampait désespérément. Sa face blême et creuse dans la lumière du jour.

« Je m'en fous, et tout le monde aussi je crois bien.

— Eh bien ! Une fois pour toutes, moi aussi ; et tout le monde. C'est pour cela qu'ils l'ont liquidé. Mais qu'ils s'avisent de chasser de chez lui n'importe quel pauvre bougre dont les quarante arpents ne sont même pas bons pour le chiendent, vous ne vous en foutrez plus. Ni vous, ni une foule d'autres. S'ils s'en avisent.

— Oui, dit Mr. Munn.

— Mais, poursuivit le docteur, ils sont bien trop malins pour cela. Et, parce qu'ils sont malins, ils n'en feront rien. Pas tout de suite. Mais que l'Association craque, et nous serons tous les mercenaires de la Banque du commerce et de la compagnie Alta. Ce que nous devons faire, c'est maintenir l'Association. Les compagnies ne peuvent pas tenir éternellement sans tabac. Les troupes ne peuvent pas rester toujours ici. Si les compagnies construisent des entrepôts, il faudra bien qu'elles y mettent quelque chose.

— Nous contrôlons à peine la moitié de la récolte, objecta Mr. Munn.

— Eh bien ! rétorqua le docteur. Le tabac vient des semis, non ? »

Mr. Munn le regarda :

« Nous avons déjà fait ça, dit-il. Je pense que nous pouvons encore le faire.

— Je crois bien, que nous le pouvons », acquiesça le docteur en faisant une grimace qui retroussait ses lèvres sur ses grandes dents.

Le docteur Mac Donald était ainsi fait. Il éclatait d'un rire tranquille, comme quelqu'un qui envisage les choses avec la confiance qu'il puise au fond de lui-même. Parce qu'il faisait facilement confiance à son univers intérieur, il croyait facilement au succès de tout ce qu'il entreprenait dans l'univers externe. Lorsque, d'un mouvement lent et presque paresseux, il levait le bras pour secouer sa pipe ou poser la main sur l'épaule de sa femme, on pouvait voir, au bout de ses manches trop courtes, les tendons jouer sous la peau tannée de ses poignets, doucement, vigoureusement, comme un piston dans l'huile ; et la lenteur de ce mouvement évoquait en quelque sorte la rapidité qui s'y trouvait en puissance. Ou bien il se dandinait sur sa selle, d'un air nonchalant, et, quand il se retournait pour dire quelque chose, il ramassait les rênes dans un geste plein d'abandon, mais le cheval le plus rétif devenait alors aussi tranquille qu'un morceau de bois. « Une poignée de maïs sec », avait-il dit. C'est ce qui lui avait suffi là-bas, au Mexique, pendant qu'il voyageait si vite. Mr. Munn sentait bien que ce qui l'avait soutenu, ce n'était pas cette poignée de maïs, mais autre chose : une nourriture qu'il avait trouvée en lui-même.

Le docteur Mac Donald avait raison ; Mr. Munn le reconnaissait. Avec de la chance, on pouvait réussir. C'était possible, à condition qu'ils soient tous comme le docteur. Il se demanda jusqu'à quel point lui-même était ainsi. Il était capable de jouer sa partie ; il en était sûr. Il l'avait déjà jouée. L'Association, voilà ce qui subsistait. Pouvait-on gagner ? Pouvait-on ne pas gagner ? Il ne réfléchissait pas plus loin, sinon à ce qui pourrait lui arriver après. L'Association, maintenant, c'était lui-même, à supposer qu'il fût encore quelque chose. « Si je suis quelque chose », pensa-t-il. Mais le docteur Mac Donald, même si l'Association faisait naufrage, le docteur resterait toujours le même : cela se devinait.

Le docteur Mac Donald ne changeait pas. Dans les conciliabules avec les capitaines et avec les commandants, ou dans les réunions que l'on organisait pour quelque bande, réunions qui se tenaient dans des granges vides, ou dans des fermes, tous volets clos, à la lumière d'une lampe dont on avait baissé la mèche, pendant que les gens tendaient l'oreille, attentifs au signal des sentinelles postées sur la route ou dans les bois, le docteur trouvait toujours le moyen de se pencher vers eux comme autrefois et de causer avec eux en confiance. « De la même façon dont il doit parler à une femme qui a son enfant ou son mari malade », se dit un jour Mr. Munn. Et, petit à petit, les gens s'abandonnaient ; ils l'écoutaient, et leurs voix reprenaient un ton naturel ; leur attitude perdait cet air de tension craintive. Même après cette nuit où les soldats avaient tenté de surprendre une de ces réunions, par un raid qui aurait réussi sans la vigilance des hommes de garde, le docteur Mac Donald ne changea pas. Mr. Sills, Mr. Burden et quelques autres avaient insisté pour qu'il ne tienne plus de réunion après celle-ci, au moins tant que les choses ne se seraient pas calmées. Mais, du même ton qu'on prend pour dire qu'il est l'heure de dîner, ou de fermer la porte pour la nuit, le docteur avait dit : « Non. Non, c'est maintenant le moment d'agir. » Et, à la réunion suivante, il fit cette remarque tout en secouant sa pipe :

« Eh bien ! Messieurs, ils ont failli nous mettre dans le sac. Et je me doute que vous savez pourquoi ? »

D'un air amusé, il les regardait, autour de lui, les uns après les autres, puis, comme s'il venait de réfléchir, il ajouta :

« Quelqu'un a mangé le morceau. Quelqu'un a mangé le morceau. Et ce qui nous reste à faire – il hésitait, pendant que les autres se regardaient à la dérobée –, c'est de savoir qui. Parce qu'il pourrait bien le manger encore. »

Et, en ricanant, il fourra les mains dans ses poches.

Une fois seulement, Mr. Munn s'aperçut d'un changement en lui. C'était un dimanche matin, le temps était à l'orage. Un homme qui habitait sur la même route que les Ball parut à cheval, devant la barrière, mit pied à terre et s'approcha de la maison. Le docteur, qui le regardait monter, dit d'un ton nonchalant :

« Voilà Parsons. Je me demande ce qu'il veut. »

Parsons venait de la part de Mr. Sills, qui avait inutilement essayé d'avoir les Ball au téléphone : la ligne était coupée. En chemin, à quelque distance de là, il avait vu un vieux gommier tombé en travers de la route. En tout cas, l'arbre était tellement pourri qu'en y regardant bien il était prêt à tomber. Mais Mr. Sills avait pensé qu'il fallait avertir le docteur que, la nuit précédente, une bande d'individus avait forcé à sortir de chez lui un certain Mr. Elkins, du côté de Bardsville, et qu'ils l'avaient fouetté. Ils avaient frappé à la porte, lui avaient dit de sortir, sans quoi ils dynamiteraient sa maison. Craignant pour sa femme et pour les siens, Elkins était sorti, et ils l'avaient fouetté ; ensuite, ils avaient fait sortir sa femme et ses enfants, et ils avaient fait sauter la maison, malgré leur promesse. Cependant ils n'avaient démoli qu'une aile, sans que personne sache exactement pourquoi ils avaient fait tout cela.

« Il importe peu qu'on sache pourquoi, dit le docteur qui venait de quitter sa chaise et s'était planté devant la cheminée, les jambes écartées.

— Il y en a un qui disait que c'était parce que Mr. Elkins n'avait pas renvoyé ses fermiers nègres, dit encore Mr. Parsons. D'autres, parce qu'il n'était pas de l'Association. Mais ils avaient tous l'air d'avoir bu sec, et ils disaient des tas de choses.

— Peu importe pourquoi », déclara le docteur.

Sa longue figure était blême de rage.

« Ce qui importe, c'est de savoir qui. Par Dieu ! Si seulement je pouvais le savoir !

— Mr. Elkins était un adversaire de l'Association », fit observer Parsons en manière d'explication.

Brusquement, le docteur se retourna vers lui :

« Et quand il serait le président de la compagnie Alta, je m'en fous ; je me fous de savoir s'il était pour ou s'il était contre. Ils l'ont fait sans ordre, si ce sont des gens de l'Association qui ont fait cela, ils l'ont fait sans ordre. S'ils ne sont pas de l'Association… »

Il se tut, la main crispée sur sa pipe.

« Ce ne sont pas des gens de l'Association, dit le professeur Ball, pas des nôtres. »

Le tuyau de la pipe se brisa net ; le docteur en jeta les débris dans le feu, tourna les talons et prit la porte sans dire un mot.

« Les nôtres », se disait Mr. Munn. Puis il demanda :

« Les nôtres, qui sont-ils ? »

« C'est le coup de téléphone de ce brave type de Lew Smullin qui m'a sauvé, racontait le docteur. Oui, monsieur ; mais au poil ! Je n'avais pas une minute à perdre. Le soleil était près de se coucher, mais la nuit venait plus vite qu'on n'aurait pu s'y attendre, étant donné l'heure. Il avait plu toute la journée, par intermittence ; le temps était toujours couvert, et la bruine menaçait. Et ça aussi, je crois que c'était de la veine. Je rentrais de tournée et j'étais en train de me sécher devant le feu, quand voilà le téléphone qui sonne et Viola qui me dit que c'était pour moi. C'était mon gaillard de Smullin. Il me dit tout bas et joliment vite, presque en murmurant :

» "Ici, Smullin. Je vous téléphone du palais de justice. On a délivré un mandat d'arrêt contre vous et ils vont arriver avec des soldats."

» Il a raccroché, en vitesse, avant que j'aie bien compris ce qu'il voulait dire. Pendant ce temps, Portia et ma femme étaient rentrées. Je leur dis de ne pas s'affoler, mais que les soldats allaient venir m'arrêter, que j'allais prendre mon cheval et que je sortirais par-derrière, sur la vieille route qui sert d'habitude à charroyer le bois. Eh bien ! On peut leur accorder ça, à ces deux femmes, elles n'ont pas fait d'histoires. Pas un mot. Cordelia a pâli un peu et s'est appuyée d'une main sur le dossier d'une chaise, puis elle m'a dit :

» "C'est bon ; je vais t'accompagner à l'écurie pendant que tu selleras ton cheval.

» — Mais non, a dit Portia, ce n'est pas cela qu'il faut faire ; s'ils ont le moindre bon sens, ils vont guetter derrière la maison." »

» Et j'ai dit :

» "Quand ils seront là, ils vont guetter par-devant, il faut que je coure ma chance."

» Elle ne répond rien et se contente de regarder par la fenêtre. Puis elle dit à Viola, comme si elle lui parlait tout simplement d'un travail à faire dans la maison – Portia, c'est elle qui est la patronne ici :

» "Viola, donne-moi la boîte aux pansements."

» Viola en demeure bouche bée et, pendant un instant, elle reste à regarder Portia ; et je crois bien qu'à moi aussi, en l'entendant demander la boîte de pansements, la mâchoire m'est tombée un peu. Mais Portia dit qu'il n'y a pas de temps à perdre. Et voilà Viola qui sort en courant. Puis elle dit à Cordelia :

» "Tu vas aller à l'écurie et tu selleras le cheval de papa. Vite."

» Je dis alors que je ne veux pas du cheval du professeur et que je veux le mien. Vous connaissez ce vieux cheval gris que monte le professeur. Il est si gras que c'est à peine s'il peut aller plus vite qu'au pas. Mais elle m'attrape par le bras et elle dit à Cordelia :

» "Va donc ! Fais ce que je te dis !"

» Et à moi :

» "Enlevez votre veste, vite."

» Je lui demande :

» "Dites donc, pour qui est ce mandat d'arrêt ? Pour vous ? Ou pour moi ? Je vais chercher mon cheval."

» Alors elle me dit :

» "Hugues, ôtez votre veste pour que nous puissions vous mettre des pansements sur les mains."

» Je me tords de rire. Puis elles me bandent les mains, comme celles du professeur. Elles s'en vont prendre une des grandes redingotes noires du professeur et me la font endosser. Nous sommes tous les deux aussi grands et aussi maigres – et je mets un de ses vieux chapeaux aux bords rabattus. Nous allons alors à l'écurie, où Cordelia venait de seller le vieux cheval gris. Aussitôt en selle, Portia me dit :

» "Relevez votre col et baissez la tête, comme papa quand il est à cheval, en train de réfléchir ; ils ne s'apercevront pas que vous n'avez pas de barbe."

» Bon. Je les rencontre à une bonne distance sur la route ; pas tellement loin tout de même. À peu près une demi-douzaine de soldats, et deux ou trois policiers, je crois bien. Je lève simplement la main comme fait le professeur quand il rencontre quelqu'un sur la route, en priant notre maître à tous que ces bougres-là aperçoivent bien les pansements et tout. Eh bien ! Ça n'a pas raté. Un des policiers me dit :

» "Bonsoir, professeur Ball."

» Et moi, je poursuis mon chemin, le menton enfoncé sur l'estomac, si fort que ça me faisait mal, exactement comme si j'étais le professeur plongé dans ses réflexions. Je me rends chez les Campbell et j'y passe la nuit. En me voyant, les voilà qui se mettent à se tordre ! Mais c'était bien ce que Portia avait pensé : je n'aurais jamais pu m'en aller par-derrière sur la vieille route, si j'avais essayé. Il y avait aussi des soldats de ce côté-là. Ceux que j'avais rencontrés sur la route ne formaient que la moitié de la troupe ; les autres venaient de tourner par-derrière, du côté de la vieille route, et ils s'étaient dispersés. Ils m'auraient sûrement ramassé. Eh bien ! On peut rendre cette justice à Portia : c'est une fine mouche.

— Oui, dit Mr. Munn, une fine mouche.

— Mais je crois bien qu'à faire ce que je fais depuis plus de dix jours, ça va aller mal pour moi pendant un bon bout de temps, dit le docteur Mac Donald. J'ai couché un peu partout, surtout chez les Campbell, chez les Donelson et chez les Nelson, mais pas plus d'une nuit ou deux de suite dans chaque endroit. Des nuits ? Est-ce que j'ai dit des nuits ? C'est surtout pendant la journée que je dors, je suis dehors la moitié de la nuit pour aller voir mes malades. Le temps a l'air de vouloir se mettre à la pluie pour longtemps, et les chemins vont s'embourber. Qu'un type attrape une sale affaire, ça ou autre chose… Et tout le monde s'amuse à tomber malade, dans ce sacré comté ; ils veulent tous qu'on aille les soigner. C'est Cordelia ou ses sœurs qui reçoivent les appels à la maison, et elles me les font parvenir...

— Si vous ne prenez pas vos précautions, ils vous mettront le grappin dessus, dit Mr. Munn, fataliste. Un faux appel et ils vous pincent.

— Si quelqu'un fait semblant d'être malade pour me faire pincer, rétorqua le docteur Mac Donald, je me charge de le rendre malade pour de bon. Je le mets en morceaux, et, à moins que le Dieu tout-puissant invente une nouvelle manière brevetée de recoller les morceaux d'un bonhomme, je le démonte comme une pendule. »

Il souriait, content de lui. Puis, froidement, il ajouta :

« Ce que je n'arrive pas à comprendre, c'est pourquoi ils se mettent tout d'un coup à vouloir m'arrêter. Voilà déjà pas mal de temps qu'ils sont par ici, et voilà qu'ils veulent m'arrêter, maintenant.

— Je vais vous le dire, répondit Mr. Munn. Ils croient tenir une preuve quelconque qui pourrait servir devant un tribunal. Je ne sais pas quoi, mais ils pensent que cela pourrait tenir.

— Ils la tiennent de quelqu'un ?

— Sûrement, dit Mr. Munn, de quelqu'un.

— Ils n'auraient jamais réussi à mettre la main sur les types de l'affaire des semis, chez Falton, si quelqu'un ne les avait pas renseignés. Ni à arrêter Turpin et Moseley. »

Il haussa les épaules :

« En tout cas, je suis content que ce soient Turpin et Moseley qui logent à la prison, et pas moi.

— Ils ne les relâcheront pas sous caution, dit Mr. Munn.

— Oui, eh bien ! Vous pouvez être bougrement sûr que, s'ils me tenaient, ils ne me relâcheraient pas sous caution non plus. Mais ils ne m'auront pas. Je n'aime pas tant que cela la vie renfermée. Si je reste seulement quelques jours sans sortir, il faut que je prenne du calomel ; je veux être pendu si ça n'est pas vrai. Je vais simplement me tenir hors de la piste jusqu'à ce qu'ils rappellent les chiens.

— S'ils ont des preuves, ils ne se fatigueront pas de sitôt.

— Et moi non plus, dit gaiement le docteur. Aussi longtemps que les gens pourront s'arranger des visites que j'ai faites depuis quelque temps.

— Ils ne se lasseront pas, répondit lentement Mr. Munn. À moins que…

— À moins que quoi ?

— À moins que l'Association joue la balle. Engage la partie.

— Ce qu'elle ne fera pas, dit le docteur.

— À moins qu'ils vous arrêtent, dit tranquillement Mr. Munn. Alors ils essaieront de forcer la partie en faisant pression sur vous ou le premier venu sur lequel ils pourront mettre la main, moi, par exemple.

— Ils ne m'attraperont pas, dit le docteur. Ils n'en sont pas capables. »

Il était confortablement allongé sur son lit, appuyé sur un coude, tandis que la fumée qui s'échappait de sa pipe montait en arabesques. Il avait jeté auprès du lit ses bottes encore humides et pleines de boue à peine sèche, et tortillait ses doigts de pied dans ses chaussettes de grosse laine en s'amusant à les voir remuer.

« Autre chose que je n'arrive pas à comprendre, dit-il encore, c'est que Smullin m'ait téléphoné pour me raconter l'histoire du mandat d'arrêt. Je n'ai pas vu cet homme-là six fois dans ma vie sans lui dire chaque fois autre chose que : "Comment ça va ?"

— Moi qui suis un habitué du palais, je l'ai vu bien souvent, dit Mr. Munn, mais je ne peux dire exactement que je le connais. Personne ne le connaît. Il ne dit jamais rien. Il se contente de tourner autour des groupes sans s'y mêler. Un de ces types qui rôdent partout sans jamais rien dire. Vous connaissez le genre ?

— C'est un sacré vieux bougre. Et il a l'air assez mal foutu.

— C'est exact, convint Mr. Munn.

— Eh bien ! Je ne peux pas me le figurer en train de téléphoner. Je le verrais plutôt traîner avec toute la bande dans le palais de justice. Tout ce qu'ils demandent, c'est de chauffer leurs chaises sous leurs gros derrières.

— Peut-être, dit Mr. Munn, rêveur. Peut-être qu'il ne voulait pas vous voir arrêter. Tout simplement.

— Nom de Dieu ! s'écria le docteur Mac Donald. Ce n'est pas un fermier : qu'est-ce que ça peut lui faire ?

— Ça lui faisait peut-être quelque chose. C'est peut-être un sacré imbécile.

— Un sacré imbécile, c'est ça », s'esclaffa le docteur Mac Donald.

Il fixait ses longues jambes, les repliant sur son couvre-pied chiffonné.

« J'imagine qu'en me téléphonant, il espérait faire une affaire.

— Oui, probablement, dit Mr. Munn. Depuis des années, il traîne dans la ville avec son pied bot, en essayant de placer aux gens un petit contrat d'assurance sur la vie, ou contre la grêle, ou contre l'incendie. À la poste, à la gare, au coin des rues, il rôde autour des groupes et ramasse tout son courage pour dire à quelqu'un : "Je me demande si une assurance pourrait vous intéresser ; n'est-ce pas, j'étais justement en train de me demander..." et il s'arrête en attendant que l'autre ait répondu : "Non." Et, le soir, il s'enferme dans sa bicoque, à l'entrée de la ville, sa bicoque dans laquelle les gens disent que, depuis la mort de sa mère, la vieille Mrs. Smullin, personne n'est jamais entré. Arrivé chez lui, il allume la lampe, baisse les stores et mange quelque chose sur la table de la cuisine. Quelque chose qu'il a acheté en route et qu'il a emporté à la maison dans un sac en papier. Tout cela avant d'avoir eu vent de cette affaire au palais de justice, Dieu sait comment ! Maintenant, il pourrait y passer ses après-midi et ses soirées assis ; en écoutant les gens, sans plus avoir besoin de se forcer pour leur dire : "Je me demande si cela vous intéresserait, j'étais justement en train de me demander..." Il n'aurait plus qu'à flâner et à écouter les autres sans plus s'en faire. À moins d'avoir été un sacré imbécile en donnant ce coup de téléphone ?

— Il s'en est fallu d'un cheveu qu'il attende trop longtemps, dit le docteur. Cinq minutes de plus, et ils me possédaient.

— Oui, répondit Mr. Munn.

— On rate une affaire à un cheveu ou à un mille près.

— Oui.

— J'espère que cela ne lui fera pas perdre sa place. Il n'a certainement pas fait cela pour y gagner quelque chose, le pauvre vieil idiot ! »

Mr. Munn l'observait, et il fit cette réflexion :

« Il y a des tas d'imbéciles. Vous, par exemple, vous êtes un imbécile, vous êtes un fou ! Qu'est-ce que vous espériez gagner ? Tout ce que vous avez réussi à gagner, c'est d'être obligé de vous cacher pour éviter la prison.

— Ou la corde, répondit le docteur Mac Donald, si ces salauds-là gagnent la partie.

— Nous sommes tous de foutus imbéciles. Beaucoup, en tout cas.

— Il y a différentes façons d'être un foutu imbécile. Tout le monde n'est pas fait de la même étoffe.

— Vous ne pouvez pas comprendre Smullin, dit Mr. Munn. Eh bien ! Moi, je ne peux pas vous comprendre.

— Et moi non plus, reprit aimablement le docteur. J'ai essayé, pendant des années, mais je n'y arrive pas. »

Puis il se renversa confortablement en repoussant l'oreiller.

« Quelquefois, je ne peux pas me comprendre moi-même », dit Mr. Munn.

Le docteur souffla doucement la fumée par le nez. Il regarda le plafond bas, comme s'il réfléchissait. Puis il promena son regard dans la chambre, l'arrêtant sur la flamme immobile de la lampe, sur la commode et sur la figure de Mr. Munn.

« Je pense qu'un homme suit sa voie », dit-il.

Et il bâilla.

Ils restèrent quelque temps sans rien dire. Puis le docteur tira ses jambes du lit et se leva. Il devait, dit-il, aller voir un malade ; il serait rentré avant le jour. Assis au bord de son lit, il enfilait ses bottes. Puis il alla devant la commode et se regarda dans la glace. Il passa un peigne dans sa tignasse ébouriffée, bâilla un bon coup, atteignit presque le plafond en étirant les bras au-dessus de la tête, remplissant la chambre de son agitation. Derrière lui, sur le mur, son ombre ressemblait à un grand oiseau maladroit.

« Au revoir ! » dit-il en prenant la porte.

Mr. Munn couchait chez les Campbell. C'est à peine s'il se réveilla quand le docteur revint. Le matin venu, il s'habilla aussi doucement que possible pour ne pas le réveiller. Le docteur ronflait doucement, étendu sur son côté du matelas, sa longue tête maigre enfouie dans l'oreiller, sa grosse main crispée sur une colonne du lit, et il semblait que le sommeil lui-même n'était pas chez lui un état passif, mais que, dans son essence secrète, dépouillé des apparences d'un mol abandon, c'était au contraire un acte commandé par une volonté tendue.

Mr. Munn sortit sans bruit pour ne pas le réveiller. Il ne devait plus le revoir avant la nuit où les soldats revinrent chez le professeur pour l'arrêter.

Ils se mirent en devoir de cerner la maison et de s'en rapprocher, lentement, à pied ; mais les chiens qui les avaient sentis aboyèrent sauvagement et, se précipitant dehors, emplirent les bois d'une clameur qui vibrait comme dans une caverne.

« Ça n'a pas l'air très encourageant », remarqua le docteur en se penchant sur sa chaise et en ramenant sous lui ses jambes dans un mouvement souple pour se lever.

Sans rien dire, Mr. Munn écoutait les chiens. L'un d'eux tournait en cercle en bondissant.

« Nom de Dieu ! s'écria le docteur, hargneux. Est-ce qu'ils ne pourraient pas laisser les gens tranquilles ? Pour la deuxième nuit que je passe à la maison en trois semaines ! »

La porte de la chambre voisine tourna doucement et s'ouvrit : Cordelia parut. Sa main resta sur le bouton de la porte, immobile. Elle ne dit rien. Derrière elle, les sœurs étaient assises autour de la lampe, la tête levée pour écouter.

« Ce n'est peut-être pas cela », suggéra Mr. Munn.

Mais, autour de la maison, les aboiements se rapprochaient.

« Nom de Dieu ! » dit le docteur.

Et il se mit brusquement debout.

Les chiens reculaient vers la maison. Leurs aboiements étaient furieux, incessants.

Le professeur Ball parut à la porte, derrière Cordelia.

« Viens ici ! » ordonna le docteur.

Et Cordelia s'approcha de lui. Elle lui posa la main sur le bras.

« Ne t'énerve pas », lui dit-il.

Les autres se pressaient dans la pièce.

« Est-ce que ces oiseaux-là savent que je suis ici ? demanda le docteur.

— Non, dit Portia. Ils ne le savent pas. »

Les chiens étaient maintenant tout près.

« S'il y a quelque chose, je ne peux pas sortir maintenant, dit le docteur. La maison est cernée. »

Les autres se regardaient sans parler ; mais Cordelia ne quittait pas des yeux le visage de son mari.

« Je vais essayer le grenier », dit le docteur Mac Donald.

Le professeur Ball se dirigeait vers la porte du hall, Portia à son côté.

« Non, ordonna le docteur, asseyez-vous. Allez vous asseoir comme vous étiez. »

Ils s'assirent et le regardèrent :

« Comme vous étiez, dit-il d'un ton sec. Causez, faites quelque chose. Je vais monter au grenier et je tirerai l'échelle après moi. »

Tranquillement, il ôta la main de Cordelia restée sur son bras, se retourna et, en trois brusques enjambées, il fut à la porte du hall.

Ils entendirent les marches de l'escalier résonner sous son pas.

« Où est Isabelle ? » demanda soudain Portia.

Personne ne répondit. Chacun interrogeait les autres du regard.

« Je vais aller la chercher, dit Portia, en allant à la porte du hall.

— Assieds-toi, ordonna le professeur. Il est trop tard. Je te dis de t'asseoir. »

Il lui posa la main sur l'épaule, la retira en répétant :

« Va t'asseoir. Par là. »

La main droite levée, il tira sur sa barbe dans un geste que les pansements rendaient maladroit.

Sous la galerie, un chien aboyait frénétiquement. Un coup violent fut frappé à la porte.

Les femmes s'étaient retirées dans l'autre pièce.

« Asseyez-vous », ordonna le professeur à Mr. Munn.

Et, lentement, il traversa le hall.

Avec précaution, Mr. Munn se laissa tomber sur sa chaise.

Il entendait des voix qui venaient de l'entrée. Celle du professeur qui disait :

« Bonsoir. Que puis-je faire pour vous ? »

Et une autre voix :

« Nous sommes venus pour voir le docteur Mac Donald. Où est-il ? »

Puis la voix du professeur qui répondait :

« Entrez, messieurs, mais je ne peux vous être d'aucun service. Il n'est pas ici.

— Inutile ! répondit l'autre voix. Nous avons nos renseignements. Il est ici.

— Il n'est pas ici », répéta la voix du professeur.

Mr. Munn fit un effort pénible pour maîtriser l'envie qu'il avait de quitter sa chaise.

« Il ne peut pas sortir, dit la voix, la maison est cernée. »

La porte du hall s'ouvrit toute grande, et un homme en uniforme parut. D'autres hommes étaient derrière lui.

Alors Mr. Munn se dit : « Maintenant je peux me lever. C'est ce qu'il convient naturellement de faire. »

Il se leva et dévisagea l'homme.

« C'est bon, dit celui-ci au professeur Ball, c'est bon, nous allons fouiller la maison. Si c'est ce que vous cherchez, vous l'aurez. »

Et, faisant un pas dans la pièce, il demanda à Mr. Munn :

« Qui êtes-vous ?

— Je m'appelle Munn, dit Mr. Munn, d'une voix qu'il sentait calme et naturelle.

— Qu'est-ce que vous faites ici ?

— Avez-vous un mandat contre moi ?

— Non, répondit l'homme en uniforme.

— Très bien. Alors, cela ne vous regarde pas.

— Eh bien ! Nous en aurons un, et avant qu'il soit longtemps ! »

Un homme trapu, la face marquée de petite vérole, s'avança à la hauteur de l'officier et désigna Mr. Munn d'un signe de tête.

« Vous êtes Percy Munn, je vous connais. Vous faites partie de la bande. On délivrera un mandat contre vous. Parfaitement.

— Je suppose que vous êtes un policier, dit Mr. Munn, et il toisa l'homme.

— Oui, admit l'autre.

— Eh bien ! déclara Mr. Munn d'un ton sentencieux. Je suis heureux de constater que par ici, dans le comté de Hunter, les policiers sont d'aussi sacrés jean-foutre que ceux que nous avons là-bas à Bardsville.

— Je vais... »

Le gros homme fit un pas vers lui, le poing levé, prêt à frapper.

« Vous feriez mieux de faire ce que vous êtes venu faire », dit sèchement l'officier.

Le gros homme abaissa le poing.

« Qu'est-ce qu'il y a par là ? » demanda-t-il.

Et il indiqua d'un signe de tête la porte fermée au fond de la pièce.

Mr. Munn ne répondit pas.

« Ce sont mes filles qui sont là, dit le professeur Ball, debout près de la porte du hall.

— Eh bien ! Je pense qu'elles ne sont pas encore couchées », dit le policier.

Et, traversant la pièce, il poussa la porte. Les femmes étaient assises autour de la lampe, leur couture sur les genoux, la tête levée, jouant la surprise.

« Je suppose que vous devez être bien payé pour vous commettre avec ça, dit Mr. Munn à l'officier en désignant le policier d'un signe de tête. Ou bien, ajouta-t-il, vous le faites peut-être par plaisir ? »

L'officier ouvrit la bouche comme s'il allait parler. Puis, un instant après, il demanda :

« Qu'est-ce qu'il y a plus loin ? »

Et il montra du doigt le fond de la pièce où les femmes se tenaient toujours assises, intriguées et la tête levée.

« Des chambres, occupées par des jeunes gens, des élèves à moi », répondit le professeur.

Le gros homme tourna la tête et, goguenard, dit par-dessus l'épaule :

« Ouais, c'est un maître d'école.

— Pourquoi n'y allez-vous pas ? » lui demanda l'officier.

Puis, aux soldats qui étaient dans le hall :

« Allen, Forbes, accompagnez-le. »

Deux des soldats pénétrèrent dans la chambre, levant les pieds avec circonspection, comme s'ils marchaient sur la glace ou comme s'ils craignaient de salir le plancher de leurs souliers boueux. En passant devant Mr. Munn, l'un d'eux le regarda timidement, comme pour s'excuser.

L'officier attendait, debout au milieu de la pièce. Personne ne disait mot. Sous la galerie, devant la maison, les chiens aboyaient encore par intermittence.

Le policier revint avec les soldats ; ils fouillèrent alors l'autre partie de la maison, ainsi que les chambres situées de l'autre côté du hall, où, pendant tout ce temps, l'officier resta en compagnie de Mr. Munn et du professeur, sans proférer une parole.

Quand il fut revenu, le policier se posta près de la porte.

« C'est bon ! dit l'officier. Allons voir là-haut. »

Et, s'adressant au professeur :

« Venez aussi, cela vaudra mieux. »

Enfin, à un soldat, et désignant du doigt Mr. Munn :

« Vous, ayez l'œil sur lui.

— Une minute, s'il vous plaît », dit brusquement Mr. Munn.

L'officier se retourna.

« Peut-être ? se disait Mr. Munn. Peut-être ? Essayons. » Il devinait que les femmes avaient les yeux fixés sur lui. Sans qu'il puisse les voir, quelque chose l'avertissait qu'elles le regardaient. « Si je fais un esclandre, il peut se faire qu'ils ne montent pas. Ils se contenteront peut-être de m'arrêter ; ils s'en iront, et, à moi, ils ne peuvent rien me faire. Rien. Ils n'ont rien contre moi. »

« Qu'est-ce que vous voulez ? » lui demanda l'officier, d'un air impatient.

Mr. Munn eut l'impression de redécouvrir la présence de l'officier ; c'était comme s'il venait de se perdre dans une coupure du temps et que, soudain, il reprenait conscience du temps, comme un plongeur émerge à la surface.

« Rien », répondit-il.

L'officier quitta la pièce ; les escaliers retentirent d'un piétinement de bottes. « Non, se disait Mr. Munn, cela n'aurait rien donné, cela n'aurait servi à rien. » On entendait, là-haut, un remuement de pieds frottant le plancher nu, le bruit des portes ouvertes et refermées. Il se demandait si c'était parce qu'il avait eu peur qu'il n'avait pas provoqué une rixe avec l'officier. Un lâche ? Non. À la réflexion, cela n'aurait servi à rien.

Soudain, là-haut, les voix s'élevèrent sur un ton de commandement. Quelqu'un frappait à une porte. C'était l'officier qui ordonnait très haut :

« Ouvrez cette porte. »

Mr. Munn se dirigea vers le hall, mais le soldat lui barra le passage.

« C'est Isabelle, dit Portia. C'est Isabelle ; elle ne les laissera pas entrer.

— Écartez-vous », dit Mr. Munn au soldat qui bloquait la porte de sa carabine croisée.

Et il posa la main sur la carabine.

D'un rapide coup d'œil, il remarqua la figure ronde, commune, poupine, du soldat.

« Écoutez-moi, mon garçon, dit-il rapidement. Si vous portez la main sur moi, cela vous occasionnera des ennuis. De vrais ennuis. Ils n'ont pas de mandat contre moi. Écoutez-moi bien, je suis avocat, je connais la loi. »

Il ne lâchait pas la carabine et le soldat recula légèrement.

« Écartez-vous, dit Mr. Munn. Tout ce qu'on vous a dit, c'est d'avoir l'œil sur moi. Écartez-vous. »

Il le repoussa, passa devant lui et monta l'escalier en courant ; le soldat le suivit.

L'officier se tenait devant une porte fermée à clé, qui était celle de la chambre du premier étage, le policier d'un côté, les deux soldats de l'autre. L'un d'eux tenait à la main une lampe dont le verre était noir de suie, parce que la flamme avait filé. Elle n'éclairait plus que d'une lumière incertaine et vacillante. Le professeur Ball était derrière les soldats. Mr. Munn se mit à côté de celui qui portait la lampe.

D'une voix forte, l'officier ordonna :

« Ouvrez cette porte ! »

Bien que la lumière fût à peine suffisante, Mr. Munn put voir qu'il avait la figure rouge de colère. En parlant, il avançait la tête d'un air furieux.

« Non, dit une voix faible derrière la porte. Vous n'entrerez pas. Pas dans ma chambre. Non, vous n'avez pas le droit ! »

Le policier ricanait. De la tête, il fit au soldat qui était monté derrière Mr. Munn un petit geste complice.

« Elle dit qu'un homme ne doit pas entrer dans sa chambre. Je crois tout simplement que vous n'êtes pas l'homme qu'il faut, mon lieutenant ! »

Le soldat qui portait la lampe se mit aussi à ricaner.

« Oh ! Oh ! C'est une dame, une dame du monde ! dit le policier en minaudant.

— Fermez ça », ordonna l'officier.

Puis, tourné vers la porte :

« Mademoiselle, il faut nous laisser entrer. C'est la loi. Nous ne voulons pas vous ennuyer. Pas le moins du monde. »

Il avait pris maintenant un ton caressant et persuasif :

« Nous le prendrons tôt ou tard ; s'il se cache ici, ce que vous faites là ne lui servira à rien. »

À la dérobée, Mr. Munn jeta un coup d'œil dans le couloir. Il y faisait sombre, presque noir, mais il put voir que l'échelle du grenier n'y était plus. Le docteur était dans le grenier. Il avait tiré l'échelle ; il n'était donc pas dans la chambre de la jeune fille.

« … ne servira à rien, mademoiselle. Et maintenant ouvrez, s'il vous plaît, mademoiselle.

— Non, répondit la voix de la jeune fille.

— Très bien ! Très bien ! »

L'officier avait repris sa grosse voix.

« Très bien, mademoiselle. Nous allons enfoncer la porte.

— Je vous ai dit que j'avais un fusil, dit la jeune fille.

— Je n'en crois rien, dit l'officier. Nous allons enfoncer la porte.

— Elle a bien un fusil, dit Mr. Munn.

— Comment le savez-vous ?

— Il y avait un fusil, posé là, dans le coin. Je l'ai vu. Ici, exactement. »

Et, du doigt, il indiqua l'endroit auprès de la porte.

« Maintenant il n'y est plus.

— Écoutez, dit le professeur Ball en s'adressant à l'officier. Elle pourrait bien tirer sur quelqu'un. Et vous seriez responsable. Elle pourrait très bien. C'est la plus jeune, une forte tête, et, parce que c'est la plus jeune, elle a été gâtée depuis sa plus tendre enfance…

— Nom de Dieu ! s'écria le policier. Elle n'a pas de fusil. Elle bluffe. Ils sont tous en train de bluffer. »

Mais il s'écarta un peu de la porte.

« Du bluff ! » pensa Mr. Munn. Elle avait bien un fusil, d'accord. Mais le docteur n'était pas là avec elle ; de cela, il était sûr. Du bluff ! Oui, elle bluffait. Elle essayait de les bluffer en leur faisant croire qu'il était là. Elle ne réfléchissait pas plus loin ; elle le faisait tout simplement. Elle faisait ce qu'elle pouvait.

Du poing, l'officier frappa le panneau de la porte.

« Pas un gentleman, dit le professeur en gémissant, il n'est pas un gentleman qui voudrait pousser une jeune fille comme elle à tirer sur quelqu'un. »

L'officier s'adressa à la porte :

« Écoutez bien, dit-il, nous ne croyons pas à cette histoire de fusil. Vous bluffez. Nous allons entrer. »

Il n'y eut pas de réponse. Puis, avec un grincement léger, la porte s'ouvrit de quelques pouces vers l'intérieur de la chambre. Mr. Munn regarda dans l'ouverture.

« J'en ai un. Vous pouvez le voir. Mais n'approchez pas ! »

Sa voix était brisée, comme si elle pleurait ou comme si elle faisait effort pour ne pas pleurer. Dans l'ombre, Mr. Munn pouvait apercevoir le double canon, pareil à un petit huit renversé. Il ne dépassait pas la porte, mais on le voyait trembler dans le noir.

« Voyons, mademoiselle, dit l'officier. Voyons, donnez-moi ce fusil. Vous n'avez qu'à me le passer. Nous ne voulons pas vous ennuyer. »

Mais son bras pendait, inerte, et il se gardait bien de l'allonger pour saisir l'arme.

« Allons, allons, mademoiselle, vous n'allez pas faire d'histoires, allons… »

Le soldat qui se tenait collé au mur et qu'on ne pouvait pas voir de l'intérieur de la chambre se penchait lentement vers le montant de la porte. L'officier joignit les pieds et plia un peu les genoux.

« Allons, mademoiselle. Allons, voyons », répétait-il d'un ton câlin.

Mr. Munn vit que le soldat se baissait vers la porte. Il vit sa main se lever furtivement.

« Isabelle, cria-t-il pour l'avertir. Attention !… »

Mais le soldat qui était derrière lui lui lança dans les côtes un brutal coup de crosse, qui le fit tomber sur un genou, le souffle coupé. Au moment où il tombait, la main contourna le montant de la porte et s'abattit sur le canon du fusil, et l'officier fit un plongeon de côté, tandis que le couloir retentissait du fracas de l'explosion.

« Je le tiens ! » s'écria le soldat en balançant le fusil qu'il venait de saisir.

En bas, une femme se mit à crier.

L'officier se précipita dans la chambre, le pistolet au poing. Le soldat qui portait la lampe le suivit, puis le policier.

Lentement, Mr. Munn se releva. Là, devant lui, il apercevait dans le plancher de chêne la marque faite par la charge qui s'y était incrustée.

Les femmes montaient l'escalier en criant.

La jeune fille était assise par terre, la tête appuyée au montant de la porte, les épaules secouées de sanglots. Le professeur Ball, à genoux à côté d'elle, les pans de sa longue redingote noire balayant le plancher comme lorsqu'il se mettait à genoux pour la prière, lui caressait la tête de sa main pansée. Maladroitement, d'un mouvement machinal. Il murmurait quelque chose que Mr. Munn ne put pas comprendre.

En se retournant, Mr. Munn fut frappé par l'expression de détresse et d'anxiété peinte sur le visage des femmes.

« Tout va bien », leur dit-il.

Au moment où Portia s'avançait vers la porte, l'officier sortit, suivi du porteur de lampe. Il regarda les jeunes femmes groupées en désordre. Le professeur se releva et s'appuya d'une main au mur pour soutenir sa maigre carcasse toute tordue.

« Vous n'auriez pas dû faire cela », dit-il à l'officier d'un ton distant.

L'officier ne parut pas l'entendre.

« Mademoiselle, dit-il, à la jeune fille prostrée. Mademoiselle, soyez sûre… »

Le soldat qui tenait toujours le fusil le posa discrètement contre le mur.

L'officier répétait :

« Mademoiselle… »

Puis, soudain, il s'arrêta.

Il y eut un frottement léger au bout du couloir. Mr. Munn se tourna à temps pour voir, indistinct dans l'ombre, le long corps du docteur Mac Donald, suspendu un instant au bord de la trappe, avant qu'il se laisse tomber sur le plancher.

14

Les arbres commençaient à se couvrir de feuilles. Mais, à travers les branches, on pouvait encore, de l'autre côté de la place, apercevoir le palais de justice, et même au-delà. Quand le feuillage avait atteint son complet épanouissement, c'était impossible. Alors, au-dessus de l'épaisse masse de verdure, on ne pouvait voir autre chose que les toits du palais et sa tour de briques trapue, avec son horloge. Cela se faisait d'un seul coup. Quelque temps après l'éclosion des bourgeons, on apercevait encore, bien séparées les unes des autres, les grosses branches drapées de ce vert incertain et varié qui, dans la lumière déclinante comme elle l'était maintenant, paraissait gris, ou bien, quand les derniers rayons du soleil frappaient les rameaux au sommet des arbres, d'un or pâle. Pendant quelque temps, jour après jour, il y aurait des bourgeons, visibles et bien séparés, et, à travers, on pourrait voir le palais de justice, les bancs sous les arbres et les maisons qui bordaient la place ; puis, brusquement, un beau matin, on ne voyait plus rien, ou bien, pour la première fois, on réalisait que l'on ne voyait plus rien, et l'on en était surpris, comme si cela était arrivé, tout d'un coup, pendant la nuit. La saison s'avançait...

À la fenêtre de son bureau, Mr. Munn contemplait les arbres qui se couvraient de feuilles. On croit, pensait-il, que les choses sont ce qu'elles paraissent et, au moment où on les regarde, elles sont autrement. Il y avait, par exemple, cette petite douleur au flanc, ce point de côté, rien de plus, familier, on y faisait à peine attention ; cela faisait partie de ce milieu stable et permanent dans lequel baigne l'être vivant, et soudain c'était autre chose, c'était un cancer, c'était la mort. La mort poussait en vous comme au printemps les feuilles sur les arbres, douce et tendre, discrète, et puis, quand on la savait là, elle était déjà épanouie, luxuriante, envahissante. Et, si ce n'était pas la petite douleur au flanc, c'était un mot qu'on dit, un geste machinal, une concession passagère à la vanité, un accès de pitié ou une décision banale – c'était le bourgeon, la feuille qui se gonfle, prête à éclater.

Il haussa les épaules et quitta sa chaise. Le docteur Mac Donald lui avait dit : « Chaque homme suit sa voie » ; et c'était vrai.

Désœuvré, il se mit à marcher dans son bureau où le jour tombait. Il regardait les objets familiers : les hautes bibliothèques de noyer avec leurs portes aux vitres fêlées, les livres et les paperasses couverts de poussière, empilés sur des chaises le long des murs, cette chaise aussi où Mrs. Trevelyan s'était un jour assise ; les dossiers dans leurs casiers, les tableaux, la carabine et le fusil de chasse, debout dans un coin, le canon recouvert de vieux chiffons pour le préserver de la poussière. C'était après la dernière chasse aux oiseaux avec Mr. Christian qu'il avait rapporté son fusil, il s'en souvenait. Ils avaient passé un bon après-midi, le dernier. Pas de vent, le ciel clair et profond avec, au nord, une teinte de gel gris de fer à l'horizon, tandis que le soleil déclinait et que les chiens s'activaient dans les hautes herbes, au-delà d'un petit bois de cèdres. Il avait rapporté le fusil le lendemain matin, il l'avait posé là, dans le coin, et il avait enveloppé le canon. Comme cela paraissait loin ! Mais il y avait plus de deux ans qu'il ne s'était pas servi de sa carabine. Depuis l'époque où il était allé chasser le daim au lac Reelfoot, il n'y avait touché que pour la graisser.

Au cours de cette chasse, il n'avait pas tué de daim avec sa carabine. Le seul daim qu'il eût tiré, il l'avait abattu à quinze pas, avec une charge de chevrotines. Il s'était appuyé contre un chêne, auprès d'un petit cours d'eau, et le daim lui était apparu, un instant immobile, la tête levée. Un coup facile. Le soir, les chasseurs s'étaient installés dans une cabane, autour d'un poêle, la ceinture défaite et une bouteille de whisky sur la table, réchauffés par le feu et par la nourriture et par l'alcool, dans une confiante camaraderie. Mais maintenant, il ne pouvait même plus se rappeler leurs noms. Cela aussi, c'était bien vieux !

Les choses dont on se souvient subsistent aux lieux où l'on a été. Mais, chaque fois qu'on s'en souvient, on est un autre. Pendant longtemps, on ne s'aperçoit pas du changement, comme on ne constate aucun changement, au printemps, lorsque, dans les nuits tièdes, jour après jour, le feuillage se fait plus touffu sur les branches, ou en automne quand les arbres se dépouillent lentement – jusqu'à ce que le temps arrive où, tout d'un coup, le changement est là. Dans la pièce, chaque objet familier proclamait que quelque chose avait changé. Ici, dans le coin, le fusil ; les livres lus, les papiers poussiéreux couverts d'écriture. Il avait écrit sur ces pages dans un but précis ; le but avait disparu, mais l'écriture était toujours là, jaunissante et disparaissant à son tour, mais elle survivait à la raison qui avait guidé la plume sur la feuille de papier. Devant le point de mire de son fusil, il avait vu la dernière caille monter, les ailes bruissantes, dans le ciel couleur de citron, et son doigt avait pressé la détente, et l'oiseau avait paru trébucher en l'air, et il était tombé en plongeant, comme une pierre. Le fusil était toujours là, comme avant, mais l'impulsion mystérieuse qui l'avait fait, ce jour-là, mettre en joue et presser la gâchette avait disparu, évanouie au moment même où elle se réalisait. Les actes demeuraient, irrévocables dans leurs conséquences, et rien ne pouvait les annuler, mais l'impulsion, le désir, le dessein qui les avaient provoqués n'existaient plus. Il était parfois impossible de deviner ce qu'ils avaient été.

Il cessa d'aller et venir dans son bureau. « Au diable tout cela ! se dit-il. Cela n'a aucune importance. » La seule chose importante, c'était de tirer d'affaire le docteur Mac Donald. Cela au moins était réel.

C'était la seule chose qui importait, maintenant, car c'était la seule chose qui lui restait à faire.

Cinq jours plus tôt, le bureau de l'Association avait voté pour décider de vendre. Mr. Munn et Mr. Sills s'y étaient opposés. Mais il n'y avait rien eu à faire. Certains avaient perdu tout espoir, d'autres avaient terriblement besoin d'argent liquide, d'autres avaient peur. En regardant autour de la table, Mr. Munn s'était demandé quels étaient ceux dont le vote avait été commandé par la menace de poursuites suspendue sur leur tête. Voilà à quoi les témoignages avaient servi : à les briser.

Et, dans la suite, ils pourraient servir à autre chose. Plus d'une fois Mr. Munn s'était demandé quand on viendrait l'arrêter : dans la rue, en plein jour, ou la nuit à l'hôtel ?

Mr. Sills l'avait appuyé, mais cela n'avait servi à rien. Après le vote, il était descendu seul avant les autres. C'était fini. Les autres n'avaient pas osé se regarder. Ils avaient compris que c'était fini.

Il était descendu dans la rue, et il avait traversé la place du palais pour se rendre à la prison. On l'avait fait entrer dans la cellule. Il ne savait plus très bien comment il allait annoncer la nouvelle au docteur.

« Nom de Dieu ! C'est bien ce que je disais, ça me rend bilieux de rester assis comme ça, sans bouger ! s'écria celui-ci. Ce n'est pas naturel à l'homme de rester assis. En tout cas, à cette époque de l'année, le sang a besoin d'être éclairci. Je serais rudement content que le procès commence dans quelques jours. »

Mr. Munn ne répondit rien.

« Naturellement, ajouta le docteur avec une pointe de gaieté, ils pourraient bien décider ensuite de me garder sous clé pendant un bon moment. Bilieux ou pas.

— Vous n'auriez jamais dû vous rendre, dit amèrement Mr. Munn sans le regarder. L'autre soir, vous n'auriez pas dû descendre. C'était inutile. Après ce qui venait d'arriver, ils seraient partis.

— Nom de Dieu ! Perse, vous répétez ça tout le temps. Comment pouvais-je savoir ce qui se passait en bas, quand j'ai entendu le coup de fusil, et tout ? Il pouvait arriver n'importe quoi, et, moi, n'en rien savoir, dans mon grenier.

— Vous n'auriez jamais dû descendre, répéta Mr. Munn.

— Eh bien ! Je suis descendu et me voilà ici. Tout ce que j'espère, c'est que je n'y resterai pas trop longtemps.

— Écoutez-moi bien, commanda Mr. Munn, penché vers lui et le regardant. Je ne sais pas quelle preuve ils peuvent avoir, mais je parie qu'ils ne vous auront pas. Wilkins est excellent. C'est un bon avocat ; ce n'est pas un imbécile, il fera tout ce qu'il faut pour que le jury ne soit pas tout du même côté.

— Wilkins est très bien. Sûrement. Je ne dis pas le contraire, rétorqua le docteur. Mais je regrette encore que vous n'ayez pas pris l'affaire. Comme je l'avais demandé.

— Et voir arrêter votre avocat au beau milieu de l'affaire ? On peut m'arrêter d'un jour à l'autre. Le jour où ils penseront tenir une preuve sérieuse. Wilkins mènera très bien l'affaire.

— Peut-être, acquiesça le docteur d'un ton aimable.

— Écoutez bien, répéta Mr. Munn, toujours penché. Qu'ils vous condamnent et il y aura des gens pour mettre cet endroit-ci en morceaux. Des tas de gens ! Il n'y a pas de soldats qui tiennent. Non – et il hocha la tête –, ils ne vous condamneront pas. Ils auront peur.

— Peut-être », répéta gaiement le docteur.

Il se mit à arpenter la cellule de long en large, lentement, en trois enjambées, qu'il était obligé de raccourcir, et il leva les bras au-dessus de sa tête, lentement, presque avec volupté.

Mr. Munn s'assit au bord de la couchette. Il était exténué, comme quelqu'un qui n'est pas encore habitué à la montagne et qui soudain, en gravissant une pente, sent ses genoux trembler et sa tête tourner dans l'air raréfié.

« J'ai la bile en mouvement, déclara le docteur. Voilà l'effet que ça me fait ! Mes dents sentent le vert. Comme de la mousse sur une planche pourrie. Je veux qu'on me pende si ça n'est pas vrai ! »

Mr. Munn ne répondit rien. Il regardait les taches sur le sol de ciment. Il avait envie de s'allonger sur la couchette, de s'abandonner. S'il était arrêté et si on l'amenait ici, il n'aurait qu'à s'allonger et fermer les yeux. Il n'y aurait aucune raison de ne pas le faire. Il aurait pu le faire.

« Alors ? » lui demanda le docteur, planté au milieu de la cellule et le regardant avec insistance.

Le docteur Mac Donald se tenait là, en bras de chemise et le gilet déboutonné, très grand, bien qu'il fût en chaussons ; la lumière tombait directement de la fenêtre sur sa grosse tête, osseuse et mal peignée. Il se tenait le poids du corps sur ses talons, comme un boxeur, ou un homme prêt à se mettre en marche. Les manchettes de sa chemise étaient empesées de frais. Mr. Munn les regardait. Il savait que, tous les jours, Cordelia lui apportait une chemise fraîche, enveloppée dans un morceau de papier. Le matin, elle quittait l'hôtel, enfilait la rue sans regarder personne, traversait la place et venait ici. Quand elle était dans la cellule, elle devait tenir dans ses deux mains la main du docteur Mac Donald.

« Alors ? demanda celui-ci. Qu'est-ce que vous avez à me dire ? »

Mr. Munn se renversa sur la couchette ; ses épaules touchaient la pierre du mur.

« Le bureau ! dit-il. Ils ont décidé de vendre.

— Notre prix ? demanda le docteur, presque indifférent.

— Non, répondit Mr. Munn sans le regarder.

— Nous sommes foutus », dit le docteur.

Mr. Munn leva les yeux sur lui. Mais le docteur regardait ailleurs. Il regardait par la fenêtre, sans que son visage trahisse la moindre émotion.

« Vous avez dit le mot : nous sommes foutus. »

Le docteur Mac Donald continuait de regarder par la petite fenêtre. Mr. Munn suivit son regard. On apercevait une branche où les feuilles couleur d'or pointaient, épanouies.

« Je crois que c'est ce qu'ils voulaient, remarqua le docteur.

— J'ai fait ce que j'ai pu. Mr. Sills également.

— C'est cela qu'ils voulaient, dit le docteur. D'une manière ou d'une autre, ce que l'on fait, c'est ce qu'on a dans la tête. Un homme suit son chemin et, même s'il regarde ailleurs, quand le moment est venu, la chose qu'il porte en lui se manifeste sans qu'il s'en aperçoive. Ce qui le fait agir, ce n'est pas un accident fortuit ; de tout temps, la chose était en lui. Seulement, il ne le savait pas. Tant que le moment n'était pas venu. »

Assis sur la couchette, Mr. Munn se sentait obscurément envahi par un sentiment d'angoisse.

« Non ! dit-il. Non ! »

Puis, sur un ton moins véhément, il répéta :

« Non. »

Amusé, le docteur le regardait.

« Ne vous montez pas le cou, dit-il. Tenez, prenez le professeur. Il faisait sa classe, il lisait ses bouquins, et cette vieille histoire, et tout le machin. Il n'avait jamais fait autre chose. Vous ne l'auriez jamais cru, mais voyez ce qu'il a réussi à faire ! »

Mr. Munn se leva.

« N'avez-vous jamais remarqué, demanda le docteur Mac Donald, que ce qui arrive aux gens semble, en quelque sorte, être fait pour eux sur mesure, quand vous y pensez ?

— Eh bien ! N'y pensons plus, s'écria Mr. Munn en faisant du bras un geste violent, impétueux, un geste qui balayait tout. Nous sommes foutus ! La raison des choses a disparu. La raison de ce que nous avons fait. Comme une inondation qui roule en laissant accrochés dans un arbre toutes sortes de débris et d'épaves ! »

Et, pointant le doigt sur sa poitrine :

« C'est vous, affirma-t-il, vous, qui restez accroché, et au sec. Et moi avec. Tous les deux. »

Le docteur lui posa la main sur l'épaule et dit :

« Ne vous frappez pas. »

Mr. Munn se rassit. Ils se mirent à parler du procès, qui devait commencer dans deux jours.

Comme il sortait derrière Mr. Dickey, qui était venu le chercher, son regard tomba sur la porte de la cellule où Trevelyan avait été enfermé. Elle était maintenant occupée par un vieil homme, allongé sur sa couchette, son corps mince, flasque et tassé, comme un paquet de vieilles hardes. On l'avait emprisonné pour meurtre. Un matin, il était sorti pour aller chercher son lait, et il l'avait rapporté à la maison, passé et mis de côté ; puis, avec un marteau à glace, il avait tué sa femme au moment où elle se penchait sur le fourneau pour préparer le petit déjeuner, puis sa fille enceinte, qui était au lit, et l'enfant à son côté. D'un coup de carabine, il avait tué son gendre, alors qu'il revenait de donner à manger aux bêtes. Il avait téléphoné au shérif. Puis il s'était couché. Quand le shérif était venu pour l'arrêter, il dormait. Maintenant il était là, dans sa cellule, allongé sur sa couchette, ne bougeant que pour répondre aux questions. Il répondait avec une patience effarée, innocente, comme un homme qui vient à peine de se réveiller.

Mr. Munn n'arrivait pas à se rappeler son nom.

« Un cinglé », dit Mr. Dickey en faisant un petit signe de tête vers la cellule où l'homme gisait sur sa couchette.

Dehors, quand il se trouva dans la cour du palais, Mr. Munn fut ébloui par la lumière qui tombait sur les toits et sur les pavés, et l'herbe nouvelle. Dans la rue, des gens allaient et venaient. Des gens qu'il connaissait. Silencieux, il traversa la place et se rendit à son bureau.

Quand il était allé à la prison, il avait eu peur de raconter au docteur ce que le bureau avait décidé. Il avait craint la façon dont l'autre allait prendre la chose. Maintenant, en réfléchissant, il se disait qu'il aurait dû savoir comment les choses allaient se passer : le docteur, debout au milieu de sa cellule, le poids du corps porté en avant des talons, le visage impassible. C'était le docteur qui lui avait posé la main sur l'épaule et avait dit :

« Ne vous frappez pas ! »

La chose était passée à côté du docteur sans l'émouvoir…

Mais quand il le vit, le lendemain, il n'en fut plus aussi sûr. En le voyant paraître à la porte de la cellule, et sur le point d'appeler Mr. Dickey, le docteur lui demanda tout à coup :

« Vous ne trouvez pas que ça sent mauvais, ici ? »

Mr. Munn se retourna pour le regarder.

« Vous ne trouvez pas que ça pue ?

— Si, admit Mr. Munn, frappé par une odeur fétide, presque douceâtre ; une odeur de pourriture. Si, je crois que ça pue un peu.

— Moi, j'ai tout de suite trouvé que ça puait terriblement, dit le docteur. Mais, maintenant, je ne m'en aperçois même plus. On se fait à tout. On trouve tout naturel… »

Il cessa d'aller et venir ; ses chaussons faisaient un petit bruit sec en glissant sur le ciment. Il ajouta :

« Voilà une chose que je n'aime pas : que cela devienne si naturel. Il me semble que ce qui puait devrait continuer à puer. »

Croyant qu'il plaisantait, Mr. Munn grimaça un sourire. Mais il remarqua que le docteur ne riait pas. Mr. Munn laissa se détendre les muscles de son visage.

Le docteur était allongé sur sa couchette et regardait au plafond.

Mr. Munn appela Mr. Dickey.

Pendant qu'il venait, le docteur dit :

« Si je m'en tire, je crois bien que je quitterai le pays.

— Vous quitterez le pays ? » dit Mr. Munn, surpris.

Le docteur fit un signe de tête :

« Oui, mais pas trop vite, pour que personne ne s'imagine que je prends la fuite. »

Pendant quelques instants, Mr. Munn ne répondit rien. Puis il lui demanda :

« Où irez-vous ? »

Il avait l'impression que sa voix avait changé. Ce changement, qu'il observait objectivement, comme s'il le découvrait dans la voix d'un autre, lui donnait l'explication de cette impression confuse d'être trahi, que les paroles du docteur venaient de remuer en lui doucement, presque innocemment, telle la première secousse d'un tremblement de terre.

« Quelque part dans l'Ouest, je pense, disait tranquillement le docteur. Arizona, Nouveau-Mexique, je ne sais pas. Quelque part où les gens ne sont pas encore… »

Mr. Dickey arrivait, ses clés s'entrechoquant comme il cherchait la bonne.

« Je ne resterai pas ici, ajouta le docteur, je finirais par m'habituer à la puanteur de ce pays. »

À sept heures du matin, le premier jour du procès du docteur Mac Donald, accusé de complot et d'incendie volontaire, la place du palais regorgeait de monde. La troupe avait déjà dégagé la cour du palais de justice. Quand on ouvrit les portes, les soldats ne laissaient approcher que cinq ou six hommes à la fois et les fouillaient pour s'assurer qu'ils n'étaient pas armés. Vers huit heures et demie, on annonça que la salle d'audience était pleine. Bien que la foule diminuât un peu, elle ne se dispersa pas. Elle était agitée, extraordinairement silencieuse. Quand Mr. Munn, le professeur Ball et ses filles quittèrent l'hôtel pour se rendre au palais, les gens s'écartèrent pour leur faire place, regardant avec curiosité le visage des femmes, dont ils disaient tout bas le nom, après leur passage. De temps en temps, un homme s'adressait au professeur, qui levait alors sa main bandée dans une sorte de salut grave. Cordelia marchait à côté de lui, appuyée à son bras. Elle était très pâle.

Une voix lui cria dans la foule :

« Ne vous en faites pas, Mrs. Mac Donald, nous veillerons sur lui. »

Elle ne parut rien entendre. Dans un salut plein de noblesse, le professeur leva sa main bandée.

Une bagarre commença dans la foule, à l'endroit où la voix avait crié ; une autre voix cria :

« Cogne dessus ! »

Les soldats tentèrent inutilement de se frayer un chemin. Puis la bagarre prit fin.

À la porte du palais, les soldats les arrêtèrent. L'un d'eux palpa les poches et les ceintures des hommes, tandis que les femmes attendaient à l'intérieur. Le professeur regardait droit devant lui, indifférent aux mains qui le fouillaient.

« Ils n'ont rien, dit un soldat en s'écartant.

— Vous pouvez entrer, maintenant », dit le lieutenant.

Il en fut ainsi tous les jours, pendant trois jours, le matin et l'après-midi, à chaque reprise d'audience : la foule diminuait, mais elle était toujours là, les soldats dans la cour du palais, où l'herbe affectait le vert insolite d'un coin de pâturage, et d'autres soldats à la porte. Et, tous les jours, il en fut de même pour le professeur Ball et pour Cordelia. Le professeur s'installait dans la salle d'audience, très droit, les yeux fixés devant lui, comme indifférent à ce qui se passait, ses mains bandées posées sur ses genoux osseux, aussi immobiles que les pierres. Cordelia marchait à côté de lui, appuyée à son bras, et, arrivée dans la salle d'audience, s'asseyait près de lui sans lui lâcher le bras ; mais son regard quittait rarement la figure de son mari. Quant au docteur, il se tenait renversé sur sa chaise, dans une pose abandonnée, mais attentif à tout ce qui se passait, ses mains brunes posées à plat sur la table devant lui. Ou bien il inclinait la tête pour écouter une remarque que son avocat lui faisait à mi-voix. À un certain moment, alors que l'attention générale était fixée sur un témoin, le docteur Mac Donald – Mr. Munn en eut la presque certitude – lança un coup d'œil espiègle à Cordelia. Mr. Munn, aussi vite qu'il le put, se retourna pour la regarder. Tandis qu'elle regardait son mari, son visage était pâle, mais calme. Mais autre chose, une expression différente – un sourire, peut-être – avait dû passer sur ce visage ; quelque chose qui s'était évanoui au moment même où il se retournait pour le surprendre.

Les débats se poursuivirent pendant trois jours sans arriver à prendre tournure. Le premier jour seulement, au moment de la constitution du jury, quelques difficultés s'étaient élevées. Mais Mr. Munn eut l'impression que Wilkins paraissait content du jury. Il n'avait pas fait usage de son dernier droit de récusation.

Il se mit à étudier les jurés dans leur box. Il en connaissait quelques-uns. Certains, il en était sûr, ne seraient pas fâchés de voir condamner le docteur, coupable ou non, uniquement parce qu'il était de l'Association. Mais Wilkins paraissait content.

Wilkins se disait qu'il y aurait bien quelques jurés pour repousser tout ce qui ne serait pas une preuve formelle. Mr. Munn essaya de deviner lesquels, mais il y renonça vite. Wilkins ne disait pas tout ce qu'il savait.

Mais, une fois le jury constitué, les choses traînèrent en longueur. Les témoins se succédaient, chacun ajoutant un petit détail au tableau du raid sur Bardsville. Des directeurs de la compagnie Alta, ceux d'autres compagnies vinrent à la barre pour énumérer, jusqu'au dernier sou, la valeur des entrepôts détruits, ainsi que la quantité et la valeur du tabac qu'ils contenaient. Eux, ils ne voyaient pas les choses sous les apparences d'une troupe d'hommes marchant dans la nuit, ni des flammes s'élevant au-dessus des toits, mais des sommes qu'ils venaient, à tour de rôle, lire à la barre, sur une feuille de papier qu'ils tenaient à la main. Un agent de police raconta comment, alors qu'il était assis dans son bureau, des hommes masqués, le pistolet au poing, étaient entrés et l'avaient attaché sur sa chaise. Ils avaient amené deux autres hommes, des veilleurs de nuit, qu'ils avaient également attachés.

« Les hommes masqués étaient restés là à plaisanter, raconta l'agent de police, et à chiquer du tabac. Ils disaient que c'était uniquement pour notre bien qu'ils nous avaient attachés, ajouta-t-il d'un ton aigre, et que, de cette façon-là, nous n'aurions pas d'ennuis. »

Il ajouta qu'ils avaient eu des difficultés avec leurs masques quand ils voulaient cracher. Et, parce que le bureau de police était tout près de Front Street, la première explosion l'avait presque jeté à bas de sa chaise.

« Avec un coup pareil, dit-il, y en avait assez pour faire sauter la ville. »

Après avoir prêté serment, miss Lucy Mayhew, chef de bureau de la Compagnie du téléphone, laissa tomber une main jaune et sèche, dont elle tapotait, tout en faisant sa déposition, la soie fanée de sa robe noire. Le ministère public lui posa des questions, et elle répondit d'une voix basse, mais nette, impersonnelle ; une voix qui semblait venir d'au bout d'un fil. Tant qu'elle parla, elle garda la tête baissée, et ses mains, de temps en temps, tapotaient et lissaient la soie. Elle pouvait préciser la minute même où elle avait entendu un bruit de pas dans l'escalier du bureau, car elle venait de regarder la pendule.

« Il était minuit trente », dit-elle. Quatre hommes étaient entrés ensemble, précipitamment, et ils avaient des étoffes blanches sur la figure et des pistolets à la main. Une des jeunes filles, dit-elle, s'était mise à crier, mais elle avait fait de son mieux pour se tenir bien droite devant eux, et elle leur avait demandé ce qu'ils voulaient.

« Et qu'ont-ils dit ? demanda le procureur.

— Ils ont dit : “Mesdames, nous sommes désolés de vous déranger, mais nous avons à régler en ville une petite affaire personnelle, et nous ne voulons pas qu'on en fasse une affaire publique.” »

Son front se plissait sous l'effet de la réflexion, et elle tapotait toujours la soie de sa robe.

« Voilà ce qu'ils ont dit, autant, du moins, que je peux me le rappeler. Alors nous nous sommes écartées du standard.

— Vous ont-ils menacées ?

— Ils agitaient un peu leurs pistolets, dit-elle, mais ils ne nous visaient pas. L'un d'eux – il avait l'air d'être le capitaine, ou quelque chose d'analogue, car il portait un brassard blanc sur la manche de son paletot – nous dit simplement qu'il fallait descendre, et il me prit par le bras. Deux autres prirent chacun une employée par le bras et, comme l'une d'elles se débattait, il lui dit : "Madame, il vaut mieux que vous descendiez, sans ça vous allez manquer le feu d'artifice." Ils nous firent descendre, et celui qui m'accompagnait me donnait le bras pour m'aider, comme tout gentleman doit faire avec une dame. »

Un homme était resté en haut, dit-elle, et c'était lui qui avait coupé tous les fils – ou, du moins, c'est ce qu'elle pensait, car les fils avaient été coupés, et joliment mal. En tout cas, ajouta-t-elle, c'est lui qui avait la plus mauvaise allure. Puis ils les avaient obligées à se retirer dans l'entrée du magasin Gordon, qui avait une entrée profonde. D'abord, il ne s'était rien passé ; puis des hommes avaient fait irruption dans la rue, à cheval, des hommes masqués. Puis d'autres cavaliers s'étaient arrêtés sous le réverbère, au coin de la grand-rue et de la rue Jefferson, et ils étaient restés là tout le temps. Puis il y avait eu les explosions, puis le feu par-dessus les toits, et une des jeunes filles s'était mise à pleurer. On aurait dit que toute la ville allait brûler, dit-elle. Mais rien ne se produisit et, quelque temps après, des hommes avec des fusils avaient commencé à défiler.

« En formation militaire ? demanda le procureur.

— Je crois qu'on peut appeler cela une formation militaire, répondit-elle. Ils marchaient par quatre ; mais pas précisément au pas. Et ils chantaient et parfois criaient. »

Un homme était monté sur le trottoir et avait tiré un coup de revolver sur le réverbère en criant – elle hésitait, tapotant sa jupe – en criant un gros mot, dit-elle. Et il s'était exclamé : « Eh bien ! Les gars, on a dit que nous ne pourrions pas faire ça, mais nous l'avons fait tout de même. » Alors il avait tiré un coup de revolver dans la lampe de la rue. Mais un de ceux qui étaient avec elles, celui qui était le capitaine, avait dit à un autre : « Allez donc dire à cet homme-là de s'en aller. Il est grossier, et il y a des dames ici. » Et il y était allé, et il le lui avait dit, et l'homme s'était arrêté.

Quand ils furent tous partis, excepté ceux qui étaient à cheval sous la lumière au coin de la rue, dit-elle, elle avait été autorisée à remonter, ainsi que les autres téléphonistes. Les hommes avaient fait mine de les accompagner, et le capitaine lui donnait le bras, mais elle l'avait remercié, en lui disant qu'elle n'avait pas besoin d'être aidée par des gens comme eux, qui violaient la loi. Alors le capitaine était parti en riant.

Après miss Lucy Mayhew, ce fut le tour du docteur Potter, qui avait été cueilli la nuit du raid, alors qu'il rentrait chez lui, après être allé visiter un malade. Maintenant, à la barre des témoins, il était encore furieux, fumant de colère, et il parlait en hachant ses mots, comme si le temps n'avait pas passé depuis sa mésaventure. On entendit ensuite ceux qui avaient été raflés avec lui, puis l'employé de la gare et un commis voyageur, qui avait couché à l'hôtel et avait tout observé de sa fenêtre. Un instant, Mr. Munn pensa que c'était peut-être un témoin sur lequel pourrait s'appuyer l'accusation. Il avait vu « un homme de haute taille, sur un cheval bai ou ce qui semblait être un cheval bai, car, dit-il, l'éclairage n'était pas fameux ». L'homme paraissait exercer le commandement. Et il était grand et efflanqué.

« Comme lui », dit-il.

Et il désigna d'un signe de tête le docteur Mac Donald.

Mais il n'y avait rien là-dedans, pensa Mr. Munn.

La tâche était trop facile pour Wilkins, quand il entreprit le témoin pour le contre-interrogatoire.

« Vous dites que c'est un homme de haute taille que vous avez vu ? demanda Wilkins au témoin sur le ton de la conversation.

— Oui, monsieur, dit le commis voyageur.

— À propos, Mr. Tupper, demanda Wilkins, toujours sur le même ton, d'où avez-vous dit que vous étiez originaire ?

— De Huntsville, Alabama, répondit l'autre.

— Bon. Je ne suis jamais allé en Alabama, et je ne peux pas dire précisément comment les gens poussent par là – il hésita en jetant un regard de commissaire-priseur sur le témoin, qui était courtaud et maigre –, mais, par ici, le pays produit une espèce de gaillards plutôt bien balancés. Comme mon client, ici présent. »

Il hésita encore un peu, attendant les rires, qui ne manquèrent pas. Soudain, il tendit vers le témoin un doigt accusateur et, d'une voix plus forte :

« Avez-vous positivement, et sans l'ombre d'un doute, reconnu cet homme ?

— Eh bien… »

Le témoin fit une pause.

« C'est bon ! »

Wilkins avait l'air de vouloir mordre. Il ajouta alors tranquillement :

« Je voudrais seulement, Mr. Tupper, que vous ne fassiez devant ces messieurs – il désigna le jury – aucune insinuation que vous ne puissiez soutenir ici. »

Puis d'un ton prévenant :

« Ici, ou dehors…

— Je proteste, votre honneur ! »

Le procureur venait de se lever.

« Je proteste ! C'est là intimider le témoin. »

Wilkins se retourna, péniblement surpris :

« Je n'ai rien voulu dire », déclara-t-il d'un ton bénin.

L'un après l'autre, les témoins montaient sur l'estrade et levaient la main droite, attentifs aux paroles qu'ils entendaient réciter :

« Je jure solennellement… de dire la vérité… rien que la vérité. Ainsi que Dieu vous soit en aide. »

« Je le jure », répondait chacun d'eux, nettement, ou bien en mangeant les mots, en réponse à cette morne litanie.

Combien de fois, pensait Mr. Munn, combien de fois avait-il entendu ces paroles ? Dans cette même salle, jour après jour, adressées à toutes sortes de gens, qui levaient la main droite pour jurer. Il pensa : « La vérité ! » Sur l'estrade, tout le monde, aujourd'hui, disait la vérité. Les bureaucrates, avec leurs bouts de papier couverts de chiffres jusqu'au dernier sou, disaient la vérité : leur vérité. L'affaire, pour eux, c'était cela. Et l'agent de police, la vérité, pour lui – ce qui s'était logé dans sa mémoire et que, pendant des années, il raconterait sans cesse quand il parlerait de cette nuit ; ce qui resterait dans sa mémoire quand il serait très vieux, et que son passé aurait commencé à le fuir, ne lui laissant que quelques petits détails sans vie, échoués hors du temps –, la vérité, pour lui, c'était la gêne qu'éprouvaient ces hommes, à cause de leurs masques, quand ils voulaient cracher. Et miss Mayhew se souviendrait toujours des fils coupés et enchevêtrés dans son bureau, rien que de cela, et de la main de l'homme qui la tenait par le bras pour l'aider à descendre. Pour elle, c'était la vérité. Mais sa vérité, et la vérité de l'agent, et les vérités des autres n'étaient pas la sienne à lui ; sa vérité, si toutefois c'était une chose tangible, à laquelle on pût donner un nom, c'était ce moment de certitude enivrante, de plénitude, quand l'air s'était gonflé au souffle de l'explosion. Mais cette vérité-là avait disparu. En un clin d'œil. Et elle ne reviendrait pas. Et même ce « moi » qu'il avait été lui avait échappé, et il ne pouvait plus maintenant l'entrevoir qu'effacé et honteux, par accès, comme la brise déchire un brouillard qui se lève.

Les vérités de ces gens n'étaient pas la vérité qui avait été la sienne, cette nuit-là ; mais cette vérité n'était plus la sienne. La vérité : elle dévorait et oblitérait toutes les vérités particulières, la vérité personnelle de chacun ; elle écrasait les vérités de son pied aveugle, elle était aveugle.

Il écoutait à peine les témoins. Il observait le docteur Mac Donald renversé sur sa chaise, à l'aise, semblait-il, et attentif uniquement par politesse. Quelle était la vérité du docteur Mac Donald ? Jamais encore Mr. Munn ne s'était posé la question. Ou bien il observait Cordelia. Sa vérité, quelle était-elle ?

Les témoins montaient sur l'estrade, puis redescendaient. Wilkins avait l'air de s'ennuyer et semblait confiant. Car, après l'audition de chaque témoin, il abandonnait le contre-interrogatoire ou ne posait qu'une vague question, en manière d'acquit, avec un mépris négligent.

Jusqu'au moment où Mr. Turpin parut sur l'estrade. Mais, même à ce moment-là, l'attitude de Wilkins ne changea pas tout de suite.

Al Turpin était un individu bovin, bâti en force, avec une peau basanée et des cheveux gras un peu éclaircis. Par-dessus sa salopette, il portait une veste de laine brune. Il s'exprimait lentement, d'un ton compassé, pendant un moment ou deux, puis il s'arrêtait au milieu d'une phrase, comme s'il avait oublié pourquoi il se trouvait là, comme si le spectacle auquel il assistait devait soudain disparaître, s'il cessait de parler. Quand on le regardait, il clignait des yeux. Puis, sur un mot du procureur, il secouait la tête humblement, comme pour s'excuser, l'air à moitié endormi, et il se mouillait les lèvres et continuait sa déposition.

Un homme parut dans l'allée centrale, s'approcha sur la pointe des pieds de la table où se tenaient Wilkins et le docteur Mac Donald. Il se pencha sur la table, parlant à Wilkins d'un air soucieux. Sur un geste de Wilkins, le docteur se pencha à son tour. Mr. Munn les observait, essayant d'identifier le nouveau venu. Puis il se rappela que c'était un cousin de Wilkins.

Wilkins regarda sa montre.

Le docteur écoutait en hochant la tête ce que lui disait l'homme, et Wilkins ferma sa montre en faisant claquer le boîtier. Puis l'homme se retira sur la pointe des pieds, car Turpin parlait toujours de sa voix lourde et assurée et continuait sa déposition.

« J'étais membre de l'Association, disait-il, et j'y avais mis ma récolte. Ça allait chercher dans les trente-cinq mille livres, et d'assez bonne qualité étant donné la saison et...

— Je fais opposition, votre honneur », dit Wilkins à voix très haute.

Al Turpin tourna vers lui un regard terne, d'un air presque soulagé et reconnaissant.

« Je m'oppose à cette déposition qui n'a rien à faire avec le procès. Ce que pèse la récolte de Mr. Turpin et ses rapports avec l'Association...

— Votre opposition n'est pas acceptable. »

Wilkins s'assit, mais, devant lui, ses mains se crispaient sur le bord de la table.

Al Turpin reprit sa déposition. Ce que sa récolte lui avait donné n'était pas aussi mauvais que certaines années, disait-il, mais, attendre, c'est cela qui n'allait pas, et les gens disaient que les prix allaient baisser, que l'Association perdait des membres.

Wilkins fit une nouvelle opposition, qui fut rejetée.

« Alors, continua Turpin, j'entendis raconter un peu partout que des gens du comté de Hunter se rassemblaient pour faire quelque chose, à cause de la façon dont allaient les choses...

— Est-ce que cela vous était présenté comme une organisation terroriste ? » demanda le procureur.

Wilkins, debout, agitait les bras.

« Je proteste ! La partie adverse influence le témoin.

— L'opposition n'est pas acceptable.

— Mais, votre honneur... »

Wilkins ne s'était pas assis.

« Opposition rejetée !

— Voulez-vous, s'il vous plaît, répondre à la question, dit le procureur à Al Turpin.

— Je ne peux pas dire ce que c'était, je ne sais pas au juste. On disait seulement que c'étaient des gens qui se réunissaient pour faire quelque chose. C'est ce que...

— Je proteste. Ce sont là des racontars qui ne sauraient être admis comme preuve », s'écria Wilkins.

Il hurlait presque.

« Votre opposition est admise », dit le juge.

Puis il ajouta :

« Le témoin voudra bien se borner aux choses qu'il a observées directement. »

Al Turpin regardait devant lui, pétrissant ses genoux de ses grosses mains.

« Je fais de mon mieux », dit-il.

Il s'arrêta, comme s'il était sur le point de défaillir, puis reprit :

« Un jour, un individu est venu me voir. Je ne peux pas me rappeler avec certitude quel jour c'était, mais il y a longtemps, au printemps dernier, avant les semailles. Il m'a dit son nom, mais il m'est quasiment sorti de la tête. C'était un type du genre taille moyenne, pour ainsi dire – il se tut un moment comme pour réfléchir –, avec des cheveux roux. Et il me dit :

“Mr. Turpin, vous n’avez pas l’air d’être un homme à se laisser flanquer par terre pour qu’on lui crache dessus.” Je suis un homme pacifique, mais je lui dis : “Eh bien ! Y a encore personne qui se soit essuyé les pieds sur moi.” Et il me dit : “En ce moment, dans le comté de Hunter…” »

Wilkins repoussa brusquement sa chaise, qui fit entendre un bruit sec en frottant le plancher.

« Je proteste ! Ce ne sont, purement et simplement, que des ouï-dire. Cet homme de taille moyenne – et il prononça les mots sur un ton qui parodiait la voix de Turpin –, cet homme à cheveux roux dont le témoin ne peut se rappeler le nom… »

Le juge donna un coup de marteau sur son bureau.

« L’opposition est admise, mais l’organe de la défense voudra bien respecter la dignité qui convient à la cour.

— Mr. Turpin, demanda le procureur, êtes-vous, oui ou non, devenu membre d’une société secrète ? »

Rayonnant de ruse et de satisfaction, il tourna brusquement le dos au témoin pour regarder la salle bondée, et ensuite Wilkins.

Al Turpin ne répondait pas. Il semblait perdu gauchement et avait l’air de se tâter.

Wilkins regardait sa montre.

« Répondez : oui ou non. »

Al Turpin réussit à fixer sur le procureur un regard douloureux et suppliant.

« Oui ! dit-il.

— Et le but de cette société n'était-il pas la destruction des plants sur couche et des granges pour forcer les gens à s'affilier à l'Association des planteurs de tabac ?

— Je proteste ! hurla presque Wilkins. On influence le témoin.

— L'opposition n'est pas recevable. »

Le procureur se pencha vers Al Turpin.

« Répondez : oui ou non ?

— Oui ! répondit Al Turpin.

— Le nom de cette société n'était-il pas : l'"Union fraternelle des fermiers libres pour la protection et le contrôle" ? »

Le regard douloureux d'Al Turpin quitta le visage du procureur et se tourna lentement vers ceux, plus lointains, qui lui faisaient face. Son gros corps s'agitait sur sa chaise, qui craquait dans le silence de la salle.

« Je proteste. Ceci n'a rien à faire avec le procès.

— Opposition repoussée. »

Le procureur interrogeait le témoin du regard.

« Oui », dit Al Turpin.

Mr. Munn remarqua que, sous la table, Wilkins regardait sa montre à la dérobée.

« Maintenant, Mr. Turpin, continua le procureur d'un ton devenu familier, en s'approchant du témoin, décrivez-nous simplement les circonstances de votre affiliation à cette – il hésita, puis il prononça les mots en faisant presque une grimace, comme s'il avait un mauvais goût dans la bouche – cette Union fraternelle des fermiers libres. Ou tout ce qu'on voudra. »

Wilkins semblait prêt à se lever ; mais il se contint.

Turpin se passa la langue sur les lèvres, regarda le procureur, puis jeta soudain un regard agrandi, sauvage, sur les visages immobiles.

« Mr. Turpin... »

Al Turpin baissa la tête humblement et dit :

« C'était au printemps dernier. La nuit. Je ne peux pas dire la date exacte, mais c'était au mois de mai. Je suivais le petit chemin devant chez moi, comme on m'avait dit de faire, et j'ai vu un homme à cheval qui se tenait sur le côté de la route, et il m'a dit : "Il fait beau." Et moi, je lui ai répliqué : "Il fera plus beau demain", comme on m'avait dit. Et j'ai continué jusqu'à ce que j'arrive à une vieille église en ruine. Autrefois, c'était une église pour les nègres, mais, maintenant, elle est trop démolie. Je passe par-derrière et je vois des chevaux... »

« Ça vient », se dit Mr. Munn. Il sentait derrière lui le silence pesant. Il regarda le docteur Mac Donald. Celui-ci n'avait pas bronché.

« ... Et j'attache mon cheval à un sapin. Un sassafras, je crois. Je reste là, et j'écoute. Un cheval piétinait du côté des fourrés. Alors je me suis mis à marcher vers l'église... »

« Il y a bien longtemps », pensa Mr. Munn. Si longtemps ! Mais toute la scène se déroula soudain devant lui, dans sa mémoire : le terrain découvert devant le moulin, plongé dans l'obscurité, ce terrain plus clair devant lequel il s'était arrêté cette nuit-là, la route qui descendait en pente rapide à côté de la clôture écroulée, et, au loin, le bruit de l'eau sur les pierres. Et ce frisson rapide le long du dos, tandis qu'il avançait sur ce terrain, tout seul, et ce frisson qu'il ressentait à ce moment même, et les yeux qui l'épiaient dans l'ombre.

« ... Et, au bout de quelque temps, ils m'ont fait entrer, et ils m'ont placé devant une lampe, la lumière dans la figure, pour que je ne puisse rien voir, et ils m'ont dit le serment que je devais dire, par petits bouts à la fois. Et je l'ai dit. »

Sa voix s'arrêta, comme entraînée par son propre poids mort. Puis, remuant son gros corps, il dit :

« Je ne savais pas ce qui allait se passer, ni dans quoi j'étais en train de me fourrer. Sans cela je n'aurais jamais juré. Je n'aurais pas prêté un serment devant Dieu. »

Sa voix s'arrêta, et il restait là, immobile et embarrassé.

« Mr. Turpin, répétez ce serment du mieux que vous pourrez.

— Je proteste ! – Wilkins était debout. – On influence le témoin !

— Opposition rejetée.

— Mr. Turpin ! dit le procureur d'un ton sec.

— On ne se met pas si facilement dans la tête une chose pareille, dit Al Turpin. Je ne peux pas répéter les paroles, telles qu'elles étaient. Mais je peux dire ce qu'elles signifiaient. Elles signifiaient...

— Je proteste ! s'écria Wilkins. Cette déposition n'est pas admissible. Ce serment – le témoin reconnaît ici, en pleine cour, qu'il ne peut pas se le rappeler. Si le sort de mon client doit dépendre... »

Un coup de marteau retentit sur le bureau :

« Mr. Wilkins ! s'écria le juge.

— Votre honneur ?

— Vous voudrez bien observer la dignité qui convient à la cour, Mr. Wilkins.

— Votre honneur, dit Wilkins d'un ton grave et étudié, je m'oppose à la déposition du témoin pour raison d'inadmissibilité. »

D'un air las, le juge se pencha et, d'une cruche de porcelaine ornée de fleurs bleues, se versa un verre d'eau. Les assistants le regardaient boire. Il posa son verre, s'essuya la bouche avec un mouchoir.

« Que le jury se retire », dit-il alors en fourrant son mouchoir dans sa poche.

Ses yeux semblaient fermés, tandis que les jurés quittaient la salle d'audience. Ils s'en allaient, maladroits et empruntés, frottant leurs chaussures sur le plancher. Quand la porte fut fermée derrière eux, le juge se leva et dit :

« Mr. Wilkins, voulez-vous exposer les raisons qui s'opposent à ce que la déposition du témoin soit admise dans la procédure de la cour ? »

Le témoignage concernant le serment fut jugé recevable. Mais, quand le jury eut été rappelé, et alors que les jurés regagnaient leurs places en regardant à la dérobée les visages des assistants, comme pour y découvrir ce qu'on avait refusé de leur faire connaître, l'horloge de la tour du palais se mit à sonner. Elle sonna quatre fois, la résonance de chaque coup mourant au loin, comme un lointain bourdonnement d'abeilles. Sur une proposition de Wilkins, et malgré les protestations du procureur, l'audience fut ajournée.

Les gens se levèrent et commencèrent à gagner la porte avec indolence. Wilkins était assis à côté du docteur Mac Donald et lui parlait d'un air préoccupé. Le docteur hochait la tête.

« Je vais attendre », dit Mr. Munn au professeur Ball.

Celui-ci, sans même le regarder, approuva d'un signe de tête et partit sans rien dire. Cordelia le tenait par le bras. La foule diminuait et quittait la salle d'audience. Le docteur Mac Donald sortit, accompagné de deux policiers, laissant là Wilkins, seul devant sa table couverte de papiers en désordre.

Mr. Munn s'apprêtait à aller lui parler, mais il fit demi-tour et quitta la salle. Il longea un corridor obscur, traversa la cour que la foule encombrait encore et se rendit à la prison. Il s'assit sur la couchette, frappé par cette odeur fade et douceâtre, et écouta parler le docteur Mac Donald, qui allait et venait dans sa cellule. L'homme qui était entré dans la salle d'audience, ce cousin de Wilkins, était venu l'avertir que, cet après-midi, les soldats avaient arrêté six hommes, qui tous appartenaient à la même bande que Turpin. C'était là ce qui avait poussé Wilkins à faire traîner les choses en longueur.

« Ils se servaient de Turpin pour les fourrer tous dedans, dit le docteur. Ce soir, il y aura foule ici. Avant que vous arriviez, ils venaient d'amener un autre type. Je crois qu'il faisait aussi partie de la même troupe que Turpin.

— C'est facile à comprendre, dit Mr. Munn. Ils ont fait un marché avec Turpin. Nous aurions dû le deviner quand ils l'ont relâché sous caution. Ils tiennent contre lui cette accusation d'incendie volontaire, et ils sont en train de traiter avec lui.

— Si vous voulez savoir pourquoi cela pue ici encore plus que d'habitude, observa le docteur Mac Donald, vous n'avez qu'à aller voir là-bas, au bout. Ils viennent d'y mettre Turpin. »

Il cessa d'aller et venir et, tendant le bras, saisit vigoureusement un barreau de la porte.

« Mais vous pouvez parier qu'ils l'ont mis dedans de son plein gré. Ils veulent le garder entier. »

Brusquement, Mr. Munn se leva et lui tendit la main.

« Il faut que je m'en aille, dit-il. Je voulais seulement me rendre compte à quel point l'affaire est mauvaise.

— Malsaine, hein ? » constata le docteur, en grimaçant.

Mr. Munn retourna à son bureau. Il s'installa devant sa table et, sans bouger, regarda les arbres qui se couvraient de feuilles. « Ces arbres ont changé au printemps, pensa-t-il, et tu ne l'as pas remarqué avant que le changement soit accompli, ni en automne quand les feuilles tombaient, jour après jour, jusqu'à ce que tu aies vu tout d'un coup les arbres complètement dépouillés. » Dans le coin, il vit son fusil de chasse et sa carabine. Il pensa à la chasse aux daims, là-bas, près de Reelfoot, à ses compagnons autour du poêle, le soir, dans la cabane. Et à ce dernier jour de chasse aux oiseaux, avec Mr. Christian. Il demeura dans son bureau, tandis que la lumière faiblissait au-dessus des toits, de l'autre côté de la place. La pensée d'aller à l'hôtel pour dire au professeur Ball ce qui se passait lui était odieuse. Sachant ce qu'il savait, il lui serait odieux de regarder Cordelia.

Le lendemain matin, il s'éveilla de très bonne heure. Le jour commençait à poindre. Allongé sur le dos, il regardait le plafond en songeant à la lumière froide et indifférente qui se levait lentement au-dessus des champs et des routes, et des haies, et des bois, qui resteraient sombres le plus longtemps, au-dessus des toits de la ville, et dans d'autres chambres comme celle-ci, où des gens étaient endormis ; mais lui ne dormait pas. Il se sentait très las, mais alerte, l'esprit clair et détaché, comme quelqu'un qui relève d'une fièvre.

À six heures, le professeur parut à la porte de Mr. Munn, qui se leva. Le professeur Ball dit que lui non plus n'avait pu dormir. Ils entrèrent les premiers dans la salle à manger et déjeunèrent en silence. Quand il eut fini, Mr. Munn dit qu'il devait se rendre un instant à son bureau, pour laisser un mot à sa secrétaire, et reviendrait à temps pour les accompagner au palais. Le professeur dit qu'il allait voir là-haut si ses filles étaient prêtes pour le petit déjeuner.

Mr. Munn quitta l'hôtel par la porte de service et prit le raccourci par la ruelle, dans l'intention de se rendre à son bureau ; puis il changea d'idée. Il voulait avoir un journal. Il en acheta un, donna un rapide coup d'œil aux titres qui concernaient le procès, puis, son journal sous le bras, traversa la place et tourna à droite dans la direction de son bureau. Il rencontra deux hommes qu'il connaissait et parla à l'un d'entre eux. En bas, un commis était en train d'ouvrir la devanture du drugstore.

« Ça commence à sentir mauvais pour ce Mac Donald, dit le commis. Je disais justement hier que ç'avait l'air…

— Croyez-vous ? » lui dit Mr. Munn.

Et il monta l'escalier qui conduisait à son bureau.

Il ouvrit la porte et entra. Il se pencha sur la table et griffonna quelques lignes pour sa secrétaire. Puis il ouvrit la fenêtre pour aérer. Le soleil brillait maintenant et donnait sur la place, du côté de l'ouest. Les gens commençaient à s'assembler ; ils formaient presque une foule. Mr. Munn regarda sa montre. Il serait bientôt l'heure. Sans fermer la porte à clé, car sa secrétaire devait arriver d'un instant à l'autre, il descendit par l'escalier de service. Dans la ruelle, il ne rencontra personne.

Il se rendit à l'écurie pour voir sa jument. Il consulta encore une fois sa montre et vit qu'il avait quelques minutes à attendre. Il ne voulait pas voir le professeur Ball, et les autres, avant de partir. Non parce qu'il craignait leurs questions, mais leurs yeux fixés sur lui. Il déplia son journal et commença à lire le compte rendu des débats de la veille, mais, tout en lisant, il s'apercevait que les mots n'avaient pour lui aucun sens. Il fourra le journal dans sa poche et attendit.

Il entra dans l'hôtel par-derrière et gravit l'étroit escalier de service. Au deuxième étage, il rencontra Isabelle qui attendait.

« Vite ! lui dit-elle en chuchotant, hors d'haleine. Partez ! Des soldats et d'autres gens sont venus vous arrêter ; ils vous cherchent. Dépêchez-vous… »

Devant lui, dans l'ombre du corridor, il voyait la pâleur de son visage.

15

Le plus souvent, pendant la journée, si le temps était beau, il restait dehors. C'était ce qu'il y avait de plus prudent à faire, pensait-il, et, d'autre part, il ne voulait causer aucun ennui aux Proudfit. Il se tenait habituellement au sommet d'une colline à côté de la maison des Proudfit. Le calcaire affleurait non pas en blocs déchiquetés, mais en masses grises, arrondies par les intempéries et tapissées de lichen. Des cèdres avaient poussé là, et leurs racines s'accrochaient sous les rochers et dans les crevasses pleines de feuilles pourries, d'aiguilles de pin et d'humus réduit en poussière. Pendant l'hiver, l'humidité se concentrait dans ces crevasses, et le gel y enfonçait des coins qui, petit à petit, d'une année à l'autre, creusaient le cœur de la pierre. Dans le lit de la rivière qui coulait près de la maison, au pied de la colline, des rochers arrondis émergeaient çà et là au-dessus de l'eau.

En haut, du côté où la colline tombait en pente abrupte, une source jaillissait sous une voûte de pierre. Son eau limpide se déversait sans arrêt dans le bassin, gonflée, tourbillonnante, courbant les jeunes tiges de fougère et les herbes qui traînaient à la surface, et se déversait sur une margelle de pierre, d'où elle plongeait le long de la pente pour se jeter dans la rivière.

« Sitôt que j'ai mis l'œil dessus et que j' l'ai vue comme ça dégringoler de rocher en rocher, lui avait dit Willie Proudfit, je m' suis tout de suite dit : c'est là que je vais bâtir ma maison. Quelquefois, la nuit, je suis couché dans mon lit, et j' peux l'entendre ; je suis couché dans mon lit, et j' peux me rappeler le temps où j'étais là-bas, dehors, dans le pays de la sécheresse, quand je pensais à l'eau pendant la nuit. Dans ce pays-ci, de quelque côté qu'on se tourne, on voit que le Seigneur a donné aux hommes de l'eau pour boire et pour se laver, et les hommes ne savent pas ce que c'est que d'être dans le pays de la sécheresse et d'avoir soif. J'ai passé deux jours sans eau, et ma langue était enflée dans ma bouche. J'ai tué un bison avec l'idée de boire son sang, et je me suis aperçu qu'il avait de la boue collée sur les jambes – et collée de frais. C'était une femelle. Je lui ai fendu l'estomac et, là, j'ai trouvé l'eau qu'elle avait bue. Et je l'ai lampée jusqu'à la dernière goutte. Ça m'a donné des forces pour refaire la route qu'elle avait suivie et pour aller là où il y avait de l'eau. C'était la Canadian River : elle était presque à sec. Les gens ne savent pas ce que c'est que le pays de la sécheresse ! Mais, même ici, il n'y a personne qui ait comme moi une source presque en haut d'une colline, pour lui tout seul, et qui puisse l'entendre de son lit. Personne non plus qui ait à lui une grotte où l'air est froid et où le lait se garde au frais pour quand il a soif. Ça, c'est une spécialité. »

Il avait construit sa maison tout au bord de la rivière. Derrière, un petit ruisseau formé par la chute d'eau se jetait dans la rivière. Et la grotte où l'humidité suintait de la mousse verte, épaisse comme une toison, se trouvait au pied de la falaise, tout près de la maison. Dans son ombre fraîche, les jarres de grès s'alignaient, pleines de lait. La femme de Willie Proudfit posait sa chandelle sur une tablette de pierre, car même en plein midi il fallait de la lumière, puisait le lait avec une louche d'étain et le versait dans une grande cruche bleue. Puis, dans une autre jarre, elle prenait une motte de beurre. Portant d'une main la lourde cruche qu'elle tenait écartée du corps, elle traversait un terrain herbeux pour se rendre à la maison. Elle posait la cruche sur la table, à côté de l'assiette de son mari, et souriait :

« Vous savez, disait-elle, Willie est très difficile pour le lait.

— Eh bien ! Je te remercie », répondait-il alors en soulevant la cruche.

Ou bien il se contentait de regarder sa femme en souriant à demi, car il parlait peu, sauf pendant les rares soirées où, allongé comme un chat sur le plancher de la petite galerie, il retrouvait dans sa mémoire quelque épisode de ces années qu'il avait passées dans les plaines. Il semblait que ce n'était pas pour eux qu'il le racontait, mais pour lui-même, pour le plaisir de raconter, et il parlait lentement, en faisant des pauses. Il remontait dans ces temps révolus comme un homme qui, dans un cabinet noir, passe la main sur un objet jadis familier et s'efforce de le reconnaître à tâtons.

« Sur la terre du bon Dieu, avait-il dit, il y a une foule de choses à connaître, et il n'y a personne qui ait jamais tout vu. Mais moi, j'en ai vu quelques-unes. J'ai vu des gouffres si profonds et si larges qu'on aurait pu y jeter cette colline et tout le tremblement, et personne n'aurait remarqué la différence. Et le gouffre avait des couleurs qui s'étalaient dans la lumière, aussi loin qu'on pouvait voir, comme un drapeau. Des couleurs comme au ciel quand le soleil se lève, étalées par terre, comme si le ciel était tombé. »

Puis il s'était tu. Mr. Munn, la femme de Willie Proudfit et sa nièce et son neveu, assis sur leurs chaises, n'avaient rien dit. C'est à peine s'ils pouvaient l'apercevoir, allongé par terre, dans l'ombre. Du côté de la rivière, dans le terrain marécageux, les grenouilles s'étaient mises à coasser. Comme s'il n'y avait eu aucune interruption, Willie avait poursuivi :

« C'est dans la terre que les Indiens prennent des couleurs pour se peindre. »

Il avait fait une nouvelle pause, et l'on n'avait plus entendu que les bruits de la nuit. Puis il avait ajouté :

« … Quand ils dansent.

— Ce sont des païens, avait dit son neveu, dans l'ombre.

— Des païens ! avait répété Willie Proudfit, dans son parler doux et lent. Des païens… C'est une façon de dire. »

Il était retombé dans le silence, en rêvant au passé. Puis il avait ajouté :

« Mais leurs danses, ce n'est pas seulement pour s'amuser et pour rigoler. Il y en a des choses ! Et c'est le bon Dieu qui les a créées toutes. Et, dans ses vastes plans, pas un passereau ne tombe sans sa permission. »

Mais, certains soirs, il ne disait pas un mot.

C'était un homme de taille moyenne, avec un visage mince, où les rides se croisaient, innombrables, sous la peau tannée. Un visage ni vieux ni jeune. Sa peau était brune comme une feuille de chêne, si brune que, par contraste, ses yeux d'un bleu vert semblaient pâles et que ses cheveux blonds, eux-mêmes, paraissaient argentés comme ceux d'un vieillard. Il les avait très longs et coupés en carré sur le cou. Mr. Munn ne se rappelait pas avoir jamais rencontré quelqu'un portant les cheveux aussi longs. Un dimanche matin, après le petit déjeuner, Mr. Munn l'aperçut, assis sur un bloc de pierre qui servait de marche, et sa femme derrière lui, en train de lui couper les cheveux. Quand elle découvrit la présence de Mr. Munn, elle abandonna l'ouvrage qu'elle avait commencé avec ses gros ciseaux, qui mordaient dans cette chevelure épaisse avec un petit bruit sec, le bruit d'une anguille sur le sable, et elle le regarda.

« Quand Willie Proudfit était jeune, dit-elle en souriant, il avait les cheveux filasse.

— Oui, filasse, dit Willie Proudfit, mais je n'avais pas l'air d'un jeune morveux pour ça.

— Oui ! Il semble qu'aujourd'hui il y a plus de jeunes morveux qu'autrefois, admit-elle.

— Les Indiens m'avaient donné un nom, dans leur jargon », dit Willie Proudfit.

Sa femme lui passa sa main libre sur les cheveux et déclara :

« Moi, je continuerai toujours à t'appeler Willie.

— Ça voulait dire : l'"Homme-aux-cheveux-blancs-comme-le-vent-sur-l'eau", dit-il. C'est ce nom-là qu'ils m'avaient donné, à moi, avec mes cheveux filasse.

— Comme un mouton », ajouta-t-elle.

Elle glissa ses doigts dans les cheveux de son époux d'un geste caressant. Mr. Munn avait remarqué qu'elle le traitait parfois en enfant, avec une tendresse protectrice et enjouée. Mais elle avait bien vingt-cinq ans de moins que lui, sinon davantage. Très mince, elle aurait eu l'air d'une jeune fille, sans ses seins très amples, hauts et fermes, qui tendaient sa robe de percale. Elle n'avait certainement pas atteint la trentaine et paraissait plus jeune, sauf dans ces longues périodes de silence où elle tombait parfois et pendant lesquelles ses yeux noirs ne semblaient pas voir les objets qui l'entouraient, alors qu'elle allait et venait, en s'affairant. On eût dit qu'elle avait pris quelque chose des manières distantes et de la gravité de son mari, ainsi qu'un enfant précoce qui vit seul, ou dans la société des grandes personnes. C'était une femme énergique, adroite ; ses mains semblaient si bien connaître leur besogne que, lorsque leur propriétaire tombait dans un de ces accès de distraction, elles l'accomplissaient d'elles-mêmes, comme si elles avaient été douées d'une vie indépendante. Parfois, quand elle travaillait dans son petit bout de jardin, Mr. Munn, de l'endroit où il se trouvait, près de la source, au haut de la colline, l'avait vue s'arrêter de travailler et s'appuyer sur sa bêche, et pas seulement pour une minute ou deux, mais pour longtemps, le regard perdu dans la vallée. Il avait d'abord supposé que c'était parce qu'elle était fatiguée, mais, quand venait l'heure du souper, elle allait et venait aussi allégrement que le matin, toujours prête à sourire. Un jour, il était descendu du petit bois qui couronnait la colline, et il lui avait offert de l'aider dans le jardin, mais elle avait refusé. Ce qu'elle faisait, c'était pour s'amuser, parce qu'elle ne voulait pas rester enfermée par un si beau temps. Et parce qu'il ne devait pas se faire voir.

Il avait aussi offert à Willie Proudfit de l'aider aux champs. Et il en avait reçu la même réponse. Il avait insisté :

« Personne ne me reconnaîtra, avec cette barbe ! Bon Dieu ! Je ne me reconnais même pas dans la glace.

— Non, non, avait dit Willie Proudfit, ce n'est pas la peine d'intriguer les gens. S'ils ne vous voient pas beaucoup par ici, ils se feront à l'idée que vous y êtes sans inquiétude. Ils se mettront cela dans la tête, et ils n'y penseront pas une minute. Il y a des gens qui savent que vous êtes ici. Ils vont s'y habituer. J'ai raconté que vous êtes un type que j'ai connu là-bas, au Nouveau-Mexique, que vous n'avez pas une bonne santé et que vous restez ici pour vous remettre sur pied. J'ai dit que vous vous appelez Barclay. Autrefois, j'ai connu un homme qui s'appelait Barclay. Il...

— Je peux aller ailleurs, proposa Mr. Munn. Je vais vous attirer des ennuis. »

Willie Proudfit hocha la tête :

« Non, répondit-il, vous n'allez pas nous quitter. Vous êtes un ami du docteur Mac Donald. Et j'étais là le jour du meeting, à Bardsville. J'ai écouté ce que vous disiez et je me suis dit : "Ça, c'est mon homme." Vous n'allez pas partir.

— Cela vous causera des ennuis. Tôt ou tard, ils se mettront à mes trousses.

— Personne ne sera jamais arrêté chez moi », dit l'autre.

Et il secoua la tête.

« Non. Personne. Tant que je pourrai l'empêcher. »

Mais on ne s'était pas mis à sa recherche. Pas encore, et les semaines avaient passé, depuis le matin où il avait descendu en courant l'escalier de service de l'hôtel, jeté un regard affolé d'un bout à l'autre de la ruelle sans voir personne et couru à l'écurie. Le hall était toujours désert. La chance le favorisait. Il était monté au grenier et s'était tapi dans le foin. Pendant des heures, il était resté allongé là, un mouchoir sur la figure pour se garantir de la poussière, dans le foin qui devenait un lit aussi dur que des lames de couteau, et les efforts qu'il faisait pour ne pas bouger le couvraient de sueur, et la soif lui desséchait la gorge. Deux fois, dans la journée, les soldats étaient venus : il en était sûr. Il avait entendu en bas leurs voix, excitées et menaçantes, assourdies par le foin.

Tard dans la nuit, il avait résolu de descendre et de courir sa chance. Il comprenait qu'il ne tiendrait pas un jour de plus. Et, à cette heure, on devait croire qu'il avait réussi à sortir en se mêlant à la foule. Il devait s'en remettre au hasard pour que personne ne se trouve de garde à l'écurie, excepté le vieux gardien noir. Sans faire un mouvement, allongé dans le foin, il pensait à lui, à ses yeux écarquillés par la surprise, tout blancs, à ses lèvres ouvertes pour crier. À cet instant même, la scène se présentait à lui comme s'il la vivait : la face noire, la bouche ouverte découvrant les vieilles dents jaunes ; et il sentait ses muscles se raidir, prêt à bondir et à frapper, et il crispait les poings – eux aussi, ils pensaient à ce qu'ils auraient à faire ; ils avaient leur plan – et son cœur frappait dans sa poitrine un coup soudain, presque joyeux.

« Non, se dit-il. Non et non. Pas cela. »

Il fit un effort pour desserrer les doigts. Il se sentait pris de vertige, comme un homme qui recule devant un acte fortuit, irrévocablement accompli avant d'avoir été consenti.

« Non, dit-il, je ne veux pas. »

Il ne savait pas s'il venait de prononcer ces paroles à voix haute.

Il pensa :

« C'est parce que je n'ai rien mangé de toute la journée. Cela me rend nerveux. »

Alors, avec précaution, il écarta le foin qui pesait sur lui.

Il se souvint que le vieux Noir s'appelait Jim. Il se dit :

« Il s'appelle Jim. »

Il rampa jusqu'au sommet de l'échelle qui descendait dans le hall. En bas, il apercevait une petite lumière qui bougeait. Le gardien s'en allait au bout de l'écurie.

Maintenant, le hall n'était plus éclairé que par la faible lueur d'un réverbère situé dans la ruelle. Rapidement, il se laissa glisser jusqu'au bas de l'échelle. Il n'avait plus le temps de regarder dans la ruelle avant de sortir : à peine se souciait-il de ce qui pouvait s'y trouver. Il lui semblait que ce qu'il fuyait, c'était le vieil homme noir avec sa lanterne.

La ruelle était déserte. Il s'y engagea, évitant la lumière et s'efforçant de ne pas courir. Il se passa la langue sur les lèvres desséchées en pensant à l'eau.

Les routes devaient être gardées : il ne pouvait en prendre aucune pour sortir de la ville. Il devrait suivre les ruelles et tenter de gagner la campagne par des arrière-cours et par les fossés. Là était sa chance.

La manœuvre réussit. Un peu plus d'une heure avant le lever du jour, il sortait de la ville et passait devant les dernières maisons. Rampant une partie du chemin dans un ancien fossé, puis suivant l'abri d'une haie d'aubépines, il réussit à atteindre un terrain boisé situé au-delà du premier champ qu'il avait traversé. Arrivé dans le bois, il courut comme un fou, fouetté par les branches, arrachant les bruyères. À l'orée du bois, il trouva une mare qui servait d'abreuvoir aux bestiaux. Il se coucha sur le bord, dans la boue piétinée, dans la boue glacée qui glissait entre ses doigts et couvrait ses mains, et il but. Puis, fermant les yeux, il s'allongea dans la boue : il avait l'impression qu'il ne pourrait plus se lever. Mais, quelque temps après, ayant ouvert les yeux, il vit autour de lui des arbres noirs et, au-dessus, dans le ciel, la lumière qui croissait lentement. Et cela dans une pureté immaculée, dans un vide, une innocence, une nouveauté indicible. Toujours allongé dans la boue, dont il sentait, sous lui, la lente et minutieuse succion, il contemplait le sommet des arbres, l'élan de leurs masses sombres vers le ciel. La lumière grandissait. Il se dit :

« C'est le jour. »

Il se leva et poursuivit sa route.

À la sortie du bois, auprès d'une cabane, il trouva un coin de jardin et bourra ses poches de laitues et d'oignons nouveaux. Il mangea des oignons tout en marchant. Avant que le jour soit trop avancé, il couvrit deux ou trois milles en suivant un sentier abrité par une haie. Toute la journée, il resta caché dans un autre bois. Il y avait là un fossé, et il but un peu d'eau. Il mangea les laitues et les oignons, en se rationnant pour les faire durer plus longtemps. Mais, dans l'après-midi, les oignons lui donnèrent des crampes d'estomac aiguës, nauséeuses. Quand la douleur fut calmée, il dormit un peu, allongé dans un fourré, sur un tas de feuilles mortes. Quand il se réveilla pour la dernière fois, il faisait nuit. Ce soir-là, il réussit à gagner la maison des Campbell.

Il ne voulait pas se risquer à s'approcher de la maison ; il se coucha dans la grange et dormit par petits sommes. Au milieu de la matinée, il réussit à attirer l'attention de Mr. Campbell. Il passa dans la grange trois jours. Mr. Campbell lui apporta à manger et, dès le premier soir, aussitôt la nuit tombée, une couverture et un oreiller.

« Cela ne me dérange pas de vous avoir ici, dit le même soir Mr. Campbell, accroupi dans le grenier sans lumière, tandis que Mr. Munn s'étendait de tout son long sur la couverture. Ce n'est pas que cela m'ennuie. Seulement le secteur n'est pas trop sûr par ici. J'ai vu des soldats sur la route, près de chez moi, il n'y a pas deux jours. »

Mr. Munn entendait à peine, la fatigue le replongeait dans une douce hébétude. Les paroles de Mr. Campbell coulaient sans l'atteindre.

« Euh !... Euh !... » répliqua-t-il.

Il savait que, plus tard, il leur trouverait un sens, mais pas maintenant.

« Maintenant, pas bien loin d'ici. Au nord, c'est plus sûr. Tout y est parfaitement tranquille. Et de ce côté-là je connais un type qui ne jure que par le docteur Mac Donald. Le docteur y est allé de temps en temps pour pêcher et pour chasser avec lui. Une fois, j'y ai passé un jour et une nuit, avec le docteur, rien qu'une fois, car je ne suis pas très amateur de chasse ni de pêche. Le type s'appelle Proudfit. C'est un gaillard qui ne parle pas beaucoup. Est-ce que le docteur vous en a parlé ?

— Oui », répondit Mr. Munn.

Les paroles de Mr. Campbell glissaient, se brisaient et se reformaient dans sa tête, comme du vif-argent, sans qu'il pût leur donner un sens.

« Je crois bien.

— Eh bien ! Je vais aller le voir. J'irai demain et j'arrangerai cela. Proudfit, c'est un type qui ferait n'importe quoi pour le docteur. Et pour vous aussi, après ce que vous avez fait pour le docteur.

— Je n'ai rien fait pour lui, dit Mr. Munn.

— Eh bien ! »

Et Mr. Campbell hésita :

« Je ne sais pas ce que vous appelez faire quelque chose.

— Pas assez, en tout cas. Et ils vont le saler. »

Il se tourna sur le côté comme s'il allait se lever.

« Oui, ils vont le saler. Ils ont fait un marché. Avec Turpin. »

Mr. Campbell resta quelque temps sans rien dire. Puis il répliqua, tranquillement :

« Turpin ? Il est loin.

— Loin ? Où ça loin ?

— En enfer, dit Mr. Campbell, si ça ne dépendait que de moi. Je pense que le Seigneur est de mon avis. »

Mr. Munn se dressa, le bras étendu pour le saisir dans l'ombre.

« Écoutez-moi, dit-il, qu'est-ce qui est arrivé à Turpin ?

— Vous l'avez eu », dit Campbell.

Mr. Munn s'agrippait à son bras :

« Je l'ai eu ?

— Au-dessus de l'oreille gauche », poursuivit Mr. Campbell.

Mr. Munn souffla bruyamment. Il lui lâcha le bras :

« Vous voulez dire... »

Il se tut, puis reprit d'un ton calme :

« Il est mort ?

— Comme un clou de porte. Je croyais que vous le saviez. »

Mr. Munn s'étendit sur la couverture.

« Je ne savais pas, dit-il, je n'avais aucun moyen de savoir... Voyez-vous – il se tut, comme s'il cherchait en lui-même une certitude –, ce n'est pas moi qui l'ai fait. »

Pendant un moment, l'autre ne répondit rien.

« Eh bien ! dit-il alors tranquillement. Moi, ça m'est égal que ce soit vous, ça...

— Mais ce n'est pas moi, dit doucement Mr. Munn.

— Quelqu'un a tiré sur lui de la fenêtre de votre bureau. Avec votre carabine. À quarante mètres. Et il l'a bien nettoyé. Moi, ça m'est égal. Et à beaucoup d'autres par ici, je crois bien.

— Je suis allé dans mon bureau, dit Mr. Munn. J'ai écrit un mot pour ma secrétaire. Puis je suis parti, j'ai laissé la porte ouverte parce qu'elle devait venir tout de suite. Quelqu'un d'autre...

— Avez-vous vu quelqu'un quand vous êtes sorti ? demanda Mr. Campbell d'un ton neutre.

— Je suis sorti par-derrière. Dans la ruelle, je n'ai vu personne. Personne. Je suis allé à l'hôtel, j'ai pris l'escalier de service. Isabelle Ball m'attendait pour me dire qu'on était venu m'arrêter. Je me suis caché dans le grenier de l'écurie.

— Moi, ça ne me fait rien, dit Mr. Campbell, même si c'est vous. Seulement, ce n'est pas très sûr par ici, en ce moment. Et même, à votre place, je ne resterais pas longtemps chez Proudfit. Vous devriez quitter le pays pendant un bon moment.

— Mais ce n'est pas moi ! Vous comprenez ?

— Sûrement, répondit Mr. Campbell – et en remuant dans l'obscurité, il fit craquer le plancher sous son poids. Sûrement. »

Mr. Munn s'assit sur la couverture, allongea le bras. Mais il le laissa retomber et fit cette réflexion :

« Je crois bien que cela va tirer Mac Donald d'affaire.

— C'est ce qu'on dit », répondit Mr. Campbell.

Le lendemain, Mr. Campbell se mit en route pour aller voir le Proudfit en question. Il revint très tard dans la soirée et se rendit tout droit à la grange pour causer avec Mr. Munn. Tout était réglé pour son départ, dit-il, et il s'était arrangé avec Proudfit. Il dit qu'il le conduirait chez lui ; il n'avait plus qu'à en trouver le moyen. Il lui proposait de se cacher dans une charretée de n'importe quoi et de s'y rendre le lendemain.

« Je peux faire cela tout seul, dit Mr. Munn. Comme pour venir ici. »

Mais Mr. Campbell ne voulut rien entendre. La nuit suivante, il attela son buggey, et il l'emmena chez Proudfit. La nuit était sombre et, quand cela fut possible, ils empruntèrent des chemins détournés. Mr. Campbell expliqua qu'un cousin à lui habitait les environs : si quelqu'un cherchait à savoir ce qu'il était allé faire par là, il dirait qu'il était allé le voir. Il en parlerait à son cousin pour le mettre au courant.

Mr. Munn eut d'abord l'impression que sa présence gênait les Proudfit, bien que, le matin de son arrivée, au lever du soleil, Willie Proudfit, debout devant la porte, lui eût serré la main en lui disant :

« Très heureux de faire votre connaissance, Mr. Munn. Ma maison est la vôtre. »

Mr. Munn se dit qu'il partirait dans quelques jours, dès qu'il se serait un peu reposé et remis sur pied ; mais il ne pensa pas à l'endroit où il irait. La notion du futur lui échappait. Il se disait bien : « Je ferais mieux de me décider tout de suite ; je ne peux pas rester ici. » Mais c'était tout. Il avait perdu le sens des mots. Les haines, les rancœurs, le désespoir qu'il avait éprouvés quand il se cachait chez les Campbell avaient disparu. Il ne lui restait qu'une sorte d'engourdissement, une paralysie insensible, mais envahissante, qui se glissait en lui lorsqu'il se disait : « Il vaut mieux partir tout de suite ; il faut que je me décide. »

Il avait perdu le sens des mots parce qu'il avait perdu le sens du futur. Quand il essayait d'y penser, il se faisait l'effet d'un de ces insectes maladroits qui s'efforcent sans arrêt de gravir la muraille lisse de l'assiette où ils sont tombés.

Mais ce sentiment à l'égard des Proudfit disparut vite. Il découvrait la noblesse naturelle de l'homme. La timidité qu'Adèle avait d'abord montrée s'atténua, et il comprit alors que ses accès de distraction et ses silences faisaient partie de son caractère. Même la nièce d'Adèle, une jeune fille d'une quinzaine d'années, frêle d'aspect, qui ressemblait beaucoup, avec ses yeux noirs, à ce qu'Adèle avait dû être autrefois, cessa de lui lancer ces coups d'œil en dessous, presque soupçonneux, qu'il avait parfois surpris chez elle aux premiers temps de son séjour.

Et plus tard, quand on faisait cuire la pâte, Sissie lui apportait là-haut, sur la colline, deux petits pains enveloppés dans une serviette blanche.

Ce qui était chez Sissie timidité et réserve devenait chez son frère maussaderie revêche. Ils ressemblaient moralement à leur tante, de même que certains traits du visage sont communs à tous les membres d'une même famille, mais sont chez l'un un élément de beauté, et de laideur chez un autre. Il était, lui aussi, très brun, et, bien que svelte, solidement bâti. Très pieux, il s'isolait tous les soirs pour lire un chapitre de la Bible avant de se mettre au lit ; mais sa dévotion avait un côté exigeant et rancunier, comme s'il y cherchait un sens absolu et un apaisement définitif. Il travaillait dur aux champs avec son oncle, avec la même nervosité rageuse qu'il eût mise à livrer bataille à un ennemi. À midi, il revenait trempé de sueur et presque haletant de fatigue. Il mangeait silencieusement, mâchant sa nourriture d'un air renfrogné, sans lever les yeux de son assiette et, quand il avait fini, il se jetait par terre sous la galerie, non pas naturellement et avec volupté, comme Willie Proudfit, mais comme s'il voulait saisir et gagner de force le sommeil dont il avait besoin. Willie Proudfit lui disait parfois :

« Sylvestre, tu vas te tuer à la tâche. J'en ai vu, des hommes qui faisaient comme toi ! Ça pouvait durer vingt ans. Mais, tout d'un coup, ils s'apercevaient que ça ne changeait rien, et ils en arrivaient à maudire le monde et à se maudire eux-mêmes. Et, de ce jour-là, leur sueur leur semblait amère et leur nourriture aussi. Ou bien ils se couchaient pour mourir.

— Vous n'êtes pas usé, vous, et je crois que la vie a été aussi dure pour vous que pour les autres, disait son neveu.

— J'en ai vu de dures par moments, je ne dis pas le contraire. Quand un homme est dans une mauvaise passe, il se tire d'affaire comme il peut, avec l'aide du Seigneur ; mais, maintenant, ce n'est pas la même chose.

— Le travail est le travail », répondait le neveu, allongé sous la galerie.

Il gardait les yeux fermés, et sa chemise d'un bleu fané était empesée de sueur sèche.

« Quand un homme a travaillé dur depuis le matin jusqu'au soir, disait Willie Proudfit, il faut bien qu'il se mette dans la tête que, demain, il fera encore jour, et il ne doit pas s'endormir sans espérance.

— Eh bien ! Vous pouvez vous endormir sans espérance, car vous allez à la ruine, observa le neveu un jour. Cette année, nous vendrons mal et nous n'étalerons pas. »

Il ouvrit les yeux et leva le poing dans un geste de révolte.

« Vous pouvez toujours parler ! »

Willie Proudfit ne répondit pas.

« Ouais, ouais, vous perdrez la ferme. »

Le neveu s'exprimait sur le ton à la fois rageur et satisfait de celui qui vient enfin de trouver l'argument qu'il cherchait.

« Et qu'est-ce que vous ferez ? Vous et Dellie ? Et Sissie ?

— Ce que le Seigneur voudra, répondit l'autre tranquillement. Comme je l'ai déjà fait.

— Ouais, ouais ! Vous irez travailler sur la terre d'un autre. C'est ce qui arrivera. Qu'est-ce que vous diriez de ça, oncle Willie ? »

Willie Proudfit resta quelque temps sans répondre. Il était couché par terre, sous la galerie, et regardait en l'air le dessin des chevrons entre les poutres du toit. Il finit par répondre :

« Je ne dis pas que ça me ferait plaisir d'aller travailler sur la terre d'un autre. Non. J'ai pas l' cœur à dire ça.

— Eh bien ! Moi, je le dis – et un triomphe méchant éclatait dans la voix du neveu. Je dis que vous trouverez cela dur. Comme papa, qui a travaillé quinze ans aux champs comme ouvrier, quand il a perdu sa ferme. Quinze ans ! Jusqu'à sa mort. Oui, vous trouverez cela dur, oncle Willie. »

Mr. Munn n'ignorait pas que la propriété était hypothéquée. Willie Proudfit lui avait dit qu'il l'avait achetée il y avait de cela onze ou douze ans, tout de suite après son retour de l'Ouest, et il n'avait jamais réussi à la payer. Ces derniers temps, c'était tout juste s'il avait pu tenir.

« Je crois bien que j'aurais pu mettre un peu d'argent de côté pendant les bonnes années, dit-il, mais je l'ai employé à construire la maison, et, ça, c'était du luxe. Nous aurions dû vivre dans une cabane en planches jusqu'à ce que tout soit payé, tout, jusqu'au dernier pied carré. Mais je voulais que Dellie ait une belle maison à elle, parce que c'est cela qu'il faut à une femme. Une femme aime bien avoir un endroit où recevoir. Et pour les gosses. Nous pensions aux gosses ; il leur fallait de la place. Mais nous n'avons pas eu d'enfants. Nous avons bien Sissie et Sylvestre, mais ils ne sont pas à nous. »

Puis il ajouta :

« Je crois que le Seigneur m'a accordé plus que ce qu'un homme peut demander. Mais on dirait qu'Il refuse toujours quelque chose aux hommes, afin qu'ils sachent, dans leur cœur, qu'Il est le maître. »

Une autre fois, plus tard, au sortir d'une de ses longues périodes de silence, Willie Proudfit lui dit :

« Dans le temps, on pouvait aller dans l'Ouest. Et peut-être y trouver une bonne pièce de terre. Comme mon père quand il a quitté le pays, en 1861, et qu'il est allé dans le nord de l'Arkansas. En ce temps-là, c'était un bon pays.

— Et l'Oklahoma ? avait demandé son neveu. On dit qu'on peut encore s'installer en Oklahoma.

— Je parierais bien que toute la bonne terre est déjà prise, dit Willie Proudfit.

— Ou ailleurs, dit le neveu. Je trouverais un emploi. Au lieu de me casser les reins à travailler dans les champs.

— J'irai peut-être en Oklahoma. »

Et, après être resté quelques instants silencieux, Willie Proudfit ajouta :

« Je ne suis pas encore un vieillard. »

Et Mr. Munn se souvint que le docteur Mac Donald lui avait dit un jour dans sa cellule qu'il s'en irait dans l'Ouest, « dans un pays où ça ne puerait pas comme dans sa prison ». Et ces paroles du docteur, la façon dont il les avait dites dans sa cellule, tout cela lui revint encore à la mémoire, le jour où l'on apprit que le procès était fini et que le docteur avait été acquitté. Lorsque Willie Proudfit lui dit « Le docteur est libre », un sentiment de désespoir et de trahison l'avait soudain accablé. Maintenant, le docteur allait partir dans l'Ouest avec Cordelia. Dans l'Ouest, et il l'abandonnait. Il se sentait perdu, mais il réussit à vaincre ce sentiment, et ce fut d'une voix calme qu'il dit alors à Willie Proudfit :

« C'est parfait. C'est parfait. »

Mais cette victoire sur lui-même ne dura pas, et, l'après-midi, étendu près de la source, il éprouva de nouveau ce même ressentiment et cette même impression d'avoir été trahi quand il avait pensé au départ du docteur. Aussi nettement que s'il le voyait, il lui sembla que le docteur était là devant lui et Cordelia à ses côtés – la main appuyée à son bras, dans ce geste qui lui était familier –, le docteur Mac Donald montrant les dents, avec ce rictus qui semblait provoqué par sa secrète et incommunicable connaissance des choses, et derrière lui, étalée comme un décor, une plaine ensoleillée, ou bien les couleurs du désert et des montagnes, ou encore – car le tableau changeait chaque fois que Mr. Munn essayait de le fixer – les eaux bleues du Pacifique. Puis tout cela s'était évanoui. Il se disait que le docteur ne partirait pas avant que les choses fussent arrangées. Il n'était pas homme à quitter un ami dans l'épreuve. Il resterait aussi longtemps qu'une chance s'offrirait de lui venir en aide. C'était sûr.

Mais il ne doutait pas que le docteur finirait par s'en aller. Même en prison, quand il disait « Je finirais par m'habituer à la puanteur de ce pays-ci », il avait été capable de concevoir et de définir l'avenir. Son avenir, il le portait en lui. Et Sylvestre, plein de rancœur et d'amertume, pouvait aussi faire des plans d'avenir, loin d'ici, en Oklahoma, n'importe où, employé quelque part dans une ville, n'importe laquelle. Willie Proudfit, à la veille de perdre sa ferme et tout ce qu'il possédait, et qui avait dépassé la cinquantaine, avait pu dire, allongé sous son porche ce jour-là : « Je ne suis pas encore un vieillard. » Mais Mr. Munn ne pouvait pas, quels que soient ses efforts, penser plus loin que le moment présent. Il n'avait pas en lui le germe de l'avenir, la semence vivante. Elle était desséchée ; elle était morte, comme le grain de blé germé entraîné par l'eau au pied d'une colline et qui est resté exposé aux ardeurs du soleil.

Il n'aurait pu dire à quel moment précis la graine était morte. Elle avait dû mettre longtemps à se dessécher, et il ne s'en était pas aperçu, il n'avait connu la réalité de sa solitude que le jour où il s'était couché, auprès de la mare aux bestiaux, à l'orée d'un bois, collé à la boue glacée, tandis que montait dans le ciel la lumière indifférente au-dessus des arbres noirs. Elle était peut-être morte depuis longtemps et lui, il n'avait vécu que de l'espoir et des intentions des autres. Mais la graine maintenant était morte ; et, parce que l'avenir était mort et décomposé dans son cœur, le passé, qui lui avait autrefois paru chargé de sens, commençait à se défaire à chaque événement, incident par incident, pensée par pensée, chaque détail se détachant d'une secousse brutale. Il essayait parfois de reconstituer quelque scène du temps passé, scène de bonheur ou de peine, et il s'efforçait de retrouver dans cette évocation ses vrais sentiments d'autrefois. Mais c'était en vain. Il pouvait bien se rappeler tel incident, tout ce qui était arrivé, jusqu'au plus infime détail, le visage de May illuminé de joie, quand elle se tournait vers lui ; ou celui de la femme de Bunk Trevelyan quand elle était venue dans son bureau, avant qu'on eût retrouvé le corps de son mari, et qu'elle avait dit : « On est venu l'arrêter pendant la nuit, et je ne l'ai pas revu : je ne l'ai pas revu et je viens à vous » ; ou le bruit rauque que faisait Mr. Christian pour respirer, ce râle qui n'avait rien d'humain, qu'il avait entendu derrière le mur, cette nuit où il était resté les yeux fixés sur la porte pleine d'ombre, attendant en vain que Lucille vienne le retrouver ; il pouvait se rappeler le plus mince détail d'un tel incident, mais il ne pouvait arriver, même en se mettant à la torture, à retrouver l'ancienne réponse qui avait été la vérité vivante de ce moment-là. Il n'y avait plus maintenant que cette nouvelle torpeur, cet isolement qui était le sien.

Il n'avait pas peur. Il se disait qu'il n'avait pas peur. Il n'avait nullement l'intention de se laisser prendre. Mais il n'avait pas peur d'eux. Si on essayait de l'arrêter, ça ne se passerait pas tranquillement. Sans même se le dire explicitement, il sentait que c'était là ce qu'un homme se doit au moins à lui-même. Le fait qu'il était traqué, qu'il ne pouvait se montrer à personne et que sa tête était mise à prix n'était pas pour lui, il en était sûr, le fait essentiel. Même le jour où Willie Proudfit lui avait apporté une affiche qui mentionnait la prime offerte, ce fait ne lui avait pas paru le plus important. Son portrait figurait sur l'affiche. Il savait d'après quelle photographie il avait été reproduit, une petite photographie qu'il avait fait faire un peu avant son mariage pour la donner à May. Ils avaient dû se la procurer chez le photographe de Bardsville. Sous le portrait on pouvait lire : « Deux mille dollars de récompense pour la capture de Percy Munn recherché pour meurtre. »

« Ils ont sérieusement l'air de vouloir vous arrêter, avait fait remarquer Willie Proudfit.

— Oui, avait répondu Mr. Munn, c'est une grosse somme.

— Ils ont collé de ces affiches-là partout. Vous feriez bien de vous tenir à carreau. Là-bas, à Thèbes, il y en a dans toute la ville, sur les poteaux télégraphiques et dans toutes les boutiques.

— Ils n'ont pas pu condamner le docteur Mac Donald, alors, c'est moi ; il leur faut quelqu'un à condamner. »

Sa voix se fit amère :

« Et ce n'est pas moi qui l'ai fait. Quoi que j'aie pu faire d'autre, je n'ai pas fait cela. C'est un autre qui l'a fait… »

Willie Proudfit hocha la tête.

« … Mais je ne peux pas le prouver. Voilà le hic. Personne ne me croira.

— Je le crois, moi, dit Willie Proudfit. Et je m'en fous, même si c'est vous. »

S'il avait tué Turpin, les choses maintenant auraient pu être différentes. Si ce matin-là il était monté dans son bureau, s'il avait regardé par la fenêtre et vu sous les arbres aux feuilles naissantes cet individu, ce Turpin que l'on menait au tribunal où il allait paraître à la barre, avec, sur le visage, cette expression lourde et vide devenant peu à peu désespérée, tandis que les mots qu'on l'avait payé pour dire lui sortaient de la bouche. S'il avait aperçu Turpin, s'il avait vu la carabine appuyée dans le coin, et, sur l'étagère de la bibliothèque, derrière la porte au carreau fêlé, la boîte de cartouches, alors il l'aurait peut-être fait. Près de quarante mètres, avait dit Mr. Campbell. Turpin avançant sous les arbres aux pousses nouvelles, dans les taches de lumière, et la carabine appuyée sur le bord de la fenêtre ou sur le bureau. S'il avait fait cela, il pourrait maintenant éprouver quelque chose, comprendre, raisonner, sentir autre chose que cet engourdissement. Couché sur le dos, auprès de la source, écoutant le bruit incessant de la chute d'eau, et contemplant l'azur du ciel, la masse blanche des nuages suspendus dans la lumière, il essaierait de se penser dans cette ambiance. L'acte alors eût été le sien ; il aurait pu en vivre, jusque dans ses conséquences.

Comme tout alors eût été différent !

Il pensait parfois à ce Noir, l'homme au couteau, le couteau de Trevelyan. Le couteau que ce Noir avait trouvé sous le coffre à grain où Trevelyan l'avait mis, après avoir tué Duffy. Où la grenouille l'avait trouvé – « Une grosse vieille grenouille qui sautait auprès du ruisseau, où mes gorets ils barbotent » –, il se rappelait l'homme noir debout dans la pâle lumière de la lampe, sa voix quand il disait : « Et elle sautait, et elle sautait tout le temps, alors je lui ai jeté mon chapeau, et j'ai essayé de l'attraper ; mais elle sautait toujours. C'est cette vieille truie qui l'a attrapée. Je l'ai bien vue, elle l'a attrapée… » Tout ce flux de paroles avait cessé quand on l'avait hissé en croupe d'un policier ; il s'était borné à marmonner vaguement, puis il s'était tu. On avait dit qu'il n'avait pas raconté grand-chose pendant son procès, auquel il avait assisté passivement. Ni après, dans la prison, avant d'être pendu. Mr. Munn s'efforçait de se rappeler son nom. Il restait là, allongé, à contempler l'éblouissante profondeur du ciel, essayant de se rappeler le nom. Cela devenait presque une obsession. Cet homme était né dans une cabane pareille à celle où ils l'avaient trouvé cette nuit-là ; il était né sanieux, le souffle coupé, et on l'avait déposé par terre sur un grabat, ou peut-être sur un lit défait, éclairé par une fenêtre aux carreaux crasseux, où filtrait un jour gris, ou bien à la lueur d'une lampe pareille à celle qui éclairait la cabane, la nuit où ils l'avaient arrêté. Il avait sucé le lait d'un sein maternel, il s'était roulé dans la poussière, avec la cabane et les arbres, et les champs immenses autour de lui. Il avait porté la nourriture à sa bouche, et il l'avait mangée ; il avait grandi jour après jour. Il avait travaillé aux champs, et, le soir venu, il avait ri et bavardé avec les autres, et il avait couché avec cette femme qui, cette nuit-là, dans la cabane, les suivait des yeux comme un animal inquiet. Il était tard quand ils avaient frappé à la porte et qu'ils étaient entrés et avaient trouvé le couteau, et avaient emmené l'homme. Jour après jour, Mr. Munn essayait de se rappeler son nom. Il pouvait revoir son visage, son expression sous la lumière de la lampe ; ses lèvres grises protestaient et disaient : « Si j'avais su que ce couteau était à vous, je l'aurais sûrement rapporté. J'aurais trouvé où vous habitez, et je l'aurais rapporté, et… » Mais il n'arrivait pas à se rappeler le nom.

Il passait toutes ses journées sans rien faire. Il se couchait auprès de la source et somnolait pendant des heures, car, la nuit, il dormait mal. La nuit, quand il était resté longtemps allongé sur son lit, à regarder le petit carré de la fenêtre de sa chambre mansardée, il se mettait sur son séant, comme s'il s'apprêtait à bondir dehors pour accomplir quelque action prodigieuse. Il lui arriva même, une fois, de se lever et de sortir après avoir mis ses souliers et enfilé son pantalon. La lune était très bas sur l'horizon, effleurant les arbres au bord ouest de la vallée. Les contours des objets qui lui étaient maintenant devenus familiers – les arbres, la grange, les clôtures, la falaise – avaient perdu leur forme habituelle, et émergeaient, et tremblaient dans l'ombre, noyés dans les couches indistinctes de brouillard et de lumière. Il marcha rapidement jusqu'à la clôture en bordure de route. Là, il s'arrêta. Il posa la main sur la planche raboteuse et regarda la route toute blanche, au milieu des buissons noirs qui la bordaient. Tous les petits bruits nocturnes – l'eau qui tombait de la chute, le lointain tic-tac d'un moulin, les pintades qui remuaient sans cesse dans l'arbre, derrière la maison –, tous ces bruits, il les percevait, parfaitement isolés, et chacun éveillait en lui un petit écho vibrant. Il n'aurait pu dire le temps qu'il resta ainsi dans cette attitude anxieuse, la main crispée sur la barrière, tandis que pénétraient en lui tous ces bruits dont chacun, dans le vaste silence, avait son caractère particulier.

Lentement, son étreinte se desserra et sa main lâcha la planche. Ces bruits, qui lui étaient parvenus séparément, aussi nets que des coups de cloche, finirent par se mêler et s'évanouirent. Du poing droit, il se frappa la paume gauche. Tout haut, il dit alors :

« Nom de Dieu de nom de Dieu, il faut que je fasse quelque chose. »

Il répéta :

« Il le faut. »

Puis il se sentit accablé de fatigue. Il n'avait plus qu'un désir : regagner sa chambre, se mettre au lit, fermer les yeux. Il reprit le chemin de la maison, courbant ses épaules nues sous la fraîcheur nocturne.

Mais, certaines nuits, s'il lui arrivait de dormir, il faisait un rêve. Cela lui était arrivé pour la première fois peu de temps après son arrivée chez les Proudfit. Cette fois-là, il avait repris conscience de lui-même, faible et couvert de sueur, plein d'une souffrance inexprimable. Mais maintenant, quand il faisait ce rêve, la souffrance avait disparu. Même pendant le rêve, il savait qu'il avait déjà rêvé cela.

Cette première fois, il était resté assis sous la galerie, le soir, pendant qu'Adèle Proudfit chantait. Vers la fin de la soirée, elle avait chanté l'histoire de Pretty Polly.

Viens avec moi, Pretty Polly
Nous irons bientôt à l'église,
Et maintenant, Pretty Polly,
La lune est presque dans son plein.

« Non pas encore, dit Pretty Polly,
J'irai un autre jour. »
Mais par la main il la prit,
Elle était blanche comme un lis,
Et bien loin il l'emmena.

Absorbé par ses pensées, il suivait distraitement la chanson et l'histoire pitoyable qui laissait deviner un viol commis dans les bois. Mais, de sa voix émouvante, Adèle suivait le rythme mélancolique :

... Alors le voyageur
Aperçut un vaisseau sur la rive.
Il embarqua dans le joli vaisseau
Pour naviguer sur l'autre rive.

Il n'avait pas navigué loin,
Quand la tempête épouvantable
S'abattit sur le beau navire
Qui coula au fond de la mer.

Et c'est là qu'il l'a retrouvée,
Sa Pretty Polly couverte de sang.
Et dans ses bras blancs comme neige
Elle avait un enfant. Le mien.

Il s'était levé et s'était éloigné en traversant la cour.

Ce fut cette nuit-là qu'il eut le rêve. Il voyait May s'approcher de lui, lentement, et il s'efforçait de franchir la distance qui les séparait. Ses cheveux blonds étaient défaits et, dans ses bras, elle portait un fardeau. Elle s'approchait avec un visage plein de douceur et de tristesse, lentement, comme chaussée de plomb. Arrivée près de lui, elle lui tendit son fardeau. Il vit qu'il était enveloppé d'un vieux papier de journal, déchiré et souillé de taches. Alors, tandis qu'il faisait des efforts pour l'approcher et lui prendre son fardeau, le papier s'en alla en lambeaux, comme désintégré par son propre poids, et les lambeaux mouillés pendaient sur les mains et sur les bras de May. Il vit alors ce qui était caché sous le papier. Ce que May lui tendait de ses bras nus, c'était un petit corps, un fœtus, comme ceux qu'il avait vus dans des bocaux de verre à l'école de médecine de Philadelphie, difforme, inhumain, à demi liquéfié, grisâtre, dégageant une puanteur de mort. Mais le visage de May gardait son expression douce et triste, et lui, il tendait toujours les bras pour la débarrasser de son fardeau. C'est alors que le dernier lambeau du papier était tombé et qu'il avait découvert le visage de cette chose qu'elle tenait dans ses bras. C'était la face de Bunk Trevelyan, sa peau rouge, ses cheveux gris presque blancs, et quelque chose lui disait qu'elle était vivante, cette face, qu'elle allait parler. Mais, toujours à ce moment-là, May se mettait à rire. Il ne pouvait pas entendre le bruit, et cependant le visage de May se contractait dans un paroxysme hilare qui paraissait ne devoir jamais finir. Alors, sans colère, mais avec une froide détermination, presque timidement, il levait son poing fermé, sentant qu'il devait arrêter ce rire, que tout serait perdu si elle continuait à rire ainsi, que tout serait flétri, effacé, dévoré, qu'il ne resterait rien que ce rire silencieux, féroce, qui allait l'envelopper. C'est à ce moment-là qu'il s'était réveillé la première fois, flottant, pour ainsi dire, dans cette ambiance douloureuse, absolue, immobile, se réalisant elle-même dans une sorte de plénitude qui contenait toute la somme des bonheurs perdus. Mais, maintenant, quand il se réveillait dans l'obscurité de la petite chambre mansardée, la douleur elle-même avait disparu.

La nuit, lorsqu'il ne pouvait pas dormir, il reconstituait tous les incidents de cette matinée où Turpin avait été tué d'un coup de fusil. « Voyons, se disait-il, j'ai quitté l'hôtel à sept heures vingt » ; il voyait encore sa montre, telle qu'il la tenait alors dans sa main, la figure des gens qu'il avait rencontrés dans la rue. Couché dans l'ombre, il redisait à voix haute les paroles mêmes qu'ils avaient prononcées en le saluant, et ses propres réponses. Il s'efforçait de reconstituer chaque détail familier, aperçu ce matin-là, en ouvrant la porte de son bureau : la table, les bibliothèques, les chaises encombrées de vieux bouquins et de paperasses, le palais de justice et les arbres au feuillage naissant. Dans sa pensée, il étreignait chacun de ces détails, les muscles tendus par l'effort, comme s'il pouvait, à force de volonté, arracher une explication à leur banale et silencieuse irréalité.

Ce ne fut pas par la violence qu'il obtint la réponse. Celle qu'il finit par recevoir lui vint plutôt sans qu'il l'eût cherchée, naturellement, un matin, alors qu'à peine réveillé il n'avait pas encore retrouvé sa pleine conscience. Ce matin-là, il aperçut, à son réveil, le rayon de lumière qui entrait par la fenêtre, plus loin la colline verte, et le mur de planches rugueuses. Il lui sembla, au moment même où il identifiait ces objets, entendre une voix intérieure lui dire : « Tu es là, dans ton lit, en train de regarder ces choses, parce que le professeur Ball a tué cet homme. »

Cela lui parut d'abord invraisemblable.

Puis il en eut la certitude, comme s'il avait été présent, guettant le professeur Ball, ce matin-là, en train de monter l'escalier sombre, et poussant la porte qu'il n'avait pas fermée à clé, et restant là, debout, au milieu de la pièce vide. De l'autre côté de la place, derrière le palais de justice, un groupe d'hommes s'était avancé : Turpin avec les agents de police. Et, dans le coin, la carabine. Et, sur le rayon de la bibliothèque, derrière le carreau fêlé, la boîte de cartouches. En un instant, tout avait été accompli. Tout. « À quarante mètres, pensait Mr. Munn, près de quarante mètres, et il n'avait probablement pas tiré un coup de fusil depuis qu'il n'était plus un gamin. » Dehors, dans la cour du palais, Turpin avait chancelé, s'était abattu sur l'herbe, un trou au-dessus de l'oreille gauche. C'était bien cela qu'avait dit Mr. Campbell : « Au-dessus de l'oreille. » Et, sans être vu, le professeur Ball avait remis en place la carabine, il était sorti en tirant la porte derrière lui, et il était descendu par l'escalier de service.

La façon dont tout cela était arrivé était parfaitement claire. Et comment le professeur avait longé la ruelle, très droit, tel un somnambule, ses mains enveloppées de pansements se balançant comme des moignons blancs, au bout de ses manches noires, cependant que la conscience de son acte montait graduellement en lui. Quand il en eut compris la gravité, il avait dû prendre la résolution de se rendre à l'hôtel pour voir Cordelia et ses autres filles – mais particulièrement Cordelia – et leur faire ses adieux, et aller se constituer prisonnier. Ou bien tout cela avait-il été pour lui aussi net et aussi clair, tandis qu'il allait dans la ruelle déserte et que les bruits de la rue lui parvenaient sans qu'il les entende ? Mr. Munn n'en était pas sûr. Peut-être, comme il allait dans la ruelle, rien ne lui avait paru tout à fait réel, et tout cela était resté suspendu dans un rêve, hors du temps. Il avait peut-être erré dans les rues la moitié de la journée. Regardé les gens sans les voir, sans avoir conscience que ses jambes bougeaient, tandis qu'il avançait de son pas régulier et digne et que les passants, étonnés, regardaient son visage pétrifié. Ce n'était pas impossible.

Plus tard, auprès de Cordelia, et pendant que Portia lui posait des linges frais sur le front, il avait alors dû se dire : « Je vais le faire, bientôt, encore un peu de temps, et je leur dirai tout, et je m'en irai. » Mais il n'avait rien fait...

En pensant à cela, Mr. Munn se sentait envahi d'amertume. Il avait couru dans l'obscurité des bois ; il s'était allongé dans la fange et dans la boue glacée, il avait lapé l'eau comme une bête ; il avait marché, affamé, et s'était dérobé à la vue du monde parce que le professeur Ball n'avait pas eu le courage de parler et de dire que c'était lui qui avait tué Turpin. Parce que le professeur Ball avait pensé : « Je vais le faire un peu plus tard, quand le procès sera fini et que ma petite fille n'aura plus besoin de moi. Je le ferai alors. » Maintenant, le procès était fini, et le docteur Mac Donald était libre, et il ne l'avait pas fait.

Les jours avaient passé, et il n'avait pas eu le courage de parler. Quand il avait appris que Mr. Munn était sain et sauf, et bien caché, il avait dû décider d'attendre encore un peu ; il s'était dit que, si on arrêtait Mr. Munn, il parlerait, il s'accuserait. Entre-temps, le train de la vie courante à la maison, la vue de ses filles qui, tranquillement, se livraient auprès de lui à leurs tâches coutumières, la routine des travaux de la ferme, tout cela devait l'avoir engourdi, l'avait insidieusement écarté de son dessein, d'une heure à l'autre, d'un jour à l'autre. Mais, le soir, dans sa chambre, il devait avoir lu la Bible, l'avoir frappée de ses mains bandées, dans son angoisse et sa honte, et avoir arpenté la pièce, couvert de sueur, comme un homme qui lutte contre un adversaire trop puissant, et il devait prier Dieu de lui donner des forces. Il avait trouvé en lui-même celle d'accomplir des actes dont il ne se serait jamais cru capable. « C'est étonnant ce que l'homme peut découvrir en soi-même quand le moment est venu », avait-il dit ce premier soir, chez les Christian, il y avait bien longtemps de cela, mais Mr. Munn se rappelait la figure qu'il avait et sa voix même quand il l'avait dit. Le moment était venu. Dans le bureau désert, ce matin-là, il avait trébuché sur l'occasion, inopinément, comme sur une pierre dans un sentier familier. De ses mains bandées et maladroites, il avait épaulé la carabine, gauchement, et là-bas, dans la cour du palais, sous la claire lumière, l'homme était tombé...

Il n'avait jamais soupçonné qu'il portait en lui cette force. Elle y était restée cachée des années, jusqu'à ce que le moment soit venu. Et, maintenant, il ne parvenait pas à trouver en lui-même une autre force, celle dont il croyait avoir toujours vécu.

Plus tard, pensant à ces choses, Mr. Munn découvrit que son amertume avait disparu. S'il voyait maintenant le professeur Ball, c'est lui qui se sentirait coupable et honteux, comme s'il avait commis le crime. S'il était arrêté ou s'il se rendait, alors le professeur parlerait, il en était sûr. Il eut la vision fugitive de la figure que ferait le professeur Ball, s'il le rencontrait, de son visage étroit et sec, crispé par la douleur. Involontairement, comme si la scène se déroulait devant lui, il ferma les yeux et frissonna, ainsi qu'un homme en proie à l'obscénité de la souffrance.

Il conclut que sa découverte, si c'en était une, ne lui avait apporté aucune solution. Il se replia comme avant dans cet univers, isolé du monde extérieur par le feuillage vert de la colline, ou par les poutres de sa petite chambre mansardée. Dans sa solitude, la pensée de ce qu'il avait été, ou de ce qu'il pourrait devenir, l'effleurait à peine, sans le pénétrer, comme la lumière dans les profondeurs sous-marines.

Les jours passaient, et rien ne venait le déranger dans sa retraite. Une fois seulement, vers la fin de l'après-midi, Sylvestre était venu le retrouver, et il s'était accroupi sur les talons dans l'herbe foulée. La sueur tachait de noir sa chemise bleue, dont les manches lui collaient aux bras. Quand il ôta son chapeau, la transpiration avait emmêlé sur sa tête ses cheveux épais, où le bord du chapeau avait tracé un sillon.

« Ici, il fait bon, dit-il. Mais, aujourd'hui, ça chauffe dur. Le soleil tape dur dans les champs. »

Il tira son couteau de sa poche, ouvrit la grande lame et se mit à taillader avec application un gros bâton qu'il venait de ramasser devant lui.

« Dans les champs… répéta-t-il tout en l'examinant. Mais je crois bien que vous n'en savez rien, tellement il fait frais ici. »

Il lança à Mr. Munn un regard sombre, plein d'acrimonie, et se remit à taillader son bâton. Mr. Munn ne répondit pas.

« Je ne suis pas un type qui finasse et qui se dégonfle, dit Sylvestre. Ça, personne ne peut le dire. Je peux faire aussi bien qu'un autre. Et je le ferai. Mais un homme a le droit de savoir que, s'il sue, ce n'est pas pour rien. Nous allons avoir de la sécheresse. On sue pour rien ! »

Il s'arrêta en contemplation devant son bâton.

« De la sécheresse, répéta-t-il.

— On ne peut pas savoir, c'est trop tôt, répliqua Mr. Munn.

— Moi, je le sais. Je le sais toujours. »

Il se pencha vers Mr. Munn avec une expression méchante.

« Aujourd'hui, j'ai vu une feuille de maïs toute jaunie, et nous sommes loin du temps où l'épi se forme. C'est une malédiction qui a été jetée sur le pays, à cause des gens qui se conduisent mal et qui font la débauche. »

Il se leva, jeta son bâton dans la fontaine et grogna :

« On sue pour rien. »

Il restait là, debout, l'air indécis, et son corps semblait perdre de sa raideur. D'un coup sec, il ferma son couteau dont il fit claquer la lame et, d'un ton maussade, sans regarder Mr. Munn, il ajouta :

« Ce que je dis là, ce n'est pas à cause de votre séjour chez nous. »

Puis, avant que Mr. Munn ait pu répondre, il lui tourna le dos et descendit en suivant le sentier.

Ce soir-là, pendant le dîner, Sylvestre n'adressa la parole à personne. Il mangeait, les yeux fixés sur son assiette, d'un air hargneux. Après dîner, au lieu de rejoindre les autres sous la galerie, il resta dans la cuisine.

« Il est en train de lire, leur dit Willie Proudfit. Si ça le prend, il va lire jusqu'au coucher de la lune, aussi sûr que deux et deux font quatre. Tant qu'il y aura de l'huile dans la lampe…

— Un matin, dit doucement Adèle Proudfit, je l'ai trouvé dans la cuisine, la tête sur la table. Endormi. Et l'huile brûlée jusqu'à la dernière goutte, et la mèche carbonisée. Tout tranquillement, il a levé la tête, et il m'a dit : "J'ai dormi, et, Lui, Il était au jardin des Oliviers." Du même ton qu'on dit bonjour.

— Je m'en souviens, répondit son mari, et, ce jour-là, il a travaillé aux champs aussi dur qu'un homme peut faire.

— Je n'ai jamais vu quelqu'un d'aussi jeune se préoccuper autant de son salut. Il va sur ses vingt-quatre ans.

— C'est un cheval, pour le travail », dit Willie Proudfit.

Sylvestre ne revint jamais sur la colline. Mais, chaque fois qu'on faisait la fournée, Sissie apportait des petits pains enveloppés d'une serviette blanche. Elle ne s'asseyait jamais, et jamais Mr. Munn ne réussit à engager la conversation avec elle. Elle restait là, les mains jointes à la ceinture, selon son habitude, et elle le regardait manger. Elle ne le quittait que lorsqu'il avait mangé jusqu'à la dernière miette. Il la remerciait, et il lui disait parfois :

« Sissie, pourquoi ne vous asseyez-vous pas pour causer avec moi ? »

Mais il en était de même chaque fois ; elle était là qui le regardait, de ses yeux noirs, porter le dernier morceau de pain à ses lèvres, puis, brusquement, l'instant d'après, elle avait disparu.

Une fois seulement, vers la fin de son séjour chez les Proudfit, elle resta près de lui, après qu'il eut fini de manger. Il lui avait demandé de s'asseoir, mais elle s'était contentée de hocher la tête sans répondre. Lorsqu'il eut levé la tête après avoir bu à la source, elle s'était baissée pour ramasser la petite serviette blanche et, tout en la pliant et la caressant, elle avait dit :

« Monsieur Perse ?

— Eh bien, Sissie ?

— Monsieur Perse… »

Elle s'arrêta, caressant la serviette.

« Monsieur Perse, tante Dellie a entendu dire que votre femme a eu un bébé.

— C'est vrai, répliqua Mr. Munn.

— C'est un petit garçon, ajouta-t-elle, n'est-ce pas ?

— Oui, Sissie. »

Elle tenait toujours sa serviette dans la main, et elle demanda :

« Comment s'appelle-t-il ?

— Je ne sais pas. »

Elle le regarda pendant un instant et disparut sans un mot.

« L'Oklahoma, dit Willie Proudfit.

— On dit qu'on peut s'y débrouiller, dit Sylvestre.

— Il y a bien longtemps que je l'ai vu », dit Willie.

Dans le mouvement qu'il fit pour changer de place, il fit craquer dans l'ombre le parquet de la galerie. Puis il continua :

« En ce temps-là, les gens allaient là-bas. Pour se débrouiller. Pour une raison ou pour une autre. Ceux qui aiment bouger pour le simple plaisir de bouger. Comme moi, à cette époque-là. Les bisons commençaient à disparaître et là où j'en avais vu le sol tout noir, aussi loin qu'on pouvait voir, il n'y en avait déjà plus. Alors je me suis mis en route vers l'ouest. Et je suis revenu ici. Mais il y en a beaucoup qui n'en sont jamais revenus. Qui ne sont jamais revenus nulle part. »

Il se recueillit un instant, puis il dit :

« Moi, je suis revenu. Et j'ai quitté le pays de la sécheresse. Mais, sait-on jamais, j'y retournerai peut-être. Peut-être en Oklahoma.

— On sue pour rien, dans ce pays-ci, dit son neveu.

— Le moment est peut-être venu où je retournerai là-bas, dit Willie Proudfit. S'il y a encore un coin où je puisse aller, à c't' heure. Mon père, lui, il est parti, il a quitté le pays, et il n'y avait jamais pensé avant que le moment soit venu. C'était en 1861, la guerre venait de commencer. Il n'avait pas l'esprit tranquille, mon papa. Il n'était pas précisément un grand lecteur de la Bible, mais il réfléchissait à la bataille et au massacre, et il demandait au Seigneur de quel côté il devait se mettre. De quel côté était le Seigneur. Voilà qu'un beau matin il dit :

» “Moi, je ne reste pas dans ce pays-ci. Je n'ai pas l'esprit tranquille et je suis mal avec mes voisins. Je vais m'en aller.”

» Alors, le voilà qui se débarrasse de tout ce qu'il possédait : terre et matériel, tout ce qui ne pouvait pas tenir sur son chariot. Et il attelle deux paires de bœufs au chariot, et nous voilà tous partis pour le nord de l'Arkansas. Mon père, il avait un cousin qui lui avait écrit que l'Arkansas, c'était un bon pays, qu'on pouvait y trouver de la terre, un beau pays, bien arrosé. Nous passons par le Tennessee, à l'ouest, là où il y avait du coton partout où on regardait. Et nous arrivons à Memphis. Là, nous embarquons sur un bateau à vapeur et nous descendons le Mississippi, et nous voilà en Arkansas. Ça nous avait pris du temps. Alors nous arrivons à Little Rock. À Little Rock, nous nous arrêtons pendant six semaines en attendant le cousin de mon père. Et moi, à la fin, je connaissais mon chemin dans toute la ville. Un gosse, vous savez ce que c'est ; ça court partout et ça rôde partout. Nous campions auprès d'une petite rivière et, le papa, il se faisait de la bile, il enrageait de ne pas partir, et la saison s'avançait. Il voulait trouver de la terre à défoncer, même si c'était trop tard, et construire une maison pour l'hiver. Et l'eau qu'on buvait, à Little Rock, elle n'était pas si bonne que ça, et lui, il était difficile pour l'eau qu'il buvait. Dans ce pays-là, il y a de l'eau, mais ce n'est pas une eau aussi bonne que l'eau d'ici. En ce temps-là, on disait qu'il y avait des tas de gens à Little Rock qui avaient le flux de ventre et que c'était à cause de l'eau.

» Mais moi, j'avais dix ou douze ans, et c'était tous les jours dimanche. J'allais voir les soldats faire l'exercice et se préparer pour aller à la guerre. Et il y en avait qui faisaient l'exercice avec des bâtons, parce qu'ils n'avaient pas encore de fusils. Un jour, je dis à mon père :

» “Papa, est-ce que vous n'allez pas être soldat ?

» — Soldat ! Soldat ! qu'il fait. Laisse les soldats tranquilles ou bien tu auras affaire à moi.”

» Mais moi, comme tous les gosses, je filais pour aller voir les soldats. J'en avais jamais encore vu comme ça.

» Alors voilà le cousin de mon père qui arrive.

» “Amon, qu’il lui dit – mon père s’appelait Amon –, j’ai mis du temps à venir jusqu’ici, mais il y a quelque chose qui m’a arrêté en route.”

» Il prend un bout de papier dans sa poche, et il y avait une carte qui était dessinée dessus, et tout bien marqué. Mon père, il étudie la carte et il dit :

» “Tu ne vas pas t’en retourner !

» — Non, Amon, que dit son cousin, maintenant je suis soldat.

» — Soldat ? que dit mon père en le regardant.

» — Soldat, que dit son cousin, mais je ne suis pas comme toi père de famille.”

» Mon père, alors, il remue la tête doucement :

» “Non, qu’il dit, c’est pas ça. J’avais une bonne ferme dans le Kentucky. Et ma femme, c’est une bonne femme, et bien ordonnée. Je peux la mettre en comparaison avec toutes les femmes que j’ai jamais vues. Elle et les garçons, ils pouvaient tenir la ferme et, moi, être soldat. Si j’avais le cœur et la tête à ça. Mais je ne l’avais pas ; tout ça, c’est pas clair dans ma tête, tout ce chambardement et ces massacres, on n’y comprend plus rien.”

» Alors, il prend la carte ; nous chargeons le chariot, nous attelons les bœufs, et nous passons la rivière. Ce sacré même jour. Et en route pour l’Arkansas !...

» Ça, c’était un chic pays, vrai comme le bon Dieu. Un beau pays, et bien arrosé, comme avait dit le cousin de papa. Mon père trouve un coin, là où deux rivières se rejoignaient, le terrain d'en haut et le terrain d'en bas bien disposés pour ce qu'on voulait en faire, et une source qui sortait du sol, et de la futaie, et du chêne blanc, et du cèdre, et du peuplier jaune, et du bouleau. Et des écureuils, il y en avait tellement que, le matin, ils vous réveillaient avec leurs cris. "Seigneur Dieu ! Seigneur Dieu !" que dit mon père tout doucement. Et il restait là à regarder en attendant pour décider l'endroit où il allait construire sa maison. Et puis, tout d'un coup, il dit à maman :

» "Henriette, passe-moi la cognée."

» Et alors maman lui passe la cognée.

» Des gens du pays s'en allaient pour faire la guerre, comme le cousin de papa, mais lui, il n'y a jamais été, tant qu'elle a duré. Les gens bavardaient et, si quelqu'un parlait de la guerre, lui, il se levait et il s'en allait, tout simplement. Et puis la nouvelle arriva que la guerre était finie. J'étais déjà un grand gaillard, j'allais sur mes seize ans, et costaud, on peut le dire ! Nous, les garçons, nous aidions le père aux travaux de la ferme et nous avons pas mal réussi. C'était un bon pays ; ça, on peut le dire.

» Arrive le moment où j'allais avoir mes dix-neuf ans. Je dis à mon père :

» "Papa, j'ai réfléchi et j'ai pensé à aller au Kansas."

» Et lui, il me dit :

» "Mon garçon, je vois bien que tu es devenu un homme."

» Et me voilà parti pour le Kansas. Le père me donne un cheval avec la selle et cinquante dollars en or. Je m'étais mis dans la tête d'aller au Kansas pour chasser le bison, comme j'en avais entendu parler. Je pensais que j'étais aussi adroit que n'importe qui, avec ma carabine. Souvent, après avoir tiré un bison, j'ai pris le quartier de derrière avec la peau et la graisse : c'était pour le meilleur tireur. Les gens mettaient cinquante sous par tête et achetaient un bison, et ils tiraient pour savoir qui aurait le choix : le quartier de derrière avec la peau et la graisse pour le meilleur tireur, un quartier de derrière au suivant, un quartier de devant avec la tête au suivant et, au dernier, un quartier de devant. On tirait sur une planche avec un petit cœur dessiné dessus à la craie, à cinquante pas, debout, sans appui, ou à soixante, appuyé sur un caillou.

» C'est à Hay City que je me suis associé avec un type qui s'appelait Mingo Smith. C'était un Yankee, et il revenait de la guerre. Il avait reçu son congé et il était venu au Kansas. Il avait été muletier du côté de Santa Fe, toucheur de bœufs au Colorado et contremaître au chemin de fer Kansas-Pacifique ; il avait aussi chassé le bison pour le compte du chemin de fer, pour nourrir les hommes. On aurait dit qu'il n'y avait pas un truc où il ne se soit pas fourré. C'était un grand type maigre, avec si peu de chair sur les os que ce n'était pas la peine d'en parler ; il avait la figure toute jaune et pas de cheveux sur la tête, qu'il avait jaune de même. Et il n'avait pas plus de trente ans. "Un beau jour, un Cheyenne sera bien attrapé, avec moi", qu'il disait en se passant la main à l'endroit où il aurait dû y avoir des cheveux. Il pensait faire quelque chose de nouveau avec le prix des peaux qui montait comme ça. Les gens venaient à Hay City pour acheter des peaux, et tout. Mingo, lui, il avait un vieux chariot et un peu d'argent qu'il avait gagné à faire le transport de Fort Sills. Alors, il achète tout ce qu'il fallait et paye tout en me disant que je le rembourserais sur ma part, quand nous aurions gagné quelque chose. Moi, je le remercie de bon cœur, et nous voilà partis tous les deux.

» Pendant sept ou huit ans, et des sacrées années, trente-six fois que nous avons parcouru ce patelin-là. Au nord de Hay City, jusqu'à la Saline et jusqu'à Pawnee Creek, et jusqu'à l'Arkansas, et encore dans la Queue-de-la-Poêle[1] jusqu'à la Canadian River, et de retour à Fort Sills. Un temps, on ne pouvait rien avoir d'une peau quand c'était pas la saison, même avec la fourrure en bon état, et en été la chasse ne vous payait pas la poudre et le plomb. Mais, à notre première expédition, quand nous arrivons à Hay City, nous déchargeons, et nous nous demandons quoi faire en attendant que le froid arrive. Alors un type qui achetait des peaux pour le compte de Durfee, du côté de Leavenworth – il nous donnait deux dollars et dix cents pour un taureau de première qualité, ça, je me rappelle – et il nous dit :

» "Les gars, dépêchez-vous de vous garnir la panse et buvez votre saoul, et filez ! Maintenant j'achète, été comme hiver, qu'il pleuve ou qu'il vente.

» — Sans blague, dit Mingo, des peaux d'été ?

» — Sans blague", que dit le type en question.

» Voilà Mingo qui achète un autre chariot et qui embauche deux gaillards pour écorcher les bêtes – c'étaient des Irlandais : le pays était plein à craquer d'Irlandais – et un type pour faire la cuisine et pour les gros ouvrages ; et moi, je lui dis :

» "Bon Dieu ! Mingo, tu fais comme si nous étions riches."

[1] *The Pan-Handle*, nom donné à une étroite bande de territoire, à l'ouest de l'Oklahoma, figurant assez bien, sur la carte, l'image d'une queue de poêle.

» Et lui, il me dit :

» “Nous ne sommes pas riches, mais, bon Dieu, nous allons l’être. Moi, j’en ai soupé d’écorcher les bêtes ; je veux être pendu si ça n’est pas vrai ! Ça m’est égal de les tuer, mais les écorcher, ça me dégoûte. Au moins, quand on tuait des rebelles, on n’était pas obligés de les écorcher. Maintenant je vais chasser comme un gentleman, jusqu’à tant que mon fusil me brûle les pattes.”

» Et je veux être pendu s’il ne disait pas la vérité du bon Dieu. Le canon du fusil vous brûle les doigts. Le jour est calme, et on a la tête dans la fumée comme dans un brouillard, et les oreilles vous tintent. Quand on trouvait un bon affût – les bisons en train de paître – et si on abattait celui qui menait le troupeau, les autres se contentaient de flairer le vent et de meugler au lieu de se sauver. Si on avait de la chance. Rien pour vous gêner, on tirait sur ceux qui s’écartaient et qui avaient l’air de vouloir bouger, sans s’en faire et sans laisser le fusil s’échauffer de trop. Je me rappelle que, l’année d’après, nous avons découvert deux bons endroits, Mingo l’un et moi, l’autre. Je grimpais une petite côte au sud d’une rivière qui se jetait dans la Pawnee, et je lève la tête avec précaution. Ils étaient là, et il y en avait des tas. À peu près à cent cinquante pas de l’endroit où j’étais, et moi, j’étais au vent d’eux. J’appuie mon fusil Sharps sur un bâton fourchu et je fais feu. Je m’apprête à me lever – il fallait se lever et courir pour tirer un second coup – et je mets genou à terre et je vois qu’il n’y a pas de bison par terre. Je m’imaginai que j’avais raté mon coup, un coup facile pourtant, et je m’allonge encore pour essayer une autre fois. Alors je vois un bison qui venait de s'abattre et les autres qui restaient là, sans bouger. Je tire encore un coup, et un bison s'abat, et le reste ne bouge pas. Et encore un coup.

» "Bon Dieu, que je dis, je crois que ça, c'est un bon affût !"

» Ça, c'était un bon affût ! Je reste là allongé, l'œil sur le canon de mon Sharps et sur les bisons qui étaient là. Et, toujours couché, je compte tout haut entre les coups pour ne pas trop échauffer mon fusil. Ç'a duré longtemps, et je les voyais qui tombaient doucement sur les genoux, quand la balle les touchait, et puis chavirer et se coucher par terre. Et les autres en rond, qui flairaient le vent et qui mugissaient. On n'a qu'à rester comme ça, allongé sous le soleil qui tape dur, et continuer à appuyer sur la détente. On n'est plus soi-même ! Non, on ne se connaît plus. Comme si on n'était pas un homme, comme si on n'existait pas. On dirait qu'il n'y a qu'à se lever et à s'en aller, avec les bisons en bas de la côte, et à laisser le fusil par terre comme s'il allait se mettre à tirer tout seul, à tirer et à tirer sans que ça finisse jamais. Et les bisons qui restent là, à mugir. C'est l'effet que ça vous fait...

» Soixante-douze bisons que j'ai démolis ce jour-là, avant qu'ils se débandent et qu'ils prennent la fuite. C'est contre le soleil qu'ils se sont débandés, et moi, qui étais toujours couché, je les voyais partir, ceux qui restaient, pas même une vingtaine, en soulevant la poussière derrière eux. Ils filaient vers le nord. Je les ai perdus de vue, mais je restais allongé comme si je ne pouvais pas lâcher mon Sharps, et le canon qui me brûlait la peau.

» “Nom de Dieu ! que me dit Mingo. Tous ces bisons qui sont là et toi qui restes couché par terre comme si ce n’était rien du tout.”

» Je ne l’avais pas entendu venir.

» “Mon gars, qu’il me dit, va-t’en chercher les Irlandais. Cette nuit, il y aura de l’ouvrage pour les écorcher.”

» Je ne dis rien et je vais aux chariots pour ramener les écorcheurs quand ils auraient fini avec le bison qu’ils étaient en train d’écorcher. Et la lune qui se lève, là-bas, à l’est, rouge et plus grosse qu’une maison. Dans ce pays-ci, il n’y a pas de lune comme la lune du Kansas. Nous écorchons au clair de lune. Et personne ne disait rien. Pas un bruit, sauf peut-être quelqu’un qui grognait ou un couteau qu’on aiguisait sur une pierre et qui grinçait comme quand la lame est bien trempée, avec le bruit que font les peaux quand on les détache de la chair, d’un bon coup. Et puis, au loin, les coyotes qui glapissaient et qui s’approchaient.

» Nous les écorchons tous, tous les soixante-douze, et nous prenons les langues. Et les trophées des mâles. Nous chargeons les chariots, et nous grimpons la côte, chargés à bloc. La nuit était dans son milieu. La lune était haute dans le ciel et je me rappelle qu’en bas le sol paraissait tout blanc comme de l’eau et les carcasses collées comme des rochers noirs qui sortent de l’eau.

» Mais un affût comme ça, ça ne se trouvait pas tous les jours. Pas à première vue, on peut le dire. Il fallait prendre le vent, se mettre au vent et avancer doucement, avec précaution, et quelquefois ramper un bon bout de chemin, en ayant soin de se mettre au vent. Ils se mettaient à s'agiter et alors, c'était le moment. À deux cents pas, on avait des chances. Un Sharps, ça porte comme un canon : ça, c'est connu. Trois quarts de mille pour un Sharps, c'est rien du tout, même si on tire sur un bison. Si on peut le toucher, naturellement ; mais ça, c'est impossible. À deux cent cinquante, trois cents pas, c'est possible. Sous la bosse. On tire, et le troupeau se débande et se met à galoper, et il s'arrête, et on court pour le rattraper, et on se couche pour tirer. Et ils se remettent à galoper. Et ainsi de suite jusqu'à ce qu'ils aient foutu le camp.

» Enfin, d'une façon ou d'une autre, en long et en large, Mingo et moi, nous en abattions notre part. Hiver comme été. Et pas seulement nous. Dans les hangars de chez Charlie Rath, à Dodge City, j'ai souvent vu, de mes yeux, cinquante ou soixante mille peaux qui attendaient tout emballées, et la cour où on faisait le chargement était tellement encombrée de chariots qu'on pouvait seulement pas la traverser ni poser un pied par terre. Et des chariots tout chargés, presque bout à bout. Et des types qui s'amenaient en gueulant et en jurant, toujours saouls, pour se débarrasser de leur chasse. En ce temps-là, l'argent coulait comme la sueur sur le dos d'un travailleur dans les champs, avec des gens qui revenaient de la guerre, et de plus loin encore, et l'eau-de-vie qui coulait comme de l'eau. Et pas mal de canailleries, on ne peut pas dire le contraire. Mais on pouvait se tirer d'affaire et ne pas avoir d'embêtements, ou bien c'était pas la peine d'en parler. À condition de s'occuper de ses affaires, de ne chercher d'histoires à personne et de s'en remettre à Dieu.

» Nous en avons bien abattu notre part : c'est à croire que nous pensions que ça ne finirait jamais. L'homme est ainsi fait. Ce qu'il a devant les yeux, il croit que ça durera toujours, qu'il n'en verra jamais la fin. Il y a du cochon dans l'homme, et du cochon aveugle. Une fois, j'étais sur un petit monticule, du côté de Medicine Lodge ; nous étions au printemps et les bisons étaient en route. Vers le nord, comme d'habitude. Toutes les pistes de bisons courent du sud au nord. Ils se dirigeaient au nord comme d'habitude au printemps, et il y en avait ! Aussi loin qu'on pouvait regarder ! Il n'y a pas un être humain qui aurait pu en dire le nombre. Il n'y a que le Seigneur, là-haut. On n'en voyait pas la fin. Et moi, je les ai vus par terre, écorchés, et ça puait ! La terre en était noire sur une distance qu'on aurait mis une demi-journée à parcourir à cheval. Et ça puait tellement qu'on ne pouvait pas respirer une bouffée d'air pur. Et voilà qu'avant même qu'on ait eu le temps de s'en apercevoir, il n'y avait plus de bisons dans le Kansas. On pouvait marcher toute la journée sans en voir un seul.

» "Moi, que me dit Mingo, je m'en vais en Oklahoma, là où il y a encore des bisons. En passant par Cimarron ou par la route de Beaver Creek.

» — C'est le pays des Indiens que je dis, et moi, j'ai pas beaucoup de goût pour les Indiens.

» — Y a des gens qui ont été là-bas et qui ont bien réussi, que dit Mingo. J'ai entendu parler d'un type qui en est revenu avec près d'un millier de peaux, et il n'y est pas resté bien longtemps.

» — Et il y a aussi des types qui sont allés par là et qui n'en sont pas revenus, que je dis.

» — Des Indiens, dit Mingo, j'en ai démoli quand je faisais le transport en Oklahoma. Il n'y a pas de quoi se vanter. Ils n'ont pas de machins comme ça, qu'il dit en tapant sur son Sharps. Les fusils qu'ils ont, il n'y a pas un Blanc qui en voudrait.

» — Je n'ai pas la frousse, que je dis, mais c'est défendu par la loi. La loi dit que c'est le pays des Indiens.

» — Le pays des Indiens, dit Mingo en crachant par terre, c'est pas le pays des Indiens pour longtemps. Un gars de Dodge City m'a dit qu'il y a une équipe qui s'apprête à y aller pour le bison, tous ensemble. Il dit que Myers va y aller pour acheter des peaux, qu'il va s'établir là pour faire des affaires, par là en Oklahoma, ou peut-être au Texas, du côté de la Canadian River. Ça, c'est une grosse partie.

» — Est-ce que tu as pensé aller là-bas avec eux ? que je lui demande.

» — Non, dit Mingo. Les gens se fourreraient dans mes jambes."

» Et nous voilà partis pour l'Oklahoma, rien que nous et nos écorcheurs. C'étaient des nouveaux : les anciens nous avaient lâchés ; ils ne voulaient pas aller chez les Indiens. Les deux nouveaux, c'étaient un Français et un nègre. Il fallait leur donner quatre-vingts dollars par mois, plus la nourriture, parce que c'était en pays indien qu'on allait. C'était en 1874, une année de sécheresse, avec les rivières à sec. Et je me rappelle que, cette année-là, il est venu des sauterelles. Nous

nous sommes tout de même bien débrouillés : là, il y avait du bison. C'était comme autrefois, ça grouillait ; le pays en était plein. C'était comme un pays nouveau. Pour un bout de temps. Et nous en avons mis un coup. Mais il fallait ouvrir l'œil et faire attention aux Indiens. Avec quelqu'un de garde toute la nuit à tourner autour du campement. Avant notre première expédition à Dodge City, à l'aller comme au retour, nous n'en avions pas rencontré. Et puis, une fois, nous en avons vu. Le nègre était du côté d'une petite mare en train de dépouiller un bison que Mingo avait tué, et le Français était au chariot, occupé à étendre les peaux, et Mingo et moi, nous marchions en terrain découvert. Alors nous les apercevons qui arrivent en haut d'une levée de terrain entre la mare et les chariots. Nous détalons pour rentrer au campement de façon à arriver aux chariots avant eux, et nous nous mettons à tirer.

» "Où est le nègre ? que dit Mingo.

» — Il n'est pas là, répond le Français.

» — Nom de Dieu, dit Mingo qui s'était couché par terre et qui continuait à tirer, ce bougre de nègre les a laissés passer et il s'est fait prendre ; et moi que ça dégoûte tellement d'écorcher les bêtes ! Voilà ce qu'on a, en fait de récompense, après s'être battu pendant quatre ans pour affranchir les nègres !"

» Nous restons là, allongés, tout l'après-midi, à tirer des coups de fusil. Le Français chargeait et Mingo et moi nous tirions. Quand ils étaient à portée assez longue, nous nous servions de nos Sharps et, quand ils s'amenaient plus près, nous nous servions de nos carabines et de nos fusils Colt. Une carabine Spencer, ça tire douze coups à la file, et des grosses balles. Ç'a duré tout l'après-midi, et, comme la nuit était claire, ils ne pouvaient pas approcher sans qu'on puisse les voir. Ils essayaient bien, mais chaque fois nous les apercevions. Avant le jour, ils étaient partis.

» Ils étaient partis quand il a fait jour. Il y avait des poneys tombés un peu partout, et tout près, à moins de quinze pas, il y avait aussi un Indien. Je ne m'étais pas du tout aperçu qu'il y en avait eu un à s'approcher d'aussi près, mais la nuit, ça trompe. Si nous en avions touché d'autres, ils les avaient emmenés, mais celui-là, il était trop près.

» "Il a essayé de faire un coup en venant si près que ça, me dit Mingo. Il voulait devenir chef."

» C'était un jeune Indien, il avait reçu une balle dans les boyaux.

» "Le sacré idiot !" dit Mingo. Et, en le poussant du pied : "C'est un Kiowa."

» Alors le voilà qui s'accroupit et qui tire son couteau.

» "Qu'est-ce que tu vas faire ? que je lui demande.

» — Lever un scalp, qu'il me répond.

» — C'est pas chrétien, que je dis.

» — Merde, qu'il dit. Moi, j'ai connu des chrétiens qui scalpaient des Indiens. J'ai connu un type qui s'était fait une musette avec la peau d'une squaw. Mais ça n'a rien valu ; ça s'est usé tout de suite, qu'il dit en s'arrêtant de tailler. Mais un scalp, n'est-ce pas, c'est différent. C'est un souvenir."

» Il le scalpe, et nous nous mettons à la recherche du nègre du côté de la mare. Il y était bien, mais ils l'avaient scalpé.

» “Ils ont fait une mauvaise affaire, que me dit Mingo, un scalp de nègre, ça ne vaut rien. C’est comme le mien, ça ne vaut pas tripette.”

» C’est les seuls Indiens avec qui nous avons eu des embêtements, cette année-là, mais les types qui étaient venus tous ensemble de Dodge City, ils en ont eu pas mal au Texas. Il y avait eu un grand combat du côté d’un endroit qui s’appelle Dobe Walls, ils avaient eu des tués ; les Indiens, eux, ils en avaient aussi, des tas ! Mais, dans le Sud, les Indiens étaient toujours méchants. Ils s’étaient battus avec les soldats à Anadarko, et ils massacraient, et ils scalpaient un peu partout. Ils avaient fait aussi un raid au Texas. Les Kiowas avaient enlevé un convoi de ravitaillement – je me rappelle bien, c’étaient les chariots du capitaine Lyman – et il y avait eu une grande bataille. Le printemps suivant, nous étions du côté de Fort Sills, et nous avons entendu raconter ça par des soldats. Ils étaient restés couchés pendant quatre jours dans des trous qu’ils avaient creusés, avec la soif, et pas d’eau. Et les Indiens qui les entouraient et qui galopaient en criant et en tirant des coups de fusil ! Il y avait un Indien qui s’était noué un drap blanc autour du corps et qui avait passé à travers les lignes, quatre fois, et qui, chaque fois, était repassé, et les balles lui avaient arraché cette espèce de drap, mais pas un pruneau ne l’avait touché. Eux, ils ont fait un grand chef, et ils lui ont donné un nouveau nom, comme c’était leur coutume. Mais un éclaireur avait réussi à passer jusqu’à Camp Supply et il était venu d’autres soldats.

» Y a pas à dire, c’était une mauvaise année. Le général qui commandait là-bas, à Fort Sills – c’était le général Sheridan, et il s'y connaissait pour faire la guerre –, il se préparait à les rosser. Et il l'a fait. Partout on leur donnait la chasse comme à des coyotes qui ont les chiens à leurs trousses. On leur courait après sans leur donner le temps de respirer. Il y en a quelques-uns qui sont venus se rendre, mais d'autres ont continué à courir et à se battre, les plus enragés, ceux qui suivaient les chefs de guerre : le Loup-Solitaire, Maman-Ti, des noms comme ça. Mais ceux-là y sont venus aussi, avant que ça soit fini. Je les ai vus. À Fort Sills que je les ai vus. Il y avait un autre chef qui s'appelait Kicken Bird ; c'est lui qui les a décidés à se rendre. Il voyait bien comment ça allait tourner, et il l'a dit à son peuple ; alors ils se sont rendus. Je les ai vus à Fort Sills. Les Indiens, on les mettait dans des corrals – c'étaient des corrals de pierre – et les chefs, on les bouclait dans la prison, enchaînés, et dans la glacière qu'on était en train de construire. Tous les jours, il arrivait des chariots pleins de viande, et la viande, on la jetait par-dessus les murs. De la viande crue et des morceaux, comme pour nourrir un troupeau de panthères. On leur prenait tout ce qu'ils avaient en fait de chevaux, et les chevaux, on les tuait à coups de fusil et on les laissait par terre à pourrir. Ça puait comme quand on avait tué des bisons et qu'on les avait écorchés. Quand le vent venait de l'ouest, personne à Fort Sills ne pouvait se mettre à l'abri, tant ces poneys-là pouvaient puer, nuit et jour. C'était pas fait pour vous donner de l'appétit !

» Alors on s'est arrangés pour se débarrasser des mauvais chefs en les expédiant très loin. En Floride. C'était Kicken Bird qu'on avait chargé de désigner ceux qui devaient partir, ceux qu'il connaissait pour être les ennemis mortels des Blancs. Et il l'a fait. Il a désigné le Loup-Solitaire et Maman-Ti et un tas d'autres en disant qu'ils n'auraient jamais le cœur de ne pas scalper un Blanc. C'était le moment de se débarrasser d'eux, et j'ai vu comment ça c'est passé. Les fourgons de l'armée étaient à côté de la glacière, et les soldats étaient avec leurs fusils pour en faire sortir les Indiens. Ils étaient enchaînés. Et voilà Kicken Bird qui s'amène sur son grand étalon gris – ça valait la peine de regarder un homme comme lui, mince et souple, et qui montait à cheval, fallait voir ça ! Il descend de son cheval et il s'approche de Maman-Ti et du Loup-Solitaire qui se trouvaient là.

» “C'est le moment, qu'il leur dit, et mon cœur est rempli d'une grande tristesse. Mais il le faut. Je vous aime, mais j'aime aussi mon peuple, et vous ne prendriez pas la bonne voie. Je vous fais partir parce que j'aime mon peuple et qu'avec vous il irait au suicide en se cognant la tête contre la pierre. Combattre l'homme blanc, c'est se frapper la tête contre une pierre. Quand vos cœurs auront changé, vous pourrez revenir parmi votre peuple, et vous trouverez pour vous de l'amour dans mon cœur.”

» Ce qu'il a dit là, c'est ce qu'on m'a raconté, parce que ce que je savais de la langue kiowa, c'est pas la peine d'en parler.

» Les chefs qui étaient là, avec leurs chaînes qui pendaient, ne disaient rien. Ils se contentaient de regarder Kicken Bird. Alors Maman-Ti, il dit :

» “Tu te crois un grand chef, Kicken Bird. Tu crois avoir bien fait. L'homme blanc cause avec toi et cela te fait enfler d'orgueil, Kicken Bird. Mais tu es comme la femelle du bison quand elle est morte et gonflée de vent puant. Les Indiens devaient mourir tous ensemble, mais toi, Kicken Bird, tu n'as pas voulu mourir avec nous. Maintenant, tu mourras tout seul. Tu es déjà moribond, Kicken Bird, et le vent de la pourriture est en toi."

» Alors les chariots se mettent à rouler et les gros fouets de charretier à claquer, tout ça en direction de la route de Caddo. Kicken Bird restait là à les regarder partir. Les soldats partaient eux aussi, mais Kicken Bird restait planté là à regarder du côté où les chariots étaient partis.

» Dans ce monde-ci, il y a des choses qui donnent à réfléchir et ça, c'en était une. Ce qui est arrivé à Kicken Bird. Quand il a eu fini de regarder, il est parti pour son campement de Cache Creek, à côté de Sills. On racontait qu'il s'était installé là tranquillement, sans faire parler de lui. Il mangeait un petit morceau de quelque chose, mais il n'avait plus de goût à rien. Il restait à regarder par terre sans jamais lever les yeux. Cinq jours comme ça, et le cinquième, au matin, le voilà qui tourne de l'œil et qui meurt. Une fois allongé par terre, il dit : "J'ai mérité ce qui m'arrive. J'ai pris la main de l'homme blanc." Il était mort. Dans la fleur de l'âge.

» Mais sait-on jamais ? Des gens ont raconté que, quand les chariots campaient en vue de Sills, Maman-Ti avait dit des prières et qu'il avait jeté un sort sur Kicken Bird pour le faire mourir. Et lui-même, il est mort aussi, parce qu'il avait jeté un sort sur un autre Kiowa. Peut-être que le cœur de Kicken Bird s'était fendu en deux, comme une pierre à fusil quand on la met dans le feu. Sait-on jamais ? Mais ça, c'est une chose qui vous donne à réfléchir.

» C'était au mois de mai qu'on avait emmené les Indiens de Sills, et moi et Mingo, nous voilà encore partis. Toujours à la chasse aux bisons. Mais, cette année-là, nous n'avons pas aussi bien réussi. Ils commençaient à disparaître. C'est ça qui rendait les Indiens si bougrement méchants, que disaient les gens, le départ des bisons. Alors, ils n'avaient plus rien à manger que ce que le gouvernement leur donnait, et c'était pourri, la plupart du temps. Nous attrapions ce que nous pouvions, mais c'était fini, le bon temps en Oklahoma. Nous entendons dire qu'il y avait encore du bison, du côté de Brazos et de la Pease River. Nous faisions de notre mieux, mais le bon temps était passé. Mingo devenait comme je ne l'avais jamais vu avant. Quand on voyait des bisons, il devenait presque dingo.

» "Nom de Dieu de nom de Dieu, qu'il disait, sur le ton de quelqu'un qui dit des prières, les nom de Dieu de salauds !"

» Et ses yeux brillaient comme s'il avait la fièvre.

» "Nom de Dieu, qu'est-ce que tu attends, bougre de Kentuckien ?"

» Et nous marchions aux bisons. Qu'il fasse jour ou qu'il fasse nuit, il fallait qu'il tire. Quand je le voyais tirer après le coucher du soleil et qu'il n'y avait pas même assez de jour pour viser, je lui disais :

» "Mingo, tu brûles ta poudre aux moineaux."

» Les Sharps, ça bouffe du plomb comme rien du tout et la poudre à proportion.

» "Mingo, que je lui disais, ça, c'est du gaspillage."

» Mais lui, il me répondait :

» "Je vais te couper ta sacrée gorge."

» Et il ne disait plus un mot de toute la nuit.

» Nous dépassons Brazos et nous voilà en route pour le Kansas.

» "Au nord, il y a du bison", disait Mingo.

» Il y avait des jours où nous apercevions un vieux mâle avec quelques vaches. Et, par terre, des ossements tout blancs ; aussi loin qu'on pouvait voir, c'était blanc comme une plaine de sel. En passant dessus, les roues du chariot les faisaient craquer. Nous arrivons à Dodge City. Là, il y avait des montagnes d'os, empilés comme des meules. On ne voyait que des os. Les gens les ramassaient et les apportaient pour les vendre. On les achetait et on les expédiait dans l'Est pour en faire de l'engrais pour les terres pauvres. Des os empilés tout le long de la ligne de Santa Fe, et qui attendaient ; on n'en avait jamais vu autant. À Dodge City, il y avait du monde, mais pas comme avant. Des types qui n'avaient pas un rond, eux qui avaient jeté l'argent par les fenêtres comme des sénateurs. Des os et des chasseurs de bisons dans la débine, voilà ce qu'on y voyait, en ce temps-là. Nous étions à Dodge City, et Mingo, lui, il avait toujours une bouteille à sa portée.

» "Les bisons ont foutu le camp, qu'il disait, et bientôt le whisky en fera autant. C'est plus un pays pour les Blancs."

» Mais, vrai comme le bon Dieu, la sécheresse ne menaçait pas encore. Pas Mingo, en tout cas.

» Pendant que nous étions à Dodge City, le bruit court que le chemin de fer de Santa Fe payait les gens un bon prix pour lutter contre le Denver-Rio Grande et l'empêcher de poser des voies, là où l'Arkansas sort des montagnes, dans le Colorado. Mingo arrive et me dit :

» "Prépare-toi, nous partons."

» Mais je lui dis :

» "Non, je ne veux pas tirer sur mes semblables, pas pour le chemin de fer, ni pour rien.

» — Moi, me dit Mingo, j'en ai tué des tas pendant quatre ans pour le gouvernement, et si j'en ai tué pour le compte du gouvernement, je pourrais bien en tuer pour le compte d'un autre, aussi vrai que le bon Dieu, même pour le chemin de fer."

» Mais moi, je dis :

» "Non."

» Lui, Mingo, il y est allé pendant que je l'attendais à Dodge City. Le voilà qui revient avec de l'argent.

» "Ça sera la ligne de Santa Fe, qu'il me dit, avec des Irlandais en guise de traverses."

» Alors il me dit :

» "Allons dans le Yellowstone. Dans le Yellowstone, il y a des bisons comme avant, à ce qu'on dit. Prépare-toi."

» Mais moi, je ne disais rien.

» "Qu'est-ce que tu as à rester assis là ? qu'il me dit. Allons, prépare-toi."

» Alors je lui dis que je n'avais pas envie d'y aller.

» "De quoi est-ce que tu as envie ?" qu'il me demande.

» Je lui dis que je ne pouvais pas l'expliquer exactement, mais que ça viendrait. Enfin que j'avais un peu d'argent devant moi, que je pourrais prendre un bout de terrain et acheter du matériel pour m'installer. Mingo me jette un coup d'œil comme s'il ne m'avait jamais encore vu, et il crache par terre.

» "Un abruti de cul-terreux, qu'il dit, voilà ce que tu seras, un sacré abruti de cul-terreux.

» — Peut-être, que je dis, si c'est mon idée.

» — Un ramasseur d'os, qu'il dit.

» Il me jette un drôle de regard, et c'est le dernier mot que je l'aie entendu dire :

» "Un ramasseur d'os."

» Il me regarde encore une fois et il s'en va. Le lendemain, avant le lever du soleil, il était parti. Direction Yellowstone, qu'on m'a dit après.

» Je m'installe donc sur une concession, comme je viens de vous le dire. Dans le Kansas. Et je réussis aussi bien qu'un autre, je crois. Je n'ai jamais boudé à l'ouvrage, et j'avais de l'argent pour débuter, pour acheter du matériel et du bétail et tout. Deux ou trois ans que je reste là. Je me tirais bien d'affaire, mais c'était pas ça. Il y avait quelque chose qui me prenait, je ne savais pas ce que c'était, mais ça me prenait jour et nuit.

» Je décide de vendre mes bêtes et mon matériel. Je dis à un type :

» "Qu'est-ce que vous me donnez pour mon matériel et pour mes bêtes ?"

» Il dit la somme. C'était rien du tout, c'était pas la moitié de ce qu'on pouvait en tirer, mais ça me suffisait, et j'accepte. Je m'équipe et me voilà parti, à travers l'Oklahoma, dans l'Ouest. Dans l'Ouest, comme les gens qui avaient envie de bouger faisaient en ce temps-là.

» Je prends la même route qu'avant et c'était déjà changé. Mais pas autant que quand je suis repassé par là, en 1891, à mon retour. À ce moment-là, quand je suis repassé, les Indiens faisaient leurs danses. Ils dansaient pour faire revenir les bisons. Il y avait longtemps qu'il n'y en avait plus, et des os, pas davantage. Les Indiens faisaient leurs danses pour les faire revenir. Des Indiens, il y en avait partout, à ce qu'on me disait, là-haut, dans le Dakota et dans l'Ouest. Ils appelaient ça la danse des esprits. Ils faisaient des sorcelleries pour essayer de ramener le bon temps, qu'était passé depuis belle lurette. Ils prétendaient qu'un monde nouveau allait venir pour les Indiens. Un nouveau pays devait venir, plus beau que tout ce qu'on pouvait imaginer, avec des bisons grouillant dessus. Comme au temps où j'étais sur une colline près de Medicine Lodge, à les regarder passer sans en voir la fin. Voilà comment ça serait. Ce nouveau monde, ils croyaient qu'il allait venir en glissant par-dessus le vieux, d'où que les bisons étaient partis, et les Indiens dans la crotte, et qu'il l'effacerait comme un gosse qui crache sur son ardoise et qui la frotte pour la nettoyer. Et les Indiens seraient tous là, toutes les tribus seraient appelées, tous ceux qui étaient morts, tous, sur cette nouvelle terre blanche. Les vivants dansaient pour la faire venir.

» Il y en avait qui l'avaient vue. C'étaient ceux qui tombaient par terre, pendant qu'ils dansaient, et qui étaient morts, à ce qu'ils disaient, et qui se couchaient par terre tout raides, comme s'ils étaient morts. C'étaient ceux-là qui l'avaient vue, la terre nouvelle. Quand ils revenaient à eux, comme quand on se réveille, ils racontaient comment qu'ils l'avaient vue. Elle était brillante et toute blanche, et là, les morts étaient heureux, ils leur faisaient signe de la main, et ils leur parlaient. Les squaws, qui avaient perdu leurs enfants, pouvaient les voir.

» Y avait des gens qui rigolaient et qui s' foutaient d'eux : ils disaient que les Indiens étaient devenus complètement toqués. Mais moi, pas. Un temps, longtemps avant, quand j'étais encore qu'un blanc-bec et que j' connaissais rien de la vie, j'aurais pu rigoler d'eux, mais pas à ce moment-là, en 1891. Quand je suis revenu chez moi, après ce que j'avais vu. Moi aussi, je m'étais couché, comme les Indiens, comme si j'étais mort, et j'avais vu quelque chose qui venait et, cette chose-là, c'était comment je devais revenir chez moi. En 1891.

» Mais revenons à nos Indiens. Ils se mettaient tous en rond pour danser ; et je te tourne et je te tourne, et je te chante ! Des chants qu'ils arrangeaient pour raconter qu'ils avaient été morts et ce qu'ils avaient vu dans cette terre nouvelle qui allait venir. Et le sorcier, il se mettait au milieu et il secouait des plumes d'aigle pendant que les Indiens chantaient et dansaient en rond. Alors il y en avait un qui sentait que ça commençait à venir et il se mettait à trembler et à frissonner comme s'il avait froid. Alors le sorcier se mettait à lui agiter ses plumes d'aigle devant lui, sans s'arrêter, en faisant “Hoou ! Hoou ! Hoou !” jusqu'à ce que le type se trémousse comme quelqu'un qu'est visité par l'Esprit saint. Et puis il finissait de se trémousser et il restait là, raide comme un piquet, et les yeux écarquillés, combien de temps, ça j' peux pas l' dire, pendant que les autres dansaient et chantaient. Et il arrivait encore d'autres Indiens et les voilà qui tombaient par terre, comme des cadavres, et les chants et les danses n'arrêtaient pas.

» Mais ça, c'était quand je suis revenu, en 1891, comme je viens de vous l' dire. Pas quand je suis parti. Quand je suis parti, je me suis dirigé vers l'ouest, comme les gens faisaient en c' temps-là, quand ils avaient envie de remuer. J'arrive à Santa Fe, je visite la ville et je m'en vais au milieu pour regarder les gens aller et venir, et j' pensais déjà à m'incruster là et à me reposer. Mais alors, ça me reprend. "Non, que j' me dis, j' vais pas m'arrêter, j' dois pas m'arrêter." Et j'ai pas lambiné, j' suis resté rien que pour gagner ma pitance et le reste. Un type me demande comme ça :

» "Où est-ce que tu vas ?"

» Et je lui dis que je n'en savais rien. Alors il me dit :

» "Bon Dieu, étranger, tu pars sans savoir où tu vas ?"

» Et moi je lui réponds :

» "Non, je ne sais pas, mais ça me viendra quand je serai arrivé.

» — Bon Dieu !" qu'il dit.

» Et me voilà parti.

» J'arrive dans les montagnes. Ces montes-là, c'est pas des montagnes comme celles que vous avez pu voir. Pas comme les collines de l'Arkansas ou celles de ce patelin-ci, le Kentucky. Ce pays-là, il était élevé et découvert, et les montagnes s'élevaient au milieu. C'est en juin que je suis arrivé dans le pays haut, et il y avait des fleurs partout, comme j'en avais jamais vu. Des genêts avec des fleurs tout en or, et des petites fleurs par terre. Et des cactus en fleur, aussi loin qu'on pouvait voir.

Mais tout ça, ça n'avait pas d'odeur. On peut s' coller l' nez d'sus. C'est magnifique, mais ça ne sent rien.

» Je monte en haut des montagnes. Je trouve des cèdres et des genévriers, mais rabougris, bons à rien. Et puis, plus haut, des pins, et puis des cèdres, mais tout rabougris. Et puis, plus haut encore, des grands pins où l'homme n'avait jamais mis la cognée. Quand on regardait en bas, le pays était tout bouleversé, sens dessus dessous, dans toutes les directions. Et le sol avait des couleurs comme le ciel au lever du soleil. Quand on regardait en haut, il y avait encore de la neige, à mon arrivée, et le soleil tout blanc par-dessus, comme en été au-dessus des nuages. Le vent de neige descendait et vous gelait la figure et le soleil brillait.

» Je suis arrivé dans ce pays-là sans jamais demander mon chemin à personne. Au-delà de Santa Fe, j'avais rencontré des gens qui allaient et venaient, mais, après, y avait pour ainsi dire plus personne. Dans le pays haut j'ai vu quelquefois des Indiens, à pied ou à cheval, et je leur faisais des signes, et eux aussi, ils me faisaient des signes, mais je ne leur ai jamais demandé mon chemin. Dans ce pays-là, on pouvait se trouver à un endroit et les Indiens installés à une portée de pistolet sans qu'on les aperçoive ; on ne pouvait pas, à cause de la façon dont ils construisent leurs maisons, avec de la boue qu'ils empilent en rond ; on dirait des bosses qui sortent de la terre. Ces maisons-là, ils les appellent des *hogans*. Quand vient le froid, ou la sécheresse, et quand l'herbe disparaît, ils décampent et se construisent une nouvelle maison. En un jour, entre le lever et le coucher du soleil, elle est bâtie.

» C'est pendant l'été que je suis resté dans les montagnes, tout en haut. Quand le froid est arrivé, je suis redescendu et je me suis construit une maison, comme une maison d'Indien. Seulement, la mienne était orientée au sud et adossée à un gros rocher. Les Indiens, eux, ils orientent leurs maisons à l'est, jamais autrement : c'est contraire à leur religion. Et j'avais installé un appentis pour mes poneys. Je suis resté là tout l'hiver, je vivais sur le pays. Ça peut se faire, si on veut, avec une carabine et des pièges. De temps en temps, je faisais affaire avec les Indiens pour avoir du maïs. Mais, pendant deux ou trois mois, je suis resté sans voir personne. Et, d'une façon, ça ne me manquait pas. J'avais voulu venir là et maintenant j'y étais. Ça dépasse toute idée comme le bon Dieu mène quelquefois un homme et dirige ses pas. J'étais là et je savais que, pas loin de là, dans le plat pays, il y avait tout un monde de gens, à gagner de l'argent et à faire des enfants sans s'occuper du lendemain. Je savais qu'il y avait eu la guerre et des massacres dans le pays, et que des gens s'étaient entretués, frère contre frère. Et que des gens étaient morts, qu'ils étaient maintenant sous la terre où ils avaient marché comme moi et comme leurs semblables ; et personne n'aurait pu dire pourquoi. Rien que le Seigneur Dieu. Je réfléchissais à tout le mal que j'avais vu faire de mon temps. Et au mal que j'avais fait, pour dire la vérité. Tout le monde fait le mal, les uns plus, les autres moins, mais on finit par y réfléchir.

» On aurait dit que j'avais la tête remplie tantôt d'une chose et tantôt d'une autre. Quelquefois, c'était comme si je voyais clair comme le jour toutes les choses et tous les gens que j'avais vus dans ma vie, et tout en même temps. On ne peut pas expliquer comment ça peut se faire, mais c'était comme ça. Tout en même temps comme si un homme avait vécu toute sa vie, sans que le temps passe. C'est impossible à expliquer et je ne trouve pas de mots pour le dire, mais c'était comme ça. Ça vaut la peine d'y réfléchir. Alors on se sent purifié, on n'est plus le même homme.

» L'été venu et la neige disparue, je me mets en route pour la haute montagne. Je vois des Indiens qui faisaient comme moi ; ils me font signe et moi, je vais avec eux. Ils avaient des moutons et des poneys, et ils allaient là où l'herbe était belle. Il y en avait deux ou trois qui savaient notre langue, pas bien, mais un peu. Je suis resté avec eux tout l'été. L'herbe disparue et le temps venu de s'en aller, ils me demandent de rester avec eux, ce que j'accepte. On peut très bien s'arranger avec les Indiens, si on en a envie. C'est ce que j'ai fait. Ils n'ont jamais rien eu contre moi, ni moi contre eux. Le froid était arrivé et ils descendaient dans la plaine, et moi, je les ai suivis. Ils m'ont aidé à construire un *hogan* pour l'hiver, comme le leur, et ils ont frotté des piliers avec de la farine de maïs qu'ils ont semée par terre, comme ils font pour avoir de la chance, en disant les mots qu'ils disent pour que ceux qui vont habiter la maison vivent heureux. Et ils en ont aussi jeté une poignée sur le feu qu'ils avaient allumé, sous le trou à fumée, en disant les paroles qu'il faut, et rangé les provisions. Après ça, nous nous sommes assis par terre sur des peaux de mouton, et nous avons mangé côte à côte. Ils faisaient des cigarettes à leur façon, avec des feuilles de maïs et du tabac, et ils restaient là, assis, à fumer et à bavarder. C'était comme par ici, quand on pend la crémaillère et que les gens se donnent du bon temps.

» Cinq ans que ça a duré comme ça. C'est pas une façon désagréable de vivre, pour celui qui en a le goût. Et je n'ai jamais eu à me plaindre. J'avais l'esprit et le cœur tranquilles comme jamais avant, dans le temps où je luttais pour vivre. Je crois bien que je serais encore là-bas si je n'étais pas tombé malade. Gravement malade. C'était pendant l'été de 1890 ; nous étions dans le pays haut et on aurait dit que quelque chose me sortait du corps. Je n'étais plus bon à rien. Je ne pouvais pas seulement lever la main ; toutes mes forces m'avaient quitté. Je restais assis par terre à regarder le ciel léger et bleu, au-dessus des montagnes. Et puis j'ai eu la fièvre. Quand elle m'a pris, je me suis dit : "Willie Proudfit, tu vas mourir." C'est ça que j'ai dit, et les mots me sonnaient dans la tête comme des cloches. Alors je me suis rappelé comment d'autres étaient morts, en prenant ça le mieux qu'ils pouvaient, et je me dis : "Willie Proudfit, tu n'as qu'à faire comme les autres." Mais la fièvre me reprend et je me dis : "Tu vas mourir, et loin de chez toi."

» Les Indiens faisaient ce qu'ils pouvaient. Ils me donnaient à boire des drogues qu'étaient faites avec de l'herbe et des machins comme ça. C'était noir, c'était amer, mais ça ne me faisait rien du tout. Quand je brûlais de fièvre, je me couchais, et toutes les choses de ce monde me paraissaient différentes. Rien ne me restait dans l'estomac, pour ainsi dire. Et toujours la fièvre. Les Indiens me traitaient bien ; on ne pouvait pas demander plus. Mais le Seigneur m'avait envoyé une grave maladie, et je me disais : "Willie Proudfit, tu vas mourir."

» Mais non. L'homme ne sait pas ce que le Seigneur a décidé pour lui. Il y a beaucoup de pauvres malades qui regardent le visage de la Grâce à l'œil nu et qui ne la reconnaissent pas ; comme des aveugles qui lèvent la tête vers le soleil sans le voir. C'est une grâce que le Seigneur m'a faite, et je l'en remercie.

» Les Indiens voyaient que je dépérissais comme un arbre au soleil quand on a mis la cognée à ses racines. Comme ils m'appelaient leur frère et qu'ils m'avaient donné un nom, ils faisaient tout ce qu'ils pouvaient. Ils avaient bâti une "maison de la médecine", ils y avaient allumé du feu, et ils m'avaient mis dedans pour essayer de faire sortir le mal. Ils s'asseyaient là, et il y en avait qui s'étaient couvert la figure avec un masque de cuir peint, et ils balançaient des plumes d'aigle devant moi pour faire sortir le mal. Quelquefois, ils me mettaient des drogues sur la tête, sur les pieds, sur les genoux et sur l'estomac, des drogues qu'ils avaient fabriquées et, quelquefois, de la farine de maïs. Quelquefois, c'était du sable qu'ils me mettaient sur la tête. Ou bien ils me lavaient avec un mélange qu'ils fabriquaient avec des herbes et qui ressemblait tout à fait à de la mousse de savon, et ils me séchaient avec de la farine de maïs. Et ils mettaient des branches de sapin sur moi, et ils jetaient des machines dans le feu pour me les faire respirer, et quoi encore ? Et moi, j'étais trop près de la mort pour faire attention à rien. Quelquefois, ils faisaient des dessins par terre avec du sable de couleur, des plumes et des perles et des tas de choses, et ils se mettaient à chanter et à brailler pour faire sortir le mal. Ils me mettaient dans une hutte qu'ils avaient faite exprès, pour me faire suer, une petite hutte juste assez grande pour qu'un homme puisse s'y coucher, recouverte de boue et de sable, avec des dessins en sable de couleur et un rideau en peau de daim en guise de porte. Quand j'étais là-dedans, ils faisaient rougir des pierres au feu pour me faire suer. Et je me rappelle qu'une fois ils ont dansé toute la nuit et chanté, tout nus, et le feu chauffait dur.

» Mais par à-coups, la fièvre me reprenait, et c'était comme si je rêvais. Je m'en allais et je ne pouvais m'accrocher à rien. Et ça m'était égal : quand le moment est venu, ça nous est égal. Ils m'avaient sorti de la hutte et ils m'avaient étendu par terre. Ça, je le savais, je m'en allais. Qui sait ? J'étais peut-être mort ?

» Peut-être que j'étais mort quand la chose m'est arrivée, quand j'ai vu ce que j'ai vu. Ce que je voyais, c'était une longue route qui descendait d'une colline toute verte, et l'herbe nouvelle qui poussait, et des arbres, des érables, des ormes, et d'autres encore et, à ce moment-là, je mettais le pied sur la route pour descendre. J'avais le feu dans le corps et une soif ! Le pays était tout vert et l'ombre était fraîche, mais j'avais le feu dans le corps. Je descends la colline et je vois des maisons installées en bas dans la vallée, et des toits et les arbres qui poussaient là. Je prends un tournant sur la route ; il y avait là une petite église, une église blanche avec une cloche et l'herbe verte devant l'église. À côté, il y avait une source. Alors je m'y précipite, je me fourre la tête dans l'eau, à cause du feu que j'avais dans le corps, comme un chien qui va laper. Je ne prenais pas l'eau avec les mains pour boire. Mais je fourrais ma figure dans l'eau et la fraîcheur me pénétrait. Alors je me mis à boire tout mon saoul.

» Je ne peux pas dire combien de temps ç'a duré. Quand je lève la tête, je vois une femme qui était assise auprès de la source. Elle me regardait. J'ouvre la bouche, mais il n'en sort pas un mot. On aurait dit que les mots allaient me faire éclater et qu'ils ne voulaient pas sortir.

» Mais tout ça a fini par passer sans que je dise un mot. Ce rêve, si c'en était un. Je ne peux pas dire combien de temps je suis resté allongé là, mais, quand je suis revenu à moi, c'était l'aube, et il faisait une lumière grise, car la pluie tombait. Je n'avais plus de fièvre et je restais couché, la tête pleine de ce que je venais de rêver. Alors ils me font rentrer dans la hutte et, le soir, je mange un morceau. Mon estomac peut le garder. Mes forces reviennent, pas vite, mais elles reviennent. Et tout le temps je pensais à la vision que j'avais eue, à l'église, aux arbres verts, à la source. Tous les jours j'y pensais. Tout ça, je l'avais vu, mais je ne pouvais pas dire où c'était. Et puis je me suis rappelé : c'était la route qui vient de Thèbes, dans le Kentucky, que j'avais vue quand j'étais gosse, avec l'église, là où la route fait un coude. Je ne l'avais pas vue depuis que le papa était parti et qu'il avait quitté le Kentucky pour aller dans l'Arkansas. Quand la guerre avait commencé et qu'il n'avait pas l'esprit tranquille, mais ça m'est venu, clair comme le jour, et je me dis : "C'est là que je vais aller."

» Les forces me revenaient et je suis parti. Je dis adieu aux Indiens qui me donnent la main. J'arrive à Santa Fe et, là-haut, dans l'Oklahoma, comme je vous l'ai dit, puis en Arkansas. Je voulais aller voir mes vieux. Si toutefois le Seigneur les avait épargnés. J'arrive à Fort Smith, dans l'est de l'Arkansas, là où mes parents avaient vécu. La maman était morte, morte depuis longtemps à ce que me disent les gens. Et mon père, il était mort, lui aussi, mais il n'y avait pas plus d'un an. Il avait été tué d'un coup de couteau. C'est un individu qui venait du Missouri qui l'avait tué. Un soir, il était allé s'asseoir à l'auberge du village ; tout le monde était là à bavarder. Ils étaient à parler de la guerre et comment c'était arrivé. Le type du Missouri, il jurait après les rebelles, et mon père lui dit :

» "Non, il ne faut pas les maudire comme ça, ils n'ont pas cru mal faire, pas plus que les autres."

» Ils se disputent et le type du Missouri, il abat mon père, un vieillard ! Après ça, il est sorti et il est parti, personne n'a jamais su où. Et mon père était étendu par terre : il était mort. J'ai vu l'endroit où on l'avait enterré, et ma maman aussi. Personne ne savait où mes frères étaient allés, depuis si longtemps qu'ils étaient partis. C'étaient des étrangers qui habitaient la maison que mon père avait construite dans le temps, la maison que je l'avais vu commencer à bâtir, le jour où il s'était planté là et qu'il avait dit "Seigneur Dieu ! Seigneur Dieu !" et qu'il avait dit tout d'un coup à la maman : "Henriette, passe-moi la cognée." Je voyais tout ça, les rondins bien équarris et disposés bien serré, et la cheminée toujours solide. Elle n'était pas encore démolie, elle n'avait pas même bougé.

» Je vends la maison pour ce que je peux en tirer, sans tourner autour du pot. Et puis j'arrive dans ce pays-ci, dans le Kentucky, en traversant le Tennessee, et j'arrive à Thèbes. Il faisait chaud le jour où je suis arrivé, et ce n'était pas encore tout à fait l'été. Je passe la colline. Je descends le long de la route, là où il y avait des arbres et de l'herbe verte. Comme c'est maintenant, et comme je les avais vus le jour où j'avais eu une vision. Je prends le tournant de la route : l'église était là ; c'était la nouvelle église de Bethany. Et je vois la source. J'y accours et j'étais tout tremblant en la voyant et presque aveugle de ce qui m'arrivait. Je me plonge la figure dans l'eau et je bois à tire-larigot. Alors je lève la tête. Elle était là… »

Il s'arrêta de parler. Au milieu du silence, dans le terrain marécageux qui bordait la rivière, des grenouilles coassaient. Puis il ajouta :

« C'était Adèle. »

Dans l'obscurité, sa femme dit alors doucement :

« Oui, j'étais là, assise à l'ombre d'un érable, et je l'ai vu qui descendait la côte. »

16

Le crépuscule était déjà tombé lorsque, de la cour où se trouvaient la pile de bûches et le billot, Mr. Munn ayant, par hasard, levé la tête, aperçut le buggey engagé dans le chemin qui longeait la rivière. Sans hâte, il appuya la cognée contre le billot et se pencha pour ramasser, parmi les copeaux et les morceaux d'écorce pourrie, une brassée de bûches coupées à la dimension du fourneau. Puis il se rendit à la cuisine.

Adèle Proudfit y était encore, occupée à essuyer des assiettes. La lampe allumée reposait sur la table, à côté d'une pile de vaisselle. Mr. Munn se pencha et fit glisser dans une caisse sa brassée de bûches, qui tombèrent avec un bruit sourd. Puis il se tourna vers Adèle :

« Il y a des gens qui viennent en buggey par la route, dit-il. Ils doivent arriver en ce moment. »

Elle le regarda, prête à répondre, quand il poursuivit :

« Je vais sortir par-derrière. C'est sans doute une visite pour Willie, mais je vais me retirer jusqu'à ce qu'ils soient partis. Il vous sera facile de m'appeler. »

Il franchit rapidement la distance séparant la maison des taillis qui bordaient le pied de la colline.

Dans le ciel, la lumière disparaissait rapidement. À peine pouvait-on discerner la masse sombre de la maison, qui se confondait avec le monticule plongé dans l'ombre, derrière la rivière. Mais les fenêtres découpaient dans l'obscurité régnante des rectangles de lumière jaune. Il crut enfin reconnaître le grincement des roues sur le gravier : c'était le buggey qui roulait sur la route ; mais il n'en était pas bien sûr, car la nuit était maintenant trop avancée pour qu'il pût découvrir quelque chose.

Peu après avoir entendu le gravier crisser sous les roues, il vit, émergeant de l'ombre de la maison, une silhouette qui se dirigeait vers lui. Avant même qu'elle se fût approchée du taillis, quelques détails à peine sensibles de l'allure, l'impression fugitive causée par cette démarche traînante l'avertirent que c'était Willie Proudfit. Mr. Munn ne bougea pas.

Arrêté auprès du taillis, Willie s'arrêta et l'appela à voix basse :

« Perse, Perse !

— Oui ? répondit-il.

— C'est une dame, dit Willie Proudfit.

— Une dame ?

— C'est le docteur Mac Donald qui l'a envoyée. – Il fit une pause. – Pour vous voir. À ce qu'elle dit. »

Mr. Munn cessa de regarder l'homme qui était maintenant à côté de lui et tourna les yeux vers la maison aux fenêtres éclairées. Il éprouvait une vague irritation, semblable à celle que l'on éprouve lorsque l'on est dérangé, dans un demi-sommeil, par quelque bruit mal défini et incompréhensible. Passant sa langue sur ses lèvres sèches, il demanda :

« Une dame ?

— C'est la fille de Mr. Bill Christian, répondit Willie. Je ne le connais que de nom. »

Ils s'en retournèrent vers la maison. Willie Proudfit disait :

« C'est un type qui l'a amenée ici en buggey d'Ashby Crossing, du côté de Thèbes. Mais Dellie va la faire rester cette nuit. L'homme en question vient de partir ; je n'ai pas pu saisir son nom. Il n'a pas voulu entrer. Je suis sorti pour lui dire de descendre et de venir à la maison, mais il a dit non, il a dit... »

Elle était debout et tranquille, au milieu de la pièce, et elle lui donna en quelque sorte l'impression qu'elle l'attendait ainsi depuis longtemps. Il passa par la cuisine, maintenant obscure et, lorsqu'en approchant, il la vit dans l'encadrement de la porte, il se rappela soudain la première fois qu'il l'avait aperçue ainsi, debout au milieu de la chambre d'hôtel, tandis que le tumulte de la foule montait de la rue, et comme il avait alors été frappé par son air calme et l'impression d'assurance qu'elle lui avait donnée. Elle était là, maintenant ; il approchait, et la lumière de la lampe qui éclairait à demi son visage soulignait, sous la chair, la structure des os, et accusait l'œuvre du temps.

Il franchit le seuil. Ses yeux ne l'avaient pas quitté, tandis qu'il approchait – il en était sûr – mais elle n'avait pas bougé.

« *Hello!* Lucille ! » dit-il en allant à elle, la main tendue.

Auprès de la table où reposait la lampe, il aperçut alors Adèle Proudfit.

« *Hello!* dit Lucille – et elle lui donna la main. Comment allez-vous ? »

Elle semblait vouloir lire sur son visage et, bien qu'à la dérobée, elle le regardait attentivement. Il en fut gêné, comme si elle pouvait découvrir en lui quelque tare secrète.

« Je vais très bien, dit-il. Ça marche bien. »

Il semblait qu'elle fût sur le point de parler, mais elle ne dit rien. Elle retira sa main, et il tressaillit, car il ne s'était pas rendu compte qu'il la tenait encore. Revenant à elle, elle lui expliqua :

« Nous voulions savoir comment vous vous tirez d'affaire. C'est pour cela que je suis venue. Le docteur Mac Donald m'a dit où vous étiez. »

Elle parlait d'un ton précis, impassible, comme si elle apportait un message à moitié compris et appris par cœur.

« Il a pensé qu'il valait mieux que ce soit moi qui vienne, et personne d'autre ; s'il était venu, lui, on aurait pu deviner...

— Je suis très touché que vous soyez venue, répliqua-t-il, et que le docteur ait désiré savoir comment je me porte. »

Sa voix sonnait faux à ses propres oreilles.

Elle se tourna vers Adèle Proudfit et dit :

« Mrs. Proudfit a eu la bonté de m'inviter à passer la nuit. Je m'en retournerai demain. Nous voulions seulement savoir...

— Non, non, protesta Willie Proudfit, qui venait d'entrer dans la pièce et s'appuyait au mur, auprès de la porte de la cuisine. Non. Pas demain. Après tout le chemin que vous avez fait pour venir ici ? Une visite qui ne dure pas un peu, ça n'a pas de sens !

— Non, interrompit sa femme. Nous sommes très honorés de votre visite.

— Il faut que je parte, dit Lucille Christian. Demain. Mais je suis très sensible à votre invitation. Très sensible... »

Elle se tut et resta sans bouger, ne paraissant plus rien attendre. Mr. Munn sentait qu'il devait rompre le moment de silence qui suivit et qui lui sembla interminable. Mais il ne trouvait rien à dire. Ce fut avec un certain sentiment de reconnaissance qu'il entendit Willie Proudfit suggérer :

« Mais allons donc nous asseoir sous la galerie. Il y fait plus frais. »

Lucille, alors, se tourna vers Adèle et fit un pas vers la porte d'entrée.

« Oui. Il a fait aujourd'hui une chaleur terrible. Beaucoup plus forte que d'habitude en cette saison. »

Ils sortirent sous la galerie, suivis de Willie Proudfit portant un rocking-chair, qu'il offrit à Lucille.

Ils restèrent assis, dans l'obscurité, pendant plus d'une heure. Ils causaient tranquillement, avec de petites pauses entre la fin d'un propos et le commencement d'un autre. Pendant ces périodes de silence, on entendait les grenouilles coasser dans le terrain en contrebas, et le chant infatigable des insectes, dans les arbres qui bordaient la route. Les voix s'élevaient, puis tombaient, doucement, dans un rythme vivant, se répondant l'une à l'autre, toujours à la même cadence ; mais ce que ces voix disaient échappait à Mr. Munn, sauf lorsque, dans un effort soudain, il se forçait à les écouter, mot à mot. Le crissement sec des insectes dans les arbres, là-haut, ce bruit incessant, interminable, indéfinissable, l'attirait et l'enveloppait. Il lui semblait finalement vivre en lui, dans sa tête, comme l'essence du sentiment qu'il avait de sa propre existence, et le bruit réduisait toutes ces paroles entendues à n'être qu'une obsession vague, vide de sens.

Lucille Christian et Willie Proudfit firent presque tous les frais de la conversation. Elle lui demandait l'état de ses récoltes, et lui, sans hâte, répondait en détail, disant à quelle date il avait ensemencé tel champ, rappelant le temps qu'il avait fait à chaque période de la saison. Enfin, il demanda des nouvelles du docteur Mac Donald et de sa famille.

« Ils se portent tous bien, dit-elle, excepté le professeur Ball. On dit qu'il décline. Il y a longtemps que je ne l'ai vu, mais c'est ce qu'on dit.

— Et votre père ? demanda Willie Proudfit. J'ai entendu dire qu'il n'allait pas bien, et j'avais l'intention de vous demander de ses nouvelles. »

Elle resta un instant sans rien dire, puis, lentement, elle répondit :

« Il va bien, merci. »

Et, d'une voix soudain animée, comme si elle venait de rassembler ses forces pour un effort particulier, elle ajouta :

« Mais, à Bardsville, il y a eu beaucoup de malades. Vous savez comment cela arrive, certaines années. »

Oui, admit Willie, cela arrivait, certaines années.

Puis il lui demanda comment les choses allaient à Bardsville. Elle lui répondit et se mit à lui poser des questions sur les gens du pays dont elle avait entendu parler, où se trouvaient leurs fermes, combien ils possédaient de terre.

De temps en temps, à la place de son mari, Adèle Proudfit précisait un détail ou citait un nom. Sissie ne dit rien de toute la soirée, et Sylvestre ne parla qu'une seule fois. Quand le premier éclair de chaleur brilla à l'horizon, découpant la silhouette des collines dont la masse s'enfonçait dans la vallée, Lucille Christian dit :

« Regardez. Un éclair. Nous aurons peut-être de la pluie demain. »

Alors Sylvestre s'agita sur sa chaise au bout de la galerie :

« Non, dit-il d'un ton rogue. Je vous demande pardon, mais il ne pleuvra pas. Cet éclair-là, c'est la promesse du diable.

— Nous avons besoin d'eau, fit remarquer Lucille.

— C'est déjà la sécheresse, dit Sylvestre. On sue pour rien. »

Peu après, il se leva de sa chaise et, sans un mot, il s'éloigna dans la nuit.

Tandis qu'il s'en allait, la conversation s'arrêta. Puis Adèle Proudfit déclara :

« Il ne devrait pas partir comme cela. Lui qui travaille tant pendant la journée. »

Elle fit ensuite remarquer qu'il était temps, pour tous, d'aller au lit, que miss Christian devait être fatiguée après un aussi long voyage, etc. Rentrée dans la maison, elle monta la mèche de la lampe et tira d'un placard une paire de draps et une mince paillasse.

« Je vais arranger une couchette pour Sylvestre ; l'été, il aime bien dormir sous la galerie. »

Après s'être souhaité une bonne nuit, ils se séparèrent. Lucille Christian s'installa dans la chambre de Sissie ; c'était une petite pièce mansardée, comme celle où couchait Mr. Munn.

Mr. Munn resta quelque temps sans dormir. Il sentait qu'il devait penser à lui-même, à ce qu'il allait faire, où il devrait aller. Et, aussi, à l'arrivée de Lucille. Mais il était las. Quand il s'était couché, il n'avait pas senti sa fatigue, mais, dès que ces questions se présentèrent à son esprit, il fut saisi d'une sorte de léthargie, et il se trouva incapable de les envisager. Il fallait accepter ces choses, sans essayer d'y répondre ou de les résoudre. Elles avaient cessé de le préoccuper. L'arrivée de Lucille les avait réveillées. L'irritation qui l'avait saisi lorsque Willie Proudfit était venu lui dire, dans le bois où il se cachait, que la jeune fille était là, le gagna de nouveau, mais pour disparaître bientôt et se fondre dans sa léthargie.

Il se réveilla dans l'ombre, au bruit léger que fit la porte en s'ouvrant. Dans cette chambre étroite, elle était si proche de la tête de son lit qu'il la touchait en étendant le bras. Il ne broncha pas. Lucille Christian – car il était sûr que c'était elle – entra, poussa la porte avec précaution et la referma derrière elle.

« Perse ! murmura-t-elle. Perse !

— Oui », murmura-t-il.

Elle resta un instant sans répondre, puis dit :

« Perse, il fallait que je te parle. »

Appuyé sur un coude, il la cherchait des yeux, dans les ténèbres, et, comme il faisait des efforts pour l'apercevoir, il sentit le désir sourdre en lui, le posséder comme une rage.

Il allongea le bras et la saisit au poignet. Sous ses doigts, la chair était tiède et ferme. Resserrant son étreinte, il pressa cette chair contre les os délicats qu'il sentait sous la peau. Dans un lent effort, il essaya d'attirer la jeune femme. Au bout de l'épaule, le bras de Lucille se tendait vers lui, mais sans vie, lourd, inerte, comme s'il avait été le bout mouillé d'un câble sur lequel il aurait tiré. Elle ne faisait rien pour résister à son effort, mais, dans l'inertie qu'elle lui opposait, il sentait une obstination pesante qui le surprit, comme un homme qui essaie de soulever le corps d'un être familier et découvre soudain que, mort ou inconscient, il a déjà absorbé quelque chose de la pesanteur de la terre. Il eut un moment de rage, et, de son bras libre, il fit un effort pour la contraindre. Alors, malgré l'obscurité, il s'aperçut que la main pendait, inerte, et comme morte, au bout de ce poignet qu'il serrait et qui s'abandonnait sans résistance. Son accès de rage l'avait quitté, et le désir aussi.

Brusquement, il desserra son étreinte. Le bras retomba le long du corps, comme une chose morte. Il fit un effort pour l'apercevoir, puis dit :

« Tu n'aurais pas dû venir ici.

— Ce n'est pas ce que tu pensais il y a une minute », observa-t-elle.

D'un ton maussade il répéta :

« Tu n'aurais pas dû venir.

— Je voulais te parler.

— Tu n'aurais pas dû. Sissie le saura, et elle va le raconter.

— Non, dit Lucille. Elle dort. D'un sommeil d'enfant. Elle n'en saura rien. »

Puis, sans ironie, elle ajouta :

« Je crois avoir une certaine habitude d'aller doucement. Tu sais bien : l'hiver dernier.

— Nous aurions pu causer demain.

— Non, pas demain. Pas demain, si je dois dire ce que j'ai à dire. C'est ce soir que je dois le dire. Il fallait que je vienne ici, pour le dire. Maintenant, j'aurais pu partir demain sans l'avoir dit, et je me serais demandé ensuite, toute ma vie, ce qui serait arrivé si j'avais parlé. »

Elle était debout, au milieu de la petite chambre, et, quand elle eut cessé de parler, il eut de nouveau conscience du bruit insistant, dévorant, que faisaient les insectes, dans la nuit, dans les arbres, au bord de la route.

Il cessa de la regarder et se renversa sur son lit, de tout son long, les yeux au plafond, invisible dans la nuit.

« Allume la lampe ! » dit-elle alors.

Il se redressa.

« Ils vont nous voir ! objecta-t-il.

— Non, ils ne verront rien. »

Il s'assit au bord du lit, chercha, à tâtons, son pantalon, le passa et revint s'asseoir. Il répéta :

« Ils vont nous voir !

— Non. Tu n'as qu'à baisser la mèche. Mais, pour causer, il me faut de la lumière, si peu que ce soit. Tu sais que nous n'avons jamais causé, vraiment causé, à la lumière, toi et moi. C'était toujours quand je ne pouvais pas réellement te voir. Voir ta figure. J'y ai pensé, souvent, et j'ai eu tout à coup l'impression que je ne te connaissais pas. »

Elle s'arrêta un instant.

« Et toi ? »

Il ne répondit rien.

« Allume la lampe ! » ordonna-t-elle.

Il se leva, fouilla dans sa poche pour y chercher une allumette et se dirigea à tâtons vers la tablette où se trouvait la lampe. Ses pieds glissaient sans bruit sur le plancher nu. Il frotta l'allumette, abrita la flamme dans sa main, et, derrière lui, au plafond et sur les murs, son ombre informe dansait, tandis qu'il approchait la flamme de la mèche. Elle s'alluma en jetant un éclat tremblant ; il posa le verre de lampe et baissa la mèche jusqu'à ce qu'il ne restât plus au bord qu'une flammèche douteuse, semblable à un ver.

Il revint s'asseoir sur le lit et la regarda :

« Tu ne veux pas t'asseoir ? » demanda-t-il.

Elle prit place sur l'unique chaise, une chaise cannée, appuyée au mur, en face du lit. Au bord de la jupe noire, il pouvait voir ses pieds nus, posés à plat sur le plancher. Il remarqua, sans émotion, comme le cou-de-pied était haut et fortement cambré.

Elle se tenait très droite, les mains jointes sur les genoux.

« Maintenant, tu peux me voir, dit-il.

— Oui. Il fallait que je vienne ici, maintenant, pour causer avec toi. Je t'ai dit que c'était le docteur Mac Donald qui m'avait envoyée. Ce n'est pas lui.

— Ce n'est pas lui. »

Il répétait ses mots, comme un écho, bien plus qu'il ne la questionnait.

« Non. Je lui ai demandé où tu étais, et il me l'a dit. Je voulais te parler. J'avais quelque chose à te dire, mais, ce soir, quand tu es entré dans la maison et quand je t'ai vu passer la porte, j'ai senti que c'était impossible. Il me semblait que je ne te reconnaissais pas. Tu n'étais plus celui dont je me souvenais. »

Il leva la main et fourragea dans sa barbe, d'un air pensif :

« Je m'en doute, dit-il, avec une telle barbe !...

— Ce n'est pas cela, lui dit-elle. C'est toi. J'ai senti que je ne pouvais pas te dire ce que j'étais venue pour te dire. Je serais partie tout de suite, ce soir même, si j'en avais eu le moyen. Mais, quand j'ai été couchée, je n'ai pas pu dormir. Cette enfant était là qui dormait près de moi, et, chaque fois qu'elle respirait, je pensais qu'il y avait bien longtemps que je n'avais pas dormi ainsi. »

Elle se tut et cessa de le regarder, les yeux fixés sur la lampe, dont la petite flamme rampait sur la mèche.

Elle parut faire un effort et, sans quitter des yeux la flamme de la lampe, elle reprit :

« J'ai pensé que, si je ne me levais pas pour te parler maintenant, je ne le ferais jamais. J'aurais pu te voir demain matin, mais tu aurais été le même que ce soir, quand tu as passé la porte ; je serais partie, et je ne l'aurais jamais dit. »

Dans le silence qui suivit, elle se tint immobile, toute droite, les mains jointes sur les genoux, l'interrogeant du regard. Mais son visage était impénétrable.

Elle commença à dire :

« Mon père... »

Puis elle se tut.

« Eh bien ? demanda-t-il.

— Il est mort.

— Mort ? Tu as dit, ce soir… là… dehors…

— Oui, je sais. Alors je ne pouvais pas le dire. Pas comme cela, pendant que tu étais là, assis… Il y a trois jours qu'il est mort. On l'a enterré hier… »

Il se redressa et posa les pieds par terre ; en glissant, ils firent un petit bruit sec.

« Je suis désolé, dit-il.

— Pas moi. Dans l'état où il était, couché, les yeux grands ouverts, et ce bruit qu'il faisait pour respirer ! Tout le temps. Nuit et jour… Non ! »

Elle parlait presque avec véhémence, et ses mains se nouaient lentement sur ses genoux.

« Je ne regrette rien.

— Je suis désolé, répéta-t-il, comme s'il n'avait pas entendu.

— Ce n'est pas pour te dire cela que je suis venue.

— Quoi ? » demanda-t-il.

Et il reprit sa position penchée, les coudes aux genoux.

« Je vais m'en aller », dit-elle.

Ses mains jointes étaient tranquilles maintenant, de nouveau croisées, et sa voix n'était plus qu'un murmure.

« Je n'ai pas encore décidé où j'irai, mais je vais partir. Je ne peux plus rester là. Il n'y a plus aucune raison pour que je reste.

— Oui.

— À Saint-Louis, peut-être », dit-elle.

Et elle ajouta :

« Dieu sait pourtant qu'il n'y a aucune raison pour que j'y retourne.

— Ta tante habite là, n'est-ce pas ?

— Je ne voudrais pas la voir – et, malgré son calme, sa voix se fit de nouveau véhémente –, même si elle brûlait en enfer. C'est… c'est une garce. Tu ne peux pas savoir.

— Non. Je n'en savais rien.

— Une véritable garce. C'est la sœur de mon père, mais elle est beaucoup plus jeune que lui. Elle était sa sœur, mais elle avait honte de lui. Elle avait épousé un individu, un nommé Allbright, qui s'était installé là et avait gagné un peu d'argent… Mais tu le sais peut-être ?

— Je savais seulement qu'il était riche, dit Mr. Munn.

— Et, quand ma mère est morte, elle m'a prise chez elle. Rien que pour avoir barre sur papa : voilà comment elle était. Et pour avoir quelqu'un à commander. Et, quand Allbright est mort, elle s'est mise à courir après les hommes. Elle l'avait même fait avant.

— C'est du joli, dit Mr. Munn.

— C'était une garce. Et moi… »

Elle se tut un instant et, d'un air triste, elle essayait de lire sur la figure de Mr. Munn. Puis, tout à coup, elle dit :

« Ce n'est pas là tout ce que je voulais dire. Ce n'en est qu'une partie. C'est la seule façon que je trouve pour le dire…

— C'est bon ! dit-il.

— Nous n'avons jamais parlé, tous les deux. Pas comme les autres. Ce que nous avons été, l'un à l'autre, tout cela était renfermé, caché, coupé de tout le reste, de tout ce que nous avions été. De ce que nous étions, même alors...

— Oui, dit-il.

— Ma tante était une garce. Et moi... je crois bien que j'en étais une aussi. Il y avait un individu...

— Il n'y a aucune raison pour que tu me dises cela, dit Mr. Munn, les yeux au plafond.

— ... Il donnait des leçons d'équitation. À cheval, il était magnifique. C'était un Anglais : il prétendait avoir servi dans l'armée anglaise ; il était formidable. Il se croyait beau garçon, un bourreau des cœurs. Il était tellement formidable que c'est cela, je crois bien, qui me l'a d'abord fait remarquer, simplement parce qu'il était épatant. Je sortais, parfois, pour le rencontrer. Il avait peur de ma tante. Il avait peur de tout, je crois bien. Excepté des chevaux. Le plus rétif ne lui faisait pas peur. Ni de sauter les sauts les plus dangereux. Pendant quelque temps, j'ai pensé à m'enfuir avec lui, simplement, parce que cela me semblait la seule chose à faire. Et je le lui ai proposé. Mais il avait peur. Je lui dis alors combien il était lâche. Tout ce qu'on peut dire. Qu'il n'était même pas digne que l'on s'essuie les pieds sur lui. Que, si je n'étais pas une détraquée, je ne l'aurais jamais regardé. Alors il se mit à pleurer, non pas parce que je le quittais, mais parce que j'avais deviné ce qu'il était, en son for intérieur. Je lui dis qu'un beau jour un cheval le devinerait, ce qu'il était intérieurement, et qu'il le tuerait. »

Elle se tut et le regarda, de l'autre côté de la pièce. Il était allongé sur le dos, les bras sous la tête, et ne paraissait pas s'apercevoir qu'elle avait cessé de parler.

« Il a été tué par un cheval, dit-elle. Un cheval l'a désarçonné et il s'est tué. Je l'ai lu dans le journal, après mon retour ici. D'abord, je n'ai même pas reconnu son nom, tant les choses me semblaient alors changées. »

Elle fit une pause, comme si elle interrogeait ses souvenirs.

« Il s'appelait Emory Chivers. » Puis : « Pourquoi je te dis cela…

— Cela n'a plus d'importance, dit Mr. Munn. Maintenant…

— Quand je suis revenue à la maison, tout était différent avec mon père, poursuivit-elle sans paraître prendre garde à sa présence. Tout était pour le mieux. Alors, je ne pensais pas à grand-chose. J'avais repris la figure d'un personnage que j'avais cessé d'être depuis que j'étais petite fille. Tout était pour le mieux, même lorsque Benton Todd s'est mis à tourner autour de moi…

— Tu aurais dû l'épouser, dit Mr. Munn, en regardant toujours au plafond.

— C'était un gamin, répliqua-t-elle. Rien qu'un gamin.

— Si tu l'avais épousé, il serait là, aujourd'hui. »

Puis, du ton distant d'un juge, il ajouta :

« Vivant !

— Tu n'as pas le droit de dire cela.

— Si ! dit-il. Vivant !

— Personne ne peut le dire, il n'y a rien à dire sur un tel sujet. »

Ses mains bougeaient de nouveau sur ses genoux, se joignant et se disjoignant. Finalement, elle les laissa en repos.

« Il est mort, dit-elle.

— Et cet individu aussi, cet Anglais, ce Chivers. »

Elle ne répondit rien. Pendant quelques instants, il parut plongé dans ses réflexions, avant d'ajouter :

« Tu lui as dit ce qu'il était.

— Il était comme il était. Personne n'y pouvait rien.

— Benton Todd, interrompit Mr. Munn, d'un ton pensif, a fait ce qu'il croyait que tu voulais qu'il fasse.

— Et toi aussi, rétorqua-t-elle, il te trouvait admirable. Il voulait te ressembler. »

Il restait allongé et ne l'écoutait plus.

« C'était un imbécile », dit-il alors.

Soudain, elle se pencha sur sa chaise et tendit vers lui les bras, les mains levées dans un geste de protestation.

« Peu importe, dit-elle. C'est fini. Je suis venue te dire quelque chose...

— Quoi ?

— Je vais m'en aller », répliqua-t-elle.

Elle avait laissé retomber ses mains sur ses genoux, et elle parlait précipitamment, en hésitant, comme si elle s'enfonçait dans une eau profonde.

« Quelque part. Loin d'ici. Je n'aurais jamais dû venir... Jamais. Mais je vais partir. Tu as dit que tu voulais m'épouser. Tu peux partir. Tu dois le faire. Maintenant, je peux t'épouser ; nous partirons et, un jour, nous nous marierons, nous vivrons ensemble. »

Elle cessa de le regarder et tourna les yeux vers la flamme mourante.

« C'est pour te dire cela que je suis venue. »

Quand elle eut fini de parler, les bruits nocturnes semblèrent entrer dans la chambre, s'insinuer, petit à petit ; le bruit des insectes et le frémissement à peine perceptible des feuilles qui tremblaient dans les buissons, près de la maison, au vent léger qui venait de se lever.

« Il fut un temps où j'aurais pu le faire, dit Mr. Munn. Il y a bien longtemps.

— Je savais bien que tu allais dire cela, répondit-elle d'une voix qui n'était plus qu'un murmure.

— Je dois avouer que je n'en savais rien avant de le dire, répondit-il.

— Je l'ai su dès que je t'ai vu. Ce soir. Quand tu as passé la porte. Mais ce que je suis venue te dire, il fallait que je le dise. Je le devais à moi-même. Il le fallait.

— Ce que je dois à moi-même, dit-il, c'est de rester ici.

— Non, dit-elle – et elle se pencha vers lui de nouveau –, ce n'est pas vrai. Ce n'est pas parce que nous… »

Elle hésitait et le contemplait fixement comme pour l'obliger à tourner la tête et à la regarder en face :

« … que nous nous aimons. Quoi que cela puisse être, ce n'est pas le mot qui convient.

— L'amour n'est rien, dit-il, quand il ne fait pas partie d'autre chose.

— Maintenant, je n'aime plus rien. Tout est glacé en moi, simplement. »

Elle se redressa brusquement et s'écria :

« Glacée ! J'ai toujours été glacée. C'est bien cela : glacée ! Voilà pourquoi j'ai fait ce que j'ai fait, pourquoi je suis venue te trouver. J'avais froid. J'ai cru que tu me communiquerais ta chaleur. Pour les autres, il en a été de même. Quelque chose me faisait croire qu'ils n'étaient pas de glace, au-dedans d'eux-mêmes. Je leur croyais du feu. Même Chivers, parce qu'il savait si bien dresser les chevaux. Et toi...

— Et moi ? répéta-t-il, non comme s'il lui posait une question, mais comme si un doute le gagnait lentement.

— Toi ? Toi ? J'ai cru... J'ai dû sentir... – les mots se bousculaient, et elle parlait maintenant à voix haute – je pensais que tu devais brûler, après ce que tu avais fait, après... – sa voix baissa soudain jusqu'au murmure – que pour faire cette chose il fallait que tu brûles, que tu devais éprouver quelque chose après avoir tué un homme.

— Tu savais ? demanda-t-il tranquillement. Pour Trevelyan ?

— C'est Benton qui me l'a dit. Je l'ai su par lui. Voilà pourquoi je suis venue à toi, pour retrouver de la chaleur. Mais tu...

— Eh bien ? demanda-t-il.

— Tu es glacé, toi aussi. Quoi que tu aies fait, tu restais glacé. Comme moi. Glacé au plus profond de toi-même. Quoi que tu aies fait, même à cet homme, au moment du procès, à ce Turpin...

— Turpin ! s'écria-t-il, raidi et prêt à se dresser. Turpin ! Ce n'est pas moi. »

Mais elle parlait toujours.

« Quoi que tu aies fait, tu l'as fait parce que tu étais glacé, parce que tu avais besoin de chaleur. »

Il se laissa retomber et s'abandonna lentement de nouveau.

« Parce que tu avais besoin de chaleur, dit-elle. Parce que tu voulais te réchauffer en faisant quelque chose. Parce que tu avais froid...

— J'ai fait ce que j'ai fait, répliqua-t-il.

— Tu avais besoin de chaleur. Comme les autres. Comme mon père. Il en avait, lui. Un feu intérieur. Voilà pourquoi il a pu vivre seul, pendant des années, grand et fort comme il était. Voilà pourquoi il a pu être ce qu'il était. Tu ne le savais pas ? Eh bien ! Dans sa chambre il avait sur sa table un portrait de ma mère, et, tous les soirs, il le regardait ; je l'ai vu, sans qu'il le sache. Et parfois il lui parlait, simplement, pour lui dire un petit rien, quelque chose qui ne voulait rien dire, comme à une personne présente dans la maison. Tu n'aurais jamais deviné cela, n'est-ce pas ? »

Elle s'arrêta, et, l'ayant regardé, elle lui demanda :

« Dis-moi, l'aurais-tu deviné ?

— Non, répondit-il.

— Ni toi, ni personne, dit-elle. Mais c'était là sa force. Je l'ai vu, je l'ai entendu, et je voudrais être comme lui. Et...

— Et quoi ?

— Et que tu le sois aussi. »

Elle se leva de sa chaise, mais ne l'approcha pas. La lumière mourante éclairait son visage, de bas en haut.

« Mais c'était inutile. D'abord, je l'ai cru. Mais je me suis trompée.

— C'est malheureux, répliqua-t-il.

— Il ne faut pas te faire du chagrin pour moi », dit-elle.

Puis, d'un ton amer, elle ajouta :

« Je n'en éprouve pas pour toi. C'est encore pire pour d'autres. Tolliver...

— Tolliver ! répéta-t-il. Tolliver ! Il y a bien longtemps que je n'ai pas pensé à lui.

— Tolliver, qui, toute sa vie, a parlé au peuple, aux foules, qui n'a jamais rien été que lorsqu'il s'adressait aux foules. S'il avait en lui quelque chose, une vie quelconque, il la buvait dans la foule, en parlant. La foule et les femmes. Il n'a jamais rien été, sauf quand il s'imaginait qu'un autre le croyait quelque chose. Comme...

— Le salaud ! dit Mr. Munn, froidement.

— ... comme on suce le sang. Comme on vit de la vie d'un autre. Voilà pourquoi il tournait toujours autour des femmes. Ce n'était même pas parce qu'il les désirait.

— Le salaud ! » dit encore Mr. Munn.

Il se redressa et s'assit au bord du lit, les jambes pendantes.

« Voilà pourquoi il courait après moi. Je le savais. J'en étais sûre.

— Toi ?

— Il venait tout le temps pour voir papa. Avant tous ces troubles. Il courait après moi. Chaque fois qu'il en trouvait l'occasion, il posait ses mains sur moi. Il disait : "Ma chère petite fille, ma chère Lucille..." »

Elle parlait en minaudant, la bouche pincée, comme pour se moquer.

« C'est ce qu'il me disait : "Ma chère petite, ma chère petite fille !"... »

Mr. Munn semblait réfléchir.

« Il y a longtemps que je ne pense plus à lui, dit-il. Pas réellement. »

Puis, soudain, avec une froide férocité, il s'écria :

« Le salaud !

— Non, dit-elle. Il me fait pitié. Il me faisait déjà pitié quand il courait après moi et que cela me soulevait le cœur.

— "Ma chère petite, ma chère petite fille..." » répétait-il en minaudant.

Il se leva, le visage tendu vers Lucille, et la regardait d'un air farouche, comme s'il la détestait :

« Je voudrais lui arracher le cœur ! s'écria-t-il.

— Il n'est plus rien », dit-elle.

Elle secouait doucement la tête, en répétant les mots, et, de la main, elle faisait un petit geste d'abandon, comme un malade à qui les forces vont manquer.

« J'en suis capable », insista-t-il.

D'un air de reproche, elle répéta :

« Il n'est plus rien. Chivers, lui, au moins, était quelque chose. »

Il se laissa tomber sur le bord du lit et la regarda.

« Il est tard, finit-elle par dire.

— Oui, il est tard.

— Je n'aurais peut-être pas dû venir, dit-elle d'une voix sans expression.

— Peut-être.

— J'ai pensé qu'il le fallait », ajouta-t-elle.

Arrivée à la porte et la main posée sur le loquet de bois, elle se retourna, pour le regarder, prête à parler. Il était toujours assis, les coudes appuyés sur ses genoux écartés, les bras ballants entre les jambes et les yeux fixés sur la chaise, où elle s'était assise, au bout de la chambre. Avec précaution, elle se glissa dans l'ouverture de la porte qui se referma derrière elle, avec le bruit léger du loquet de bois qui retombait dans sa clenche.

Quand Mr. Munn sortit sous la galerie, derrière la maison, Willie Proudfit remontait le long du sentier, un seau de lait dans chaque main. Il attendit que Willie soit arrivé à quelques pas de lui et lui dit « Bonjour ». Willie répondit, d'un air grave, et se dirigea vers la cuisine. Un moment, Mr. Munn s'arrêta pour écouter le clapotement du lait transvasé, puis il quitta la galerie et se rendit dans la cour. Le sol durci du chemin paraissait à peine humide. Cependant, l'herbe et le feuillage étaient mouillés, et des gouttes d'eau y brillaient çà et là dans la lumière éclatante.

Willie Proudfit sortit par la porte de la cuisine et s'avança. Sans rien dire, il s'arrêta un instant à côté de Mr. Munn, en promenant son regard dans la cour, vers les collines, puis vers le ciel, comme s'il se livrait à son premier examen du matin naissant. Enfin, hésitant un peu, et sans se retourner, il se mit à parler.

« Perse…

— Oui ? demanda Mr. Munn.

— Perse… »

Il hésitait encore. Puis, brusquement, il se tourna vers Mr. Munn.

« Je ne suis pas un homme à tourner autour du pot, dit-il, quand quelque chose me trotte dans la tête, je le dis. Je n'ai pas l'habitude de faire autrement. Vous savez que je suis prêt à faire, pour vous, tout ce qui sera juste et raisonnable. Vous savez que ma maison est la vôtre, que vous pouvez y rester, et je suis fier de le dire. Mais j'ai quelque chose à vous dire.

— Très bien, répondit Mr. Munn.

— La nuit dernière, miss Christian est allée dans votre chambre, pendant que vous y étiez. Elle est venue...

— Ce n'est pas... » commença Mr. Munn.

Mais Willie avait levé la main d'un geste autoritaire, et il poursuivait :

« Elle y est allée. Sylvestre l'a vue. Il venait d'arriver sous la galerie pour s'allonger sur son matelas, et il l'a vue. Et ce matin, il est venu me trouver, et il me l'a dit. En me le disant, il a agi selon sa conscience. Ce n'est pas bien, Perse. Dans la maison de Dellie ! C'est mal agir à l'égard de Dellie ; c'est lui jeter de la boue à la figure. »

Il regardait en face Mr. Munn, impassible comme un morceau de bois et qui ne le regardait même pas. Alors il allongea le bras et lui toucha l'épaule en disant, en guise de conclusion :

« Je sentais que je devais vous dire ça, et je vous le dis.

— Lucille est venue dans ma chambre, lui répondit Mr. Munn, toujours sans le regarder. Elle avait quelque chose à me dire ; elle pensait qu'elle ne devait pas attendre pour me le dire. Elle me l'a dit, et nous en avons parlé ensemble. Et elle est partie. »

Et, en le regardant, cette fois, il ajouta :

« C'est tout.

— Je suis heureux de vous l'entendre dire », répliqua Willie Proudfit.

Il retira la main du bras de Mr. Munn.

« C'est tout, répéta Mr. Munn lentement.

— Je n'en doute pas, dit Willie Proudfit. Je sais que vous n'êtes pas un homme dont on peut mettre la parole en doute. Quand vous avez dit quelque chose.

— Il se trouve que c'est la vérité.

— Je n'en doute pas, répéta Willie Proudfit.

— Elle va partir ce matin, comme elle l'avait décidé. Ainsi Sylvestre n'a pas besoin de se tourmenter. »

Il se tut, parut réfléchir, puis il s'excusa :

« Je regrette d'avoir dit cela. Ce que j'ai dit en dernier. Je n'ai rien voulu dire. »

Ils se dirigèrent vers la maison.

Au moment d'arriver sous la galerie, Mr. Munn s'arrêta.

« Bill Christian est mort, dit-il froidement. Il est mort, il y a quatre jours.

— Hier soir, elle a dit qu'il se portait bien ! s'écria Willie Proudfit.

— Il est mort. C'est une des choses qu'elle est venue me dire.

— Mort ! répéta Willie, comme s'il ne se faisait que lentement à cette idée. Et moi qui viens de dire ce que j'ai dit ! »

Il ajouta :

« Ça vous fait l'effet d'être plein de boue, de dire des choses comme ça. De penser des choses comme ça !

— N'en parlons plus », dit Mr. Munn.

Ils poursuivirent leur route et entrèrent dans la cuisine.

Personne ne parla beaucoup pendant le déjeuner. Adèle Proudfit échangea quelques mots avec Lucille, mais les autres restèrent muets. Vers la fin du repas, les deux femmes se turent aussi. Lucille était très pâle, et ses traits paraissaient douloureusement tirés.

Après le déjeuner, Sylvestre, qui devait mener Lucille à la gare d'Ashby Crossing, se rendit à l'écurie pour harnacher le cheval. Les autres s'attardèrent un peu à table, puis ils se rendirent sous la galerie pour l'attendre. Il amena le buggey devant l'entrée, descendit pour attacher le cheval et s'approcha du porche où tous se tenaient en silence. À son arrivée, Lucille Christian lui dit doucement, en regardant les champs qui bordaient la rivière :

« Eh bien ! Nous avons eu un peu de pluie, après tout. »

Debout devant elle, au bord de la galerie, Sylvestre frappa un coup brutal sur la terre, du bout de son soulier, et regarda la marque qu'il venait de faire :

« Ça n'a fait qu'abattre la poussière. Ça n'a pas seulement lavé une feuille dans les champs.

— Je croyais que cela aurait fait un peu de bien », dit-elle.

Du pied, il effaça la marque.

« Ce n'est rien du tout ! » répéta-t-il, comme s'il ne s'adressait pas à elle.

Elle fit ses adieux, serra la main à tous, en finissant par Mr. Munn.

« Il faut que je vous remercie pour toute la peine que vous avez prise, dit-elle à Adèle Proudfit. Je vous en suis bien reconnaissante, et je ne l'oublierai pas.

— Nous ne nous sommes donné aucune peine, répondit Adèle, et nous souhaitons que vous veniez encore nous voir. Quand vous pourrez.

— Une vraie visite, ajouta Willie Proudfit.

— Je vous remercie. »

Elle fit un pas vers le bord de la galerie, comme pour partir. Elle s'arrêta, hésita un instant, puis, se retournant, elle se baissa vivement et embrassa Sissie sur la joue.

« Adieu », dit-elle en parlant vite, avec embarras.

Et elle prit le sentier. Elle s'éloignait rapidement, sans regarder derrière elle, et, quand elle eut parcouru une certaine distance, elle leur fit, de la main, un petit signe.

De la galerie, ils regardaient le buggey s'éloigner lentement dans la vallée. Le soleil, déjà clair, dardait ses rayons sur les champs qui bordaient la route et, dans la lumière, la terre fumait.

Adèle Proudfit et la jeune fille se retirèrent avant que le buggey soit hors de vue, mais les deux hommes attendirent qu'il ait disparu. Pensif, Willie Proudfit fit alors cette réflexion :

« À dire des choses comme ça, on se sent comme de la boue. Son père qui est mort, et dans la situation où elle est, maintenant. »

Mr. Munn ne répondit pas.

Sans en dire davantage, Willie Proudfit quitta la galerie et se rendit à l'écurie.

Mr. Munn s'appuyait contre un des piliers d'angle de la galerie. Maintenant, caché par le feuillage, le buggey avait disparu au dernier tournant, où l'on pouvait encore l'apercevoir. Willie Proudfit était allé à l'écurie. Il était sans doute installé à l'ombre du porche, assis sur une pierre, en train de raccommoder une pièce de harnais posée sur ses genoux. Sous ses cheveux clairs, l'effort devait rider son front hâlé. Ou peut-être aiguisait-il une faux ? Car il faudrait bientôt couper les foins, tels qu'ils étaient.

On n'entendait d'autre bruit que celui de la lime sur l'acier, un bruit léger, grave, mesuré.

Mr. Munn resta là, un certain temps, à regarder tantôt les champs, tantôt la route. Par moments, il entendait derrière lui un cliquetis sourd de casseroles et de vaisselle, ou encore le murmure étouffé des femmes qui causaient, en faisant leur ouvrage. Sur la falaise, des geais se querellaient. Puis, comme lancés par une catapulte, ils surgissaient dans le ciel vide, brillants, étincelants, pour aller se cacher dans un massif de chênes blancs, près de l'entrée. Mr. Munn se redressa, quitta la galerie et se dirigea vers la falaise.

Il y demeura toute la journée, sauf pendant les courts instants où il descendit prendre avec les autres un repas silencieux. Allongé sur le dos, il contemplait le ciel, absorbé dans ce vide, dans cette perfection. Il n'apercevait pas un nuage, pas même le plus petit flocon blanc, immobile, solitaire et brillant, au-dessus de lui, dans l'immensité. À un certain moment, vers le milieu de l'après-midi, il vit un busard s'élever en spirale, comme une tache noire dans son champ visuel. Il le suivit des yeux quelque temps, puis, lassé, tourna la tête. Quand il essaya de le revoir, il s'était perdu dans l'étendue vibrante de la lumière.

Il pensa qu'autrefois Willie Proudfit s'était, lui aussi, couché sur une montagne, là-bas, très loin, et que son regard avait plongé dans l'azur léger de ce ciel inconnu.

« Qu'avait-il découvert, là-bas ? Quoi ? » se demandait Mr. Munn. Il n'en savait rien. Il ferma les yeux.

Lorsque le soleil, énorme et rougeoyant, effleura la cime des montagnes, il prit le sentier qui menait au pied de la falaise.

Après dîner, quand tous furent sortis sous la galerie, il resta debout, s'appuya contre un pilier, leur tournant le dos. Dans l'espace nu de l'enclos et dans la prairie, les lucioles s'allumaient, puis s'éteignaient, en montant du sol. Sylvestre toussait et raclait le plancher avec ses souliers.

« Vous ne voulez pas vous asseoir ? demanda Willie Proudfit.

— Non, merci, répondit Mr. Munn sans se retourner.

— Peut-être qu'il n'est pas fatigué, remarqua Sylvestre, comme s'il parlait pour lui-même, mais assez fort pour que tout le monde pût l'entendre.

— Non, Sylvestre, dit Mr. Munn sans se retourner, je ne suis pas fatigué, si vous voulez le savoir.

— Dellie, chante-nous quelque chose. Pour me faire plaisir », demanda Willie.

Elle se mit à chanter en prononçant à peine les paroles, s'arrêta, puis reprit sa chanson :

Il est un pays plus beau que le jour
Et je l'ai vu par les yeux de la foi.
Et Notre Père...

Brusquement, elle s'interrompit :

« Non, pas ce soir. Ce soir, je ne peux pas.

— Perse, asseyez-vous », dit Willie Proudfit, avec une pointe d'impatience dans la voix.

Mr. Munn ne répondit pas. Puis il demanda :

« Willie, est-ce que le sénateur Tolliver habite toujours au même endroit ? Chez lui, là-bas, près de Monclair ?

— Tolliver ! » dit Willie d'un ton pensif.

Puis il se tut.

« Oui, Tolliver !

— Aux dernières nouvelles, il y était », répondit Willie Proudfit.

Il ajouta :

« C'est un homme complètement ruiné, à cette heure. Après ce qu'il a été !

— C'était un méchant homme », déclara Adèle Proudfit.

Willie renouvela son invitation :

« Asseyez-vous ! »

Mr. Munn se retourna pour les regarder, dans l'ombre où leurs formes se dessinaient.

« Willie, dit-il, Willie, je vais partir. »

Willie attendit un moment avant de répondre :

« Non, Perse, non. – Sa voix était calme. – Vous n'allez pas partir.

Mr. Munn insista :

« Si. Je vais partir cette nuit.

— Il n'y a pas de raison pour que vous partiez.

— Je crois qu'il y a une raison », dit lentement Mr. Munn.

Willie Proudfit, qui était allongé par terre, se mit debout.

« Non, commença-t-il, non…

— Si !… » répliqua Mr. Munn.

Pendant quelque temps, personne ne parla. Dans les arbres, au bord de la route, les insectes faisaient entendre leur chant sec, grinçant, continu.

« Si Dellie veut bien me donner les massepains qui restent du dîner. Et peut-être un morceau de lard. »

Il se tut, puis il reprit :

« Je pars tout de suite.

— Je vais vous préparer quelque chose. Je vais vous faire cuire... »

Elle quitta sa chaise et resta debout, hésitante, sans finir sa phrase.

« Vous n'allez pas partir, dit-elle enfin.

— Merci, répondit Mr. Munn. Je vais seulement prendre ces gâteaux de maïs, et je m'en irai.

— Vous êtes bien décidé ? demanda Willie Proudfit. Vous avez bien ça dans la tête ?

— C'est décidé...

— Vous en êtes sûr ?

— Je me suis décidé, ce matin. J'ai attendu qu'il fasse nuit. »

Il passa devant eux pour rentrer dans la maison et chercha son chemin à tâtons dans la pièce. Willie le suivait, hésitant et maladroit.

Puis une allumette craqua, et l'obscurité se dissipa, se rétrécissant soudain au-delà de la flamme que portait Willie Proudfit. Il alluma la lampe.

Il suivit Mr. Munn dans la petite chambre mansardée et resta debout, la lampe à la main :

« Je veux seulement prendre quelques objets, expliqua Mr. Munn, presque comme s'il s'excusait. Les mouchoirs que vous êtes allé acheter pour moi à Thèbes et quelques affaires... »

Willie surveillait de l'œil la flamme qui vacillait légèrement.

« Ce n'est pas… commença-t-il. Ce n'est pas ce que j'ai dit ce matin ?

— Ce que vous avez dit ? Je l'ai oublié.

— Ma maison est la vôtre, Perse, vous pouvez y rester.

— Je le sais, dit Mr. Munn. Ce n'est pas cela. »

Willie semblait ne plus pouvoir détourner les yeux de la flamme enfermée dans le verre de lampe, barbouillé de fumée.

« Vous reviendrez ? demanda-t-il, les yeux sur la flamme.

— Oui, je reviendrai », assura Mr. Munn.

Willie leva les yeux et le regarda :

« Quand un homme est forcé de faire une chose, observa-t-il, je n'ai plus rien à dire. »

Mr. Munn alluma la seconde lampe.

« Maintenant, je vais prendre mes affaires », dit-il.

On entendait le bruit que faisaient, dans la cuisine, les femmes affairées.

« Je vais aller aider Dellie, dit Willie Proudfit.

— Je n'ai besoin de rien que des massepains », dit Mr. Munn.

Mais, avant qu'il eût fini, l'autre était déjà parti.

Au moment de son départ, ils vinrent tous sous la galerie pour lui dire adieu. Il leur serra la main.

« Il faudra revenir », dit Adèle doucement.

Son mari l'interrompit :

« Il reviendra, dit-il, d'un ton bourru.

— Oui », dit Mr. Munn.

Willie Proudfit lui offrit son cheval, mais il refusa en disant que cela valait mieux pour sa sécurité. Puis Willie lui proposa de le conduire, en buggey, un bout de chemin. Mr. Munn dit qu'il ne le voulait pas. Il les remercia et se dirigea vers la clôture. Il était presque à mi-chemin quand Willie le rejoignit. Il s'arrêta et lui prit le bras.

« Ce n'est pas ce que j'ai dit ce matin ? lui demanda-t-il.

— Non », répondit Mr. Munn.

Adèle les suivit, et ils allèrent ensemble jusqu'à la barrière.

Il lui fallut deux nuits pour atteindre les environs de Monclair. La première journée, il l'avait passée dans une cabane abandonnée, qu'il avait découverte au milieu des bois. Il y arriva peu après l'aube, quand il eut quitté la route, sur sa droite, pour chercher de l'eau. À trois milles de là, environ, il avait franchi un pont qui enjambait une petite rivière coulant vers le sud, et, comme la vallée était relativement étroite, il espérait retrouver la rivière à moins d'un demi-mille de la route.

À l'endroit où la futaie s'arrêtait, il vit s'ouvrir l'étendue du ciel, d'un bleu laiteux, blafard et opalescent. Il comprit tout de suite qu'il se trouvait à l'emplacement d'une ancienne clairière. Elle était envahie, maintenant, par les broussailles, les sassafras, les sureaux et par des surgeons de gommiers et de sumacs. Dans cette espèce de maquis, des oiseaux s'agitaient et s'essayaient à pousser leur premier chant. La rosée était abondante sur les feuilles immobiles. Il s'arrêta un instant, à la lisière, et aperçut alors la cheminée de la cabane.

Il se fraya un chemin et se dirigea vers elle. « Là, se dit-il, je trouverai de l'eau. » Après avoir franchi les débris d'une clôture en planches, pourrie, tellement délabrée qu'il n'eut pas de peine à l'enjamber, il contourna la cahute. Les fenêtres étaient béantes. Elles n'avaient jamais eu de vitres, mais seulement des volets de bois, aujourd'hui arrachés de leurs gonds, à l'exception d'un seul. La porte gisait à terre, effondrée, et l'herbe avait poussé entre les planches. Arrivé au coin de la cabane, il entendit un murmure d'eau courante. Il découvrit le ruisseau, à l'autre bout de la clairière.

Après avoir bu et s'être baigné le visage, il retourna à la cabane. Quand il posa le pied sur la porte écroulée, une planche pourrie céda sous son poids, en sorte qu'il faillit trébucher. D'un revers de bras, il fit tomber les toiles d'araignée chargées de rosée qui obstruaient le passage, et il entra. Il n'y avait que deux pièces, toutes les deux très petites, et un grenier. Il avançait doucement et avec précaution, et les vieilles planches ployaient sous ses pas. À l'emplacement de la cheminée, il pouvait apercevoir un lambeau de ciel, car les solives s'étaient affaissées et avaient été arrachées. Il regarda dans un coin. Les rondins mal équarris avaient été taillés à petits coups maladroits. Le crépi avait presque entièrement disparu. Dans la première pièce, il ne trouva, en fait de meuble, qu'un banc façonné à la hache, auquel il manquait un pied, et l'échelle qui menait au grenier. Dans l'autre pièce, il aperçut une jarre de verre, intacte, posée sur l'appui d'une fenêtre ; au fond croupissait une bourbe indéfinissable ; la lumière passait obscurément à travers le verre terni. Il découvrit, contre le mur, un petit ballot de vêtements, dans l'état où il avait été jeté là. Il s'approcha, se baissa et, dans un geste impulsif, le ramassa délicatement, entre deux doigts. Un cancrelat noir, plat et luisant comme un bouton, quitta lentement sa cachette et disparut sous le rondin qui affleurait le sol. Mr. Munn souleva l'objet. C'était un paletot d'homme, jadis bleu et maintenant passé au brun, par plaques. Au toucher, l'étoffe était raide comme du bois. Depuis longtemps, le paletot avait perdu la forme du corps qui l'avait porté, et il s'était durci par terre, en prenant, une fois pour toutes, l'empreinte de l'endroit où on l'avait jeté. Quand il le laissa tomber, il fit, sur le plancher, un petit bruit sec.

Il retourna dans la pièce et essaya l'échelle. Elle était grossièrement façonnée, mais elle paraissait solide. Il monta avec précaution et s'étendit sur le plancher raboteux. Les planches tenaient bon. Bientôt il s'endormit. Au début de l'après-midi, il se leva, mangea presque toutes les provisions qui lui restaient et s'en alla boire au ruisseau ; après quoi, il revint se coucher pour ne se lever qu'un peu avant le crépuscule.

À la nuit tombante, il se rendit à une boutique située à un carrefour. Ayant jeté un coup d'œil, il constata qu'il n'y avait personne d'autre qu'un vieil homme assis sur une chaise adossée au mur. Une lampe à réflecteur de fer-blanc était allumée au-dessus de lui. Il entra, acheta un paquet de biscuits et un morceau de fromage, mit ces provisions dans la poche de son paletot et sortit.

Le lendemain matin, lorsque, du haut d'un monticule, il regarda vers le sud, il reconnut le paysage familier. La vallée, large et peu profonde, était partagée en deux par une voie de chemin de fer dont les rails luisaient dans la lumière. Des champs de maïs et de tabac s'étendaient de chaque côté de la voie, soignés : les plants étaient alignés avec une précision géométrique. Plus loin, dans les pâturages, des bestiaux paraissaient immobiles. Les maisons, les granges et les bouquets d'arbres qui les entouraient semblaient lavés de frais dans la limpidité du matin naissant. Il savait que Monclair se trouvait à l'est, à quelques milles en suivant la voie. Il quitta le chemin qu'il avait pris pour venir jusque-là, et il se cacha dans les bois. Deux fois, au cours de la matinée, il entendit siffler des trains et il les voyait rouler, lentement, au fond de la vallée, tachant à peine le ciel de petits nuages blancs ou de bouffées de fumée.

Le soir venu il descendit et, suivant la voie dans la direction de l'est, se mit en route.

La maison était située à l'écart d'un chemin boueux et plein d'ornières. Il reconnut la place quand, s'étant penché sur la boîte aux lettres, il put lire le nom « Edmond Tolliver ». La boîte aux lettres était neuve. Sur le métal net et poli au toucher, l'inscription se détachait distinctement en noir. Entre la cour et la route, bordée d'une frange de buissons touffus, s'élevait un petit mur de pierre. La barrière d'entrée avait disparu et, au pied d'un pilier en ruine, quelques pierres étaient tombées. Il n'y avait pas un arbre dans la cour, mais, derrière la maison, les bois étendaient, sur la colline, leur masse sombre. Il crut d'abord l'endroit inhabité ; mais, s'étant approché, il aperçut, à une fenêtre, une faible lueur qui filtrait autour du rideau ou du morceau d'étoffe qu'on y avait fixé. Les genoux raides et les jambes pliant sous lui, il posa le pied sur les planches du porche et mit la main sur le loquet. La porte céda facilement, presque sans bruit.

À la lumière douteuse d'une lampe dont on avait baissé la mèche, il discerna, en entrant, une forme allongée sur un lit, couverte seulement d'un drap, le visage tourné. Il ferma la porte derrière lui avec soin, comme lorsqu'on entre dans une chambre de malade. Il se tint aux aguets, penché et attentif. Alors, comme il se tenait là, debout, la forme bougea légèrement sur le lit, très lentement, comme à bout de forces, et le visage se tourna vers lui. Sous la lumière qui les faisait briller d'un faible éclat, Mr. Munn vit des yeux dilatés et des lèvres tordues, prêtes à parler.

« Qu'est-ce que vous voulez ? » demanda l'homme qui était dans le lit.

Sans répondre, les genoux ployés, il s'approcha en deux longues enjambées. Il posa la main gauche sur le pied du lit et, à demi penché, il attendit.

« Qu'est-ce que vous venez faire ici ? » demanda l'homme qui était dans le lit.

Sans se redresser, Mr. Munn posa sur cette longue face creusée, au-dessus du drap chiffonné, un regard pénétrant, inquisiteur.

« Mais c'est Percy Munn ! » s'écria l'homme qui était au lit.

Mr. Munn resta un instant penché sur le pied du lit, sans répondre.

« J'ai été bien longtemps sans penser à vous », dit-il enfin, presque à voix basse et sans le quitter des yeux.

Puis il ajouta :

« J'avais presque oublié à quoi vous pouviez ressembler. »

Péniblement, l'homme qui était au lit se souleva un peu et s'appuya sur un coude.

« Qu'est-ce que vous voulez ? demanda-t-il.

— J'avais presque oublié à quoi vous ressemblez. Vous étiez sorti de ma mémoire. »

Les mots lui venaient lentement, comme s'il les méditait.

« Et puis il s'est produit quelque chose qui vous a rappelé à mon souvenir, Tolliver !

— Qu'est-ce que vous voulez ? répéta, presque machinalement, l'homme couché dans le lit.

— Vous tuer ! » dit Mr. Munn sans bouger.

Puis il ajouta :

« Tolliver, je vais vous tuer ! »

Il se tut, comme s'il était en train de délibérer.

« Dans une minute, dit-il. Quand je vous aurai bien regardé. »

Dans son lit, l'homme remua les longs doigts décharnés de sa main libre, les referma machinalement, puis les rouvrit.

« Vous pouvez bien me tuer, dit-il doucement. Vous pouvez bien être l'homme qui me tuera, Perse.

— Je suis cet homme, répondit Mr. Munn. Vous savez que j'ai déjà tué quelqu'un ? Du moins, je le crois. J'étais un de ceux qui l'ont tué. Je crois avoir tiré le premier ; j'ai pressé la gâchette, et j'ai vu du sang sur lui. »

Il baissa la voix et, sur un ton confidentiel, il poursuivit :

« On appuie sur la gâchette. Vous comprenez ? On presse la gâchette, et c'est fait. »

Sur le drap, la main ne bougeait plus.

« On ne remarque pas le bruit, dit Mr. Munn. Pas sur le moment. »

Puis il ajouta :

« Cela vient après.

— Je n'ai pas peur, dit l'homme qui était au lit.

— Le bruit, répéta Mr. Munn, vient après. Vous, vous ne l'entendrez pas du tout.

— Je n'ai pas peur, répéta l'homme qui était au lit, comme s'il parlait pour lui-même.

— Non – et Mr. Munn hochait légèrement la tête, comme quelqu'un qui essaie de se souvenir –, non, vous n'avez pas peur. Je pensais que vous auriez peur.

— Quand je vous ai reconnu, là, j'ai eu presque peur. Mais plus maintenant. Je n'ai plus peur. Il y a quelque temps, un mois peut-être, j'aurais eu peur. Mais plus maintenant, Perse. Tout change, Perse. Vous ne savez pas ce que c'est. »

Il essayait de lire sur le visage de l'homme penché sur lui.

« Pourquoi ne vous décidez-vous pas, Perse ? Dites, Perse. pourquoi ? Vous êtes venu pour cela ! »

Et il parlait toujours, d'une voix douce, qui se faisait presque caressante quand il prononçait le nom.

Mr. Munn tira le revolver de sa poche et le regarda.

« Je vais vous tuer, déclara-t-il. Ce sera une grâce de vous tuer. Une grâce que je vous ferai. Si je ne le fais pas, vous allez rester ici, dans votre lit, et vous ne serez plus rien. Rien. Et vous avez cru être quelque chose. Vous le croyez encore. Là, dehors, vous avez une boîte aux lettres toute neuve, mais – et il se pencha plus près, hochant la tête dans un geste de pitié – mais il n'y aura jamais rien dedans. Jamais rien. Mais vous le savez – il se pencha davantage et secoua la tête –, vous le savez, que vous n'avez jamais rien été. Rien. Rien !

— Rien ? demanda la voix en répétant le mot comme un écho. Un homme ne sait jamais ce qu'il est, Perse. Vous ne savez pas ce que vous êtes, Perse. Vous avez cru le savoir, une fois, Perse. Quand nous étions amis, Perse. »

Il se retourna sur le dos, sans fermer les yeux, mais en baissant un peu les paupières, pour en éteindre l'éclat. Puis, d'un ton las, il dit :

« Je vous aimais bien, Perse. Je vous aime toujours. Je ne sais pas ce que vous êtes, mais je vous aime bien. Et vous n'en savez rien.

— Je sais. Je ne suis rien », prononça-t-il froidement.

Il arma le revolver, sans viser.

« Mais, quand j'aurai fait la chose, je serai quelqu'un. Fais-le, fais-le, et tu cesseras de n'être plus rien. Voilà comment cela m'est venu. Comme si j'entendais les mots, voilà comment cela m'est entré dans la tête, et je suis venu pour vous tuer. »

Il braqua le revolver, resta un instant immobile et dit :

« Ce n'est pas parce que vous êtes immonde ; c'est pour moi-même. »

Tolliver ferma les yeux. Ses mains se crispèrent sur le drap. Aux jointures, la peau était aussi blanche que le drap chiffonné qui soulignait la forme du corps. Penché au pied du lit, Mr. Munn tenait à bout de bras le revolver pointé droit vers le corps. La lumière mourante tombait sur la face pâle de l'homme, creusant d'ombre les orbites closes. Les rides et les veinules de ses paupières dessinaient des nervures comme sur une feuille. Ses lèvres s'entrouvraient, comme s'il avait soif.

« Je vais tirer », dit Mr. Munn.

Quelque part, dans la chambre, une horloge battait mécaniquement, avec un bruit métallique.

« Je vais le faire, répéta-t-il, dans une minute. Quand je vous aurai bien regardé. »

Il attendait. Le revolver ne tremblait pas.

Puis il ordonna brusquement :

« Ouvrez les yeux ! »

Sur son lit, l'homme ne donnait plus signe de vie.

« Ouvrez les yeux !

— Pourquoi ne tirez-vous pas, Perse ? » murmura la voix.

Mais les yeux de l'homme restaient clos.

Le revolver s'abaissa de quelques pouces, incertain.

« Je croyais, murmura Mr. Munn, comme dans un rêve, que j'aurais pu le faire. »

L'homme qui était dans le lit ouvrit les yeux.

« Vous n'avez pas pu », dit la voix d'un ton sinistre.

La main qui tenait le revolver retomba et se posa sur le pied du lit. Le choc du métal heurtant le bois fit un petit bruit unique. Alors, comme un malade à bout de forces, Tolliver laissa retomber la tête sur l'oreiller.

« Donnez-moi un peu d'eau », dit-il.

Mr. Munn tourna les yeux vers le bureau, où se trouvaient une cruche et un verre, près de la lampe. Il passa le revolver dans sa main gauche et fit un pas vers le meuble. Sur un léger craquement qu'il entendit derrière lui, il se retourna brusquement.

La porte de la chambre voisine venait de s'ouvrir. Là, dans l'ouverture, une main posée sur le loquet et l'autre levée à la hauteur de la poitrine, se tenait Mathilde Tolliver.

« Ah ! » fit-elle, dans un souffle las, contenu.

Elle fixait sur lui des yeux qui, sous les sourcils épais, brillaient dans sa figure ravagée.

« Mathilde ! » appela l'homme qui était au lit.

Mais elle ne parut pas l'entendre.

« Mathilde ! » répéta-t-il.

Elle sortit de son immobilité, et son regard se tourna vers lui.

« Voilà Percy Munn, dit-il. Tu te souviens de Percy Munn ?

— Oui, répondit-elle.

— Il est venu me voir, expliqua Tolliver. Il allait justement me donner un verre d'eau.

— Comment allez-vous ? » demanda-t-elle.

Mr. Munn se mouilla les lèvres et réussit à dire :

« Je venais d'entrer. »

Il se retourna et, pendant que, de la main droite, il soulevait la cruche, de l'autre il glissa le revolver dans sa poche. Elle ne cessait pas de l'observer. Quand il emplit le verre, l'eau fit entendre un petit gargouillement.

Il tendit le verre à l'homme qui était dans le lit ; celui-ci le prit et se mit à boire, tandis qu'ils l'observaient.

« Merci », dit-il.

Et, lorsque Mr. Munn reprit le verre, il laissa retomber sa tête sur l'oreiller.

« Mathilde, dit-il encore, pourquoi ne prépares-tu pas quelque chose à manger pour Perse ? Il doit avoir faim, à l'heure qu'il est ; il est venu de loin.

— J'y pensais, répondit-elle.

— Non, dit Mr. Munn, presque violemment. Non. Je m'en vais. Je voulais seulement voir le sénateur. Maintenant que je l'ai vu, je vais partir. »

Elle traversa la chambre, s'approcha de lui et lui posa la main sur le bras :

« Asseyez-vous, Mr. Munn. »

Elle insista :

« Asseyez-vous et reposez-vous. Je vais vous préparer quelque chose. »

Quand elle le toucha, il trembla.

« Je vais partir, répondit-il.

— Asseyez-vous », dit-elle de nouveau.

Il se dégagea et recula d'un grand pas. Sa main laissa échapper le verre vide, qui se brisa sur le plancher.

« Je m'en vais ! cria-t-il en jetant soudain autour de lui un regard affolé, comme une bête.

— Non… » commença-t-elle.

Mais elle s'arrêta. Sa main qui s'allongeait pour le retenir s'immobilisa dans l'air.

« Écoutez ! ordonna-t-elle. Je viens d'entendre quelque chose. »

Ils prêtèrent toute leur attention.

« Ce n'est rien, Mathilde », dit alors Tolliver.

Elle insista :

« Si. Écoutez ! »

Elle se rendit à la porte d'entrée et, l'oreille tendue, se posta devant.

« Si ! » dit-elle.

Elle entrouvrit la porte et se pencha dehors, pour voir.

Mr. Munn se retira rapidement au bout de la chambre.

« Si, il y a quelque chose, répéta-t-elle, en se retournant. Sur la route. Des chevaux.

— Ce sont les soldats », dit tranquillement Mr. Munn.

Il ouvrit la porte qui se trouvait derrière lui et se ramassa sur lui-même.

« Une porte, disait Mathilde. Par-derrière… le porche… derrière… »

Dans l'obscurité, il trouva la porte et l'ouvrit. Sur la route, il entendait quelque chose remuer. D'abord, il ne distingua rien d'autre, au-delà de la cour, que l'espace plus clair des champs découverts et, à gauche, très haute, la masse plus sombre des bois. Courbé en deux, il courut à travers la cour en trébuchant. Il buta contre le mur, tomba, se releva. « C'est Sylvestre, se dit-il. Sylvestre m'a dénoncé. Il a attendu ce jour. Jusqu'à ce jour il n'en a pas eu le courage. Pendant tout ce temps, depuis des semaines, il a attendu, sans en avoir le courage ! » Il courait sur le sol raboteux, tomba, se releva.

« Le salaud, le salaud ! » souffla-t-il, tout haut.

Devant lui, au-delà des champs, s'étendaient les bois. Au bas de la pente, des voix appelaient, perçantes, comme des voix d'enfants. Ce bruit, si vide, dans les ténèbres, le remplissait d'une joie étrange, d'un mépris sauvage et enivrant. Sous ses foulées précipitées, il sentait à peine le sol.

Il tomba, encore une fois. Quand il se releva, il aperçut au-dessus de lui, un peu de côté, la silhouette d'un homme debout qui, au sommet de la pente, se détachait vaguement sur les champs et sur le ciel plus clair. Mais là – là, plus loin que cette forme humaine – s'étendaient les bois qui allaient l'absorber, là était la sécurité, la course secrète et rapide. Tirant son revolver, il en eut la certitude. Mais, sans réfléchir – sans savoir pourquoi –, pendant le long moment qui s'écoula avant que son doigt presse la détente et que la flamme, rapide, s'échappe toute droite du canon, il avait légèrement levé le bras vers le ciel pâle. Il vit, en face de lui, les explosions qui lui répondaient et, sous le choc, il chancela. Étendu, il tira encore une fois, dans un mouvement spasmodique, sans prendre la peine de viser. Il essaya, sans y parvenir, de presser encore la détente. Couché sur le sol qui tanguait et se soulevait sous lui comme une longue houle, il entendait, assoupi, les voix qui appelaient, au pied de la colline, comme des voix d'enfants qui jouent dans la nuit.

MIXTE
Papier
FSC FSC® C003309

L'éditeur de cet ouvrage s'engage dans une démarche
de certification FSC® qui contribue à la préservation
des forêts pour les générations futures.

Pour en savoir plus :
www.editis.com/engagement-rse/

Achevé d'imprimer en janvier 2022
par Normandie Roto Impression s.a.s.
61250 Lonrai (Orne)
Dépôt légal : février 2022
N° d'édition : 63634/01 – N° d'impression : 2107202

Imprimé en France